GOLKONDA

Arkadi & Boris Strugatzki
Die Welt des Mittags
Band 1

Herausgegeben von
Erik Simon & Hannes Riffel

GOLKONDA

ATOM VULKAN GOLKONDA

DAS LAND DER PURPURWOLKEN

Aus dem Russischen übersetzt
von Willi Berger
und Erik Simon

ARKADI & BORIS
STRUGATZKI

Die Originalausgabe Страна багровых туч erschien 1959.

Die vorliegende Neuausgabe folgt der rekonstruierten, unzensierten und ungekürzten Fassung der Werkausgabe im Verlag »Stalker«, Donezk 2000. Die erstmals 1961 im Verlag Kultur und Fortschritt, Berlin, erschienene Übersetzung von Willi Berger wurde von Erik Simon angeglichen und ergänzt.

Erik Simon übersetzte das separat erschienene Kapitel ›Die Kantine der Raumfahrer‹ und den Kommentar Boris Strugatzkis, verfasste das Nachwort, die Anmerkungen und den Großteil der Nachdichtungen.

Redaktion: Hannes Riffel
Korrektur: Harun Raffael
Gestaltung: s.BENeš [www.benswerk.de]
Satz: Hardy Kettlitz
Druck: Schaltungsdienst Lange

Golkonda Verlag
Charlottenstraße 36
12683 Berlin
golkonda@gmx.de
www.golkonda-verlag.de

ISBN: 978-3-942396-22-6

INHALT

DAS SIEBENTE TESTGELÅNDE

Ein ernstes Gespräch

Der einäugige Sekretär hob langsam den Kopf und schaute Bykow scharf an.

»Aus Mittelasien?«

»Jawohl.«

»Die Papiere ...«

Er streckte seine dunkle, an eine Krebsschere erinnernde Hand mit dem überlangen Zeigefinger aus; drei Finger und die Hälfte der Hand fehlten. Bykow gab ihm seinen Ausweis und den Dienstreiseauftrag.

Ohne Eile faltete der Sekretär das Schreiben auseinander und las: Der Ingenieur der sowjetisch-chinesischen Expeditionsbasis Gobi, Alexej Petrowitsch Bykow, wird vom Ministerium für Geologie zur Klärung seines weiteren Einsatzes abkommandiert. Begründung: Anforderung des SKIPV vom ...

Dann blickte der Sekretär flüchtig auf den Ausweis, reichte ihn zurück und zeigte auf die schwarze ledergepolsterte Tür. »Bitte. Genosse Krajuchin erwartet Sie.«

Bykow fragte: »Der Dienstreiseauftrag bleibt bei Ihnen?«

»Ja, er bleibt hier.«

In den Sesseln entlang der Wände des Vorzimmers saßen mehrere Leute, die offensichtlich warteten, dass sie an die Reihe kämen. Keiner von ihnen beachtete Alexej Petrowitsch im Geringsten. Das wunderte ihn – von den Gebräuchen in den Vorzimmern der Hauptstadt hatte er ganz andere Dinge gehört. Doch sowohl den einäugigen Sekretär als auch die Besucher vergaß er sofort, als er die Schwelle zum Arbeitszimmer überschritt.

In dem geräumigen Arbeitszimmer herrschte Halbdunkel: Die Bambusrouleaus waren heruntergelassen. Matt schimmerten die kahlen Wände aus Kunststoff. Ein weicher roter Teppich dämpfte den Schritt. Bykow blickte sich suchend um und gewahrte an dem wuchtigen Schreibtisch zwei Glatzen. Die eine – blass, sogar etwas grau – thronte reglos über der Rückenlehne des Besuchersessels. Die andere – safrangelb und glänzend – hatte sich hinter dem Tisch über eine aufgeschlagene Mappe mit Pauspapieren und Blaudrucken gebeugt und pendelte hin und her, als beschnuppere ihr Besitzer die vor ihm liegenden blauen Lichtpausen von technischen Zeichnungen.

Dann bemerkte Bykow eine dritte Glatze. Sie gehörte einer unförmig dicken, mit grauer Kombination bekleideten Gestalt, die auf dem Teppich lag und den grauen kahlen Kopf zwischen Wand und Safe gesteckt hatte. Vom Hals bis unter den Tisch zog sich eine helle Leine ...

Freilich, jeder Chef hat seine eigenen Angewohnheiten, aber ging das nicht doch zu weit? Verwirrt trat Bykow von einem Fuß auf den anderen. Er zupfte an dem Reißverschluss seiner Jacke und warf einen unruhigen Blick zur Tür. Die safrangelbe Glatze verschwand. Ein Schnaufen wurde hörbar, und eine dumpfe, raue Stimme sagte befriedigt: »Hält ausgezeichnet! Wirklich ausgezeichnet!« Über dem Tisch wuchs eine ungefüge Gestalt in Nylonkombination empor.

Der Mann war ungeheuer groß, außerordentlich breit in den Schultern und sicherlich sehr schwer. Sein narbiges fahles Gesicht glich einer Maske, der schmallippige, zusammengekniffene Mund bildete eine gerade Linie, und die runden wimpernlosen Augen unter der mächtigen gewölbten Stirn hefteten sich kalt und eindringlich auf Bykow.

»Was wünschen Sie?«, fragte der Mann heiser.

»Ich möchte den Genossen Krajuchin sprechen«, sagte Bykow und schielte ängstlich auf die am Boden liegende Gestalt.

»Bin ich selbst.« Die runden Augen des Mannes glitten ebenfalls über die Gestalt am Boden und blieben von Neuem auf Bykow haften.

Die Glatze im Sessel bewegte sich nicht. Zögernd machte Bykow einige Schritte vorwärts und stellte sich vor. Den Kopf zur Seite geneigt, hörte ihm Krajuchin zu.

»Bin sehr erfreut«, sagte er dann zurückhaltend. »Ich hatte Sie schon gestern erwartet, Genosse Bykow. Bitte, nehmen Sie Platz.«

Er wies mit seiner riesigen, spatenähnlichen Hand auf den Sessel. »Dort, bitte. Machen Sie erst den Platz frei.«

Verständnislos trat Bykow an den Sessel. Kaum konnte er ein nervöses Lachen unterdrücken. Auf dem Sitz lag ein seltsam aussehender Skaphander aus grauem Gewebe, dessen runder, silbrig schimmernder Helm über die Lehne ragte.

»Legen Sie ihn einfach auf den Fußboden«, sagte Krajuchin.

Bykow schaute fragend zu dem dicken Balg neben dem Safe. »Das ist ebenfalls ein Spezialanzug.« In Krajuchins Stimme schwang Ungeduld. »Setzen Sie sich doch!«

Hastig machte Bykow den Sessel frei und nahm Platz. Ihm war nicht ganz wohl zumute.

Krajuchin musterte ihn mit starrem Blick. »So ...« Seine blassen Finger trommelten auf der Tischplatte. »Na denn, Genosse Bykow, machen wir uns bekannt. Nennen Sie mich Nikolai Sacharowitsch. Arbeiten müssen werden Sie unter meiner Leitung. Natürlich, wenn ...«

Das durchdringende Klingeln des Telefons unterbrach ihn. Er griff nach dem Hörer. »Einen Augenblick, Genosse Bykow ... Ja ... Ich höre.«

Er sagte kein Wort mehr, doch bei dem bläulichen Schein des Videophonschirms sah Bykow, wie sich sein Gesicht jäh rötete und wie an den kahlen Schläfen die Adern schwollen. Offenbar handelte es sich um unerquickliche Dinge. Taktvoll senkte Bykow den Blick und begann eingehend den neben ihm liegenden Skaphander zu betrachten. Der Kragen war offen, und er konnte das Innere des Helms sehen. Er glaubte durch das Material das grobe Teppichmuster unterscheiden zu können, obgleich die silbrige Kugel von außen vollkommen undurchsichtig war. Bykow bückte sich, um den Helm besser in Augenschein zu nehmen, doch im selben Moment legte Krajuchin den Hörer auf und drückte auf den Umschalter.

»Pokatilow soll kommen«, befahl er in heiserem Flüsterton.

»Jawohl!«, antwortete eine Stimme.

»In einer Stunde!«

»Jawohl, in einer Stunde ...«

Wieder knackte der Umschalter, und es wurde still. Bykow hob den Blick und sah, wie sich Krajuchin das Gesicht kräftig mit den Händen massierte.

»So«, sagte dieser ruhig, als er Bykows Blick bemerkte. »Verdammte Sturheit! Ein hoffnungsloser Fall ... Bitte um Entschuldigung, Genosse Bykow. Wo waren wir gerade ... Ach ja ... Also, wir müssen uns sehr ernsthaft miteinander unterhalten, doch leider habe ich nur wenig Zeit. Überhaupt keine Zeit. Kommen wir gleich zur Sache ... Zunächst hätte ich Sie gern näher kennengelernt. Erzählen Sie etwas über sich.«

»Was möchten Sie hören?«

»In erster Linie Ihren Lebenslauf.«

»Lebenslauf?« Der Ingenieur überlegte. »Mein Lebenslauf ist sehr einfach. Ich bin im Jahre 19.. bei Gorki geboren. Mein Vater war Bordmechaniker auf Wolgaschiffen und starb früh, ich war noch nicht drei Jahre alt. Bis zu meinem fünfzehnten Lebensjahr wurde ich in einer Internatsschule erzogen. Danach arbeitete ich vier Jahre als Mechanikergehilfe und dann als Mechaniker auf Amphibiengleitschiffen mit Düsenantrieb. Bin Hockeyspieler, nahm in der Auswahl ›Wolga‹ an zwei Olympiaden teil. Besuchte die Ingenieurschule für erdgebundenen Transport. Es ist die ehemalige Panzerschule der Armee.« Warum rede ich nur so viel?, regte sich in ihm der unangenehme Gedanke. »Mein Fachgebiet sind atombetriebene Expeditionsfahrzeuge. Tja ... Nach dem Studium wurde ich in die Berge geschickt, in das Gebiet des Tienschan. Später in die Wüste Gobi. Dort arbeitete ich bis jetzt. Dort trat ich auch der Partei bei. Was noch? Das ist alles.«

»Ja, in der Tat, der Lebenslauf ist einfach«, pflichtete Krajuchin bei. »Sie sind also jetzt dreiunddreißig?«

»In einem Monat vierunddreißig.«

»Und natürlich noch ledig?«

Eine solche Frage vonseiten eines Vorgesetzten fand Bykow taktlos. Er liebte keine Anspielungen auf sein Äußeres, und dieses »natürlich« kränkte ihn. Außerdem schien ihm auch Krajuchins Gesicht keineswegs dem Ideal männlicher Schönheit zu entsprechen. Er wollte das sogar sagen, verkniff es sich aber. Jedenfalls konnte das Äußere für Krajuchin kaum von entscheidender Bedeutung sein, und Bykow kannte mindestens eine Frau, für die sein sonnengerötetes Gesicht, die entenschnabelförmige Nase und das rotblonde Haar zumindest keine entscheidende Rolle spielten.

»Ich will damit sagen«, fuhr Krajuchin fort, »dass Sie meines Wissens noch vor einem halben Jahr ledig waren.«

»Ja«, erwiderte Bykow trocken. »Ich bin es auch jetzt noch. Vorläufig.«

Er begriff plötzlich, dass Krajuchin bereits vieles über ihn wusste und seine Fragen nicht deshalb stellte, weil er sich für die Antworten interessierte, sondern um einen persönlichen Eindruck zu gewinnen oder aber aus irgendeinem anderen Grunde, den er, Bykow, nicht kannte. Das behagte ihm nicht.

»Vorläufig bin ich noch ledig«, wiederholte er.

»Und haben folglich keine näheren Angehörigen?«

»Folglich nein.«

»Sie sind, sozusagen, vollkommen alleinstehend und unabhängig?«

»Jawohl. Vorläufig ...«

»Wo, sagten Sie, haben Sie zuletzt gearbeitet?«

»In der Gobi ...«

»Lange?«

»Drei Jahre ...«

»Drei Jahre! Und die ganze Zeit in der Wüste?«

»Ja. Gewiss, es gab kurze Unterbrechungen. Dienstreisen, Lehrgänge ... Aber im Wesentlichen in der Wüste ...«

»Ist es Ihnen nicht über geworden?«

Bykow überlegte.

»Die erste Zeit war es schwer«, sagte er vorsichtig. »Doch dann habe ich mich daran gewöhnt. Die Arbeit dort ist natürlich nicht leicht.« Der glühende Himmel und der schwarze Sandozean fielen ihm ein. »Aber auch die Wüste kann man liebgewinnen ...«

»So? Die Wüste liebgewinnen? Und haben Sie sie liebgewonnen?«

»Alles eine Frage der Gewohnheit.«

»Ihre letzte Stellung?«

»Leiter der Abteilung atombetriebener Geländewagen beim Expeditionsstützpunkt Gobi.«

»Mit Maschinen kennen Sie sich also aus?«

»Kommt darauf an, was es für welche sind ...«

»Nun, zum Beispiel Ihre atombetriebenen Geländewagen.«

Die Frage erschien Bykow müßig, und er schwieg.

»Sagen Sie, waren Sie das, der im vergangenen Jahr die Rettungsaktion für die Expedition Dauge geleitet hat?«

»Jawohl.«

»Sie sind ausgezeichnet damit fertig geworden! Ohne Sie wäre die Expedition umgekommen.«

Bykow zuckte mit den Achseln. »Für uns war es ein gewöhnlicher Eilmarsch, nichts weiter.«

Krajuchins Augen wurden schmal. »Aber für Ihre Leute ist doch auch nicht alles glatt abgegangen, wenn mich mein Gedächtnis nicht trügt.«

Bykow stieg das Blut in den Kopf – bei seiner an sich schon roten Gesichtsfarbe sah es beängstigend aus –, und er sagte mit deutlich spürbarem Unwillen in der Stimme: »Es tobte ein Schwarzer Sturm! Ich will nicht renommieren, Genosse Krajuchin. Märsche mit Musik gibt es nur bei Paraden. In der Wüste ist es komplizierter.«

Es war ihm peinlich. Krajuchin musterte ihn mit einem leicht spöttischen Blick.

»Soso ... Komplizierter ... Drei Jahre Wüste. Das ist beachtlich. Das ist gut. Sagen Sie, Genosse Bykow, haben Sie irgendwelche Passionen?«

Bykow blickte ihn verdutzt an. »Wie meinen Sie das?«

»Was tun Sie in Ihrer Freizeit?«

»Hm ... Ich lese, natürlich. Spiele Schach.«

»Sie haben, glaube ich, einige Arbeiten verfasst.«

»Jawohl.«

»Viel?«

»Nein. Zwei Artikel in der Zeitschrift ›Raupentransport‹.«

»Worüber haben Sie geschrieben?«

»Die Reparatur von Reaktormotoren unter Einsatzbedingungen. Persönliche Erfahrungen.«

»Die Reparatur von Reaktormotoren ... Sehr interessant. Übrigens, interessieren Sie sich noch für irgendwelche Sportarten, außer Hockey?«

»Ich bin Judoka ... Trainer.«

»Das ist gut. So. Und für Astronomie haben Sie sich niemals interessiert?«

Bykow kam es vor, als mache sich Krajuchin über ihn lustig. Er antwortete: »Nein, für Astronomie habe ich mich noch nicht interessiert.«

»Schade!«

»Mag sein ...«

»Es handelt sich nämlich darum, Alexej Petrowitsch, dass Ihre Arbeit bei uns in gewisser Hinsicht mit dieser Wissenschaft eng verknüpft sein wird.«

Der Ingenieur zog die Augenbrauen zusammen. »Entschuldigen Sie, ich verstehe nicht ganz ...«

»Was hat man Ihnen gesagt, als Sie zu uns abkommandiert wurden?«

»Man hat mir gesagt, dass ich hergeschickt werde, um über meine Teilnahme an einer wissenschaftlichen Expedition zu verhandeln. Zeitweise ...«

»An was für einer Expedition, das hat man Ihnen nicht gesagt?«

»Irgendwo in einer Wüste, um seltene Erze zu suchen.«

Krajuchin knackte mit den Fingern und legte die Hände auf den Tisch.

»Ja, versteht sich«, murmelte er. »Vollkommen natürlich. Das konnte man dort nicht wissen ... Also dann, Alexej Petrowitsch«, sagte er mit einem Seufzer. »Selbstverständlich hat die Astronomie nichts damit zu tun. Genauer gesagt, fast nichts. Noch genauer, *für Sie* hat sie nichts damit zu tun. Unwichtig, dass Sie sich für die Astronomie nicht interessieren. Sie werden sie kaum benötigen. Notfalls werden Sie etwas darüber lesen, einiges wird man Ihnen erzählen. Die Sache ist nämlich die, dass Sie nicht hier arbeiten werden, nicht auf der Erde, sozusagen.«

Bykow blinzelte nervös. Von Neuem beschlich ihn ein unbehagliches Gefühl, wie schon eine halbe Stunde zuvor, als er über die Schwelle dieses Zimmers getreten war.

»Ich fürchte, ich verstehe Sie nicht ganz«, brachte er stockend hervor. »Nicht auf der Erde? Auf dem Mond vielleicht?«

»Nein. Viel weiter.«

Das glich einem wunderlichen Traum.

Krajuchin legte das Kinn auf die gefalteten Hände und fuhr fort: »Worüber sind Sie so erstaunt, Alexej Petrowitsch? Bereits dreißig

Jahre fliegen die Menschen zu anderen Planeten. Sie glauben wohl, es seien irgendwelche besonderen Menschen? Nichts dergleichen. Gewöhnliche Menschen wie Sie und ich. Menschen verschiedener Berufe. Aus Ihnen, zum Beispiel, würde ein guter Raumfahrer werden. Davon bin ich überzeugt. Viele Raumfahrer sind sozusagen von außerhalb zu uns gekommen – beispielsweise aus dem Flugwesen. Ich verstehe, dass Ihnen – einem Ingenieur mit höchst irdischem Fach – die Möglichkeit, an einem Weltraumflug teilzunehmen, einfach nicht in den Sinn gekommen ist. Doch nun hat es sich so gefügt, dass wir eine Expedition zur Venus entsenden, und wir brauchen jemanden, der mit den Arbeitsverhältnissen im Wüstensand ausgezeichnet vertraut ist. Die Landschaft auf der Venus wird sich kaum von Ihrer geliebten Gobi unterscheiden. Allerdings werden Sie es dort etwas schwerer haben ...«

Plötzlich fiel es Bykow ein. »Die Urangolkonda!«

Krajuchin streifte ihn mit einem schnellen, aufmerksamen Blick.

»Ja, die Urangolkonda. Sehen Sie, nun wissen Sie beinahe schon alles.«

»Die Venus...«, sagte Bykow versonnen. »Die Urangolkonda ...« Er schüttelte den Kopf. »Ich und in den Himmel! Unfassbar!«

»Na, ein so großer Sünder sind Sie ja wohl auch wieder nicht. Und außerdem, wir schicken Sie nicht in paradiesische Gefilde. Aber vielleicht ...« Krajuchin schob den Oberkörper vor und senkte die Stimme. »Vielleicht haben Sie Angst?«

Bykow überlegte.

»Natürlich ist mir unbehaglich bei dem Gedanken«, gestand er. »Ja, ich hab sogar Angst. Vielleicht ... vielleicht bin ich den Anforderungen nicht gewachsen. Freilich, wenn nur das von mir verlangt wird, was ich weiß und worauf ich mich verstehe – warum nicht?« Er blickte Krajuchin an und lächelte. »Nein, so viel Angst, um abzulehnen, habe ich wiederum nicht. Sie begreifen doch, alles kam so unerwartet. Und dann, wieso sind Sie ... sind Sie überzeugt, dass ich Sie nicht enttäuschen werde?«

»Ich bin völlig davon überzeugt. Natürlich wird es schwer sein, sehr schwer, wahrscheinlich werden sich Ihnen Gefahren entgegenstellen, von denen wir nicht einmal etwas ahnen. Aber Sie werden es schaffen.«

»Sie können es besser beurteilen, Genosse Krajuchin.«

»Ja, das meine ich auch. Nun, Alexej Petrowitsch, ich nehme also an, dass Sie nicht gleich zu Ihrem Ministerium laufen und darauf dringen, dass man Sie Ihres Gesundheitszustandes oder Ihrer Familienverhältnisse wegen von dieser Aufgabe entbindet?«

»Genosse Krajuchin!«

»Was glauben Sie denn?« Krajuchins Gesicht wurde ernst. »Ganz andere als Sie, die hier in diesem Sessel saßen, haben sich auf die betrüblichste Weise kleinmütig zurückgezogen.« Er strich sich mit der Hand über das Gesicht. »Offen gesagt, habe ich Sie schon lange im Auge und bin froh, dass ich mich nicht getäuscht habe.«

Bykow räusperte sich verlegen und wandte den Blick zur Seite. Dann stutzte er und fragte: »Woher kennen Sie mich, Genosse Krajuchin?«

»Von der Suche nach der Expedition Dauge. Es war eine von uns ausgeschickte Expedition, seitdem habe ich Sie mir vorgemerkt. Nach der Rückkehr forderte ich Ihre Charakteristik et cetera an. Nun ist die Zeit gekommen, und wir haben Sie vorgeladen.«

»Ich verstehe.«

»Allgemein ist es üblich, dem Betreffenden eine gewisse Bedenkzeit zu lassen. Eine Woche, manchmal auch einen Monat. Doch in diesem Falle können wir nicht warten. Entscheiden Sie sich, Alexej Petrowitsch. Ich mache Sie darauf aufmerksam: Wenn Sie auch nur im Geringsten schwanken, lehnen Sie lieber gleich ab. Wir werden es Ihnen nicht übelnehmen.«

Bykow lachte. »Nein, Genosse Krajuchin, ich lehne nicht ab. Wenn Sie meinen, dass ich den Anforderungen gewachsen bin, nehme ich an. Natürlich, es kam überraschend, aber das macht nichts, ich werde mich schon an den Gedanken gewöhnen. Ich bin einverstanden.«

»Na, dann ist ja alles in Ordnung.« Krajuchin nickte bedächtig und sah auf die Uhr. »Und jetzt noch eins. Die Expedition wird nur eine verhältnismäßig kurze Zeit dauern. Nicht länger als anderthalb Monate. Zufrieden?«

»Durchaus.«

»Auf die bevorstehende Arbeit möchte ich im Augenblick nicht eingehen. Einzelheiten erfahren Sie später. Meine Zeit ist bemessen. Bitte richten Sie sich darauf ein, dass wir morgen abfliegen.«

»Morgen? Zur Venus?«

»Nein. Zur Venus noch nicht. Einstweilen werden wir noch ein wenig auf der Erde arbeiten. Aber nicht in Moskau, sondern woanders. Übrigens, wo haben Sie Ihr Gepäck?«

»Unten in der Garderobe. Ich habe nicht viel mit – einen Koffer und eine Tasche. Ich ahnte ja nicht ...«

»Das ist unwichtig. Wo wollen Sie übernachten? Ich würde Ihnen das ›Praha‹ empfehlen. Es ist gleich in der Nähe.«

Bykow nickte. »Ich weiß, ein gutes Hotel.«

»Ein sehr gutes. Und nun will ich Sie nicht länger aufhalten, Genosse Kosmonaut, in ...« – er warf einen Blick auf die Uhr – »in gut zwei Stunden, Punkt siebzehn Uhr, kommen Sie wieder hierher. Dann werden Sie einiges mehr erfahren. Haben Sie schon gegessen? Natürlich nicht. Der Speiseraum befindet sich in der dreizehnten Etage. Essen Sie, ruhen Sie sich in der Bibliothek oder im Klubraum ein wenig aus – das ist auch hier, Sie brauchen nicht aus dem Haus zu gehen –, und Punkt siebzehn Uhr sind Sie wieder hier. Also, bis dann. Und ich werde gleich jemandem den Kopf waschen.«

Bykow, immer noch ziemlich erregt, erhob sich, zögerte einen Augenblick und stellte eine ihn schon lange bewegende Frage: »Genosse Krajuchin, wie heißt Ihre Institution eigentlich in vollem Wortlaut? In meinen Papieren steht SKIPV. Aber ich glaube, ich habe es nicht richtig entziffert.«

»Das SKIPV ist das Staatliche Komitee für Interplanetaren Verkehr beim Ministerrat. Ich bin stellvertretender Vorsitzender.«

Bykow bedankte sich.

»Komitee für Interplanetaren Verkehr«, murmelte er kaum hörbar, während er zur Tür schritt. »Ja, natürlich ... Und ich dachte – Staatliches Komitee für Internationale Polytechnische Verbindungen ... dieselbe Abkürzung ...«

In der Tür wäre Bykow beinahe mit einem hoch aufgeschossenen Mann zusammengeprallt, der ungestüm an ihm vorbeieilte. Bykow sah nur, dass der Mann eine große schwarzgeränderte Hornbrille trug und auffallend blass war. Er schenkte dem hinaustretenden Besucher nicht die geringste Beachtung und rief gleich von der Schwelle aus: »Nikolai Sacharowitsch!«

»Wo ist der sechste Reaktor?«, hörte Bykow Krajuchins unheilvollen heiseren Bass.

»Aber erlauben Sie, Nikolai ...«

»Ich frage, wo ist der sechste Reaktor?«

Bykow zog die Tür hinter sich ins Schloss und steuerte dem Ausgang zu. Der dunkelhäutige Sekretär sah ihm mit seinem einzigen Auge nach und beugte sich dann wieder über die vor ihm liegenden Papiere.

Die Besatzung der *Chius*

Die Venus ist der Reihenfolge nach der zweite Planet im Sonnensystem. Ihre mittlere Entfernung von der Sonne beträgt 0,723 Astronomische Einheiten gleich 108 Millionen Kilometer. Der volle Umlauf um die Sonne dauert 224 Tage 16 Stunden 49 Minuten 8 Sekunden ... Die mittlere Bahngeschwindigkeit beträgt 35 km/s ... Die Venus ist der erdnächste Planet. Beim Durchgang zwischen Erde und Sonne nähert sie sich der Erde bis auf 39 Millionen Kilometer. Wenn ihre Bahn hinter der Sonne verläuft, entfernt sie sich von der Erde bis zu 258 Millionen Kilometer ... Der Durchmesser der Venus beträgt 12 400 Kilometer. Abplattung an den Polen unmerklich. Nimmt man die Daten für die Erde als eins an, so gelten für die Venus folgende Verhältniszahlen: Durchmesser 0,973, Oberfläche 0,95, Rauminhalt 0,92, Schwerkraft an der Oberfläche 0,85, Dichte 0,88 (oder 4,86 g/cm^3), Masse 0,81 ... Die Umdrehungszeit um die Achse beträgt etwa 57 Stunden ... Die Venus ist mit einer außerordentlich dichten Atmosphäre aus Kohlensäure und Kohlenmonoxid umgeben, in der Wolken kristallisierten Ammoniaks schwimmen. Zurzeit wird dieser Planet von einigen provisorischen und ständigen künstlichen Satelliten aus erforscht, davon gehören zwei der Akademie der Wissenschaften der UdKSR. Eine Reihe von Versuchen, auf der Venus zu landen und ihre Oberfläche unmittelbar zu erforschen – Abrossimow, Nishijima, Sokolowski, Shi Fenyu u. a. –, sind erfolglos verlaufen.«

Bykow warf einen Blick auf die farbige Fotografie der Venus – eine gelbe, mit bläulichen und orangeroten Schatten überhauchte Scheibe auf samtschwarzem Grund – und klappte den schweren Band zu. »Eine Reihe von Versuchen, zu landen und die Oberfläche unmittelbar zu erforschen ..., sind erfolglos verlaufen.« Kurz und bündig! Ja, Versuche hatte es gegeben. Bykow erinnerte sich allmählich an alles, was er aus Büchern und Zeitschriften, aus Fernsehvorträgen und den trockenen Kurzberichten der TASS wusste.

Gegen Ende des dritten Jahrzehnts nach den ersten Mondflügen waren den Menschen fast alle kosmischen Objekte in anderthalb Milliarden Kilometer Umkreis von der Erde bekannt gewesen. Neue Wissenschaften waren entstanden – die Planetologie und Planetografie des Mondes, des Mars, des Merkurs sowie der wichtigsten Trabanten der großen Planeten und einiger Asteroiden. Die Weltraumfahrer, besonders diejenigen, die monate- und sogar jahrelang fern von der Erde arbeiten mussten, hatten sich schon an die nachgiebigen Ablagerungen des uralten Staubs in den Mondtälern gewöhnt, an die roten Marswüsten und die spärlichen Haine des marsianischen Saksauls, an die eisigen Abgründe und die bis zur Weißglut erhitzten Bergplateaus auf dem Merkur, an den fremden Himmel mit mehreren Monden, an die Sonne, die einem kleinen hellen Stern glich. Hunderte von kosmischen Schiffen kreuzten im Sonnensystem in allen Richtungen. Eine neue Etappe der Eroberung des Weltraums durch den Menschen brach an – die Zeit der Eroberung der »schwierigen« Planeten: des Jupiters, des Saturns, des Uranus, des Neptuns und der Venus.

Die Venus war eines der ersten Objekte, denen die Aufmerksamkeit der irdischen Forscher galt. Ihre Erd- und Sonnennähe, die Ähnlichkeit einiger ihrer physikalischen Eigenschaften mit denen der Erde und zugleich das völlige Fehlen halbwegs zuverlässiger Daten über ihre Struktur übten auf die Weltraumfahrer eine besondere Anziehungskraft aus.

Anfangs wurden wie üblich unbemannte Sonden eingesetzt. Die Ergebnisse waren entmutigend. Die dichte Wolkendecke gestattete nicht den geringsten Einblick. Hunderte von Kilometern gewöhnlichen und infraroten Films zeigten immer das gleiche Bild: den eintönigen grauen Vorhang einer undurchdringlichen, offensichtlich sehr dicken Nebelschicht. Auch die Radiooptik versagte hier. Die Radiostrahlen wurden von der Venusatmosphäre entweder verschluckt oder von ihren obersten Schichten reflektiert. Die Bildschirme der Radargeräte blieben schwarz oder strahlten ein gleichmäßiges Licht aus, das nichts besagte. Von den telemechanischen und kybernetischen Selbstfahrlaboratorien, die sich so glänzend bei der Erforschung des Mondes und des Mars bewährt hatten, kamen keinerlei Nachrichten. Sie waren auf dem Grund dieses Ozeans dichter rosagrauer Wolken spurlos verschwunden.

Dann machten sich beherzte Männer auf, um die Venus zu erstürmen. Drei Expeditionen, technisch auf das Modernste ausgerüstet, tauchten mit den besten Raumschiffen nacheinander in die Atmosphäre des rätselhaften Planeten. Das erste Schiff verbrannte, ohne auch nur ein einziges Zeichen gegeben zu haben – die Beobachter hatten ein mattes Aufleuchten an jener Stelle fixiert, wo das Schiff hinuntergegangen war. Die zweite Expedition meldete, sie setze zur Landung an, und das Schiff sei in atmosphärische Strömungen von ungeheurer Stärke geraten. Danach verstummte sie für immer. Der dritten Expedition gelang es, wohlbehalten auf dem Planeten zu landen. Irgendwelche Launen der unberechenbaren venusianischen Atmosphäre ermöglichten es auch, die Verbindung mit den Gelandeten einen ganzen Tag lang aufrechtzuerhalten. Der Expeditionsleiter berichtete über Sandstürme und Windhosen, die ganze Felsen hinwegfegten, und über eine purpurrote Finsternis, die alles ringsum verhülle. Doch nach vierundzwanzig Stunden schwiegen auch diese Tapferen, und einige Tage später hörte man im Lautsprecher ein hektisches Geflüster: »Fieber, Fieber, Fieber ...« Damit riss die Verbindung ab.

Binnen Kurzem scheiterten also drei Expeditionen. Das war zu viel! Die Misserfolge zeigten deutlich, dass der Sturm auf die Venus erst nach einer neuen, äußerst gewissenhaften Vorbereitung erfolgen konnte. Zunächst war eine weitgehende, allseitige und genaue Aufklärung erforderlich. Der Internationale Astronautische Kongress arbeitete zur Erforschung der Venus einen Fünfzehnjahresplan aus. Das ganze reichhaltige Arsenal der Wissenschaft und der Technik wurde eingesetzt. Die Venus erhielt mehrere künstliche Satelliten; sie trugen Observatorien mit unzähligen automatischen Einrichtungen. Selbstfahrende Erkundungslote, Infrarot- und Elektronenoptiken, ionoskopische Anlagen und viele andere Spezialgeräte kamen zur Anwendung. Die größten und genauesten elektronischen Rechenmaschinen der Welt werteten die von diesen Automaten gelieferten Daten aus. Die Stratosphäre der Venus wurde so gründlich erforscht, dass die Gelehrten selbst überrascht waren. Es gelang endlich, mit der erforderlichen Genauigkeit die Umdrehungszeit der Venus um ihre Achse zu ermitteln, und es konnten auch in groben Umrissen die Gebirgszüge kartographiert und die Magnetfelder gemessen werden. Man arbeitete methodisch und zielstrebig.

Die Besatzung eines französischen künstlichen Satelliten stellte auf der Venus ein Gebiet erhöhter Ionisation fest. Einige Zeit später wurde diese Entdeckung von sowjetischen, chinesischen und japanischen Forschern bestätigt. Das Gebiet überstarker Ionisation wurde periodisch über ein und demselben Abschnitt der Venusoberfläche fixiert und umfasste ungefähr eine halbe Million Quadratkilometer. Wie es sich erwies, stand es nicht mit der dichten Wolkenschicht in Zusammenhang und konnte daher unmöglich atmosphärischen Ursprungs sein. Die Annahme lag nahe, dass die Ionisation von radioaktiver Strahlung herrührte, die ihre Quelle auf der Venusoberfläche hatte. War dies der Fall, so mussten dort unten radioaktive Erze von ungeheuer hoher Konzentration liegen. Der Name »Urangolkonda« drängte sich von selbst auf.

Jetzt bekam die Sache ein anderes Gesicht. In Bezug auf schwere aktive Elemente saß die Menschheit immer noch wie auf Hungerration. Die Technologie der Gewinnung von Spurenelementen entwickelte sich langsam, während die Nachfrage nach Aktiniden bei Weitem die Produktion der Anreicherungsbetriebe überstieg und ihre künstliche Herstellung zu teuer war. Zu dem rein wissenschaftlichen Interesse für die Venus gesellte sich also auch das wirtschaftliche.

Abermals wurde eine Serie von Expeditionen gestartet. Sokolowski, der Vizepräsident des Internationalen Astronautischen Kongresses, kam dabei ums Leben. Als erblindeter Krüppel kehrte der furchtlose Nishijima zurück. Verschollen blieb der beste Weltraumpilot Chinas, Shi Fenyu. Der Planet schien aller Bemühungen der Menschen zu spotten. Eine Analyse der spärlichen Daten über die Ursache der Katastrophen zeigte, dass eine erfolgreiche Landung auf der Venus nur möglich war, wenn man von den früheren Formen und Prinzipien der interplanetaren Flugtechnik abrückte. Der Internationale Kongress rief alle astronautischen Institutionen auf, von neuen Versuchen mit den bisherigen Mitteln abzusehen, und setzte eine hohe Prämie für die Konstruktion neuartiger interplanetarer Schiffe aus, die dem brodelnden Panzer der Venusatmosphäre trotzen konnten. In der UdSSR waren die Arbeiten an der Entwicklung einer Photonenrakete in vollem Gange. Andere Länder suchten ebenfalls neue Wege.

Vor zwei Jahren war in den Zeitungen die Nachricht erschienen, dass auf dem größten künstlichen Erdsatelliten *Weidadi Youyi*, »Große Freundschaft«, sowjetische und chinesische Spezialisten für schwereloses Gießen mit dem Guss der Hülle für die erste Photonenrakete begonnen hatten. Vielleicht war es gerade die Rakete, mit der Bykow und seine Kameraden zu den venusianischen Wüsten vorstoßen sollten, die sich – wie Krajuchin sagte – kaum von Bykows geliebter Gobi unterschieden.

Ob eine Photonen- oder eine Atomrakete, ob sich der venusianische Wüstensand von dem irdischen unterschied oder nicht – jedenfalls war es eine Expedition ins Ungewisse. Die interplanetaren Flüge, besonders aber die Arbeit auf anderen Planeten, waren ungeheuer schwierig. Zur Eroberung der Venus und der Schätze der fast sagenhaften Urangolkonda waren überdurchschnittliche Kenntnisse, eiserne Gesundheit und eine zähe Ausdauer erforderlich. Dazu musste man schon ein wahrer Raumfahrer sein, einer von jenen Helden, die gefilmt und mit Blumen empfangen wurden oder ... in den finsteren Abgründen des endlosen Raumes ihre letzte Ruhestätte fanden. Würde der einfache Ingenieur Bykow die Kenntnisse, die Gesundheit und die Ausdauer aufzuweisen haben? Im Übrigen ...

Im Übrigen konnte es Krajuchin besser beurteilen. Krajuchin war der stellvertretende Vorsitzende des SKIPV, des Staatlichen Komitees für Interplanetaren Verkehr. Und wenn Krajuchin überzeugt war, dass Bykow es schaffen würde, so würde er es auch schaffen. Wirklich, diese Raumfahrer waren Menschen wie alle anderen. Was sie konnten, konnte er auch.

Alexej Petrowitsch stellte sich orangefarbene Dünen vor, einen von reglosen schwarzen Wolken bedeckten Himmel und ein Häuflein Menschen mit Sauerstoffmasken, die durch die Treibsande irrten. Vorneweg er ... Ja. Aber wo blieben dabei die Geländewagen? Vielleicht würde die Expedition Fahrzeuge benutzen? Wie würde man die vor Ort bringen?

Bykow ertappte sich dabei, dass er unverwandt die hübsche junge Bibliothekarin hinter dem Tisch gegenüber anstarrte. Das Mädchen zog die Stirn kraus, konnte sich aber dann doch eines Lächelns nicht erwehren. Bykow setzte sofort eine abweisende Miene auf. Ja, er musste nach Aschchabad telegrafieren, dass die Dienstreise länger dauern werde. Schade, dass man sich vor Antritt der Reise nicht mehr sehen konnte. Aber was hätte es auch für einen Sinn gehabt? Ließ sich denn in ein paar Minuten das aussprechen, was man Jahre hindurch nicht zu sagen gewagt hatte? Am besten, man vertraute alles dem Schicksal an. Wenn er zurückkehrte (ein Bild aus einer Illustrierten tauchte in seinem Gedächtnis auf: Die Helden des kosmischen Raumes sind von einem gefahrvollen Flug zurückgekehrt – Blumen, strahlende Gesichter, winkende Hände ...), wenn er zurückkehrte, würde er sich Urlaub nehmen und nach Aschchabad fahren. Er würde zu dem bekannten Haus gehen, auf den Klingelknopf drücken, und dann ...

Bykow blickte auf die Uhr. Bis fünf fehlten noch einige Minuten. Er erhob sich, gab dem lächelnden Mädchen mit einer leichten Verbeugung den Enzyklopädieband zurück und ging zu Krajuchin.

Im Empfangszimmer nickte ihm der einäugige Sekretär wie einem alten Bekannten zu. Bykow blickte noch einmal auf die Uhr – es war eine Minute vor fünf –, fuhr sich mit der Hand über das Haar, zog seine Jacke zurecht und öffnete entschlossen die Tür zum Arbeitszimmer.

Im ersten Augenblick dachte er, er sei in einen falschen Raum geraten. Die Rouleaus waren hochgezogen, durch die geöffneten Fenster strömte helles Sonnenlicht und übergoss die samtigen Kunststoffwände mit warmem Schein. Der Sessel vor dem Tisch war zur Seite gerückt, über der Lehne hing noch immer der Spezialanzug mit dem silbrigen Helm. Der Teppich lag zusammengerollt an der Wand. Auf dem glänzenden Parkett inmitten des Zimmers stand ein seltsamer Gegenstand, der entfernt an eine große graue Schildkröte auf fünf klobigen Beinen erinnerte. Der glatte halbkugelförmige Schild erhob sich etwa einen Meter über dem Fußboden. Um die Schildkröte herum hockten mehrere Männer.

Einer von ihnen, ein breitschultriger, etwas vorgebeugter Hüne mit schwarzgeränderter Brille, die zur Hälfte sein Gesicht verdeckte, hob den Kopf mit der im Sonnenlicht gelblich glänzenden Glatze, und Bykow vernahm Krajuchins heisere Stimme: »Da ist er! Genossen, ich darf Ihnen das sechste Mitglied der Expedition vorstellen, Ingenieur Alexej Petrowitsch Bykow.«

Alle wandten sich ihm zu – ein großgewachsener, sehr schöner Mensch in leichtem eleganten Anzug, ein dicker gutmütig dreinschauender Mann mit glattrasiertem Kopf und hitzegerötetem Gesicht, ein freundlicher schwarzhaariger Bursche, der die sehnigen Hände mit einem Ölläppchen abwischte, und – Dauge, der gute alte Freund Grigori Johannowitsch Dauge, ebenso hager und schlaksig wie im vorigen Jahr in der Gobi, nur nicht wie damals in Pluderhosen und Kopftuch, sondern in gewöhnlichem Straßenanzug; er sah Bykow breit lächelnd an und nickte ihm zu.

»Machen Sie sich bekannt, Genosse Bykow«, sagte Krajuchin und nahm die Brille ab. »Wladimir Sergejewitsch Jurkowski, ein hervorragender Geologe und erfahrener Raumreisender ...«

Der Schönling in dem eleganten Anzug drückte schwach, gleichsam widerwillig Bykows Hand und wandte sich mit gleichgültiger Miene ab. Bykow warf einen Seitenblick auf Krajuchin. Es kam ihm vor, als ob in dessen runden Augen lustige Fünkchen aufblitzten und sogleich wieder erloschen.

»Bogdan Bogdanowitsch Spizyn, Pilot, einer der weltbesten Kosmonauten. Hat an den ersten Expeditionen in den Asteroidengürtel teilgenommen.«

Der schwarzhaarige Bursche entblößte seine prachtvollen Zähne. Seine Hand war heiß und hart wie Eisen.

»Michail Antonowitsch Krutikow«, fuhr Krajuchin fort. »Navigator. Der Stolz unserer sowjetischen Raumfahrt.«

»Aber was reden Sie da, Nikolai Sacharowitsch!«, murmelte der Dicke verlegen und blickte Bykow freundschaftlich von unten her an. »Genosse Bykow könnte tatsächlich annehmen ... Sehr erfreut, Sie kennenzulernen, Genosse Bykow, sehr angenehm ...«

»Und das hier ... Na, ich glaube, hier erübrigt sich das Vorstellen ...«

Bykow und Dauge umarmten einander.

»Traue meinen Augen nicht! Johannytsch, bist du es wirklich?«

»Ich bin es, Alexej!«

Krajuchin berührte Bykow am Ellbogen. »Schiffskommandant und Expeditionsleiter ...«

Bykow drehte sich um. In der Tür stand ein mittelgroßer schlanker Mann mit blassem Gesicht; sein Haar war völlig ergraut, obwohl seine klaren, regelmäßigen Züge ihn nicht älter als fünfunddreißig Jahre erscheinen ließen. Offenbar war er hinter Bykow eingetreten und hatte die einfache Vorstellungszeremonie von der Schwelle aus beobachtet.

»Anatoli Borissowitsch Jermakow.«

Als Bykow den Namen hörte, der vor einigen Monaten Tag für Tag die Zeitungsspalten beherrscht hatte, nahm er unwillkürlich Haltung an. Es gibt Menschen, deren absolute Überlegenheit man gleich vom ersten Augenblick an spürt. Jermakow war eine solche Persönlichkeit. Beinahe physisch spürte Bykow in ihm die ungeheure Willenskraft, die unbeirrbare, fast grausame Zielstrebigkeit, einen wendigen, allseitig entwickelten Geist. Jermakows scharf gezeichneter Mund war zu einem höflichen Lächeln halb geöffnet, doch die dunklen Augen tasteten prüfend und abschätzend das Gesicht des neuen Expeditionsmitglieds ab.

Einige unerträglich lange Sekunden verstrichen. Endlich sagte Jermakow mit weich klingender Stimme: »Sehr erfreut, Genosse Bykow.«

Der Ingenieur drückte ihm die schmale warme Hand und gesellte sich eilig wieder zu Dauge. Er sah, dass Grigori Johannowitschs Stirn feucht war. Im Zimmer war es übrigens ziemlich heiß.

»So, Genossen ...«, sagte Krajuchin. »Jetzt, da wir alle beisammen sind, können wir mit unserer Besprechung beginnen – der letzten in Moskau.«

Er trat zum Tisch und drückte auf einen der Knöpfe an dem Ebonitschild neben dem Videophon. Ein leises Brummen ertönte. Bykow wich unwillkürlich zurück, als die graue Schildkröte langsam im Fußboden versank und sich über dem breiten quadratischen Schacht die Parkettklappen schlossen. Dauge und Spizyn rollten den Teppich darüber, und der dicke Krutikow schob den Sessel an den Tisch.

»Bitte, setzen Sie sich, Genossen!«, sagte Krajuchin. Alle nahmen auf den weichen Polsterstühlen Platz. Es wurde still.

»Ich bin froh, Ihnen mitteilen zu können, Freunde«, begann Krajuchin, »dass der Befehl unterzeichnet ist. Es geschah vor zwei Stunden, und der Personalbestand der Expedition – um es einmal so zu nennen – ist ohne Vorbehalt bestätigt worden. Ich beglückwünsche Sie!«

Niemand rührte sich, nur Jurkowski hob den Kopf und sah flüchtig zu Bykow hin.

»Was aber die Aufgabe angeht ...« – Krajuchin hielt sich ein Blatt Papier vor die Brille – »was die Aufgabe angeht, so hat das Komitee einige Änderungen vorgenommen. Richtiger gesagt, Ergänzungen.«

»Es geht los ...«, murmelte Dauge unzufrieden.

Das Telefon klingelte. Krajuchin nahm den Hörer ab, legte ihn wieder auf, drückte auf den Umschalter und knurrte: »Ich habe eine Besprechung.«

»Jawohl«, ließ sich eine Stimme vernehmen.

»Fahren wir also fort, Genossen. Im Großen und Ganzen bleibt alles sozusagen beim Alten. Die Aufgabe lautet: Erprobung der neuen technischen Mittel und geologische Erkundung auf der Venus. Da sich aber jetzt ein Neuling unter uns befindet, der über die Aufgabe nicht im Bilde ist, und eingedenk dessen, dass Übung sozusagen den Meister macht ... und es überhaupt nichts schaden kann, diesen Befehlsteil Ihnen allen noch mal in Erinnerung zu rufen, lese ich den Text im Wortlaut vor. Paragraph acht. Die Expedition hat den Auftrag: erstens, die betriebstechnischen Eigenschaften des neuen interplanetaren Verkehrsmittels, der Photonenrakete *Chius*, allseitig zu erproben, zweitens, auf der Venus in der Nähe der radioaktiven Erzvorkommen ›Urangolkonda‹ zu landen, die vor zwei Jahren von der Expedition Tachmasib-Jermakow entdeckt wurden ...«

Bykow seufzte vernehmlich. Dauge legte ihm beschwichtigend die Hand aufs Knie ...

»... und dieses Gebiet geologisch zu erforschen. Paragraph neun. Die Aufgabe der geologischen Gruppe der Expedition besteht darin, die Grenzen der ›Urangolkonda‹ zu ermitteln, Gesteinsproben zu sammeln und annähernd die Menge der dort vorhandenen radioaktiven Bodenschätze zu berechnen. Nach der Rückkehr soll dem Komitee ein Gutachten über den ökonomischen Wert der Lagerstätte vorgelegt werden. Wie Sie sehen, ist bis hierher alles so geblieben, wie es war. Und jetzt kommt ein neuer Punkt. Hören Sie ... Paragraph zehn. Ferner hat die Expedition die Aufgabe, höchstens fünfzig Kilometer von den Grenzen der Uranvorkommen entfernt einen Landeplatz ausfindig zu machen, der für alle Arten interplanetarer Verkehrsmittel geeignet erscheint, und an diesem Platz automatische Ultrakurzwellen-Funkfeuer, Konstruktion Usmanow-Schwarz, mit Speisung aus örtlichen Ressourcen aufzustellen.«

Krajuchin legte das Papier beiseite und überflog die Anwesenden mit prüfendem Blick. Eine Weile herrschte Schweigen. Endlich sagte Jurkowski, eine seiner dichten schwarzen Brauen effektvoll in die Stirn schiebend: »Wer soll sich denn damit befassen?«

»Komische Frage, Wladimir Sergejewitsch.« Krajuchin lächelte.

»Aber natürlich werden wir den Platz ausfindig machen!«, fiel Dauge rasch ein. »Nötigenfalls werden wir ihn auch bauen. Doch was die Funkfeuer betrifft ... Die Sache ist offenbar wirklich recht kompliziert und erfordert bestimmte Fachkenntnisse ...«

»Na, das ist nun nicht mehr meine Sorge, liebe Genossen, das ist Angelegenheit des Expeditionsleiters.« Krajuchin nahm eine Zigarette aus der Schreibtischschublade und steckte sie an. »Nicht wahr, Anatoli Borissowitsch?«

Neugierig drehte sich Bykow zu Jermakow um. Jener nickte gleichmütig.

»Ich denke, wir werden auch das schaffen«, sagte er langsam. »Wenn ich mich nicht irre, stehen uns bis zum Start noch mindestens anderthalb Monate zur Verfügung. In dieser Zeit können wir uns vollauf mit der Konstruktion der Funkfeuer vertraut machen und zwei bis drei Probemontagen durchführen. Das wird wohl gar nicht so kompliziert sein ...«

»Ziehen Sie aber in Betracht, mein Guter«, unterbrach ihn Krajuchin, »dass ich Ihnen keinesfalls anderthalb Monate dafür bewillige. Nicht einmal einen Monat.«

»Na, dann müssen eben drei Wochen genügen.« Jermakow senkte den Blick und begann seine langen, schlanken Finger zu betrachten.

»Ich habe eins nicht verstanden«, mischte sich Jurkowski ein, ohne Krajuchins Antwort abzuwarten. »Was bedeutet ›mit

Speisung aus örtlichen Ressourcen‹? So, glaube ich, heißt's im Befehl?«

»Das bedeutet, Wladimir Sergejewitsch, dass Sie die Energiequelle für die Funkfeuer an Ort und Stelle suchen müssen«, sagte Krajuchin. »Übrigens, ich glaube, für unsere Techniker ist diese Frage klar, stimmt's?«

Krutikow nickte eifrig, und Spizyn sagte lächelnd: »Gewiss ... Radioelemente, wenn die Golkonda auch nur halb so reich an aktiven Stoffen ist, wie man annimmt, oder Thermoelemente ... Aber ... Ach, was gibt's da viel zu reden! Befehl ist Befehl!«

»Befehlen ist etwas anderes als ausführen«, murmelte Jurkowski finster. »Auf jeden Fall hätte man sich mit uns über diesen Punkt einigen müssen, ehe man ihn in den Befehl aufnahm.«

Warum weist Krajuchin diesen aufgeblasenen Fant nicht in die Schranken?, dachte Bykow ungehalten.

Krajuchins schmallippiger Mund verzog sich zu einem spöttischen Lächeln.

»Sie sind also der Ansicht, Wladimir Sergejewitsch, dass die Expedition dadurch überfordert wird?«

»Darum geht es nicht ...«

»Natürlich nicht«, sagte Krajuchin scharf. »Es geht darum, dass von acht Schiffen, die während der letzten zwanzig Jahre zur Venus ausgeschickt wurden, sechs verschollen sind. Es geht darum, dass die *Chius* nicht nur – und auch nicht so sehr – um Ihrer geologischen Begeisterung willen ausgeschickt wird, Wladimir Sergejewitsch. Es geht darum, dass Ihnen andere folgen werden ... Dutzende andere, Hunderte andere. Die Venus, die Golkonda kann man nicht mehr ohne Orientierungsmale lassen. Man kann's nicht mehr, Donnerwetter noch mal! Entweder stellen wir dort verlässliche automatische Funkfeuer hin, oder wir werden die Leute bis in alle Ewigkeit in den fast sicheren Tod schicken. Ist das denn so schwer zu begreifen, Wladimir Sergejewitsch?«

Er bekam einen Hustenanfall, drückte die Zigarette aus und fuhr sich mit dem Taschentuch über die Glatze. Jurkowski, der schon bei den ersten Worten Krajuchins puterrot geworden war, blickte zur Seite. Alle schwiegen. Dauge stieß Bykow mit dem Ellbogen an.

»So wird unsereiner aus den höheren Regionen auf die Erde heruntergezerrt«, sagte er leise.

»Warte, Johannytsch!«, flüsterte Bykow ungeduldig. »Lass uns zuhören.«

Er hatte immer noch eine unklare Vorstellung von der Aufgabe und von den Mitteln der Expedition. Das Häuflein Menschen, das durch die Treibsande irrte, hatte es immer schwerer. Jetzt mussten sie sperrige Metallrahmen mitschleppen, dazu noch sonderbare Apparate, die fünfbeinigen Schildkröten ähnelten ... Klar war zunächst, dass zumindest eine Landung auf der Venus erfolgreich verlaufen war, die Landung der Expedition Tachmasib-Jermakow. Die Urangolkonda war also kein Mythos.

»Ich nehme an, dass der Flugplan nicht geändert wird?«, fragte Jermakow.

»Nein, der Plan wird nicht geändert. Michail Antonowitsch hat sich auf einen Start zwischen dem fünfzehnten und achtzehnten August zu orientieren.«

Der Navigator lächelte und nickte.

»Ich habe noch eine Frage«, meldete sich Jurkowski abermals.

»Bitte sehr, Wladimir Sergejewitsch.«

»Mir ist die Rolle des Genossen ... äh, Bykow in unserer Expedition nicht ganz verständlich. Ich zweifle nicht im Geringsten an seinen äh ... vorzüglichen Qualitäten, sowohl den physischen als auch den geistigen. Aber ich hätte gern etwas über sein Fachgebiet und seine Aufgaben erfahren.«

Bykow hielt den Atem an.

»Es ist Ihnen bekannt«, sagte Krajuchin gedehnt, »dass die Expedition unter wüstenähnlichen Verhältnissen arbeiten wird. Und Genosse Bykow kennt die Wüste genau.«

»Hm ... Ich dachte, er sei Spezialist für Landeplätze. Man sollte meinen, dass Dauge die Wüste ebenso gut kennt.«

»Dauge kennt die Wüste bedeutend schlechter!«, mischte sich Grigori Johannowitsch wütend ein. »Bedeutend schlechter! Der erwähnte Dauge ist in den allergewöhnlichsten Sandhügeln der Gobi stecken geblieben, und wenn Bykow nicht gewesen wäre ... Du kennst Bykow nicht, Wolodja, du kennst auch die Wüste nicht. Nicht alle Wüsten sind so wie die Große Syrte.«

Krajuchin wartete ruhig, bis Dauge ausgesprochen hatte, und

schloss: »Außerdem ist Alexej Petrowitsch ein ausgezeichneter Ingenieur, Geländewagenfahrer, Chemiker und Radiologe.«

Jurkowski zuckte die Achseln. »Verstehen Sie mich nicht falsch. Ich habe nichts gegen Ingenieur Bykow. Aber ich muss doch schließlich die Aufgaben meines Expeditionsgefährten kennen! Jetzt bin ich informiert: Er ist Wüstenspezialist.«

Bykow presste die Zähne zusammen und schwieg. Krajuchin aber heftete ärgerlich den Blick seiner runden Augen auf Jurkowski und sagte mit dröhnender Stimme: »Korrigieren Sie mich, falls ich mich irren sollte, Wladimir Sergejewitsch. Ist Ihnen nicht mal, als Sie vor fünf Jahren auf dem Mars waren, die Gleiskette an Ihrem Geländewagen gerissen? Und Sie und Chlebnikow schleppten sich zu Fuß fünfzig Kilometer weit, weil Sie es nicht verstanden, sie zu reparieren ...«

Jurkowski sprang auf und wollte etwas erwidern, doch Krajuchin fuhr fort: »Und letzten Endes handelt es sich auch gar nicht darum. Ingenieur Bykow ist, abgesehen von allem anderen, auch wegen seiner hervorragenden körperlichen und geistigen Qualitäten, an denen Sie nach Ihren eigenen Worten keineswegs zweifeln, der Expedition beigegeben worden. Er ist ein Mensch, auf den Sie sich im kritischen Moment verlassen können, Wladimir Sergejewitsch. Und solche Momente wird es dort geben, das versichere ich Ihnen!«

»Kapituliere schon!« Krutikow klopfte Jurkowski auf den Rücken. »Um so mehr, als er es gewesen ist, der deinen geliebten Dauge gerettet hat.«

»Hör auf!«, knurrte Jurkowski.

Bykow atmete auf und strich sich über den widerborstigen Schopf.

»Übrigens, die Verteilung der Pflichten«, sagte Krajuchin und holte einen vierfach zusammengefalteten Bogen Papier aus der Schreibtischlade. »Alle kennen sie, aber ... zur Wiederholung lese ich sie noch einmal vor. Jermakow – Expeditionsleiter, Schiffskommandant, Physiker, Biologe und Arzt. Spizyn – Pilot, Funker, Navigator und Bordingenieur. Krutikow – Navigator, Kybernetiker, Pilot und Bordingenieur. Jurkowski – Geologe, Funker, Biologe. Dauge – Geologe, Biologe. Bykow – Atomfahrzeugingenieur, Chemiker, Fahrer des Geländewagens, Funker.«

»Und Wüstenspezialist ...«, flüsterte Dauge.

Bykow zog ungehalten die eine Schulter hoch.

»Und jetzt noch etwas ...« Krajuchin erhob sich und stemmte die Hände auf den Tisch. »Einige Worte über das ›Rätsel Tachmasibs‹ ...«

»Ach du lieber Himmel!«, stöhnte Krutikow.

»Was sagten Sie?« Krajuchin wandte sich ihm zu.

»Nichts, Nikolai Sacharowitsch.«

»Sie wollten wahrscheinlich sagen, dass Sie den Mythos um das ›Rätsel Tachmasibs‹ bis zum Überdruss satthaben?«

»N-ein ...« Krutikow rutschte auf seinem Stuhl hin und her und blickte von der Seite auf Jermakow. »Nicht direkt ...«

»Doch in diesem Sinne. Aber kommen wir zur Sache. Jemand im Präsidium der Akademie interessiert sich sehr für diese Frage und hat gebeten, die Arbeit an der Entschlüsselung des ›Rätsels‹ in den Expeditionsplan aufzunehmen.«

»Versteht sich ...« Krutikow nickte lächelnd.

»Ich habe es abgelehnt und mich dabei auf die Überlastung der Expedition berufen. Doch da Sie ohnehin in der Nähe der Golkonda arbeiten werden, bitte ich Sie, alle Erscheinungen zu registrieren, die auch nur im entferntesten auf das hinweisen, was Tachmasib begegnet ist. Sind wir uns einig?«

Alle schwiegen. Nur Jermakow bemerkte leise: »Leider ist die Meinung, dass der merkwürdige Vorfall mit Tachmasib ein Mythos ist, sehr verbreitet. Aber sein Tod ist doch kein Mythos ...«

»Der kann tausenderlei Ursachen haben«, sagte Dauge.

»Nicht ausgeschlossen. Daher ist es ebenso wenig ausgeschlossen, dass der ›rote Ring‹, was er auch zu bedeuten haben mag, wirklich existiert und die Ursache seines Todes war.«

»Kurz gesagt, es ist kein Befehl«, sagte Krajuchin. »Obwohl ich fürchte, dass sich das ›Rätsel Tachmasibs‹ von selbst bemerkbar machen wird, unabhängig davon, ob Sie daran glauben oder nicht ... Das ist alles, was ich Ihnen über die Aufgaben der Expedition mitzuteilen habe. Jetzt zu den laufenden Angelegenheiten. Sie wissen, dass wir morgen abfliegen. Treffpunkt hier um zwölf Uhr. Wir fahren zum Wnukowo-Flughafen ... Alexej Petrowitsch!«

»Ja!« Bykow sprang auf.

»Bleiben Sie sitzen, bleiben Sie sitzen. Wo übernachten Sie? Im ›Praha‹?«

»Bei mir«, sagte Dauge rasch.

»Ausgezeichnet! Also dann, Genossen, wenn niemand mehr Fragen hat, können Sie sich reisefertig machen. Sie, Anatoli Borissowitsch, bitte ich noch fünf Minuten hierzubleiben.«

Alle standen auf und verabschiedeten sich. Im Empfangszimmer hakte sich Dauge bei Bykow ein.

»Geh runter, Alexej, und warte in der Vorhalle auf mich, ich will nur schnell meinen Wagen holen. Wir werden uns einen gemütlichen Abend machen. Ich glaube, wir haben uns viel zu erzählen, stimmt's?«

»Was bist du bloß für ein scharfsinniger Mensch, Johannytsch«, brummte Bykow.

An der Schwelle

Bykow warf die Decke beiseite und setzte sich auf. Sosehr er sich auch Mühe gab, er konnte nicht einschlafen. Im Zimmer war es dunkel, nur die auf den Fußboden gerutschten Betttücher schimmerten matt. Hinter den breiten Fenstern leuchtete der nächtliche Himmel vom Widerschein des Moskauer Lichtermeeres.

Bykow streckte die Hand nach seiner Armbanduhr aus, die vor ihm auf einem Stuhl lag. Die Uhr entglitt ihm und fiel auf den Fußboden. Bykow bückte sich und tastete suchend über den Läufer. Die Uhr war nicht zu finden. Fluchend stand er von der Couch auf und begann die Betttücher zu ordnen. Er tat es bereits zum dritten Mal, nachdem Dauge ihm gute Nacht gewünscht und sich in sein Schlafzimmer zurückgezogen hatte, um – wie er sagte – noch einige Briefe zu schreiben. Bykow hatte sich hingelegt, doch der Schlaf floh ihn. Er wälzte sich hin und her, seufzte, versuchte eine bequemere Lage zu finden, zählte bis hundert. Es nutzte nichts.

Zu viele Eindrücke, dachte er, während er sich wieder auf die Couch setzte. Ich denke zu viel. Dauge hat mir manches erklärt, doch das meiste ist mir unklar geblieben. Schön wäre es, jetzt eine Zigarette zu rauchen. Aber nein, ich darf nicht: Ich muss mir das Rauchen und das Trinken von Alkohol abgewöhnen ... Am Abend hatte Johannytsch die Andeutung Bykows, in seinem Koffer warte auf sie beide eine Flasche ausgezeichneten armenischen Kognaks, ohne jeden Enthusiasmus aufgenommen und völlig gleichgültig gefragt: »Lagerung mindestens fünfzehn Jahre?«

»Zwanzig!«, trumpfte Bykow auf. »Na, dann schmeiß ihn doch raus!«, schlug Dauge vor. »Schmeiß ihn gleich in die Müllleitung oder gib ihn morgen jemandem. Und denke daran, dass du an Bord nicht rauchen darfst. So schreibt es die Dienstordnung vor. Auf der Erde – Traubenwein in kleinen Mengen, während der Fahrt – keinen Tropfen. So lautet die Satzung, Genosse Raumreisender.«

»Das reinste Kloster«, knurrte Bykow ärgerlich, während er sich bemühte, eine möglichst bequeme Lage unter der Decke zu finden. »Nichts als schlafen. Will's noch mal versuchen.«

Er schloss die Augen, und sogleich erstand vor ihm die riesige leere Vorhalle, wo er nach der Besprechung auf Dauge gewartet hatte. Bogdan Spizyn und der dicke Krutikow waren an ihm vorbeigegangen und an den Bücherstand getreten. Soviel er verstehen konnte, sprachen sie über irgendein neu erschienenes Buch. Genauer gesagt, Spizyn schwieg mit einem einnehmenden Lächeln um den Mund, während Krutikow mit seiner hohen Tenorstimme unentwegt weiterredete und dabei dem Neuling Bykow die freundlichsten und wohlwollendsten Blicke zuwarf. Dieser merkte, dass sie ihn gern ins Gespräch gezogen hätten, doch da tauchten Dauge und Jurkowski auf. Dauge näherte sich ungestümen Schrittes, seine Lippen waren fest zusammengekniffen. Jurkowskis Wangenmuskeln zuckten vor Erregung; in der Hand hielt er eine zerknitterte Zeitung.

»Dangée ist umgekommen«, sagte Jurkowski, als er die Gefährten erreicht hatte.

Bykow sah, wie das Lächeln in Spizyns Gesicht augenblicklich erstarb.

»Verflucht!«, murmelte er.

Krutikow schob den Oberkörper vor, seine Lippen bebten. »Mein Gott – Paul?!«

»Über dem Jupiter!«, sagte Jurkowski wütend. »Ist in der Exosphäre stecken geblieben, hat an Fahrt verloren und wollte nicht umkehren.«

Er hielt den Kameraden die Zeitung hin. Bykows Blick fiel auf ein schwarzumrandetes Porträt – ein schlanker junger Mann mit schwermütigen Augen.

»Jupiter ... wieder der verfluchte Jupp!« Jurkowski ballte die Fäuste. »Schlimmer als die Venus! Schlimmer als alles auf der Welt!« Er wandte sich jäh um und ging mit langen Schritten davon.

»Paul Dangée, Paul ...«, wiederholte Krutikow und schüttelte kummervoll den Kopf.

»Und ich habe nicht mal auf seinen Brief geantwortet, bin einfach nicht dazu gekommen«, presste Dauge hervor.

Dann waren sie verstummt. Nur der Buchdeckel hatte in Michail Antonowitsch Krutikows Händen geknistert ...

Bykow öffnete die Augen und drehte sich auf den Rücken. Dieses Vorkommnis hatte einen Schatten auf den ganzen Abend geworfen. Eine gute Unterhaltung mit Johannytsch war nicht zustande gekommen. Diese Raumfahrer sind verdammt kühne Burschen, dachte Bykow. Und erstaunlich hartnäckig. Richtige Helden! Wie viele von ihnen sind auf der Venus umgekommen! In den klobigen Impulsraketen mit dem begrenzten Brennstoffvorrat sind sie zum Angriff vorgegangen. Niemand hat sie getrieben, man hat versucht, sie zurückzuhalten, und wer lebendig wiederkehrte, dem wollte man nicht erlauben, noch einmal zu fliegen.

Jetzt würde die *Chius* zum Sturm auf die Venus starten.

Die Photonenrakete *Chius* ... Wie jeder Ingenieur, der sich in der Kernphysik auskennt, war auch Bykow mit der Theorie des Photonenantriebs vertraut; interessiert verfolgte er alles Neue, was in der Presse darüber erschien. Der Photonenreaktor verwandelt den Treibstoff in Quanten elektromagnetischer Strahlung, die – als Antriebskraft verwendet – der Rakete fast Lichtgeschwindigkeit verleihen. Als Energiequelle für den Photonenantrieb können entweder thermonukleare Prozesse dienen (teilweise Umwandlung des Treibstoffs in Strahlung) oder Annihilationsprozesse von Antimaterie (vollständige Umwandlung des Treibstoffs in Strahlung). Die Vorzüge der Photonenrakete gegenüber der Atomrakete mit flüssigem Treibstoff sind gewaltig. Erstens: relativ niedriges Gewicht des Treibstoffs; zweitens: große Nutzlast; drittens: phantastisch hohe Manövrierfähigkeit; viertens ...

So lautete die Theorie. Doch Bykow wusste ebenso gut, dass bis vor Kurzem alle Versuche, die Idee des Photonenantriebs in die Praxis umzusetzen, gescheitert waren. Ein unlösbares Problem schien die Reflexion der Strahlung zu sein. Für die Erzeugung der Photonenschubkraft ist ein Strahlungsdruck von vielen Millionen Kilokalorien je Sekunde auf einen Quadratzentimeter der Reflektoroberfläche erforderlich, doch keiner der bekannten Stoffe hielt den dabei entstehenden Temperaturen von Hunderttausenden von Graden stand. Unbemannte Modelle verbrannten, ohne auch nur den hundertsten Teil des Treibstoffs verbraucht zu haben. Und nichtsdestoweniger war die Photonenrakete *Chius* gebaut worden!

»Man schuf einen idealen Spiegel«, hatte Dauge gesagt, »einen ›absoluten Reflektor‹! Eine Substanz, die alle Strahlenarten von beliebiger Intensität und alle Arten von Elementarteilchen mit Energien bis zu hundert und hundertfünfzig Millionen Elektronenvolt reflektiert. Außer dem Neutrino, glaube ich. Eine zauberhafte Substanz! Ihre Theorie hat ein Institut in Nowosibirsk ausgearbeitet. Freilich, dort dachte man nicht an die Photonenrakete. Man suchte nach einem Idealschutz vor den Strahlen, die aus Kernreaktoren dringen. Aber Krajuchin hat sofort erkannt, was sich daraus machen ließ.« Dauge lächelte. »Krajuchin ist ein Fanatiker der Photonenrakete. Der Aphorismus ›Die Photonenrakete bedeutet die Eroberung des Weltalls‹ stammt von ihm. Sogleich riss er den ›absoluten Reflektor‹ an sich, setzte zu seiner Herstellung zwei Drittel der Komiteelaboratorien ein, und das Ergebnis ist die *Chius*.«

Der »absolute Reflektor« war die erste reale Errungenschaft einer neuen, beinahe phantastischen Wissenschaft – der mesoatomaren Chemie, der Chemie der künstlichen Atome, deren Hüllenelektronen durch Mesonen ersetzt wurden. Das hatte Bykows Interesse so erregt, dass er vorübergehend alles vergaß – den unglücklichen Paul Dangée, die Venus, sogar die Expedition. Leider wusste Dauge nur wenig über den »absoluten Reflektor«, dafür konnte er aber viel Interessantes über die *Chius* berichten.

Die *Chius* war ein kombiniertes Raumschiff: Fünf gewöhnliche Atomimpulsraketen trugen einen Parabolspiegel, den »absoluten Reflektor«, in dessen Brennpunkt genau dosierte Mengen Tritiumplasma mit bestimmter Frequenz eingespritzt wurden. Die Atomraketen hatten zweierlei Bestimmung: Erstens gaben sie der *Chius* die Möglichkeit, auf der Erde zu starten und zu landen; der Photonenantrieb eignete sich dazu nicht, er hätte die Atmosphäre vergiftet, wie eine Explosion Dutzender von Wasserstoffbomben. Zweitens speisten die Raketenreaktoren mächtige Elektromagneten, in deren Feld das Plasma gebremst wurde und eine thermonukleare Fusion entstand.

Sehr einfach und scharfsinnig. Fünf Raketen und ein Spiegel. Übrigens, die hässliche fünfbeinige Schildkröte, die Bykow in Krajuchins Arbeitszimmer gesehen hatte, war das Modell der *Chius*. Offen gesagt – eleganter Formen konnte sich das Photonenschiff nicht rühmen ...

Der Ingenieur setzte sich wieder auf und lehnte seinen Rücken gegen die kühle Wand.

»Wir starten mit der Photonenrakete *Chius 2*. *Chius 1* ist vor zwei Jahren während eines Probefluges verbrannt«, hatte Dauge widerwillig gesagt. »Kein Mensch weiß, warum. Niemand ist da, den man danach fragen könnte. Der Einzige, der etwas Näheres darüber gewusst haben mag, der gute Aschot Petrosjan, ist zusammen mit der ganzen Masse legierten Titans, woraus die *Chius 1* bestand, zu Atomstaub zerfallen. Ein leichter und ehrlicher Tod ...«

Wahrscheinlich fürchtet niemand von uns den Tod, dachte Bykow. Wir wollen ihn bloß nicht ... Wer hat das gesagt?

Er erhob sich von der Couch. Es würde ihm nicht gelingen einzuschlafen, das war klar. »Absoluter Reflektor«, Dangée, die *Chius*, Petrosjan ... Es blieb nur noch das letzte Mittel. Wenn man nicht schlafen konnte, musste man sich gehörig abkühlen.

Er trat auf den Balkon und tastete mechanisch in der Jackentasche nach der Zigarettenpackung. Dann lehnte er sich über die Brüstung. Stille herrschte ringsum, die riesige Stadt schlief in dem trügerischen Halbdunkel der Julinacht. In der Ferne leuchtete zart rosig der Horizont, im Norden stach wie ein Pfeil die blendend weiße Spitze auf dem Palast der Sowjets in den grauen Himmel.

Es muss schon mindestens zwei sein, dachte Bykow. Wo ist bloß meine Uhr geblieben? Erstaunlich warm! Und was für ein sanfter, lauer Wind ... *Chius* aber – so nennen die Sibirier den Wintersturm, den Nordwind. Die Photonenrakete wurde von sibirischen Ingenieuren projektiert, und sie waren es auch, die dieses Wort als Bezeichnung für das Projekt vorschlugen. Später ging die Bezeichnung auf die Rakete über.

Seltsame, ungewohnte Namen! *Chius* – als Inbegriff sibirischer Kälte, »Urangolkonda« – anscheinend nach der alten Stadt, wo König Salomon einst seine Diamanten aufbewahrte ... Und dann noch – das »Rätsel Tachmasibs«.

Tachmasib Mechti, ein bekannter aserbaidshanischer Geologe, war der erste Mensch, der dem Atomvulkan Golkonda einen Besuch abstattete. Jermakow, Tachmasib und zwei weitere Geologen landeten mit einer eigens dazu ausgerüsteten Sportrakete auf der Venus. Es war ein gewaltiger Erfolg und ein glücklicher Zufall. Alle waren dieser Meinung, auch Jermakow selbst.

Sie landeten etwa zwanzig Kilometer von der Golkonda entfernt. Tachmasib ließ Jermakow in der Rakete zurück und ging mit seinen Geologen auf Erkundung aus. Nach vier Tagen kehrte er allein zurück, halbtot vor Durst, furchtbar ausgemergelt und über und über mit Strahlenwunden bedeckt. Er brachte Proben von Uran-, Radium- und Transuranerzen mit (»Die reichhaltigsten Erze, die es je gegeben hat, Alexej, wunderbare Erze!«, hatte Dauge gesagt) und in einem Behälter rötlich-grauen radioaktiven Staub. Der Ärmste war bereits halb wahnsinnig. Er hielt Jermakow den Behälter entgegen und redete rasch und eifrig etwas auf Aserbaidshanisch. Jermakow verstand Tachmasibs Muttersprache nicht und flehte den Geologen an, russisch zu sprechen, weil es sich offenbar um etwas sehr Wichtiges handelte. Aber Tachmasib sagte auf Russisch nur folgende Worte, wobei er wieder auf den Behälter zeigte: »Hütet euch vor dem Roten Ring, flieht vor dem Roten Ring!« Dann sprach er bis zu seinem Tode kein Wort mehr. Er starb beim Start, und Jermakow verbrachte fast zwei Wochen mit der Leiche in der Rakete.

Der Rote Ring – das war das Rätsel Tachmasibs, das Rätsel um den Tod dreier Geologen, das Rätsel der Golkonda. Vielleicht war es auch kein Rätsel. Vielleicht war Tachmasib, wie viele annahmen, von der Strahlenkrankheit oder vom Anblick der Todesqualen seiner Kameraden wahnsinnig geworden. Das rötlich-graue Pulver im Behälter erwies sich als eine komplizierte siliziumorganische Verbindung – auf der Erde übrigens schon seit Langem bekannt.

Weshalb Tachmasib diesen Behälter bis zum Raumschiff mitgeschleppt hatte, war unergründlich. Und unergründlich war auch, was der »rote Ring« damit zu tun hatte ...

Dauge erzählte davon mit raschen, sich überstürzenden Worten und verzog immer wieder das Gesicht, als habe er Sodbrennen. Er glaubte nicht an das »Rätsel Tachmasibs«. Dafür hätte er stundenlang über den Reichtum der Golkonda reden können. Wenn es ihm nur gelänge, dorthin zu kommen, und müsste er auch auf allen vieren kriechen!

Bykow setzte sich seitwärts auf die Balkonbrüstung; das Zigarettenpäckchen drückte ihn, und er legte es neben sich. Mit leisem Surren zog ein kleiner Hubschrauber über das Haus hinweg. Bykow folgte mit den Augen den Positionslichtern – dem roten und dem gelben –, und wieder musste er an sein Gespräch mit Dauge denken.

Tachmasib und seine Kameraden sind zu Fuß zur Golkonda gegangen. Aber unsere Expedition nimmt einen Geländewagen mit. Dauge meint, die Maschine sei ausgezeichnet. Bei Johannytsch ist alles ausgezeichnet: die *Chius*, der Geländewagen, Jurkowski ... Nur über den Kommandanten hat er sich merkwürdigerweise zurückhaltend geäußert. Wie es sich herausstellt, ist Jermakow Krajuchins Pflegesohn. Einer der besten Kosmonauten der Welt, aber ein Sonderling. Freilich, er hat Schweres erlebt. Dauge hat irgendwie unbestimmt von ihm gesprochen.

»Persönlich kenne ich ihn fast gar nicht ... Man sagt ... man sagt, er sei sehr mutig, sehr klug und sehr grausam. Man sagt, dass er nie lacht ...«

Jermakows Frau war der erste Mensch, der den natürlichen Trabanten der Venus betrat. Und dort geschah irgendein Unglück. Niemand weiß darüber etwas Genaues – es soll zu einem Zusammenstoß zwischen den Besatzungsmitgliedern gekommen sein. Seither werden keine Frauen mehr auf interplanetare Fernflüge mitgenommen, und Jermakow widmet sich voll und ganz der Erstürmung der Venus. Vier seiner Versuche, auf dem Planeten zu landen, verliefen erfolglos. Das fünfte Mal flog er mit Tachmasib Mechti. Und jetzt begibt er sich mit der *Chius* zum sechsten Mal zur Venus.

Die Hände auf dem Rücken, durchmaß Bykow den Balkon. Nein, an eine Abkühlung war gar nicht zu denken. Es war warm, sogar schwül. Vielleicht sollte er sich doch eine Zigarette anstecken? Er spürte in sich die Überzeugung wachsen, dass eine Zigarette das beste und radikalste Mittel gegen Schlaflosigkeit sei. Seine Hand streckte sich nach der Packung aus.

Das beste Mittel, über eine Versuchung hinwegzukommen, ist, ihr nachzugeben. Er lächelte sarkastisch. Teufel noch mal! Die Satzung! ... Das Päckchen flog von der elften Etage in die Tiefe. Bykow beugte sich über die Brüstung und blickte in das Dunkel hinab. Plötzlich flammten unten die Lichtkegel zweier Autoscheinwerfer auf, glitten lautlos über den Asphalt und verschwanden.

Schade um die Zigaretten!, dachte Bykow ... Ach, ihr Schwächen und Sünden! Schlafen muss man ... Er trat ins Zimmer und gelangte tastend zur Couch. Etwas knirschte unter seinem Fuß. Arme Uhr!, dachte er, bemüht, sich in der Dunkelheit zurechtzufinden.

Mit einem Seufzer ließ er sich auf die Schaumgummipolsterung fallen. Nein, heute wirst du nicht einschlafen können, Genosse Ingenieur und Wüstenspezialist! Warum hat dieser stutzerhafte Jurkowski nur so einen Rochus auf mich? Jetzt habe ich meinen Spitznamen weg: Wüstenspezialist! Und wie sich sein Gesicht veränderte, als er von Paul Dangée sprach! Ja, so einer leidet selbst vor dem Start nicht an Schlaflosigkeit. »Wir fürchten den Tod nicht, wir wollen ihn bloß nicht ...« Stimmt's, Ingenieur? Und wenn nun auf einmal ein halbes Jahr später jemand in derselben Vorhalle die Neuigkeit verbreitet: »Haben Sie schon gehört, Genossen, die *Chius* ist verloren, Jermakow ist umgekommen, Jurkowski und dieser, wie heißt er doch gleich ... der Wüstenspezialist ...« Unsinn, Alexej! Das kommt alles von der Schlaflosigkeit und vom Nichtstun. Wenn es nur bald hell würde! Dann geht's zum Siebenten Testgelände, auf den Raketenflugplatz im hohen Norden, wo sich die Expedition zum Start vorbereiten und auf die *Chius* warten soll, die jetzt ihre Probefahrt absolviert. Heute muss ich um acht aufstehen, und ich kann nicht einschlafen, zum Kuckuck! Dauge schläft natürlich schon ...

Erst jetzt bemerkte Bykow, dass durch die spaltbreit geöffnete Tür zum Schlafzimmer ein schwacher Lichtschein an die Wand fiel. Er stand auf, schlich sich auf Zehenspitzen zur Tür und blickte durch den Spalt.

Am Tisch neben dem aufgedeckten Bett saß Dauge, den Kopf in die Hände gestützt. Der Tisch war fast leer, auf dem Fußboden stand ein riesiger praller Rucksack. Darauf lag ein Geologenhammer mit poliertem Stiel. Bykow räusperte sich verhalten.

»Komm herein«, sagte Dauge, ohne sich umzudrehen.

»Äh ...«, machte Bykow, völlig verwirrt. »Weißt du, ich habe ganz vergessen, zu fragen ...«

Dauge wandte sich um. »Komm doch herein ... Nimm Platz. Na, was hast du vergessen zu fragen?«

Bykow strengte sein Gedächtnis an, knirschte sogar mit den Zähnen. »Ja ... Weißt du ...« Und da kam ihm endlich die Erleuchtung. »Warum sollen wir auf der Venus Funkfeuer aufstellen, wenn ihre Atmosphäre sowieso keine Funksignale durchlässt?«

Auf Dauges Gesicht lag der dunkle Schatten des Lampenschirms. Bykow machte es sich in dem niedrigen Sessel bequem und schlug siegesbewusst ein Bein über das andere. Jetzt, da er sich in einem erhellten Zimmer und in Gesellschaft seines treuen Freundes Johannytsch befand, war ihm um vieles leichter.

»Ja«, sagte Dauge nachdenklich. »Das ist tatsächlich eine außerordentlich wichtige Frage. Jetzt verstehe ich, warum du nicht schlafen kannst. Und ich denke – was rennt er da im Zimmer herum? Hat er etwa Zahnschmerzen? Die Funkfeuer sind also daran schuld ...«

»T-ja«, brachte Bykow unsicher hervor und ließ das übergeschlagene Bein wieder sinken. Das Gefühl der Erleichterung war plötzlich verschwunden.

»Du hast dir sicher den Kopf zerbrochen«, fuhr Dauge in ernstem Ton fort, »hast dir natürlich etwas einfallen lassen. Etwas allgemein Nützliches ...«

»Sieh mal, Johannytsch ...«, begann Bykow gefühlvoll und setzte eine bedeutsame Miene auf; er hatte nicht die geringste Vorstellung, wie er den Satz beenden sollte.

»Jaja, ich habe dich verstanden«, unterbrach ihn Dauge kopfnickend. »Du hast vollkommen recht, begreifst du – *absolut* recht!

Genauso verhält sich die Sache. Die Atmosphäre der Venus ist *in der Tat* für Radiowellen undurchlässig. Doch bei einem ganz bestimmten Frequenzbereich erscheint uns die Durchbrechung dieser Funkblockade möglich. Dieser Bereich ist rein theoretisch, aber auch durch Beobachtung der lokalen ionisierenden Felder ermittelt worden, der Felder welches Planeten, Ingenieur ...?«

»Der Venus«, gab Bykow finster zur Antwort.

»Genau – der Venus! Die Atmosphäre dieses Planeten lässt zuweilen auch Wellen anderer Längen durch, doch das ist eine zufällige Erscheinung, und darauf dürfen wir nicht bauen. Deshalb besteht die Aufgabe darin, die Durchlasszone auszumachen und, nachdem man es getan, die Funkfeuer auf die Oberfläche abzuwerfen ... Auf welche Oberfläche?«

»Der Venus«, wiederholte Bykow erbost.

»Ausgezeichnet!«, rief Dauge begeistert. »Du hast nicht umsonst schlaflos die Nacht verbracht. Aber alle bisherigen Bemühungen, auf die Venus automatische Funkstationen abzuwerfen, haben ... womit geendet, Ingenieur?«

»Schluss jetzt!«, sagte Bykow, im Sessel hin und her rutschend.

»Hm ... Merkwürdig. Sie haben mit einem Misserfolg geendet, mein Freund. Wahrscheinlich sind die Funkfeuer an den Felsen zerschellt. Oder sie sind während des Abstiegs unbrauchbar geworden. Doch wenn sie auch nicht zerschellt wären, was hätten sie uns genützt? Gar nichts! Dafür haben wir jetzt ... Was haben wir?«

»Keine Geduld mehr!«, stieß Bykow hasserfüllt hervor.

Dauge verkündete feierlich: »Wir haben die *Chius* und haben die Funkfeuer; und die Zone ist gefunden, in der die Signale besagter Funkfeuer durch die Atmosphäre dringen. Wir haben also alles, außer Geduld, und die lässt sich noch erlernen. Deshalb kann man, glaube ich, ganz beruhigt schlafen.«

Alexej Petrowitsch seufzte kummervoll und erhob sich.

»Aber ich kann doch nicht schlafen«, sagte er.

»Kommt vor ...« Dauge nickte.

Bykow wanderte durch das Zimmer und blieb vor drei an der Wand hängenden Stereofotos stehen. Das linke stellte eine enge alte Gasse in irgendeiner baltischen Stadt dar, das rechte – ein interplanetares Schiff, das einer kolossal vergrößerten Gewehrpatrone aus der Zeit des Großen Vaterländischen Krieges glich und mit dem spitzen Bug in den schwarzen Himmel stach. Auf der mittleren Fotografie war eine melancholisch dreinschauende junge Frau in einem hochgeschlossenen blauen Kleid abgebildet.

»Wer ist das, Johannytsch? Deine Frau?«

»N-ja ... Eigentlich nein«, sagte Dauge lustlos. »Das ist Mascha Jurkowskaja, Wolodjas Schwester. Wir haben uns getrennt ...«

»Ach so, entschuldige bitte ...«

Bykow biss sich auf die Unterlippe, kehrte zum Sessel zurück und setzte sich wieder.

Wahllos blätterte Dauge in einem vor ihm liegenden Buch. »Eigentlich hat sie mich verlassen ..., um es genau zu sagen ...«

Bykow schaute aufmerksam in das hagere braungebrannte Gesicht des Freundes. In dem blauen Lampenschein sah es fast schwarz aus.

»Weißt du, ich kann auch nicht schlafen, Alexej«, gestand Dauge mit trauriger Stimme. »Paul tut mir leid. Hab zu dieser Fahrt auch keine große Lust. Ich liebe die Erde, liebe sie sehr! Sicher glaubst du, alle Raumfahrer seien überzeugte Himmelsbewohner? Stimmt nicht. Wir alle lieben die Erde und sehnen uns nach dem blauen Himmel. Diese Sehnsucht ist unsere Krankheit. Da sitzt man irgendwo, meinetwegen auf dem Phobos. Der Himmel – bodenlos schwarz. Die Sterne – wie Diamantnadeln, stechen förmlich in die Augen. Die Sternbilder kommen einem fremd und ungewohnt vor, und alles ringsum ist künstlich – die Luft, die Wärme und sogar das eigene Gewicht ...«

Bykow hörte zu, ohne sich zu rühren.

»Das alles ist dir unbekannt. Du schläfst nur deshalb nicht, weil du das Gefühl hast, an der Schwelle zu stehen: ein Fuß hier, der andere dort. Jurkowski aber, der sitzt jetzt und schreibt Verse. Über den blauen Himmel, über wallende Nebel, über weiße Wolken, die sich im See spiegeln. Schlechte Verse, in jeder Redaktion gibt es kiloweise davon, das weiß er genau. Und dennoch schreibt er.«

Dauge klappte das Buch zu und lehnte sich, den Kopf im Nacken, im Sessel zurück.

»Und der dicke Krutikow, unser Navigator, saust jetzt bestimmt im Wagen durch Moskau. Mit Frau. Sie am Steuer. Er sitzt daneben und wendet keinen Blick von ihr. Er bedauert, dass sie die Kinder nicht bei sich haben. Seine Kinder leben nämlich in Nowosibirsk bei der Großmutter. Ein Junge und ein Mädelchen. Nette Kinder ...« Dauge lachte plötzlich hell auf. »Wer aber schläft, das ist Bogdan Spizyn, unser zweiter Pilot. Er hat sein Zuhause in der Rakete. ›Ich fühle mich auf der Erde wie in der Eisenbahn‹, sagt er. ›Immer möchte ich mich hinlegen und schlafen und erst daheim wieder aufwachen.‹ Bogdan ist ein Himmelsbewohner. Es gibt unter uns Menschen, die für ihr ganzes Leben wie vergiftet sind. Bogdan ist auf dem Mars geboren, in dem Forschungsstädtchen an der Großen Syrte. Als er fünf Jahre alt war, erkrankte seine Mutter, und beide wurden zur Erde gebracht. Und eines Tages – so wird erzählt – ließ man den kleinen Bogdan auf die Wiese hinaus. Er watschelte eine Weile hin und her, geriet dann in eine Pfütze und brüllte plötzlich los: ›Ich will nach Hause! Auf den Mars!‹«

Bykow lachte. Er spürte, wie die schwere Last unbegreiflicher Gefühle von seiner Seele wich. Alles war sehr einfach, er stand tatsächlich auf der Schwelle – mit dem einen Fuß noch hier, mit dem anderen schon »dort«.

»Nun, und was macht unser Kommandant?«

Dauge straffte sich. »Ich weiß nicht. Kann's mir einfach nicht vorstellen ... Weiß nicht.«

»Wahrscheinlich schläft er, ebenso wie Bogdan, der Himmelsbewohner ...«

Dauge schüttelte den Kopf. »Das glaube ich nicht ... Ist der Himmel jetzt klar?«

»Nein, bezogen ...«

»Na, dann weiß ich es erst recht nicht.« Dauge zuckte die Achseln. »Ich könnte mir vorstellen, dass Anatoli Jermakow jetzt dasteht und zu dem hellen Stern über dem Horizont schaut. Zur Venus. Und seine Hände ...« Dauge machte eine kleine Pause. »Seine Hände sind zu Fäusten geballt, die Knöchel weiß.«

»Du hast keine schlechte Phantasie, Johannytsch!«

»Nein, Alexej, das ist keine Phantasie. Für uns andere ist die Venus gewissermaßen die nächste Etappe. Wir waren auf dem Mond, auf dem Mars und sind jetzt im Begriff, einen neuen Planeten zu erobern. Wir tun unsere Arbeit, weiter nichts. Jermakow aber ... Jermakow hat einige Rechnungen mit der Venus zu begleichen – alte, grimmige Rechnungen. Ich sage dir, warum er mitfliegt: Er fliegt, um Rache zu nehmen, um zu unterwerfen – unbarmherzig und für immer. So stelle ich mir das vor ... Er hat der Venus den Kampf auf Leben und Tod angesagt ...«

»So gut kennst du ihn?«

Dauge hob die Schultern. »Nein. Aber was macht das? Ich fühle es. Überleg nur« – er begann an den Fingern abzuzählen –, »den Japaner Nishijima, seinen Freund, Sokolowski, seinen besten Freund, Shi Fenyu, seinen Lehrer, Jekaterina Romanowna, seine Frau – sie alle hat die Venus verschlungen. Krajuchin ist sein zweiter Vater. Krajuchins letzter Flug ging zur Venus. Nach diesem Flug haben ihm die Ärzte das Fliegen für immer verboten ...«

Dauge sprang auf und durchmaß mit schnellen Schritten das Zimmer.

»Bändigen und unterwerfen«, wiederholte er. »Erbarmungslos und für immer. Für Jermakow ist die Venus die unnachgiebige, bösartige Verkörperung aller dem Menschen feindlich gesinnten Naturgewalten. Ich bezweifle, ob es uns jemals gegeben sein wird, dieses Gefühl zu begreifen. Und vielleicht ist es auch ganz gut so. Um das nachzuempfinden, muss man kämpfen, wie Jermakow es getan, und leiden, wie er gelitten hat ... Unterwerfen für immer ...«, wiederholte Dauge nachdenklich.

Bykow bewegte die Schultern, als ob ihn fröre.

»Deshalb habe ich auch das von den geballten Fäusten gesagt.« Dauge blickte Bykow scharf in die Augen. »Doch da es heute bewölkt ist, kann ich mir einfach nicht vorstellen, was er jetzt tut. Höchstwahrscheinlich schläft er wirklich.«

Eine Weile herrschte Schweigen. Bykow dachte, dass er bisher noch nie unter einem solchen Vorgesetzten gearbeitet hatte.

»Und wie steht's mit deinen Angelegenheiten?«, fragte Dauge plötzlich.

»Was meinst du damit?«

»Ich meine deine Aschchabader Lehrerin.«

Bykow wurde sofort ernst. Er senkte missmutig den Kopf. »Wir treffen uns hin und wieder ...«

»Ach so! Ihr trefft euch. Na und?«

»Nichts weiter.«

»Hast du ihr einen Antrag gemacht?«

»Ja.«

»Hat sie abgeschlagen?«

»Nein. Sie sagte, sie wolle es sich überlegen.«

»Wie lange ist das schon her?«

»Ein halbes Jahr.«

»Und?«

»Was – ›und‹? Weiter ist nichts gewesen.«

»Du bist ein kompletter Narr, Alexej. Entschuldige bitte, wenn ich dir das sage.«

Bykow seufzte.

Dauge blickte ihn mit offenkundigem Spott an. »Unbegreiflich!«, sagte er. »Der Mann ist über dreißig Jahre alt, liebt eine schöne Frau und trifft sich mit ihr nur hin und wieder. Schon sieben Jahre lang ...«

»Fünf.«

»Gut. Meinetwegen fünf. Im fünften Jahr erklärt er sich ihr. Wohlgemerkt, sie hat fünf Jahre lang geduldig gewartet, diese unglückliche Frau ...«

»Lass sein, Grigori«, sagte Bykow stirnrunzelnd.

»Einen Augenblick! Nachdem sie sich aus Bescheidenheit oder um einer kleinen Rache willen Bedenkzeit erbeten hat ...«

»Genug jetzt!«

Dauge seufzte und machte eine resignierende Handbewegung. »Du bist selber schuld, Alexej. Wie du ihr den Hof machst, ist der reinste Hohn. Was wird sie von dir denken? Trottel!«

Bykow schwieg bekümmert, dann sagte er hoffnungsvoll: »Wenn wir zurückkehren ...«

Dauge kicherte. »Ach du Eroberer ... Verzeihung, Wüstenspezialist ... ›Wenn wir zurückkehren ...‹ Geh schlafen, ich kann dich gar nicht mehr sehen.«

Bykow stand auf und griff nach dem Buch auf dem Tisch.

»La description planétographique du Phobos. Paul Dangée«, las er. Auf dem Titelblatt stand eine mit fettem Rotstift in russischer Sprache geschriebene Widmung: Meinem lieben Dauge in dankbarer Erinnerung. Paul Dangée.

Im Morgengrauen erwachte Bykow. Die Tür zum Schlafzimmer stand halb offen. Dauge – in kurzer Sporthose, braungebrannt und mit wirrem Haar – stand am Schreibtisch und schaute auf das

Porträt der melancholischen jungen Frau: Mascha Jurkowskaja. Dann nahm er das Porträt von der Wand und steckte es in den Rucksack. Vorsichtig drehte sich Bykow auf die andere Seite und schlief wieder ein.

Alltag

Die Stadt war nicht groß: Einige Hundert neuerbauter Häuschen säumten vier schnurgerade Straßen, die parallel zueinander zwischen zwei Reihen kahler Hügel verliefen. Der rote Schein der Morgensonne lag auf dem nassen Asphalt, den flachen Dächern und den jungen Bäumchen in den Vorgärten. Hinter den Hügeln waren im rosigen Dunst gewaltige Eisenkonstruktionen zu sehen, wie man sie vom Kino oder von den Illustrierten her kannte – Startrampen für interplanetare Schiffe.

Alexej Bykow stand in einem weißen Kittel vor dem riesigen Fenster, das die halbe Wand der Ambulanz einnahm, und wartete, bis er ins Sprechzimmer gerufen würde. Gelangweilt schaute er hinaus auf die Straße. Die Besatzung der *Chius* war am Abend zuvor im Städtchen eingetroffen. Während des ganzen Fluges und im Auto hatte Bykow geschlafen. Von den gestrigen Eindrücken war ihm nur noch die in rötlichen Abendsonnenschein getauchte Straße im Gedächtnis geblieben, das helle vielstöckige Hotelgebäude und die Worte der Etagenbetreuerin: »Hier ist Ihr Zimmer, Genosse, richten Sie sich bitte ein ...« Um sieben Uhr hatte ihn Dauge geweckt und ihm mitgeteilt, dass sie sich alle zur medizinischen Untersuchung einfinden müssten und dass man vom vielen Schlafen Druckstellen bekäme.

Die Ambulanz war dem Hotelgebäude angegliedert. Hier hieß man sie sämtliche Kleider ablegen, die Kittel anziehen und warten.

Draußen auf der Straße war es ziemlich menschenleer. Vor dem Hause gegenüber stand ein niedriger stromlinienförmiger Wagen mit einem verchromten Hirsch auf dem Kühler. Zwei Passanten in leichten Kombinationen und mit großen Zeichenmappen unter dem Arm gingen vorüber. Ein mächtiger elektrischer

Raupenschlepper mit Anhänger kroch vorbei. Aus einem Haus trat ein Junge von etwa zwölf Jahren. Er ließ den Blick über den Himmel schweifen, stieß zwischen drei Fingern einen Pfiff aus, setzte über den Zaun und rannte die Straße hinunter, wobei er ganz offensichtlich den Stil berühmter Langstreckenläufer nachahmte.

Bykow trat vom Fenster zurück. Jermakow und Jurkowski waren bereits im Sprechzimmer. Die anderen zogen sich ohne Eile aus und hängten ihre Sachen in die Schränke.

Mit Wohlgefallen blickte Bykow auf Spizyn. Der Pilot hatte einen Körper, der einem Meisterturner alle Ehre gemacht hätte. Auf den breiten Schultern unter der glatten bräunlichen Haut spielten die mächtigen Muskeln. Dauge, bereits im Kittel, verknotete mit boshaftem Lächeln die Ärmel von Jurkowskis seidenem Oberhemd. »So-o, und jetzt so ...«, sprach er leise vor sich hin. Als er mit dieser nützlichen Beschäftigung fertig war, trat er kichernd zu Bykow.

»Na, wie gefällt dir die Stadt, Alexej?«

»Ganz gut«, antwortete der Ingenieur zurückhaltend. »Ist es weit bis zum Raketenflugplatz?«

»Er liegt gleich hinter den Hügeln. Siehst du die Starttürme dort? Das ist es, das berühmte Siebente Testgelände – der erste und vorläufig einzige Spezialflugplatz der Welt für Erprobungen, Starts und Landungen von Photonenraketen. Hier ist die erste unbemannte Photonenrakete *Drache Gorynytsch* gestartet. Hier landeten *Chius 1* und *Chius 2*. Hier werden höchstwahrscheinlich auch *Chius 3*, *Chius 4* und *Chius 5* landen.«

»Landen oder auch starten?«

»Starten natürlich auch. Aber zuerst müssen sie landen, denn sie werden doch nicht auf der Erde gebaut.«

»Ach ja ...« Bykow erinnerte sich an das außerirdische Gießereiwerk auf dem Satelliten *Weidadi Youyi*.

Dort, fünftausend Kilometer über der Erde, wurden unter den Bedingungen von Schwerelosigkeit und fast idealem Vakuum die gigantischen Hüllen überschwerer Raketen gegossen. Zweihundertfünfzig Menschen – Wissenschaftler, Ingenieure, Techniker und Arbeiter – dirigierten die Sonnenöfen, die Zentrifugalmaschinen und die ganze komplizierte Gießereiautomatik und verwandelten die vieltonnigen Titan- und Wolframbarren in Rümpfe interplanetarer Schiffe. Dort wurden offensichtlich auch die *Chiusse* geboren ...

»Krutikow und Spizyn, bitte sehr!«, ertönte Jermakows Stimme hinter Bykows Rücken.

Die Freunde drehten sich um. Krutikow legte die Zeitung beiseite, trat hinter Spizyn ins Sprechzimmer und drückte behutsam die Tür ins Schloss.

»Das Siebente Testgelände ist ein idealer Flugplatz«, sagte Dauge voller Begeisterung; sein Gesicht war Bykow zugewandt, während seine Augen zu Jurkowski hinüberschielten, der gerade die Tür seines Schränkchens geöffnet hatte. »In einem Umkreis von Hunderten von Kilometern nichts als kahle Tundra, nicht eine einzige Siedlung, weit und breit kein Mensch. Im Norden das Polarmeer.«

Jurkowski griff nach dem Oberhemd.

»In gerader Linie sind es fast zweihundert Kilometer bis zur Küste.« Dauge prustete plötzlich los, besann sich aber sogleich und verkündete mit feierlicher Miene: »Und zwischen der Stadt und dem Meer breiten sich die fünf Millionen Hektar unseres Testgeländes aus.«

Jurkowski hatte das Hemd über den Kopf gezogen und stand jetzt in angespannter Haltung da, mit herabhängenden Ärmeln wie eine Vogelscheuche. Jermakow, bereits angekleidet, begab sich noch einmal ins Sprechzimmer. »Vom Testgelände führen eine Eisenbahnlinie und eine Autostraße nach Süden«, redete Dauge mit lauter Stimme weiter. »Etwa vierhundert Kilometer von hier entfernt, vor der geophysikalischen Station ...«

»Interessant«, fragte Jurkowski nachdenklich, »welcher Kretin war das wohl?«

»M-m-m ... Vor der Station also schwenken sie nach links ab, und bei Jakutsk vereinigen sie sich mit der nördlichen transsibirischen Hauptstrecke ... Na, Wolodja, wie steht es mit deiner Gesundheit?«

»Verbindlichsten Dank«, sagte Jurkowski und kam auf Dauge zu. Er hatte das Hemd ausgezogen, ließ eindrucksvoll die Muskeln spielen und schaute Dauge unter gesenkten Brauen hervor an. »Ich bin völlig gesund. Aber ich werde dafür sorgen, Freundchen, dass sogar der allerschlechteste Tierarzt von Ihnen nicht das Gleiche behaupten kann.«

»Wolodja!«, rief Dauge. »Du irrst, ich war es nicht!«

»Wer war es denn?«

»Er war es!« Dauge klopfte Bykow auf die behaarte Brust. »Glaub mir, Wolodja – der hat es faustdick hinter den Ohren ...«

Jurkowski streifte Bykow mit einem flüchtigen Blick und wandte sich ab. Der Ingenieur, der gerade den Mund geöffnet hatte, um in das Spiel einzusteigen, räusperte sich und verlor kein Wort. Jurkowski wollte ihn nicht mitspielen lassen – das war klar. Auch Dauge erkannte es, und ihn beschlich ein peinliches Gefühl.

In diesem Augenblick öffnete sich die Tür, und Jermakow rief: »Genossen, jetzt sind Sie an der Reihe.«

Mit dieser Wendung sehr zufrieden, ging Bykow eilig ins Sprechzimmer.

Zuerst wurden beide gründlich vom Arzt untersucht, einem jungen Mann mit blauschwarzem Haar und einer phantastischen Nase. Dauge untersuchte er, ohne ein Wort zu sagen, doch als die Reihe an Bykow kam, wies er mit dem Finger auf eine lange Narbe auf dessen Brust und fragte: »Was ist das?«

»Unfall«, erwiderte Bykow lakonisch.

»Schon lange her?«, erkundigte sich der Arzt ebenso lakonisch und hob die Nase.

»Sechs Jahre.«

»Folgen?«

»Keine«, sagte der Ingenieur, den Blick demonstrativ auf die Nasenwurzel des Arztes gerichtet.

Dauge kicherte verhalten.

Der Arzt schrieb etwas in ein dickes Heft, auf dessen Umschlag Bykow las: Patientenakte Nr. 4024. Bykow, Alexej Petrowitsch. Dann führte er die Freunde ins Nebenzimmer. Dort sahen sie einen großen mattweißen Schrank stehen. Der Arzt zielte mit der Nase auf Dauge und bedeutete ihm, hineinzugehen. Die Schranktür schloss sich geräuschlos. Der Arzt drückte auf einige Tasten am Pult rechts von dem Schrank, und sogleich ertönte ein leises Summen. Auf dem Pult flammten bunte Lämpchen auf, die Zeiger wanderten. Nach etwa anderthalb Minuten gab der Apparat ein helles Knacken von sich und spie ein mit gleichmäßigen Buchstaben- und Ziffernreihen bedecktes Blatt Papier aus. Die Lämpchen erloschen, und der Arzt öffnete die Tür. Dauge stieg rückwärts aus dem Schrank und rieb sich mit einer schmerzlichen Grimasse den Oberarm.

Der Arzt wandte sich zu Bykow, und seine Nase nickte vergnügt. »Na, los!«

Bykow räusperte sich und trat in den Schrank. Sofort wurde es dunkel um ihn. Kühle metallische Reifen schlossen sich ihm um Schultern und Leib und drückten ihn an etwas Warmes und Weiches, hoben und senkten ihn und drehten ihn nach allen Seiten. Rotes Licht flammte auf, danach grünes, dann stach ihn etwas in den Oberarm, und die Umklammerung löste sich. Bykow fühlte sich wieder frei. Die Tür ging auf.

Etwas vor sich hin murmelnd, betrachtete der Arzt die Bogen, die der Schrank ausgespuckt hatte. Es waren »Gesundheitsformeln«, ein vollständiger Bericht über den Zustand des Organismus, dazu ein Komplex obligatorischer Übungen sowie eine Diätverordnung für die Vorbereitungszeit bis zum Start. Nachdem der Arzt eine Eintragung in die Patientenakten gemacht hatte, händigte er die Bogen Jermakow aus mit der Bemerkung, dass derartige Untersuchungen einmal wöchentlich stattfinden würden.

Jermakow dankte und verließ das Zimmer.

Was war denn das für ein Kasten?«, fragte Bykow beim Anziehen. »Ein Brutkasten für Erwachsene? Eine elektronische Version der Büchse der Pandora?«

»Ein Kyberdoktor, eine elektronische Diagnostikmaschine«, sagte Dauge. »Alles ganz gut und schön, aber sie sticht. Ich kann Injektionen nicht leiden!«

Sie betraten den Lift und fuhren zur fünften Etage hinauf, wo sich der Speiseraum befand. Der weite Saal war von dem rosigen Licht der arktischen Sonne durchflutet. Fast alle Tische waren frei. Die Hotelbewohner hatten das Frühstück entweder schon beendet oder noch nicht begonnen.

»Dort sind unsere Kameraden«, sagte Dauge.

Die Besatzung der *Chius* hatte zwei zusammengeschobene Fenstertische belegt; daran saßen bereits die beiden Piloten und Jermakow. Bykow bemerkte, dass der dicke Krutikow mit leidvoller Miene vor sich hin starrte. Der »Stolz der sowjetischen Raumfahrt« brockte trockenes Brot in ein Glas Milch und schielte mit unsagbarer Melancholie auf Spizyns Teller. Der schwarzhaarige Bogdan war gerade im Begriff, mit Heißhunger ein saftiges Beefsteak zu verspeisen.

Merkwürdig – das Frühstück wurde bereits nach der neuen Diätvorschrift serviert. Mit einigem Staunen aß Bykow eine ganze Schüssel duftenden Kräutersalat und einen Teller Haferbrei, verzehrte zwei große Schinkenscheiben und machte sich dann über den Apfelsaft her. Für Dauge wurde ein Fleischgericht gebracht.

Johannytsch griff nach Messer und Gabel und wandte sich an Krutikow. »Na, was hat der Arzt zu dir gesagt?«

Krutikow errötete und beugte sich noch tiefer über sein Glas.

»Ich weiß es!«, rief Jurkowski, an den Tisch tretend. »Sicher hat er lange und zärtlich Mischas Bauchfalte befühlt und ganz allgemeinverständlich erklärt, dass Verfressenheit einem Raumfahrer nie zur Zierde gereiche.«

Krutikow trank schweigend seine Milch aus und langte nach der Schale mit den Butterkeksen, doch Jermakow sagte nur leise »hm«, und der Navigator zog eilig die Hand zurück.

Nach dem Frühstück teilte Krajuchin mit, dass Usmanow, einer der Konstrukteure der neuen Funkfeuer, eingetroffen sei. Usmanow habe den Auftrag, die Expeditionsmitglieder in der Montage »dieser hervorragenden Errungenschaft der Technik« zu unterweisen.

»Ich bewillige zwei Wochen dafür«, sagte Krajuchin. »Danach beginnt jeder mit der Arbeit in seinem Spezialfach.«

Die erste Unterweisung fand in der Sporthalle des Hotels statt. Arbeiter in blauen Kombinationen trugen eine dicke sechskantige Stange und einige Gegenstände herein, deren Form und Material ein Laie kaum mit irgendwelchen allgemein bekannten Begriffen in Zusammenhang gebracht hätte. Staunen und Neugier spiegelten sich sogar in Bogdan Spizyns und Krutikows Augen; lediglich Jermakow betrachtete die unbekannte Apparatur mit gewohnt gleichmütiger Miene.

Usmanow, ein großer, breitknochiger Mann, trat ein, stellte sich vor und ging sogleich dazu über, die neue Funkfeueranlage zu erklären. Allmählich erhellten sich die Gesichter der Kosmonauten.

Es entwickelte sich ein lebhaftes Gespräch. Usmanow wurde mit Fragen überschüttet. Bald schaltete sich auch Bykow in die Unterhaltung ein, denn wie jeder Ingenieur war er mit den Prinzipien der Funkortung und -peilung in groben Zügen vertraut.

Es handelte sich um ein Gerät zur Ausstrahlung sehr starker gerichteter Kurzwellenimpulse von bestimmter Wellenlänge, die imstande waren, dichte Staubwolken sowie hochionisierte Schichten der Atmosphäre zu durchstoßen. Die Zeitdauer der Impulse betrug etwa zehn Mikrosekunden. In einer Sekunde wurden bis zu hundert Impulse ausgesandt. Besondere Vorrichtungen ließen diesen Impulsstrahl eine Spirale beschreiben und in wenigen Sekunden den ganzen Himmel vom Horizont zum Zenit und wieder zurück durchlaufen.

Die Apparatur sollte kosmischen Schiffen die Orientierung über einem Planeten ermöglichen, dessen Oberfläche visuell nicht beobachtet werden konnte und wo gewöhnliche Mittel der Funkortung wegen starker elektrischer Störungen und hoher Ionisation versagten. Es war beabsichtigt, die Funkfeuer auf Felsengipfeln unweit von Plätzen aufzustellen, die sich zum Landen eigneten, oder neben anderen Orientierungsobjekten. Im vorliegenden Fall sollten sie also an dem ersten Landeplatz auf der Venus errichtet werden, in der Nähe der Urangolkonda.

»Und ihre Speisung?«, fragte Jurkowski.

Usmanow zog ein längliches Päckchen aus der Aktentasche. »Selen-Cer-Radiobatterien«, sagte er. »Zweihundert Zellen auf einen Quadratzentimeter. Wir hätten Sie auch mit Neutronenakkumulatoren ausrüsten können, doch ich glaube, das ist überflüssig. Sie sind zu groß und zu schwer. Radiobatterien aus Halbleitern lassen sich viel besser transportieren. Wir geben Ihnen fünfhundert Meter von diesem Gewebe mit, Sie brauchen es nur neben den Sendern auszubreiten und zu befestigen. Wenn der Boden am Rande der Golkonda fünfzig bis sechzig Röntgen pro Quadratzentimeter und Stunde hergibt – und nach vorläufigen Berechnungen wird er viel mehr hergeben –, erreicht die Batterie eine Leistung von zwei- bis dreitausend Kilowatt. Für die Funkfeuer ist das mehr als genug.«

Ungläubig betastete Bykow den festen elastischen Stoff; er war halb durchsichtig, und in seinem Innern schimmerten winzige Körnchen.

Die Montage und die Aufstellung der Funkfeuer erwiesen sich als sehr einfach.

»Es besteht keine Notwendigkeit, die Grundaggregate der Anlage auseinanderzunehmen«, sagte Usmanow. »Das wäre sogar unangebracht, Anatoli Borissowitsch.« Jermakow nickte. »Wie Sie sehen, sind sie plombiert. Für ihre Funktion haftet unser Werk. Alles Übrige ist äußerst unkompliziert. Treten Sie näher, Genossen, und fassen Sie mit an. So ist's recht, danke schön.«

Alle Aggregate wurden nacheinander auf die Sechskantstange gesteckt wie die Kästchen einer Spielzeugpyramide und mit wenigen Verschlüssen untereinander verbunden. Bykow stellte fest, dass die ganze Anlage – zumindest außen – keine einzige Schraube aufwies.

»Jetzt wird in diese Buchse hier das Kabel von der Radiobatterie gesteckt«, fuhr Usmanow fort. »So zusammengebaut, kann der Sender ohne Aufsicht jahrzehntelang arbeiten.«

»Ein guter Sender, wunderbar einfach.« Krutikow strich ehrfurchtsvoll über die gewölbte, wie ein riesiges Libellenauge anmutende Kuppe der Anlage. »Und was wiegt er?«

»Alles in allem einhundertachtzig Kilogramm.«

»Nicht schlecht«, bekräftigte Jurkowski. »Kurz gesagt, das schwierigste ist, ihn aufzustellen.«

Zur Aufstellung des Senders waren drei Methoden vorgesehen. Auf festem, felsigem Grund kam der gewaltige Saugnapf am unteren Ende der Stange zur Anwendung. Bei labilerem Gestein musste ein Loch gebohrt und die Stange darin eingelassen werden. Das Loch wurde dann mit einer Plastlösung ausgegossen. Erwies sich der Grund aber als weich und locker, hieß es mit Hilfe von Hochfrequenzstrom eine sechskantige monolithene Säule – bis zu zehn Meter lang – in den Boden zu schmelzen. Die Stange musste darin eingeschmolzen werden.

Die Montage und die Aufstellung wurden am selben Tage außerhalb der Stadt geübt. Bykow beobachtete mit Begeisterung, wie geschickt Jurkowski den Vibrobohrer führte. Rasch trieb der Geologe ein enges und tiefes Loch in einen bemoosten Steinblock. Usmanow lobte die Arbeit und sagte, das Loch sei makellos gerade und senkrecht. Die Stange wurde hineingeschoben und mit einer widerlich riechenden Flüssigkeit aus einem Ballon mit Manometer umgossen. Die Flüssigkeit erhärtete augenblicklich.

»Na, hau-ruck!«, schlug Usmanow vor.

Bykow und Spizyn tauschten einen Blick und fassten zu. Dann packten auch Dauge und Krutikow mit an, doch es gelang ihnen nicht, die Stange auch nur um einen Deut zu verrücken.

»Na, sehen Sie's?«, sagte Usmanow stolz. »Und jetzt beginnen wir mit der Montage.«

Die Sonne hing bereits über den Spitzen der Starttürme, als die Besatzung der *Chius* ins Hotel zurückkehrte.

»In den nächsten Tagen«, teilte Jermakow mit, »muss jedes Besatzungsmitglied lernen, den Vibrobohrer ebenso kunstgerecht zu handhaben wie unsere Geologen und den Sender mit verbundenen Augen auseinanderzunehmen und zusammenzusetzen. Damit werden wir uns befassen.«

Nach dem Mittagessen zog sich Bykow in sein Zimmer zurück, um einen Brief nach Aschchabad zu schreiben. Es wurden sieben eng beschriebene Seiten, er las sie durch, seufzte hoffnungslos und streckte sich auf der Couch aus. Er ärgerte sich über die Sentimentalität, die aus den Zeilen sprach. Verteufelt gern hätte er jetzt eine Zigarette geraucht. Resigniert drehte er sich auf den Bauch und steckte einen Bleistift in den Mund. Man konnte auf verschiedene Art die Zeit totschlagen. Beispielsweise konnte man sich ausziehen und bis zum Morgen durchschlafen; man konnte auch in die Wanne steigen. Teufel, was für Gedanken – ausziehen, durchschlafen, in die Wanne steigen!

Entschlossen sprang er auf und ging in die Bibliothek.

Im Hotel begann das gewohnte abendliche Treiben, überall klappten die Türen. Durch die langen Korridore eilten elegant gekleidete Menschen. Aus den unteren Räumen drangen flotte Klänge herauf. Vor allen vier Aufzügen herrschte großes Gedränge, und Bykow beschloss, die Treppe zu benutzen. Ein fröhlicher Strom junger Leute flutete ihm entgegen. Offenbar wollten alle in die unteren Gesellschaftsräume. In dem stillen Lesesaal ließ sich Bykow drei Bücher über die Venus geben und eines über die Theorie des Photonenantriebs. Dann blätterte er in der letzten Ausgabe des »Kosmonauten«. Er entdeckte einen

Artikel von M. A. Krutikow über die automatische Steuerung von Planetenschiffen. Als er darin las, stellte er verwirrt fest, dass er vieles nicht begriff – die mathematischen Formeln machten ihm zu schaffen. »Das Funktional ...«, murmelte er, bemüht, sich wenigstens in den Endergebnissen zurechtzufinden. »Sieh da, der Dicke kann was!«

Ob ich mal zu Dauge gehe?, kam ihm plötzlich der Gedanke. Überhaupt, womit mögen sich jetzt die anderen Expeditionsteilnehmer beschäftigen? Ob sie auch Bücher über die Venus lesen? Wohl kaum ...

Dauge las nicht. Er rasierte sich gerade. Sein Kinn war auf groteske Weise vorgeschoben, und das Surren des elektrischen Rasierapparats erfüllte das Zimmer. Beim Anblick des Freundes brummte Dauge etwas Unverständliches.

Bykow ließ sich in einen Sessel fallen und betrachtete tiefsinnig der Reihe nach Dauges Rücken, die Wände aus blauem Kunststoff, den großen flachen Fernsehschirm und die hohe, mattweiße Zimmerdecke.

Als Dauge mit dem Rasieren fertig war, fragte er Bykow: »Was führt dich zu mir?«

»Wieso, störe ich?«

»Nein, das gerade nicht ... Aber ich muss jetzt zu Jurkowski. Ein rein dienstliches Gespräch ...«

Er warf sich ein Frottiertuch über die Schulter und verschwand im Bad. Wasser rauschte, und Dauge prustete und schnaufte wonnig. Dann kam er, den Oberkörper frottierend, wieder heraus und sagte: »Sei nicht böse, Alexej, aber ...«

»Gut, gut, ich gehe ja schon ...« Bykow erhob sich. »Ich kam nur so aus Langeweile vorbei ...«

»Du, wenn du Langeweile hast, geh und sieh, wo die Piloten stecken, meines Erachtens sind sie in der Sporthalle. Bogdan zieht dem Navigator das überflüssige Fett ab. Schau zu – ein erfrischender Anblick.«

»Aha. Na denn – gehab dich wohl.« Bykow steuerte zur Tür, blieb jedoch an der Schwelle stehen. »Sag mal, warum schaut mich Jurkowski eigentlich immer wie ein Berserker an?«

Dauge blies die Backen auf und antwortete lustlos: »Daraus musst du dir nichts machen, Alexej. Erstens ist er überhaupt ein schwieriger Mensch, zweitens verhält er sich stets so gegenüber den Neuen, die nicht die Ehre hatten, in den Zentrifugalkammern des Vorbereitungsinstituts gedreht zu werden oder dort zehn und mehr Tage mit Maske in Stickstoffatmosphäre zu sitzen. Und drittens – statt deiner war ein Pilot, Wolodkas Busenfreund, vorgesehen. Aber dann hat Krajuchin beschlossen, dich zu nehmen, verstehst du? Mit einem Wort, alles geht vorüber, und ihr werdet als beste Freunde auf die Erde zurückkehren.«

»Das bezweifle ich«, murmelte Bykow, riss wütend die Tür auf und ging hinaus.

Am nächsten Tag begann die Arbeit, eine schwere Arbeit; sie verursachte Gliederschmerzen und eine Müdigkeit, die nicht einmal durch eine Dusche und die Nachmittagsruhe vertrieben werden konnte. Die ganze Gruppe übte sich in der Aufstellung der Funkfeuer.

Die Montage des Senders erlernten alle sehr schnell, ihre reiche technische Erfahrung half ihnen dabei. Doch der Vibrobohrer erwies sich als ein ziemlich eigensinniges Werkzeug, und viele krumme, hässlich ausgebeulte Löcher schmückten die Steinblöcke in der Umgebung der Stadt, bis Jermakow endlich erklärte, dass er mit der Handfertigkeit der Neulinge mehr oder minder zufrieden sei.

»Ich verstehe das nicht«, sagte Bykow einmal ärgerlich zu Dauge. »Warum verschwenden wir so viel Zeit auf das Bohren? Du kannst es doch und Jurkowski auch. Genügt das denn nicht?«

Dauge maß ihn mit strengem Blick. »Nehmen wir an, dass Wolodka und ich die Golkonda nicht erreichen«, sagte er lakonisch.

In diesen Tagen sahen sie Krajuchin nur am Frühstückstisch. Tag und Nacht war er mit der Ausrüstung der Expedition beschäftigt und verbrachte seine Zeit in den Lagerhäusern, Betrieben und Belieferungsämtern des Raketenflugplatzes. Anscheinend verlief nicht alles glatt. Man munkelte, dass er den einen oder anderen entlassen und manchem verboten habe, vor Beseitigung der Missstände ihm unter die Augen zu treten. Man erzählte von seiner Wortmeldung auf der Sitzung des Stadtparteiaktivs, wo er den Chef des Testgeländes in Grund und Boden kritisiert hatte.

Bykow beobachtete im stillen Jermakow. Der Expeditionsleiter war schweigsam, zurückhaltend und lachte tatsächlich nie. Bisweilen allerdings umspielte ein merkwürdiges Lächeln seine Lippen, doch dann wurde sein Blick noch kühler als sonst. Sehr bald überzeugte sich Bykow, dass Jermakows Lächeln nichts Gutes verhieß.

Einmal bei Tisch ließ Dauge den größten Teil des Kalbfleischs, das man ihm nach seiner Diätvorschrift serviert hatte, auf dem Teller stehen und erhob sich.

»Einen Augenblick«, hielt Jermakow ihn mit sanfter Stimme zurück. »Ich bitte Sie, Ihre Portion aufzuessen, Grigori Johannowitsch.«

»Ich kann nicht mehr«, sagte Dauge.

»Und trotzdem möchte ich Sie sehr darum bitten«, gab Jermakow noch sanfter zurück.

Dauge fuhr sich schweigend mit der Handkante über die Kehle.

Da lächelte Jermakow sein eigenartiges Lächeln. »Ich möchte Sie nicht betrüben, Grigori Johannowitsch«, sagte er ganz leise. »Aber ich habe ernsten Grund zu befürchten, dass Ihre Einstellung zu den Karenzvorschriften die Expedition letzten Endes nötigen wird, mit nur einem Geologen auszukommen. Wir können es uns nicht leisten, der Venus auch nur die kleinste Gegenchance zu bieten. Sogar das von Ihnen verschmähte Stück Kalbfleisch ...«

Mit glühenden Ohren ließ sich Dauge wieder am Tisch nieder und stieß erbittert die Gabel in das vermaledeite Stück Fleisch. Niemand sagte ein Wort oder schaute zu ihm hin. Die Mahlzeit wurde unter lastendem Schweigen beendet. Jermakow ließ Dauge so lange nicht aus den Augen, bis dieser auch den letzten Rest Soße vom Teller getunkt hatte.

Mit Staunen vermerkte Bykow, dass dieser Vorfall auch nicht den geringsten Schatten von Empörung bei seinen Kameraden hervorrief. Im Gegenteil, an diesem Abend sprach Jurkowski mit leiser Stimme lange und beharrlich auf Dauge ein, worauf dieser nur tief seufzte und schuldbewusst die Hände ausbreitete.

Gegen Ende der zweiten Woche nahm Usmanow Abschied von der Besatzung der *Chius* und flog ab. Am nächsten Morgen nach dem Frühstück sagte Krajuchin: »Vom heutigen Tage an bereitet sich jeder auf seine speziellen Aufgaben vor. Genosse Jermakow,

Sie werden, wie wir es besprochen haben, zusammen mit Spizyn und Krutikow arbeiten. Sie können sofort gehen, Ihre Passierscheine sind ausgestellt. Sie, Jurkowski, und Sie, Dauge, bitte ich, hier auf mich zu warten. Ich bringe nur schnell unseren Wüstenspezialisten an seinen Platz und kehre gleich wieder zurück. Kommen Sie, Genosse Bykow.«

Vor dem Portal stand ein Raupenfahrzeug.

»Steigen Sie bitte ein«, sagte Krajuchin.

Sie nahmen im Fond hinter dem Fahrer Platz. Als sie die Stadt hinter sich gelassen hatten, beugte sich Krajuchin zu Bykow hinüber und fragte: »Gefällt es Ihnen hier?«

»Na ja«, murmelte Bykow. »Eine interessante Gegend ...«

»Gleich wird sie noch interessanter. Haben Sie mit Dauge gesprochen?«

»Worüber?«

»Über alles.«

»Ja. Hab ich ...«

»Und?«

Bykow zuckte die Achseln. Ernste Naturen ziehen es vor, ihre Gefühle für sich zu behalten. Übrigens schien Krajuchin gar nicht zu bemerken, dass Bykow ihm keine Antwort gab. »Sie werden sich gleich mit Ihrem Fahrzeug bekannt machen, Ingenieur«, sagte er nach längerer Pause.

Einige Minuten später hielt der Wagen vor einem langen fensterlosen Gebäude mit einem Tor, das die halbe Vorderwand einnahm. Ein Wachposten trat zu ihnen heran und kontrollierte die Passierscheine.

»Rufen Sie den Mechaniker!«, befahl Krajuchin.

Sie stiegen aus. So weit das Auge reichte, dehnte sich eine sanft gewellte, mit spärlichem harten Gras bedeckte Ebene. Über den Himmel krochen zerzauste graue Wolken, und es nieselte. Unter den Füßen gluckste Wasser.

»Tundra«, sagte der Fahrer und seufzte.

Das riesige Tor schob sich auseinander. Ein vergnügt dreinschauender Mann in Arbeitskombination trat zu Krajuchin und streckte ihm die ölverschmierte Hand entgegen.

»Da, hab ihn mitgebracht«, knurrte dieser.

Der Mann musterte Bykow. »Ich seh's ja! Na, dann gehen wir.«

In dem Raum, den sie betraten, war es dämmrig. Krajuchin stolperte über etwas und fluchte leise. Der Mechaniker räusperte sich schuldbewusst.

»Der Strom ist noch nicht angeschlossen, Genosse Krajuchin. Aber morgen wird alles fertig gemacht.«

»Morgen, morgen! Und jetzt? Soll denn der Mann im Dunkeln hantieren?«

Allmählich gewöhnten sich Bykows Augen an die Dämmerung. Er erspähte einen wuchtigen grauen Koloss mit gerippten Raupenketten, einer geöffneten Luke und runden, blinden Scheinwerferaugen.

»Was ist das?«, fragte er.

»Das ist der *Knabe*«, antwortete Krajuchin, »unser gepanzerter Geländewagen. In einigem unterscheidet er sich von den gewöhnlichen Maschinen dieses Typs. Doch Sie werden schnell mit ihm vertraut werden. Gehen Sie sofort an die Arbeit ... Und Sie« – er wandte sich an den Mechaniker –, »dass mir in einer halben Stunde das Licht brennt!«

»Zu Befehl«, erwiderte der Mann munter und rannte los.

»Und vergessen Sie nicht die Beschreibung und die Handbücher!«, rief ihm Krajuchin nach. »Das ist alles. Bleiben Sie hier und fangen Sie an. Mittags werden Sie abgeholt.« Er verabschiedete sich von Bykow und schritt zum Ausgang.

Als nach etwa zwanzig Minuten eine helle Lampe an der Decke aufflammte, stieß Bykow einen Laut der Verwunderung aus. Vor ihm stand die vollkommenste aller Maschinen, die sich jemals auf Raupen fortbewegt hatte. Sie war gewaltig – größer noch als der riesige Panzerbathyscaph, den Bykow vor einigen Jahren auf der Allunions-Industrieausstellung gesehen hatte. Zugleich aber wirkte sie ungewöhnlich leicht und schlank, ja sogar grazil. Ein langer, bauchiger, oben leicht abgeplatteter Leib, schmales, erhöhtes Heck, kaum angedeutete Wölbungen der Luken und Periskope, eine hohe Bodenfreiheit ... Und nirgends eine einzige Naht! Der Geist der Konstrukteure hatte in dem *Knaben* die gewaltige Kraft einer schweren Transportmaschine und die edlen Linien überschneller Atomautos vereinigt.

»Das ist ja toll!«, murmelte Bykow, während er um den *Knaben* herumschritt und sich immer wieder niederhockte, um alles besser in Augenschein nehmen zu können. »Und was soll das hier sein? Ah, ein Gleichgewichtssystem ... Famos! Und die Stützgelenke sind einziehbar? Schlau!«

Am Heck verharrte er eine Weile und legte die Hand auf die glatte Panzerung. Sie war warm.

»Geladen!«, rief der Mechaniker, gutmütig lächelnd, zu ihm hinüber; er stand an der Garagenschwelle und beobachtete den Ingenieur. »Wenn Sie wollen, können Sie gleich einsteigen und losfahren.«

Bykow runzelte die Stirn. »Ist noch zu früh ... zum Fahren«, sagte er. »Haben Sie mir die Anleitung mitgebracht?«

»Jawohl. Hier, bitte sehr.«

»Danke.«

Mit einer Behändigkeit, die einen trainierten Sportsmann erkennen ließ, schlüpfte Bykow in die offene Luke. Die Klappenflügel schlossen sich über seinem Kopf.

»He, Genosse!«, rief der Mechaniker. »Brauchen Sie mich noch?«

Er klopfte an die Luke. Es erfolgte keine Antwort. Der Mechaniker zuckte die Achseln und entfernte sich.

Wie die Anleitung besagte, war der *Knabe* ein gepanzerter Raupentransporter von hoher Geländegängigkeit, bestimmt für Fahrten auf harten, sumpfigen und lockeren Böden sowie auf stark durchschnittenem Gelände. Er konnte sich in gasartigem und flüssigem Medium bis zu zwanzig Atmosphären Druck fortbewegen und vertrug Temperaturen bis zu tausend Grad. Die Kabinen und der Laderaum fassten eine Besatzung von acht Mann sowie eine Nutzlast von fünfzehn Tonnen. Das Triebwerk bestand aus Turbinen mit einer Gesamtstärke von zweitausend PS, die von einem kompakten reproduktiven Uran-Plutonium-Reaktor gespeist wurden. Zu der Ausrüstung des Geländewagens gehörten Infrarot-Projektoren, eine Ultraschallkanone, ein Paar ausfahrbare Manipulatoren (fast ebensolche, wie sie die Fahrer der Atomautos benutzen, wenn sie die Reaktoren ihrer Wagen beschicken), ferner Außen- und Innendosimeter, Radiometer sowie Dutzende anderer Einrichtungen und Geräte, deren Bestimmung Bykow vorläufig noch ziemlich unklar war. Die Besatzung, die Ladung, die Mechanismen und Geräte wurden von einem Panzer aus festem

Kunststoff geschützt, der noch härter war als Titan, dazu weitgehend hitze- und strahlungsfest.

Die Steuerung des *Knaben* unterschied sich wenig von den bekannten Systemen. Auch das Triebwerk war für Bykow nicht neu. Trotzdem – gewissermaßen zur Entlastung seines Gewissens – beschloss er, die Maschine bis in jedes Detail genau zu überprüfen. Mittags und abends erschien er müde und abgespannt zu den Mahlzeiten, mit fetter Graphitschmiere befleckt; er verzehrte hastig sein Essen, wechselte ein paar kurze Sätze mit den Kameraden und kehrte eilig in die Garage zurück oder legte sich schlafen. Morgens und nach dem Mittagessen wartete vor dem Portal ein Wagen auf ihn. Sein persönliches Trainings- und Hygieneprogramm für die Vorbereitungszeit wurde jedoch durch nichts verletzt. Darüber wachte aufmerksam Jermakow.

Am vierten Tage fuhr Bykow den *Knaben* zum ersten Mal ins Freie. Der riesige Wagen rollte mit unerwarteter Leichtigkeit und fast geräuschlos durch das Tor. Bykow war überrascht, wie gehorsam er auf die geringste Bewegung seiner Finger reagierte, die auf der Tastatur des Steuerpults ruhten. Der Wachhabende winkte ihm lächelnd zu. Bykow antwortete mit einem Kopfnicken, schloss die Fensterluke und beschleunigte. Der *Knabe* raste leicht schaukelnd über die nasse Tundra. Aus dem Gebüsch stoben erschreckte Vögel empor, wie ein graues Knäuel huschte ein Hase vorbei. Plötzlich kam dichter Nebel auf, und Bykow sah sich gezwungen, den Infrarot-Projektor einzuschalten. Auf dem Bildschirm entstanden die blassen Umrisse großer Findlinge und einzelner seltsam verkrüppelter Bäume. Bykow ging dazu über, den Wagen einzufahren: Er brachte ihn auf Maximalgeschwindigkeit, stoppte ihn jäh ab, kurvte scharf nach rechts und links, drehte auf der Stelle; dabei spritzten von den Gleisketten ganze Fontänen rostbraunen Schmutzes empor und behinderten die Sicht. Sofort jedoch glitten die Scheibenwischer über die Linsen des Periskops und rieben sie sauber.

Plötzlich tauchte, als der Knabe gerade in voller Fahrt war, voraus ein Stacheldrahtzaun auf. Bykow drehte hart bei und bremste, doch es war bereits zu spät. Ein Klingen und Knirschen ertönte, etwas knackte unter den Gleisketten, und der Wagen blieb stehen. Bykow sprang hinaus. Der *Knabe* hatte ein gewaltiges Loch in den

Zaun gerissen. Die Raupenspur, in dem weichen Boden deutlich sichtbar, war mit Drahtfetzen und Bruchstücken von Zementpfählen bedeckt.

»Das hat mir gerade noch gefehlt!«, murmelte Bykow und schaute sich um. »Wo bin ich denn da nur hingeraten?«

Sein Blick fiel auf einen runden Bau aus hellem Beton, der sich in etwa zwanzig Schritt Entfernung im Nebel abzeichnete.

»Hallo, ist dort jemand?«, rief er nicht besonders laut.

Niemand antwortete. Nur der Regen raschelte im Gras, und leise, fast kläglich, sang das Drahtgeflecht. Eine Weile zögerte Bykow, dann schritt er entschlossen auf den runden Bau zu. Er kam ihm ungewöhnlich vor – an den glatten, hohen Wänden waren weder Fenster noch Luftklappen zu sehen, nur zu ebener Erde stand eine kleine, quadratrische Tür offen. Etwas abseits ragte das Ende eines Betonrohres aus der Erde, es war mit einem runden, rostigen Deckel verschlossen. Bykow trat zu der Tür und schaute hinein. Er konnte nur feststellen, dass es im Innern dunkel und warm war. Plötzlich hörte er hinter sich Eisen klirren. Er wandte sich um und sah etwas, das ihm wie ein böser Traum vorkam. Der Eisendeckel stand aufgeklappt, und ein feuchtes Gespenst mit rundem silbrig schimmerndem augenlosem Kopf stieg aus dem Betonrohr.

Noch ehe Bykow darauf kam, wo er ein ähnliches Ungeheuer schon gesehen haben mochte, duckte es sich und sprang auf ihn zu. Die drei Meter, die sie trennten, bewältigte es in einem Satz. Doch Bykow hatte sich bereits gefasst. Zudem hatte das Gespenst keine Ahnung von Judo. Nach ein paar Sekunden erbitterten Kampfes war es zu Boden geworfen, und Bykow verpasste ihm mehrere wuchtige Schläge auf die Stelle, wo sich bei gewöhnlichen Sterblichen das Gesicht befand. Dann sprang er rasch auf die Beine, aber im gleichen Augenblick stieß er mit einem zweiten ebensolchen Ungeheuer zusammen, das gerade aus dem Rohr geklettert war.

Jetzt nahm die Sache eine andere Wendung. Es half nicht einmal Judo. Bykow erhielt eine gewaltige Ohrfeige und stürzte zu Boden. Sofort wurde er an den Füßen gepackt und mit einer Geschwindigkeit, die ihm außerordentlich erschien, bäuchlings von dannen geschleift. Es ist sehr schwer, Widerstand zu leisten, wenn man mit festem Griff an beiden Füßen gehalten wird. Bykow wusste es und widersetzte sich nicht; er wartete, was weiter geschehen würde. Die Gespenster blieben stehen, ließen jedoch seine Füße nicht los. Bykow stützte sich auf die während des Kampfes blutig geschundenen Fäuste und versuchte sich aufzurichten. Plötzlich hörte er Fußgestampf, und ein drittes Gespenst erschien. Jetzt spürte er, dass seine Füße frei wurden. Sofort drehte er sich um und setzte sich auf. Sein Kopf dröhnte.

Er sah, dass er sich hinter dem Heck des *Knaben* befand. Die Gespenster standen um ihn herum und verrichteten hastig merkwürdige Manipulationen an ihren Köpfen. Plötzlich klappten die blanken Kugeln zurück, und Bykow blickte überrascht in bekannte Gesichter – in das besorgte Dauges, das finstere Krajuchins und das zornesbleiche Jurkowskis. Jurkowski führte die Hand zur Nase, schnaubte aus und hielt Bykow die blutige Handfläche vor die Augen.

»Sie Idiot!«, rief er mit schneidender Stimme. »Haben Sie einen Kopf oder einen Kohlkopf auf den Schultern?«

»Warten Sie, Wladimir Sergejewitsch ...«, sagte Krajuchin beschwichtigend. »Sie sehen doch, wie verdutzt der Mann ist.«

»Sie sind's?«, konnte Bykow nur hervorbringen.

»Nein, nicht wir! Unsere Großmütter! Ritter des Rosenkreuzordens! Vertreterinnen des Frauenkomitees ...!«

»Hören Sie doch endlich auf, Jurkowski!«, rief Krajuchin. »Genosse Bykow, fahren Sie sofort die Maschine vom Gelände ... Dauge, schließen Sie die Luke und die Tür und sagen Sie drüben, dass wir wegfahren.«

»Zu Befehl!« Dauge schlug wieder den Helm über den Kopf und eilte davon.

Bykow kletterte in den Wagen. Krajuchin und Jurkowski, der immer noch vor sich hin schimpfte, folgten ihm.

»Fahren Sie hinter den Zaun und halten Sie dort«, befahl Krajuchin.

Bykow schaltete den Rückwärtsgang ein.

»Das genügt. Stop! Warten wir auf Dauge.«

Bykow warf einen Seitenblick auf Jurkowski. Dieser betastete vorsichtig die geschwollene Nase.

»Tut's weh?«, erkundigte sich Krajuchin mitfühlend. Jurkowski fletschte nur wütend die Zähne. Draußen ertönten Schritte, und Dauge kletterte durch die Luke.

»Ausgeführt, Nikolai Sacharowitsch«, sagte er.

»Na, dann ab.«

Bykow legte die Finger auf die Tastatur. Einen Augenblick sann er nach, dann drückte er auf einige Tasten, schaltete den Motor ein und stand auf. Der *Knabe* setzte sich in Bewegung.

»Wo willst du denn hin?«, rief Dauge erschrocken. »Wer wird denn steuern?«

»Der Autopilot«, gab Bykow zurück. »Ich kann mich an den Weg nicht mehr erinnern. Reg dich nicht auf, Johannytsch, der *Knabe* hat ein elektronisches ›Gedächtnis‹, und er wird nach dem Kreiselkompass fahren.«

Einige Zeit herrschte Schweigen. Die Maschine vollzog mit äußerster Exaktheit, nur in umgekehrter Reihenfolge, die gleichen Bewegungen wie vor einer halben Stunde unter Bykows Führung.

»Haben Sie das Dosimeter bei sich?«, wandte sich Krajuchin an Dauge.

»Jawohl, Nikolai Sacharowitsch. Aber wir werden es nicht benötigen. Hab ganz vergessen zu sagen, dass die Kammer bereits geschlossen war, als sich Bykow ihr näherte. Folglich ist alles gut abgelaufen.«

Krajuchin atmete erleichtert auf.

»Beinahe wäre es Ihnen sehr schlimm ergangen, Genosse Bykow«, sagte er und wischte sich den Schweiß von der Glatze. »Wissen Sie, wo wir Sie abgefangen haben?«

»Keine Ahnung ...« Bykow fühlte sich sehr unglücklich.

»Hinter dem Stacheldraht befindet sich eine unterirdische Kammer mit einem mächtigen Reaktor, der Tritium erzeugt. Das ist der Brennstoff für unsere *Chius*. Der Betonturm, in den Sie unvorsichtigerweise hineingeschaut haben, ist nichts anderes als ein Lager für radioaktive Abfälle der Uranaufbereitung. Und gerade heute ist ein Komplex Uranstangen zum Umschmelzen geschickt worden. Wenn Sie Ihre Nase hineingesteckt hätten ...«

»Das begreift doch sogar ein Esel!«, sagte Jurkowski wegwerfend. »Wenn ein Gelände mit Stacheldraht umzäunt ist, so bedeutet es, dass man es nicht betreten darf. Nein, er haut mit seinen Raupen direkt durch den Draht! Kann nicht gleichgültig einen Zaun sehen, stürzt sich drauflos wie ein Löwe!«

Das war sehr ungerecht, doch Bykow seufzte nur bekümmert.

»Jurkowski hat Sie bemerkt, als Sie an die Kammer traten, und wollte Sie nur wegdrängen, kam aber ein wenig zu spät. Offen gesagt, wir glaubten, das Unglück sei schon passiert.«

»Wir rannten wie um unser Leben«, sagte Dauge. »Ich dachte, das Herz springt mir aus dem Leibe.«

Bykow drehte sich zu Jurkowski um und murmelte mit stockender Stimme: »Ich ... Es tut mir außerordentlich leid, wirklich ... Ich habe das nicht gewollt. Weiß der Teufel, wie alles gekommen ist!« Er machte eine verzweifelte Gebärde. »Ich habe mich sehr erschrocken, glauben Sie mir ...«

Jurkowskis Lippen verzogen sich zu einem verächtlichen Lächeln.

Dauge prustete los. »Aber wie er ihn empfangen hat! Einfach grandios! Herrgott, war das ein Kampf!«

»Ja, Sie verstehen was von Judo.« Krajuchin lächelte. »Aber seien Sie künftig vorsichtiger. Bei unserer Arbeit darf man nichts mit bloßen Händen anfassen, um so weniger ohne Erlaubnis. Der Vorfall hat mir zu denken gegeben. Gleich heute Abend wird Dauge Ihnen einen Spezialanzug verpassen und Sie in seinem Gebrauch unterweisen.«

»Junge, war das eine Rauferei!«, wiederholte Dauge, sich die Lachtränen aus den Augen wischend.

Bykow setzte sich rasch auf seinen Platz und schaltete die automatische Steuerung ab: Aus dem Nebel traten die Umrisse des flachen Garagendaches hervor.

»Noch etwas«, sagte Krajuchin. »Bald werden wir Sie und den *Knaben* einer richtigen Prüfung unterziehen. Sind Sie bereit?«

»Hier kann keine richtige Prüfung stattfinden«, murmelte Bykow. »Tundra weit und breit, das Land flach wie eine Tischplatte.«

»Macht nichts, Freundchen! Ich werde schon eine geeignete Stelle für Sie finden.« Krajuchins Goldzähne blitzten im Halbdunkel.

Die Feuerprobe

Als Krajuchin und die Geologen weggefahren waren – ein aus der Stadt herbeigerufener Wagen hatte sie abgeholt –, kratzte sich Bykow sorgenvoll am Hinterkopf und trat in die Garage. Der *Knabe* stand zwei Schritt vom Tor entfernt, dünne Regenrinnsale liefen über seine abfallenden Flanken.

»Prüfung also!«, sagte Bykow laut. »Na gut, meinetwegen!«

Er zog das zerknitterte, ölbeschmierte Handbuch aus der Tasche, blätterte darin herum, seufzte und kletterte in die Luke. Wie jeder Mensch liebte er keine Prüfungen, egal, in welcher Form sie auch stattfanden. Es erschien ihm sehr ungerecht, wenn Belanglosigkeiten, die in der Praxis ihrer völligen Unanwendbarkeit wegen kein Mensch beachtete, auf eine Stufe mit den wichtigsten und notwendigsten Kenntnissen gestellt wurden. Er selbst hielt sich beim Unterricht an sein eigenes System. »Wenn Sie auch noch so klug sind«, sagte er zu seinen Schülern, »es wird Ihnen nie gelingen, alles zu behalten, was in dem ganzen Wust von Büchern und Tabellen gedruckt ist. Darin steht ja außer dem Wesentlichen und teilweise Wesentlichen auch das Nebensächliche und schließlich das einfach Unnötige, was entweder schon veraltet ist, kaum dass es geboren wurde, oder in der heutigen Zeit an Bedeutung verloren hat. Selbstverständlich verlange ich von Ihnen nicht die Kenntnis alles dessen, was in Büchern und Tabellen steht. Sollte aber jemand von Ihnen nicht wissen, was er in erster Linie zu wissen verpflichtet ist – so bitte ich, es mir nicht zu verübeln.«

Bykows Autorität schützte dieses System vor den Angriffen der pedantischsten Vorgesetzten. Aber so war es in der Gobi. Wie würde es hier sein? Diesmal war er selbst der Prüfling. Gewiss, Krajuchin machte nicht den Eindruck eines Buchstabengelehrten und Formalisten, doch wer konnte wissen, wohin seine kleinen, unter der riesigen dunklen Brille versteckten Äuglein blickten? Und Bykow blätterte immer von Neuem in dem zerlesenen Handbüchlein, besonders in jenem Teil, der alle möglichen Havarien und Reparaturen unterwegs behandelte. Dann zog er die Jacke aus, schlüpfte in die Kombination und stieg in den Turbinenraum.

Es war schon spät, als er ins Hotel zurückkehrte – müde, aber zufrieden und fast beruhigt. Im Speisesaal war niemand mehr anwesend. Bykow nahm ohne besondere Eile das Abendbrot ein und begab sich dann in die zweite Etage, wo die Raumfahrer ihre Zimmer hatten. Er wollte Dauge besuchen. Vor einer halb geöffneten Tür blieb er stehen. Die klangvolle Stimme Jurkowskis, der ein Gedicht von Bagritzki deklamierte, drang an sein Ohr.

Der Wind, wie er zischt
    Und pfeifend enteilt
Wie tönend die Gischt
    Der Bugsteven teilt!
Die Nägel soll'n klingen,
    Die Leinen soll'n singen:
Die Sache ist gut,
    Die wir hier vollbringen!

Bykow warf einen Blick in das Zimmer. Jurkowski lag, die Hände unter dem Kopf verschlungen, auf dem Sofa, das Gesicht zum Fenster gewandt. Neben ihm saß Krutikow und sog gedankenvoll an seiner kurzen leeren Pfeife. Am Tisch wiegte sich Bogdan Spizyn im Stuhl hin und her und lächelte irgendwelchen eigenen, nur ihn allein angehenden Gedanken nach. Weder Dauge noch Krajuchin noch Jermakow befanden sich in dem Zimmer.

So schieß durch die Adern
    Nach draußen, nach vorn,
Meine rastlose Jugend,
    Mein zielloser Zorn!
Dass das Menschenblut sprüht
    Wie von Sternen ein Regen,
Und dass ich hinausbrech,
    Dem Weltall entgegen.

Das waren wunderbare Verse. Außerdem las der »Fant« erstaunlich gut. Etwas Unruhiges und Rufendes lag in seiner tiefen Stimme, voll beherrschter Kraft und Erregung, und Bykow dachte unwillkürlich, dieser furchtlose und schöne Mann sei wohl dem Verfasser der Verse, die er las, sehr ähnlich. Er war ebenso unruhevoll und leidenschaftlich, ebenso bereit, sein ganzes Leben für große und ungewöhnliche Taten hinzugeben. Krutikow schien dasselbe zu denken. Er nahm plötzlich die Pfeife aus dem Mund und betrachtete Jurkowski aufmerksam, als wolle er sich irgendeiner Sache vergewissern.

Nur Spizyn wiegte sich weiter hin und her und lächelte still mit halb geschlossenen Augen.

> ... Und atemlos singen
> In schrecklicher Leere:
> »Ai, Schwarzes Meer du,
> Du bestes der Meere!«

Jurkowski verstummte. Bykow trat von der Tür weg und ging weiter. Dauges Zimmer war leer. Auf dem Bett lag ein Spezialanzug – höchstwahrscheinlich für ihn, Bykow, bestimmt. Der rötliche Schein der Abendsonne spielte auf dem glänzenden kugelförmigen Helm. Bykow wollte sich gerade zurückziehen, da fiel sein Blick auf eine Fotografie, die auf dem Tisch lag. Das Bild kannte er bereits – eine schöne Frau mit schwermütigen Gesichtszügen, in einem hochgeschlossenen blauen Kleid.

Mascha Jurkowskaja, dachte er und seufzte.

Unter dem Foto ragte der Rand von beschriebenem Papier hervor, daneben lag ein geöffnetes, leeres Kuvert. »... ein für alle Mal klarstellen. Ich habe es satt, deine ...« Bykow blinzelte erschrocken und ging eilig vom Tisch weg.

Armer Johannytsch! So weit hat ihn seine Liebe gebracht ... Er, der gute lustige Kerl, der seinen Humor auch in den schwersten Augenblicken nicht verlor, er konnte diese Frau nicht einmal jetzt, ein paar Tage vor dem Start ins Ungewisse, vergessen.

»Gerade jetzt – das ist das abscheulichste!«, hörte Bykow plötzlich Jurkowskis donnernde Stimme hinter der Wand. »Gerade jetzt einen solchen Brief zu schreiben! Versuche ja nicht, mich zu besänftigen, du Barmherzigkeitsapostel, du Geduldslamm ... Das Frauenzimmer ist doch einen Dreck wert!«

»Wage es nicht!« Bykow begriff im ersten Augenblick nicht, wer diese kreischenden Worte ausgestoßen hatte. »Wage es nicht, so von ihr zu reden! Letzten Endes geht dich das alles überhaupt nichts an!«

»Doch geht es mich an! Nicht nur, weil sie meine Schwester ist. Das geht alle an – auch Krajuchin und die anderen, darunter deinen Wüstenspezialisten mit der roten Fresse. Denn dort, wo wir uns hinbegeben, wird das Leben aller von jedem Einzelnen abhängen. Es muss sich einer auf den anderen absolut verlassen können. Wirst du aber in diesem Zustand genügend Zähigkeit und Lebenswillen aufbringen? Wirst du uns nicht enttäuschen, Freund Dauge?«

»Nun mach aber einen Punkt, Wolodja!«

»Was heißt hier Punkt! Hast du sie immer noch nicht durchschaut, mein berückendes Schwesterlein? Das ist doch kein Mensch – eine hohle Puppe ist das! Ja, ja, eine Puppe. Nimm ihr das niedliche Frätzchen – was bleibt dann noch übrig? Gibt es nicht genug andere Frauen? Was klammerst du dich an sie?«

Bykow schlich auf Zehenspitzen in sein Zimmer und drückte fest hinter sich die Tür ins Schloss. Dauge würde heute kaum Lust haben, sich mit dem Spezialanzug abzugeben, und auch Bykow selbst war nicht danach zumute. Vielerlei Gedanken bedrängten ihn. Er kleidete sich aus, legte sich nieder und schloss die Augen. Am besten wär's, so bald wie möglich einzuschlafen!, dachte er, stand wieder auf und ließ das Rouleau herunter. In diesem Augenblick trat Dauge ein. Er sah aus wie immer – das Haar zerzaust, der Schlips verrutscht. Bykow setzte sich auf die Couch und starrte ihn an.

»Hattest du dich schon hingelegt?«, fragte Dauge. »Und der Skaphander? Was glotzt du mich denn so an, Alexej? Ist etwas an mir nicht in Ordnung?«

Er fuhr sich mit der Hand über die Wange, blickte an sich hinab.

»Nein, das nicht …«, presste Bykow mit Mühe hervor. »Ich dachte nur, es sei schon zu spät …«

»Von wegen spät. Zieh dich an, komm! Du musst dich noch heute mit dem Spezialanzug vertraut machen. Ich fürchte, morgen werden wir keine Zeit dazu haben. Wo warst du denn so lange?«

»Hab mich mit dem *Knaben* herumgeplagt. Mir ist bange, Johannytsch, durchfallen werde ich bei dieser Prüfung.«

»Bei welcher Prüfung?«

»Na, weißt du denn nicht? Die Prüfung, von der Krajuchin heute sprach. Erinnerst du dich – bei der Rückfahrt.«

»Ah ... Na, ich glaube nicht, dass du durchfällst, Alexej. Du bist doch ein Experte im Fahren.«

»Im Fahren, im Fahren! Wenn aber die Fragerei losgeht ...« Dauge blickte ihn verwundert an.

»Was denn für eine Fragerei? Du wirst auch ohnehin so schwitzen, dass man dich hinterher wird auswringen müssen.«

»Versteh ich nicht.«

»Ganz einfach. Es wird eine Prüfungsfahrt stattfinden. Morgen machst du eine Tour auf stark durchschnittenem Gelände, das mit Schikanen gespickt ist, wie die Sportsleute sagen.«

»Allein?«

»Jemand wird dich schon begleiten, wer, das weiß ich nicht ... Bist du fertig? Na, dann komm!«

In Dauges Zimmer bemerkte Bykow, dass die Fotografie auf dem Tisch fort war. Dauge nahm den Skaphander vom Bett und legte ihn auf den Fußboden.

»Setz dich, Alexej, und hör zu. Diese Kombination hier trägt die Bezeichnung ›SK 6‹, das heißt ›Spezialanzug System Krajuchin, Modell 6‹. Sie ist aus sehr festem, geschmeidigen Material hergestellt, mit einer langen und sehr komplizierten chemischen Bezeichnung. Übrigens, die Fachleute nennen es einfach ›Siliket‹. Das ist irgendeine organische polymere Siliziumverbindung mit märchenhaft langen fadenartigen Molekülen. Die Reißfestigkeit des Materials ist außerordentlich hoch, auch ist es im höchsten Grade feuerfest und selbstverständlich gas- und wasserdicht.«

»Klar«, sagte Bykow. Er hockte vor dem Skaphander und knetete interessiert den elastischen Ärmel.

»Dieser Anzug wird natürlich nicht genäht, ja nicht einmal gestanzt, er wird fertig gegossen, so wie du ihn vor dir siehst – mit allen nötigen Öffnungen, Taschen et cetera. Die Siliketschicht ist doppelt, wobei die Molekülketten der beiden Schichten senkrecht zueinander verlaufen. Klar?«

»Ja, zur höheren Festigkeit und Dichte.«

»Vollkommen richtig. Jetzt der Helm. Du siehst, er ist am Kragen befestigt, aber man kann ihn leicht zurückklappen. So beispielsweise.«

Bykow blickte ins Helminnere. So also war das! Außen wie vernickelt, erwies sich die Kugel von innen als völlig durchsichtig.

»Na, so eine Teufelei!«

»Spektrolith, eine besondere Art von Kunststoff«, erklärte Dauge. »Gut, nicht wahr? Ermöglicht die Sicht nach allen Seiten.« Er hockte sich neben Bykow und klopfte mit dem gekrümmten Finger gegen den Helm. »Natürlich hätte man dafür auch einen anderen, völlig durchsichtigen Stoff verwenden können, aber der Spektrolith hat diverse unschätzbare Vorteile. Erstens polarisiert er auf eine ganz bestimmte Weise das Licht: Bei Dunkelheit oder in der Dämmerung kann man in eine starke Lichtquelle direkt hineinschauen und alles erkennen, ohne geblendet zu werden. Zweitens lässt der Spektrolith nur die sichtbaren Strahlen des Spektrums durch. Ultraviolett und Wärmestrahlen werden entweder von ihm verschluckt oder völlig reflektiert, ebenso Röntgen- und Gammastrahlen. Drittens ... Kurz – Krajuchin hat Großes geleistet.«

»Und was ist das hier? Aha, eine Membrane.«

»Das ist ein Kopfhörer. Außerordentlich empfindliche Membranen für Kurzwellenempfang; der Bügel dient als Stoßdämpfer – für den Fall, dass du kopfüber abstürzt. Hier ist auch das Mikrofon mit dem Sender und die Batterie aus Halbleitern.«

»Klar.«

»Der ganze Anzug ist schalldicht. Zum Empfang der Außengeräusche ist hier eine Vorrichtung eingebaut. Man kann sie auf die Dichte der umgebenden Atmosphäre abstimmen. Jetzt ist sie auf unseren gewöhnlichen atmosphärischen Druck eingestellt.«

»Klar.«

»Ausgezeichnet! Den theoretischen Teil hätten wir also erledigt. Jetzt zieh mal den Anzug an, Alexej ... Halt, nicht so. Steig durch den Halsausschnitt hinein, mit den Füßen zuerst. Und jetzt mach den Helm fest.«

Mehrmals ließ er Bykow den Skaphander an- und ausziehen, den Helm aufsetzen und allerlei gymnastische Übungen vollführen. Erst als der Ingenieur, in Schweiß gebadet, voller Verzweiflung um Einhalt flehte, hatte Dauge Erbarmen.

»Gut. Das genügt. Zieh ihn aus. Noch eins, Alexej. Hier am Gürtel sind Schlaufen für Thermosgefäße, worin man Kakao, Bouillon und Erfrischungsgetränke mitnehmen kann. Von den Gefäßen führen Schläuche in den Helm. Sauerstoffgeräte und Kohlensäureannihilatoren werden auf dem Rücken befestigt. Hier sind sie. Merke dir, das da ist der Wärmeregulator: Bei Kälte kann man die Heizung einschalten. Hier siehst du das Dosimeter. Und noch etwas: Der Anzug ist mit einem wundervollen Gerät versehen – einem Sauerstofffilter. Eine Atmosphäre kann noch so giftig sein – wenn sie mindestens fünf Prozent Sauerstoff enthält, lässt der Filter diesen Sauerstoff durch. Für alle anderen Gase ist er undurchlässig.«

Bykow stieg aus dem Anzug und besah ihn sich nochmals eingehend.

»Und die Strahlen? Ist er auch strahlensicher?«

»Selbstverständlich. In dieser Hinsicht ist er unübertroffen.«

»Wie der ›absolute Reflektor‹ einer Photonenrakete?« Bykow wischte sich den Schweiß von der Stirn und setzte sich neben Dauge.

»Der ›absolute Reflektor‹ ist hart und spröde. Als Material für eine Kombination eignet er sich nicht. Auf das Siliket kann man sich verlassen. Beispielsweise haben wir – Krajuchin, Wolodja und ich – heute früh in diesen Anzügen eine ganze Stunde lang in der Lagerkammer für radioaktive Abfälle gesessen.«

»Was du nicht sagst!«

»Im Ernst. Temperatur etwa zweihundert Grad, Alphastrahlen, Gammastrahlen und dergleichen mehr. Und trotzdem schützt er ausgezeichnet. Ein bisschen heiß natürlich ...«

Es klopfte.

Krajuchin trat ein. Bykow schob ihm einen Sessel hin.

»Danke. Ich will mich gar nicht erst setzen. Es ist ja schon Schlafenszeit. Wie steht's bei Ihnen mit dem Spezialanzug, Genosse Bykow? Haben Sie sich schon damit vertraut gemacht?«

»Jawohl.«

»Sie müssten natürlich ein wenig darin trainieren. Aber wann, wann ...«

Krajuchin hatte schon die Türklinke in der Hand, ließ sie jedoch wieder los.

»Das Wichtigste hätte ich beinahe vergessen. Gleich morgen früh, Genosse Bykow, fahren Sie zur Garage und kommen umgehend mit dem *Knaben* zum Hotel.«

»Jawohl«, gab Bykow mit heiserer Stimme zur Antwort.

»Wir fahren zum Testgelände. Sie werden uns zeigen, was die Maschine leistet.«

»Jawohl.«

Nachdem Krajuchin gegangen war, seufzte Bykow tief und verabschiedete sich ebenfalls. An der Tür hielt er Dauges Hand noch einen Augenblick fest und sagte leise: »Ich ... weißt du ... ich habe gehört, dass du einen Brief erhalten hast. Einen unangenehmen Brief.«

Dauge schwieg.

»Ich sage es dir deshalb, weil ... kurz, wenn du mich brauchen solltest ...«

»Schon gut.« Dauge lächelte unfroh und schob Alexej zur Tür hinaus. »Ach, ihr Tröster, der Teufel soll euch allesamt holen!«

»Nimm's nicht krumm, Johannytsch.«

»Aber nicht doch, nein. Na, geh schon.«

»Gute Nacht.«

»›Noch schlummerst du, grazile Wonne‹«, deklamierte Dauge in singendem Tonfall, während er Bykow die Decke wegzog. »›Erwache nun, mein Sonnenschein!‹«

»Hau ab!«, knurrte Bykow und drehte sich zur Wand.

»›Des Abends noch der Sturm uns zürnte ...‹, und jetzt ist es schon sieben Uhr, und unten wartet ein Auto auf dich.«

»Nicht ... Was? Au verflucht!«

Dauge konnte gerade noch beiseitespringen. Bykow fuhr aus dem Bett und griff nach seinen Sachen.

»Halt, Alexej! Und die Morgengymnastik?«

»Quatsch! Wie ist das Wetter?«

Dauge zog den Rollvorhang hoch. »Ausgezeichnet! Kein Wölkchen. Du hast Schwein, Alexej. Und trotzdem ist dir ein Anranzer von Jermakow gewiss.«

»Wofür?«, fragte Bykow, während er das Hemd überstreifte.

»Weil du ohne Frühgymnastik wegrennst.«

»Ach was! Soll er mich anranzen. Ich gehe jetzt.«

»Frühstück?«

»Später, später!«

»Trink doch wenigstens ein Glas Milch, du Narr! Jermakow wird die Prüfung abblasen.«

»Verdammt und zugenäht!«

Im Speiseraum goss Bykow hastig einen Becher Milch hinunter und stopfte sich Zwieback in die Tasche. Dann stürzte er zum Portal.

»Hals und Beinbruch!« Die Hände in den Hosentaschen, schaute Dauge von der Freitreppe aus dem davonfahrenden Auto nach, gähnte herzhaft und ging ins Haus zurück.

Zu Bykows Staunen erregte der riesige Geländewagen in den Straßen der Stadt kein nennenswertes Aufsehen.

Die Passanten blickten ziemlich gleichgültig zu ihm hin, manche blieben stehen, um die Maschine besser betrachten zu können – das war alles. Offensichtlich waren technische Neuheiten hier keine Seltenheit. Bykow hielt vor dem Hotel und ging hinauf, um Krajuchin Meldung zu erstatten. Im Gang stieß er auf Jermakow.

»Sind Sie schon da? Sehr schön ...« Die scharfen grauen Augen des Kommandanten musterten den Ingenieur aufmerksam von Kopf bis Fuß. »Nicht schön dagegen ist, dass Sie die Karenzvorschrift verletzt haben.«

»Ich ...«

»Mit den besten Absichten, ich verstehe. Aber in anderthalb bis zwei Stunden wird es sehr anstrengend für Sie werden. Und die Disziplinverletzung heute Morgen kann Sie teuer zu stehen kommen. Und nicht nur Sie.« Er machte eine Pause und fügte dann hinzu: »Wäre Ihre Gesundheit nicht so hervorragend, hätte ich darauf bestanden, die Prüfung für heute abzusagen.«

»Wird nicht wieder vorkommen«, murmelte Bykow betreten.

»Das hoffe ich. Die Karenzvorschriften für die Weltraumfahrer sind von den besten Ärzten des Landes festgelegt. Und jeder einigermaßen erfahrene Mensch kann Ihnen genug Fälle nennen, wo geringste Verstöße gegen diese Vorschriften zu traurigen Resultaten geführt haben. Wären Sie Pilot, hätten Sie mit dem heutigen Tage Ihre Teilnahme an der Expedition verwirkt. Zum Glück sind

Sie kein Pilot. Nehmen Sie zehn Tonintabletten. Und jetzt gehen wir, die anderen warten auf uns.«

Oben in Krajuchins Zimmer hatte sich die ganze Besatzung der *Chius* versammelt. Bykow sah auch zwei unbekannte Männer. Es waren der Vorsitzende des Stadtsowjets und der Sekretär des Stadtparteikomitees. An dem Respekt, den sie Krajuchin entgegenbrachten, war zu merken, dass der Stellvertretende Vorsitzende des SKIPV in der Stadt ein gewaltiges Ansehen genoss.

»Wir wollen keine Zeit verlieren, Genossen«, sagte Krajuchin, kaum dass Bykow alle begrüßt und in der Ecke Platz genommen hatte. »Alexej Petrowitsch, heute sind Sie es, der die Hauptrolle spielt. Wollen Sie so nett sein und sich hierher, sozusagen zur Rampe, bemühen. Ich bitte Sie ...«

Bykow trat an den Tisch und stellte sich neben Krajuchin. Der Sekretär und der Vorsitzende sahen ihn freundlich lächelnd an. Dauge zwinkerte ihm zu. Auf dem Tisch lag eine Landkarte in Großmaßstab.

»Die Prüfung werden wir hier in diesem Quadrat durchführen ...« Krajuchins Finger beschrieb einen Kreis in der nordöstlichen Ecke der Karte. »Wie weit ist es bis dorthin?«

Bykow beugte sich über die Karte.

»Etwa fünfzig Kilometer.«

»Richtig. Wie lange braucht der *Knabe* dafür?«

»Dreißig bis vierzig Minuten ...«

»Schön. In dem erwähnten Abschnitt gibt es gegenwärtig eine Menge verschiedener künstlicher Formationen, auf der Karte sind sie ... hm, nicht verzeichnet. Ihre Aufgabe: Uns alle auf dieser Höhe hier abzusetzen – wir werden die Fahrt von dort aus beobachten –, danach das Gebiet auf geradem Wege von Süden nach Norden zu durchqueren und an diesem Bach entlang wieder zur Höhe zurückkehren. Ist Ihnen die Route klar?«

»Jawohl.«

»Ich mache Sie darauf aufmerksam, dass Sie unterwegs auf allerlei Überraschungen stoßen können. Für eine jedenfalls garantiere ich ... Sind die Leute hingeschickt?«, wandte er sich an den Vorsitzenden des Stadtsowjets.

Dieser nickte.

»Überhaupt, es ist eine ziemlich schwierige Prüfung. Genosse Jermakow fährt mit Ihnen. Seien Sie vorsichtig. Mut und Vorsicht! Ohne überflüssige Bravour, sozusagen.«

»Zu Befehl.«

»Das wäre alles. Haben Sie noch Fragen?«

»Nein.«

»Wo haben Sie Ihren Spezialanzug?«

»Ich hole ihn sofort, Nikolai Sacharowitsch.«

»Tun Sie das und kommen Sie gleich runter, wir werden inzwischen unsere Plätze einnehmen.«

Eine Viertelstunde später hatte der *Knabe* die nördliche Hügelkette passiert, und Bykow sah zum ersten Mal den Raketenflugplatz. Ringsum erstreckte sich immer noch die gleiche grasbedeckte Tundra, eben wie eine Tischplatte, mit vereinzelten, stoppeligen Höckern bedeckt. Nur hier und da erblickte Bykow runde oder sternförmige kahle Stellen, auf denen kein Hälmchen wuchs. Er steuerte den *Knaben* auf einen dieser braunen Flecke zu. Das weiche Schmatzen unter den Raupenketten wurde sekundenlang von dumpfem Geratter abgelöst – als rolle eine eiserne Tonne über Kopfsteinpflaster.

»Hier sind einmal Schiffe gelandet«, erklärte Dauge, der hinter Bykow saß.

»Und das dort?«

Zur Linken waren rostige Schienen aufgetaucht, Reste eines Stacheldrahtzaunes und eine windschiefe Stange mit einem dreieckigen Blechschild, auf dem noch die Aufschrift »1 R« zu erkennen war. Jenseits des Stacheldrahtes gewahrte Bykow eine Art riesigen Kessel, angefüllt mit klumpiger brauner Masse.

»Vor fünf Jahren ist hier der *Drache Gorynytsch* gestartet«, sagte Dauge. »Siehst du, der Startplatz war eingezäunt, weil der Boden zu radioaktiver Schlacke zusammengebacken ist. ›1 R‹ bedeutet ›ein Röntgen‹.«

»Das immerhin weiß ich«, brummte Bykow.

Der *Knabe* umfuhr erratische Blöcke und jagte ungestüm durch flache kleine Sumpfseen. Als der Kilometerzähler dreißig anzeigte, bat Jermakow den Fahrer, den Platz am Steuerpult ihm zu überlassen. Bykow ging in die Kabine. Alle Luken waren geöffnet. Der Vorsitzende des Stadtsowjets stritt sich mit Krutikow, der Parteisekretär hörte ihnen ohne sichtliches Interesse zu. Krajuchin schlummerte, in die weiche Schaumgummipolsterung seines Sitzes zurückgelehnt. Jurkowski und Spizyn saßen draußen und ließen die Füße in die Luken hinunterbaumeln. Bykow warf noch einen Blick in den Motorenraum, horchte, kehrte dann zurück und setzte sich wieder neben Jermakow.

Das Brummen des Triebwerks wurde merklich lauter. Mit leicht geminderter Geschwindigkeit klomm der *Knabe* einen steilen Hang hinan.

»Wir sind da«, sagte Krajuchin.

Das Triebwerk heulte auf, der *Knabe* machte eine jähe Wendung und hielt. Alle kletterten hinaus. Als Letzter verließ Bykow den Geländewagen. Sie befanden sich auf dem Gipfel eines mit struppigem Gras bewachsenen Hügels. Ein seltsamer Anblick bot sich ihm, als er hinunterschaute. Die Ebene war zu Ende. Weiter nordwärts dehnte sich bis zum Horizont ein wildes Chaos von übereinandergetürmten Steinblöcken und gigantischen Erdschollen. Große, mit gezackten Wällen umrandete Trichter, eine fast senkrechte rötliche Wand, die sich quer durch die ganze Wüstenei hinzog, wirre Granithaufen und von Neuem Trichter und Steinwälle.

»Na, Alexej Petrowitsch?«, ertönte Krajuchins Stimme hinter Bykows Rücken. »Dieses Gelände dürfte wohl Ihrer Kunst und den vorzüglichen Qualitäten des *Knaben* gerecht werden. Wie finden Sie es?«

»Nicht übel!«, antwortete Bykow. Damit kannst du mich nicht einschüchtern!, dachte er und blickte fest in die schwarzen Gläser, die Krajuchins Augen verdeckten. »Das Gelände ist ganz nach meinem Geschmack. Gestatten Sie, dass ich anfange?«

»Hier bestimmt Jermakow. Bitte wenden Sie sich an ihn.« Bykow trat zu Jermakow der mit einem Feldstecher in der Hand auf der Panzerung des *Knaben* stand.

»Können wir anfangen, Anatoli Borissowitsch?«

Jermakow nickte und sprang behände herunter. »Legen Sie den Schutzanzug an«, sagte er und fügte mit gesenkter Stimme hinzu: »Und seien Sie nicht so aufgeregt, mehr Ruhe ...«

Bykow zuckte die Achseln und kletterte in die Maschine. Dauge machte einige Schritte auf ihn zu, hielt jedoch inne und ging dann langsam zurück. Jurkowski stand abseits, pfiff leise vor sich hin und blickte bald nach unten auf das Chaos, bald zum *Knaben* hinüber. Krajuchin hockte über einer auf der Erde ausgebreiteten Karte und unterhielt sich lebhaft mit den »Stadtvätern«. Michail Antonowitsch und Spizyn hantierten schweigend an einem winzigen Sprechfunkgerät.

»Schalten Sie das Mikrophon ein und klappen Sie den Helm über«, sagte Jermakow, den Platz neben Bykow einnehmend.

Sie halfen einander, sich an die Sitze zu schnallen, dann blickte Bykow fragend auf den silbrigen Helm des Kommandanten, der sich über die Messinstrumente beugte.

»Los«, ertönte es halblaut im Kopfhörer.

Bykow legte die Finger auf die Tastatur, und der *Knabe* strebte zunächst langsam, dann immer schneller den Hang hinunter. Unten bäumte er sich auf, erklomm den ersten Steinhaufen und tauchte gleich darauf in einen Trichter. Die Probefahrt hatte begonnen.

Bykow hatte keine Muße, sich mit Vergleichen zu beschäftigen, doch in der Tiefe seines Erinnerungsvermögens stieg der Satz auf: »Wie ein Frosch in einem Fußball«, und er flüsterte ihn unbewusst immer wieder vor sich hin. In der quadratischen Öffnung der Aussichtsluke zeigten sich abwechselnd der blaue Himmel, die schwarze, wie verkohlte Erde und die bemoosten Granitblöcke. Der *Knabe* wurde hin und her geschleudert, die Raupen dröhnten und rasselten, doch das Triebwerk brummte gleichmäßig und fröhlich, völlig störungsfrei. Nein, damit kann man mich nicht schrecken!, dachte Bykow hartnäckig. Brüllend stieß die Maschine in einen tiefen Graben. Ein regloser brauner Wasserspiegel blitzte auf, ein Schwall von Spritzern prallte gegen die Lukenscheibe.

»Vorwärts!«, rief Bykow begeistert.

Auf der anderen Seite des Grabens hielt er den *Knaben* an. In etwa zehn Metern Entfernung erhob sich die steile rötliche Wand; sie war aus Lehm. Fünfzehn bis zwanzig Meter hoch, schätzte Bykow flüchtig. Wollen mal versuchen ... Er warf einen schnellen Seitenblick auf Jermakow und gewahrte, dass sich dieser mit den Händen an den Sitz klammerte. Wie ein Frosch in einem Fußball ...

Vom Gipfel des Hügels aus mutete der Geländewagen wie ein kleiner grauer Käfer an, der über einen frisch gepflügten

Acker kroch. Jetzt begann der Käfer an der Wand emporzukrabbeln. Auf irgendeine unerklärliche Weise gelang es ihm, ein kleines Stück zu bewältigen. Dann erzitterte er, löste sich von der Wand und fiel, eine rote Staubwolke hochwirbelnd, auf den Rücken.

»Teufel noch mal«, murmelte der Stadtparteisekretär. »Er hätte die Wand umfahren sollen!«

Dauge spie nervös aus.

»Umwege sind nicht gestattet«, sagte Krajuchin ruhig. »Das verstößt gegen die Prüfungsordnung. Achtung!«

Am Fuße der roten Wand ging etwas Merkwürdiges vor sich. Der Käfer regte sich, streckte mehrere blanke Beine aus, bog sie langsam in den Gelenken und drehte sich mit ihrer Hilfe wieder auf den Bauch. Eine Sekunde verstrich, eine zweite ... Drei Stahlstützen nach unten gegen die Wand gestemmt und mit der vierten behutsam vortastend, schob sich der *Knabe* langsam höher und höher, bis er sich schließlich mit den Raupenketten in den Kamm fraß und – im Fahren die Stützhebel einziehend – ohne Halt weiterrollte.

»Ein Prachtkerl!«, rief Jurkowski begeistert. »Ein wahrer Meister!«

»Vielleicht nehmen wir statt seiner doch noch einen dritten Piloten?«, bemerkte Krajuchin schmunzelnd, während er den Feldstecher an die Augen hob.

Bykow frohlockte. Alles ging, wie man es sich nicht besser wünschen konnte. Der *Knabe* nahm ein Hindernis nach dem anderen. Die Steine krümelten unter den Raupenketten, der braune Schlamm spritzte aus den Trichtern, donnernd rollten die aus dem Boden gewühlten Findlinge die Hänge hinab. Einige Male wies Jermakow, der die Route mit Hilfe von Karte und Kompass verfolgte, die Richtung, sonst wäre Bykow unweigerlich von dem vorgeschriebenen geraden Kurs abgewichen, obwohl er bemüht war, ihn zu halten.

»Wie viel haben wir zurückgelegt, Anatoli Borissowitsch?«

»Noch etwa anderthalb Kilometer, dann sind wir am Ziel.«

In diesem Augenblick schlugen völlig unerwartet und geräuschlos hellrote Flammensäulen vor dem *Knaben* hoch. Bykow stoppte.

»Da sind sie ja, Krajuchins Überraschungen«, murmelte er.

Das Feuer dehnte sich schnell aus. Es schien, als brannten die Steine. Schwarze Rauchschwaden, mit blutroten Flammenzungen vermischt, krochen über den Boden und stießen stellenweise hoch in die Luft. Der trockene heiße Wind hatte dichte Staubwolken aufgewirbelt.

»Geliertes Benzin!«, brachte Bykow erregt hervor. »Napalm. Was für ein Einfall ...«

Jermakow schwieg. Bykow verzog den Mund zu einer Grimasse, schloss die Spektrolithklappen über den Aussichtsluken und drückte auf die Tasten. In voller Fahrt tauchte der *Knabe* in den Feuersturm.

Als der schmutzigrote Vorhang den Horizont verhüllte, räusperte sich der Stadtparteisekretär, und der Vorsitzende des Stadtsowjets trat näher an das Sprechfunkgerät heran. Krajuchin aber sagte gelassen: »Ich habe befohlen, einige Dutzend Fässer Benzin anzuzünden. So an die sieben- bis neunhundert Grad für die Dauer von Minuten. Dem *Knaben* macht das nichts aus. Aber ob die Nerven durchhalten ...«

Die Nerven hielten durch. Mit fetter Rußschicht bedeckt, rollte der *Knabe* in den Bach, der das Ende der Teststrecke anzeigte, und blieb stehen. Zischend und brodelnd schlugen die Wellen gegen die geschwärzten, lila schillernden Flanken der Maschine. Eine dichte Dampfwolke stieg in die Luft. Allmählich kühlte die Panzerung ab. Bykow fasste Jermakow, der hilflos in den Gurten hing, an der Schulter und rüttelte ihn. Doch der Kommandant war bei vollem Bewusstsein.

»Geschafft«, murmelte er mit schwacher Stimme. »Bin froh für Sie ... und für mich.«

Bykow schnaufte verwirrt.

Sie schwiegen auf dem ganzen Rückweg über die Ebene und am Bach entlang. Erst als sie zu dem Hügel abbogen, auf dessen Gipfel die Kameraden grüßend mit den Armen fuchtelten, sagte Bykow: »Eines ist mir unklar, Anatoli Borissowitsch. Woher kommen hier in der Tundra solche Zerstörungen?«

Lange ließ Jermakow den Ingenieur auf Antwort warten. Er löste die Schnallen seiner Haltegurte und sagte dann wie gezwungen:

»Über diesem Abschnitt ist eine Rakete explodiert … Eine Photonenrakete. Das ist alles.«

»Ach so, eine Explosion. Ich dachte es mir schon beinahe …«

Das war das Einzige, was der erschütterte Bykow hervorbringen konnte.

Bei der Aufhebung der verspäteten Mittagstafel – mit einem Gläschen Kognak zu Ehren der glücklich durchgeführten Probefahrt – bat Krajuchin um Aufmerksamkeit und sagte: »Jermakow und Bykow werden für eine Woche auf Sanatoriumsregime gesetzt. Keinerlei Arbeit. Abenteuerromane, Spaziergänge und viel Schlaf. Die anderen bereiten sich zum Empfang der *Chius* vor. Wie wir erfahren haben, ist das Schiff vom *Ziolkowski* gestartet und wird in fünf, sechs Tagen bei uns landen.«

Die *Chius* kehrt zurück

Bykow träumte, Jermakow habe den bis zur Rotglut erhitzten *Knaben* in die Garage gefahren, und diese lodere in kalten blutroten Flammen. Bykow riss den Feuerlöscher von der Wand, aber da lachte Jermakow, rüttelte ihn an der Schulter und schrie ihm ins Ohr, wobei er ihn seltsamerweise mit du anredete: »Wach auf, Alexej! Wach auf, sag ich dir!«

Jetzt erst bemerkte Bykow, dass Jermakow einen glänzenden PVC-Mantel trug und dass es überhaupt nicht Jermakow, sondern Dauge war. Bykow setzte sich im Bett aufrecht und rieb sich den Schlaf aus den Augen.

»Was ist denn los?«

»Die *Chius* ist im Anflug. Komm, Alexej, wir wollen sie empfangen.«

Die Uhr zeigte zwei Uhr nachts. Der Himmel war mit dichten Wolken verhangen, nur im Norden leuchteten verwischte rosa Streifen.

Es regnete in Strömen.

»Wer wird denn bei dem Empfang zugegen sein?«

»Alle unsere Leute, und als Zugabe – die halbe Stadt.«

Bykow trat ans Fenster. Über die Straße hasteten Menschen; würdevoll rasselte ein Traktor vorbei, der eine schwere, bizarr aussehende Stahlkonstruktion auf hohen Rädern schleppte. Der Schleppzug wurde von mehreren Autos überholt. Unten klappte eine Tür, eine aufgeregte Stimme rief: »Warum ist mir nichts mitgeteilt worden?«

Jermakow und die anderen Raumfahrer warteten bereits in der Vorhalle. Am Eingang stand Krajuchin; er überragte eine Gruppe Ingenieure in nassen Umhängen und Lederjacken. Er sprach zu ihnen, und seine Stimme war hart und trocken, als schlage er Nägel in eine Bretterwand. »Die Stadt ist dazu da, um die Schiffe auszurüsten, zu empfangen und zum Start vorzubereiten. Sie haben es vergessen. Ich glaube, ich muss Ihrem Gedächtnis etwas nachhelfen. Aber das später. Jetzt heißt es: Erstens – unverzüglich alle Wagen herbeischaffen, zweitens – die Leute zur Station schicken.« Er wandte sich an einen stämmigen Mann mit Vollbart. »Für die Station haften Sie mir mit Ihrem Kopf!«

»Wir werden uns Mühe geben«, brummte der Bärtige.

»Alle Desaktivierungs- und Brandschutzmittel …«

»Sind in bester Ordnung, Nikolai Sacharowitsch, Bereitschaftsstufe Eins!«

»Gut. Ich werde mich in den Kaponnieren oder irgendwo in der Nähe aufhalten. Ja …« Krajuchin tippte mit dem Finger auf die Brust eines jungen Mannes im Regenmantel. »Über sämtliche Funksprüche vom Schiff sofort Meldung erstatten!«

»Zu Befehl, Nikolai Sacharowitsch.«

»So, die anderen können gehen … Sie aber, Saitschenko« – jetzt sprach Krajuchin lässig und offensichtlich lustlos – »Sie gehen in Arrest! Und wenn ein Unglück passiert, werden Sie vor Gericht gestellt, jawohl!«

Der Angeredete drückte sich die Hände gegen die Brust. »Nikolai Sacharowitsch!«

»Ich hab's gesagt und damit basta!«

»Gestatten Sie mir doch wenigstens auf eine Stunde zur Station zu fahren!«, rief Saitschenko flehentlich. »Na gut, ich bin schuldig. Wenn es sein muss, stelle ich mich auch dem Gericht. Aber jetzt wird auf der Station niemand besser fertig als ich!«

Krajuchin überlegte.

»Na schön, fahren Sie zur Station. In Arrest gehen Sie nach der Ankunft des Schiffes.«

»Jawohl!«

»Alle beisammen?« Er blickte zu den Raumfahrern hinüber. »Gehen wir, Genossen.«

Draußen war es nass und windig.

Vor dem Portal wartete ungeduldig brummend ein Wagen. Die Raumfahrer stiegen ein, und das Auto jagte, eine lange Kolonne planbespannter Raupenkraftwagen überholend, mit Höchstgeschwindigkeit zur Stadt hinaus. Bykow fragte halblaut: »Was ist denn passiert? Was ist das für eine Station, von der Krajuchin sprach?«

»Der Leitstrahlsender des Testgeländes.« Dauge schielte zu Krajuchin hinüber. »Wenn sich ein interplanetares Schiff der Erde nähert, orientiert sich der Pilot zunächst auf drei Drehfunkfeuer, von denen eins sich hier in der Stadt befindet und die beiden anderen an den Ecken des Testgeländes an der Eismeerküste. Aber das sind ziemlich grobe Orientierungsmale, und das Schiff kann entweder direkt in der Stadt niedergehen oder im Eismeer oder sonst irgendwo abseits. Um also das Schiff genau zu dem vorgesehenen Landeplatz zu lenken, dient ebenjene Sendestation. Saitschenko ist dort Chefingenieur.«

»Und was ist da vorgefallen?«

»Gestern Abend während der Überprüfung ist irgendein wichtiges Aggregat verbrannt – ein Transformator oder dergleichen. Es stellte sich heraus, dass die Reserveapparatur noch nicht eingetroffen war – ist wohl in einem der Lagerhäuser hängen geblieben. Ein großer Skandal! Im entscheidenden Moment arbeitet der Sender nicht. Es bleibt nur noch die Hoffnung auf Ljachows Kunst.«

»Wer ist Ljachow?«

»Der erste Pilot der *Chius*.«

»Und wenn ...«

»Bestenfalls landet er in der Tundra hundert bis zweihundert Kilometer von hier entfernt. Ist weiter nicht tragisch, unter diesem Gesichtspunkt ist das Testgelände ja gebaut worden. Natürlich kann das Schiff auch auf See niedergehen. Wenn es aber direkt über der Stadt ...«

»Unsinn!«, sagte Krutikow überzeugt. »Schreck uns nicht, Grigori Johannowitsch. Ljachow ist kein Neuling – wenn er merkt, dass der Leitstrahl ausbleibt, wird er sich nördlich halten. Aber sonst – gewiss, ein Skandal ist es.«

»Die ganze Nacht haben die Leute auf der Station gearbeitet, wollten alles wieder in Schuss bringen. Vielleicht schaffen sie es noch.« Dauge blickte erneut zu Krajuchin.

»Für Ljachow ist das ohne Bedeutung«, mischte sich Bogdan Spizyn ein. »Ljachow setzt das Schiff genau in der Mitte des Testgeländes auf, nur mithilfe der Drehfunkfeuer.«

»Na, na?« Krutikow blickte Spizyn zweifelnd an.

»Ljachow landet genau in der Mitte des Testgeländes«, wiederholte Spizyn und kniff die Lippen ein, zum Zeichen, dass er einen weiteren Streit hierüber für müßig halte.

Jurkowski räusperte sich und meinte: »Saitschenko tut mir leid. Von Rechts wegen müssten statt seiner gewisse Leute weiter oben bestraft werden.«

»Alle werden ihr Teil kriegen«, knurrte Krajuchin, ohne sich umzuwenden. »Keiner wird verschont. Saitschenko aber kommt zuerst dran.«

»Der Chef des Testgeländes ...«

»Ich habe gesagt« – Krajuchin drehte sich endlich um und blickte Jurkowski an – »ich habe gesagt, dass alle ihr Teil kriegen ... genau ihrer Schuld angemessen, jawohl. Aber Sie haben sicher vergessen, Wladimir Sergejewitsch, dass Saitschenko einen Vertrauensposten innehatte, auf dem er sich bewähren sollte.«

Das war offenbar ein gewichtiges Argument, denn Jurkowski versuchte nicht einmal zu widersprechen. Niemand verlor mehr ein Wort darüber.

Der Wagen bog ab und jagte über das betonierte Feld an den Startrampen entlang. Zur Rechten, am Fuße der Hügel, zogen sich breite niedrige Bauten ohne Vorderwände hin, dahinter ragten die Masten einer Hochspannungsleitung auf sowie eigenartige graue Kuppeln.

»Schutzbunker«, murmelte Spizyn.

»Und wohin fahren wir, Bogdan?«

»Zu den Kaponnieren. Wir werden von dort aus die Landung der *Chius* beobachten.«

»Wenn sie nicht auf unseren Köpfen landet«, murmelte Dauge.

»Ich höre die Stimme des gesunden Menschenverstandes«, sagte

Michail Antonowitsch verwundert. »Lass sein, Johannytsch, es glaubt ja doch niemand, dass du brav geworden bist.«

»Warum sollte ich?«, murrte Dauge.

Jurkowski warf ihm einen raschen Blick zu, schwieg aber. Der Wagen schwenkte in eine schmale, schnurgerade Chaussee ein. Der Regen hatte sich verstärkt. Ströme von Wasser peitschten gegen die Schutzscheibe, weiße Bläschen hüpften auf dem Asphalt. Plötzlich bremste der Wagen scharf. Ein Mann in Ölzeug und Kapuze trat heran, bückte sich und blickte forschend durch die Scheiben. Als er Krajuchin erkannte, winkte er mit der Hand.

Krajuchin öffnete den Wagenschlag. »Wie lange ist es her, dass die Funker vorbeigefahren sind?«

»Eine halbe Stunde, mindestens, Nikolai Sacharowitsch.«

»Passen Sie gut auf! Niemanden durchlassen!«

Eine Viertelstunde später tauchten vorn mehrere aus der Erde ragende Stahlkuppeln auf, die den Bunkerkappen alter Befestigungsanlagen glichen.

»Die Kaponnieren«, sagte Spizyn.

Vor etwa dreißig Jahren hatte diese Ebene als Versuchsgelände für kosmische Raketen gedient. Damals hielten sich die Beobachter in Gräben und Unterständen auf. Bisweilen geschah es aber, dass die gewaltigen hochhausgroßen Raketen infolge von Ungenauigkeiten im Steuerungssystem zur Seite kippten und, anstatt senkrecht in den Himmel zu steigen, feuerspeiend über die Ebene schossen oder gar sprangen. Anfangs ging es ohne Opfer ab, doch dann stürzte ein viele Tonnen schweres Ungetüm auf einen Schutzgraben. Man sah sich gezwungen, Kaponnieren zu errichten – unterirdische Bauten aus Eisenbeton mit flachen Beobachtungskuppeln, die einen Rundblick auf das Testgelände gewährleisteten. Die Kuppeln waren so konstruiert, dass sie dem Aufprall einer Rakete standgehalten hätten, und die Beobachter konnten sich darunter völlig sicher fühlen.

Der Fahrer wendete den Wagen, steuerte ihn in einen tiefen betonierten Gang mit massiver Überdachung und hielt.

»Da wären wir«, sagte Krajuchin.

Die Raumfahrer schritten einen Korridor entlang, dessen Wände matt leuchteten, und betraten einen halbdunklen Raum mit niedriger gewölbter Decke.

Interessiert blickte sich Bykow um. Rechts und links führten mehrere Stufen zu runden, mit Stahlkuppeln überdachten Plattformen. Vor rechteckigen schartenartigen Öffnungen, die den grauen wolkenverhangenen Himmel sehen ließen, standen Stative mit starken Periskopen. Drei junge Männer in Lederjacken hantierten emsig an einem Funkgerät. Als Krajuchin eintrat, kam einer von ihnen auf ihn zu und meldete, dass die Verbindung mit den Funkfeuern und den Ortungsstationen aufgenommen sei.

»Fragen Sie an, ob Meldungen von der *Chius* eingetroffen sind«, befahl Krajuchin.

Spizyn stieg zu einer der Plattformen hinauf und trat an die Scharte. Die Übrigen nahmen auf Schemeln längs der Wände Platz. Im Lautsprecher knackte es, und eine Stimme rief: »Die *Chius* schweigt noch, Nikolai Sacharowitsch ...«

Krajuchin schob die Hände in die Taschen seines Regenmantels und wanderte im Raum auf und ab. Vor einem alten verblichenen Plakat mit der Aufschrift »Der wachsende Anteil der Kernenergie im Energiehaushalt unseres Landes in den Jahren 1960 bis 1980« blieb er stehen; er betrachtete es aufmerksam und setzte dann seine Wanderung fort. Die Funker blickten ihn teilnahmsvoll an. Jurkowski flüsterte Dauge ins Ohr: »Der Alte ist nervös ...«

Wieder knackte es im Lautsprecher.

»Achtung, Achtung! Genosse Krajuchin!«

»Ja, ich höre«, knurrte Krajuchin ungeduldig.

»Die *Chius* befindet sich über dem Testgelände. Ich gebe ihre Koordinaten mit der Korrektur auf Ihren Standort. Geodätischer Azimut acht Grad und ... vierundvierzig Minuten. Höhe sechzig Grad. (»Er landet mitten im Testgelände«, flüsterte Spizyn.) Sinkgeschwindigkeit zwanzig Zentimeter pro Sekunde.«

»Auf dem Photonentriebwerk?«

»Vorläufig ja.«

»Geben Sie die Anweisung durch: In sechzig Kilometer Höhe Photonenreaktor abschalten und auf Wasserstofftriebwerk umschalten.«

»Zu Befehl.« Es folgte eine Pause, dann rief der Lautsprecher: »Ausgeführt. Nikolai Sacharowitsch, die *Chius* bittet um einen Krankenwagen und einen Arzt ...«

Alle blickten unruhig zum Lautsprecher hinauf.

»Sie haben einen kranken Ingenieur von dem tschechischen Satelliten an Bord. Divišek ist sein Name. Es geht ihm sehr schlecht.«

»Sorgen Sie dafür, dass der Krankenwagen sofort zur Stelle ist und ein Flugzeug nach Moskau startbereit gemacht wird. Mein Flugzeug. Was fehlt dem Mann?«

»Er hat die Strahlenkrankheit ...«

Krajuchin stieß halblaut einen Fluch aus.

»Noch eins ... Sagen Sie Ljachow, er soll vorsichtig sein. Machen Sie ihn darauf aufmerksam, dass der Leitstrahlsender außer Betrieb ist.«

»Ist bereits durchgegeben.«

»Und was sagt er?«, fragte Spizyn.

»Er lacht nur ...«

Der Lautsprecher verstummte. Krajuchin zog seine schwarze Brille aus der Brusttasche, setzte sie auf und sagte: »Gehen wir an die Periskope, Genossen.«

Durch die Okulare sah man den grauen Himmel, die graue Tundra, die graue Kuppel des nächsten Beobachtungsstandes. Der Regen hatte aufgehört. Ein böiger Wind kräuselte das Wasser in den Pfützen, aus denen niedriges Gestrüpp und spitze Grashalme ragten. Bykow blickte auf die Uhr. Es war kurz vor fünf.

Alle schwiegen. Langsam schlichen die Minuten dahin.

»Licht!«, rief Krutikow plötzlich.

Ein zitternder violetter Schein geisterte über den Himmel.

Und sofort verschwand die scheinbare graue Eintönigkeit des Himmels und der Tundra. Die Umrisse einer jeden Wolke wurden deutlich sichtbar. Über die Erde schlängelten sich kapriziös gekrümmte grellweiße Streifen. Der Lichtschein verstärkte sich. Ein seltsamer umgekehrter Regenbogen leuchtete über der Tundra auf. Über die Pfützen hüpften weiße und violette Reflexe. Ein hoher, singender, langsam anschwellender Ton bohrte sich ins Gehirn. Bykow spürte einen ziehenden Schmerz in den Zähnen. Er hielt sich die Ohren zu und schüttelte den Kopf. Der Schein wurde immer greller, der Ton stieg zu einer unerträglichen Höhe an.

»Ljachow meldet, dass er in zwei Minuten den Photonenreaktor abschalten wird«, klang es aus dem Lautsprecher.

»Höchste Zeit«, brummte Krajuchin.

Der Lichtschein erlosch, und wie durch Zauberhand verschwanden der Regenbogen und die auf den Pfützen tanzenden Reflexe. Fahle Dämmerung senkte sich über die Tundra. Da plötzlich erfüllte ein tiefes drohendes Brummen das ganze Himmelsgewölbe. Die Wände erzitterten, kläglich klirrten die Stahlklappen der Scharten. Es schien, als brausten unzählige Staffeln von Düsenflugzeugen über die Tundra hinweg.

»Da ist sie!«, rief Krutikow. »Seht!«

Rötliche Funken blitzten durch die Wolken. Ein runder dunkler Fleck tauchte in der Höhe auf und senkte sich Flammen spuckend. Er wurde zusehends größer. Ein ohrenbetäubendes Getöse stand in der Luft. Plötzlich stießen fünf Feuerstrahlen, dünn und gerade wie Schiffsmasten, an den Rändern des Flecks hervor und schlugen in die Erde. Dampfwolken stoben empor, Schlammklumpen wirbelten in die Luft. Der Fleck, ein schwerer schwarzer Körper, blieb leicht schaukelnd auf den orangeroten Flammensäulen stehen. Dann sank er langsam tiefer und verschwand in dem quirlenden Dampf. Ein leichtes Beben durchzuckte die Erde, das Getöse erstarb. Niemand sagte ein Wort, es schien, als lauschten alle dem Klingen in den Ohren nach. Dort, wo das Raumschiff niedergegangen war, wallte und brodelte eine schmutzige Wolke ...

»Eine außerordentlich saubere Landung«, murmelte Spizyn atemlos.

»Ja«, pflichtete Krajuchin bei. »Eine meisterhafte Landung. Aber fahren wir jetzt, sonst platzen Sie mir noch alle vor Ungeduld.«

Die *Chius* war bedeutend weiter vom Beobachtungsstand niedergegangen, als es den Anschein hatte. Der Chauffeur fuhr so schnell, wie die höckrige Ebene es gerade noch zuließ, aber trotzdem verging eine volle Viertelstunde, ehe die Reifen über die heiße, fest zusammengebackene und immer noch dampfende Erde zischten. Die riesige Kuppel der *Chius* verdeckte den halben Himmel.

»Seht mal, wie er aufgesetzt hat!«, rief Spizyn triumphierend. »Mit der unteren Luke zur Stadt. Ein Mordskerl!«

Alle sprangen aus dem Wagen und warfen die Köpfe in den Nacken. Mit ungläubigem Staunen betrachtete Bykow dieses Ungetüm, das durch den Willen des Menschen in der schwarzen Leere auf den Werften von *Weidadi Youyi* geboren worden war. Nichts dergleichen an Ausmaßen und Form hatte er bislang gesehen. Gewiss, von Weitem erinnerte die *Chius* an eine Schildkröte – wie das Modell in Krajuchins Moskauer Arbeitszimmer. Stand man aber unmittelbar daneben, so war dieser Vergleich überhaupt nicht möglich. Am ehesten glich das Planetenschiff einem riesigen Pavillon auf Beinen. Fünf dicke, schrägstehende Säulen, jede von der Größe eines ansehnlichen Wasserturms, trugen den gigantischen Rumpf, der die Form einer konkavkonvexen Linse hatte. Die nach innen gekrümmte Grundfläche des Rumpfes war spiegelblank, und als Bykow darunter trat, sah er über sich sein bis ins Unkenntliche verzerrtes, vielfach vergrößertes Spiegelbild.

Ein Spiegel ... Eine hauchdünne Schicht eines zauberhaften Stoffes, der in der Natur wahrscheinlich nur in den Tiefen dichtester Sterne vorkam, war durch ein unerhört kompliziertes Verfahren auf poliertes Metall aufgetragen worden! Bykow glaubte auf seinem Gesicht einen schwachen, kaum merklichen Wärmestrom zu verspüren. Doch er wusste, dass der Spiegel auch während der Arbeit des Photonenreaktors kühl blieb. Aus der schwarzen Öffnung in der Mitte der konkaven Fläche in zehn, fünfzehn Metern Höhe kam dann der glühende Plasmastrahl herausgeschossen, während an der Stelle, wo Bykow jetzt stand, die wahnsinnige Reaktion der Synthese nackter Atomkerne einsetzte. Bykow zog vor Unbehagen die Schultern ein und ging eilig unter den freien Himmel. Vielleicht begriff er zum ersten Male in seinem Leben mit aller Deutlichkeit, welch ungeheure Kräfte sich der Mensch untertan und dienstbar gemacht hatte.

Von oben ertönte ein Surren. Bykow sah auf und erblickte über der *Chius* einen Hubschrauber mit roten Kreuzen am Rumpf.

»Immer operativ«, murmelte Jurkowski. »Aber warum kommen sie nicht heraus?«

Wie zur Antwort auf seine Worte tat sich plötzlich an der Seite des Rumpfes zwischen zwei Reaktorringen – so hießen die turmhohen Säulen – eine runde Luke auf, und darin erschien ein blasses, lächelndes Gesicht.

»Wassja! Ljachow!«, schrie Spizyn, machte einen Freudensprung und schwenkte die Arme.

»Guten Morgen, Bogdan! Guten Morgen, Nikolai Sacharowitsch! Seid gegrüßt, Genossen!«

»So kommt doch schon raus, ihr Himmelhunde!«, brüllte Krajuchin heiser. »Was trödeln Sie so lange, Ljachow?«

»Gleich. Ist ein Krankenwagen zur Stelle?«

»Da steht er.« Spizyn wies mit der Hand in Richtung des gelandeten Hubschraubers. Mehrere Männer in weißen Kitteln liefen bereits auf das Raumschiff zu.

Metallisch klirrend fiel eine biegsame Leiter aus der Luke.

»Nehmt den Kranken auf«, rief Ljachow.

An vier dünnen durchsichtigen Schnüren wurde in einer Hängematte ein in weiße Tücher gehüllter Mensch heruntergelassen. Bykow empfing ihn und bettete ihn mithilfe der Sanitäter auf eine Trage. Überrascht und voller Mitleid sah er, wie über das Gesicht des Kranken Tränen rannen.

»Země«, flüsterte der Mann kaum hörbar. »Země, modré nebe …* blau …«

»Jaja, Genosse Divišek, Sie sind auf der Erde!« Krajuchin beugte sich über ihn. »Jetzt wird alles gut. In ein paar Stunden sind Sie in Moskau. Sie kurieren sich aus, und dann geht's nach Hause in Urlaub.«

»Děkuju, soudruhu.«**

»Geben Sie meine Anordnung weiter«, wandte sich Krajuchin an den Arzt. »Der Kranke soll unverzüglich – das heißt, nach Erweisung der Ersten Hilfe – mit meinem Flugzeug abtransportiert werden.«

»Zu Befehl, Nikolai Sacharowitsch.«

Indessen waren Ljachow und seine beiden Gefährten die Leiter herabgestiegen. Nach einer raschen Begrüßung mit den Kameraden traten sie ebenfalls an die Trage.

»Auf Wiedersehen, Jan!«, sagte Ljachow. »Erhol dich. Und dann wieder ran an die Arbeit, Freund!«

Eine schlanke Frau in weiter Kombination strich dem Tschechen zärtlich über die Wange.

»Werden Sie bald gesund, Genosse Divišek. Schönen Gruß an Ihre Familie.«

---

* Tschechisch: »Erde … Erde, blauer Himmel.«

** Tschechisch: »Danke, Genosse.«

»Děkuju ... danke ...«, murmelte Divišek, ihre Hand mit seinen dünnen Fingern drückend. »Sehr, sehr viele Danke!«

Alle folgten dem davonfliegenden Hubschrauber mit den Blicken. Ljachow schaute zum Himmel empor, der sich bereits aufhellte, zu den verschwommenen Umrissen der fernen Hügel und lächelte.

»Wieder auf der Erde, sagte er. »Wieder daheim. Aber was für eine großartige Maschine, Freunde! Ein Wunderwerk!«

»Wartet mal, Genossen ...« Spizyn fasste Ljachow an der Schulter und führte ihn zu der schlanken Frau. »Tschokan, stell dich links von Vera, bitte.«

Das dritte Besatzungsmitglied, ein großer schweigsamer Kasache, runzelte die Stirn. »Willst wohl wieder filmen, was?«

Spizyn trat einige Schritte zurück, holte, ohne den Blick von der Gruppe zu wenden, eine winzige Kamera aus der Tasche, hockte sich nieder und ließ mehrere Meter Film ablaufen.

»Genug!«, sagte Krajuchin unwirsch. »Sofort ins Auto – in die Stadt und schlafen, ohne Widerrede! Unterhalten werden wir uns abends.«

»Einen Moment, Nikolai Sacharowitsch!« Ljachow drehte sich zu Bykow um. »Wenn ich mich nicht irre, sind Sie neu in der Besatzung?«

»Ja, machen Sie sich bekannt«, sagte Krajuchin. »Bykow, Alexej Petrowitsch. Chemiker, Ingenieur für Atomfahrzeuge, Fahrer des Geländewagens. Wassili Semjonowitsch Ljachow, Pilot ... Verotschka, kommen Sie her. Vera Nikolajewna Wassilewskaja – Navigator. Tschokan Kunanbajew – Bordingenieur.«

Bykow drückte den drei neuen Bekannten die Hand. »So«, sagte Krajuchin, »und jetzt ab in die Stadt!«

»Wir sehen uns abends.« Ljachow nickte Bykow freundlich zu.

»Anatoli Borissowitsch, Sie bleiben noch ein Stündchen hier«, wandte sich Krajuchin an Jermakow. »Und Sie, Bykow, auch. Wir wollen mal die *Chius* besichtigen. Außerdem müssen wir noch mit dem Leiter der Versorgungsgruppe sprechen. Da kommt er ja schon angerollt ... Die anderen sind frei.«

Eine lange Wagenkolonne kroch über die Ebene auf die *Chius* zu – große Halbkettenlaster, Raupenschlepper, Hebekräne auf Selbstfahrlafetten.

»Bestellen Sie ihnen, sie sollen besonders genau den dritten Reaktor überprüfen. Im Relaissystem ist etwas nicht in Ordnung«, sagte Tschokan. »Na ja, ich kann's ihnen morgen auch selber sagen.«

Nachdem die Kosmonauten abgefahren waren, kletterte Bykow klopfenden Herzens hinter Krajuchin und Jermakow die schwankende, aber feste Leiter zum Schiffsrumpf hinauf. In dem würfelförmigen Raum, den sie betraten, sagte Krajuchin: »Das ist die Schleusenkammer zum Austritt in den luftleeren Raum oder in eine Umwelt mit giftiger Atmosphäre. Ein bisschen eng, nicht wahr?«

»Aber nein ... es geht schon«, murmelte Bykow unschlüssig.

»Eng ist es, jawohl!«, brummte Krajuchin verdrossen. »Bei der Projektierung hat man vieles nicht berücksichtigt. Sie werden's ja sehen, wenn wir die Ladung an Bord bringen. Wir müssen Dutzende und Hunderte von Tonnen Nutzlast durch drei solche Nadelöhre hinaufschaffen.« Er zeigte mit dem Finger auf die Luke. »Im Schiffsinnern sieht es noch schlimmer aus. Die Gänge sind schmal, von luftdichten Schotten durchzogen.«

»Vom Standpunkt der Hermetik und der Sicherung gegen Meteoriten sind das große Vorteile«, bemerkte Jermakow.

Sie verließen die Kammer und stiegen über geriffelte Stufen einen hell erleuchteten Gang hinauf.

»Eine thermonukleare Rakete ist sozusagen etwas ganz Neues. Viele ihrer Möglichkeiten und Vorzüge wurden nicht berücksichtigt, man hat sie auf althergebrachte Weise projektiert, wie eine gewöhnliche Atomrakete.«

Krajuchin stieß die schwere Stahltür auf, und sie betraten einen großen Raum, der mit unzähligen, Bykow unbekannten Geräten und Schaltpulten ausgestattet war.

»Das hier ist der Kommandostand, und dort« – Krajuchin wies auf die Wand gegenüber dem Eingang – »dort hinter der Titanhülle befindet sich das Herz der *Chius*, der Photonenreaktor. Eine besondere Vorrichtung erzeugt einen Plasmastrom, einen Strom nackter Tritonen, also Kernen überschweren Wasserstoffs, der in winzigen Mengen – einigen Tausend in der Sekunde – hinabgeschleudert wird. Ein mächtiges elektromagnetisches Feld, das von fünf über den Reaktorringen angebrachten Solenoiden erzeugt wird, übt eine scharfe Bremswirkung auf das Plasma aus, wodurch darin eine thermonukleare Reaktion eintritt. Der Bremspunkt befindet sich im Fokus des Parabolspiegels – der Grundfläche des Schiffsrumpfes. Der dichte Strom von Photonen, Neutronen, Heliumkernen und nicht fusionierten Tritonen schlägt in den Spiegel und erzeugt eine gewaltige Schubkraft ... Freilich«, fügte Krajuchin nach einer Pause hinzu, »wäre der Spiegel nicht mit einer Schicht ›absoluten Reflektors‹ versehen, würde der Schiffsrumpf augenblicklich durchschmoren. Die *Chius eins* ist nur deshalb verbrannt, weil diese Schutzschicht an irgendeiner Stelle gerissen war.«

»Das weiß man nicht genau«, bemerkte Jermakow, ohne aufzublicken.

Er wanderte hin und her, betrachtete aufmerksam die Geräte und machte sich Notizen.

Eine Weile kaute Krajuchin schweigend auf den Lippen herum.

»Die Photonenrakete ist etwas Neues«, wiederholte er dann. »Eine gewaltige Errungenschaft. Die Zukunft der Menschheit.« Er nahm die Brille ab, um die Gläser blank zu putzen, und sah Bykow dabei mit runden Augen an. »›Die gütige Natur wird wissen, warum sie nicht will, dass wir unsere Welt zum genügsamen Paradies gestalten und uns damit begnügen, und warum sie uns neue Welten erobern heißt – jene letzten und äußersten Welten, zu denen nur die Photonenrakete der Schlüssel sein soll.‹ So etwas hat vor mehr als einem halben Jahrhundert ein sehr kluger Deutscher gesagt; damals schienen die Photonenraketen ein ferner Traum zu sein. Jetzt aber haben wir diesen Schlüssel zu den letzten, äußersten Welten in der Hand. Doch verstehen wir noch nicht, ihn richtig zu gebrauchen. Es gibt vieles, sehr vieles, was bislang unvollkommen und unklar ist. Und dann der Schematismus. Beispielsweise diese Atomraketen an der *Chius*. Beim Photonenantrieb sind sie wie eine alte Mähre, die man vor den modernsten Atomwagen gespannt hat.«

»Aber andernfalls könnte die *Chius* nicht von der Erde starten«, warf Bykow schüchtern ein.

»In Zukunft werden wir wahrscheinlich überhaupt von Erdstarts absehen. Die *Chiusse* werden von künstlichen Satelliten starten.«

»Das ist einleuchtend«, sagte Bykow. »Doch vorläufig nimmt die *Chius* wohl auch Treibstoff für gewöhnliche Raketen mit?«

»Sehr wenig. Etwa den fünften Teil des Fluggewichts. Nur um sich von der Erde zu lösen, aus den dichten Schichten der Atmosphäre herauszukommen, die leicht radioaktiv verseucht werden. Danach schaltet man das Photonentriebwerk ein. Die *Chius* kennt keine mit der Schwerelosigkeit verbundenen Unannehmlichkeiten. Sie fliegt mit einer ständigen Beschleunigung von 10 m/s^2. Das kommt der Schwerebeschleunigung auf der Erdoberfläche ziemlich gleich. Somit bleibt die Besatzung der *Chius* vor der Schwerelosigkeit und allen ihren Begleiterscheinungen bewahrt. Die *Chius* kennt – wenigstens bei interplanetaren Flügen – keine langen, zermürbenden Reisen nach dem Beharrungsvermögen, die Monate und Jahre dauern können. Sie entwickelt gigantische Geschwindigkeiten und bewältigt die Entfernungen zu den Planeten in Tagen und Wochen. Die *Chius* ist eben der Schlüssel zu den letzten und äußersten Welten.«

»Die *Chius* ist der Schlüssel zu den großen Planeten«, sagte Jermakow mit merkwürdig gepresster Stimme.

Er stand über ein Gerät gebeugt, und sein Gesicht blieb Bykow verborgen.

Krajuchin kniff die Lippen zusammen. Dann sagte er unwirsch: »Kommen Sie, Genosse Bykow, ich will Ihnen die übrigen Räume zeigen.«

Sie wanderten durch das ganze Schiff, schauten in die Messe, in die Wohnkabinen und Lagerräume. Überall war die Einrichtung denkbar einfach. In den Wohnkabinen – kahle gepolsterte Wände, herausziehbare Kojen mit breiten elastischen Gurten, eingebaute Schränke, niedrige, an dem federnden Fußboden festgeschraubte weiche Sessel; in der Messe – ein großer runder Tisch, Schaumgummisessel; in den gepolsterten Wänden – ein Büfett, Bücherschränke.

Auf dem Tisch lag ein offenbar vergessenes, mit ungleichmäßigen Formelzeilen bedecktes Blatt Papier. Krajuchin steckte es ein. »Tschokan«, sagte er, schief lächelnd. »Der Mathematiker ...«

Als sie zur Luke zurückkehrten, wimmelte es um die *Chius* von Fahrzeugen und Menschen. Jermakow stand bereits unten und sprach mit dem Chef der Versorgungsgruppe. Jener nickte bereitwillig, stellte Fragen und gab im Weitergehen den ihn umdrängenden Arbeitern – jungen Burschen, die wahrscheinlich gerade erst ihr Studium beendet hatten – seine Befehle.

»Fahren wir nach Hause, sagte Krajuchin. »Sollte morgen das Laden der Reaktoren beendet sein, können wir übermorgen anfangen, die Ausrüstung an Bord zu schaffen.«

»Ach, beinahe hätte ich es vergessen!«, sagte Bykow plötzlich, während er im Wagen neben dem Chauffeur Platz nahm. »Was wird mit dem *Knaben*? Wo soll er untergebracht werden?«

»Oben«, gab Krajuchin zurück. »Der *Knabe* wird die Reise durch den Raum oben auf der *Chius* machen. Jawohl ...«

Bykow wollte etwas einwenden, geriet jedoch ins Stocken und verzichtete auf weitere Fragen.

»Wie einst die Argonauten ...«

Am nächsten Tag hielt Ljachow seinen Rechenschaftsbericht. In dem geräumigen Zimmer des Testgeländechefs hatten sich außer den Raumfahrern noch etwa dreißig andere Interessenten versammelt. Es waren Mitarbeiter des Raketenflugplatzes, Ingenieure von der Werft *Weidadi Youyi* sowie Vertreter verschiedener Forschungs- und Projektierungsinstitutionen, die mit dem Komitee für Interplanetaren Verkehr in Verbindung standen. Ljachow – blass, lächelnd – sprach schnell und ausdrucksvoll; um seinen Worten mehr Nachdruck zu verleihen, klopfte er ab und zu mit dem Bleistift auf die Ledermappe mit Bordbüchern und Notizen.

Dem Flugplan entsprechend, hatte die *Chius* zwanzig Stunden nach dem Start eine Bahngeschwindigkeit von Null in Bezug auf die Sonne erreicht und strebte dann an der Sonne vorbei mit einer steten Beschleunigung von 9,7 m/s^2 dem Punkt zu, wo sie auf die Venus treffen sollte. Nachdem das Schiff die Hälfte der Strecke zurückgelegt und seine Geschwindigkeit auf viertausend Kilometer in der Sekunde gesteigert hatte (Bewegung unter den Zuhörern), drehte Ljachow es mit dem Spiegel zum Punkt der Begegnung und begann zu bremsen. Nach acht Tagen und zwölf

Stunden erreichte die *Chius* die Bahn des *Ziolkowski*, eines der sowjetischen künstlichen Satelliten der Venus, und machte wenige Stunden später daran fest. Im weiteren Verlauf des Probefluges manövrierte Ljachow programmgemäß etwa einen Monat lang um die Venus herum, prüfte die Arbeit des Photonenreaktors in allen Betriebsweisen, besuchte die künstlichen Satelliten, die anderen Staaten gehörten, landete auf der Venita, dem natürlichen Trabanten der Venus, und trat schließlich, nachdem er von der tschechischen Station den erkrankten Ingenieur an Bord genommen hatte, den Rückweg an.

Ljachow berichtete über die Arbeitsregimes des Photonenreaktors, über die Ergebnisse der Ausnutzung des Dopplereffekts zur Ermittlung der Eigengeschwindigkeit der Photonenrakete, äußerte seine Gedanken über die Meteoritenschutzanlage (»Leider, äh ... richtiger gesagt, zum Glück ... hatten wir keine Gelegenheit, die Anlage in Tätigkeit zu beobachten.«) und gab neue Daten über die Dichteverteilung des kosmischen Staubes zwischen den Bahnen der Erde und der Venus bekannt. (»Ich behaupte, Genossen, diese Daten lassen die Hoffnung zu, dass die Idee des Staustrahl-Photonenantriebs zumindest bei solchen Fahrten verwirklicht werden kann, wie es unsere war – sobald nur das Problem der Annihilation gelöst ist.«) Besondere Aufmerksamkeit widmete er einigen unerklärlichen Phänomenen, die während der Reise beobachtet wurden – beispielsweise die scheinbar grundlosen Unterbrechungen der Funk- und Fernsehverbindung, die plötzlich auftretenden ultrafrequenten Vibrationen des Schiffsrumpfes, die kleinen Unregelmäßigkeiten des bremsenden Magnetfeldes im Fokus des Spiegels. All diese Störungen waren unmittelbar vor dem Bremsen aufgetreten, das heißt während der maximalen Geschwindigkeiten. Ljachow meinte, ebendiese gigantischen Geschwindigkeiten seien auch die Ursache dafür – Geschwindigkeiten, die bereits den Übergang zur relativistischen Mechanik erforderten.

Doch im Großen und Ganzen hatte die *Chius* alle Hoffnungen gerechtfertigt. Die Probefahrt bewies, dass »entgegen der Meinung der Rückversicherer und Ignoranten, die allein schon durch ihre Existenz die ruhmreiche Idee des interplanetaren Verkehrs besudeln«, die Zukunft, und zwar die allernächste Zukunft, den

Photonenraketen gehört. (Beifall, zustimmende Rufe.) Sogar unter diesem primitiven, geradlinigen Aspekt bedeutete die *Chius* mit dem Photonenantrieb und dem »absoluten Reflektor« einen gewaltigen Schritt vorwärts in der Technik des Weltraumfluges.

Die kleinen Konstruktionsfehler der *Chius* wurden vollauf durch ihre unbestreitbaren Vorzüge wettgemacht. Zu diesen Vorzügen gehörten die ungeheuer große Geschwindigkeit, die Fähigkeit, Landungen und Starts vorzunehmen ohne Rücksicht auf Energieaufwand und ohne lebens- und gesundheitsgefährdende Überbelastungen für die Besatzung, die völlige Unabhängigkeit von Versorgungsbasen und viele andere, weniger ins Gewicht fallende Eigenschaften.

»Und da kam mir sogar der sündhafte Gedanke, Genossen«, fuhr Ljachow in seiner Rede fort, »ob ich nicht versuchen sollte, auf der Venus zu landen.« (Lachen, Bewegung unter den Zuhörern. Krajuchin runzelt unwillig die Stirn, Jurkowski droht Ljachow mit der Faust.) »Warum nicht? Niemand hätte es erfahren. Doch schon ein Blick auf diesen netten Planeten aus der Nähe genügte, um sich an die Disziplin zu erinnern. Wirklich, die Disziplin ist eine wunderbare Sache. Bisher bin ich noch nie zu Planeten mit Atmosphäre geflogen, und ich muss sagen, das wirkt, weil man so etwas nicht gewöhnt ist ... Sieht nicht gerade einladend aus.«

Nach Ljachow referierte Navigator Vera Nikolajewna. Sie trug jetzt ein blaues Kleid, und ihr hübsches rundes Gesicht war vor Erregung gerötet. Sie führte einige optimale Varianten vom Übergang der *Chius* auf die »gerade Bahn« an, wobei es sich herausstellte, dass die an Bord befindliche elektronische Maschine zur Kursberechnung nicht vollauf den Anforderungen des neuen »geradlinigen« Weltraumfluges entsprach. Der Navigator hatte unentwegt Korrekturen vornehmen müssen, die der Einfluss der Sonne notwendig machte, was beispielsweise bei Flügen auf Kepler-Bahnen nicht erforderlich war. Vera Nikolajewna wurde von einem schnurrbärtigen jungen Mann, dem Vertreter des Instituts für elektronische Rechenmaschinen, unterbrochen, der Krajuchin eifrig auseinandersetzte, was zur Lösung dieses Problems im Institut bereits getan worden sei. Er redete hastig und wenig verständlich. Unerwartet mischten sich Krutikow und einer der Ingenieure ein, und es entbrannte ein erbitterter Streit. Niemand wehrte ihnen, und Bykow dachte schon, die elektronische Rechenmaschine sei einer der wichtigsten Ausrüstungsteile von Photonenraketen, merkte jedoch bald, dass die Beratung in ein zwangloses Gespräch übergegangen war.

Eine Gruppe von Mitarbeitern des Raketenflugplatzes umringte Tschokan Kunanbajew, und dieser erläuterte etwas in aller Ruhe, während er den Bleistift über einen Bogen Zeichenpapier führte. Krajuchin und Jermakow hatten die Raketengießer von *Weidadi Youyi* um sich versammelt, blätterten in den Bordbüchern herum und zeigten ihnen die Eintragungen. Die Raketengießer nickten und machten sich eifrig Notizen. Ljachow, Bogdan Spizyn und Jurkowski hörten schweigend dem Chef des Siebenten Testgeländes zu. Ironisch lächelnd warf Jurkowski etwas hin, und alle lachten: Ljachow und Spizyn ausgelassen, der Chef des Testgeländes ziemlich verwirrt. Der Raum war erfüllt von ununterbrochenem Stimmengewirr und Papierrascheln.

Bykow sah, wie der schnurrbärtige Institutsvertreter, endgültig geschlagen, das Feld räumte, und wandte sich dann zu Dauge um.

»Gehen wir nach Hause, Alexej«, schlug der Geologe vor. »Hier werden sie auch ohne uns fertig. Wir wollen uns lieber die neuen Daten über die Venus ansehen, die Machow, der Chef des *Ziolkowski*, mitgeschickt hat.«

Abends kamen die Raumfahrer im Lesesaal des Hotels zusammen.

Vera Nikolajewna sprach augenfunkelnd: »Sich von der Erde loszulösen und im Raum zu schweben, bedeutet noch nicht, den Raum erobert zu haben. Die ersten Luftballons haben den Menschen auch nicht zum Beherrscher der Luft gemacht. Das blieb dem Flugzeug vorbehalten. Zu Beherrschern des Raumes wird uns nur die *Chius* machen, die unabhängig von den Gravitationskräften ist, frei von der sklavischen Unterordnung unter diese Kräfte.«

Bogdan Spizyn blickte sie verliebt an, und Ljachow murmelte verwirrt lächelnd, als sei ihm der Gedanke eben erst gekommen: »Wenn man bedenkt, dass wir dabei die ersten waren ...!«

Jurkowski lächelte spöttisch. »Aber daheim auf der Erde ist es doch entschieden besser, nicht wahr, Wassja?«

»Selbstverständlich.«

»›Selbstverständlich‹ ... Ach, Wassili, du hast keinen Funken Phantasie im Leibe! Da hast du nun so einen Flug gemacht ... Nein, du bist dieser Ehre ganz und gar nicht würdig.«

Ljachows Gesicht verfinsterte sich. »Weißt du, ich bin kein Sportsmann. Ich bin ein Mann der Arbeit. Und ich sehe darin nichts Schlechtes.«

»Wer sagt denn, dass es schlecht ist?« Jurkowski blickte mit schmachtenden Augen zur Decke empor. »Aber gib doch zu, mon cher – gewöhnlich sind es, wie du sie nennst, die Sportsleute, die den Weg bahnen.«

»Manchmal auch nicht.«

»Was ist denn das für eine Einteilung?«, fragte Krutikow erstaunt. »Sportsleute, Männer der Arbeit ...«

»Überall und immer gingen die Enthusiasten und Träumer, die romantischen Einzelgänger voran«, sagte Jurkowski fest. »Sie bahnten den Verwaltern und Ingenieuren den Weg, und dann ...«

»Und dann stürzte sich über die Gebeine ebendieser Träumer und Romantiker hinweg die gierige graue Masse, der schnöde Mob auf das Eroberte«, rief Dauge ironisch lächelnd mit dünner Stimme. »Ein Schwätzer bist du, lieber Wolodja! Enthusiast und Träumer. Einzelgänger mit Husarenallüren!«

Jurkowski drehte sich ihm ungestüm zu, doch Krajuchin hob die Hand.

»Einen Augenblick«, krächzte er spöttisch. »Also gibt es Ihrer Meinung nach keine Verwalter mit Enthusiasmus, Wladimir Sergejewitsch? Und Ingenieure, die Träumer sind, auch nicht? Hm ... Und was war da noch mit der grauen Masse?«

Bykow saß wie auf Kohlen. Noch niemals war ihm der »Fant« so unsympathisch erschienen wie in diesem Augenblick. Er warf einen Blick auf Ljachow, der bleich und mit bebenden Lippen dasaß, und eine unbändige Wut stieg in ihm auf. Doch vorläufig durfte er hier nicht mitreden.

»Wir sind alle Träumer, Wladimir Sergejewitsch, wenn es darauf ankommt«, fuhr Krajuchin fort, »und Enthusiasten ebenfalls. Jeder auf seine Art. Da drückt Vera Nikolajewna ihre Freude aus, dass die *Chius* ihr die Möglichkeit gibt, durch den Raum zu sausen, wohin sie will und wie sie will, und das bereitet ihrer beflügelten

Seele Vergnügen. Jawohl. Darin sieht sie offenbar auch die wahre Bestimmung des Raumbeherrschers!«

»So hab ich es aber gar nicht gemeint«, verteidigte sich Vera Nikolajewna verwirrt.

»Das darf ich hoffen! Weil – ziehen Sie das in Betracht –, weil unser Staat, unser Volk, weil die Menschheit von uns nicht nur, oder richtiger gesagt, weniger Rekorde erwartet als vielmehr Uran, Thorium, Transurane. Wir alle sind Träumer, doch mein Traum ist es, nicht gleich einer Seifenblase durch den Raum zu treiben, sondern alles daraus zu schöpfen, was irgendwie von Nutzen sein könnte, was in erster Linie für ein besseres Leben auf der Erde, für die kommunistische Völkergemeinschaft notwendig ist. Alles ins Haus schleppen und nichts von unserer Habe verludern! Darin liegt unsere Bestimmung. Und unsere Poesie.«

»Wie die Bienen«, warf Krutikow ein.

»Genau, wie die Bienen, nicht aber wie die Eintagsfliegen. Außerdem, mein lieber Wladimir Sergejewitsch, erlaube ich mir, Ihre Aufmerksamkeit auf den Umstand zu lenken, dass Übergangsperioden in unserer Zeit von sehr kurzer Dauer sind. Ein Beispiel. Auf der bevorstehenden Reise werden die Piloten bereits die bescheidene Rolle von Droschkenkutschern spielen. Die Hauptaufgabe fällt diesmal anderen zu. Ihm« – Krajuchin wies auf Bykow; der blinzelte erschrocken mit den Augen – »und Dauge und Ihnen, Wladimir Sergejewitsch. Die Menschheit braucht die Reichtümer der Venus, aber keine begeisterten Rapporte. Jawohl. Und später müssen Sie Ihre Plätze anderen überlassen – Industriefachleuten, die rings um die Urangolkonda Fabriken errichten werden. Das alles ist Arbeit, mein Freund, erhebende Arbeit und kein Sport! Nur sehen die einen in ihr Effekthascherei, die Möglichkeit, unter der Zirkuskuppel zu glänzen und Beifall einzuheimsen, und die anderen – eine Arbeit in Reih und Glied. Für Sie, ›mon cher‹, ist es die Hauptsache, so schnell wie möglich an die Schatzkammer zu gelangen, in der die Geheimnisse stapelweise liegen, und die Flagge zu hissen. Ach, ihr ... Sportsleute ...!«

Schweigen trat ein. Jurkowski sprang auf und ging, ohne jemand anzublicken, hinaus.

»Ein famoser Bursche!« Krajuchin lächelte. »Mutig, brav ... Aber Ambitionen hat er – oje!«

Jermakow sagte, ohne eine Miene zu verziehen: »Mein Vater hat mir erzählt, dass ein gewisser Nikolai Sacharowitsch Krajuchin in jungen Jahren ...«

»Krajuchin, Krajuchin ...« Nikolai Sacharowitsch rieb sich krächzend die Knie. »Das war in der Jugend ... Und außerdem ist dir vielleicht bekannt, dass man den erwähnten Krajuchin dafür mit der Schnauze auf die Tischplatte gestukt hat ... Verzeiht bitte den Ausdruck ... Auf der Parteikonferenz, jawohl ... Und gerade dein Herr Papa, Anatoli Borissowitsch! Jawohl!«

Krajuchin schnaufte böse, erhob sich hüstelnd und verließ das Zimmer.

Die letzten Tage vor dem Start vergingen sehr schnell. Alle waren vollauf beschäftigt. Jermakow leitete die Verladearbeiten. Das Schiff war unter Massen von Stahlkonstruktionen begraben und mit einem dichten Netz von Schläuchen und Kabeln umstrickt. Darunter drängten sich Dutzende von Tankkraftwagen, Traktoren, Hebekränen und Förderbändern. Die Versorgungsgruppe arbeitete Tag und Nacht. Durch dicke, mit Eis und Reif bedeckte Schläuche wurden flüssige Gase in die Schiffstanks gepumpt – Wasserstoff und Sauerstoff –, durch dünnere Schläuche Wasser und Schmierstoffe. Die Kräne und Förderbänder schafften durch die drei Luken Säcke, Kisten und andere Behälter mit Lebensmitteln und Ausrüstung ins Schiffsinnere. Dutzende von Männern in Spezialanzügen krochen in den Kernreaktoren herum. Fachleute aus Nowosibirsk überprüften Mikrometer für Mikrometer die Schicht des »absoluten Reflektors«. In dieser Panzerung, die unwahrscheinlich dünn, aber gleichzeitig die festeste in der Welt war, konnten mikroskopisch feine Risse entstanden sein. Behöbe man den Schaden nicht, müsste das Schiff nach Einschaltung des Reaktors augenblicklich verbrennen. Krajuchin selbst kam, um zu beobachten, wie von der Kuppel der *Chius* eine dicke Titanplatte abgenommen und ein Satz Kapselballons mit einem Gemisch von flüssigem Tritium und Deuterium vorsichtig in die Ladekammern des Photonenreaktors hinabgelassen wurde. Danach setzte man die Platte wieder auf, hob noch am selben Tag den riesigen Container mit dem *Knaben* hoch und befestigte ihn.

»Mit dieser dämlichen Kiste auf dem Buckel sieht die *Chius* irgendwie hausbacken aus«, meinte Vera Nikolajewna missgestimmt.

Ljachow, Spizyn und Krutikow hockten tagein, tagaus im Kommandostand der *Chius*. Dauge und Jurkowski waren mit dem Studium der neuesten Daten über die Venus beschäftigt, sie stritten ohne Ende, verfassten irgendwelche geheimnisvollen Radiogramme, brachten sie Krajuchin zur Unterschrift und darauf zur Funkstation. Mitten in dieser fieberhaften Tätigkeit ließ Krajuchin Bykow zu sich rufen und fuhr mit ihm zu einem unterirdischen Lager am südlichen Stadtrand. In dem trockenen und sauberen Lagerraum sah Bykow Kisten mit Waffen stehen.

»Kennen Sie die Dinger?«, erkundigte sich Krajuchin. Bykow blickte ihn erstaunt an und bückte sich.

»Eine Maschinenpistole, Modell aus dem Jahre fünfundsiebzig.«

»Und die dort?«

»Strahlengewehre ... Pistolen ... «

»Also, suchen Sie sich was raus.«

Bykow begriff. »Für alle?«

»Für alle. Nehmen Sie auch gleich einen kleinen Ersatzvorrat mit.«

Schweigend legte Bykow acht neue Maschinenpistolen beiseite, einige Dutzend Handgranaten, Strahlenpistolen und finnische Messer in hellgelben Lederfutteralen.

»Und die Munition? Die Sprengkapseln für die Granaten?«

»Alles da, Munition, Kapseln – was Sie nur wollen. Schreiben Sie dem Lagerleiter auf, was Sie brauchen.«

Sie stiegen ein Stockwerk tiefer.

»Da ist noch etwas für Sie.« Krajuchin wies auf einen Stapel flacher brünierter Zylinder.

»Atomminen ...«, murmelte Bykow.

»Kennen Sie sie?«

»Aber gewiss doch ...«

»Nehmen Sie zehn komplette Sätze. Vergessen Sie auch die Signalraketen nicht«

Zwei Stunden später rollte ein mit schweren Kunstharzkisten und zehn runden Gitterbehältern beladener Lastwagen durch die

Stadt in Richtung des Testgeländes. Nach weiteren zwei Stunden hatten die Männer von der Versorgungsgruppe die Kisten und Behälter unter Bykows tatkräftiger Mitarbeit und persönlicher Aufsicht in die *Chius* geladen.

Endlich war alles fertig. Im Laufe einer Nacht verschwanden die Stahlkonstruktionen, die das Schiff von allen Seiten eingehüllt hatten, die Schläuche, Hebekräne und Förderbänder. Die Maschinen und Traktoren verließen den Verladeplatz, die Leute fuhren weg. Auf der zerwühlten regennassen Erde blieben nur noch Kabel- und Trossenenden zurück, Bruchstücke von Sperrholz, einige vergessene Bretter und in den Schmutz gestampfte Fetzen öligen Packpapiers.

Krajuchin schritt mit Jermakow und dem Chef der Versorgungsgruppe alle Räume der *Chius* ab. Er besichtigte peinlich genau jedes wichtige Detail, lauschte misstrauisch dem mächtigen Brummen der probeweise eingeschalteten Solenoiden, machte einige nebensächliche Bemerkungen und kletterte dann wieder auf den Erdboden hinunter. Umständlich wischte er sich die Hände an dem Rand seines Umhangs ab und sagte: »Es ist wohl alles in Ordnung, Anatoli Borissowitsch. Unterschreiben Sie das Übergabeprotokoll.«

Jermakow neigte zustimmend den Kopf. Der Chef der Versorgungsgruppe atmete erleichert auf, trat verlegen von einem Fuß auf den anderen und fragte: »Wann geht's denn los, Nikolai Sacharowitsch? Morgen?«

Doch wie es sich bald herausstellte, blieben noch einige Formalitäten zu erledigen. In der Stadt wurde Krajuchin zur Funkstation gerufen, und als er zurückkehrte, teilte er trocken mit, dass der Start auf übermorgen früh verschoben sei, da morgen eine Kommission eintreffe.

»Und abends wird ... äh ... ein feierliches Abschiedsessen stattfinden. Erscheinen auch ohne Frack gestattet.«

Jurkowski biss sich auf die Unterlippe, Jermakow gähnte gleichgültig, Krutikow zuckte die Achseln und vertiefte sich von Neuem in sein Buch.

»Komm, machen wir einen kleinen Spaziergang, Alexej«, schlug Dauge vor.

Sie verließen das Hotel und schlenderten die Straße zum Testgelände entlang.

»Trinksprüche, schwülstige Reden«, sagte Johannytsch müde. »Kann so was nicht ausstehen.«

»Na weißt du ...« Bykow schaute den Freund tadelnd an. »Immerhin, ein solches Ereignis ...«

»Was heißt hier, solches. Ereignis! Die Leute machen ihre Arbeit – ist denn daran etwas Außergewöhnliches? Wenn zum Beispiel eine geologische Expedition verabschiedet wird, bildet man doch auch keine Sonderkommission.«

»Manchmal wohl doch.«

»Für nichts und wieder nichts. Das geht einem doch nur auf die Nerven.«

»Ich weiß nicht, ich weiß nicht. Immerhin erweisen sie ihren Respekt, sozusagen. Da begeben sich Menschen in Gefahr ...«

»Gib nicht so an«, sagte Dauge streng, und Bykow schwieg verwirrt. »Glaubst du, die aus dem Ministerium wissen, was Gefahr ist? Repekt erweisen ...« Dauge spuckte aus. »Das ist doch das reinste Verwaltungsritual. Und keinerlei Taktgefühl. Es findet sich garantiert irgendein Esel, der die ›Argonauten des Weltalls‹ in den Himmel heben wird, und sich selbst als weisen Leiter besagter Argonauten gleich dazu.«

»Hm ...«

»Und beachte, die richtigen, wertvollen Mitarbeiter im Apparat des Ministeriums kommen nicht eigens zur Verabschiedung hierher. Kein Kokoryschkin, kein Priwalow, kein Strutschinski ... Erstens stecken sie bis über den Kopf in Arbeit, zweitens haben sie genug Taktgefühl, und drittens ist ihnen völlig klar, dass das eine Komödie ist. Das ist freilich nicht allen klar.«

Einige Zeit schritten sie schweigend nebeneinander her. Bykow fragte: »Aber warum wird das so gemacht?«

»Weiß der Kuckuck. Ich denke mir, das stammt noch aus den ersten Jahren nach der Revolution. Damals war es sicherlich noch nötig, die Leute zu begeistern, sie an ihre Pflicht zu erinnern, ihnen die Notwendigkeit der anstehenden Arbeiten zu erklären ... Und seither hat es sich so eingebürgert, und man bringt es einfach nicht fertig, sich von diesem blödsinnigen Brauch loszusagen. Wer sollte denn besser als wir verstehen, was Krajuchin jetzt mit unserer Hilfe tut? Du wirst sehen, sie werden so tun, als ob es nur ihnen zu verdanken sei ... uns so weiter. Dabei hat Krajuchin geschlagene fünf Jahre gebraucht, um grünes Licht für das Projekt »Chius« zu bekommen.«

Dauge schwieg eine Weile, dann setzte er hinzu: »Natürlich, pro forma braucht das Ministerium einen Kommissionsbericht über den Zustand der *Chius* vor dem Start. Aber diese Banketts ...«

Bykow widersprach nicht. Er hatte keine Lust zu streiten, außerdem spürte er, dass Johannytsch in vielen Punkten recht hatte.

Sie machten kehrt und gingen zurück zum Hotel. Da bemerkte Bykow, dass die ihnen entgegenkommenden Passanten ehrerbietig zur Seite traten und manche als Gruß die Hand an die Kopfbedeckung legten. Er machte Dauge darauf aufmerksam. Der lachte. »Wir wohnen schon seit einem Monat hier, und in der Stadt wissen alle, wer wir sind. Sie wissen auch, dass wir übermorgen ... auf den Sprung gehen.«

Es begann wieder zu regnen, und sie kehrten eilends ins Hotel zurück. Am Eingang zum Speisesaal blieb Dauge stehen und stieß Bykow mit dem Ellbogen an. »Still!«

Der Speiseraum war von den Strahlen der Abendsonne schwach erleuchtet. Auf dem Sofa saßen aneinandergelehnt Bogdan Spizyn und Vera Nikolajewna. Sie blickten schweigend zum Fenster hinaus, und ihre Gesichter waren so in sich gekehrt und traurig, dass Bykows Herz sich zusammenkrampfte. Bogdan hatte Vera umgefasst, und seine große weiße Hand lag auf der zarten Schulter der Frau. Dauge zog Bykow am Ärmel, und sie gingen auf Zehenspitzen in die zweite Etage.

»Siehst du, Alexej, so was gibt's auch ...«, sagte Dauge. »Treffen sich für eine Woche oder zwei und gehen wieder auseinander. Sie ist fünf Jahre älter als er ... Die Liebe, da kann man nichts machen. Eine echte, große Liebe ...« Er senkte nachdenklich den Kopf.

Bykow fragte vorsichtig: »Warum heiraten sie denn nicht?«

»Wie? Warum sie nicht heiraten?« Dauge schien aus einem Traum zu erwachen. »Wozu denn? Sie treffen sich einmal, höchstens zweimal im Jahr, verstehst du?«

»Ich verstehe«, murmelte Bykow, platzte dann aber offenherzig heraus: »Nein, ich versteh's überhaupt nicht! Sollen sie doch heiraten, dann können sie zusammen leben und auch zusammen fliegen ...«

»Zusammen ... Zusammen geht nicht, Alexej. Bogdan fliegt doch in solchen Expeditionen, an denen Frauen nicht teilnehmen dürfen. Was wäre das für ein Familienleben?«

»Nein«, sagte Bykow fest. »Wenn sie wollten, könnten sie es trotzdem irgendwie einrichten.«

»Vielleicht, gewiss. Vielleicht aber haben sie sich diese Liebe einfach so ausgedacht?«

»Na weißt du ...«

»Also ich, Alexej« – Dauges Stimme erbebte –, »ich würde mein Leben für eine geliebte Frau geben! Ich bin ein schwacher Mensch, mein Freund.«

Am nächsten Tag trafen die Gäste aus Moskau ein. Bei der Abendtafel ging es sehr lustig zu; Bykow war angenehm überrascht. Alles war da: Reden – und keineswegs schlechte, wie ihm schien –, Trinksprüche, allerdings nur bei Champagner, und Glückwünsche. Die Raumfahrer hielten sich wacker und würdevoll, erhoben sich und verneigten sich höflich, sie lachten sogar, wenn einer von den Gästen zu scherzen beliebte. Krajuchin erzählte einige komische Episoden aus der Frühzeit des interplanetaren Verkehrs, und Jurkowski überraschte mit Versen von Bagritzki. Er trug seine geliebten »Schmuggler« vor, und als der Beifall verstummt war, sagte er bekümmert: »Ja ... Wie viele schöne Gedichte gibt es über das Meer und die Seeleute, und über uns gibt es gar keine. Nichts als ›Flieg, du meine Rakete‹.«

»Die Dichter kennen das Meer seit Jahrtausenden«, bemerkte Vera Nikolajewna, »und den Raum kennen sie überhaupt noch nicht. Fass dich in Geduld, Wolodja. Einmal wird es auch über uns gute Verse geben.«

Jurkowski küsste ihr die Hand.

»Ich bin ja geduldig, Verotschka. Vorläufig müssen wir uns eben begnügen mit:

Wie einst die Argonauten fuhr'n,
so zieh'n wir heute aus
und holen, tam-tam tam tam-tam,
das Goldne Vlies nach Haus.«

Als die Gäste gegangen waren, seufzte Krutikow und sagte: »Gott sei Dank, haben den Abend einigermaßen verbracht, nur ...«

»Ja.« Dauge nickte. »Im eigenen Kreis wär's gemütlicher gewesen.«

Krajuchin erhob sich, schob geräuschvoll seinen Sessel zurück und sprach: »Ich bitte um Ihre Aufmerksamkeit, Freunde. Eine Minute Aufmerksamkeit. Jetzt sind wir unter uns, und ich möchte einige Worte an Sie richten. Alexej Petrowitsch, schenken Sie allen Wein ein ... Einen Tropfen nur, Anatoli, beunruhige dich nicht ... So, vielen Dank. Freunde! Ich bin unter Ihnen der älteste Raumfahrer, jawohl. Eine Gänsehaut überläuft mich, wenn ich zurückdenke, mit welchen Kisten wir angefangen haben. Im Vergleich zur *Chius* waren es die reinsten Rumpelkästen, wenn nicht gar Schlimmeres. Aber ich bin nicht einer von jenen selbstzufriedenen Toren, die sich in die Brust werfen und behaupten, die heutige Jugend habe es ungleich leichter als wir zu unserer Zeit. Denn ich weiß, wie schwer Ihre Aufgabe ist. Die Aufgabe wird stets von den Mitteln bestimmt, und um wie viel mächtiger die heutigen Mittel sind, umso viel komplizierter ist auch Ihre Aufgabe. Sie werden es nicht leichter haben als wir, nein, sogar schwerer, weil Sie eine größere Verantwortung tragen. Ich bitte Sie, Freunde, wenn Sie es sehr schwer haben, unsagbar schwer, dann denken Sie daran, für wen und wofür Sie das alles tun! Ich kenne Sie alle genügend gut und bin überzeugt, dass Ihre Kräfte wachsen werden, wenn Sie sich das vor Augen halten. Ja ... Das ist alles, was ich Ihnen sagen wollte. Auf Ihr Wohl!«

Er hob sein Glas, trank es aus und verließ rasch den Saal. Einige Zeit herrschte Schweigen, dann erhob sich Jurkowski und sagte halblaut: »Nun denn, Argonauten – auf den Alten!«

An diesem Abend konnte Bykow nicht einschlafen.

Er stand auf, knipste das Licht an, setzte sich an den Tisch und starrte lange in die Lampe. Dann fiel sein Blick auf die Zeitung, die durchzusehen er heute noch keine Zeit gehabt hatte.

»Mutiger das Hochfrequenzpflügen vorantreiben« – hieß der Leitartikel.

Weitere Überschriften lauteten:

»Isländische Schulkinder verbringen ihre Ferien auf der Krim«

»Fernöstliche Unterwasser-Staatsfarmen liefern 30 Millionen Tonnen Plankton über den Plan«

»Thermonukleares Kraftwerk mit anderthalb Millionen Kilowatt Leistung in Werchojansk in Betrieb genommen«

»Wettfliegen der Kleinsthubschrauber. Sieger: Wassja Ptizyn, 15 Jahre«

»Hundertjährige Eisschnellläufer am Start«

Bykow blätterte in der Zeitung, das Papier raschelte.

»Lateinamerikanisches Stereofilmfestival«

»Bau eines englisch-chinesisch-sowjetischen astrophysikalischen Observatoriums auf dem Mond«

»Vom Mars wird gemeldet ...«

Bykow blätterte die Zeitung durch, überlegte, faltete sie zusammen und steckte sie in seine Jackentasche. Er musste sie mitnehmen. Das war der Odem der Erde, der mächtige Pulsschlag des Heimatplaneten, den er auch auf der weiten Reise würde spüren wollen. Ein Symbol ... Alexej seufzte und knipste das Licht aus.

Der Morgen des Starttages war wolkenlos und klar. Um fünf Uhr waren bereits alle auf den Beinen, versammelten sich im Salon, saßen da oder tigerten von einer Ecke in die andere. Am Frühstückstisch wurde wenig und ohne Appetit gegessen, aber Jermakow tat, als bemerke er es nicht. Krajuchin und die Gäste unterhielten sich halblaut. Die Wagen fuhren vor. Ungeachtet der frühen Stunde waren die Straßen voller Menschen. Sie standen einfach da und schauten – schauten so, wie man auf Verwandte und Freunde schaut, die eine weite und gefahrvolle Reise antreten. Die Autos verließen die Stadt.

Und da geschah mit Bykow etwas, woran er später noch lange voller Staunen und Scham zurückdachte. Eine seltsame Erstarrung bemächtigte sich seiner. Ihm war, als habe er sich in zwei Teile gespalten und blicke mit kalter Neugier sich selbst von der Seite an, nicht fähig, sich zu konzentrieren. Gedankenfetzen schwirrten ihm durch den Kopf, und keiner blieb haften.

Vor den Kaponnieren verabschiedete man sich. Mechanisch drückte Bykow zahlreiche Hände, ohne zu wissen, wem sie gehörten, und er fühlte um seinen Mund ein einfältiges starres Lächeln, das er nicht wegzuscheuchen vermochte. Krajuchin sagte etwas zu ihm, und sie umarmten und küssten sich. Bereitwillig nickte Bykow, als der Vorsitzende des Stadtsowjets eifrig auf ihn einsprach und ihm auf die Schulter klopfte. Danach trat er mit steifen Knien zur Seite und schaute zu, wie Spizyn Vera Nikolajewna in den Armen hielt und sie ihm zärtlich über die Wangen strich. Dauge nahm Bykow an der Hand und führte ihn zum Wagen.

Als er wieder die Augen hob, ragte bereits die matt glänzende runde Außenwand eines Reaktorringes vor ihm auf. Da endlich begriff er, was ihm zu schaffen machte. In seinem Gehirn pulste unbewusst, aber deutlich der eine Gedanke: Zum letzten Mal ... Zum letzten Mal ... Er konnte sich nicht erinnern, wann ihm dieser Gedanke gekommen war, doch jetzt vermochte er ihn nicht mehr abzuschütteln.

»Auf die Plätze!«, rief Jermakow mit unnatürlich scharfer Stimme.

Bykow schaute sich um. Die Wagen, die sie zur *Chius* gebracht hatten, waren bereits fort. Ringsum dehnte sich die öde Tundra.

»Alexej Petrowitsch, beeilen Sie sich!«

Die letzten Schritte auf der Erde, dachte er und lauschte mit merkwürdiger Neugier in sich hinein, während er auf die biegsame Metalleiter zustrebte. Der letzte Atemzug Erdenluft. Er griff nach dem Lukenrand. Jemand – es war wohl Jurkowski – stieß ihn ungehalten beiseite und ermahnte ihn, vorsichtiger zu sein. Der letzte Blick zum blauen Himmel ... Klirrend schob sich die Klappe vor die Lukenöffnung. Da wurde ihm klar, dass er Angst hatte, dass er ganz einfach feige war! Sogleich beruhigte er sich und folgte Dauge und Jurkowski in die Messe. Sie nahmen in den Sesseln Platz und schnallten sich schweigend mit den breiten Elastikgurten fest. Jermakow, Spizyn und Krutikow befanden sich wahrscheinlich im Kommandostand. Bykow warf einen Blick auf Jurkowski. Dessen Gesicht hatte einen bösen Ausdruck, und auf seiner Nase war ein gelber Fleck zu sehen. Ich habe ihn doch ganz schön zugerichtet, dachte Bykow mit einem leisen Anflug von Reue.

»Fertig machen!«, ertönte aus einem unsichtbaren Lautsprecher Jermakows hohe, kräftige Stimme.

Totenstille trat ein. Für einen Augenblick verspürte Bykow Übelkeit und Schwäche. Mit gewaltiger Willensanstrengung unterdrückte er dieses widerliche Gefühl der Hilflosigkeit und schielte zu Dauge hinüber. Dieser starrte konzentriert vor sich hin.

»Start!«

Ein donnerartiges Getöse erfüllte den Raum. Alles verschob sich plötzlich. Der Sesselsitz stemmte sich weich gegen den Körper. Bykow kniff fest die Augen zusammen und sah bunte Kreise flimmern. Das Donnern schwoll an, ebbte dann wieder ab und verstummte. Tiefe Stille trat ein. Bykow drehte sich vorsichtig zu Dauge um.

»Es gibt keine Schmerzen mehr beim Start«, sagte Dauge mit klarer, befreiter Stimme. »Wir haben es geschafft.«

Jurkowski schlug sich plötzlich wütend mit der Hand gegen die Stirn.

»Was hast du?«, fragte Dauge betroffen.

»So eine Teufelei – ich hab den Rasierapparat im Hotel liegen gelassen, und ich glaube, nicht einmal ausgeschaltet.«

Mit Mühe richtete sich Bykow im Sessel auf, rieb sich kräftig die Schläfen und atmete erleichtert auf.

RAUM UND MENSCHEN

Krajuchin

Gegen Abend verschlechterte sich das Wetter. Vom Eismeer her wehte ein kalter Wind. Über der Tundra ballte sich dichter Nebel. Dunkle Wolken verhüllten den Himmel.

Im Arbeitszimmer des Chefs der Hauptfunkstation war es hell und warm. In einem niedrigen Sessel am Tisch schlummerte, das Kinn auf die Brust gesenkt, Krajuchin. Seine Füße in den schmutzigen, lehmverkrusteten Stiefeln waren weit ausgestreckt, die großen knotigen Hände ruhten schwer auf den Armlehnen des Sessels. Über der Tür schnippte, die Minuten zählend, eine Uhr. Bei jedem Sprung des Zeigers hob Krajuchin für einen Augenblick die bläulichen Lider. Auf dem Tischrand erkaltete ein unberührtes Glas Tee.

Der Wachhabende erschien. Eine Weile blieb er unschlüssig in der Tür stehen, dann trat er auf Zehenspitzen an den Tisch und legte einen Stoß Funksprüche vor Krajuchin hin.

»Was gibt's Neues?«, fragte dieser heiser.

Der Wachhabende zuckte zusammen. »Äh ... nichts Besonderes. Vor dreizehn Minuten hat die *Chius* gemeldet, an Bord sei alles wohlauf.«

»Ist die Fernsehverbindung aufgenommen?«

»Nein, Nikolai Sacharowitsch. Bisher hat es noch nicht geklappt.«

Krajuchin schwieg lange. Der Wachhabende trat einige Male von einem Fuß auf den anderen und räusperte sich.

»Also, nichts Neues, sagst du?«

»Nein, Nikolai Sacharowitsch.«

»Na schön ...«

Krajuchin warf einen flüchtigen Blick auf die Funksprüche und schloss wieder die Augen. Er hatte dumpfe, ziehende Herzschmerzen, die bis in die linke Schulter ausstrahlten. Die ausgestreckten Füße waren wie abgestorben, doch er hatte nicht die geringste Lust, auch nur eine einzige Bewegung zu machen.

Schließlich zwang er sich dennoch, die Hand zu heben und nach dem Glas zu greifen. Der Tee kam ihm widerwärtig süß vor. Das sind alles die Nerven, sagte er sich. Die Nerven und das Alter. Bis heute hatte er nichts von Nerven gewusst. Die Ärzte meinten, er dürfe sich nicht aufregen. Er lachte nur darüber. Es schien ihm immer, als rege er sich gar nicht auf ... bis heute ...

Heute, am achtzehnten August 19.., Punkt fünf Uhr Moskauer Zeit, hatte begonnen, worauf er anderthalb Jahrzehnte hingearbeitet hatte. Mit dem Start der ersten Photonenrakete war eine neue Ära in der Geschichte des interplanetaren Verkehrs angebrochen. Mit diesem Start hatte für ihn, Krajuchin, die Möglichkeit aufgehört, den weiteren Ablauf der Geschehnisse unmittelbar zu beeinflussen. Anderthalb Jahrzehnte Kämpfe, Forschungen, gewaltige Anstrengungen ... Und nun hatte alles einen solchen Abschluss gefunden: Er saß da, lauschte den tristen Herbstlauten, dem eintönigen Trommeln der Regentropfen gegen die Fensterscheiben, dem Glucksen des Wassers in der Regenrinne, dem an- und abschwellenden Heulen des Windes. Sechs ausgesuchte Männer an Bord des vollkommensten Raumschiffs der Welt hatten ihm den Stafettenstab aus der Hand genommen und waren weitergezogen, um seinen Lebenstraum zu verwirklichen. Er aber war zurückgeblieben, schwach und gebeugt, und wartete und wartete ...

Für einen Augenblick fühlte er heftiges Mitleid mit sich selbst und Neid auf sie, die Jungen. Doch sofort schwand dieses Gefühl, weil die Angst um diese Männer so stark war, dass sie alle anderen Gefühle und Gedanken verdrängte. Na gut, der Probeflug der *Chius* war erfolgreich verlaufen. Anscheinend waren die Prozesse im Titangehäuse des Photonenreaktors bis ins Letzte studiert. Ein Ingenieur konnte mit absoluter Genauigkeit sagen, was in jeder milliardstel Sekunde dort vor sich ging und was sich in den darauffolgenden Milliardsteln vollziehen würde. Alles war berücksichtigt: die ungeheuren Temperaturen, die ungeheuren Geschwindigkeiten, die ungeheuren Drücke und Spannungen. Aber schließlich war der unglückliche Petrosjan mit seinem Schiff doch nicht deshalb explodiert, weil eine böse Schicksalsmacht es so gefügt hatte.

Mit Mühe schluckte Krajuchin einige Löffel Tee hinunter. Seine Kehle war trocken, die Augen brannten. Fiebrige Schauer rannen ihm durch den Leib.

»Widerlich!«, murmelte er und zog fröstelnd den Kopf ein.

Missglückte die Expedition, so war sein ganzes Lebenswerk vernichtet ... Gerade jetzt, da sich der von den »Vorsichtigen« erhobene Lärm um die plötzliche Explosion der *Chius 1* noch nicht gelegt hatte – gerade jetzt durfte nichts fehlschlagen. Damals schien es, als sei die Idee des Photonenantriebs für lange Zeit, vielleicht für immer diskreditiert. Nur das Eingreifen der Regierungskommission hatte die Kleingläubigen, die mit allen Mitteln das große Werk in Verruf bringen wollten, zum Schweigen gebracht.

Nein, er konnte sich nicht beklagen. Er hatte gewaltige Mittel gefordert, und man gab sie ihm, sogar mehr, als er zu hoffen wagte. Er hatte gebeten, die Mitarbeiter, die er für schädlich und überflüssig hielt, zu entfernen, und man entfernte sie – obwohl darunter auch Menschen mit großen Verdiensten waren. Er führte kühne Experimente durch, und man glaubte ihm. Wahrscheinlich strahlte er eine unerschütterliche Überzeugungskraft aus. Hinzu kam gewiss auch, dass ihm alles gelang. Schließlich war er der erste Erforscher zweier großer Planeten und einiger Monde, der Erbauer der fünf größten künstlichen Satelliten, der Erzieher und Abgott von drei Generationen der kühnsten Raumfahrer ... Und er stand jetzt faktisch an der Spitze der mächtigsten aller interplanetaren Flotten. Es waren schwer errungene Erfolge, schwere Siege. Hinter ihm lagen der Tod vieler Kameraden, Stunden des Grauens und der Verzweiflung, der Schmerz über unermessliche Verluste; aber auch Triumphe, Augenblicke unsagbaren Glücks, sinnverwirrenden Stolzes ... Doch er durfte nicht zurückblicken, er musste sich beeilen. Ein großes Volk hatte ihm seine besten Söhne und eine hochentwickelte Technik anvertraut und forderte für dieses Vertrauen den Sieg über den Raum mit allen seinen Schätzen und Geheimnissen. War er, Krajuchin, dieser Aufgabe gewachsen? Ja, wenn die *Chius* erfolgreich zurückkehrte; dann würde auch niemand mehr die Stimme gegen die Photonenrakete erheben. Nein, wenn ...

Krajuchin stand auf und schritt, um sich Bewegung zu verschaffen, zum Fenster und wieder zurück.

»So geht das nicht«, sagte er laut. »Ich rätsele hier herum wie ein altes Weib: Wenn ... wenn ...«

Es ging hier nicht um Zufälle. Viele Pioniere der interplanetaren Flüge hatten ihr Leben in der eisigen Ödnis gelassen, und niemand hatte gesagt, das sei das Ende, weiter dürfe man nicht gehen. Wenn es sich um eine Rakete vom althergebrachten Typ handeln würde und vor allem, wenn Krajuchin nichts damit zu tun hätte, dann hätte eine ganze Reihe von Misserfolgen nichts bedeutet. Doch bei ihm war es etwas anderes, und die *Chius* hatte eine andere Geschichte. Es gab im Ministerium zu viele Leute, die mit Freuden die kleinste Misshelligkeit bei dem neuen Planetenschiff ausnutzen, mit Fingern auf Krajuchin zeigen und durcheinanderkläffen würden: »Wir haben es gesagt! Wir haben ihn gewarnt!«

Eigentlich wusste er ganz genau, dass nichts und niemand in der Welt die stürmische Entwicklung der Photonentechnik aufhalten konnte. Von dem Augenblick an, da die ersten Körnchen des »absoluten Reflektors« vorlagen, war das Schicksal der alten Impulsraketen besiegelt. Jetzt würde der Raum nur noch nachgeben, mehr und mehr – zähnefletschend, nach neuen Opfern greifend –, aber immerhin nachgeben. Er würde seine Grenzpfähle zuerst aus dem Sonnensystem zurückziehen und dann – wer weiß, vielleicht noch zu Krajuchins Lebzeiten – auch aus den interstellaren Öden.

Doch das Beharrungsvermögen des Gedankens ist stark! Wie alles Neue fand auch das neue Prinzip des interplanetaren Verkehrs von seiner Geburtsstunde an zahlreiche Gegner. Solche, die sich auf den alten Lorbeeren ausruhten und nicht weitergehen wollten; solche, die ihr Lebensziel darin sahen, die Unrealisierbarkeit des Photonenantriebs zu beweisen; solche, die anfangs leichthin das Neue bemäkelten und später nicht den Mut aufbrachten, ihr Unrecht einzugestehen; und nicht zuletzt einfach solche, die aus ehrlicher Besorgnis das gewaltige Risiko mit Menschenleben und staatlichen Mitteln ablehnten ... Es waren ihrer viele, bedeutend mehr, als es Krajuchin und seinen Mitstreitern lieb war. Doch stets brach er ihren Widerstand. Sie schrien: »Haltlose Phantasterei! Zukunftsmusik!« und verlangten, er solle für Dutzende verbrannter Versuchsraketen Rechenschaft ablegen, er aber hob den unbemannten *Drachen Gorynytsch* über die Atmosphäre und lenkte ihn um die Erde. Sie gaben sich alle Mühe, den Untergang der *Chius 1* gegen ihn auszuspielen, doch auch dies gelang ihnen nicht. Die zweite *Chius* ging zum Start. Vielleicht war es ein Fehler von ihm, ihr gleich zu Anfang eine so halsbrecherische Aufgabe zu übertragen. Vielleicht hätte man die Photonenrakete zunächst für einfache interplanetare Fahrten benutzen sollen, sich an sie gewöhnen, sie zu einem verbreiteten und verlässlichen Verkehrsmittel machen? Mag sein ... Doch wie viel Zeit wäre darüber vergangen! Und die Schätze der Golkonda warteten. Nur die *Chius* gab den Menschen die Möglichkeit, sie zu heben.

Krajuchin ließ sich wieder in den Sessel fallen und blieb, die Schultern mit den Händen umfasst, reglos sitzen. Ihn fröstelte, und er dachte, dieser krankhafte Zustand sei durch das ihm so ungewohnte passive Warten und die Unruhe hervorgerufen worden. Hundertmal besser wäre es für ihn gewesen, hätte er die Expedition selber geleitet. Aber man hätte es ihm natürlich nicht gestattet. Wem würde er dort auch von Nutzen sein, auf diesem furchtbarsten Planeten des Sonnensystems – er mit seinen verbrannten Lungen, dem künstlichen Magen, dem verbrauchten Herzen? Nur mit einem hätte er helfen können – mit seinen immensen Erfahrungen, seiner Kaltblütigkeit und Umsicht, mit der Fähigkeit, im geeigneten Moment zurückzuweichen. Diese Fähigkeit war jeder anderen wert, aber die heutige Jugend hatte sie eingebüßt. Die sechs Männer auf der *Chius* waren ungeduldig, heißblütig und furchtlos, und die kostbare Gabe der Vorsicht fehlte ihnen. Sie würden bedenkenlos ihr Leben opfern, ohne erfasst zu haben, was für einen gewaltigen Schaden sie dem großen Werk mit ihrem ruhmreichen Untergang zufügten. Keine Golkonden würden diesen Schaden wiedergutmachen können. Niemand würde erfahren, was unter dem weißen Schleier, der das Gesicht dieses unzugänglichen Planeten verhüllte, geschehen war. Man würde alles der Unvollkommenheit der *Chius* zuschreiben, die Projekte und Berechnungen würden im Staub der Archive versinken, und für viele Jahre würde die alte Epoche der Impulsraketen zurückkehren.

Besser, nicht daran denken. Es bestand auch kein Grund, diesen sechs Männern zu misstrauen.

Jermakow ... Ein kluger, kaltblütiger Mann, die Ruhe selbst. Vielleicht ist er der Einzige von den sechs, der die wahre Lage der Dinge zu beurteilen vermag. Jedenfalls besitzt er genügend Erfahrung, um die Bedeutung der thermonuklearen Rakete für den interplanetaren Flug zu erkennen. Das ist auch nicht weiter verwunderlich. Er hat von Jugend an unter Krajuchins Leitung und Aufsicht gestanden. Krajuchin hat ihn auf seiner ersten Fahrt begleitet, mit Krajuchin berät er alle seine neuen Pläne, die zuweilen in ihrem Schwung und ihrer Kühnheit phantastisch anmuten. Wie Krajuchin hasst er den Stillstand und den Schematismus, von Krajuchin hat er gelernt, seine Mitmenschen zu verstehen, Krajuchin ist für ihn das Vorbild eines selbstlosen Patrioten. Und dennoch ... Er attackiert die Venus wie ein Soldat, der zum Sturmangriff übergeht, und wird bedenkenlos sein Leben einsetzen, um Rache zu nehmen für alles – für den furchtbaren sinnlosen Untergang seiner Frau, für den Feuertod seiner Gefährten. Selbst er sieht nicht hinter der eroberten Venus das eroberte Weltall ...

Und der Geologe Dauge? Diesen fähigen Spezialisten für radioaktive Gesteinsarten locken vor allem die märchenhaften Reichtümer der Urangolkonda. Wahrscheinlich fühlt er sich wie ein passionierter Jäger, der sich lange Zeit mit den spärlichen Gaben der Vorstadtnatur begnügen musste und plötzlich eine Einladung in einen Hegeforst erhalten hat, wo es von Wild wimmelt. Gewiss, er hat noch Mascha Jurkowskaja ... Aber er ist Geologe bis ins Mark und wird sich natürlich nicht von familiären Missgeschicken unterkriegen lassen.

Für Jurkowski, den erfolgreichen Erkundungsgeologen, bedeutet der Flug in erster Linie einen neuen Rekord und neue Erlebnisse. Ihn locken nicht so sehr Ruhm und Ehre – er macht sich ganz offen lustig über Piloten, die trunken werden von der Aufmerksamkeit und Fürsorge, mit denen sie das dankbare Vaterland umgibt. Er hat an den riskantesten Expeditionen teilgenommen, doch sein Foto ist selten in den Zeitungen und auf Bildschirmen erschienen. Er liebt die Gefahr um des Siegesgefühls willen. Er berauscht sich daran wie ein Feinschmecker am Duft einer ausgesuchten Speise. Freilich, er versteckt sie schamhaft, diese kleine Schwäche, die er, Krajuchin, einmal »Monte-Cristo-Allüren der übelsten Sorte« genannt hat. Romantiker ... Schade, dass er Bykow keine Sympathie entgegenbringt, ja, er hat ihn sogar in einem Anfall von Hochmut des Stumpfsinns, der Beschränktheit und Phantasielosigkeit bezichtigt. Und schuld daran ist nur das Übermaß an Phantasie, das er selber besitzt.

Bogdan Spizyn versteht absolut nicht, wie man sich für etwas anderes interessieren kann als für die Lenkung kosmischer Schiffe. Jetzt, da die alten Prinzipien der Astronautik, die er stets als Fesseln empfunden hat, zu Grabe getragen werden, fühlt er sich als ein wahrer Beherrscher des Raumes. Ein drolliger Bursche! Außer dem Raum und dem Steuerpult existiert für ihn nur noch Vera, die liebevolle, zärtliche Vera, die einzige Frau in der Welt, und wie er annimmt, der einzige Mensch, der ihn versteht. Aber auch da bleibt er sich selber treu. Er hat etwas von einem Ritter: Er steuert sein Schiff und denkt, er tue es seiner Dame zu Ehren.

Und Michail Antonowitsch Krutikow ist einfach der beste Navigator des Landes! Gutmütig, weich veranlagt, Liebhaber von geselligem Beisammensein und feierlichen Veranstaltungen, auf denen er stets mit seiner ganzen Familie erscheint – mit Frau und beiden Kindern. Als hervorragender Mathematiker hat er einige prinzipiell neue, beschleunigte Rechnungsmethoden zur Lösung kompliziertester Aufgaben der Raumnavigation vorgeschlagen. Mit Vergnügen posiert er vor den Objektiven der Filmberichterstatter, aber ebenso gern beschäftigt er sich stundenlang mit seinen Kindern. Selbst die kleinste und unbedeutendste Arbeit lehnt er niemals ab, aber ebenso bereitwillig gibt er sein Einverständnis für die halsbrecherischste Fahrt. Wäre nicht Krajuchin eingeschritten, hätte man den braven, nachgiebigen Michail Antonowitsch immer nur auf die eintönigen und gefährlichen Reisen in den Asteroidengürtel geschickt. Jetzt aber sitzt er, wie gewohnt, neben seinem langjährigen Freund Spizyn und freut sich unbändig darüber.

Und Alexej Bykow ... Krajuchin lächelte, als er an das ziegelrote Gesicht dachte, an die kleinen, eng beieinander liegenden Augen, die bläulich schimmernde Entenschnabelnase und das starre Borstenhaar über der eingedrückten Stirn. Gewiss, keine Schönheit, kein Jurkowski. Dafür aber ein ausgezeichneter Praktiker. Und was für ein erstaunliches Reaktionsvermögen! Man braucht sich nur den Vorfall am Stacheldraht und die Prüfungsfahrt mit dem *Knaben* vor Augen zu halten ... Für Alexej Petrowitsch ist die Expedition zur Venus lediglich eine äußerst seltsame und unverhoffte Dienstreise, die ihn – nur für eine gewisse Zeit natürlich – von seiner gewohnten Arbeit in der Abgeschiedenheit der asiatischen Sandöden losreißt. Eine willkommene Gelegenheit, im vollen Glanze seine Meisterschaft als Geländewagenfahrer und seine Fähigkeiten als Ingenieur zu zeigen. Dazu die Aussicht, später einmal im Freundeskreis mit berechtigtem Stolz von seiner Teilnahme an einem interplanetaren Flug erzählen zu können. Andererseits die völlig verständliche und natürliche Furcht vor den großen, erhabenen Geheimnissen des Alls. Es ist gut, dass er der Expedition beigegeben wurde.

Im Großen und Ganzen sind diese sechs eine ausgezeichnete Mannschaft. Ihre persönlichen Eigenschaften sind auf einem gemeinsamen starken Fundament zementiert. Sie alle sind Kommunisten, Männer von Ehre und Männer der Tat. Und was die Mängel und Schwächen angeht – nun, die Qualitäten der sechs ergänzen einander großartig, und er, Krajuchin, kann ehrlich stolz sein auf seine Fähigkeit, unter den Menschen die richtigen für eine Aufgabe auszusuchen.

Krajuchin schloss die Lider und ließ immer wieder die Gesichter und die Taten der Expeditionsmitglieder an seinem geistigen Auge vorüberziehen. Wenn nur diese Feiglinge, Nörgler, Kleinmütigen nicht so wühlen würden, die so viel Energie kosten! Fett vom ständigen Herumsitzen in luxuriös eingerichteten Büros und mager vor Angst und Neid, vor ständiger Sorge um den Platz an der Sonne, mit schwächlichem, einschmeichelndem Lächeln oder mit unverhohlenem Hass intrigieren sie, kritisieren, appelieren an den gesunden Menschenverstand, machen sich lustig ... stören, schaden, wo immer es geht, säen Panik und Misstrauen. Mit welcher Freude Krajuchin sie allesamt aus den Fenstern im obersten Stock des Ministeriums werfen würde! Dabei gab es unter ihnen auch Leute, die einmal Krajuchins nahe Freunde und Mitarbeiter gewesen waren ... *waren*, hol sie der Teufel!

Als der Wachhabende erneut das Zimmer betrat, blickte Krajuchin ihn so zornig an, dass der junge Mann wie angewurzelt stehen blieb und verwirrt mit den Augen blinzelte. Doch Krajuchin fasste sich schnell wieder.

»Was bringen Sie?«, fragte er.

»Ein Funkspruch vom Komitee ist gekommen, Nikolai Sacharowitsch.«

»Und?«

»Man erkundigt sich nach der *Chius*.«

»Funken Sie, dass alles ... dass vorläufig alles ... planmäßig verläuft.«

»Zu Befehl. Aber ...«

»Was?«

»Ihre Unterschrift bitte ...«

»Geben Sie her.«

Krajuchin unterschrieb eilig und warf den Füllfederhalter beiseite.

»Die Fernsehverbindung?«

Der Wachhabende machte eine schuldbewusste Handbewegung.

»Gut, gehen Sie.«

Krajuchin erinnerte sich seiner Geleitrede auf dem Abschiedsessen. Ja, vielleicht hatte er gar nicht das zum Ausdruck gebracht, was er eigentlich wollte. Aber er konnte doch nicht einfach mit der Tür ins Haus fallen und sagen: »Wenn ihr umkommt, ist alles verloren!« Oder etwas Ähnliches in dieser Art. Dabei wäre gerade das vielleicht notwendig gewesen.

Er erhob sich wankend. Kein Zweifel, er war krank. Heiße und kalte Schauer jagten ihm durch den Leib. Es hätte gutgetan, etwas Heißes zu trinken ... Er streckte die Hand nach dem Hörer aus. Im selben Augenblick vernahm es eilige Schritte. Die Tür wurde aufgerissen, und der Wachhabende rief mit froher Stimme: »Nikolai Sacharowitsch! Die Verbindung ist hergestellt! Jermakow bittet Sie an den Fernsehschirm!«

»Ich komme«, sagte Krajuchin. Eine Weile stand er noch, auf die Tischplatte gestützt, gedankenverloren da und starrte über den Kopf des Wachhabenden hinweg ins Leere. Ich muss Jermakow warnen, hämmerte es in seinem Hirn. Unbedingt muss ich ihn warnen. Werde ich aber die richtigen Worte finden?

Der Wachhabende blickte ihn besorgt an, und Krajuchin kam gleichsam zu sich.

»Gehen wir.«

Der Fernsehsaal war hell erleuchtet, vor dem großen runden Bildschirm standen einige Sessel. Krajuchin kniff die Augen zusammen und holte seine dunkle Brille hervor.

»Schalten Sie ein«, sagte er und trat vor den Schirm.

Der Wachhabende stellte sich ans Pult, das Licht erlosch. Über den Schirm huschten graue Schatten, und wenig später tauchte aus der grünlichen Leere Jermakows ernstes Gesicht auf. Flüchtig dachte Krajuchin daran, dass die Funkwellen bereits Sekunden brauchten, um das Bild bis zur Erde zu tragen.

»Na, wie geht's, Junge?«, rief er. »Siehst du mich gut?«

»Ausgezeichnet, Nikolai Sacharowitsch.«

»Alles in Ordnung?«

»Vor einer halben Stunde sind wir auf die gerade Bahn gegangen. Zum ersten Mal im Leben fliege ich im Raum auf einer Geraden. Doch es hat lange gedauert, bis wir die Bahn der ersten Etappe festgelegt hatten. Die elektronischen Kursberechner wird man in der Tat vervollkommnen müssen. Krutikow hat sich hingelegt und schläft wie ein Toter. Geschwindigkeit – fünfzig Kilometer in der Sekunde. Der Reaktor arbeitet gleichmäßig. Temperatur des Spiegels – praktisch Null. Strahlung – der übliche Hintergrund.«

»Was macht die Besatzung?«

»Fühlt sich ausgezeichnet.«

»Bykow?«

»Hält sich gut. Ist bedrückt, dass er die Erde nicht sehen kann.«

»Zeig sie ihm doch.«

»Zu Befehl.«

»Wie ist der Start verlaufen?«

»Großartig. Jurkowski ist enttäuscht. Er meint, ein solcher Start hätte nicht einmal ein Kind aus dem Schlaf geweckt.«

»Dafür musst du Bogdan danken. Das Werk lobt seinen Meister.«

»Gewiss, Nikolai Sacharowitsch.« Sie schwiegen und blickten sich aus einer Entfernung von Millionen Kilometern in die Augen.

»Nun ... und du selbst?«

»Machen Sie sich keine Sorgen, Nikolai Sacharowitsch.« Jermakows Antwort kam rasch. So rasch, als sei er auf diese Frage vorbereitet gewesen.

Krajuchin runzelte die Stirn. »Wachhabender!«, rief er laut.

»Hier!«

»Verlassen Sie für zehn Minuten den Saal.«

Der Wachhabende zog sich eilig zurück.

»Machen Sie sich keine Sorgen«, wiederholte Jermakow.

»Ich mache mir keine Sorgen«, sagte Krajuchin langsam. »Ich habe einfach Angst, mein Lieber.«

Jermakows Augen verengten sich. »Sie haben Angst? Ist etwas passiert?«

Wie sollte Krajuchin es ihm erklären? Er nahm die Brille ab und putzte sie mit geschlossenen Augen. »Im Allgemeinen bitte ich dich: Sei vorsichtig. Jawohl ... Besonders dort auf der Venus. Du bist kein dummer Junge und musst es verstehen. Wenn es sehr schwer und gefährlich wird – pfeif drauf und zieh dich zurück. Jetzt ist nicht die Golkonda entscheidend.«

Er sprach und fühlte: Jermakow verstand ihn nicht. Doch er brachte es nicht übers Herz, ihm einfach zu sagen: »Reduziere das Risiko bis zum Minimum. Hauptsache – ihr kommt wohlbehalten zurück. Wenn euch etwas passiert, ist es mit den Photonenraketen für lange Zeit aus.« Er war immer der Ansicht gewesen, dass man die Raumfahrer so weit wie möglich von dem Meinungsstreit im Komitee fernhalten müsse. Es schien ihm, ihr Vertrauen zu den leitenden Köpfen könnte sonst ins Wanken geraten.

»Gott behütet den Behutsamen«, fuhr er fort und fühlte mit Schrecken, dass er zusammenhanglos und keinesfalls überzeugend sprach. »Gehe kein unnötiges Risiko ein ...«

»Wenn große Schwierigkeiten auftreten oder wenn es gefährlich wird?«

Das war Jermakow, Anatoli Jermakow, der die Abneigung gegen Zweideutigkeiten und Umschweife mit der Muttermilch eingesogen hatte. Er schämte sich für Krajuchin und bemitleidete ihn. Besorgt schob er seinen Kopf vor und schaute Krajuchin aufmerksam an. Dieser wich hastig zurück. Einige Sekunden währte eine peinliche Pause.

»Also«, sagte Krajuchin, bemüht, seiner furchtbaren Schwäche Herr zu werden, »hör zu, was ich dir sage, Genosse Jermakow. Ich will mit dir nicht in scharfsinnigen Redensarten wetteifern. Jawohl ...«

»Gut«, erwiderte Jermakow leise. »Ich werde nichts riskieren. Ich werde mir stets bewusst sein, dass die Hauptaufgabe der Expedition darin besteht, das Schiff und die Leute zu erhalten. Ich werde das Schiff erhalten. Aber die Leute kann ich doch nicht zurückpfeifen ...«

»Du bist der Kommandant.«

»Ja, das bin ich. Aber jeder von ihnen hat doch seinen eigenen Kopf und sein eigenes Herz. Sie werden mich kaum verstehen, und ich weiß nicht, ob ich sie zum Rückzug werde zwingen können. Ich besitze nicht Ihre Autorität.«

»Du hast mich nicht verstanden ...«

»Doch, Nikolai Sacharowitsch. Und auf Ihren Befehl hin bin ich bereit, alles, sogar meine Ehre, preiszugeben. Aber ob die anderen es tun werden ...?«

Jermakows klare Augen blickten Krajuchin direkt ins Gehirn – und begriffen, begriffen alles.

»Ich kann nur ahnen, was Sie bewegt ...«

Krajuchin senkte den schweren Kopf und sagte heiser: »Gut, handle ganz nach deinem Ermessen. Was anderes ist da wohl nicht zu machen. Ich setze meine ganze Hoffnung auf deine Vernunft. Und nun, verzeih, ich gehe jetzt. Ich glaube, ich bin ein bisschen krank.«

»Sie müssten sich mehr Ruhe gönnen, Nikolai Sacharowitsch.«

»Ich müsste ... Prüfe die Funkautomatik. Genau programmgemäß erwarten wir jede halbe Stunde automatische Signale von der *Chius* und alle zwei Stunden – eine persönliche Meldung von dir. Halte die Zeit genau ein.«

»Jawohl.«

»Na, mach's gut ... Ich gehe.«

Er erhob sich und torkelte dem Ausgang zu. Der Boden unter seinen Füßen wankte. Ich darf mich nicht verspäten, dachte er – und brach zusammen. Ein schwarzer Abgrund tat sich vor ihm auf und verschlang ihn ...

Im Bett in seinem Zimmer kam er wieder zu sich. Die Sonne schien. Auf seinem Nachttisch standen zahlreiche bunte Plastfläschchen und Pillenschachteln. Der Arzt und Vera, beide in weißen Kitteln, saßen neben ihm und blickten ihn an.

»Wie spät?«, fragte er, kaum die Zunge bewegend.

»Zwölf Uhr fünf«, antwortete Vera eilig.

»Datum?«

»Der zwanzigste.«

»Drei Tage ..., drei ... Tage ...«

Vera nickte. Ein sorgenvoller Ausdruck trat in Krajuchins Gesicht. Er versuchte sich aufzurichten.

»Was ist mit der *Chius*?«

»Alles in Ordnung, Nikolai Sacharowitsch.« Der Arzt drückte ihn fürsorglich auf das Bett zurück. »Bleiben Sie ruhig liegen.«

»Eben hat man von der Funkstation angerufen«, sagte Vera. »Alles in bester Ordnung.«

»Gut«, murmelte Krajuchin. »Sehr gut.«

Der Arzt hielt eines der Fläschchen an seine Schulter. Man hörte ein Zischen, und das Medikament sog sich unter die Haut. Krajuchin schloss die Augen. Dann sagte er klar und deutlich: »Übermitteln Sie Jermakow, dass alles, was ich ihm gesagt habe, nicht gilt. Das war Panik. Die Krankheit ...«

»Er phantasiert«, flüsterte Vera.

Er wollte sagen, er phantasiere gar nicht, schlief jedoch darüber ein.

Mitten in der Nacht wachte er auf und fühlte sich bedeutend besser. Vera brachte ihm Fleischbrühe und Zwieback und flößte ihm eine Mixtur aus indischen Kräutern ein.

»Lassen Sie die Funksprüche ablaufen«, verlangte er.

»Der Arzt hat Ihnen Ruhe verordnet«, erwiderte Vera.

»Und ich sage, tun Sie es.«

Sie schaltete gehorsam das Tonband ein. Er hörte zerstreut zu und dachte, dass die *Chius* sicherlich schon zu bremsen begonnen habe. Unmerklich schlief er wieder ein.

Der folgende Tag verlief ruhig. Krajuchin erholte sich rasch. Der Arzt gestattete, ein Bildtelefon und einen Fernsehempfänger an sein Bett zu stellen und Besuche vorzulassen. Bis zum späten Abend schickte die Funkstation laufend Bänder mit Signalen der *Chius* und Meldungen Jermakows. Ingenieure, Meister und Abteilungsleiter gingen ein und aus. Nach dem Abendbrot blätterte Krajuchin die Zeitungen durch, sah sich das stereoskopische Fernsehprogramm aus Moskau an, unterhielt sich eine Weile mit Vera und Ljachow und schlief, endgültig beruhigt, ein.

Frühmorgens kam Vera ins Zimmer gelaufen – bleich, mit aufgelöstem Haar – und rief laut, übermäßig laut, wie es Krajuchin schien: »Die *Chius* sendet keine Signale mehr. Ist in der Nacht verstummt ... verstummt ... und ... und ... schweigt schon seit fünf Stunden ...«

Sie schlug die Hände vors Gesicht und brach in Tränen aus.

Kosmische Attacke

»... Entweder haben die Romanschriftsteller und die Zeitungsleute gelogen, oder unser Flug fällt aus dem Rahmen. Es gibt darin nichts ›Interplanetares‹, alles ist gewöhnlich und alltäglich. Und zugleich ... Doch dieses ›zugleich‹ gehört bereits in das Gebiet der Gefühle und Empfindungen. Wenn ich um mich blicke, so kann ich mir nur schwer vorstellen, dass ich mich an Bord eines Raumschiffs befinde und dass unser Schiff mit gigantischer Geschwindigkeit auf die Sonne zurast. Zurzeit, da ich diese Zeilen schreibe, sitzen Johannytsch und Jurkowski in der Messe über einer Karte der beiden Venushemisphären – so bezeichnen sie zwei Kreise auf einem Bogen Papier, worin Ketten roter und blauer Punkte und kleine grüngestrichelte Flecke eingetragen sind. Jurkowski erklärte mir neulich, die roten Punkte seien zuverlässig bekannte Berggipfel, die blauen dagegen hypothetische oder solche, die zwei-, dreimal bemerkt worden seien; die grünen Flecke bezeichneten die Stellen, über denen man mächtige magnetische Anomalien registriert habe, und der große schwarze Klecks sei die Golkonda. Das ist alles. Ein wahrhaft rätselhafter Planet! Über dieser Karte sitzen unsere Geologen stundenlang, vergleichen etwas mit ihren Eintragungen und knurren sich gegenseitig halblaut an, bis die Essenszeit heran ist, Jermakow aus dem Kommandostand kommt und sie vom Tisch verjagt. Krutikow schiebt jetzt Wache, Bogdan sitzt in seiner Kajüte und liest. Er hat nicht vergessen, sich vorschriftsmäßig anzuschnallen – das macht offenbar die Gewohnheit. Was Jermakow anbetrifft, so hat er sich bereits seit zwei Stunden in seiner Kajüte eingeschlossen. Doch das ist ein Kapitel für sich ...

In den letzten vierundzwanzig Stunden hat sich nichts Besonderes ereignet. Die Piloten und die elektronischen Maschinen mussten sich mächtig abmühen, ehe das Schiff auf den sogenannten ›geraden Kurs‹ gebracht war und die gerade Richtung zum Zielpunkt eingeschlagen hatte. Zu diesem Zweck hatten der Kommandant und Michail Antonowitsch noch auf der Erde eine wahre ›Teufelskurve‹, eine dreidimensionale Spirale berechnet, auf der die *Chius* die Rotations- und Bahngeschwindigkeit der Erde egalisierte und in die Bahnebene der Venus gelangte. Krutikow sagte später, der elektronische Kursberechner sei nicht ganz den Ansprüchen gewachsen. Wir – Jurkowski, Dauge und ich – saßen zu der Zeit in der Messe und ließen uns durchschütteln. Doch die Stoßdämpfer der Sessel sind wundervoll, und ich verspürte lediglich eine leichte Übelkeit. Später bereitete ich das Mittagessen. Wir haben einen reichlichen Vorrat an fertigen Mahlzeiten in Thermosbehältern, aber auch Frischfleisch, durch Gamma-Bestrahlung sterilisiert, und eine beträchtliche Menge Obst und Gemüse. Ich beschloss zu glänzen. Alle äußerten sich lobend über die Gerichte. Doch Jurkowski sagte: ›Es ist gut, dass wir jetzt wenigstens einen anständigen Koch haben.‹ Ich war wütend, aber Jermakow versetzte: ›Dafür kann man sich Ihrer Küche nur mit dem Wind nähern, Wladimir Sergejewitsch.‹ ›Haben Sie's versucht?‹, fragte Dauge. ›Krajuchin hat mich davor gewarnt.‹

Kurz gesagt, ich werde wohl bis zum Ende des Fluges den Smutje spielen müssen. Mit Vergnügen! Der ›Fant‹ lächelt boshaft. Aber was geht mich letzten Endes dieser Einzelgänger mit Husarenallüren an?

Überhaupt sind das alles Belanglosigkeiten. Es gibt drei Dinge, die mich mehr beunruhigt haben: erstens die Begegnung mit einem Meteoriten, zweitens der Einblick in den Raum und drittens – das Wesentliche – ein Gespräch mit Jermakow. Ich erzähle alles der Reihe nach.

Wir hatten nicht so viel Glück wie Ljachow bei seinem Probeflug. Bald nach dem Start begegnete die *Chius* einem Meteoriten. Jermakow meldete es aus dem Kommandostand, sonst hätten wir anderen es überhaupt nicht erfahren. Plötzlich sank uns einfach der Boden unter den Füßen weg, und sekundenlang setzte der Herzschlag aus, wie beim Hinunterfahren im Schnelllift. Der Raum um die *Chius* wird nämlich ständig von einem ultrakurzwelligen Ortungsgerät abgetastet. Wenn in bedrohlicher Nähe ein Meteorit auftaucht, stellt eine Rechenmaschine seine Bahn und seine Geschwindigkeit fest, vergleicht sie mit denen des Schiffs und gibt entsprechende Kommandos an die Steuerung. Völlig automatisch beschleunigt oder reduziert das Schiff sein Tempo und lässt den Meteoriten an sich vorbei oder kreuzt seine Bahn, ehe er herangeflogen ist. Unsere Meteoritenschutzanlage arbeitet vorläufig untadelig ...

Trotz der Gelassenheit der Kameraden und des durchaus alltäglichen Milieus – alle arbeiten intensiv, ruhen sich aus, lesen, streiten – spüre ich eine dumpfe Unruhe in mir. Dauge meint, das käme bei Neulingen häufig vor, es sei ein ›instinktives Empfinden des Raumes‹, ähnlich wie die Seekrankheit bei Menschen, die an die See noch nicht gewöhnt sind. Aber das nehme ich ihm nicht ab! Wie kann ein Mensch, der nicht einen einzigen Blick in den Raum getan hat, ein Empfinden des Raumes haben? Die *Chius* besitzt ja keine Bullaugen, und das einzige Beobachtungsgerät befindet sich im Kommandostand, wo der Aufenthalt für Nichtpiloten streng verboten ist. Doch während ich über diese Frage nachdachte, wurde für mich eine Ausnahme gemacht, zudem unter Umständen, die meine Unruhe noch vergrößerten. Es geschah folgendermaßen: Einige Stunden zuvor hatte die Funkstation des Siebenten Testgeländes mit uns die Fernsehverbindung aufgenommen. Krajuchin verlangte Jermakow zu einer Unterredung. Worüber sie sprachen, wusste niemand, weil Jermakow Bogdan, der gerade den Wachdienst versah, aus dem Kommandostand hinausgeschickt hatte. Das Gespräch dauerte nicht lange. Bald kam Jermakow aus dem Steuerraum und zog sich schweigend in seine Kajüte zurück. Dauge und Jurkowski wollten sich in lustigen Vermutungen ergehen, doch Bogdan fuhr sie scharf an.

Zwei Stunden später hatte Jermakow Wache. Auf dem Wege zum Steuerraum befahl er mir mitzukommen. Alle staunten sehr und begleiteten mich mit merkwürdigen Blicken. Ich kann's verstehen. In der Tat, es sah so aus, als hätten Jermakow und Krajuchin über meine Person gesprochen. Ich selbst nahm es, ehrlich gesagt, auch an und machte mir große Sorgen.

Im Steuerraum war es heiß. Durch das Titangehäuse drang das Brummen des Photonenreaktors. Jermakow fragte, ohne mich anzublicken, ob ich die Erde sehen möchte. ›Ich glaube, es war schon lange Ihr Wunsch, Alexej Petrowitsch ...?‹ Mein Herz machte einen schnellen Sprung, meine Lippen wurden trocken. Ohne ein Wort hinzuzufügen, führte mich Jermakow zu einem Gerät, das einem großen Kühlschrank glich und an dessen oberem Teil sich zwei Okulare befanden. Er forderte mich auf, hineinzuschauen. Meinen Blicken öffnete sich ein runder schwarzer Abgrund, umsäumt von zuckenden blass-violetten Lichtern. In der bodenlosen Tiefe waren Myriaden heller und trüber Punkte sichtbar. Im Zentrum hob sich deutlich ein leuchtendes Kreuz ab, und rechts darüber erblickte ich ein Kügelchen von warmem grünem Ton mit einem hellen Sternchen daneben. Das waren die Erde und der Mond ...

›Was Sie jetzt sehen, ist die untere Hälfte der Himmelssphäre‹, sagte Jermakow. ›Das Leuchten am Rand ist die Widerspiegelung thermonuklearer Explosionen im Fokus des absoluten Spiegels.‹

Natürlich beruhigte ich mich sofort. Es war absurd zu glauben, man würde mich aus dem Schiff werfen und zurück zur Erde schicken.

Ich fand nichts Erhabenes an dem sich mir bietenden Anblick, fast das Gleiche konnte man im Aschchabader Planetarium sehen. Ich sagte es Jermakow.

Er nickte. ›Gewiss, es ist nur ein elektronisches Bild. Es dient dazu, die Genauigkeit der Kursberechnung zu prüfen. Das helle Kreuz in der Mitte zeigt die Richtung unseres Fluges innerhalb der Himmelssphäre.‹

Ich erkundigte mich, in welcher Entfernung von der Erde sich jetzt die *Chius* befinde.

›Ungefähr dreißig Millionen Kilometer ... Wollen Sie einen Blick nach vorn tun?‹

Er drehte am Schalter, und im Gesichtsfeld flammte eine grellgelbe Scheibe auf. Das helle Kreuz stand genau über ihrer Mitte, und ringsum in der schwarzen Leere leuchteten die Sterne.

›Die Sonne‹, sagte Jermakow. ›Und rechts davon – sehen Sie? – die Venus. Zu dem Zeitpunkt, da wir ihre Bahn erreichen, wird sie sich auch am Treffpunkt befinden.‹

Er schaltete das Gerät ab, hieß mich Platz nehmen und warf einen flüchtigen Blick auf die Schalttafeln, die mit einer Unzahl von Skalen und Zifferblättern, bunten Lämpchen und Zeigern versehen waren. Dann begann er mit mir ein Gespräch. Ich werde mich bemühen, es wortwörtlich wiederzugeben.

Sein Gesicht war dabei wie immer ruhig. Aber die dunklen Ränder unter den Augen und die finstere Falte auf der Stirn deuteten darauf hin, dass etwas Außergewöhnliches geschehen sein musste.

›Sagen Sie, Alexej Petrowitsch‹, begann er und blickte mir scharf in die Augen. ›Wie beurteilen Sie Ihre Stellung in der Expedition?‹

›Wie soll ich das verstehen?‹, fragte ich, und die frühere Unruhe beschlich mich wieder.

›Im Sinne der Subordination, der Unterordnung, beispielsweise.‹

Ich überlegte und antwortete, ich sei gewohnt, bei der Arbeit die Befehle meines unmittelbaren Vorgesetzten auszuführen.

›Das heißt?‹

›In diesem Falle bin ich Ihr Untergebener, Anatoli Borissowitsch.‹

Er schwieg eine Weile und fragte dann: ›Und wenn Sie zwei einander aufhebende Befehle erhalten?‹

›Dann wird der zeitmäßig letzte ausgeführt.‹

Ich bemühte mich, ruhig zu sprechen, doch ich muss gestehen, dass mich bei diesem Gespräch eine Gänsehaut überlief, und ich begann die dümmsten Vermutungen anzustellen und mir schon einen Plan zurechtzulegen für den Fall, dass es Jermakow einfallen sollte, die schwarze Fahne zu hissen und auf den interplanetaren Verbindungswegen als Pirat umherzukreuzen.

Er aber forschte weiter: ›Also, wenn mein Befehl dem des Staatskomiteevorsitzenden zuwiderliefe, würden Sie trotzdem mir gehorchen?‹

›Ja …‹ An dieser Stelle, glaube ich, fuhr ich mir mit ziemlich verdatterter Miene mit der Zungenspitze über die Lippen und fügte hinzu: ›Wir sind nicht bei der Armee, aber ich führe jeden Ihrer Befehle aus, sofern er nicht den Interessen unseres Staates widerspricht … und der Partei, versteht sich. Ich bin Kommunist.‹

Er lachte. ›Sie denken wohl, ich sei ein Verschwörer? Nichts dergleichen. Glauben Sie nicht, dass ich an Ihrer Bereitschaft zweifle, meine Befehle zu befolgen. Ich möchte einfach wissen, an welche Linie Sie sich halten würden, wenn die Umstände uns zwingen sollten, dem Befehl des Komitees zuwiderzuhandeln. Ich bin sehr froh, dass ich in Ihnen einen disziplinierten und dienstkundigen Menschen gefunden habe.‹

Ich war ebenfalls froh, Ehrenwort.

›Immerhin hätte ich gern gewusst …‹, wagte ich die Frage.

›Ich will es Ihnen erklären, richtiger gesagt, andeuten … Sie verstehen. Es handelt sich darum, dass weniger von der Erfüllung der Aufgabe der Expedition als von der erfolgreichen Rückkehr unseres Schiffes sehr viel abhängt. Zu viel, möchte ich behaupten. Und wir werden möglicherweise kein Recht haben, uns bei der Erforschung der Golkonda einem allzu großen Risiko auszusetzen, sogar, wenn es darum geht, einen strikten Befehl des Komitees auszuführen …«

Er nickte mir zu und geleitete mich zum Ausgang. In der Tat, das ist etwas, worüber man sich den Kopf zerbrechen muss. Halte die Ohren steif, Alexej Bykow! Du begreifst doch absolut nichts. Übrigens, Krajuchin und Jermakow sind nicht die Menschen, die etwas schrecken könnte. Solche brauchen für einen Rückzug sehr viel Mut. Was ist denn überhaupt los?«

Bykow klappte das Heft zu, steckte es in seine abgeschabte Meldetasche und begab sich in die Messe. Dort traf er Jurkowski, Dauge und Spizyn an. Johannytsch saß brütend über der Venuskarte, während Jurkowski und Spizyn eine erbitterte Polemik miteinander führten, deren Sinn Bykow anfangs nicht erfasste. Es kam ihm vor, als ginge es um Dinge, die sein Begriffsvermögen überstiegen, weil die Streitenden mit Formulierungen aus dem Arsenal der Tensorrechnung operierten und einer den anderen immerfort mit Zitaten von Klassikern überschüttete, was übrigens keine besondere Klarheit in das Problem brachte. Aber einige ihrer Bemerkungen waren sehr interessant und ungewöhnlich, und bereits wenige Minuten später saß Bykow im Sessel am Bücherschrank und hörte, seine Unruhe fast vergessend, begierig zu.

»Mit einer solchen Einstellung wirst du unweigerlich im Sumpf des Newtonianertums versinken«, sagte Jurkowski. »Das ist doch dasselbe, als wenn du behaupten wolltest, es gäbe den absoluten Raum. Was hat man dir bloß in der Schule beigebracht!«

»Aber die Folgerungen von Lorentz ...«

»So viele Tatsachen, so viele unumstößliche Tatsachen! Und du wagst es noch, das alles anzufechten! Jetzt! Fast hundert Jahre nach der Schaffung der Relativitätstheorie!«

»Aber die Erkenntnisse von Lorentz will ich doch gar nicht anfechten«, sagte Bogdan. »Bilde dir ja nicht ein, dass du der einzige Nachfolger und Ideenhüter des alten Einstein bist. Ich will nur sagen, dass ...«

»Lass hören! Lass hören!«

»Also: Beim heutigen Stand der Technik ist es noch sehr weit bis zum praktischen Zusammenstoß mit den Folgerungen der Relativitätstheorie ... Innerhalb unserer Arbeit natürlich.«

»Ach, so ist das?«

»Ja, genau so!«

»Weit?«

»Ja. Der Raum für den interplanetaren Raumfahrer ist Raum. Eine homogene Leere.«

»Wenn man die Meteoriten außer Acht lässt«, warf Dauge ohne den Kopf zu heben ein.

»Jawohl, Leere! Ich fliege beinahe schon zehn Jahre, und nicht ein einziges Mal habe ich meine Berechnungen korrigieren müssen.«

Sie schwiegen eine Weile und blickten einander wie Kampfhähne in die Augen.

»Sag mal bitte«, fing Jurkowski mit einschmeichelnder Stimme wieder an. »Hast du dir den Rechenschaftsbericht der Expedition zum Weiyang angehört?«

»Wohin?«

»Zum Weiyang. Hast ihn dir also nicht angehört. Und hörst auch zum ersten Mal den Namen. Du tust mir leid, Bogdan.«

»Aber wirklich, was soll denn das sein?«, fragte Dauge.

»Der Weiyang ist ein winziger Planet, der sich innerhalb der Merkurbahn bewegt. Seine mittlere Entfernung von der Sonne beträgt etwa zehn Millionen Kilometer. Vor drei Jahren haben chinesische Genossen ihn entdeckt und Weiyang genannt, was ›Leibwächter der Sonne‹ heißt oder so ähnlich. Wegen seiner Sonnennähe verdampft er sehr schnell, und man muss annehmen, dass er in hundert Jahren ganz und gar aufgehört haben wird zu existieren. Hast du wirklich noch nichts von ihm gehört?«, wandte sich Jurkowski wieder an Bogdan.

Dieser schüttelte den Kopf.

»Dann hör zu, was Fedja uns im vergangenen Jahr erzählt hat, und du wirst blamiert sein, bereite dich darauf vor. Fedja hat nämlich an der zweiten Expedition zum Weiyang teilgenommen. Und weißt du, was er sagte? ›In dieser kurzen Entfernung von der Sonne‹, sagte er, mussten wir uns auf allerlei Überraschungen gefasst machen, die das mächtige Gravitationsfeld für uns bereithalten konnte.‹ Und es gab Überraschungen, und sie hätten der Expedition beinahe das Leben gekostet! So ist das ...«

»Schon gut. Erzähle weiter.«

»Hör zu. Lu Shi'er war es nicht gelungen, nahe an dieses Planetchen heranzukommen, doch seine Bahn hatte er ziemlich genau berechnet. Und nun kommt die erste Überraschung: Unsere Leute fanden den Planeten gar nicht an der Stelle vor, wo er nach den Berechnungen Lu Shi'ers hätte sein müssen!«

»Lu hatte sich eben geirrt«, brummte Bogdan.

»Möglich. Damit das Raumschiff nicht verbrannte, war es mit einem Spiegelschirm ausgestattet. Anfangs ging alles gut. Man fand den Planeten und strebte in seinen Schatten. Er ist sehr klein – ein eiförmiger Klumpen kristallinischen Eisens von einigen Dutzend Kilometer Durchmesser. Er dreht sich rasch und kommt nicht zum Abkühlen. Aber die Expedition hoffte, ihre Beobachtungen dennoch durchführen zu können, nämlich von der Schattenseite aus. Ja, Pustekuchen ...« Jurkowski machte eine effektvolle Pause und blickte Spizyn triumphierend an. »Je mehr sich das Raumschiff der Sonne näherte, um so stärker machten sich neue, höchst seltsame Erscheinungen bemerkbar. Die Sonne wechselte die Farbe, sie verdüsterte sich und wurde rot. Ihre sichtbaren Ausmaße nahmen bedeutend schneller zu, als dies nach den perspektivischen Gesetzen möglich ist. Schließlich ...« Jurkowski warf erneut einen triumphierenden Blick auf Spizyn, »schließlich begann sie gleichzeitig von allen Seiten zu wärmen und zu leuchten! Es gab keinen Schatten. Fjodor sagte, es sei furchtbar gewesen. Das Raumschiff berührte fast die glühende Oberfläche des Weiyang, aber nirgends war Schatten. Die Sonne, gewaltig, unerträglich heiß, schien das

Schiff umzingelt zu haben. Auch dort, wo sie gar nicht sein sollte, auf der entgegengesetzten Seite, leuchtete sengend ein blutroter Fleck und verdeckte den ganzen Himmel ...«

»Ein Trugbild«, meinte Bogdan unsicher.

»Ein Trugbild in der Leere? Ein Trugbild, das brennt und Ströme von Protonen aussendet? Nun gut, nehmen wir es an. Aber dass die gyroskopischen Bordgeräte versagten und sämtliche Chronometer, darunter auch gewöhnliche Armbanduhren, genau um dreiundzwanzig Minuten zurückblieben, wie es sich nach der Rückkehr herausstellte – ist das etwa auch ein Trugbild?«

Bogdan schwieg.

»Womit ist denn das alles zu erklären?«, konnte sich Bykow nicht enthalten zu fragen.

»Selbstverständlich damit, dass die Gravitation in einer solchen Sonnennähe die ›Absolutwerte‹ des Raumes und der Zeit verändert und entstellt. Hier bleibt dir nur ein Trost ...« Jurkowski streckte Bogdan theatralisch die Hand entgegen. »Alle diese Erscheinungen sind nicht einmal mit der Einsteinschen Theorie zu erklären. Auf jeden Fall zeigen sie aber: Der Raum ist nicht einfach nur Raum, wie du vor einer halben Stunde so leichtfertig behauptet hast. Das beweist Fjodors weißes Haar. Erst nach dem fünften oder sechsten Versuch gelang es ihm, das Raumschiff aus dem Bereich des Weiyang fortzusteuern.«

Jurkowski verstummte und begann, pfeifend in der Messe auf und ab zu gehen. Bykow dachte angestrengt über den Sinn der seltsamen Worte nach: »Die Gravitation hat Zeit und Raum verändert.« Gerade wollte er eine Frage stellen, als Dauge, der schon seit geraumer Weile mit ironischen Blicken Jurkowski verfolgte, der Diskussion ein Ende bereitete: »Genug geschwätzt! Wladimir!«, sagte er. »Deck den Tisch und ruf Anatoli Borissowitsch. Es ist Zeit zum Abendessen.«

Nach dem Abendessen blieben alle am Tisch, außer Krutikow, der Wachdienst hatte. Jermakow, ein wenig schläfrig, doch wie immer glatt gekämmt und gestrafft, saß bei einer Tasse Kaffee und nahm ab und zu mit Wohlbehagen einen Schluck zu sich. Bogdan und Jurkowski erzählten sich halblaut amüsante Begebenheiten aus ihrer Studentenzeit. Dauge mixte ernst und konzentriert ein phantastisches Getränk aus mindestens zehn verschiedenen Fruchtsäften. Ein weiches mattes Licht erhellte die Messe. Alles war stabil, anheimelnd, friedlich, und Bykow dachte wohl zum hundertsten Male daran, wie wenig doch dieses Bild zu der Vorstellung passte, dass sie in einem Metallkasten lebten, der mit unheimlicher Geschwindigkeit Millionen von Kilometern schwarzer Leere verschluckte.

»Was überlegst du, Alexej?«

Bykow lächelte schuldbewusst.

»Weißt du, man hat so seine Gedanken. Da sitzen wir nun hier, trinken Kaffee und Tee ... Ich habe mir alles ganz anders vorgestellt ...«

»Wie hast du's dir denn vorgestellt?« Johannytsch tat erstaunt. »Ach, wohl so, wie es in den Büchern steht? In Zeitungsartikeln?«

»Und wennschon ...«

Jurkowski sagte geschraubt: »Die kühnen Raumfahrer überwinden mannhaft alle Schwierigkeiten des gefahrvollen Fluges, indem sie tapfer allen Fährnissen entgegenschreiten.«

»Ja ... So ähnlich. Und außerdem hatte ich mit der Schwerelosigkeit gerechnet und war auf allerlei neue Eindrücke gefasst.«

»Ach, du lieber Gott!«

»Nein, nein, ich weiß – auf einem Schiff, das sich mit ständiger Beschleunigung vorwärtsbewegt, ist die Schwerelosigkeit undenkbar. Und dennoch bin ich enttäuscht.«

Bogdan und Dauge lachten.

»Glauben Sie mir, Alexej Petrowitsch«, sagte Jurkowski ernst, »ohne Schwerelosigkeit ist es viel bequemer. Sie haben Glück gehabt. Ich erinnere mich, vor etwa sechs Jahren machten wir eine Fahrt zum Mond, und mit uns flog, wohlgemerkt ebenfalls zum ersten Mal, ein gewisser Spezialist – allerdings kein Wüstenexperte, sondern ein Selenograph. Lange Jahre hatte er den Mond studiert, hatte über ihn geschrieben und debattiert, aber er war noch nie dort gewesen, er fürchtete sich vor dem Flug. Ja, so ist es manchmal im Leben ...«

»Du meinst wohl Gluskin?«, fragte Dauge.

»Ganz recht, den meine ich.« Jurkowski lächelte. »Also, wir starten. Fliegen. Haben den Reaktor abgeschaltet, die Passagiere aus den Gegendruckkammern gelassen. Alles war für sie überaus interessant – die Schwerelosigkeit, die neuen Eindrücke und so weiter. Dieser Gluskin freut sich auch, freilich, ein wenig blass sah er aus. Etwa zwei Stunden später kommt er zu mir und fragt: ›Wo ist hier die Toilette, Genosse?‹ Und ich, stellt euch vor, denke gar nicht daran, dass er ein Neuling ist. ›Gehen Sie‹, sage ich, ›den Korridor entlang, die letzte Tür rechts.‹ Und weiter habe ich ihm nichts erklärt. Dann ist er gegangen, der Ärmste.«

Dauge, Bogdan und sogar Jermakow lächelten bereits. Bykow hörte mit finster zusammengezogenen Brauen zu.

»Also, er schloss sich ein, wie es sich gehört«, fuhr Jurkowski fort. »Es vergehen zehn Minuten, eine Viertelstunde – er kommt nicht! Dann erscheint er – nass von oben bis unten, schimpft wie ein Rohrspatz, ganze Wolken von Wasserblasen schweben um ihn her ... Wir stoben auseinander, um uns zu verstecken, und schalteten auf volle Kraft die Ventilatoren ein. Mit Müh und Not kriegten wir den Korridor sauber. Unser Selenograph fluchte zum Gotterbarmen! Ich werde jetzt noch rot, wenn ich daran denke. Wir hatten doch auch Frauen an Bord. Sehen Sie, Alexej Petrowitsch – solche Dinge kann zuweilen die Schwerelosigkeit anrichten!«, schloss Jurkowski triumphierend.

»Ja, im Allgemeinen ist die Schwerelosigkeit ein zweifelhaftes Vergnügen«, bestätigte Dauge, als das Lachen verstimmt war. »Bis man gelernt hat, sich richtig zu benehmen, muss man sich gehörig abplagen ...«

»Ich erinnere mich«, sagte Bogdan, »wie ein Kamerad ...«

»Warten Sie mal«, unterbrach ihn Jermakow.

Von oben ertönte ein feiner, kaum hörbarer an- und abschwellender Ton, gleich dem Summen einer Mücke im Lagerzelt. Bykow sah, wie aus Jermakows versteinertem Gesicht alle Farbe wich, wie Dauge plötzlich kreidebleich wurde, Spizyn die Augen weit aufriss und an Jurkowskis Kinnladen die Muskeln zuckten. Alle blickten über seinen, Bykows, Kopf hinweg nach oben. Er wandte sich um. An der ledergepolsterten Wand gleich unter der Decke brannte pulsierend ein rotes Lämpchen, ein Indikator. Jemand fluchte heftig und sprang auf. Klickend fiel ein Glas um, über die Tischdecke breitete sich ein purpurner Fleck aus. Im selben Augenblick erfüllte ein ohrenbetäubendes Klingeln den Raum. Die Wände, die Gesichter, die Hände, die weiße Tischdecke – alles erglänzte in einem unheildrohenden roten Schein.

»Strahlung!«, brüllte eine Stimme dicht an Bykows Ohr.

Wie gebannt starrte er auf das heftig flackernde Indikatorlämpchen, das einem aus der Wand ragenden Finger glich. *Dsann, dsann, dsann!*, schrillte wie rasend die Alarmglocke. Die Tür flog auf, und Krutikow stürzte herein.

»Strahlung!«, schrie er. Sein eingefallenes Gesicht war schweißüberströmt.

»Wir sehen und hören es«, sagte Jermakow ruhig, kaum die bleichen Lippen bewegend.

»Wieso, woher?«, murmelte Bogdan.

Jurkowski zuckte die Achseln. »Müßige Frage.«

»Wieso müßig, wieso?«, brachte Dauge atemringend hervor. »Vielleicht können wir uns noch irgendwie schützen?«

»Spezialanzüge?«

»Unsinn!«, sagte Bogdan überzeugt. »Wenn sogar die Hülle und die Schutzschicht des Schiffes durchschlagen sind ...« *Dsann, dsann, dsann.*

»Davor kann man sich nicht schützen«, flüsterte Krutikow. Dauge lächelte schief.

»So«, sagte er. »Nun, dann wollen wir warten.«

Krutikow richtete mit einer seltsamen pedantischen Feierlichkeit das umgekippte Glas auf und setzte sich zwischen Jermakow und Bykow.

»Etwa hundert Röntgen, nicht weniger«, bemerkte Jurkowski.

»Reicht nicht«, meinte Bogdan.

»Hundertfünfzig. Wer gibt mehr?« Dauge nahm einen Löffel vom Tisch und bog mit zitternden Fingern daran herum. »Ehrenwort, ich fühle, wie sich die Protonen in mich hineinbohren.«

»Bin gespannt, wie lange das dauern wird«, brummte Jurkowski, zu dem Warnlämpchen hinaufblinzelnd.

»Wenn länger als fünf Minuten, sind wir erledigt ...«

»Zwei Minuten sind bereits vergangen«, teilte Jermakow leise mit. Krutikow rückte den Kragen seiner Kombination zurecht, zog den Reißverschluss auf der Brust zu und fuhr mit der Hand in die Tasche, um seine Pfeife hervorzuholen.

Dsann, dsann, dsann.

»Sie saßen unter dem Todesstrom und lauschten bezaubernden Klängen«, deklamierte Jurkowski. »Hört mal, kann man denn dieses verdammte Geläut nicht abschalten? Ich bin nicht gewöhnt, unter solchen Bedingungen zu sterben.«

Dsann, dsann, dsann.

Dauge hatte endlich den Löffel zerbrochen und warf die Stücke auf den Tisch. Alle starrten sie an.

»Das erste Opfer der Strahlenattacke«, sagte Jurkowski. »Johannytsch, sei so gut und steck die Hände in die Taschen ...«

Bykow schloss die Augen. Fünf Minuten – und Schluss. Und man konnte nichts dagegen tun, nichts ...

Plötzlich hörte das Klingeln auf. Das rote Indikatorlämpchen erlosch. Stille trat ein. Lange saßen sie schweigend, niemand wagte sich zu rühren. Sie waren allzu benommen, um sich freuen zu können. Endlich sagte Jermakow zu Jurkowski: »Und doch sind Sie ein Angeber, Wladimir Sergejewitsch. Ein Poseur ...«

Dauge lachte nervös. Krutikow bekam den Schluckauf. Er verzog den Mund und langte nach dem Siphon mit Sodawasser.

»Bekenne mich schuldig, Anatoli Borissowitsch! Ich gestehe, ich habe so etwas an mir. In der Jugend glänzte ich im Laienspiel ...« Er reckte sich, dass die Gelenke knackten. »Wollen wir hoffen, dass alles ohne Folgen abgeht. Habe sowieso schon eine ganze Portion dieser Röntgen auf meinem Konto.«

Bykow drehte fassungslos den Kopf hin und her.

»Waren es wirklich nur zwei Minuten?«, fragte er.

»Freunde«, sagte Jermakow mit dumpfer Stimme und stand auf, »betrachten wir den Fall als erledigt. Und jetzt heißt es: Sofort den Innenschutz prüfen.«

»Ausgerechnet! Solche Dinge passieren alle zehn Jahre einmal«, sagte Krutikow. »Übrigens, was kann die Ursache gewesen sein? Was meinen Sie?«

»Ist doch sonnenklar: kosmische Strahlung«, antwortete Jurkowski.

»Fein, wenn es das war. Ich muss gestehen, ich fürchtete zuerst, die Reaktorhülle sei geplatzt.«

Bogdan blickte auf die Uhr. »Mein Wachdienst beginnt, Anatoli Borissowitsch. Außerdem ist es auch Zeit, zur Erde zu funken. Soll ich den Vorfall melden?«

»Nein«, schnitt Jermakow trocken ab. »Warum die Leute unnütz aufregen? Melden Sie wie üblich: Alles in Ordnung. Und noch eins: Ich bitte Sie der Reihe nach zur Ambulanz – zu Injektionen und Desaktivierung. Dauge als Erster. Und dann – gründlich die Isolation überprüfen.«

»Inzwischen könnte man sich einen Schluck Kaffee genehmigen«, bemerkte Krutikow frohgelaunt. »Ach, der ist ja schon ganz kalt! Aljoscha, sei so gut, schalte ein …«

»Und dennoch müssen die kühnen Raumfahrer mannhaft Schwierigkeiten überwinden«, sagte Bykow mit einem herausfordernden Seitenblick auf Jurkowski.

Dieser lachte sorglos. »Nicht Schwierigkeiten, mein lieber Alexej Petrowitsch, sondern nur die Todesangst. Die Schwierigkeiten kommen noch, das versichere ich Ihnen – wie Krajuchin sich auszudrücken beliebte.«

SOS

Das Rätsel der kosmischen Attacke klärte sich bereits nach einigen Stunden. Auf Jermakows vorsichtige Anfrage wurde von der Erde ein Auszug aus dem Sammelbericht des aktinographischen Observatoriums auf der Krim gesendet. Daraus ging hervor, dass man gerade zu der Zeit, da die Besatzung der *Chius* den todbringenden Strahlen ausgesetzt gewesen war, auf der Sonne gewaltige Protuberanzen beobachtet hatte, eine an sich gar nicht seltene und bereits zur Genüge erforschte Erscheinung. Ein dichter Strom von Wasserstoffkernen, Protonen, war mit kolossaler Geschwindigkeit in den Raum geschossen und hatte das Planetenschiff getroffen. Nur ein winziger Teil der Protonen drang in den Panzer aus legiertem Titan, der durch eine Schicht »absoluten Reflektors« verstärkt war. Aber diese Protonen bildeten in der Schiffshülle unzählige Quellen außerordentlich harter Gammastrahlen, für die es praktisch kein Hindernis gab.

Das war viel gefährlicher als eine Begegnung mit einem Meteoriten. Hätte das Protonenbombardement auch nur eine Viertelstunde gedauert, wäre auf der *Chius* kein Mensch am Leben geblieben.

Eine Gammastrahlung von solcher Härte konnte selbst bei kürzerer Dauer sehr ernste Folgen für die Besatzung haben: Manch einer der alten Raumfahrer, schon früher einmal den Strahlenschlägen ausgesetzt, wäre ganz sicher erkrankt. Zum Glück verfügte Jermakow über die neuesten Medikamente; das Komitee hatte sie seinerzeit von einem der biophysikalischen Forschungsinstitute erhalten. In den Organismus eingeführt, liquidierten sie alle oder fast alle Folgen einer nicht allzu starken radioaktiven Verseuchung.

»Ich habe von derartigen Vorkommnissen schon gehört«, bemerkte Bogdan, als er Jermakow das Radiogramm zur Unterschrift brachte. »Ich glaube, vor fünfzehn Jahren ist auf diese Weise die Besatzung eines deutschen Raumtankers umgekommen. Aber wenn die Explosionen auf der Sonne keine Seltenheit sind, wie kommt es dann, dass wir so selten auf diese Protonenfontänen stoßen?«

»Das lässt sich sehr leicht erklären«, erwiderte Jurkowski. »Ich würde sagen, es ist seltsam, dass wir überhaupt auf sie stoßen. Der Protonenstrahl schießt in einem sehr schmalen Bündel in den Weltenraum, und die Wahrscheinlichkeit, von ihm getroffen zu werden, ist äußerst gering.«

»Wir haben einfach Glück gehabt.« Dauge seufzte. »Ein ekelhaftes Gefühl zu wissen, dass man mir nichts, dir nichts totgeschlagen wird und nichts dagegen tun kann. Und außerdem ... Ich mag schon so keine Injektionen, und von diesen hat man obendrein noch starke Kreuzschmerzen.«

»Hätten denn nicht einmal die Spezialanzüge Schutz bieten können?«, fragte Bykow.

»Wo denkst du hin!« Dauge winkte ab. »Da helfen keine Spezialanzüge, Alexej. Energien von vielen Milliarden Elektronenvolt. Aber zum Glück ist ja alles vorbei ...«

»Noch nicht alles«, sagte Jermakow.

»Wieso denn nicht?«

»Im Steuerraum flackern immer noch die Indikatoren.« Jurkowski wandte sich ihm jäh zu.

»Flackern?«

Jermakow nickte.

»Ja doch, zum Teufel!«, bestätigte Bogdan.

»Stark?«

»Nein, so etwa um ein hundertstel Röntgen herum. Aber immerhin, sie flackern ...«

»Also ist die Eruption noch nicht zu Ende ... und wir fliegen gerade an dem Protonenstrahl entlang ...« Dauge blickte besorgt in die Runde.

»Völlig falsch.« Mit der Miene eines Lehrers, der seinen Schüler bei einem Fehler ertappt hat, schüttelte Jurkowski den Kopf. »Die Sonne dreht sich, und die Eruptionsstelle hat sich schon längst verschoben. Nein, das muss einen anderen Grund haben.«

»Sekundäre Strahlung«, sagte Jermakow.

»Ja, natürlich!«, rief Dauge erfreut. »Das war schließlich zu erwarten. Unter Einwirkung des Protonenbombardements ist ein Teil der Atome in den Wänden der *Chius* radioaktiv geworden, weiter nichts ...«

»Von wegen ›weiter nichts‹! Das wird noch allerhand Plackerei geben ...«

»Das glaube ich nicht«, entgegnete Spizyn. »Die Strahlung ist nicht sehr stark, sie übersteigt noch lange nicht das zulässige Maß.«

»Vielleicht hat uns von vorne der *Knabe* gedeckt«, wagte Bykow einzuflechten.

»Ja, der *Knabe* ...« Jermakow überlegte. »Der *Knabe* kann ja jetzt auch radioaktiv sein, das wäre höchst unangenehm.«

»Klettern wir hinaus und prüfen nach«, schlug Jurkowski vor.

»Aber erst, wenn wir den Spiegel der Sonne zugekehrt haben, ungefähr in vierundzwanzig Stunden.«

»Wenn man sich das vorstellt ...«, brummte Dauge, dem das Erlebte offenbar immer noch zu schaffen machte, »... ein paar Minuten länger, und wir alle lebten nicht mehr! Die *Chius* mit toter Besatzung!«

»Und fünfzig Stunden später würden wir uns als glühende Wolke in die Sonne bohren.«

»Ein totes Raumschiff mit toter Besatzung ...!« Bogdan blickte Jermakow an. »So etwas soll es schon gegeben haben, nicht wahr, Anatoli Borissowitsch?«

»Interplanetare ›Fliegende Holländer‹!«

»Wie ist es dazu gekommen?«, erkundigte sich Bykow mit begreiflicher Neugier.

»Das kann verschiedene Ursachen haben ... Krankheiten, die man sich auf anderen Planeten zugezogen hat, ebensolche Ausbrüche auf der Sonne ...«

Dieses Gespräch fand in der Schiffsmesse statt. Jurkowski saß rittlings auf einem Stuhl, die Ellenbogen auf die Rückenlehne gestützt, und betrachtete die anderen mit seinen schönen, glänzenden Augen. Dauge ging von einer Ecke in die andere, blieb ab und zu am Tisch stehen, um aus einer Schale ein Stückchen kandierte Zitrone zu nehmen und sich ächzend die Taille zu reiben. Spizyn und Bykow hatten es sich auf dem Sofa bequem gemacht. Jermakow, der gerade von Wache gekommen war, saß im Sessel am Bücherschrank, und Michail Antonowitsch stand an der Tür, im Begriff, in den Steuerraum zu gehen.

»Ja, das ist schrecklich«, seufzte Dauge. »Ein Raumschiff mit toter Besatzung ...«

»Hm ...« Jermakow schaute auf die Uhr, dann auf Michail Antonowitsch. »Manchmal ist das zweifellos passiert, weil sich die Piloten zu sehr auf die Zuverlässigkeit der Steuerautomatik verließen.«

Michail Antonowitsch lief vor Verlegenheit rot an, räusperte sich und ging eilends hinaus.

Jurkowski lachte, ließ die weißen Zähne sehen. »Lass uns auch an die Arbeit gehen, Johannytsch, sonst verputzt du noch alles Konfekt.«

Dauge schüttelte den Kopf. »Alles nur Neid. Neid und Gier. Mir tut nach der Injektion die Seite weh, verstehst du? Darf man sich denn nicht ein bisschen trösten? Na schön, gehen wir. Zu dir?«

»Und ich werde mich vor der Wache noch etwas hinlegen«, sagte Bogdan. »Willst du nicht auch gehen, Alexej Petrowitsch?«

»Nein ich bleibe hier, lese ein bisschen.«

Jurkowski, Bogdan und Dauge gingen, und Bykow vertiefte sich in einen abgegriffenen Sammelband mit Artikeln über Funkleitsteuerung in der Raumfahrt.

Das Leben an Bord nahm wieder seinen gewohnten Gang. Jermakow beobachtete die Funktionen der Photonentechnik und arbeitete gemeinsam mit Krutikow an irgendeinem neuen Problem der Raumnavigation; die Geologen studierten wohl zum hundertsten Male den Forschungsplan für die Golkonda. Bykow las Bücher über Astronomie; Bogdan Spizyn beschäftigte sich während seiner ganzen Freizeit mit der Radioapparatur.

Einmal rief Bogdan alle vor dem Steuerraum zusammen.

»Hört mal!«, sagte er lächelnd. »Der Mars spricht, die Sandbucht. Das ist für uns.«

»... ganz kurze Zeit«, sprach eine hohe, angenehme Frauenstimme. »Und da haben wir in einem Tal, das durch die Ausläufer des Zentralgebirges vor den kalten Stürmen geschützt ist, einige flache Seen und ausgedehnte Wiesen entdeckt, wie aus dem Märchenbuch! Ach, Genossen, wenn ihr wüsstet, welch herrlicher Anblick! Ihr steigt auf einen Hügelkamm und seht: ein spiegelglatter, regloser zartvioletter See, ein wundersamer Teppich hoher orangeroter Gräser und riesiger grellgrüner Blumen, und über allem – der tiefviolette Himmel! Wir hatten Lust, uns die Skaphander vom Leibe zu reißen ...«

Bykow sah, wie auf den Gesichtern der Kameraden Begeisterung, Freude und Zweifel miteinander kämpften.

»Das ist der Mars!«, flüsterte Dauge. »Kinder, denkt euch nur, der tote Mars ...!«

»... Wir haben dieses Tal ›Chiustal‹ genannt, euch zu Ehren. Wir können euch kein Wasser aus seinen Seen und keine Blumen von seinen Wiesen reichen, wir können euch das Tal nicht einmal zeigen. Aber es soll den Namen eures Schiffes tragen, tapfere Freunde! So ... Eine Minute ... Wir müssen Schluss machen. Auf Wiedersehen, wir wünschen euch allen Glück und Erfolg – dir, Anatoli Jermakow, dir, Wladimir Jurkowski, dir, Michail Krutikow, dir, Bogdan Spizyn, dir, Grigori Dauge, und dir, Alexej Bykow ...«

An diesem Tage beim Mittagessen sprachen Jurkowski, Dauge und Spizyn, einander ins Wort fallend, von ihren Expeditionen auf dem Mars.

Fünfundfünfzig Flugstunden waren vergangen, und Jermakow teilte mit, dass es an der Zeit sei, die *Chius* mit dem Spiegel zur Sonne zu wenden und mit dem Bremsen zu beginnen. Die Geschwindigkeit des Raumschiffs hatte tausendzweihundert Kilometer in der Sekunde erreicht. Im Laufe der nächsten vierzig Stunden musste die *Chius* mit negativer Beschleunigung in Bezug auf die Sonne fliegen, um mit Nullgeschwindigkeit an dem Punkt einzutreffen, wo sie der Venus begegnen musste.

Das hatte Dauge eilig Bykow erklärt, während sie die Messe für das Wendemanöver vorbereiteten. Sie verschlossen den Bücherschrank und das Büfett und machten alles fest, was fallen oder verrücken konnte. Danach schnallten sie sich auf ein Kommando aus dem Steuerraum an die Sessel.

Bykow erwartete Eindrücke, wie er sie während der Prüfungsfahrt mit dem *Knaben* gehabt hatte. Doch alles ging viel einfacher ab. Dank Spizyns außerordentlicher Geschicklichkeit wendete das Raumschiff gleichmäßig und rasch. Den sekundenlangen schwerelosen Zustand nahmen die Männer kaum wahr. Es kam ihnen nur vor, als drehe sich der Fußboden zur Seite, verharre einen Augenblick senkrecht und kehre dann langsam in die frühere Stellung zurück.

Jetzt raste die *Chius* mit den Reaktorringen voran auf die Sonne zu. Das Triebwerk arbeitete nach wie vor mit einer Beschleunigung von 10 m/s^2. Die Geschwindigkeit dagegen verringerte sich stetig. Nach dem Mittagessen erinnerte Bykow den Kommandanten daran, dass es notwendig sei, den *Knaben* auf Radioaktivität zu untersuchen.

»Wir haben zwar keinen Grund, an der Stabilität der Verankerung zu zweifeln«, fügte er hinzu, »aber es ist immerhin angebracht nachzusehen, ob sich nicht während des Wendemanövers etwas verschoben hat. Man müsste unbedingt hinausgehen.«

»Das wäre längst fällig gewesen«, murmelte Jurkowski.

»Hinausgehen?« Jermakow kniff die Augen zusammen. »Ich glaube nicht, dass das so einfach ist.«

»Aber wir sind doch ... Ich bin doch bei früheren Flügen öfters hinausgegangen«, mischte sich Jurkowski ein.

»Bei früheren Fahrten – da war es anders. Jetzt aber geht es darum, ein Raumschiff zu verlassen, das sich mit Verzögerung bewegt.«

»Hm ...« Jurkowski biss sich auf die Unterlippe.

»Stellen Sie sich vor, was mit Ihnen geschieht, wenn Sie abstürzen«, fuhr Jermakow fort.

»Die *Chius* fliegt davon, und du gerätst womöglich in den Fokus des Spiegels, wo das Plasma explodiert«, sagte Dauge.

Bykow trat entschlossen vor. »Anatoli Borissowitsch, gestatten Sie, dass ich es tue«, sagte er. »Der *Knabe* ist mein Inventar, und ich bin für ihn verantwortlich.«

»Paragraph achtzehn der Instruktion für Interplanetarpiloten besagt, dass es verboten ist, Passagiere während des Fluges von Bord zu lassen«, zitierte Jurkowski rasch.

»Jawohl, so lautet das Reglement.« Dauge nickte.

»Ich bin kein Passagier.«

Bykow sah ihn empört an.

»Einen Moment bitte«, sagte Jermakow. »Alexej Petrowitsch, ich habe tatsächlich kein Recht, Sie hinauszulassen. Ihnen fehlt die Erfahrung ... Aber selbst wenn Sie die Erfahrung hätten, würde ich es Ihnen nicht gestatten: Niemand kann Sie im *Knaben* ersetzen, falls Ihnen etwas zustößt.«

»Dazu das Risiko, einen solchen Koch zu verlieren ...« Jurkowski seufzte scheinheilig.

Bykow maß den »Fant« mit einem kühlen Blick, antwortete aber nicht und wandte sich wieder Jermakow zu.

»Den Reaktor schalten wir aus, das wird die Gefahr auf ein Minimum herabsetzen«, fuhr der Kommandant fort. (Jurkowski machte ein langes Gesicht.) »Was jedoch die Verantwortung anbelangt, so bin ich allein für alles auf dem Schiff verantwortlich – für die Besatzung und für die Ladung. Darum handelt es sich also nicht, Alexej Petrowitsch. Spizyn ist jetzt auf Wache, Krutikow will sich ausruhen. Übrigens könnte man Michail Antonowitsch ohnehin nicht hinausschicken. Er ist ... zu schwer für ein solches Unternehmen.«

Krutikow räusperte sich und wurde puterrot.

»Also ich?«, sagte der »Fant« lächelnd.

»Wladimir Sergejewitsch hat tatsächlich eine Spezialschule hinter sich und besitzt auch genügend praktische Erfahrung«, schloss Jermakow. »Also ich oder Wladimir Sergejewitsch ...«

»Paragraph sechzehn«, knüpfte Dauge sofort an. »Dem Schiffskommandanten ist es verboten, während der Fahrt von Bord zu gehen.«

»Jawohl, so lautet das Reglement!«, rief Jurkowski lachend und ging hinaus.

Bykow senkte finster den Kopf und trat beiseite.

»Sei nicht traurig, Alexej!« Dauge gab ihm einen freundschaftlichen Klaps auf die Schulter. »Hier kommt es nicht nur und nicht so sehr auf den Mut an, als vielmehr auf die Erfahrung.«

»Wie schwer kann denn das schon sein.«

»Na schön. Aber hast du eine Ahnung von einem Vakuumskaphander?«

»Wovon?«

»Von einem Vakuumskaphander. Von einem Anzug, der für die Arbeit im luftleeren Raum bestimmt ist.«

»Und warum kann man nicht im Spezialanzug hinaus?«

»Was denkst du dir, Alexej! Darin wirst du so aufgebläht, dass du kein Glied rühren kannst. Hast du den aufgeblasenen Anzug in Krajuchins Moskauer Zimmer gesehen?«

Bykow seufzte.

»Na, anscheinend ist's mir nicht vergönnt ... Hätte mir furchtbar gern euren ›Raum‹ in natura angesehen.«

»Macht nichts, Alexej Petrowitsch!« Jermakow blickte ihn unerwartet sanft an. »Den Raum in natura werden Sie auch noch zu sehen bekommen.«

Jurkowski trat ein. Er beugte sich unter der Last zweier großer grauer Ballen.

»Vielleicht ist es gar nicht nötig, den Reaktor abzuschalten?«, fragte er, während er geschickt die Verschnürung von den Ballen löste und einen durchsichtigen Zylinder, zwei aneinandergefügte Ballone und einige andere Gerätschaften hervorholte.

»Im Gegenteil, wir müssen ihn unbedingt abschalten ... übrigens, Alexej Petrowitsch, gleich werden Sie Gelegenheit haben, die Welt der Schwerelosigkeit kennenzulernen. Ich rate Ihnen, die Messe nicht zu verlassen und keine allzu heftigen Bewegungen zu machen.«

»Ich verstehe nicht ...«

»Sobald der Reaktor abgeschaltet wird, verschwindet die Beschleunigung, und dann gibt es auch keine Schwere.«

»Ach ja ...« Bykows Gesicht erhellte sich, und er rieb sich befriedigt die Hände. »Sehr interessant ... Wissen Sie, ich hätte mich sonst direkt geärgert: Man hat einen Weltraumflug mitgemacht und nicht einmal ...«

»Fertig!«, rief Jurkowski von der Tür.

Er steckte in einem grotesken Panzer aus beweglichen Metallringen und glich einem riesenhaften Gliederfüßer mit Menschenkopf. Den durchsichtigen zylindrischen Helm hielt er unter dem Arm. Bykow hatte einen Raumskaphander schon des Öfteren auf Fotografien und im Kino gesehen, trotzdem schritt er neugierig um Jurkowski herum und betrachtete ihn von allen Seiten.

»Gehen wir«, befahl Jermakow kurz.

Bykow ließ sich im Sessel nieder und sah den Kameraden schweigend nach.

Die Schritte im Gang verhallten. Dauge rief: »Wo wird die Trosse befestigt, Anatoli Borissowitsch?«, dann klappte leise eine Tür zu, und es wurde still.

»Achtung!«, ertönte Spizyns Stimme aus dem Lautsprecher.

Im selben Augenblick fühlte Bykow, wie er sanft emporgehoben wurde. Krampfhaft hielt er sich an den Sessellehnen fest. Ein feines Pfeifen setzte ein, durch den Raum ging ein kalter Luftzug.

Bykow seufzte geräuschvoll. Wenn das alles war ... Vorsichtig ließ er die Sessellehnen los und erhob sich.

Als eine Viertelstunde später Dauge, Michail Antonowitsch und der über und über mit Raureif bedeckte Jurkowski, sich an besonderen, längs der Wände angebrachten Streckleinen haltend, wieder die Messe betraten, schwebte Bykow rot und schweißüberströmt mit dem Kopf nach unten über dem Sessel und bemühte sich vergebens, ihn wenigstens mit den Fingerspitzen zu erreichen.

Bei diesem Anblick rief Jurkowski begeistert »Hallo-o!«, ließ die Leine los, stieß mit dem Kopf gegen die Decke und flatterte von Neuem in den Gang hinaus. Mit frenetischem Gelächter krochen Dauge und Krutikow unter den hilflosen Bykow und zogen ihn herab auf den Fußboden.

»Na, wie gefällt's dir ... in der Welt ohne Schwere?«, japste Dauge. »Hast es nun ... ausprobiert?«

»Ja, das hab ich«, knurrte Bykow.

»Achtung!«, brüllte der Lautsprecher.

Nachdem der Reaktor eingeschaltet worden war, lief alles wieder seinen normalen Gang, und Jurkowski berichtete über die Ergebnisse seines Ausstiegs. Der Container mit dem *Knaben* strahle aus, doch nicht sehr stark. Die Verankerungen hätten – zumindest außen – nicht gelitten, was eigentlich auch das Wichtigste sei.

»Die Sichel der Venus ist mit bloßem Auge zu erkennen. Und der Himmel ... Welch großartige Schönheit! ›Endlos tut sich auf rings das Sternenrund; Sterne ohne Zahl, Tiefe ohne Grund‹«, deklamierte Jurkowski. »Man könnte meinen, dass Michail Lomonossow im Weltraum war ... Die Sonne trägt eine Krone wie eine Wolke aus Perlen ... Na, wer sagt's denn! Wieso bin ich kein Poet?« Jurkowski warf sich in die Brust und deklamierte: »Schwarze Unendlichkeit ...«

»... brennender Blick«, ergänzte ernsthaft Bogdan Spizyn, der vom Wachdienst hereingekommen war, um einen Schluck Kaffee zu trinken.

Jurkowski streifte ihn mit einem abwesenden Blick und begann von Neuem:

»Schwarze Unendlichkeit breitet die Schwingen,
Sterne wie Tropfen leuchtender Tränen ...

äh – hm ... wie weiter?«

»... sich ihr entringen«, schlug Bogdan vor.

»Schweig, du Nichtswürdiger ...«

»Na, dann: wringen ...«

»Warte ... gleich ...

Schwarze Unendlichkeit, fremde Unendlichkeit,
Sterne wie Tropfen leuchtender Tränen.
Dort, in der öden, eisigen Ewigkeit ...«

»... qualmt jetzt die Lok und rasseln die Kräne«, schloss Bogdan in überaus lyrischem Tonfall.

Niemand verlor mehr ein Wort über Bykows Luftakrobatik. An Bord kehrten wieder Ruhe und Gemütlichkeit ein, das gewohnte, fast irdische Leben.

Bykow und Dauge saßen in der Messe bei einer Partie Schach, als mit besorgter Miene Krutikow eintrat.

»Wisst ihr schon das Neuste, Jungs?«

Bykow blickte ihn fragend an, während Dauge, am Fingernagel knabbernd, sich zerstreut erkundigte: »Was ist denn passiert?«

»Es gibt keine Funkverbindung. Weder mit der Erde noch mit dem *Ziolkowski.*«

»Warum?«

Krutikow zuckte mit den Schultern, griff mit der Hand ins Büfett und holte sich eine Waffel.

»Und wie lange schon?«

»Seit einer Stunde.« Krutikow biss krachend in die Waffel. »Jermakow und Bogdan haben schon alles ausprobiert, es auf allen Wellenlängen versucht. Nichts. Leer, wie ausgekehrt. Und was besonders merkwürdig ist – gewöhnlich erwischt man doch hier und da ein paar Gesprächsbrocken, diesmal aber herrscht auf der ganzen Wellenskala Totenstille wie auf dem Meeresgrund. Kein einziger Laut, nicht einmal eine Entladung.«

»Vielleicht ist die Anlage kaputt?«

»Alle drei Aggregate auf einmal? Kaum.«

»Oder die Antennen sind nicht in Ordnung?«

Krutikow hob zweifelnd die Schultern.

»Schon wieder eine Panne«, murmelte Dauge und warf die Figuren zusammen. »Wo ist Wolodka?«

»Sicher in seiner Kabine ...«

Bykow fasste Krutikow am Ärmel. »Vielleicht ist nur der Empfang gestört, und wir sind zu hören.«

»Alles möglich. Überhaupt seltsam. Plötzlich versagen mir nichts, dir nichts alle drei Funkgeräte zugleich. Noch nie ist so etwas vorgekommen. Freilich, Ljachow hat's auch erwähnt. Aber ... weißt du, es ist doch irgendwie beunruhigend, irgendwie ungemütlich ...«

Bykow blickte teilnahmsvoll in Krutikows rundes, gutmütiges Gesicht mit den kleinen traurigen Augen. »Ja, ich verstehe Sie, Michail Antonowitsch.«

Es war in der Tat sehr ungemütlich. Das dumpfe Vorgefühl eines nahenden Unheils erfasste Bykow. Vielleicht kam es daher, weil ihm, dem Neuling, jede noch so geringe Unregelmäßigkeit an Bord wie ein großes Unglück erschien. Aber Krutikow empfand offenbar etwas Ähnliches, und ihn konnte man keineswegs der Furchtsamkeit eines Neulings verdächtigen.

»Kopf hoch, Freunde!«, rief Dauge mit gespielter Fröhlichkeit. »Vorläufig ist ja noch nichts Schlimmes passiert. Zugegeben, für eine gewisse Zeit ist die Funkverbindung gestört. Aber was macht das? Das Triebwerk ist in Ordnung, Proviant haben wir genug, die *Chius* zieht ihre Bahn ...«

Krutikow seufzte. Bykow ahnte, was in ihm vorging. Für sie, die Kinder der Erde, war der Funk der einzige lebendige Faden, der sie mit dem Heimatplaneten verband. Es wirkte deprimierend, wenn dieser Faden einmal abriss, und sei es auch nur für kurze Zeit. Bykow empfand plötzlich mit seinem ganzen Wesen, wie unfassbar einsam sie doch im Grunde genommen waren. Die Dutzende und Hunderte Millionen Kilometer schweigender Leere, die sie von anderen Welten und von der mütterlichen Erde trennten, legten sich wie Blei auf seine Schultern. Dutzende und Hunderte Millionen Kilometer eisiger Leere ... Diese unvorstellbaren Abgründe waren beileibe kein »Nichts«. Nein, sie lebten ihr eigenes unbegreifliches Leben nach unfassbaren komplizierten Gesetzen, fremd und tückisch ...

Bykow warf einen Blick auf Dauge, der zerstreut die Schachfiguren zwischen den Fingern drehte, und er schämte sich seiner Gedanken. Es war doch schon schmählich genug, dass er sich damals beim Start von der Angst hatte unterkriegen lassen. Das Schlimmste, was ihnen jetzt widerfahren konnte ... Aber wieso musste ihnen denn überhaupt etwas widerfahren?

»Ein neuer Streich unseres geliebten Raumes«, sagte Jurkowski eintretend. »Wie gefällt euch das?«

»Ganz und gar nicht«, knurrte Dauge. »Hör doch endlich auf mit deinem Geschwätz! Ist einem ja schon über ... Was mögen sie bloß auf der Erde denken? Krajuchin wird verrückt.«

»Na, um den Alten brauchst du keine Bange zu haben! Sein Schädel ist härter als deiner und meiner. Mir scheint, die Verbindung ist deshalb gestört, weil der Raumabschnitt, durch den wir gerade fliegen, keine Funkwellen durchlässt. Warum das so ist, kann ich mir nicht genau erklären ... Jedenfalls sollten wir nicht alles auf die Radioapparatur schieben. Und erst recht nicht auf die Antennen.«

»Phantast!«, rief Michail Antonowitsch. »Wo hast du das schon mal erlebt, dass Leere keine Funkwellen durchlässt?«

»Bis zum heutigen Tag – nirgends. Aber Ljachow hat's erlebt. Und ich erlebe es jetzt ebenfalls, verehrter Skeptiker. Dich können ja selbst Tatsachen nicht überzeugen.«

»Du erlebst es?«

»Jawohl.«

»Nichts erlebst du, Wladimir Sergejewitsch!«

»So, ich erlebe nichts?«, fragte Jurkowski mit betonter Höflichkeit.

»Mhm.«

Jurkowski drehte sich auf dem Absatz herum und steuerte zur Tür. Auf der Schwelle blieb er stehen. »Ich empfehle allen Anwesenden, sich vor den Eingang zum Kommandoraum zu begeben. Vielleicht haben Sie das Glück, dort etwas Interessantes zu hören.«

Krutikow machte eine saure Miene und griff von Neuem ins Büfett nach einer Waffel. »Phantast!«, murmelte er. Dauge aber schwieg, und Bykow fühlte, dass der »Fant« diesmal recht hatte. Sie stiegen die Treppe hinauf bis zur offenstehenden Tür des Steuerraumes und gesellten sich zu Jurkowski, der auf der letzten Stufe hockte.

Aus dem Steuerraum drang Bogdans monotone Stimme: »Erde, Erde ... We sechzehn, warum schweigen Sie? Erde, Erde ... Hier spricht die *Chius*. We sechzehn, warum schweigen Sie? Ich gebe die Einstellung: eins, zwei, drei, vier, fünf ...«

Stille trat ein. Dauge und Bykow blickten einander an. Jurkowski strich sich nachdenklich über das Kinn. Dann knackten die Umschalter, und nach einer Weile sagte Bogdan seufzend: »Nichts, Anatoli Borissowitsch. Still wie im Grab.«

»Versuchen Sie noch mal auf der langen Welle.«

»Jawohl.«

Nach kurzer Pause ertönte wieder Bogdans Stimme: »Na gut, angenommen, mit den Antennen ist etwas nicht in Ordnung. Aber eine Station wie die auf dem Siebenten Testgelände kann man ja direkt mit dem Rumpf empfangen. Und was soll denn schon mit den Antennen passiert sein? Ich begreife das einfach nicht! Kein Laut, kein Geräusch ... Natürlich hat Ljachow recht. Unsere Geschwindigkeit ist daran schuld ... Erde! Erde! We sechzehn, warum schweigen Sie? Hier spricht die *Chius*! Gebe die Einstellung: eins, zwei, drei ...«

»Vielleicht hat Jurkowski recht, und wir sind tatsächlich in ein vierdimensionales Loch gerutscht«, sagte Jermakow. Jurkowski räusperte sich laut. Jermakow trat zur Tür.

»Sie sind ja alle hier!«

»Ja, Anatoli Borissowitsch. Wir sitzen hier und warten.«

»Und wie denken Sie über die ganze Angelegenheit?«

»Ich habe schon gesagt, wie ich darüber denke ...« Jurkowski zuckte mit den Schultern.

»Kann sein, kann sein ... Aber all diese sogenannten gekrümmten Räume riechen zu sehr nach mathematischer Mystik.«

»Wie Sie wollen«, entgegenete Jurkowski ruhig. »Mir scheint es keine Mystik zu sein. Ich glaube, wir haben den Beweis auf der Hand, dass der gekrümmte Raum objektive Realität ist, die uns in unseren Empfindungen gegeben ist.«

Jermakow schwieg eine Weile.

»Wo ist Michail?«

»In der Messe. Frisst Waffeln.«

»Man müsste ...«

Ein freudiger Schrei Bogdans unterbrach Jermakow. »Sie antworten! Sie antworten!«

Alle sprangen auf. Eine müde, brüchige Stimme drang aus dem Lautsprecher: »Hier We sechzehn! Hier We sechzehn! *Chius*, *Chius*, antworten Sie! *Chius*, antworten Sie! Hier We sechzehn! Gebe die Einstellung: eins, zwei, drei, vier. Drei, zwei, eins. *Chius*, antworten Sie ...«

»Das ist Saitschenko«, murmelte Jurkowski.

Bogdan rief hastig: »We sechzehn, We sechzehn, ich höre Sie gut! Hier *Chius*! Ich höre Sie gut. Warum haben Sie so lange nicht geantwortet?«

»Hier We sechzehn, hier We sechzehn!«, fuhr Saitschenko fort, Bogdans Worte offenbar überhörend. »*Chius*, melden! Warum schweigen Sie? *Chius*, melden! Hier We sechzehn..«

»Wir hören sie, und sie uns nicht«, sagte Dauge. »Das wird ja immer schöner!«

»Hier *Chius*! Ich höre gut!«, wiederholte Bogdan mit mutloser Stimme »Hier *Chius*, höre Sie gut! We sechzehn. Hier *Chius* ...«

»Hier We sechzehn! Hier We sechzehn *Chius*, antworten Sie ...«

Es verging eine Stunde. Immer noch rief das Siebente Testgelände mit monotoner, hoffnungsloser Stimme die *Chius* an, und ebenso monoton und müde antwortete Bogdan. Das Siebente

Testgelände hörte ihn nicht. Der Raum ließ die Funksignale von der Erde zur *Chius* ungehindert durch, sperrte sie jedoch in umgekehrter Richtung. Ruhelos wanderte Jermakow im Steuerraum auf und ab. Jurkowski saß starr und mit geschlossenen Augen vor der Tür. Dauge trommelte ungeduldig mit den Fingerspitzen auf den Schenkeln. Bykow rieb sich seufzend die Knie. An seiner kalten Pfeife nuckelnd, kam Krutikow die Treppe herauf und schritt an den dreien vorbei in den Steuerraum.

»Hier We sechzehn! *Chius*, antworten Sie ...!«

Plötzlich rauschte und knisterte es in dem Lautsprecher, und eine neue, unbekannte Stimme drang in das Raumschiff, erstickt und heiser: »SOS! SOS! Zu Hilfe! Take our pelengs! Take our pelengs!«

Jurkowski erhob sich rasch. Wie angewurzelt blieb Jermakow stehen. Dauge ergriff Bykows Hand.

»Hilfe! Hilfe!«, rief verzweifelt der Unbekannte. »In two, three hours we are done ... The tanks ... Zu Hilfe! Wir ersticken ...« Die Stimme versank in einem unheimlichen Krachen und Heulen.

»Spizyn, zum Peilgerät! Schnell!«, rief Jermakow.

»Sofort ... !«

»Our pelengs... take our pelengs... Unsere Peilzeichen...«

»Wir müssen sofort hin!«, rief Jurkowski.

»Die Frage – wohin?«

»Spizyn, was haben Sie ermittelt?«

Nach einer kurzen Pause antwortete Spizyn in verzweifeltem Tonfall: »Ich kann nichts ermitteln!«

»Was heißt – Sie können nicht?«

»Das Peilgerät funktioniert nicht, Anatoli Borissowitsch.« Bogdans Stimme zitterte. »Überzeugen Sie sich selbst ...«

Wie auf Kommando drängten sich Jurkowski, Dauge und Bykow in den Steuerraum. Bykow blickte Jermakow über die Schulter. Der dünne lange Zeiger kroch schwach vibrierend über das Zifferblatt, ohne irgendwo stehen zu bleiben. Jurkowski stieß einen Fluch aus.

»Hilfe! Hilfe! ... Tasukate kure! Unsere Peilzeichen ...«

Alle blickten sich fassungslos an. Hastig drehte Bogdan die Skalenscheibe des Peilgeräts, bediente allerlei kleine Hebel, schaltete die Zusatzgeräte ein und aus – die Peilung gelang nicht.

»Eine verhexte Stelle«, flüsterte er, sich den Schweiß von der Stirn wischend.

»Eine Schande für uns«, raunte Dauge. »Menschen sterben ...«

Jäh wandte sich ihm Jermakow zu. »Warum sind Sie im Steuerraum? Wer hat das erlaubt? Hinaus mit Ihnen dreien!«

Auf der Treppe hockte sich Jurkowski nieder und stützte sein Kinn auf die Fäuste. Bykow und Dauge stellten sich neben ihn.

»Hilfe! Hilfe!«, rief die heisere Stimme. »Everybody who hear us, help!«

Bykow verhielt den Atem. Er wusste nicht, wer um Hilfe rief, wusste nicht, was da geschehen war, aber mit jeder Faser seines Herzens spürte er die furchtbare Verzweiflung, die aus der Stimme des Rufenden klang.

»Wenn man nur wüsste, wo sie sich befinden«, flüsterte Jurkowski.

»Verflucht!«, rief Dauge wütend. »Hört sie denn wirklich niemand außer uns?«

»Soviel ich weiß, sind gegenwärtig sieben Schiffe unterwegs, doch davon verfügen nur zwei, ein chinesisches und ein englisches, über einige Geschwindigkeitsreserven. Allerdings brauchen auch sie mindestens eine Stunde, um eine neue Bahn zu berechnen ... Merkwürdig, dass wir sie nicht hören.«

»Wen?«

»Na, die anderen ...«

»Nur die *Chius* könnte ohne jegliche Bahnberechnung direkt nach dem Peilstrahl fliegen«, sagte Dauge.

»Ja, wenn wir anpeilen könnten ...«

In der Tür erschien Jermakow. »Gehen Sie in die Kabinen, Genossen«, befahl er. »Legen Sie sich in die Kojen und schnallen Sie sich fest. Wir werden versuchen, aus diesem verdammten Sack herauszukommen. Die Beschleunigung wird um das Vierfache stärker sein als sonst. Dauge, zeigen Sie Bykow, wie man sich bei Überbelastung verhalten muss.«

»Jawohl!«

Jurkowski erhob sich und stieg als Erster die Treppe hinunter. In diesem Augenblick drangen neue Laute aus dem Steuerraum. Eine schneidende feste Stimme fragte in schlechtem Englisch: »Who talks? Hear me? Who talks? Hear me? I taken your pelengs ...«

Der Mann, der um Hilfe rief, erwiderte in höchster Erregung: »I hear you allright!«

»Speak Chinese?«

»No ...«

»Speak Russian?«

»Ja, ja, ich sprechen und verstehen. Sind Sie Russe?«

»Nein. Mit Ihnen spricht der Kommandant des Raumschiffs der ChSR *Yangzi Jiang*, Lu Shi'er.« (»Der gute alte Lu!«, flüsterte Jurkowski.) »Wir hören Sie schon lange, haben aber nur einen Richtfunksender an Bord, und es ist uns jetzt erst gelungen, Sie anzupeilen. Mit wem spreche ich?«

»Professor ... University of Cambridge ... Robert Lloyd. An Bord des Raumschiffs *Star*. Furchtbare Havarie ...«

»Wir sind auf dem Wege zu Ihnen«, teilte Lu mit.

(»Ein Wagehals!« Dauge sah Jurkowski mit großen Augen an.)

»Vielen, vielen Dank ... Wo befinden Sie sich jetzt?«

»Vor einer halben Stunde haben wir von der internationalen Basis auf dem Phobos abgelegt.«

Ein schmerzlicher Aufschrei war die Antwort. »Sie schaffen es nicht. Nein, nein, Sie schaffen es nicht! Wir sind verloren ...«

»Wir werden unser Möglichstes tun. Auf der Basis machen sich Hilfstanker startbereit. Wir werden Sie aus Ihrer Notlage ...«

»Sie schaffen es nicht.« Die Stimme des Engländers klang jetzt fast ruhig. »Sie kommen zu spät. Wir haben Sauerstoff ... nur noch für zwei Stunden.«

»Ja, wo sind Sie denn? Die Koordinaten!«

»Heliozentrische Koordinaten ...«

Der Professor nannte einige Bykow unverständliche Zahlen. Schweigen trat ein. Aus dem Steuerraum drang hastiges Papierrascheln, dann surrte die elektronische Rechenmaschine.

»Das ist im Asteroidengürtel. Ein Drittel Astronomische Einheit vom Mars«, teilte Krutikow schließlich mit.

»Fünfzig Millionen Kilometer«, sagte Jurkowski finster. »Sogar die *Chius*, auch wenn sie in Marsnähe wäre, könnte es nicht schaffen.« Er erhob sich.

»Mir ist alles klar«, ertönte wieder Lus Stimme. »Gibt es denn keine Möglichkeit, wenigstens zehn Stunden durchzuhalten? Überlegen Sie.«

»Nein. Die Glyzerinanästhesatoren sind zerstört, die Luft entweicht ständig – anscheinend hat die Schiffshülle mikroskopische Risse.« Nach einer kurzen Pause fügte der Professor hinzu: »Wir sind nur noch zwei, der andere ist bewusstlos. Wenn es ihn würde retten, würde ich sterben ... von eigener Hand ... Aber jetzt hat das keine Bedeutung.«

»Seien Sie tapfer, Professor!«

»Ich bin ruhig.« Man hörte ein nervöses Lachen. »Oh, jetzt bin ich vollkommen ruhig ... Mister Lu!«

»Ja, Professor?«

»Sie sind der Letzte, der meine Stimme hört.«

»Professer, es sind wahrscheinlich Hunderte von Menschen, die Sie hören ...«

»Ganz gleich, Sie sind der Letzte, mit dem ich spreche. Nach einigen Stunden werden Sie unser Schiff und unsere Leichen finden. Ich bitte und beschwöre Sie, das ganze Material, das wir während dieser Fahrt gesammelt haben, dem Internationalen Astronautischen Kongress zu übergeben. Versprechen Sie es mir?«

»Ja, ich verspreche es Ihnen, Robert Lloyd.«

»Alle, die uns hören, sind Zeugen. Das Material finden Sie in der Aktentasche ... in der Aktentasche aus Krokodilleder. Sie liegt auf dem Tisch im Steuerraum. Hören Sie mich?«

»Ich höre Sie gut, Professor.«

»So. Im voraus vielen Dank, Mister Lu. Jetzt habe ich noch eine Bitte. Wenn Sie zur Erde zurückkehren ... zurückkehren ...« Es folgte eine Pause, man hörte Lloyds hastiges, stoßweises Atmen. »Entschuldigen Sie, Mister Lu ... Wenn Sie zurückkehren, wird Sie wahrscheinlich meine Frau aufsuchen ... und mein Sohn. Richten Sie ihnen meinen letzten Gruß aus ... und sagen Sie ihnen, ich sei auf meinem Posten gewesen, bis zum Schluss. Hören Sie mich, Mister Lu?«

»Ich höre Sie, Professor.«

»Das ist alles ... Leben Sie wohl, Mister Lu! Lebt wohl, alle, die mich hören! Wünsche allen Glück und Erfolg!«

»Verzagen Sie nicht, Professor. Meine Hochachtung vor Ihrem Mut.«

»Wozu solche Worte, Mister Lu ... Hören Sie?«

»Ja, ich höre.«

»Der Peilsender wird weiter arbeiten.«

»Gut.«

»Die Luken werden Sie offen finden.«

Pause.

»Gut, Professor!«

»Das ist wohl alles. Once more, good bye!« Stille trat ein.

»Hätten wir's nicht doch schaffen können?«, fragte Bykow, kaum die starren Lippen bewegend.

Niemand antwortete. Schweigend stiegen sie in die Messe hinab, schweigend setzten sie sich in die Sessel, jeder bemüht, dem Blick des anderen auszuweichen. Bald gesellten sich auch Jermakow und Krutikow zu ihnen. Bykow nahm kaum wahr, was um ihn herum geschah. Seine Gedanken kreisten um das Bild, das ihm sein Vorstellungsvermögen bereitwillig malte: Ein grauhaariger Mann kriecht atemringend den Gang entlang und öffnet eine nach der anderen die massiven Stahltüren. Vor der letzten Tür – der Außenluke – hält er inne und blickt mit glasigen Augen zurück. Am Ende des Ganges ist der Tischrand zu sehen, auf dem sich im Lampenschein eine Tasche aus glänzendem Krokodilleder abhebt. Der Mann streicht mit zitternder Hand über die Stirn und atmet zum letzten Mal die dünne Luft ein.

»Alexej Petrowitsch !«

Bykow zuckte zusammen und schaute auf. Besorgt beugte sich Jermakow über ihn.

»Gehen Sie in Ihre Kabine und versuchen Sie zu schlafen.«

»Geh, Alexej, geh! Du siehst ja ganz verstört aus«, sagte Dauge.

Bykow erhob sich gehorsam und ging hinaus. Als er an der Treppe zum Steuerraum vorüberkam, hörte er, wie Bogdan mit monotoner Stimme wiederholte: »We sechzehn. Hier ist *Chius*. We sechzehn. Hier ist *Chius*. Bitte melden! Bitte melden!«

In der Messe sagte Jermakow seufzend: »Ich kenne Robert Lloyd. Ein guter Raumfahrer. Ein hervorragender Gelehrter ...«

»Ehre seinem Andenken! Er hat sich gut gehalten«, sagte Jurkowski leise.

»Ehre seinem Andenken ...«

Sie schwiegen. Plötzlich sprang Dauge auf. »Verdammt noch mal! Mir scheint, wir stehen still. Wir sind irgendwo hineingerutscht und verschüttet ...«

»Keine Panik, Dauge.« Jermakow lächelte müde.

Es war Mittagszeit, aber niemand hatte Appetit. Der Kommandant erhob sich als Erster, um seine Kabine aufzusuchen. Krutikow legte Jurkowski die Hand auf die Schulter und sagte schuldbewusst: »Ich glaube, du hattest recht, Wolodja.«

»Schon gut«, antwortete Jurkowski. »Aber da gibt es noch ein Rätsel, Genossen.«

Alle blickten ihn fragend an.

»Lu sagte, er habe nur einen Richtfunksender an Bord, stimmt's?«

»Stimmt«.

»Aber wir haben ihn doch gut gehört.«

Michail Antonowitsch riss den Mund auf und blickte verwirrt Jermakow an.

»Aber warum sollten wir denn nicht?«, fragte Dauge.

»Weil wir in einer ganz anderen Richtung von Lu fliegen als Lloyds Schiff, Freundchen. Ein gerichteter Funkstrahl dürfte uns auf keinen Fall erreicht haben.«

Dauge fasste sich an den Kopf. »Genug der Rätsel. Das ist schon beinahe nicht mehr zu ertragen!«

Jermakow und Michail Antonowitsch begaben sich sofort in den Steuerraum und forderten auch Jurkowski auf mitzugehen.

Die Venus aus der Vogelperspektive

Die Funkverbindung setzte vierundzwanzig Stunden später ebenso plötzlich wieder ein, wie sie abgerissen war. Offenbar hatte die *Chius* die »verhexte Stelle« passiert – dieses merkwürdige Gebiet im Raum, das hinsichtlich der Funkwellen noch unbekannte Eigenschaften in sich barg. In der Messe wurde viel über diese Erscheinung diskutiert. Manche der geäußerten Vermutungen waren offenkundig absurd. So erklärte beispielsweise Dauge, dass sie wohl alle einer Massenpsychose erlegen wären. Jurkowski dagegen versuchte eine Hypothese irgendwelcher vierdimensionaler Reflexionen auszuarbeiten, bemüht, mit Hilfe des besten Mathematikers an Bord, Michail Antonowitsch Krutikow,

»einen physikalisch korrekten Begriff« für einen Raumabschnitt zu finden, der die elektromagnetischen Schwingungen nur in einer Richtung durchließe. Was Bykow betraf, so kränkte ihn anfangs der Gleichmut der Kameraden gegenüber Lloyds Tod. Er empfand es geradezu als eine Lästerung, dass sie über Theorien und Formeln sprachen, obwohl sie erst vor zwei Stunden Zeugen eines solchen Unglücks gewesen waren. Die Havarie der *Star* hatte ihn zutiefst erschüttert. Wie betäubt wanderte er durch das Schiff und konnte sich nur mit Mühe zwingen, auf Fragen zu antworten und Jermakows kleine Aufträge zu erfüllen.

Bis zu dem Punkt, wo das Raumschiff der Venus begegnen sollte, blieben noch fünfzehn bis zwanzig Millionen Kilometer. Der Flug näherte sich seinem Ende. Bald kam der schwierigste Augenblick der Expedition – die Landung auf der Oberfläche der Venus. Mit wenigen Ausnahmen war das bisher nicht einmal den besten Raumfahrern der Welt gelungen. Und nicht Tadel, sondern Nachahmung und höchstes Lob verdienten Menschen, die sich mit gut trainierter Willenskraft zwangen, die durchstandenen Prüfungen, sogar die jüngsten, zu vergessen und ihr ganzes Augenmerk auf die künftigen zu lenken. Das war es, was Bykow zunächst nicht begriffen hatte. Doch nun sah er in seinen Gefährten Kämpfer, die zum Angriff angetreten waren: Nachdem sie ihre Toten zurückgelassen und in aller Eile die frischen Wunden verbunden hatten, bereiteten sie sich zum letzten, entscheidenden Schlag vor, der ihnen den Sieg bringen sollte ... oder den Tod. Dabei sprach niemand, nicht einmal Jurkowski, gefühlvolle Worte oder nahm effektheischende Posen ein. Alle blieben ruhig und sachlich. Und aus ihren Bemühungen, das Geheimnis der »verhexten Stelle« zu enträtseln, sprach lediglich die natürliche Sorge um die, die ihnen folgen würden.

Bykows Hochachtung vor den Kameraden äußerte sich darin, dass er sie mit einem herrlichen Pilaw überraschte, und Michail Antonowitsch kam nach dem Abendessen zweimal in die Kombüse gerannt, das zweite Mal – vom Wachdienst, um sich einen Nachschlag zu holen, wobei er von Jermakow ertappt und streng gerügt wurde.

Sofort nach Wiederaufnahme der Verbindung mit der Erde sandte Jermakow einen Funkspruch, in dem er mit klaren, knappen Worten die unerklärliche Anomalie schilderte und das aufgefangene Gespräch zwischen Professor Lloyd und Lu durchgab.

»Na, Sie haben uns aber zappeln lassen!«, sagte Saitschenko, vor Erregung schluckend. »Vera Nikolajewna hätte beinahe den Verstand verloren. Und die *Star* ...« Seine Stimme wurde leise und ernst. »Davon wissen wir schon, die ganze Welt weiß es. Lu hat das englische Schiff erreicht und die Leichen der Verstorbenen sowie die Papiere geborgen.«

»Was ist auf der *Star* eigentlich passiert?«

»Genaues weiß man nicht, aber es wird angenommen, dass der Reaktor explodiert ist. Der Maschinenraum war völlig zerstört. Lu hat uns über Bildfunk ein Foto gezeigt.«

»Wie viele sind umgekommen?«

»Lu hat zwei vorgefunden. Aus England wurde mitgeteilt, dass acht Mann an Bord waren.«

»Ehre ihrem Andenken.«

»Ehre ihrem Andenken ...«

Sie schwiegen.

»Was denken Sie über die Ursachen der Funkunterbrechung, Anatoli Borissowitsch?«

»Ich bin noch zu keinem Schluss gelangt.«

»Na ja, gewiss ... es gibt wenig Anhaltspunkte. Vielleicht spielt hier die Geschwindigkeit der *Chius* eine Rolle. Ich glaube, Ljachow hat sich in diesem Sinne geäußert.«

»Das ist mir bekannt.«

»Oder Sie sind in eine dichte Wolke metallischen Staubes geraten.«

»Das erklärt nichts. Überlassen wir die Entscheidung lieber den Fachleuten. Was macht Krajuchin?«

»Ist wieder wohlauf. Wollte unbedingt hierher auf die Station kommen, doch die Ärzte erlauben es ihm vorerst nicht. Bei uns regnet es jetzt.«

»Grüßen Sie ihn recht schön von uns allen, insbesondere von mir.«

»Wird gemacht, Anatoli Borissowitsch. Ach so ... hätte es beinahe vergessen. Hier liegt ein Zettel von ihm, schon seit zwei Tagen.«

»Warum haben Sie das nicht gleich gesagt? Lesen Sie ...«

»Sofort. Also: ›Anatoli, vergiss alles, was ich damals gesagt habe. Sicherlich werde ich alt und schwach. Ka.‹«

»Wie?«

»Ka. Der Buchstabe K statt der Unterschrift.«

»Verstehe. ›Vergiss alles, was ich damals gesagt habe.‹«

»Ja. ›Vergiss alles.‹«

Jermakow warf einen Seitenblick auf Spizyn, der mit dem Rücken zu ihm am Pult saß.

»Verstehe. Wir hatten einen kleinen Streit ... Sonst noch was?«

»Nein, das ist alles, Anatoli Borissowitsch. Bleiben die Funkzeiten die alten?«

»Jawohl. Auf Wiederhören. Ende.«

In der Schiffsmesse erwartete Jermakow ein seltsamer Anblick. Der Tisch war von großen Bögen Packpapier bedeckt, auf denen irgendwelche metallischen Gegenstände glänzten und weiße Lappen lagen. Es roch nach Waffenöl. Am Tisch stand Bykow und gab mit sichtlicher Begeisterung Dauge irgendwelche Erklärungen; dieser betrachtete interessiert Bykows Hände. Auf dem Sofa saßen Jurkowski und Michail Antonowitsch. Auch sie verfolgten, was Bykow tat – der eine mit gespieltem Desinteresse, der andere mit sichtlicher Neugier, in die sich Sorge mischte.

»Da«, sagte Bykow, »diese Gabel dient dazu, das Schloss zu arretieren. Hier – siehst du – stecken wir diesen kleinen Bolzen hinein, schieben ihn auf diese Feder ...«

Er verstummte, senkte den Kopf, und unter seinem abgespreizten Ellenbogen blitzte dunkles poliertes Holz auf.

»So. Dann nehmen wie das Griffstück und ...«

Klack-klack.

»... fertig. Hast du die Mechanik verstanden? Jetzt bau deine zusammen.«

»Womit befassen Sie sich denn hier?«, erkundigte sich Jermakow und trat näher heran.

Bykow erklärte verlegen: »Nun ja ... Weil wir bald an Ort und Stelle sind, habe ich beschlossen, die Waffen in Schuss zu bringen. Sie vom Konservierungsfett zu befreien, und so. Und Dauge wollte wissen ...«

»Ich halte zum ersten Mal im Leben eine Maschinenpistole

in den Händen, Anatoli Borissowitsch«, sagte Dauge. »Ich habe Bykow gebeten, mich einzuweisen.«

»Ich verstehe übrigens auch nicht viel von Waffen«, bemerkte Jermakow. »Und Sie, Wladimir Sergejewitsch?«

Jurkowski lächelte. »Was gibt es da zu lernen? Zielen, Abzug drücken und ballern, solange Patronen im Magazin sind.«

»Hm ... Und Sie, Michail Antonowitsch?«

»Ich ... schaue es mir an, sozusagen.«

»Machen Sie bitte weiter, Alexej Petrowitsch, ich werde auch zuschauen.«

Jermakow rückte einen Stuhl heran und setzt sich. Ja, hier gab es etwas zu sehen. Der schüchterne Fahrer war wie ausgewechselt. Seine Unsicherheit war verschwunden, die Angst, irgendetwas falsch zu machen. Die geschickten Finger legten Bauteile ein, verbanden und befestigten sie mit schnellen, exakten Bewegungen, und die auf dem Tisch verstreuten, sonderbar geformten Metallteile schien wie von selbst an ihre Plätze zu rücken und verwandelten sich in eine bedrohliche Waffe.

Jermakow betrachtete Bykow mit unwillkürlicher Faszination – wie damals, als sie nach der Feuerprobe in dem geschwärzten Transportfahrzeug zurückgekehrt waren. Der Fahrer schaute nicht auf das, was seine Hände taten. Die winzigen grauen Pupillen wanderten ruhig von einem Gesicht zum anderen, und die Hände agierten wie ein selbständiger, unabhängig vom Menschen existierender Organismus.

»So ... und so.« Bykow ließ das Schloss klacken und zog die MPi an die Schulter. »Fertig, Feuer frei auf die Feinde der Arbeiterklasse ...«

»Geben Sie mal her«, verlangte Jurkowski überraschend.

Die improvisierten Übungen dauerten bis zum Mittagessen. Als es Zeit wurde, den Tisch zu decken, war jedes Besatzungsmitglied schon imstande, eine MPi auseinanderzunehmen und zusammenzusetzen sowie einfache Hemmungen zu beseitigen.

»Wir werden noch den Umgang mit Pistole und Granate lernen müssen«, sagte Bykow, während er die Hände an einem Lappen abwischte.

»Nach dem Essen?« Dauge warf Jermakow einen fragenden Blick zu. Der nickte zum Zeichen des Einverständnisses.

»Ich verstehe das nicht«, sagte Jurkowski etwas gereizt und betrachtete kritisch einen großen Fettfleck auf dem Ärmel seines neuen Seidenhemdes. »Ich verstehe nicht, wozu das alles nütze sein soll.«

»Krajuchin hat befohlen, Waffen mitzunehmen«, sagte Bykow missmutig. »Und er wird schon wissen, was er tut.«

»Und was denken Sie selbst?«

»Hm ... Es könnte dort irgendwelche Tiere geben ... oder Ungeheuer. Ich habe gehört, dass man auf irgendeinem Planeten auf welche gestoßen ist.«

»Das war auf der Kallisto ... Auf dem Jupitermond«, sagte Dauge. »Aber dort ist man auch ohne Waffen klargekommen.«

»Jedenfalls«, bemerkte Jermakow, »ist es mit Waffen besser als ohne. Sie stören nicht, und vielleicht werden sie nützen.«

»Was haben Sie denn noch in Ihrem Arsenal?«, erkundigte sich Jurkowski. »Außer diesen MPis, Pistolen, Bomben ...«

»Da sind noch finnische Messer ...«

»Uff!«

»... und Atomminen.«

»So. Und tragbare Bomber oder einen Westentaschen-Kreuzer haben Sie nicht? Schön, geben Sie ihre Schreckschussdinger her und zeigen Sie, wo sie hin sollen.«

Jurkowski klemmte sich zwei MPis unter die Arme und ging zusammen mit Bykow hinaus. Jermakow und Dauge wechselten Blicke und lächelten.

Es wird Zeit, sich von Machow die Peilung geben zu lassen«, sagte Spizyn beim Mittagessen.

»Ist es nicht ein bisschen zu früh?«, wandte Jermakow ein. »Wir haben ja noch zehn Stunden in Reserve.«

»Mit Ihrer Erlaubnis, Anatoli Borissowitsch – fangen wir lieber etwas eher an. Die Sache ist neu, und es wäre gut, mehr Daten zu haben als sonst.«

Bykow erkundigte sich halblaut, worum es ginge.

»Die *Chius* nähert sich der Venus«, erklärte Dauge. »Wir müssen jetzt die Bahn zum *Ziolkowski* berechnen.«

»Zum *Ziolkowski*? Zum künstlichen Satelliten der Venus? Und warum?«

»Wieso warum? Um ihn anzufliegen, versteht sich.«

»Ach ... Und ich dachte, wir würden gleich zur Venus fliegen und mit dem *Ziolkowski* nur die Funkverbindung aufrechterhalten.«

»Du hast es aber eilig! Man muss sich doch mit Machow, dem Chef des *Ziolkowski*, über die Zusammenarbeit einigen.«

»Werden wir dort lange bleiben?«

»Ich weiß es nicht ... Anatoli Borissowitsch, wie lange werden wir beim *Ziolkowski* bleiben?«

»Fünf bis sechs Stunden, nicht länger. Wir übergeben die Post, Bücher, Obst, führen eine Beratung durch und fliegen weiter.«

»Klar. Übrigens, Alexej, dort wirst du die Schwerelosigkeit zur Genüge kennenlernen. Auf den Anblick freu ich mich schon jetzt, ha, ha!«

Bykow dachte an seine unliebsamen Erfahrungen auf diesem Gebiet und beugte sich tief über seinen Teller.

Die Annäherung der *Chius* an den *Ziolkowski* dauerte länger als drei Stunden und bereitete der Besatzung manche Ungelegenheit. Die Piloten bekamen wieder gehörig zu tun, denn die Bahnebene des *Ziolkowski*, der in einigen Tausend Kilometern Entfernung um die Venus kreiste, verlief fast lotrecht zur Bahnebene des Planeten. Doch die Aufgabe wurde gelöst, und auf einer immer enger werdenden Spirale näherte sich das Raumschiff dem Punkt, wo zu einer bestimmten Zeit der *Ziolkowski* vorüberziehen musste. Die »Passagiere« verbrachten diese Stunden, an die Sessel geschnallt, in der Messe und fühlten sich bald leicht wie Luftballons, bald schwer wie Bleiklumpen. Bykow kam es vor, als schwinge er in einer phantastischen Schaukel. Mal klammerte er sich an die Armlehnen, aus Angst, gegen die Decke zu fliegen, mal riss er den Mund auf, vergeblich bemüht, Luft zu holen, und spürte deutlich, wie seine Rippen die Lunge zusammenpressten. Doch alles nimmt einmal ein Ende. Anscheinend waren die Piloten zu dem Schluss gekommen, die Passagiere hätten genug gelitten, die Manipulationen mit der Beschleunigung hörten auf, und in einem ohnehin schon unangenehmen Augenblick stürzte die Schaukel, statt erneut in die Höhe zu steigen, jäh in einen bodenlosen Abgrund.

»Alles in Ordnung!«, drang Spizyns Stimme aus dem Lautsprecher. »Sie können sich abschnallen. Der *Ziolkowski* liegt hundert Kilometer von uns entfernt, die Venus – dreitausend.«

»Warte mit dem Abgurten, Alexej«, sagte Dauge und schnallte sich eilig los. An den Streckleinen und festgeschraubten Möbeln Halt suchend, zog er gemeinsam mit Jurkowski sehr geschickt einige Nylonschnüre durch die Messe, zusätzlich zu den Griffstangen an den Wänden. Auch im Gang, im Steuerraum und in den Kabinen wurden Schnüre angebracht.

»Jetzt kannst du dich freimachen.«

Bykow erhob sich vorsichtig, schwebte aber unerwartet empor und blieb in der Luft hängen, an die Sessellehne geklammert. Sein Gesicht wurde dunkelrot. Schief lächelnd und ohne jemanden anzuschauen, erfasste er die Schnur, strampelte unbeholfen und landete auf dem Fußboden.

»Na, so ein Blödsinn ...«, knurrte er ärgerlich.

»Wie ist es, Alexej Petrowitsch«, sagte Krutikow, der gerade hereinkam, »wäre es nicht angebracht, ein extra gutes Abendessen zu kochen und die Jungs vom *Ziolkowski* zu bewirten?«

»Gleich«, stieß Bykow mit Mühe hervor.

»Nicht doch, Aljoscha!« Krutikow lachte. »So einfach ist das nicht. Wirst wohl noch ein Weilchen warten müssen.«

»Wieso?«

»Hast du überhaupt eine Ahnung, wie man unter solchen Verhältnissen kocht? Wenn das Wasser, statt zu fließen, als Blase durch die Küche schwebt, wenn die Schnitzel wie toll gewordene Frösche aus der Pfanne hüpfen und ungebraten in der Luft umhersegeln ...«

Ein starker Stoß unterbrach ihn. In der Wandpolsterung knirschte es. Die ganze Messe wankte.

»Was ist denn das schon wieder?«, brummte Dauge.

Bykows Blick traf auf die erstarrten Augen Krutikows. Kleine Schweißperlen bedeckten jäh die Stirn des Navigators.

»Heiß die Gäste willkommen, Michail Antonowitsch!«, ertönte plötzlich die fröhliche Stimme Bogdans aus dem Gang. »Tölpel, verdammte!«

Dauge blies geräuschvoll die Luft aus, und Michail Antonowitsch zog mit zitternder Hand das Taschentuch hervor.

»Aber richtige Tölpel«, sagte er, nach Atem ringend. »So kann man einen Menschen für sein ganzes Leben zum Krüppel machen ... zum Stotterer ...« Er steckte das Tuch wieder ein und hangelte rasch an den Schnüren entlang in den Gang.

Dauge murmelte unzufrieden: »Fast jedes Mal passiert so etwas, und immer rutscht mir dabei das Herz in die Hosen.«

»Was ist denn eigentlich geschehen?«, fragte Bykow.

»Eine kleine Rakete vom *Ziolkowski* hat angelegt. Ein ›Raumtaxi‹, bitte sehr. Bravourstückchen ... Wahrscheinlich ist es Machow, der uns seine Aufwartung machen will ... Halt, wo fliegst du denn hin, Alexej? Bleib noch ein Weilchen ...«

Bykow hatte eine unvorsichtige Bewegung gemacht, er flog zwischen den Schnüren hindurch, stieß gegen die Decke und segelte mit ausgebreiteten Armen wieder hinab. Dauge erwischte ihn am Fuß, riss ihn geschickt herum und stellte ihn wieder auf die Beine.

»Nicht so stürmisch, du Engel! Erinnerst du dich an die Formel – einhalb em vau-quadrat? Ein Glück, dass es wenigstens einhalb ist, sonst hättest du dir jetzt deinen hitzigen Schädel eingeschlagen.«

Bykow ließ sich von Neuem in dem rettenden Sessel nieder, fest entschlossen, ihn so lange nicht zu verlassen, bis die »verdammte Schwerelosigkeit« aufgehört hätte. In diesem Augenblick entstand im Gang Getümmel, Hände klatschten ineinander. Bykow vernahm frohe Ausrufe und, wie es ihm schien, sogar Kusslaute.

»Seid gegrüßt, Freunde! Wie geht's euch, Landsleute, Erdenbürger?«, dröhnte eine lebhafte Bassstimme. »Grüß dich, Michail Antonowitsch, altes Haus! Du bist ja ganz abgemagert, du Ärmster!«

»Grüß dich, Machow, mein Bester! Komm, lass dich küssen und gleich hinterher bestrafen wegen Verletzung der kosmischen Verkehrsregeln ...«

»Ah! Bogdan! Aber schimpf doch nicht gleich bei der Begrüßung ... Anatoli Borissowitsch, endlich sehe ich Sie mal wieder! Bitte machen Sie sich bekannt: Mein Stellvertreter, Ingenieur Stirner, Grigori Moissejewitsch. Er wird unmittelbar mit Ihnen arbeiten.«

»Hab schon gehört, ausgezeichnet ...«

»Freue mich, Sie kennenzulernen.« Die Stimme des Ingenieurs klang trocken und scharf.

»Ich darf Sie in die Messe bitten«, lud Jermakow ein.

»Aber nein, ihr Lieben! Wir nehmen die Post und fahren gleich alle zu uns. Wir warten ja schon so sehnsüchtig auf euch.«

»Pardon, Pjotr Fjodorowitsch. Diesmal werden wir uns auf ein Gespräch hier an Bord der *Chius* beschränken. Wir besuchen Sie auf dem Rückweg.«

Alle schwiegen betreten.

»Das hätte er nicht sagen sollen«, flüsterte Dauge, mit runden Augen zur Tür starrend. »Es sind genau die Worte Tachmasibs ...«

Bykow wurde es unbehaglich zumute.

»Ich weiß, ich weiß, was Sie denken!«, fuhr Jermakow mit leichtem Lächeln fort. »Man soll nicht abergläubisch sein. Eile tut not.«

»Wie Sie wünschen, Anatoli Borissowitsch«, entgegnete Machow verwirrt. »Wohin gehen wir jetzt, wenn ich fragen darf?«

»Hier hinein, bitte ... Kommen Sie, Grigori Moissejewitsch.«

Die Gäste – der große, schwere Machow und der hagere Stirner, der neben seinem Vorgesetzten wie ein Halbwüchsiger wirkte, beide in weichen, abgeschabten Kombinationen mit zurückgeklappten durchsichtigen Helmen – traten als Erste ein. Stirner trug eine Aktentasche unter dem Arm.

»Guten Tag, Genosse Dauge«, dröhnte Machows Bass. »Und das ist sicherlich Genosse Bykow, nicht wahr?«

In weiser Voraussicht die linke Hand an der Schnur lassend, drückte Bykow den beiden Eingetretenen die Hand. Alle nahmen am Tisch Platz.

»Also, Pjotr Fjodorowitsch«, sagte Jermakow, »zeigen Sie, was Sie da haben.«

Machow räusperte sich geräuschvoll, Stirner klappte die Mappe auf, und die Beratung begann. Alle äußerten sich knapp und genau, meistens in Formeln und mathematischen Fachausdrücken, wobei sie sich der Karten und Berechnungen bedienten, die Stirner mitgebracht hatte. Es ging darum zu gewährleisten, dass die *Chius* möglichst nahe an den Grenzen der Urangolkonda landete und dass die Verbindung auch nach der Landung nicht abriss. Machow, Stirner und ihre Kollegen auf den beiden anderen künstlichen Satelliten hatten in allen Einzelheiten ein Peilsystem ausgearbeitet, mit dessen Hilfe die *Chius* bis zu einer Stelle geleitet werden sollte, die höchstens fünfzig bis hundert Kilometer von den Grenzen des Atomvulkans entfernt lag. Dieses System war zwar noch nicht in der Praxis erprobt worden, doch die Übungsläufe berechtigten zur Hoffnung auf Erfolg.

»Von uns wird jetzt maximale Genauigkeit verlangt«, sagte Stirner, mit dem Finger auf die Zeichnung klopfend. »Und von Ihnen, Genossen, Aufmerksamkeit und Manövriervermögen. Soviel ich weiß, ist die *Chius* in ihren Bewegungen nicht so begrenzt wie eine gewöhnliche Impulsrakete. Sie wird sich daher ungeachtet aller Zufälligkeiten streng an die Peilsignale halten können. Aber, ich wiederhole: in erster Linie Aufmerksamkeit! Wenn das Schiff auch nur einen Deut von dem Funkstrahl abweicht, gehen Sie das Risiko ein, Tausende Kilometer vom Kurs abzukommen.«

Wie er weiter ausführte, sollte die *Chius* im Schnittpunkt dreier Funkstrahlen zu der nach Meinung der Fachleute günstigsten Stelle geleitet werden. Zehn bis fünfzehn Kilometer über der Venusoberfläche verschwänden die Peilzeichen: Sie würden entweder völlig verschluckt oder nach oben reflektiert. Aus dieser Höhe müsse das Schiff senkrecht niedersteigen. Ernste Komplikationen seien nicht ausgeschlossen: Die heimtückische Atmosphäre der Venus könne die Signale verzerren. Deshalb würden Kontrollsender arbeiten.

Spizyn und Jermakow notierten sich die Zahlen, verglichen ihre Berechnungen mit denen Stirners und erklärten, dass sie keine Fragen mehr hätten. Machow ging zum nächsten Punkt über. Da es wahrscheinlich nicht gelingen werde, nach der Landung eine zuverlässige Funkverbindung herzustellen, müsse man sich über ein optisches Signalsystem einigen. Für den Funk würden zwei Hauptsignale genügen: das erste – »Lebensmittel und Trinkwasser«, das zweite – »Ersatzteile, Energiequellen«. Die Liste der Ersatzteile und der notwendigen Apparaturen sei bereits zusammengestellt.

»Wir haben Ihnen transportable Abschussvorrichtungen und zwei kleine Raketen mit Atomladung mitgebracht. Wenn etwas Schlimmes passiert – toi, toi, toi – und unsere Hilfe erforderlich ist, schicken Sie eine dieser Raketen herauf, senkrecht über sich; sie explodiert in einer Höhe von etwa zweihundert Kilometern. Natürlich dürfen Sie nicht in jedem beliebigen Augenblick schießen. Hier haben Sie eine Zeittabelle. Zu den angegebenen Minuten werden unsere Leute sorgfältig den Abschnitt über Ihrer Landestelle beobachten.«

»Na, und weiter?«, drängte Jermakow.

»Wir werden Ihnen helfen, wenn Sie in Not sind.«

»Auf welche Weise?«

»Wir schicken Ihnen alles Erforderliche mit automatischen Raketen. Die Raketen werden genau auf Ihr Peilsignal zusteuern.«

»Ausgezeichnet!« Jermakow nickte. »Und wozu die zweite Signalrakete?«

»Sie lassen zwei Raketen hintereinander aufsteigen, wenn die Landung unglücklich verlaufen ist und das Schiff ernsthafte Beschädigungen erlitten hat.«

Eine Pause trat ein.

»Es ist sehr leicht möglich, dass dann niemand mehr die Raketen abschießen kann«, bemerkte Dauge stirnrunzelnd.

»Ganz so pessimistisch bin ich nicht«, erwiderte Machow sanft.

Nach der Beratung beugte sich Dauge zu Bykow und sagte: »Komm, Alexej, gehen wir die schöne Venus betrachten. Jermakow hat erlaubt, dich hinauszulassen.«

Zehn Minuten später standen sie, von plumpen Panzern mit durchsichtigen Helmen umschlossen, in dem kubischen Schleusenraum vor der Außenluke. Dauge verriegelte fest die Innentür, schaltete die Vakuumpumpe ein und wandte sich dem in der Wand angebrachten Manometer zu. Der dünne Zeiger rückte in ungleichmäßigen Sprüngen nach unten. Als er stehen blieb, schob Dauge den breiten Stahlriegel zur Seite, und die dicke gerippte Klappe sprang geräuschlos auf.

Bykow war auf ein Bild gefasst, wie es oft in Reportagen, Zeitungsartikeln und Romanen beschrieben wurde: ein schwarzvioletter, mit leuchtenden Sternpunkten übersäter Abgrund. Stattdessen erhellte trübes gelbrosa Licht die runde Lukenöffnung. Das Raumschiff schwebte über einer riesigen mattleuchtenden Nebelkuppel. Auf schimmerndem, orangefarbenem Grund krochen graue Schatten umher; näherten sich einander und entfernten sich wieder, flossen zu Ringen zusammen und zerstoben zu vagen, verschwindenden Flecken. Näher zum Rand wurde die Kuppel dunkler, doch ihre Konturen waren verschwommen; das Orange ging unmerklich in ein verwaschenes Lila und schließlich in völlig undurchdringliches Schwarz über. Im Zentrum aber flochten sich feinste rosa, gelbe und graue Nebelbänder ineinander, ohne sich jedoch zu vermischen; mal waren sie deutlich zu erkennen, mal zogen eintönige graubraune Schleier über sie hinweg ...

So sieht sie also aus, die Venus, der »furchtbarste Planet des Sonnensystems«! Bykow begriff, dass diese beweglichen bunten Schatten, so harmlos sie aus der Entfernung von einigen Tausend Kilometern auch erschienen, nichts anderes waren als ungeheure Veränderungen in der Atmosphäre – Stürme, Taifune, Wirbelwinde, denen an Kraft und Geschwindigkeit auf der Erde nichts gleichkam.

Da wurde ein langer grauer Fleck zusehends schmaler, krümmte und wand sich zu einem Ring. Man konnte sich den gigantischen Trichter und die riesigen Wolkenmassen vorstellen, die mit phantastischer Geschwindigkeit in seinem Innern herumwirbelten. »Sieht nicht gerade einladend aus«, fielen Bykow Ljachows Worte ein. Er konnte sich nicht losreißen von diesem furchterregenden und erhabenen Schauspiel.

Dort unter der brodelnden Wolkenhülle verbarg sich eine ganze Welt mit Bergen und Wüsten, vielleicht auch mit Meeren und Ozeanen. Dort irgendwo lagerten die Schätze, die zu erforschen die Besatzung der *Chius* ausgeschickt war, dort lagen die Trümmer der ferngelenkten Mechanismen und zerschmetterten Raumschiffe, die Gebeine der tapferen Männer ... Ein Gefühl gleich abergläubischer Furcht regte sich in Bykows Herzen. Er dachte daran, mit welcher Wut dieser Planet alle Versuche, ihn zu bezwingen, abgewehrt hatte. Doch der Mensch ist klüger und stärker als die Natur. Er ist kühn und hartnäckig. Und sollte es der Besatzung der *Chius* beschieden sein, dort unten ihr Leben zu lassen, so würde das keinen Augenblick die nächsten Venusfahrer abschrecken.

Von links her kroch rasch ein schwarzer Schatten mit stark ausgebuchtetem Rand über die Kuppel.

»Wir kommen auf die Nachtseite«, vernahm Bykow Dauges Stimme im Helm.

Die *Chius* tauchte in den Schattenkegel der Venus. Es wurde finster, nur ein trüb leuchtender Nebelring deutete die Ränder des Planeten an. Doch bald traten auf dem verdunkelten Grund schwache rosa Lichtreflexe hervor.

»Was mag das sein?«, fragte Bykow.

Dauge beugte sich vor und spähte angestrengt. »Sicherlich Vulkane. Ich habe gehört, dass es in einigen Gebieten der Venus ununterbrochene vulkanische Tätigkeit geben soll. Genaueres weiß vorläufig noch niemand. Man nimmt es nur an ...«

Sie verließen die Schleuse, als es zur Linken wieder hell wurde und sich eine riesige gelbe Sichel abzeichnete.

»Ja ...«, sagte Bykow sinnend. »Aber wo ist der *Ziolkowski*? Ich hätte mir auch ihn gern einmal angeschaut.«

»Von der Luke aus ist er nicht zu sehen, Alexej. Die *Chius* hat ihre Luken der Venus zugekehrt, und der *Ziolkowski* schwebt über uns. Für dich ist es noch zu früh, über die Schiffshülle zu klettern. Gedulde dich, du wirst ihn auf dem Rückweg zu sehen bekommen ...«

Bykow musste an Dauges Bemerkung über Jermakows ähnlich lautende Worte denken, seufzte und schwieg.

In der Messe wurden sie bereits erwartet. Jermakow lud alle zu einem kleinen Imbiss ein. Es war das erste Essen unter schwerelosen Bedingungen, und Bykow wünschte insgeheim, es möchte auch das letzte sein. Die Raumfahrer nuckelten an elastischen Saugern, die durch biegsame Röhrchen mit geschlossenen Kunstharzgefäßen verbunden waren. Brotscheiben und Belag nahmen sie aus Gitterkörben, die sofort wieder sorgfältig zugehakt werden mussten. Kurzum, der Fahrer des *Knaben* wäre gewiss hungrig geblieben, hätte sich Krutikow nicht wohlweislich neben ihn gesetzt und ihn betreut.

Bei Tisch wurde über die Arbeit auf dem künstlichen Satelliten gesprochen, über Pläne, ganze Armaden von *Chiussen* zu schaffen, über die Notwendigkeit spezieller konsultativer Sendungen für die Fernstudenten auf den künstlichen Satelliten. Machow beklagte sich über einen begriffsstutzigen Versorgungsmann, der ihm eine ganze Kiste Mikrofilme über die Technik des Skisports geschickt hatte. Stirner erzählte lachend, dass jemand Mäuse auf den *Ziolkowski* eingeschleppt habe. »Jetzt bitten wir flehentlich um eine Katze. Stellen Sie sich die zwerchfellerschütternde Attraktion vor: Katze jagt Maus unter schwerelosen Bedingungen.« Dann unterhielt man sich noch ausgiebig über die Konzerte eines berühmten indonesischen Ensembles und über die neue Symphonie des Swerdlowsker Komponisten Gadalow »Der Weg zu den Sternen«, die alle tief bewegt hatte. Es wurde viel gewitzelt und gelacht. Über die schweren Prüfungen, die den Mitgliedern der Expedition unmittelbar bevorstanden, fiel kein einziges Wort.

Jermakow warf einen Blick auf die Uhr, und Machow erhob sich eilig.

»Es ist Zeit, Genossen.«

Alle standen auf und verabschiedeten sich. Machow umarmte die Raumfahrer der Reihe nach, und Bykow bemerkte mit Unruhe, wie die Wangen des lebhaften Mannes plötzlich einfielen und sein Gesicht sich gelblich verfärbte. Stirner war die Erregung kaum anzumerken.

»Vergessen Sie nicht«, sagte Jermakow, »dass Sie mit Ihrem Taxi mindestens fünfzig Kilometer von uns abkommen müssen, sonst können Sie von dem Photonenstrahl erfasst werden.«

»Da machen Sie sich mal keine Sorgen«, knurrte Machow. »Na, lebt wohl ... Auf Wiedersehen, Freunde. Viel Erfolg!«

Er drehte sich um und gelangte, behände an den Schnüren nachgreifend, in den Gang. Stirner winkte noch einmal und folgte ihm. Klirrend schloss sich die Außenluke. Es wurde still.

»Wir haben ihnen ja gar nicht von der kosmischen Attacke erzählt«, sagte Jurkowski plötzlich.

Jermakow blickte ihn abwesend an. »Ach so, ja ... Ist auch nicht weiter wichtig. Ich bitte, machen Sie sich bereit ... Spizyn, kommen Sie.«

Bykow wandte sich im Flüsterton an Dauge: »Bleibt denn Michail Antonowitsch hier?«

»Ja. Jetzt hat er im Steuerraum nichts zu tun.« Dauge schüttelte den Kopf, als wolle er einen lästigen Gedanken verscheuchen. »Auf die Plätze also?«

Michail Antonowitsch und Jurkowski saßen bereits in den Sesseln und hantierten an den Gurten. Dauge half Bykow beim Anschnallen, dann entfernte er die Halteschnüre und blieb unschlüssig mitten in der Messe stehen.

»Na? Worauf wartest du?«, rief Jurkowski gereizt. »Noch zehn Minuten«, ertönte Jermakows Stimme. Dauge nahm eilig seinen Platz ein.

Und wieder wurde es still. Bykow schloss die Augen, und Erinnerungen überwältigten ihn. Pechschwarze mittelasiatische Nacht, ein in der Dunkelheit matt schimmerndes weißes Kleid, zarter Parfümduft … und das liebe sanfte Antlitz. Wie weit lag das alles zurück! Ein schwerer Kloß würgte ihn, und er musste zwei-, dreimal energisch schlucken.

»Achtung, Abstieg!«, krächzte es heiser aus dem Lautsprecher.

Der Fußboden schwankte, die Sessellehnen stemmten sich schwer gegen die Schultern. Das anschwellende Brüllen des Reaktors schlug in die Ohren und erfüllte den ganzen Raum.

Machow und Stirner sahen durch das runde Bullauge des »Taxis«, wie aus dem Raumschiff, das gleich einer erstarrten schwarzen Qualle vor der orangeroten Venusscheibe hing, eine matte Flamme hervorschoss. Gleich danach blitzte eine grelle bläuliche Sonne auf. Als sie die Augen wieder öffneten, war die *Chius* bereits verschwunden, nur ein leichtes Nebelwölkchen zerfloss an jener Stelle, wo sie sich eben noch befunden hatte.

»Unser Leben ist voller Überraschungen«

Niemand an Bord der *Chius* erging sich in Hoffnungen auf eine schnelle und leichte Landung. Seinerzeit beim Rechenschaftsbericht über die Expedition Tachmasibs hatte Jermakow erzählt, wie schwer es gewesen sei, die Rakete durch die Venusatmosphäre zu führen, wie sie gleich einem Holzspan im Strudel herumgewirbelt war und welch übermenschlicher Anstrengungen es bedurft hatte, sie mit den Düsen nach unten zu halten. Unter solchen Bedingungen waren die vollkommensten gyroskopischen Einrichtungen, die in ruhigeren Atmosphären das Schiff automatisch in der richtigen Lage hielten, nutzlos, ja sogar gefährlich …

Der Besatzung der *Chius* blieb nichts anderes übrig, als sich auf die Peilung der künstlichen Satelliten zu verlassen, die sehr ungenau war und außerdem jeden Augenblick abreißen konnte. Die Ortungsgeräte der Meteoritenschutzanlage fielen in den elektrischen Feldern der Venusatmosphäre aus, und das Schiff konnte jeden Augenblick mit voller Wucht auf irgendeinen Felsengipfel stürzen. Die Stürme und Luftwirbel mussten die *Chius* noch stärker abtreiben als eine gewöhnliche Rakete, denn ihre Bauart erleichterte es zwar ein wenig, mit dem Boden nach unten zu landen, war aber dafür alles andere als stromlinienförmig.

Nichtsdestoweniger hatte nur die *Chius* Aussicht auf eine erfolgreiche Landung. Sie war imstande, sich außerordentlich langsam, Zentimeter um Zentimeter, hinabzusenken, sie konnte erneut aufsteigen und versuchen, an einer anderen Stelle niederzugehen, was auch die bestkonstruierte Atomimpulsrakete mit ihrer begrenzten Manövrierfähigkeit niemals vermocht hätte. Jermakow hatte die *Chius* als »Herrin über Planeten mit Atmosphären« bezeichnet, und dies galt es jetzt zu beweisen.

»Alles halb so schlimm«, murmelte Michail Antonowitsch Krutikow, während er wohl zum zehnten Male die Festigkeit seiner Haltegurte prüfte. »Alles geht glatt ab, ich versichere es euch. Kann höchstens sein, dass wir ein bisschen durchgeschüttelt werden ... Aber was macht das schon, wenn man sich vorstellt, welch einen Umschwung dieser Flug der *Chius* in der Geschichte der Raumeroberung anbahnt.«

»Der Gedanke ist geeignet, mich im Hinblick auf die kommenden Fährnisse außerordentlich zu trösten«, sagte Jurkowski in singendem Tonfall. »Und wie sollte er auch nicht! Stammt er doch von keinem Geringeren als von Krutikow – von demselben, wisst ihr, der den ersten Raketenflugplatz auf der Venus gebaut hat!«

»Wenn wir bloß schon gelandet wären!«, presste Dauge zwischen den Zähnen hervor.

Michail Antonowitsch holte seine leere Pfeife aus der Tasche und begann mit nachdenklicher Miene daran zu saugen. »Ja, wenn es nur schneller ginge!«, sagte er. »Wie wenig gleicht das alles den früheren Flügen, nicht wahr, Freunde?«

»Die reinste Wahrheit, Michail Antonowitsch«, gab Dauge zur Antwort. »Bei Landungen auf atmosphärelosen und ruhigen Planeten ist das Befinden ganz anders.«

»Wieso?«, brachte Bykow stockend hervor und fragte sich dabei, ob auch den anderen schwindlig und übel war.

»Weil man mit Piloten wie Jermakow und Spizyn beim Start und beim Landen schlafen, ein Buch lesen oder Schach spielen kann ... Aber offenbar nur nicht hier auf der Venus.«

»Ja.« Krutikow seufzte. »Auf der Venus nicht ...«

»Ihr ödet mich an mit eurem Geschwätz!« Jurkowski wurde ernstlich böse. »Was barmt ihr herum! Behaltet eure Befindlichkeiten für euch. Seid ihr aus dem Gleichgewicht geraten? Dann behaltet das für euch und verderbt nicht den anderen die Laune. Nehmt euch ein Beispiel an Bykow – sieht ganz grün aus ... obwohl das bei seiner Gesichtsfarbe kaum geht, aber er hält sich wacker und schweigt.«

»Du meinst, er kann nicht grün werden?«, wunderte sich Johannytsch unschuldig. »Aljoscha, sag, dass du es kannst ...«

»Er kann«, schaltete sich Michail Antonowitsch ein. »Wenn er sich Mühe gibt, kann er. Nicht wahr, Aljoschka?«

Der Angriff kam unerwartet. Übelkeit und Schwindelgefühl verschwanden augenblicklich. Bykow fauchte wütend und setzte zu einer vernichtenden Entgegnung an, doch in diesem Augenblick ertönte aus dem Lautsprecher Jermakows angespannte Stimme: »Achtung!«

Gleich darauf schwankte der Fußboden und begann sich langsam herumzudrehen.

Von den Ereignissen, die sich in den folgenden drei, vier Stunden abspielten, behielt Bykow nur flüchtige Fetzen im Gedächtnis, und er vermochte später nicht, sie der Reihenfolge nach zu ordnen. Anscheinend war Jurkowski mit einem Sauerstoffbehälter zu Dauge gekrochen, noch bevor dieser den Kopf auf die Brust sinken ließ. Die grauenvolle, bis zur Unkenntlichkeit veränderte Stimme Spizyns, die mitteilte, dass Anatoli Borissowitsch am Kopf verletzt sei, war wohl nach dem heftigen Ruck ertönt, bei dem der Gurt platzte, der Bykow am Sessel festhielt. Was weiter geschah, darauf konnte er sich nicht mehr besinnen. Furchtbare Gewalten spielten mit der *Chius*, und trotzdem kam ihm der alte Ausspruch »wie ein Frosch in einem Fußball« erst in den Sinn, als er, das abgerissene Gurtende in der Faust, durch die ganze Messe flog und mit dem Rücken gegen die Wand prallte. Die federnde Polsterung warf ihn zurück, und danach musste er wohl eine Zeitlang das Bewusstsein verloren haben, denn plötzlich fand er sich fest angebunden im Sessel wieder. Er konnte sich auch nicht erinnern, wer ihm die leichte Flasche mit aktiviertem Ozon zwischen die Knie geschoben hatte und warum und wann Jurkowski mit blutüberströmtem Gesicht in seinem Sessel zusammengesunken war ... Danach hatte Michail Antonowitsch ihn, Bykow, an den Schultern gerüttelt und ihm etwas ins Ohr geschrien ... All das drang durch einen gelbgrünen Nebelschleier in sein Gehirn, zwischen Zuständen tiefer Ohnmacht und Übelkeitsanfällen. Die Decke befand sich irgendwo seitwärts, glitt dann blitzartig wieder nach oben, und erneut stemmte sich der Boden mit unheimlicher Kraft gegen die Füße. Minutenlang trat Ruhe ein; Bykow warf den Kopf zurück, öffnete den Mund und atmete schnell und tief. Doch jäh geriet das Schiff wieder ins Schleudern, und alles begann von Neuem. Dabei war es verhältnismäßig still, denn das ohrenbetäubende Donnern hatte aufgehört. Der Reaktor brummte nur leise, und dieses Geräusch übertönte nicht das Stöhnen und ... die Witze. Ja, die alten Raumwölfe fanden noch die Kraft, Witze zu reißen. Allerdings behielt Bykow keinen einzigen davon. Er war völlig mit sich selbst beschäftigt; er hatte ständig das Gefühl, dass der nächste Stoß ihm endgültig den Garaus machen würde. Zeitweise flogen seine Gedanken in den Steuerraum, und er stellte sich die Piloten verstümmelt und die Geräte zerstört vor und sah das Schiff aus ungeheurer Höhe auf scharfe, steile Felsen hinabstürzen. Wahrscheinlich war die *Chius*, die ihre Geschwindigkeit stark herabgemindert hatte, in einen mächtigen atmosphärischen Strom geraten, der sie von der Zielrichtung abtrieb, und Jermakow und Spizyn mussten ihre ganze Kraft aufbieten, um das Schiff auf dem Schnittpunkt der Leitstrahlen zu halten. Wie sich Spizyn später äußerte, hatte er noch nie in seinem Leben ein Schiff unter solch furchtbaren Bedingungen aufgesetzt.

Und plötzlich trat Ruhe ein, absolute Ruhe. Nicht die geringste Vibration, kein einziger Laut mehr. Das rührte die abgestumpften Menschen wie ein Donnerschlag. Bykow kam es vor, als sei selbst die Zeit stehen geblieben. Vor seinen Augen tanzten noch bunte Kreise, über den Körper kribbelten Schweißrinnsale, Hände und Füße zitterten. Eine merkwürdige Apathie bemächtigte sich seiner, er hatte nur noch ein Verlangen: die Beine auszustrecken und zu schlafen, zu schlafen ... Durch die gesenkten Wimpern sah er, wie sich Jurkowski regte und aufstand, wie er einige unsichere Schritte machte, sich mit der Hand über das Gesicht strich und überrascht seine blutbeschmierten Finger betrachtete.

»Was ist mit dir?«, fragte Dauge leise.

»Nichts von Bedeutung ...« Jurkowski verzog das Gesicht und wackelte mit dem Kopf. »Anscheinend Nasenbluten ... Die Augen tun weh ...«

»Ufff!«, pustete Michail Antonowitsch. »War das eine Schüttelei! So was hab ich noch nie erlebt!«

Jurkowski hob die Arme, machte einige gymnastische Bewegungen und hielt plötzlich inne. »Freunde!«, rief er. »Wir sind auf der Venus! Und am Leben! Die *Chius* ist heil und unversehrt, zum Teufel noch mal! Dauge! Steh auf! Begreifst du denn nicht? Wir sind auf der Venus!«

»Freu dich nicht zu früh«, ernüchterte ihn Dauge. »Ich glaube, mit Anatoli Borissowitsch ist etwas nicht in Ordnung.«

»Ja, auch ich hab Spizyns Meldung gehört«, pflichtete Krutikow ihm bei.

»Kommt mit.«

Sie wollten zum Steuerraum gehen, doch da sprang die Tür auf, und vor ihnen stand Jermakow, bleich, schweißgebadet, mit fest gewickelter weißer Elastikbinde um den Kopf.

»Alle am Leben?« Er überflog mit raschem Blick die Gefährten.

»Alle«, meldete Dauge.

»Ich beglückwünsche Sie zur erfolgreichen Landung!« Er trat zu ihnen und drückte jedem kräftig die Hand.

»Und was macht Bogdan?«, fragte Michail Antonowitsch.

»Er schläft.«

»Hm ...«

»Ist umgefallen wie ein Toter.«

»Kein Wunder.« Krutikow lächelte. »Drei und eine halbe Stunde solche ... solches ... Ich selbst halte mich kaum noch auf den Beinen.«

»Wie wohl der *Knabe* alles überstanden hat? Ist er überhaupt noch da?«, fragte Bykow.

»Vielleicht sollten wir aussteigen und nachsehen?«, schlug Jurkowski merkwürdig lasch vor.

»Nein.« Jermakow blickte noch einmal alle der Reihe nach an und wiederholte: »Nein. Jetzt auf keinen Fall. Bringen Sie sich in Ordnung und ruhen Sie sich aus. Über das Aussteigen unterhalten wir uns in vier bis fünf Stunden, wenn wir die Daten vom Außenlabor erhalten haben. Schalten Sie die Ionisatoren ein, waschen Sie sich, und dann – nichts wie schlafen!«

»Es wäre gut, etwas zu essen«, meinte Michail Antonowitsch.

Und ein Gläschen Kognak zu trinken, dachte Bykow.

»Das bleibt Ihnen überlassen. Ich persönlich nehme ein Wannenbad und gehe sofort zu Bett ... Alexej Petrowitsch, helfen Sie, Bogdan in seine Kabine zu bringen, ja?«

»Zu Befehl, Anatoli Borissowitsch.«

Nein, es war alles nicht so, wie Bykow es sich ausgemalt hatte. Als er eine halbe Stunde später, nach dem heißen Dampfbad, krebsrot und schwitzend unter das Laken kroch, stieg von Neuem das Häuschen in Aschchabad in seiner Erinnerung auf. Er lächelte glücklich und schlief sofort ein.

Wie immer wurde er von Dauge geweckt. Das hagere Gesicht Johannytschs sah noch schmaler aus, die schwarzen Augen waren eingefallen und leuchteten in fiebrigem Glanz.

»Kleide dich an, Alexej, zieh den Spezialanzug über und komm sofort in die Messe«, sagte er heiser. »Wir steigen gleich aus.«

Aussteigen! Blitzartig erfasste Bykow wieder, dass er sich ja auf dem Planeten befand, der so viele mutige Männer gemordet hatte. Gleich musste der Hauptteil des Unternehmens beginnen, die Arbeit, um derentwillen sie hergekommen waren.

Eilig kleidete er sich an, holte den Spezialanzug aus der Nische und zog ihn über. Alle waren schon in der Messe versammelt, sie standen mit zurückgeklappten Helmen um den Tisch herum und blickten sich schweigend an. Jermakows Augen waren weit geöffnet und leuchteten wie die einer Katze. Michail Antonowitsch nuckelte an seiner kalten Pfeife.

»Kaffee?«, fragte Bykow, ohne sich an jemand Bestimmtes zu wenden.

»Ich danke, nachher«, sagte Jurkowski stirnrunzelnd. »Wir wollen es nicht noch mehr in die Länge ziehen, wir müssen raus. Wenn man bedenkt: Fünf Stunden sind seit der Landung vergangen, und wir haben noch nicht die Luken geöffnet.«

»Gehen wir«, sagte Jermakow kurz.

»Waffen?« Bykow blickte den Kommandanten an.

Dieser nickte und trat geduckt in den Gang. Ihm folgten die anderen. Bykow hastete die Stiege hinauf. Eine Minute später gesellte er sich wieder zu seinen Kameraden, mit einer Maschinenpistole auf der Brust und zwei Handgranaten hinter dem Gürtel.

»Alexej der Eroberer«, scherzte Spizyn.

Jurkowski verzog nur den Mund.

Sie drängten sich in die Schleusenkammer vor der Außenluke, und Bogdan schraubte hinter sich fest die Tür zu.

»Die Helme auf!«, kommandierte Jermakow.

Jetzt konnte Bykow die Gesichter der Kameraden nicht mehr sehen, und das war ihm unangenehm. Die Vakuumpumpe sprang an, der Zeiger des Manometers wanderte über die Skala. Jermakow griff nach dem Lukenriegel. Der schwere Stahlstreifen glitt zur Seite. Die Luke erzitterte, und ... eine ekelerregende fette, gelbgraue Brühe strömte mit schmatzendem Glucksen herein. Sie war dick und seimig, floss aber frei, und in goldenen Funken spielte das Licht des Scheinwerfers auf ihrer Oberfläche. Alle waren so verblüfft, dass sich im ersten Augenblick niemand zu rühren vermochte. Dann drängte mit gepresstem Aufschrei Jurkowski zur Luke, doch Bykow kam ihm zuvor. Er packte den Lukendeckel und drückte ihn dem hereinströmenden Schlamm entgegen. Dabei rutschte er aus und fiel auf die Knie. Aber Jurkowski und Dauge waren bereits zur Stelle, und gegen ihre Rücken stemmten sich Bogdan und Michail Antonowitsch. Mit weichem Schmatzen schob sich der Deckel in die Fassung, und Jermakow drückte eilig auf den Riegelknopf.

Alle richteten sich auf. Die trübe Flüssigkeit stand ihnen bis zu den Knöcheln. Dampf stieg von ihr auf. Bykow griff nach der Maschinenpistole, strich mit dem Ärmel über den Kolben, blickte in den Lauf. Dann putzte er sich sorgfältig die Knie ab.

»Soweit ich beurteilen kann«, ertönte Dauges Stimme in den Kopfhörern, »ist das alles andere als Sand.«

»Ja, einer Wüste gleicht es wenig«, bestätigte Jurkowski. »Das sage ich, obwohl ich kein Spezialist bin.«

Jermakow hockte sich nieder und betrachtete den Schlamm. »Wenn man das Witzereißen bis zu einem passenderen Moment aufschiebt«, sagte er, »so wäre ich geneigt anzunehmen, dass die *Chius* in einem Sumpf sitzt.«

»Bis zu den Ohren«, stimmte Jurkowski ihm bei. »Aber wo mag denn die Wüste sein?«

»Unser Leben ist voller Überraschungen«, meinte sinnig Krutikow.

»Einen schönen Dienst hat uns Stirner mit seinen Leitstrahlen erwiesen!«

»Was hat denn Stirner damit zu tun?«

»Wenn die *Chius* nun ganz und gar im Morast versunken ist ...«, begann Bogdan.

Jurkowski zuckte ungeduldig mit den Achseln.

»Ganz einfach. Wir gehen an die Oberluke und schauen nach.«

Sie verließen die Schleusenkammer und stiegen, fettige Spuren auf dem Linoleum hinterlassend, den schmalen Gang zur Ladeluke hinauf.

»Moor auf der Venus, überlegt euch das mal!«, murmelte Michail Antonowitsch. »Wer hätte das gedacht!«

Die Oberluke öffneten die Männer sehr vorsichtig, bereit, sie jeden Augenblick wieder zuzuklappen. Doch nichts Ungewöhnliches geschah. Ein feines Zischen ertönte – es war die Außenatmosphäre, die eindrang. Dann wurde es still.

»Hurra«, sagte Jurkowski seelenruhig. »Alles in Ordnung. Macht ganz auf!«

Klirrend schwang der Lukendeckel zur Seite. Jermakow, der vorn stand, beugte sich über den Rand. Hinter seinem Rücken reckten Jurkowski und Michail Antonowitsch die Hälse. Dauge zwängte sich zwischen sie, wich aber mit einem unartikulierten Ausruf zurück.

»Ja«, sagte jemand. »Se-ehr interessant ...«

Sie sahen nichts. Eine wallende, ganz undurchdringliche blassgelbe Nebelwand umgab die *Chius*. Unten, in anderthalb Meter Tiefe, glitzerte trübe die Sumpfoberfläche. Aus dem Nebel drangen undeutliche Laute, die einem gedämpften Husten oder Glucksen glichen. Lange standen die Raumfahrer vor der Lukenöffnung und spähten in die dichten milchigen Schwaden. Bisweilen deuchte es ihnen, als sähen sie graue Schatten, als bewegten sich ganz in der Nähe plumpe, missgestaltete Wesen. Doch immer neue Dampfschleier krochen heran und überdeckten alles.

»Genug«, sagte Jermakow endlich. »Mir wird schon ganz schwarz vor Augen. Wir werden uns wohl der Infrarottechnik bedienen müssen.« Er reckte sich und blickte nach oben. »Aha, der *Knabe* scheint noch da zu sein!«

»Eine schöne Bescherung ...« Spizyn, den Oberkörper weit vorgebeugt, drehte den Kopf abwechselnd nach rechts und links. »Die Reaktorringe sind bis zum Schiffsrumpf eingesackt.«

»Macht nichts. Wir schauen uns ein wenig um und versuchen aufzusteigen.«

»Und wenn wir inzwischen ganz und gar einsacken?«

Die Infrarottechnik trug nichts zur Klärung bei.

Auf dem Schirm ballten sich Schatten, der Boden an ein und derselben Stelle schien bald weich, bald fest, bald locker ...

»Steigen wir lieber aus«, schlug Jurkowski vor. »Dann werden wir schon sehen, was zu tun ist.«

Er machte sich zum Absprung bereit. Bykow hielt ihn an der Schulter zurück.

»Was ist denn?« Die Stimme des Geologen klang gereizt. »Unser Leben ist voller Überraschungen«, sagte Bykow. »Ich gehe als Erster.«

»Warum das?«

Schweigend wies Bykow auf die Maschinenpistole.

»Hören Sie auf, den Lord Roxton zu spielen!« Jurkowski schüttelte unwillig Bykows Hand ab.

»Bykow hat recht«, sagte Jermakow. »Bitte, lassen Sie mich vorbei, Wladimir Sergejewitsch.«

»Ich verstehe nicht ...«

»Lassen Sie mich und Bykow vorbei. In spätestens drei Minuten sind wir wieder zurück ...«

Alle wussten, dass Jermakow als Kommandant das Schiff in einer unbekannten Gegend nicht als Erster verlassen durfte. Doch sie verstanden ihn, und Jurkowski trat schweigend zur Seite. Rasch ergriff Bykow die Maschinenpistole und sprang Jermakow nach. Seine Beine versanken knietief in dem klebrigen Morast.

AN DEN UFERN DER URAN-GOLKONDA

Im Sumpf

Sumpf auf der Venus ... Einfach absurd! Absurder als Palmenhaine auf dem Mond oder Kuhherden auf den kahlen Piks der Asteroiden. Dichter Nebel statt glühenden Himmels, zäher Schlamm statt brennend heißen, trockenen Sandes! Das widersprach ganz und gar den althergebrachten Vorstellungen von der Venus und komplizierte die Lage der Expedition außerordentlich; denn es war eine Überraschung, und nichts kann einem ernsten Vorhaben mehr schaden als Überraschungen. Sogar der tapfere Fahrer der Geländewagen in der Gobi, der die in der Wissenschaft herrschenden Theorien über die Venus kaum kannte und deshalb von diesem Planeten so gut wie gar keine Vorstellung hatte, war ziemlich verblüfft: Das wenige, was er rings um die *Chius* sah, passte so gar nicht zu seiner Rolle als Wüstenfahrer.

Was die übrigen Besatzungsmitglieder anbetraf, deren Wissen um diese Dinge bedeutend umfangreicher war, so rief die Überraschung in ihnen weit ernstere Befürchtungen hervor. Nicht, dass die Piloten und Geologen auf Komplikationen unvorbereitet gewesen wären, durchaus nicht. Jeder wusste zum Beispiel, dass die *Chius* bei ihrer Geschwindigkeit genauso gut viele Tausend Kilometer von der Golkonda entfernt hätte landen können; das Schiff hätte im Gebirge niedergehen und zerschellen können. Doch alle diese Komplikationen und Fehlschläge waren vorhersehbar und schreckten darum nicht, selbst wenn sie das Leben kosten konnten. »Große Taten sind immer mit Risiko verbunden«, pflegte Krajuchin zu sagen. »Wer den Tod fürchtet, soll lieber zu Hause bleiben.« Aber ein Sumpf auf der Venus!

Bei all ihrer Selbstbeherrschung und der reichen Erfahrung verbargen die Raumfahrer nur mit Mühe ihre Besorgnis voreinander. Jeder begriff: Das Schicksal der Expedition und ihr Leben hingen jetzt von einer ganzen Reihe vorläufig noch unbekannter Umstände ab. Immer neue Fragen drängten sich ihnen auf: Ob sich der Sumpf weit ausdehnte? Was war das überhaupt für ein Sumpf? Würde ihn der *Knabe* passieren können? Drohte der *Chius* nicht die Gefahr, noch tiefer einzusinken, sich zu drehen und völlig zu versacken? Durfte man es wagen, aufzusteigen und an einer anderen Stelle niederzugehen?

Kurz vor dem Start hatte Dauge zu Krajuchin gesagt: »Hauptsache, wir landen glücklich, dort gehen wir dann, wenn es sein muss, sogar durch die Hölle.« Sie alle wussten, dass ihrer vielleicht wirklich die »Hölle« harrte, doch wer konnte ahnen, dass diese Hölle so aussah – düster, glucksend, unerklärlich?

Wie schon gesagt, bewegten Bykow aufgrund seiner Unkenntnis Überlegungen ganz anderer Art. Er bangte nicht um das Schicksal der Expedition, weil er an die wunderbaren Eigenschaften der *Chius* glaubte und fest auf seine Kameraden vertraute, insbesondere auf Jermakow, dem keine Spur von Unsicherheit anzumerken war. Bykow betrachtete die Überraschung lediglich als ein Abenteuer und war sehr geschmeichelt, dass sich Jermakow in der kleinen Auseinandersetzung mit Jurkowski an der offenen Luke auf seine Seite gestellt hatte.

Mühsam die Füße aus dem zähen Schlamm ziehend, stapfte Bykow hinter Jermakow her. Nach einigen Schritten blieb der Kommandant stehen und horchte. Dichtes gelbliches Halbdunkel umhüllte sie, der Morast zu ihren Füßen schimmerte fettig. Sie sahen nur einige Meter weit, hörten dafür aber um so mehr. Das Moor gab seltsame Laute von sich. Es seufzte in allen Tonarten, prustete, schmatzte, stöhnte. Aus der Ferne drangen dumpfes Gebrüll und ein langgezogenes helles Pfeifen herüber. Sicherlich erzeugte das Moor selbst alle diese Geräusche, doch Bykow musste plötzlich an phantastische Wesen denken, die sich im Nebel verborgen hielten, und eilig tastete er nach den Granaten hinter seinem Gürtel. Wenn ich's den Freunden auf dem Gobi-Stützpunkt erzähle, glauben sie es mir nicht, dachte er. Das unangenehme Gefühl des Verlassenseins beschlich ihn. Er blickte zurück auf den dunklen Schiffskoloss, umfasste die Maschinenpistole mit beiden Händen und watete weiter. Wenig später hatte er Jermakow überholt.

Tick, tick-tick, tick, klopfte schüchtern, kaum hörbar das Dosimeter. Nicht mehr als ein Tausendstel Röntgen, stellte Bykow beruhigt fest und vergaß auch schon das Ticken: Sein Fuß war gegen etwas Hartes gestoßen. Er bückte sich und tastete mit der Hand vor sich her. Durch den Schleier der Ausdünstungen gewahrte er kantige schlammbedeckte Blöcke, die über der öligen Oberfläche hervortraten.

»Was gibt's bei Ihnen, Alexej Petrowitsch?«, hörte er Jermakows Stimme.

»Vorläufig nichts ... Besonderes«, antwortete Bykow. »Alles in Ordnung. Unter den Füßen so etwas wie Steine oder Trümmer.«

Stolpernd und rutschend kletterte er über die seltsamen Brocken. Unter seinen Füßen gluckste, fauchte, gurgelte es.

»Können Sie sich überhaupt noch halten?«, fragte Jermakow.

»Es geht«, erwiderte Bykow und sank plötzlich bis zur Brust ein.

Bloß nicht ganz und gar versacken, dachte er erschrocken. Doch in diesem Augenblick stieß der Lauf seiner Maschinenpistole an etwas Festes. Bykow sah aufmerksam hin und staunte. Eine körnige graue Kruste mit matt glänzendem Bruchrand versperrte ihm den Weg.

»Anatoli Borissowitsch!«, rief er.

»Ja?«

»Hier ist der Sumpf asphaltiert.«

»Hab nicht verstanden. Ich komme.«

»Ich sage, hier ist der Sumpf mit Asphalt bedeckt.«

»Phantasierst du, Alexej?«, ertönte Dauges aufgeregte Stimme. Zusammen mit den Piloten und Jurkowski stand er an der offenen Luke und fing jedes Wort der Kundschafter auf.

»Nein wirklich – richtiger Asphalt! Oder so etwas wie ein Takyr in unseren Wüsten.«

Bykow schob die Maschinenpistole auf den Rücken und stemmte sich mit den Händen auf die Oberfläche der Kruste. Mit langgezogenem, saugendem Geräusch gab ihn der Sumpf frei. Auf allen vieren kroch er etwas weiter vom Rand weg und richtete sich auf.

Tick, tick-tick, tick ...

»Richtiger, fester Asphalt, Anatoli Borissowitsch. Ich stehe!«

»Ist es vielleicht das Ufer?«, fragte Jermakow hoffnungsvoll. Aus den Schwaden tauchten die Umrisse seiner Gestalt auf.

»Ich weiß nicht ... Nein, das Ufer ist es nicht. Liegt wie eine Kruste über dem Sumpf.«

Jermakow bückte sich. »Etwa dreißig bis fünfunddreißig Zentimeter dick«, stellte er fest.

»Ich weiß, was es ist«, drang plötzlich Krutikows Stimme herüber. »Die *Chius* ist doch auf dem Photonentriebwerk niedergegangen.«

»Natürlich, verdammt noch mal!« Alle hörten, wie Jurkowski sich mit der Hand gegen den Helm klatschte. »Das ist ja ...«

»Zusammengebackener Schlamm, ohne Zweifel«, bestätigte Jermakow. »Der Photonenstrahl hat das Wasser an der Oberfläche verdampft, und es ist eine Kruste entstanden. Die *Chius* hat sie bei der Landung durchbrochen.«

»Ja, so muss es gewesen sein«, pflichtete Bykow bei. Er schritt am Rand entlang und spähte neugierig nach allen Seiten. »Weit wie der Rote Platz, vollkommen eben, tanzen kann man darauf. Doch überall Risse.«

»Wird der *Knabe* darüber fahren können?«, erkundigte sich Jermakow.

»Der *Knabe* kann überall fahren.«

Tick-tick, tick, tick-tick ...

»Ich kehre zurück, Genossen«, sagte nach kurzem Schweigen Jermakow. »Ich denke, die Besatzung kann aussteigen. Jurkowski und Spizyn, bitte hierher, zu Bykow.«

»Jawohl.«

»Vorwärts, ihr Himmelsstürmer!«, krähte Jurkowski, während er aus der Luke kletterte. »He, Bogdan sieh dich vor!«

»Und ich?«, rief Dauge gekränkt.

»Wir beide werden uns mit der Analyse der Boden- und Atmosphäreproben beschäftigen.«

»Gut, Anatoli Borissowitsch.«

»Michail Antonowitsch, gehen Sie in den Steuerraum und versuchen Sie die Gegend mit dem Radar abzutasten«, ordnete Jermakow an, als er wieder vor der Luke auftauchte. »Genosse Bykow, gleich werden sich Jurkowski und Spizyn zu Ihnen gesellen. Sie übernehmen die Führung. Versuchen Sie den äußeren Rand der Fläche zu erreichen. Nicht weitergehen.«

»Jawohl.«

Er hat recht, dachte Bykow. Es wäre dumm, bis zum Hals in diesem Morast herumzuwaten, wo wir doch einen Geländewagen mit Infrarot-Scheinwerfern haben. Freilich, der *Knabe* muss noch abgeladen werden.

Irgendwo in der Nähe fluchte halblaut Jurkowski. Dann hörte Bykow Bogdans gedämpfte Stimme: »Mehr rechts halten, Wolodja.«

Wenige Minuten später gluckste es am Rand der Kruste, und im Nebel erschienen zwei graue Gestalten.

»Wo bist du denn, Aljoscha? Ich kann überhaupt nichts sehen, zum Teufel ... Wie kommt es, dass dich die hiesigen Ungeheuer noch nicht verspeist haben?«

»Gott war mir gnädig«, knurrte Bykow, während er den beiden auf den »Takyr« half.

Jurkowski stampfte ein paarmal mit dem Fuß auf, um die Festigkeit der Kruste zu prüfen. Bogdan fuhr sich mit der Hand über den schlammbespritzten Vorderhelm und sagte: »Blöd, sag ich euch ...«

»Was ist blöd?«

»Dass man ihm den Namen ›Venus‹ gegeben hat.«

»Wem? Ah ...« Bykow zuckte mit den Schultern. »Weißt du, von Namen darf man nicht ausgehen.«

Jurkowski brach in Gelächter aus.

Ohne Eile machten sie sich auf den Weg. Sie sprangen über breite Spalten, in denen breiiger Schlamm dampfte.

»Bogdan«, sagte Bykow mit gesenkter Stimme. »Der Sumpf strahlt aus ... Hörst du?«

Tick, tick-tick-tick-tick ...

»Ich höre. Es ist aber ganz unwesentlich. Unsere Zähler sind sehr empfindlich, Aljoscha.«

»Alles, was unter den Photonenreaktor gerät, strahlt aus«, sagte Jurkowski schulmeisterlich. »Das versteht sogar ...«

»Halt mal ...« Bogdan hob die Hand.

Sie blieben stehen. In den Kopfhörern lärmte es unausgesetzt, die Stimmen Jermakows und Dauges waren kaum noch zu vernehmen.

»Wie weit haben wir uns von der *Chius* entfernt, was meint ihr?«, fragte Spizyn.

»Siebzig bis achtzig Meter«, antwortete Bykow rasch.

»So. Demnach reichen unsere Radiotelefone nur auf diese Entfernung.«

»Ziemlich wenig«, bemerkte Jurkowski. »Wahrscheinlich Ionisation.«

»Ja.«

Tick, tick-tick, tick, tick ...

Sie gingen weiter. Das Fauchen, Glucksen, Heulen wurde immer stärker. Irgendwo zur Rechten ertönte ein lautes Schnarchen.

»Horch! Ich hör Kanonendonner ...«, murmelte Jurkowski.

»Das ist sie!«

Der äußere Rand des riesigen Fladens, den der Photonenstrahl auf der Sumpfoberfläche gebacken hatte, war gekrümmt und sank schräg in den Morast ab. Unmittelbar dahinter traten die blassgrauen, sonderbaren Silhouetten seltsamer Pflanzen aus dem Nebel hervor. Sie waren ganz nahe, höchstens zehn Schritte entfernt, aber die weißlich wogenden Ausdünstungen veränderten und verzerrten unaufhörlich ihr Aussehen, gaben die einen Details frei und hüllten die anderen in undurchdringlichen Nebel, sodass es unmöglich war, sie genau zu betrachten.

»Venusianischer Wald«, flüsterte Jurkowski mit einem so merkwürdigen Unterton, dass Bykow ihn misstrauisch anblickte.

»Ja ... venusianischer! Meiner Meinung nach großer Dreck!«, sagte Bogdan und hüstelte.

»Sei still, Bogdan! Was redest du für einen Unsinn. Das ist doch Leben! Neue Formen des Lebens. Und wir – wir! – haben sie entdeckt ...«, flüsterte Jurkowski.

»Da! Noch eine neue Form des Lebens«, murmelte Bykow und spähte mit Unruhe zu einem großen dunklen Fleck hinüber, der plötzlich am Krustenrand unweit von ihnen aufgetaucht war.

»Wo?« Jurkowski drehte sich jäh um.

Der Fleck verschwand.

»Vielleicht ist es nur eine optische ...« Ein tiefes Gebrüll unterbrach Bykow. »Da! Hört ihr's?«

»Das muss ganz in der Nähe sein. Dort ...« Spizyn wies mit der Hand nach rechts.

»Jaja, ganz nahe. Also hab ich es tatsächlich gesehen.« Langsam zog Bykow eine Granate hinter dem Gürtel hervor und spähte nach allen Seiten.

»Groß?«, fragte Spizyn.

»Ja, groß.«

Wieder erscholl das Brüllen, jetzt nur noch wenige Schritte von ihnen entfernt. Kein Erdentier vermochte solche Laute auszustoßen. Sie glichen dem Heulen einer Dampfsirene und waren voller Drohung und Angriffslust.

Bykow zuckte zusammen. »Es brüllt ...«, sagte er leise.

»Ja ... Wollen wir nicht hingehen und nachsehen?«, schlug Jurkowski mit erregter Stimme vor. »Ach, wie schön ist es doch dagegen auf dem Mars. Was für ein freigebiger und anständiger Planet! Das reinste Sanatorium.«

Tick, tick-tick, tick-tick ...

»Nein, lieber nicht hingehen«, meinte Spizyn. »Unnötige Bravour.«

Bykow schwieg.

»Habt ihr Angst? Na, dann geh ich allein.« Jurkowski machte entschlossen einen Schritt vorwärts.

Das nun Folgende spielte sich sehr schnell ab. Bykow wandte sich Spizyn zu, in diesem Augenblick klatschte etwas schwer auf den »Asphalt«, als habe jemand einen Ballen nasser Wäsche darauf geworfen. Eine rundliche dunkle Masse von der Größe einer gut genährten Kuh rückte aus dem Nebel auf die Menschen zu. Jurkowski sprang zur Seite und rutschte mit einem unterdrückten Aufschrei in den Sumpf ab. Spizyn wich zurück. Sekundenlang schien es Bykow, als herrsche ringsum Totenstille, dann drang das schüchterne Tick-tick des Dosimeters in sein Bewusstsein, und er fasste sich.

»Hinlegen!«, schrie er.

Spizyn warf sich nieder und sah, wie Bykow zurücksprang und mit dem rechten Arm ausholte – einmal und noch einmal. Zwei dumpfe Detonationen schlugen betäubend an sein Ohr, zweimal blitzte es im Nebel auf, und zweimal erstand und verschwand in dem dämmrigen Halbdunkel ein feuchter, glänzender Leib – ein riesiger, von tiefen Falten durchfurchter Hautsack. Pfeifend flogen Splitter über sie hinweg, trafen klackend auf den Asphalt. Dann wurde es still.

»Finita la commedia«, murmelte Spizyn und erhob sich mühevoll.

»Wo ist Jurkowski?«, rief Bykow keuchend.

»Hier bin ich ...«

Sie zogen den von Kopf bis Fuß schlammbedeckten Geologen auf den »Asphalt«. Ohne ein Wort zu sagen, stürzte er zu der Stelle, wo sich das Ungeheuer befunden hatte.

»Nichts!«, rief er enttäuscht.

In der Tat, das Ungeheuer war verschwunden.

»Aber es war doch da!« Jurkowski schritt am Krustenrand auf und ab, blieb stehen, bückte sich, die Hände gegen die Knie gestützt, und spähte angestrengt zu den verschwommenen Umrissen der wirren Stängel und Stämme hinter dem Dunstvorhang.

»Es war da ...«

»Er ... es ist weg.«

»Als hätte es sich aufgelöst«, sagte Spizyn nachdenklich.

»Vielleicht haben Sie nicht getroffen?«, fragte Jurkowski naiv. Er blieb vor Bykow stehen, der besorgt die Maschinenpistole prüfte.

Bykow schnaufte verächtlich.

»Na schön, es ist weg, und Allah sei Dank«, sagte Spizyn. »Wissen möchte ich, was es von uns wollte. Hatte wohl großen Appetit?«

»Quatsch!«, rief Jurkowski angriffslustig. »Ausgesprochener Quatsch! Woher hast du bloß diese blödsinnige Vorstellung von menschenfressenden Ungeheuern auf anderen Planeten? Wenn sich die Schreiberlinge langweilen, dürfen sie sich ausmalen, dass wir nur auf einem anderen Planeten auftauchen müssen, und schon läuft allen einheimischen Tieren das Wasser im Munde zusammen. Aber du, du bist doch ein alter Raumwolf, Bogdan!«

Zurück gingen sie schweigend. Jermakows und Dauges Stimmen waren nicht zu hören; sicherlich befanden sie sich bereits im Schiffsinneren.

Bevor sie wieder in den dampfenden Schlamm hinabstiegen, sagte Jurkowski nachdenklich.: »Wie dem auch sei, es gibt Lebewesen auf der Venus. Se-ehr interessant. Nur – sind Sie sich auch sicher, dass Sie getroffen haben, Genosse Bykow?«

Das war zu viel. Bykow schnaufte zornig und eilte vorwärts.

Tick, tick-tick-tick, tick-tick ...

Einige Zeit verbrachte Bykow mit Waffenputzen, und als er die Messe betrat, fand er dort Jurkowski und Dauge in heftigem Streit miteinander. Das Kinn kämpferisch vorgeschoben, schrien sie sich über den Tisch hinweg an. Bogdan Spizyn lächelte wie üblich und kippelte mit dem Stuhl, wobei er sich an der Lehne des Sessels festhielt, in dem Michail Antonowitsch saß, und während Bogdan von Zeit zu Zeit ironische Zwischenbemerkungen einwarf, schwieg der korpulente Navigator und leerte konzentriert eine Büchse mit gefüllten Pfefferschoten.

»Warum dann also?«, fragte Dauge offenbar nicht zum ersten Male.

»Warum was?«

»Warum hat es sich auf euch gestürzt?«

»Aber wer sagt dir denn, dass es sich auf uns gestürzt hat?«

»Du hast's gesagt.«

»Keine Spur! Es ist ganz zufällig auf uns gestoßen. Mehr noch: Ich bin sicher – bevor der brave Alexej Petrowitsch ihm seine Bomben an den Bauch gepfeffert hat, ahnte es nicht einmal etwas von unserer Existenz!«

»Und dann kam ihm eine Ahnung«, bemerkte Bogdan, »aber es war schon zu spät.«

»... sogar bei uns auf der Erde hat jedes Tier sein bestimmtes Fressschema, von dem es nur im äußersten Notfall und ungern abweicht. Hier aber! Eine andere Welt, völlig andere Daseinsbedingungen ... Andere Gesetze!«

»Wieso denn andere Gesetze?«

»Aber ja doch. Die hiesigen Eingeborenen brauchen zum Leben ganz andere Stoffe. Was haben sie von einem knochigen Fahrer ...«

»Hm«, brummte Bykow.

»... oder einem fettigen Piloten? Ein zweibeiniges Ekel, das einen widerwärtigen Geruch verströmt, mit irgendeiner trockenen und harten Art Haut bedeckt! Versetzt euch doch mal an seine Stelle ... Michail!«

»Mm?« Michail Antonowitsch schreckte auf und versteckte die Büchse unterm Tisch.

»Würdest du eine glitschige Kröte essen, groß wie ein Stier?«

»Ich weiß nicht ... Sicherlich ...«

»Sicherlich ja oder sicherlich nicht?«

»Sicherlich ja«, sagte Bogdan und nahm dem Navigator die Konserven weg. »Michail! Verstoß nicht gegen die Expeditionsvorschriften, die von einer Gruppe sachkundiger Leute aufgestellt worden sind.«

Michail Antonowitsch warf ihm einen kläglichen Blick zu, leistete aber keinen Widerstand.

»Jaa?«, ereiferte sich Kurkowski. »Du hättest doch fürs ganze Leben den Appetit verloren, wenn du dieses Vieh auch nur gesehen hättest!«

»Wohl kaum«, sagte Michail Antonowitsch betrübt und folgte mit dem Blick der Büchse, die Bogdan ins Büffet stellte.

»Wie dem auch sei«, sagte Dauge, »aber du hast wahrscheinlich unrecht, Wolodja. Andere Bedingungen, andere Gesetze ... Eiweiß, mein Lieber, ist immer Eiweiß.«

»Also isst Eiweiß immer Eiweiß?«, fuhr Bogdan fort, während er an seinen Platz zurückkehrte. »Und wenn das kein Eiweiß war?«

»Was denn sonst? Steinkohle etwa?«

»Na, ich weiß nicht. Es hat mir nur nicht gefallen, wie es verschwand ... Gar zu plötzlich. Aber euer Streit ist gegenstandslos. Weder der eine noch der andere hat Daten, und darum beruft ihr euch immerzu auf das grundlegende Theorem ›Es ist halt so!‹. Johannytsch ist ein ausgeglichener Mensch, er wird meine Worte zu würdigen wissen, aber dir, Wolodja, werde ich jetzt die Geschichte von dem dummen Welpen Schljop und von der weißen Kallisto-Echse ...«

»Was? Eine Kanisterechse?« Bykow hatte nicht recht gehört.

Jurkowski schnaubte.

»Von der Kallisto. Die Kallisto ist ein Jupitermond, der einzige Himmelskörper, auf dem bisher tierisches Leben entdeckt worden ist. Woronow hat von dort eine weiße Blindechse mitgebracht ...«

»Ich weiß«, sagte Jurkowski finster. »Und Lewkins verdammter Schljop hat sie gefressen.«

»Und wie! Ratz-batz!«, fügte Dauge befriedigt hinzu.

»Allerdings wäre das unglückliche Tier dann vor Durchfall beinahe verendet ...«

»Na siehst du«, sagte Jurkowski unsicher.

Krutikow und Bykow brachen in schallendes Gelächter aus.

»So traurig endete die Begegnung der Wesen zweier verschiedener Welten«, schloss Spizyn ernst, »des Hundes von der Erde und der Echse vom Jupitermond.«

»Das ist doch sonnenklar ...« Jurkowski überlegte und winkte dann ärgerlich ab. »Höhlenmenschen seid ihr!«

Jermakow, ruhig wie immer, nur etwas bleicher als gewöhnlich, trat ein. Er setzte sich an den Tisch, schlug sein ledergebundenes Notizbuch auf und beugte den verbundenen Kopf darüber. Alle verstummten und richteten ihre Blicke auf den Kommandanten. Bykow setzte sich bequem in seinem Sessel zurecht und war ganz Ohr.

»Ich bitte um Aufmerksamkeit, Genossen«, sagte Jermakow. »Wir müssen den Plan für unsere weitere Arbeit beraten.« Es wurde still, nur das leise Knacken im Eisschrank war zu hören.

»Ich habe noch keine Informationen von der Gruppe Bykow.« Jermakow lehnte sich im Sessel zurück. »Alexej Petrowitsch, berichten Sie.«

Bykow erhob sich.

»Sumpf ...«, begann er, »sehr zäher Sumpf. Zehn Schritte von der *Chius* entfernt ...«

Er sprach langsam, bemüht, auch nicht die geringste Einzelheit auszulassen, und dachte bekümmert, dass ihn der Leiter des geologischen Instituts für einen solchen Bericht einen Faselfritzen genannt hätte. Aber Jermakow hörte aufmerksam zu, nickte ermunternd und machte sich ab und zu Notizen. Bykow war ein wenig erstaunt, dass der Kommandant keinerlei Neugier für das Tier zeigte, sondern nur nachsichtig lächelte, als Jurkowski einige Male unbehaglich im Sessel hin und her rutschte, offenbar aus Protest gegen die allzu naturalistische Schilderung seines Benehmens während des Kampfes mit dem venusianischen Ungeheuer.

»Das ist alles«, sagte Bykow und atmete erleichtert auf.

»Also kopfüber ...«, wiederholte Jermakow. »Danke, Alexej Petrowitsch.«

Bykow nahm wieder Platz. Dauge zwinkerte ihm zu und wies mit dem Kopf auf den finster dreinschauenden »Fant«. Bykow setzte eine steinerne Miene auf und wandte sich ab.

»Nun ...« Jermakow erhob sich, berührte den Verband und verzog schmerzhaft das Gesicht. »Fassen wir zusammen, was uns bekannt ist. Überraschenderweise sind wir in einem Sumpf gelandet. Nach meinen Berechnungen befinden wir uns höchstens hundert Kilometer südlich von der Golkonda entfernt. Höchstens hundert ... Die Entfernung ist, wie Sie sehen, nicht sehr groß. Unter anderen Umständen würden wir für diese Strecke kaum vierundzwanzig Stunden benötigen. Aber ...«

»Das ist es ja gerade«, flüsterte Spizyn.

»... wir sitzen im Sumpf. Und nicht genug damit. Nach den Ergebnissen der Funkortung – auf die man sich freilich nicht sehr verlassen kann – ist der Sumpf von einem hohen Felsenring umschlossen, und es lässt sich in diesem Ring auch nicht die kleinste Lücke feststellen.«

»Ein Vulkan?«, fragte Dauge.

»Es ist möglich, dass wir uns im Krater eines gigantischen Schlammvulkans befinden. Ein recht eigenartiger Vulkan ist das, wie die Analyse des Schlammwassers zeigt ...« Jermakow schlug das Notizbuch auf. »Hier, bitte sehr. Ein Gemisch schweren und überschweren Wassers zu gleichen Teilen.«

Jurkowski sprang erregt auf.,

»Tritiumwasser?«

Jermakow nickte. »T_2O.«

»Aber ...«

»Ja. Die Halbwertzeit des Tritiums beträgt nur rund zwölf Jahre. Also ...«

»Also«, griff Dauge auf, »ist unser Vulkan erst vor Kurzem entstanden, oder es gibt irgendeine natürliche Quelle, die den Tritiumschwund ausgleicht.«

Wie die natürliche Quelle des überschweren Wasserstoffs – eines Isotops, das auf der Erde in besonders ausgestatteten Atomreaktoren gewonnen wird – beschaffen sein müsste, konnte sich Bykow nicht vorstellen, doch er schwieg und hörte weiter zu.

»Das ist noch nicht alles«, sagte Jermakow. »Die *Chius* steht über einem bodenlosen Abgrund. Jedenfalls waren unsere Echolote machtlos.«

»Wie ist der Durchmesser des Kraters?«, fragte Jurkowski hastig.

»Der Krater ist offenbar fast rund, sein Durchmesser beträgt etwa fünfzig Kilometer. Die *Chius* befindet sich unweit von seinem nordöstlichen Rand. Nur etwa acht Kilometer trennen uns von der Felsbarriere. So ist die Lage, Genossen.«

Jurkowski stand auf und strich sich über das Haar.

»Kurz gesagt, der Morast unter uns ist Hunderte von Metern tief. Vom Ziel trennen uns hundert Kilometer. Die ersten Kilometer sind Sumpf, dann folgt ein Felsenzug. Richtig?«

Jermakow nickte.

»Der Sumpf besteht zur Hälfte aus Tritiumwasser. Ich erlaube mir, daran zu erinnern, dass der Zerfall des Tritiums mit Aussendung von Neutronen verbunden ist, und Neutronenbestrahlung – ich meine eine längere Neutronenbestrahlung –, das ist durchaus kein Zuckerlecken, selbst beim Vorhandensein von Spezialanzügen.«

»Völlig richtig.«

»Allerdings hat Bykow versichert, dass der *Knabe* den Sumpf passieren kann. Und die Felsen?«

»Der *Knabe* kommt überall durch«, wiederholte Bykow starrsinnig. »Im äußersten Falle werde ich die Felsen sprengen.«

»Hm ... aber wie dem auch sei, ich möchte vorschlagen, dass wir die *Chius* in einer weniger gefahrvollen Lage zurücklassen.« Jurkowski setzte sich wieder.

»Ich glaube kaum, dass es nötig sein wird, die Felsen zu sprengen«, sagte Dauge. »Der Gebirgszug kann nicht durchgehend geschlossen sein. Wir werden schon einen Pass finden.«

»Und ich bitte zu berücksichtigen«, sagte Spizyn, »dass die *Chius* für Horizontalflüge ungeeignet ist. Wir können beim Wechseln der Standorte leicht einige Tausend Kilometer abseits landen. Auch sind uns die atmosphärischen Strömungen auf diesem reizenden Planeten sattsam bekannt. Es ist wohl besser, im Sumpf zu sitzen, als zerschmettert auf Felsen zu liegen.«

Jurkowski zuckte die Achseln.

»Soweit ich übersehen kann«, schaltete sich nun auch Krutikow in das Gespräch ein, »handelt es sich darum, das Risiko auf ein Minimum herabzusetzen. Die Frage lautet: Sollen wir alles so lassen, wie es ist, oder sollen wir versuchen, aus dem Sumpf herauszukommen? Hab ich recht?«

»Ihre Meinung, bitte.«

»Wenn Aljoscha, das heißt Alexej Petrowitsch, für den *Knaben* garantiert und die Geologen für die *Chius*, schlage ich vor, alles so zu lassen, wie es ist.«

»Wie soll man das verstehen: für die *Chius* garantieren?«, fragte Jurkowski.

»Das heißt beweisen, dass die *Chius* in diesem Sumpf nicht versackt und nicht umkippt.« Der Navigator steckte sich gemächlich seine kalte Pfeife in den Mund.

Jermakow erhob sich. »Also, die *Chius* bleibt hier«, sagte er bestimmt. »Dauge und ich, wir haben die notwendigen Lotungen durchgeführt, und mir scheint, das Schiff steht genügend fest. Jedenfalls – um mich mit den Worten Michail Antonowitschs auszudrücken – ist das Risiko, im Morast zu versacken, nicht größer als das, auf die Felsen zu stürzen beim Versuch, den Platz zu wechseln. Also bleibt die *Chius* hier.«

Bykow schielte zu Jurkowski hinüber. Der zuckte nicht einmal mit der Wimper.

»Weiter. Die *Chius* darf nicht ohne Aufsicht zurückgelassen werden. Deshalb fahren mit dem *Knaben* nur fünf Mann. Einer der Piloten bleibt hier.«

Spizyn zuckte zusammen und blickte Jermakow unruhig an. Krutikow nahm die Pfeife aus dem Mund.

»Zum ständigen Diensthabenden auf der *Chius* bestimme ich den Genossen Krutikow. Hat jemand Einwände? Ich meine wesentliche Einwände ...«

Das breite, gutmütige Gesicht des Navigators verfinsterte sich und ließ erkennen, dass er wohl Einwände hatte, dass sie aber leider völlig unwesentlich waren.

»Ausgezeichnet. Und jetzt wollen wir keine Zeit vergeuden, Genossen. Innerhalb der nächsten vierundzwanzig Stunden müssen wir aufbrechen. Gewiss, es ist jetzt Abend, und der Start fällt in die Nachtzeit, aber ich glaube nicht, dass uns die Dunkelheit mehr behindern wird als der Nebel. Wir wollen essen ...«

»... was uns der Herrgott bescheret«, warf Krutikow seufzend ein.

»... und danach machen wir den *Knaben* klar. Hat noch jemand Fragen?«

Die Beratung war zu Ende. Bykow entging nicht, dass alle bemüht waren, dem armen Michail Antonowitsch, der tiefunglücklich aussah, ihre Teilnahme zu bezeigen. Jurkowski goss ihm eigenhändig Kakao ein, Dauge sammelte ihm fortwährend unsichtbare

Härchen vom Anzug ab, und Spizyn öffnete eigens für ihn eine Büchse mit entfetteter Wurst.

»Übrigens«, sagte Jurkowski, während er die Gabel in das kalte Huhn stieß, »es kommt uns sehr zustatten, dass die Kuppel der *Chius* nur ein paar Meter über der Sumpfoberfläche steht. Wir werden uns nicht mit diesem komischen Windensystem abplagen müssen, das mir, offen gesagt, ein Buch mit sieben Siegeln ist.«

»Aber, aber«, schaltete sich Dauge ein. »So kompliziert ist es doch gar nicht. Du wirst noch genug Gelegenheit haben, dich damit vertraut zu machen, wenn wir den *Knaben* wieder hinaufwinden. Jetzt natürlich ist es ein Glück für uns ... Was meinst du, Alexej?«

»Im Handumdrehen ist der *Knabe* unten«, murmelte Bykow mit vollem Munde.

Und tatsächlich, der *Knabe* war »im Handumdrehen« unten. Die Vorderwand des Containers wurde abgenommen, und Bykow bat seine Kameraden mit gewichtiger Miene, in die Schleusenkammer zurückzukehren. »So wird es ... hm ... sicherer sein«, sagte er ausweichend. Die Raumfahrer lachten erstaunt, gehorchten aber. Bykow stieg ein, verschloss die Luken des Wagens, setzte sich ans Steuerpult und drückte auf die Tasten. Ein Brummen ertönte, leise ruckten die Gleisketten an. Jetzt – dachte Bykow –, jetzt werd ich's ihnen zeigen! Ohrenbetäubend brüllte das Triebwerk auf, und der *Knabe* machte einen Sprung. Die Raumfahrer sahen, wie ein breiter dunkler Körper donnernd und rasselnd vorüberhuschte und im Nebel untertauchte. Die *Chius* schwankte wie ein Boot auf den Wellen. Der Sumpf erbebte von dem schweren Aufschlag. Mit den Raupen über die Bruchstücke des »Asphalts« mahlend, arbeitete sich der *Knabe* aus dem Morast. Dann zog er, in Schlammfontänen gehüllt, mit ungewöhnlicher Leichtigkeit durch den Sumpf, beschrieb eine steile Kurve und hielt vor der Ausstiegluke des Raumschiffs. Das grelle weiße Licht der Scheinwerfer erhellte den brodelnden Nebel.

»Ein Meister«, murmelte Jurkowski.

Krutikow klatschte begeistert in die Hände. Eine lange, verschwommene Gestalt erschien wie ein graues Gespenst vor der Luke, nahm Haltung an und meldete: »Genosse Kommandant, der *Knabe* ist einsatzbereit.«

Wenn man von sportlicher Einstellung im Beruf sprechen kann, so darf man sagen, dass Bykow immer ein wenig Sportsmann war. Jedenfalls galt er wegen seiner Sprünge ohne Anlauf mit raupenbewehrten Geländewagen als einer der besten Fahrvirtuosen. Der Gedanke, den Kameraden sein Können zu zeigen, war ihm erst gekommen, als er sich an der Vorderwand des Containers zu schaffen machte. Er wusste noch nicht, was der Kommandant von seinem Husarenstück hielt, und war ein wenig beunruhigt. Doch Jermakow drückte ihm nur die Hand.

»Immerhin, Alexej Petrowitsch, Sie hätten uns vorher Bescheid sagen müssen.«

»Unmöglich!« Spizyn lachte. »In jedem Meister steckt ein kleiner Zauberkünstler. Er muss doch auch selbst etwas von seiner Tüchtigkeit haben.«

Bykow verstand nicht, ob das nun ein Kompliment oder ein Tadel war, stieß aber für alle Fälle Spizyn freundschaftlich die schwere Faust in die Seite.

Jermakow ordnete an, die Fracht aus den Lagerräumen in die Schleusenkammer zu bringen, er selbst aber fuhr mit Bykow im *Knaben* auf Erkundung. Die Nacht senkte sich auf den Sumpf herab, eine undurchdringliche Finsternis hüllte alles ringsum ein, als im Nebel wieder Lichtflecke zu tanzen begannen und der *Knabe*, von einer Raupenkette auf die andere schwankend und ganz schlammbespritzt, unter die Frachtluke zurückkehrte. In dem schmalen Korridor setzte sich Jermakow auf einen der Frachtballen. Alle blickten ihn erwartungsvoll an. Bykow hockte sich neben ihn. Sein Gesicht zeigte Verwirrung und Unverständnis.

Jurkowski hielt es nicht aus. »Also, Anatoli Borissowitsch?«

»Was ist, Wladimir Sergejewitsch?«

»Sie waren ... dort?«

»Wo?«

»In dem Pflanzendickicht.«

»Wasserpflanzen«, knurrte der Fahrer.

»Waren wir.«

»Und ...«

»Nichts. Bykow hat recht. Der *Knabe* kommt überall durch. Ein hervorragendes Fahrzeug. Und ein hervorragender Fahrer.«

»Ä-hem«, räusperte sich der hervorragende Fahrer.

»Und wie ... ist es dort?«

»Im Dickicht?« Jermakow stand auf. »Zweifellos sehr interessant. Davon zu erzählen, hat keinen Sinn. In ...« – er schaute auf die Uhr – »in vierzehn Stunden brechen wir auf, dann sehen Sie es selbst.«

Sie arbeiteten mehrere Stunden hintereinander. Der *Knabe* war fast vollständig beladen. Bykow und Jermakow untersuchten ihn noch einmal von den Periskopen bis zu den Gleisketten. Sie schauten in den Maschinenraum, überprüften die Festigkeit der Riemen, mit denen das Ladegut festgezurrt war, das fast den ganzen freien Raum in der Kabine einnahm.

Jermakow machte sich noch am Funkgerät zu schaffen, Bykow aber kletterte hinaus. Alle warteten schon auf sie, und das feuchte Siliket-Gewebe der Anzüge glänzte im Licht des Scheinwerfers.

»Wie sieht es aus, Aljoscha?«, erkundigte sich Dauge. »Gehen wir bald schlafen?«

»U-aah!« Bogdan gähnte, reckte sich wohlig. »Jetzt einschlafen können ... müde bin ich, Freunde.«

»Erst essen wir zu Abend«, sagte Michail Antonowitsch eilig. »Ich erhebe Anspruch auf ein Stückchen Schinken ... das habe ich von gestern noch im Büffet liegen.«

»Anspruch zurückgewiesen!« Dauge stemmte drohend die Hände in die Hüften. »Und überhaupt, wer auf diesen Schinken spekuliert, riskiert, einen guten Appetit zu behalten, wie die Franzosen sagen.«

»Pfui«, ließ sich Jurkowski tadelnd vernehmen. »Die ganze Poesie ist hinüber. So eine wunderbare Nacht, und sie reden von Schinken.«

Bykow warf unwillkürlich einen Blick in die samtschwarze, undurchdringliche Finsternis, lauschte den unheimlichen Lauten, die vom Sumpf herandrangen.

»R'ichtig, r'ichtig!«, fiel Dauge mit knarrendem Zäpfchen-R ein. »Das ist so r'omantisch – Nebel, und nichts zu sehen. Ach, Mischa, Mischa!«

»Was redet ihr denn mit dem«, fügte Spizyn träge hinzu, »wenn er – u-aah! – kein krummliniges Integral über einen einfachen Rand bilden kann ...«

Michail Antonowitsch stand auf. Das feuchte Siliketgewebe des

Anzugs geriet in den Scheinwerferstrahl und verschwand wieder im Dunkel.

»Schinken ...«, begann er triumphierend.

»Krutikow!«, rief Jurkowskis drohend. »Wie können Sie es wagen? Klammern Sie sich sofort aus und besinnen Sie sich!«

Als er die Späße seiner Kameraden hörte, lächelte Bykow und empfand dieselbe Freude wie bei der ersten Bekanntschaft. Herrgott, wie lange das her war? Er schaute wieder zu dem Sumpf hin, und ihn fröstelte. Es lag alles noch vor ihnen! ... Tick, tick-tick, tick, klang kaum hörbar das Dosimeter.

Die Luke des Kommandoturms wurde aufgeklappt, Jermakow kletterte heraus. »Wieso schlaft ihr nicht, ihr Nachtschwärmer?«

»Wir warten auf Sie, Anatoli Borissowitsch.«

»Alle sofort schlagen legen! In einer Viertelstunde komme ich kontrollieren.«

Die Raumfahrer – müde, aber zufrieden – stiegen scherzend in die *Chius* zurück.

Doch es war ihnen keine Ruhe vergönnt. Als sie sich der Spezialanzüge entledigt hatten und fröhlich plaudernd und lachend zur Messe gingen, um rasch noch Abendbrot zu essen, rutschte der vorauseilende Krutikow aus und setzte sich ziemlich unsanft auf den Fußboden.

»Das sind der Bosheit wohlverdiente Früchte!«, rief Jurkowski pathetisch.

»Verflucht!« Der dicke Navigator sprang auf die Beine und hielt sich schnuppernd die Hand an die Nase. »Welcher ... wer hat dieses widerliche Zeug hier verschüttet?«

»Was für ein widerliches Zeug?«

Sie waren immer noch guter Laune.

»Schieb es nicht auf andere, Mischenka!«

»Ajai! So ein großer Junge, und macht noch ...«

»Halt mal, Genossen«, sagte Jermakow besorgt. »In der Tat, was könnte das sein?«

Der Fußboden der Messe war mit hauchdünnem rötlichem Schleim bedeckt. Erst jetzt spürte Bykow einen scharfen, unangenehmen Geruch, der an faulendes Obst erinnerte. In seinem Hals begann es zu kribbeln. Jurkowski schnupperte geräuschvoll, verzog das Gesicht und musste niesen.

Jurkowski schniefte vernehmlich, schnaubte und nieste. »Woher kommt dieser Gestank?«, rief er und sah sich um.

Jermakow bückte sich und nahm mit dem Taschentuch etwas von dem Schleim auf. Die Raumfahrer sahen einander verständnislos an.

Dauge wurde ungeduldig.

»Was ist eigentlich geschehen?«

Krutikow wies auf das Büfett. »Da haben wir die Bescherung«, sagte er. »Da, und dort auch!«

Die Büfetttür war nicht ganz dicht verschlossen, und aus dem Ritz hingen seltsame rostbraune Fäden. Ein großer brauner Fleck zeichnete sich in der Ecke neben dem Kühlschrank ab, und ein auf dem Tisch vergessener Teller war mit einem filzigen braunen Geflecht bedeckt.

»Ist das etwa Schimmel?«

Jermakow, der voller Ekel sein Taschentuch zusammenfaltete, schüttelte den Kopf. »Daran haben wir gar nicht gedacht«, murmelte er.

»Ah!« Jurkowski nahm den Teller, besah ihn aufmerksam und stellte ihn mit Abscheu wieder auf den Tisch. »Ich verstehe.«

Er trat an das Büfett und beugte sich dann über den Fleck neben dem Kühlschrank. Bykow verfolgte seine Bewegungen mit bangem Staunen.

»Was ist passiert?«, fragte erneut Dauge.

»Du hast es doch gehört«, antwortete Jurkowski. »Wir haben es mit der Wachsamkeit nicht so genau genommen, und der Feind ist in unsere Festung eingedrungen.«

»Was denn für ein Feind?«

»Schimmel ... Pilze ...«, brachte Jermakow wie abwesend hervor. »Wir haben Keime venusianischer Flora an Bord der *Chius* geschleppt, und das ist nun das Ergebnis ... Wie konnte ich das vergessen!« Er rieb sich die Stirn. »Hören Sie, Genossen. Aus Abendbrot und Schlaf wird nichts. Alle Räume müssen sofort untersucht und gründlich mit Ultraschall desinfiziert werden. Wir wollen hoffen, dass nichts Gefährliches vorliegt. Sicherheitshalber befehle ich allen, unverzüglich eine Dusche zu nehmen und den ganzen Körper mit Spiritus abzureiben.«

»Vielleicht hinterher?«, versuchte Jurkowski einzuwenden.

»Hinterher noch einmal. Aber auch jetzt, und ohne Widerrede. Los, los, an die Arbeit!«

Erschüttert von der neuen Überraschung und dem fremden Ton in der Stimme des Kommandanten, machten sich die Raumfahrer daran, alle Räume der *Chius* gründlich zu untersuchen. Es stellte sich heraus, dass die Lederpolsterung in einigen Kabinen mit stecknadelkopfgroßen weißen Bläschen bedeckt war. Die Polymerbezüge hatten keinen Schaden erlitten. Gegenstände, die Feuchtigkeit enthielten, wiesen fadenartigen Schimmel auf. An den Läufern im Duschraum, an den Handtüchern und Badelaken hatten sich winzige rostbraune Spinnweben gebildet. Mit Entsetzen stellte Krutikow fest, dass alle nicht konservierten Lebensmittel im Büfett, darunter das von ihm auserkorene Stückchen Speck, sich in unförmige braune Klumpen verwandelt hatten, die widerlich stanken, und in der unteren Schleuse entdeckte Bykow ebenso entsetzt einen ungeheuerlichen Pilz, der fettig grau glänzte und bei der ersten Berührung platzte.

Es war eine wahre Katastrophe, und man musste sämtliche Ecken und Winkel mehrmals mit Ultraschall durchkämmen.

»Anscheinend ist das leichte Wasser für die hiesigen Mikroorganismen zuträglicher als das schwere«, bemerkte Jurkowski.

»Ja, leider«, antwortete Jermakow trocken.

Bykow besprengte sicherheitshalber alle Maschinenpistolen und Granaten mit einer Desinfektionsflüssigkeit und stieg danach in die Vorratskammer hinab, um Dauge behilflich zu sein, der die Polyäthylenpackungen mit »ewigem Brot« kontrollierte. Das Brot hatte nicht gelitten.

»Du weißt wohl auch nicht, warum Jermakow so aufgeregt ist?«, fragte er.

»Nein. Das heißt, bedeutend wohler wäre es uns natürlich ohne diesen Dreck. Ich kann nur eins sagen: Jermakow ist nicht der Mensch, der sich über Kleinigkeiten aufregt.«

Das wusste Bykow auch. Übrigens befriedigte Jermakow seine Neugier. Als die Besatzungsmitglieder der *Chius* drei Stunden später, müde zum Umfallen, endlich in der Messe zusammenkamen, um das Abendbrot einzunehmen – »was Gott geschickt hat«, wie Krutikow mit bitterem Sarkasmus meinte, nämlich Fleischbrühe und Kakao –, sagte der Kommandant, ohne jemand anzublicken:

»Vor fünf Jahren ist die Besatzung des amerikanischen Raumschiffs ›Astra zwölf‹, das auf dem Kallisto landete, innerhalb von fünfzehn Stunden an einer unbekannten Krankheit gestorben. Ich denke, dass uns nichts Derartiges passieren wird. Habe guten Grund, das anzunehmen. Aber ... seien Sie vorsichtig! Bei dem geringsten Unwohlsein bitte mich sofort zu informieren.«

Er schwieg eine Weile und trommelte mit den Fingern auf der Tischplatte. Dann setzte er hinzu: »Nach dem Abendbrot duschen, abreiben und sofort schlafen gehen. Sieben Stunden stehen uns für den Schlaf zur Verfügung. Sie, Genosse Krutikow, kommen bitte noch auf einen Augenblick zu mir.«

»Wie gern hätte ich jetzt ein Gläschen Kognak getrunken«, flüsterte Bykow.

Johannytsch seufzte nur leise.

Rot und schwarz

Rechts und links kriechen langsam steile schwarze Felswände vorbei, glatt und glänzend wie Anthrazit. Voraus ist alles in rötliche Dämmerung getaucht – es scheint, als schlössen sich dort die Wände der endlosen Schlucht. Die Sohle des Felsenspaltes, uneben und nach einer Seite abfallend, ist mit einer dicken Schicht schwarzen Staubes bedeckt; der Staub wirbelt hinter dem *Knaben* hoch und setzt sich rasch, die Spuren der Gleisketten zudeckend. Und oben zieht sich ein schmaler, gezackter Streifen orangeroten Himmels hin, über den ungestüm fleckige rote Wolken jagen. Seltsam und unheimlich ist es in dieser wie ein Messerschnitt schmalen und geraden Schlucht zwischen den schwarzen Basaltfelsen. Wahrscheinlich führte einst Vergil den Autor der »Göttlichen Komödie« auf einem ähnlichen Wege in die Hölle. Beim Anblick der glatten Wände denkt man unwillkürlich an die wunderbaren – vielleicht vernunftbegabten – Kräfte, die sie schufen. Ein weiteres Rätsel der Venus, doch zu kompliziert, um es beiläufig zu lösen ...

Wie nicht anders zu erwarten, nutzten Dauge und Jurkowski die Gelegenheit weidlich aus, um über einige geologische Hypothesen zu diskutieren. Von den Stößen hin und her gerüttelt, mit den Köpfen gegen die Deckenpolsterung prallend, stritten sie leidenschaftlich über Synklinalen und Epirogenese, beschuldigten einander der Unkenntnis elementarster Dinge und suchten immerfort bei Jermakow und Spizyn Unterstützung. Schließlich setzte der Kommandant den Helm auf und schaltete den Kopfhörer ab, während Bogdan auf eine rein rhetorische Frage, ob er eine Metamorphose der oberen Gesteinsarten der Venus unter der Einwirkung von Granit für möglich halte, sehr ernst antwortete: »Ein rezessives Allel beeinflusst den Phänotyp nur, wenn der Genotyp homozygot ist.«

Diese Antwort rief eine gewisse Verblüffung unter den Streitenden hervor und machte dem Wortwechsel ein Ende. Bykow, der von der Tektonik ebenso wenig verstand wie von der formalen Genetik, war darüber sehr froh. Die Fachsimpelei der Geologen erschien ihm unangebracht angesichts der wilden rotschwarzen Welt, die sich ihnen durch die Sichtluke offenbarte.

Am Vortage, nachdem der schlammbedeckte *Knabe*, lange Flechten weißlicher Sumpfpflanzen hinter sich her schleifend, endlich aus Morast und Nebel hervorgebrochen war, hatten sie viele Stunden am Fuße des schwarzen Gebirgszuges hin und her fahren müssen, ehe sie einen Durchgang fanden. Die Felsen, dicht mit eisenhartem braunen Efeu bewachsen, schienen völlig unpassierbar. Da kam Jermakow auf die Idee, das Funkortungsgerät einzusetzen, und der Pass wurde binnen weniger Minuten gefunden – ebendiese Spalte, hinter einem wilden Dickicht kahlen Gezweigs mit halbmeterlangen Dornen verborgen. Brüllend und kreischend stieß der Wagen in den eisernen Dschungel, zerbrach die elastischen Stämme und walzte sie nieder, wobei er sich mit gespreizten Stützbeinen half, und stieß in den Durchgang vor. Die Raumfahrer stiegen aus. Schweigend ließen sie ihre Blicke über die steilen Wände der Schlucht bis zu dem roten Himmelsstreifen emporwandern. Endlich sagte Dauge: »Aber der Boden ... zittert ja.«

Bykow spürte nichts, doch Jermakow gab leise zur Antwort: »Das ist die Golkonda.« Er drehte sich zu Bykow um und fragte: »Kommen wir hier durch?«

»Wir werden's probieren, Anatoli Borissowitsch«, antwortete der Ingenieur unternehmungslustig. »Und wenn wir in eine Sackgasse geraten oder wenn die Schlucht verschüttet ist, kehren wir um und suchen uns einen anderen Weg. Oder wir sprengen die Hindernisse.«

Der *Knabe* rollte weiter. Die Stunden vergingen, Kilometer um Kilometer wurde bewältigt, doch ein Hindernis zeigte sich nicht, und Alexej Petrowitsch beruhigte sich.

Gleichmäßig brummte das Triebwerk, die Kisten und Packriemen quietschten und knarrten. Alle, sogar der unermüdliche Jurkowski, waren eingeschlafen. Im Spiegel über dem Schirm des Infrarotprojektors sah Bykow die Kabine. Den Kopf auf den Deckel des Funkortungsgeräts gelegt, schlief Bogdan. Jurkowski schlief, auf den Frachtballen ausgestreckt. Dauge saß an ihn gelehnt und verzog im Schlaf sein gutmütig-pfiffiges Gesicht. Neben Bykow nickte mit dem silbrig schimmernden Helm Jermakow. Und an der Sichtluke krochen schaukelnd die schwarzen glänzenden Wände vorbei – rechts eine Wand und links eine Wand. Die Lichtkegel der Scheinwerfer tanzten über die zerfurchte Oberfläche von reglosen Dünen schwarzen Staubes. Irgendwo voraus würden die Wände auseinandertreten und den Weg in die Wüste freigeben. Das heißt, wenn vor ihnen keine Sackgasse lag.

Die schwarzen Wände schwanken, neigen sich, und zur Sichtluke schaut der glühende Himmel herein. Der Wagen arbeitet sich aus einer tiefen Mulde heraus, und wieder gleiten Lichtflecken über Wellen schwarzer Sandablagerungen. Noch eine Kuhle, noch ein Höcker, noch ein Spalt ...

Zwanzig Kilometer waren durch den Sumpf und fast ebenso viel durch die Schlucht zurückgelegt worden. Bereits fünf Stunden saß Bykow am Steuerpult. Seine Beine waren wie abgestorben, das Genick schmerzte, von der ungewohnten Kombination von Rot und Schwarz tränten ihm die Augen, aber auf einem solchen Wege durfte er den *Knaben* niemand anderem anvertrauen, selbst dem Kommandanten nicht. Mit dem Wagen würde natürlich nichts Schlimmes passieren, doch die Fahrtgeschwindigkeit ... Nicht einmal Bykow selbst konnte sich mehr als sechs bis acht Stundenkilometer leisten. Wenn nur die verfluchten Felsen bald ein Ende nähmen!

Jermakow hob den Kopf und schob den Helm in den Nacken. »Na, wie ist der Weg, Alexej Petrowitsch?«

»Unverändert.«

»Sind Sie müde?«

Bykow hob die Schultern.

»Wollen Sie nicht die Steuerung mir überlassen und ein wenig schlafen?«

»Der Weg ist ziemlich schwierig.«

»Sie haben recht. Na, hoffentlich ist die Wüste nicht mehr weit.«

»Schön wär's ...«

Jurkowski richtete sich auf und rieb sich verschlafen die Augen. »Genug geschlafen. Dauge!«

»Mmm ...«

»Wach auf.«

»Was ist los? Uff ... Hab ich aber schön geträumt, Freunde!«

Mit heiserer Stimme erzählte Johannytsch seinen Traum, doch Bykow hörte nicht zu. Draußen hinter dem festen Panzer des *Knaben* geschah etwas Merkwürdiges. Es wurde bedeutend dunkler. Der Himmel nahm eine schmutzig-braune Färbung an, und plötzlich tanzten im Licht der Scheinwerfer Myriaden schwarzer Punkte. Sie fielen herab wie dichter schwarzer Schnee, und bald waren Sohle und Wände der Schlucht nicht mehr zu sehen. Die Signallämpchen der Außendosimeter erstrahlten in himbeerrotem Licht, die Zeiger des Alpha-Beta-Radiometers pendelten unruhig hin und her. Bykow bremste scharf. Der *Knabe* rutschte mit der rechten Gleiskette in eine Furche, drehte sich jäh und stellte sich quer. Die trüben Lichtkegel prallten gegen die glatte Basaltwand.

»Was ist passiert?«, fragte Jermakow.

Bykow wies schweigend auf die Sichtluke.

Der Kommandant blickte wortlos hinaus, dann sagte er: »Schwarzer Sturm. Das habe ich schon erlebt.«

»Was ist da los?«, rief Dauge aufgeregt.

Spizyn brummte, über Bykows Schulter blickend: »Karneval der Schornsteinfeger.«

»Was kann das sein, Anatoli Borissowitsch?«

»Schwarzer Sturm. Ein Beweis mehr, dass die Golkonda nicht mehr fern ist. Schalten Sie das Triebwerk ab, Alexej Petrowitsch.«

Bykow gehorchte, doch der *Knabe* zitterte weiter – kleine, unangenehme Vibrationen, von denen der ganze Körper bebte und die

Zähne klapperten. Aufreizend schepperte irgendein nicht festgezurrter Metallgegenstand.

»Die Golkonda ist nah«, wiederholte Jermakow.

»Wollen wir aussteigen?«, fragte Jurkowski.

»Wozu? Sie sehen doch – der Staub ist radioaktiv. Nachher geht zu viel Zeit für die Desaktivierung verloren.«

»Es wäre gut, eine Probe von diesem Zeug mitzunehmen.«

»Das kann man mit den Manipulatoren bewerkstelligen«, meinte Bykow. »Sie gestatten es doch, Anatoli Borissowitsch?« Er drehte sich zu Dauge um. »Wirf einen Behälter hinaus.«

Dauge und Jurkowski verschwanden in der Schleusenkammer, die zur Oberluke führte, und eine Minute später rollte ein Bleizylinder mit Schraubdeckel in den schwarzen Staub. Bykow legte die Hände auf die Hebel der Manipulatoren. Lange Gelenkarme schoben sich unter dem *Knaben* hervor, tasteten langsam, wie ängstlich, in der Luft umher und senkten sich auf den Zylinder. Bykow machte eine groteske Bewegung mit der rechten Schulter und zog mit einem Ruck beide Ellbogen an. Die Greifscheren der Manipulatoren erfassten den Behälter.

»Na, mal los!«, rief Spizyn fröhlich.

»Quatsch nicht dazwischen«, knurrte Bykow.

Die wendigen Scheren schraubten den Deckel ab, hielten den offenen Behälter einige Sekunden unter den herabrieselnden schwarzen Staub, verschlossen ihn dann wieder und beförderten ihn mit einer präzisen Bewegung zurück in die Oberluke.

»Ich hab ihn!«, rief Dauge aus der Schleusenkammer. Bykow zog die Manipulatoren in die Nester und wischte sich den Schweiß von der Stirn.

Jermakow sagte leise: »Zweimal habe ich den Schwarzen Sturm beobachtet. Und jedes Mal waren zuvor starke Bodenstöße zu spüren.«

»Doch jetzt hat es meiner Ansicht nach keine gegeben«, sagte Bykow.

»Beim Fahren haben wir es vielleicht nicht bemerkt.«

»Aber die Vibration des Bodens wird immer stärker.« Spizyn horchte. »Am Eingang der Schlucht war das Zittern kaum zu spüren, und jetzt ...«

»Wir sind der Golkonda näher gerückt.«

Lebhaft plaudernd kamen Jurkowski und Dauge aus der Schleusenkammer, und Jermakow befahl weiterzufahren. Bykow schaltete den Infrarotprojektor ein. Wieder zogen schaukelnd die Felswände vorüber. Nach einer halben Stunde hörte der »schwarze Schneefall« auf, und der Himmelsstreifen wurde orangerot wie vordem. Die Hand auf den Steuertasten, lauschte Bykow mit halbem Ohr den Stimmen hinter seinem Rücken.

»... Vulkanasche, ist doch sonnenklar ...«

»Erzähl das deiner Großmutter! Radioaktive Vulkanasche! Vielleicht mal nachdenken? Geologe!«

»Schön, und deine Meinung?«

»Es ist klar, dass sich dieser Dreck nicht von dem unterscheidet, den wir unter den Füßen haben ... unter den Ketten.«

»Eine sehr ausgeprägte Meinung, alles was recht ist.«

»Beachte übrigens ...«

»Er ist auf zweihundert Grad erhitzt.«

»Wahrscheinlich.«

»Und was denken Sie, Anatoli Borissowitsch?«

»Tachmasib meinte, das Auftreten eines Schwarzen Sturms hänge mit der Aktivität der Golkonda zusammen. Aber Genaues kann man natürlich nicht sagen.«

»Wenn wir nur bald da wären ... Anatoli Borissowitsch, eine Tasse Kakao?«

»Ja, da werden wir Platz genug haben ...«

»Vor allem Erkundung ... Warte, warum gießt du so viel ...«

»Ein erstaunliches Rätsel ist das doch, diese Golkonda!«

»Bogdan, reich das Sandwich weiter ...«

»Nimm, Aljoscha ...«

Bykow verlangsamte die Fahrt, schlang in aller Eile zwei Stück Schinken mit Brot hinunter und trank eine ganze Thermosflasche Kakao leer.

»Danke.«

»Lass uns notieren ... Ach, es ruckelt zu sehr.«

»Notier es später ...«

»Johannytsch! Was machst du? Eiferst du in Sachen Verpflegung Mischa nach?«

»Wieso denn? Das zweite Sandwich ...«

»Sagen wir, das vierte!«

Nach der Mahlzeit entnahmen Jermakow, Dauge und Jurkowski dem Express-Labor die Ergebnisse der Analyse. Mit zunehmender Entfernung vom Sumpf hatte sich die Feuchtigkeit der Atmosphäre stark verringert; sie war fast bis zum Nullwert herabgesunken. Der Gehalt an radioaktiven Edelgas-Isotopen, an Kohlenmonoxid und Sauerstoff hatte zugenommen, die Temperatur schwankte zwischen fünfundsiebzig und hundert Grad. Zur allgemeinen Überraschung und zu Jurkowskis Freude fand das Express-Labor in der Atmosphäre Spuren von lebendem Protoplasma; irgendwelche Mikroorganismen, Bakterien oder Viren, lebten sogar in dieser trockenen, glühenden Luft. Das hatte für die Expeditionsmitglieder eine unmittelbare Folge: Jermakow befahl, beim Verlassen des Wagens doppelte Vorsicht zu üben, und kündigte an, dass er bei nächster Gelegenheit allen ein Serum aus starken Antibiotika injizieren werde.

Dauge seufzte verhalten und sagte, er hoffe es noch zu erleben, dass die Venus in einen blühenden Garten verwandelt würde, in dem man ohne Skaphander spazieren gehen könnte und trotzdem keine widerliche Krankheit aufgabelte. Er dachte eine Weile nach und fügte hinzu: »Überhaupt ist es die Bestimmung des Menschen, jede beliebige Stelle, auf die er seinen Fuß setzt, in einen blühenden Garten zu verwandeln. Und sollten wir selber die Gärten auf der Venus nicht mehr erleben – unsere Kinder werden es bestimmt.«

Dann diskutierte er lange mit Jurkowski. Sie erwogen, ob es möglich sei, die Natur eines ganzen Planeten umzuwandeln, vor allen Dingen die Atmosphäre und das Klima. Prinzipiell sahen beide nichts Irreales darin, doch ihre Meinungen über die praktischen Methoden gingen weit auseinander, so weit, dass sie sich beinahe gezankt hätten.

Die Schlucht endete völlig unvermittelt. Die Felswände traten zur Seite, das Licht der Scheinwerfer verlor sich im rötlichen Leuchten des offenen Himmels. Bykow erhöhte die Geschwindigkeit. Der *Knabe* neigte sich, tauchte noch einmal in eine tiefe Mulde, donnerte mit den Gleisketten über Gestein, und eine endlose schwarze Ebene, glatt wie eine Tafel, tat sich vor den Augen der Raumfahrer auf.

»Wüste!«, rief Bykow erfreut.

»Halte doch mal, Alexej!«, bat Dauge mit erregt zitternder Stimme.

Der *Knabe* hielt. Hastig schnallten die Raumfahrer ihre Helme an und stürzten zu den Luken. Bykow stieg als Letzter aus.

Ja, die Berge waren zu Ende. Die gezackte Felsenkette lag hinter ihnen. Hinter ihnen lag auch der schmale, erstaunlich gerade Pass. Doch das, was zunächst als Wüste erschienen war, brachte wieder eine Überraschung. Zumindest für Spizyn, der noch niemals eine Wüste gesehen hatte und sie sich ohne gelben und braunen Sand, ohne vom Wind geriffelte Dünen gar nicht vorstellen konnte. Die Landschaft, die sich vor dem *Knaben* ausbreitete, war glatt wie eine Tischplatte und völlig schwarz. Feiner schwarzer Staub fegte ungestüm über sie dahin, und am fernen, rötlich gleißenden Horizont geisterten gleich gigantischen aufrecht stehenden Schlangen schmale, sich graziös windende Schatten umher. Und über allem – die orangerote Himmelskuppel, an der mit unheimlicher Geschwindigkeit chaotische purpurne Wolkenmassen dem *Knaben* entgegenglitten.

»Wie gefällt Ihnen so ein Weg?«, vernahm Bykow Jermakows Stimme.

»Eine Wüste«, gab er ruhig zur Antwort.

»Versteht sich. Eine Landschaft, die Ihnen vertraut ist. Freilich, hier fehlt der Saksaul, doch sonst ist es ganz wie in der Gobi. Richtige Schwarze Sande.«

»Schwarz sind sie ja ...« Bykow verhaspelte sich. »Na, und der Weg ist auch nicht schlecht. Glatt, breit ... Jetzt werden wir aber losschuckeln!«

»Hurra!«, rief Dauge, mit den Armen fuchtelnd. »Und dann genießen wir die Weite!«

In bester Laune stiegen die Raumfahrer in den Wagen zurück. Nur Bogdan Spizyn verweilte einige Augenblicke an der Luke. Er schaute sich um, seufzte tief und sagte: »Hier ist es genau wie bei Stendhal.«

»Wieso?«, fragte Bykow verständnislos.

»Alles rot und schwarz. Weißt du, Stendhal hat mir nie so recht gefallen ...«

Bykow nahm wieder seinen Platz am Steuerpult ein. Der *Knabe* erbebte und jagte, sanft schaukelnd, mit zunehmender Geschwindigkeit vorwärts. Der Wind griff den Staub auf, der sich von den Ketten löste, und verwehte ihn. Die Wüste raste ihnen entgegen, der heiße Bodenwind blies die Staubfahnen daher. Vor dem roten Horizont bewegten sich die biegsamen, bis zu den Wolken aufstrebenden Säulen. Hin und wieder entstand in der Ferne ein kleiner Buckel, schwoll an, wirbelte trichterförmig bis zu den Wolken empor, und dann trieb noch eine schwarze Säule mehr über die Wüste.

»Windhosen«, sagte Bykow. »Wie zahlreich sie hier sind!«

»Bloß nicht in so einen Trichter geraten!«, bemerkte Dauge.

»Ja, lieber nicht«, murmelte Bykow. Er erinnerte sich, wie einmal eine Windhose – bei Weitem kleiner als die hier auf der Venus, doch ebenfalls gewaltig – vor seinen Augen ein Geologenlager im Zentrum der Gobi in eine Sanddüne verwandelt hatte.

Der Wind nahm an Stärke zu. Kaum merklich am Fuße der Basaltwand, hämmerte er jetzt gegen die Stirnpanzerung des Wagens und pfiff durchdringend in der Antennenanlage. Das Gelände stieg spürbar an. Der Wagen näherte sich einem ausgedehnten Plateau. Stellenweise war der Grund vom Sand entblößt, und dann rasselten die Raupen über rissiges weißes Gestein.

»Eine seltsame Nacht ist das doch auf der Venus«, sagte Jurkowski und zeigte auf den purpurroten Horizont. »Denn wenn ich mich nicht irre, sind wir ja jetzt auf der Nachtseite, Anatoli Borissowitsch?«

Jermakow lächelte. »Ja, das ist die Nacht ... Roter Himmel, rote Wolken, rotes Dämmerlicht. So sieht die Nacht an den Ufern der Urangolkonda aus. Dreihundert Kilometer südlich von hier herrscht ewige Finsternis, hier aber, wie Sie sehen ...«

»Ewiger Sonnenuntergang«, murmelte Spizyn.

»Ja.« Jermakow warf ihm einen raschen Blick zu. »Ja. Genau so hat es Tachmasib gesagt: ›Die Sonne geht nie über der Golkonda unter ...‹ Das alles – die Schwarzen Stürme, die ewige Dämmerung –, das alles ist die Golkonda, das alles ist ihr Rätsel. Wir werden beginnen, es zu lösen.«

»Hoffentlich bald«, sagte Jurkowski halblaut, knackte mit den Fingern und ging nach hinten zu Dauge, der sich an einem kleinen Klapptisch eingerichtet hatte und etwas schrieb.

Spizyn steckte mehrere verschiedenfarbige Kabel in den Helm und beugte sich über das Funkgerät, bemüht – zum wievielten

Male schon –, die Verbindung mit der *Chius* herzustellen. Dauge und Jurkowski begannen den Forschungsplan zu beraten; bisweilen gingen sie zur Zeichensprache über, um die anderen nicht zu stören.

Bykow überließ die Steuerung Jermakow, gab ihm einige Ratschläge, kletterte auf die Ballen und schickte sich an, die anderthalb bis zwei Stunden Fahrt, die nach Jermakows Worten bis zur Golkonda noch verblieben, zu schlafen. Doch die wohlverdiente Ruhe blieb ihm versagt.

Bogdan hob plötzlich die Hand und gebot Schweigen.

Jurkowski fragte erfreut: »Was gibt's? Ist die Verbindung da?«

»Nein .. Aber ... Wartet mal einen Augenblick.«

Er drehte eilig an den Knöpfen des Funkgeräts und lauschte gespannt. »Peilzeichen ...«

»Wessen? Von der *Chius*?«

»Nein. Hört mal.«

Dauge und Jurkowski beugten sich über seine Schulter. Jermakow brachte den *Knaben* zum Stehen, verließ die Steuerung und neigte sich ebenfalls über das Funkgerät. Dauge stieß einen leisen Pfiff aus. »Ist etwa schon jemand hier?«

»Scheint so.«

»Rechts von unserem Kurs ... Interessant!« Jermakow wandte sich an Bykow: »Alexej Petrowitsch, übernehmen Sie bitte die Steuerung.«

»Jawohl ...«

Der Kommandant setzte sich neben Spizyn und ließ sich einen Kopfhörer geben. Sein Gesicht hatte einen besorgten Ausdruck.

»Drei Punkte, Strich, Punkt. Wer mag das sein?« Er nahm den Hörer ab und erhob sich.

»In den letzten zehn Jahren sind sechs Expeditionen und mindestens ein Dutzend verschiedener unbemannter Sonden in das Gebiet der Golkonda entsandt worden.«

Dauges Augen weiteten sich. »Vielleicht ... Vielleicht sind dort Menschen? Sie haben Schiffbruch erlitten und bitten um Hilfe?«

»Höchst unwahrscheinlich.« Jurkowski schüttelte den Kopf. »Was meinen Sie, Anatoli Borissowitsch?«

»Kriwizki hat sich auf dem Mars drei Monate in seiner Rakete gehalten, aber er fand Wasser.«

»Ja, Wasser ...«

»Also kann es nur ein automatischer Sender sein.«

Bykow, der auf seinem Sitz ungeduldig hin und her rutschte, mischte sich ein: »Nun, sollen wir den Kurs ändern?«

»Hm ...«

Jermakow überlegte. Zum ersten Male sah Bykow den Kommandanten schwanken, doch die Gründe waren schwerwiegend genug, das wussten alle.

»Wasser«, murmelte Jermakow.

»Wasser!«, echote Jurkowski.

»Vielleicht ist es gar nicht allzu weit«, sagte Dauge bittend. Jermakow entschloss sich.

»Gut. Wenn es nicht länger als zwei Stunden dauert, bin ich einverstanden. Alexej Petrowitsch, schwenken Sie ab. Nehmen Sie Kurs nach dem Kreiselkompass.« Er beugte sich erneut über das Funkgerät. »Annähernd sechzig Grad. Und holen Sie aus dem Motor das Letzte heraus.«

Munter lief der *Knabe* quer durch die Staubbänder, die von Norden her angefegt kamen. Der Wind blies gegen die linke Wagenseite, und bisweilen waren seine Stöße so stark, dass Bykow wie mit einem »sechsten Sinn« die Unsicherheit des Fahrzeugs spürte. Dann änderte er ein wenig den Kurs, bemüht, dem staubgeschwängerten Luftstrom die Stirnpanzerung zu bieten, oder er fuhr einen rechten Stützhebel aus. Bogdan saß am Funkgerät und korrigierte halblaut die Richtung. Im Spiegel schaukelte das bleiche Gesicht Dauges, der sich auf die Unterlippe biss. Die Minuten flogen dahin. Einmal beugte sich Jurkowski vor, rief etwas und wies mit der Hand nach links. Bykow kam gerade noch dazu, durch den Staub eine merkwürdige, gläsern anmutende Stelle von einigen Dutzend Metern Durchmesser zu erspähen, in deren Mitte ein gewaltiges ausgezacktes Loch gähnte, dann donnerten die Raupen kurz über etwas Hartes. Fragend schaute er Dauge an, doch dieser hatte offenbar nichts gesehen und erwiderte mit einem verständnislosen Blick ... Gibt es denn wenig Rätsel auf der Venus?, dachte Bykow. Vorwärts! Vorwärts! Der zitternde Zeiger des Tachometers pendelte zwischen hundert und hundertzwanzig. Die geheimnisvolle schwarzrote Welt flog zu beiden Seiten dahin, vor den Augen flimmerte es.

»Schneller, Alexej, schneller«, flüsterte Dauge.

Bykow kniff die Lider zusammen und schüttelte den Kopf. In diesem Moment rief Jurkowski: »Links halten, links! Da ist es ja!«

»Ein Raumschiff!«, flüsterte Dauge.

Ja, es war ein Raumschiff. Und sogar Bykow, der in der Astronautik blutiger Laie war, begriff sofort, welche Katastrophe diesen gewaltigen Metallkonus ereilt hatte. Offenbar war er mit unheimlicher Wucht seitlich gegen einen flachen Basalthügel geschleudert worden. Dort lag er nun inmitten herausgebrochener zyklopischer Gesteinsblöcke. Die breiten Stabilisierungsflossen waren eingedrückt und zerfetzt, und durch den ganzen Achterteil zog sich ein gewundener, von schwarzem Sand verstopfter Riss. Unten, unmittelbar am Boden, klaffte eine runde Öffnung – eine weit aufgeklappte Luke.

»Ja, die Zeichen kommen von einem automatischen Sender«, sagte Jurkowski mit dumpfer Stimme.

Bykow sah die Kameraden an. Dauge hatte die Unterlippe zwischen den Zähnen. Das ebenmäßige Gesicht Jurkowskis war zu einer Maske erstarrt. Spizyn wiegte den Kopf hin und her wie ein Mensch, der sieht, was er erwartet hat. Jermakow strich sich übers Kinn und schaute finster zur Sichtluke.

»Fahren Sie näher heran, Alexej Petrowitsch«, sagte er. »Wir müssen nachsehen!«

Als sich der *Knabe* durch die Steinblöcke hindurchgearbeitet hatte und vor der offenen Luke des Raumschiffs hielt, setzten alle eilig ihre Helme auf und machten sich zum Ausstieg bereit. Doch Jermakow erklärte: »Unnötig, dass wir alle aussteigen. Mit mir gehen Bykow und Spizyn.«

In der Finsternis mit den Taschenlampen leuchtend, krochen sie auf allen vieren durch den zur Seite geneigten Gang bis zu einer verbogenen Tür. Bykow vernahm das Knirschen des Silikets unter seinen Knien und spürte das harte Pochen des Blutes in den Schläfen.

»Verdammt«, keuchte Jermakow. »Ich schaff's nicht. Versuchen Sie es, Alexej Petrowitsch.«

Bykow stemmte sich mit der Schulter gegen die Tür. Mit einem durchdringenden Kreischen gab sie nach, ein schmaler Spalt öffnete sich.

»Hinein, Genossen ...«

Sie kamen in einen kubischen Raum, allem Anschein nach die Schleusenkammer. Im Licht der Taschenlampen sahen sie die Überreste zerstörter Geräte. Jermakow bückte sich, hob einen schuppigen, metallisch glänzenden Skaphander auf und untersuchte ihn.

»Die Sauerstoffbehälter sind leer«, murmelte er. »Alles klar.«

»Schaut mal!«, rief Spizyn mit unterdrückter Stimme.

Bykow blickte sich um und wich zurück. Etwas polterte unter seinen Füßen.

Aus dem Schiffsinnern drang ein schmaler Lichtstreif in die Schleusenkammer.

»Hier ist der Eingang«, sagte Jermakow. »Kommen Sie.«

Der nächste Raum schien die Messe zu sein. Die Männer stiegen vorsichtig über Möbeltrümmer und halb verkohlte Stofffetzen – früher waren es wohl Tischtücher gewesen – und zwängten sich in die Steuerkabine durch.

»Hier ...«

An der Wand, die ursprünglich die Decke gewesen war, brannte eine matte Kugelleuchte. Das geborstene Steuerpaneel hatte sich verschoben, und darunter ragten verkohlte Kabelenden hervor. Aber der Sender war immer noch in Tätigkeit, in den geplatzten runden Glasfassungen zitterten grüne und blaue Signallämpchen. Davor saß, den mit grauen Binden umwickelten Kopf vornübergebeugt, ein toter Mann.

»Sei gegrüßt, Pandit Bidhan Bondepadhai, du kühner Mann aus Kalkutta«, sagte Jermakow leise und straffte sich, die Hand auf die Sessellehne gestützt. »Hier also mussten wir uns begegnen ... Du bist auf dem Posten gestorben wie ein wahrer Mensch ...«

Dann schwieg er, bemüht, seiner großen Erregung Herr zu werden. Schließlich hob er die Faust und sagte deutlich: »Ehre deinem Andenken!«

Sie nahmen den leichten, zur Mumie eingetrockneten Körper des Raumfahrers aus dem Sitz und legten ihn behutsam auf den Boden.

»Nun, ein besseres Denkmal als dieses Schiff hätte er sich nicht wünschen können.« Jermakow senkte den Kopf. »Lassen wir ihn hier.«

Bykow blickte auf den mit Stofffetzen umhüllten Leichnam Bidhan Bondepadhais und dachte daran, dass dieser Mensch, ein Kämpfer für die Wissenschaft, in seiner Todesstunde sicherlich keine Angst gehabt hatte, obwohl er allein, viele Millionen Kilometer von der Erde entfernt, sterben musste.

Spizyn trat von dem Sender zurück. »Er hat die Anlage selbst repariert«, sagte er halblaut, »und das automatische Peilgerät wieder in Gang gebracht. Aber wie er bei diesem Aufschlag mit dem Leben davonkommen konnte, ist mir unbegreiflich. Hier ist ja alles völlig zerstört.«

Von einem neuen Gedanken erfasst, zuckte Bykow zusammen. »Anatoli Borissowitsch, wo sind denn die anderen?«

»Wer?«

»Na, seine Gefährten.«

»Bondepadhai-ji ist allein auf die Venus geflogen.«

Nachdem sie das Bordbuch, die Filme aus den automatischen Laboratorien und die Tagebücher an sich genommen hatten, schlossen sie sorgfältig die Türen und begaben sich zum Ausgang. Draußen sagte Jermakow mit gesenkter Stimme: »Nachher im Wagen nicht so viel Einzelheiten erzählen. Spizyn, machen Sie einige Aufnahmen von dem Schiff, und dann los.«

In der Kabine des *Knaben* nahm Jermakow den Platz am Steuerpult ein. Dann berichtete er mit knappen Worten von dem Ende Bondepadhais.

Dauge fragte nur: »Ist das der Bidhan Bondepadhai, der das Observatorium auf dem Mond erbaut hat? Der aus Kalkutta?«

Niemand antwortete ihm. Erst nach längerer Pause sagte Jermakow, ohne den Blick von der Sichtluke zu wenden: »Dieser Planet ist ein Ungeheuer ... Er hat wohl die Hälfte aller Opfer in der Geschichte der Raumfahrt gefordert. Und was für Opfer ... Aber wir werden ihn erobern! Wir werden ihn zähmen!«

Da er den Helm aufhatte, konnte Bykow sein Gesicht nicht sehen, doch er sah die zu Fäusten geballten Hände, die auf der Tastatur des Steuerpults lagen, und wusste, dass die verkrampften Finger unter dem Siliketgewebe kalt und weiß wie Marmor waren.

Rasch und sicher rollte der *Knabe* nordwärts, gegen den Wind. Die Windhosen wurden in weitem Bogen umfahren. Zwei von ihnen stießen geräuschvoll zusammen, zerstoben zu einer faserigen Wolke, die der wütende Wind ergriff und fortwehte, zum Horizont. Und da flammte vor ihnen, den rötlichen Schein des Himmels überdeckend, ein blendend blaues, unwahrscheinlich prächtiges Licht auf. Fern am Horizont zeichnete sich deutlich eine Kette blassvioletter Hügel ab. Der wunderbare Schein zitterte, schillerte mehrere Minuten lang in blauweißen Tönen, verblich schließlich und erlosch.

»Die Golkonda hat uns mit einem falschen Lächeln begrüßt«, sagte Jermakow. »Ein Schwarzer Sturm naht. Alexej Petrowitsch, tauschen wir die Plätze. Wahrscheinlich werden wir Ihre Steuerkunst bitter nötig haben.«

Die Venus zeigt die Zähne

Später konnte sich Bykow das, was kurze Zeit nach den Worten des Kommandanten geschehen war, nie von Anfang bis Ende ins Gedächtnis rufen. Noch weniger erinnerten sich daran seine Kameraden, die es versäumt hatten, sich an den Sitzen festzuschnallen. Ein Schwarzer Sturm der Golkonda zieht nicht heran, nicht einmal wie ein Orkan – er entsteht urplötzlich wie ein Bild im Spiegel, gleichzeitig rechts und links, vorn und hinten, oben und unten. Auf dem Schirm des Infrarotprojektors sah Bykow etwa hundert Meter voraus eine gigantische tintenschwarze Wand, und da brach auch schon völlige Finsternis herein. Die Eindrücke endeten, es begannen die Empfindungen.

Der Wagen wurde mit D-Zug-Geschwindigkeit zurückgeschleudert, und Bykow prallte mit dem helmbewehrten Kopf gegen die Vorderwand. Funken tanzten vor seinen Augen, vor Schmerz zog er die Luft durch die Zähne. Er spürte, wie der *Knabe* den Bug hochhob und sich aufbäumte; die Gurte schnitten in den Körper, knirschten, hielten aber. Ringsum in der Finsternis heulte und donnerte es. Bykow war wie taub und blind. Von der furchtbaren Anstrengung beinahe erstickend, schaltete er den allerschnellsten Gang ein und fuhr alle vier Stützhebel aus. Der hintere rechte brach. Ein wahnwitziges Karussell erfasste den *Knaben*, warf ihn auf die Seite, schleifte ihn einige Dutzend Meter zurück und drehte ihn auf den Rücken. Doch die heil gebliebenen Stützen hoben ihn etwas an, der Sturm besorgte das Übrige – und schon stand der Wagen wieder auf den Raupen.

Wie immer in Augenblicken höchster Gefahr arbeitete Bykows Gehirn rasch und präzise. Der Fahrer, fest verwachsen mit seinem Wagen, wehrte sich aus Leibeskräften. Mit geweiteten, glasigen Augen verfolgte er, wie auf dem Bildschirm in der bodenlosen Finsternis hellblaue, wabernde Büschel aufflammten. Durchhalten, durchhalten ... Blendend helle Kugeln tanzten auf dem Bildschirm, explodierten lautlos, spuckten Feuer, und im Donnern und Tosen des Sturmes mahlten die Gleisketten der vieltonnenschweren Maschine mit rasender Schnelligkeit im Sand; die festen Titanstützen bohrten sich in den Boden, doch wieder gab der *Knabe* nach, wieder schleuderte ihn der Sturm auf die Seite und schob ihn vor sich her. Durchhalten, durchhalten! Von dem Brüllen, Heulen und Krachen platzte schier das Trommelfell, auf den Lippen haftete klebriges Zeug. War es Blut? A-ah! Bykow hing mit dem Kopf nach unten, doch seine Hände drückten auf die Tasten. Über den Bildschirm hüpften zottige Feuerbälle. Kugelblitze? A-ah! Durchhalten um jeden Preis ... Und wieder wurde der Knabe aufs Heck geschleudert ...

Dann endete alles ebenso plötzlich, wie es angefangen hatte. Bykow stellte den Motor ab und nahm mit Mühe die Hände vom Steuerpult. Durch die Sichtluke ergoss sich wieder das rötliche Licht; es kam Bykow unvergleichlich schön vor. In der eingetretenen Stille hörte er die Strahlungsmesser ticken.

Bykow schaute sich um. Der Kommandant nestelte mit ungehorsamen Fingern an den Gurten. Bogdan Spizyn saß ohne Helm auf dem Fußboden neben dem Funkgerät und schüttelte wie von Sinnen den Kopf. Sein Gesicht war derart schwarz verschmiert, dass Bykow sogar erschrak – der Pilot und Funker war kaum zu erkennen. Jermakow hatte sich endlich losgeschnallt. Er stand auf, doch seine Beine knickten ein.

»Na ... wisst ihr ..., das war aber eine Strapaze«, brachte Bogdan mühselig hervor und lächelte; seine weißen Zähne blitzten. »Ob unsere Erde in ihrer Jugend ebenso stürmisch war?«

Unter dem Wandtischchen kroch Dauge hervor. Er stützte sich auf Ellbogen und Knie und versuchte aufzustehen, überlegte es sich jedoch offenbar anders. Auf Lettisch fluchend, setzte er sich, lehnte sich an die Ballen und nahm langsam den Helm ab. Brechreiz würgte ihn. Jurkowski war lange nicht aufzufinden. Endlich entdeckten ihn die Kameraden unter einem Haufen eingestürzter Ballen. Er war bewusstlos, kam jedoch sofort zu sich, schlug die Augen auf und erkundigte sich: »Wo bin ich?«

Bykow lächelte erleichtert, während Bogdan mit ernster Miene sagte: »Du bist im *Knaben*. Der *Knabe*, weißt du, das ist so ein Geländewagen ...«

»Keine Einzelheiten! Auf welchem Planeten?«

»Eine erstaunliche Fähigkeit, in jeder Lage steinalte Witze zu zitieren«, sagte Dauge boshaft. Er saß immer noch da und fingerte am Helm herum, der auf seinen Knien lag.

Sofort erhob sich Jurkowski und blickte ihn abschätzend an. »Cher Dauge! Weißt du, welche Farbe du jetzt hast?«

»Ich weiß. Gelb. Die Brote waren mit Käse belegt ...«

Spizyn lachte los, verschmierte den schwarzen Schmutz übers Gesicht, Jurkowski legte die Hände an die Hosennaht und stellte sich neben Dauge, der den Helm möglichst weit von sich hielt und damit wie mit einer vollen Schale zum Ausgang ging. »Zum Parademarsch – Augen rechts!«

Dauge stolperte über einen Ballen, hätte seinen Helm beinahe fallen lassen und fluchte.

»Die windumtoste Hebe lacht;
sie hat, wie sie Zeus' Adler nährt,
die Schale, drin der Donner kracht,
herab zur Erde ausgeleert«,

verkündete Jurkowski triumphierend.

Die scharfe Stimme Jermakows unterbrach ihn. »Genossen Raumfahrer! Sofort die Helme auf! Alarm!«

Bykow, der gerade seinen Helm abnehmen wollte, drehte sich erstaunt um.

»Staub! Radioaktiver Niederschlag!« Jermakow beugte sich in gespannter Haltung vor. »Die Helme aufsetzen! Spizyn, sofort waschen! Alles zur Desaktivierung bereitmachen.«

Bykow begriff. Die Wände, die Kisten und die Ballen, die Geräte, die Anzüge und Spizyns Gesicht – alles war mit einem Anflug feinsten schwarzen Puders bedeckt, den der ungeheure Druck des Sturmes durch die mikroskopisch schmalen Spielräume der Luken hereingepresst hatte. Die bestaubte Schutzglocke des Indikatorlämpchens blinkte hell, und nun vernahmen auch die anderen das rasche Ticken der Strahlungsmesser. Jurkowski hantierte eilig an den Schnallen seines Spezialanzuges. Dauge zögerte ein Weilchen, fühlte aber dann den schweren Blick des Kommandanten auf sich ruhen und steckte entschlossen den Kopf in den Helm.

»Alexej Petrowitsch, untersuchen Sie bitte den *Knaben* von außen«, befahl Jermakow und setzte ebenfalls den Helm auf.

Draußen war es ungewöhnlich still. Der Wind hatte sich ganz gelegt. Die gigantischen Windhosen am Horizont waren verschwunden. Bykow sprang von Bord des *Knaben* und versank knietief in dem weichen schwarzen Staub. Der Boden zitterte so stark, dass Bykow die Zähne aufeinanderschlugen. Ein dumpfes Getöse erfüllte den Kopfhörer.

Die Golkonda! Bykow bohrte seinen Blick in den hügeligen Horizont.

In dem flimmernden glutroten Glast zeichnete sich bisweilen ein ferner Gebirgszug ab, der immer wieder von brodelnden Dämpfen verdeckt wurde. Ein unheimliches Grollen drang von dort herüber.

Der *Knabe* stand aufgebäumt mit einer leichten Schlagseite nach rechts; er glich einer riesigen, verstümmelten Spinne. Der Sturm hatte einen großen Hügel unter das Fahrzeug geweht, und die Gelenkstützen staken tief im Staub.

Als Bykow um den Bug watete, sah er breite halbverwehte Furchen, die sich viele Meter weit hinzogen – es waren die Spuren des Rückzuges. Sie schienen nicht tief zu sein, doch als er eine davon betrat, versank er bis zum Gürtel.

Der hintere rechte Stützhebel hing »an einem Faden«. Der Sturm hatte das Titangelenk aus dem Gehäuse gedreht. Mit einiger Mühe ließ sich der Schaden zwar reparieren, doch die frühere Festigkeit war unwiderruflich dahin. Bykow seufzte bekümmert und machte sich an die Arbeit.

Die Reparatur näherte sich bereits ihrem Ende, als der Ingenieur, ganz in seine Arbeit vertieft, Jermakows Stimme über sich hörte.

»Na, wie klappt's? Wir sind schon fertig ...« Der Kommandant sprang vom Wagen und hockte sich neben Bykow. »Wir sind noch glimpflich davongekommen. Ich sehe, Sie haben's ja auch bald geschafft.«

»Ja ...« Bykow schnaufte. »Schade bloß um den *Knaben*, hat sich das Beinchen ausgerenkt, der Ärmste.« Er kniete nieder und betrachtete kritisch seine Arbeit. »Taugt höchstens noch für Vergnügungsfahrten! Schlimm, Anatoli Borissowitsch, Sie sehen's ja selbst.« Er seufzte und begann das Werkzeug einzusammeln. »Ich hätte dem Sturm ein wenig nachgeben sollen, dann wäre alles heil geblieben.«

Der Kommandant winkte ab. »Wissen Sie, wie lange der Sturm gedauert hat?«, fragte er.

»Na, vielleicht zwanzig Minuten ... Schwer zu sagen, ich habe nicht auf die Uhr gesehen.«

»Aber ich ... Drei und eine halbe Minute.«

»W-wie?«

»Drei und eine halbe Minute, Alexej Petrowitsch. Während dieser Zeit hat uns der Sturm über tausend Meter zurückgeworfen. Wenn Sie nachgegeben hätten, läge der *Knabe* jetzt hundert Kilometer weit von hier ... und wäre ein Trümmerhaufen. Sie ahnen ja gar nicht, was für ein Prachtkerl Sie sind, Alexej Petrowitsch!« Er strich zärtlich über den Stützhebel. »Und jetzt vorwärts, der Weg ist frei! Bis zur Golkonda ist es nur noch ein Katzensprung. Hören Sie das Rummeln? An die fünfzig Kilometer. Man sieht sie schon – da, die schwarzen Tupfen ... Nein, es sind keine Berge, es sind die Rauchwolken der Golkonda.«

Bevor Bykow dem Kommandanten zur Luke folgte, schaute er sich noch einmal um und sah in weiter Ferne wie durch Nebel breite violette Streifen entstehen. Vor seinen Augen flimmerte es. Er kniff die Lider zusammen und schüttelte den Kopf. Plötzlich waren die Streifen verschwunden.

»Das fehlte noch«, murmelte er, über die Panzerung kletternd. »Halluzinationen ... Schöne Bescherung!«

In den Kabinen des *Knaben* blinkte alles vor Sauberkeit. Die Ladung war sorgsam aufgestapelt und festgezurrt. Struppig, mit feuchtem Haar, saß Bogdan vor dem Funkgerät und drehte an den Knöpfen. Die Geologen hatten ihre Plätze in der Ecke am Klapptischchen eingenommen. Jurkowski blätterte in einem Handbuch und pfiff leise vor sich hin. Es herrschte Ruhe und Behaglichkeit. Plötzlich wurde Bykow so müde, dass er nicht mehr die Augen aufhalten konnte – die unmenschlichen Anstrengungen der letzten Stunden hatten ihn vollends erschöpft.

»Anatoli Borissowitsch ...«

»Schlafen, schlafen!«, unterbrach ihn Jermakow rasch. »Sofort schlafen.«

»Zu Befehl!«, sagte Bykow erfreut, setzte sich auf die Ballen und nahm den Helm ab.

Dauge beobachtete ihn mit wohlwollendem Lächeln. Kaum aber hatte Bykow den Helm abgenommen, sprang Dauge auf und stieß einen leisen Schreckensruf aus, sodass Bykow überrascht aufblickte und alle anderen die Köpfe wandten.

»Liebe Mutter, Helferin der Raumfahrer aller Welt!«, murmelte Jurkowski auf Ukrainisch und bekreuzigte sich unbeholfen. Spizyn ächzte. Jermakow stand abrupt auf.

»Was ist denn?«, fragte Bykow verwirrt und schaute an sich hinunter.

»Warte, warte, Alexej ... Was ist das?«, stotterte Dauge.

»Ja was denn bloß?«

»Ihr ganzes Gesicht ist blutig, Alexej Petrowitsch«, sagte Jermakow. »Sie haben sich wahrscheinlich bei einem Stoß die Stirn verletzt.«

»Stimmt, einmal hab ich mich gestoßen«, brummte Bykow und betastete den Kopf.

»Halt! Nicht mit den Fingern berühren. Ich will Ihnen die Wunde gleich auswaschen ... Finger weg, sag ich! Wladimir Sergejewitsch, geben Sie ihm einen Spiegel.«

Auf der Stirn zeichnete sich eine riesige dunkle Beule ab, die Nase war geschwollen, die aufgeschlagene Unterlippe blutete, die Wangen trugen ein wunderliches Muster.

Verärgert legte Bykow den Spiegel beiseite. »Wirklich, liebe Mutter ...«

»Nichts Schlimmes.« Jermakow säuberte die Wunde rasch und geschickt. »Effektvoll, aber ungefährlich. Wie kommt es nur, dass Sie das nicht gemerkt haben?«

»Na ja, es hat ein bisschen gebrannt ... Wer konnte denn ahnen ...?«

»Ich persönlich bin gar nicht darüber erstaunt«, meinte Dauge.

»Worüber?«

»Dass du nichts gemerkt hast. Ich zum Beispiel hatte ja auch nur ein einziges Gefühl: Mir war, als stünde ich die ganze Zeit auf dem Kopf und hielte meinen Magen mit der Zunge fest.«

»Du kannst nicht die ganze Zeit auf dem Kopf gestanden haben ... Vielen Dank, Anatoli Borissowitsch, jetzt ist alles in Ordnung.«

Bykow hängte den Helm an den Haken und kletterte, vor Wohlbehagen krächzend, auf die Ballen.

»Das heißt, ich zweifle durchaus nicht, dass der *Knabe* in dieser Teufelsbrühe gelegentlich auch auf den Ketten stand ... Ich halte zu viel von ihm, um daran zu zweifeln. Aber mein persönlicher Stützpunkt war mein eigener Kopf ... den ganzen betrachteten Zeitraum hindurch.«

»Gut gesagt – ›Stützpunkt‹. Ich liebe konkrete Formulierungen«, bemerkte Jurkowski unsd griff wieder nach dem Handbuch.

»Die Anspielungen verstehe ich nicht ... Ja ... Und warum das so war, ist ganz und gar unklar ...«

»Noch ein Rätsel«, sagte Spizyn.

»Und die Lösung liegt nicht zutage«, fiel Jurkowski ein.

Dauge sagte etwas – irgendetwas von »menschenähnlichen Mitarbeitern der Wissenschaft« – doch Bykow schlief bereits.

Ein großes weißes Schiff trug ihn schaukelnd über einen breiten tiefblauen Strom. Die Sonne strahlte, in der Ferne lagen dunkel die Ufer hinter graublauem Dunst, und über die Fluten schoss ein blendendweißer Vogel dahin. Das Schlingern wurde immer stärker, das Deck rutschte unter den Füßen weg. Jemand rief: »Das ist aber ein Weg!« Bykow flog zappelnd über Bord und erwachte. Der *Knabe* wurde heftig hin und her gerüttelt. Jermakow steuerte, die anderen drängten sich aneinandergeklammert hinter seinem Rücken und schauten auf den Bildschirm.

»Richtige Fangzähne!«, bemerkte Bogdan Spizyn. »Etwas ältlich, diese Göttin der Schönheit. Und uns hat sie im Maul.«

Bykow kroch von seinem harten Lager, stolperte zu den Kameraden und steckte den Kopf zwischen Bogdan und Dauge. Die Wüste war zu Ende. Der *Knabe* wälzte sich jetzt um aufgetürmtes graues Gestein herum durch einen Wald glatter, schwarzer Säulen. Über den Steinhaufen ragten hohe, gerade Felsen in den niedrigen Himmel – viele Hunderte davon sah man in der Ferne. Der Boden war von Spalten durchzogen und mit Steinbrocken übersät, hier und da wucherte harter brauner Efeu, und um die Felszacken wanden sich dornige Ranken. Ein steinernes Dickicht umgab den *Knaben*. Bogdan hatte recht – die Felsen erinnerten in der Tat an spärliche Greisenzähne.

Das Schütteln wurde unerträglich. Jurkowski stöhnte plötzlich und legte die Hand an den Mund – er hatte sich auf die Zunge gebissen. Bykow berührte Jermakow an der Schulter.

»Halten Sie lieber an, Anatoli Borissowitsch, hier kann sich der *Knabe* leicht den Bauch aufschlitzen.«

Jermakow nickte. Er steuerte die Maschine zur nächsten Säule und stellte den Motor ab.

»Man müsste den Weg auskundschaften«, sagte Bykow und beugte sich zur Sichtluke. »Vielleicht ist es besser, wir kehren um und umfahren die Stelle.«

»Nein«, schnitt Jermakow ab. »Das Felsgelände zieht sich wahrscheinlich sehr weit hin. Wir haben keine Zeit.«

»Die Felsen einfach sprengen; einige Minen – das genügt«, schlug Spizyn vor.

Jermakow überlegte. Dann stand er entschlossen auf. »Wir werden die Gegend erkunden. Zu viert. Der Fahrer bleibt beim Wagen.«

»Zu Befehl.«

»Jetzt geht's los, jetzt geht's los!«, frohlockte Dauge und schwang seinen geologischen Hammer.

»Den Hammer hierlassen«, gebot Jermakow. »Nur eine Waffe mitnehmen.«

»Anatoli Borissowitsch, wir haben noch nicht ein einziges Mal ...«

»Keine Zeit. Jurkowski, Spizyn, beeilen Sie sich! Bykow, den Wagen nicht verlassen. Auch wenn Sie Schüsse hören sollten ... Alle fertig? Na, dann los!«

Bykow kletterte mit den anderen hinaus, setzte sich auf den kaum vorspringenden Kommandoturm und schaute den Kameraden nach. Ihre Gestalten wurden immer kleiner – zwischen den mächtigen, von Rissen durchzogenen Steinblöcken wirkten sie wie winzige krabbelnde Käfer. Jermakow und Dauge gingen in

Fahrtrichtung, Jurkowski und Spizyn bogen nach rechts ab. Einige Zeit hörte Bykow noch Jurkowskis Stimme, der versicherte, dass dies die beste geologische Fundgrube der Welt sei, das fröhliche Lachen Bogdans und den munteren Bass Johannytschs, der das Liedchen von den Argonauten sang. Dann wurde alles still, und Bykow war allein.

Die Wolken jagten über den Himmel, der Wind heulte um die schwarzen Felssäulen, ein paarmal hörte Bykow ein lautes Krachen, und es schien ihm, als seien es Signalschüsse. Er schnellte empor und schaute sich um. Dann begriff er, dass es der Wind war, der die Steine zusammenstieß. Trotzdem holte er sich eine Maschinenpistole aus dem Wagen und hängte sie sich über die Schulter. Der Boden wurde ständig von starken Stößen erschüttert, und durch das Heulen des Windes drang das ferne Grollen der fernen Golkonda heran.

Ein erstaunlich düsterer Ort! Ringsum grimmige, kahle Felsnadeln wie die Säulen einer riesigen zerstörten Halle. Bykow stellte sich vor, dass einst ein prächtiger antiker Palast hier gestanden hatte – ohne Wände, nur mit wundervollen Kolonnaden aus schwarzem Gestein. Durch die Gänge wandelten Menschen in schneeweißen Gewändern: würdevolle bärtige Weise, schöne Frauen, Krieger mit Bronzehelmen und Schilden ... Wie auf dem Bild, das er einmal in einem historischen Roman über Atlantis gesehen hatte ... Dann war ein Schwarzer Sturm gekommen und hatte alles vernichtet: Das Gewölbe war eingestürzt und zwischen die Säulen gefallen, und inmitten der Öde war nur noch ein Wald glatter, schwarzer Pfeiler stehen geblieben ...

Plötzlich sprang Bykow auf und griff nach der Maschinenpistole. Er hatte den Eindruck, als schöbe sich hinter der nächsten Säule ein riesiger dunkelhäutiger Mensch hervor, groß wie ein Haus, und bleibe lauernd stehen ... Nein, es war ja nur ein Steinblock. Die Steine überraschten durch die Wunderlichkeit ihrer Formen. Bykow betrachtete sie eingehend, suchte nach bekannten Umrissen. Dort lag ein schlafender Löwe; eine Fratze mit schief sitzender Mütze grinste ihn an; daneben hockte eine gigantische Kröte und ein wenig weiter – etwas völlig Undefinierbares mit Hörnern und vorquellenden Augen ... Die Steinwildnis lebte ihr eigenes regloses Leben, die seltsamen erstarrten Tiere – Löwen, Tiger, Echsen,

Drachen, Frösche – atmeten verstohlen, unmerklich mit leise zitternden Flanken und äugten unter den geschlossenen schweren Lidern auf die fremden Gäste. Steinerne Bewohner des steinernen venusianischen Waldes!

Doch wie arm war diese Landschaft an wirklichem Leben! In den Wüsten der Erde begegnete man noch ab und zu einer Schlange, einem Skorpion oder einer Walzenspinne, am Wüstenrande – einer Saiga-Antilope. Und hier? Ja, im Sumpf, da gab es Leben genug, sogar zu viel, doch in den Bergen und in der Wüste gediehen nur harte Dornengewächse ... Immerhin, als sie auf der Suche nach dem Pass am Moor entlanggerollt waren, hatte Bykow einen schnellen Schatten an der Felsenwand hinaufhuschen und im Dickicht verschwinden sehen. Aber sicherlich war es nur eine Sinnestäuschung gewesen ... In der Tat, eine üble Landschaft ... Stein, nichts als Stein, toter, regloser, schwarzer Stein ...

Bykow dachte an den grünen Grasteppich im Frühling, an die herabhängenden Zweige der Trauerweiden, an die weißen Lehmhäuschen in der Vorstadt, an das Murmeln des Wassers im Aryk – und seufzte wehmütig. Erde, Erde ...

In der Ferne sprang eine kleine schwarze Gestalt hinter einem Felsblock hervor. Die Kameraden kehrten zurück! Bykow richtete sich auf und spähte hinüber. Die Gestalt kam, mit den Armen balancierend, langsam näher. Jetzt stolperte sie, fiel beinahe, und in Bykows Kopfhörer ertönte ein leiser Ausruf. Jurkowski! Verteufelt angenehm, auf diesem Steinfriedhof einen Menschen zu sehen! Der Geologe beeilte sich nicht, in seiner Stimme schwang Ärger mit, anscheinend gab es keinen Weg. Es wird wohl weiter nichts übrig bleiben, als die Felsen zu sprengen, dachte Bykow. Das hält aber furchtbar lange auf! Wieder seufzte er. Doch dann musste er unwillkürlich lachen. Jurkowski machte eine groteske Bewegung mit dem Fuß und rutschte von einem großen Stein ab, über den er hatte klettern wollen, um den Weg abzukürzen. Ein Schwall von Schimpfworten drang an Bykows Ohr. Alexej lächelte – es war angenehm, sehr angenehm, einen Menschen hier zu sehen! Und eigentlich war Jurkowski auch gar kein schlechter Kerl und kein »Fant«. Er liebte es nur, die Nase hochzutragen, und war ... na, wie die Poeten eben sind. Bykow hatte kein großes Verständnis für Gedichte, und von Romantik hielt er auch nicht viel. In seinem Leben gab es zu viel Prosa, als dass er sich mit Poesie hätte befassen können, und von zehn Romantikern waren neun keinen Pfifferling wert.

Schwer atmend kam Jurkowski heran. Er nahm die Maschinenpistole ab, schob sie angewidert auf die Panzerung des *Knaben* und ließ sich erschöpft auf einem Stein nieder.

»Na, wie sieht's aus mit dem Weg?«, fragte Bykow, nachdem er einen Moment lang gewartet hatte.

Jurkowski winkte ab. »Felsbrocken, Löcher, der Teufel soll sie holen! Da ragen Steintrümmer aus dem Sand, bis zu anderthalb Meter hoch, scharf wie Rasierklingen. Und dort« – er wies mit der Hand in die Richtung, aus der er gekommen war –, »etwa zweihundert Meter von hier, bilden diese Venuszähnchen eine kompakte Mauer, unmöglich, da hindurchzukommen. Mit einem Wort, eine Sackgasse. Es wird Ihnen wohl nichts anderes übrig bleiben, Genosse Fahrer, als Ihre gepanzerte Deichsel umzudrehen. Jemand von den Neunmalklugen hatte vorgeschlagen, der *Chius* einen Hubschrauber beizugeben. So ein Dummkopf! Hier würde die Kiste im Handumdrehen in tausend Stücke zerfetzt.«

»Vielleicht finden Jermakow und Dauge einen Weg.«

»Möglich, wenn auch zweifelhaft. Wahrscheinlich werden wir doch zurückfahren müssen. Man kann ja nicht durchweg alles sprengen! Ich an Ihrer Stelle würde schon anfangen, Dampf anzulassen.«

Jurkowski kletterte auf die Panzerung und setzte sich neben Bykow.

»Und die Golkonda spricht ... Hören Sie's, Alexej Petrowitsch? Eine wunderbare Welt voller Rätsel und Geheimnisse ... Ungebärdige, jungfräuliche Natur! Eine Luft, von Menschenodem nicht entweiht, und unwegsame, unbefleckte Wildnis ...!«

Bykow brummte nur. Jurkowskis Art, sich auszudrücken, regte ihn auf. Sein »Romantismus« erschien ihm albern und komödiantenhaft. Er, Bykow, war der Ansicht, die *Chius* bahne den Weg für diejenigen, die ihnen folgen würden, um mit der »unwegsamen Wildnis« Schluss zu machen, um das Klima zu verändern und herrliche Städte zu erbauen. Und dann würde man hier an dieser Stelle ein Glas gekühltes Bier trinken können wie in Aschchabad in dem Kiosk auf dem Proletarier-Prospekt Ecke Dzierżyński-Straße ...

»Da, noch ein Geheimnis!« Der »Fant« wies nach vorn.

Über den Felsengipfeln entstanden plötzlich violett schillernde Streifen und zogen sich über den Himmel hin.

Bykow sprang auf. »Aha! Sie sehen sie auch!«

»Was heißt ›auch‹?«, fragte Jurkowski verwundert. »Kaum möglich, sie nicht zu sehen.«

Die Streifen schmolzen allmählich in dem roten Schein dahin.

In der Ferne tauchten zwei Gestalten auf. Sie erstiegen einen Steinblock, und die eine winkte mit der Hand. Bykow winkte zurück.

»Da sind auch Jermakow und Dauge. Und wo bleibt Bogdan? Haben Sie sich etwa aus den Augen verloren, Wladimir Sergejewitsch?«

»Ja, natürlich«, gab Jurkowski zerstreut zurück, während er die näher kommenden Kameraden beobachtete. »Hier kann man sich leicht aus den Augen verlieren, die Steine rauben ja jede Sicht. Und auf dem Rückweg bin ich anders gelaufen. Ist er schon lange fort?«

»Fort? Aber er ging doch mit Ihnen zusammen ...«

»Wie?«, fragte Jurkowski abwesend. Anscheinend hatte er nicht richtig gehört.

Bykow schwieg und überlegte. Was war mit Jurkowski los? Nahm er ihn nicht für voll?

»Eine kleine Panne, der Sauerstoffbehälter war wohl ein wenig undicht.«

»Was ist geschehen?« Bykow wurde unruhig. Er begriff Jurkowski nicht.

Der Geologe war offenbar ebenfalls erstaunt.

»Bogdan hat Pech gehabt mit seinem Sauerstoffbehälter. Er sagte mir, ich solle mich nicht aufhalten, er gehe zum *Knaben* zurück, um einen neuen zu holen ... Waren Sie etwa in der Zeit abwesend, Alexej Petrowitsch?«

»Bogdan ist umgekehrt?«

»Ja, natürlich. Um einen neuen Behälter zu holen.«

»Bogdan war nicht hier«, brachte Bykow mit Mühe hervor; eine böse Vorahnung erfasste ihn.

»Nicht hier ...?«

Beide sprangen gleichzeitig auf und starrten einander an, sich der Tragweite des Geschehnisses noch nicht völlig bewusst. Bykow konnte Jurkowskis Gesicht nicht sehen, hörte aber, wie dessen Atem stockte.

»Vorsichtig, vorsichtig, Anatoli Borissowitsch ... So ist's recht ...«, drang Dauges Stimme herüber.

Bykow drehte sich jäh um. Dauge und Jermakow näherten sich dem *Knaben*. Der Geologe hatte beide Maschinenpistolen um den Hals hängen, er stützte den Kommandanten am Arm. Jermakow ging sehr langsam und lahmte stark auf dem rechten Fuß. Einige Schritte vor dem Wagen rief er mit matter Stimme: »Machen Sie sich fertig, Genosse Fahrer. Dort können wir durchkommen. Alle einsteigen!«

Plötzlich ergriff Jurkowski die Maschinenpistole, sprang hinunter und rannte, ohne ein Wort zu sagen, los.

»Dauge!«, brüllte Bykow mit einer Stimme, dass dieser zusammenzuckte und wie angewurzelt stehen blieb. »Eine MPi für den Kommandanten – und Jurkowski schnell nach! Schnell, schnell ... Anatoli Borissowitsch, Bogdan ist wahrscheinlich etwas zugestoßen! Darf ich?«

»Gehen Sie!«, rief Jermakow.

Dauge rannte bereits. Bykow stürzte ihm nach. Die Füße rutschten auf dem glatten Gestein. Der Boden – scharfes, grobes Geröll, von Sand überstäubt – wich unter den Sohlen. Sofort brach Bykow der Schweiß aus allen Poren. Schnell, schnell pochte es in seinen Schläfen. Das Hirn arbeitete rasch und exakt. Entweder hatte irgendein Wesen Bogdan überfallen, was kaum anzunehmen war, oder er hatte sich verletzt und lag nun irgendwo ohne Besinnung. Dann würden sie ihn bestimmt finden! Er konnte sich allerdings auch verirrt haben. Aber warum rief er dann nicht und gab keine Signalschüsse ab? Krachend schlug Bykow ein Feuerstoß an die Ohren. Bogdan ...? Nein, es war Jurkowski. Sehr richtig, was er tat! Er hatte das Signalmagazin eingesetzt, war auf einen Stein geklettert – auf den, der einer Kröte glich – und feuerte in den tiefhängenden Himmel hinein. Jetzt ließ er die Maschinenpistole sinken, lauschte ... Keine Antwort! Nur das Gestein erwiderte mit vielfachem Echo, und der Wind heulte um die Gipfel der scharfgezackten Felsen ...

Bykow saß, mit dem Rücken an den Ballenstapel gelehnt, kaute langsam an dem gepressten Schinken und trank gierig Fruchtsaft aus einem Nylonbecher. Neben ihm auf dem Fußboden schlief Dauge, sein Atem ging schwer und rasselnd; erschöpft war er dort zusammengesunken, wo er gesessen hatte. Sein dunkles Gesicht sah fast schwarz aus, die stoppelbedeckten Wangen waren tief eingefallen. Von Zeit zu Zeit murmelte er etwas Zusammenhangloses auf Lettisch. Vor dem Funkgerät saß gebeugt Jermakow. Seine Augen waren geschlossen, die schlanken weißen Finger bewegten sich leise über das glänzende Schaltbrett. Er tastete den Äther ab, bemüht, mit der *Chius* Verbindung zu bekommen. Bisher hatte das stets Bogdan getan. Bogdan ... Über ihren Köpfen tappten langsame, müde Schritte. Es war Jurkowski, der ruhelos auf der Plastpanzerung hin und her wanderte.

Der Geologe glaubte sich schuldig an dem Unglück mit Bogdan. Dauge und Bykow hatten es ihm auszureden versucht, doch ohne Erfolg.

»Ich hätte ihn nicht allein gehen lassen sollen«, wiederholte er hartnäckig und sah mit leerem Blick an den Kameraden vorbei.

Armer Bogdan ... Armer Jurkowski.

Zwölf Stunden lang waren sie durch das steinerne Dickicht geirrt.

Das dumpfe Echo antwortete auf ihre Schüsse, gleichmäßig grollte die ferne Golkonda, mit ohrenbetäubendem Krachen platzten bucklige Steinblöcke. Die Männer zuckten jedes Mal zusammen und spähten um sich. Aber Bogdan war nicht zu sehen. Sie fanden leere Patronenhülsen – dort, wo sie selber geschossen hatten, halb verwischte Spuren – von ihren eigenen Füßen. Bogdan meldete sich nicht ... Sie redeten fast gar nicht miteinander. Nur manchmal, wenn Dauge oder Jurkowski den Versuch machten, sich von dem kleinen Trupp abzusondern, rief Bykow sie mit einer bis zur Unkenntlichkeit veränderten Stimme zurück. Einige Male schien es ihnen, als hörten sie ferne Feuerstöße. Hals über Kopf liefen sie in die vermeintliche Richtung und gaben Schüsse ab, doch stets erwies es sich, dass sie sich geirrt hatten. Der Schweiß rann ihnen in die Augen, die Beine zitterten und knickten ein. Immer häufiger stolperten sie und stürzten, und immer schwerer fiel es ihnen, sich zu erheben. Schließlich sank Jurkowski zusammen, und Dauge, der ihm helfen wollte, blieb kraftlos neben ihm sitzen. Bykow ging zu ihnen hin, ließ sich auf dem Schotter nieder und zog mühsam die steifen Knie an. Einige Zeit sah er zu, wie Jurkowski sich keuchend zu erheben versuchte, dann sagte er: »Kehren wir um. Wir müssen uns eine kleine Ruhepause gönnen.«

»N-n-nein!«, zischte Jurkowski wütend.

Sie gingen trotzdem zurück, und Bykow schleppte alle drei Maschinengewehre und stützte Jurkowski, der kaum noch die Füße setzen konnte. Dauge wankte voraus, ohne auf den Weg zu achten, und als er über einen Felsbrocken gebeugt stehen blieb, trat Bykow heran und stieß ihn in den Rücken. Mit Mühe riss sich der Geologe von dem Stein los und stapfte strauchelnd weiter. Er schien blind vor Müdigkeit. Doch gerade er war es, der als Erster eine breite schwarze Spalte bemerkte und an seinem Rand die mattblinkende Maschinenpistole Bogdans. Etwas vor sich hin murmelnd, fiel er auf die Knie und zeigte mit zitternder Hand in die Tiefe ...

Als der Knabe sich schwerfällig über die Steine zu der Spalte gewälzt hatte, schlang sich Bykow eine Stahltrosse um den Leib und ließ sich hinunter. Er hörte, wie oben Jurkowski heiser »Bogdan! Bogdan!« rief. Am Grund der Spalte sah Bykow im Licht der Taschenlampe Steinschutt, Sand und Bruchstücke von stachligen Efeuranken. Eine halbe Stunde lang tapste er in der Finsternis umher, befühltes jeden Stein, betrachtete jeden Riss – nichts, nichts. Mit letzter Kraft hatte er sich dann aus der Spalte herausgearbeitet und war in den Wagen gekrochen. Dort war er zusammengesunken und sofort eingeschlafen ...

Bykow trank den Saft aus, sammelte die Brotkrümel auf und warf sie in den Müllvernichter. Jermakow bewegte sich nicht. Plötzlich erhob sich Dauge und stürzte augenrollend auf ihn zu. »Bogdan! Bogdanytsch! Da bist du ja, mein Guter!« Seine Stimme sank zum Flüstern herab, seine Knie wurden weich, er setzte sich wieder und schlug beide Hände vors Gesicht. Nach einer Weile sagte er: »Verzeihen Sie, Anatoli Borissowitsch. Ich habe mich getäuscht!« und setzte sich mit fliegenden Händen den Helm auf.

Jermakow blickte ihn nur flüchtig an und wandte sich ab.

»Vielleicht versuchen wir es noch einmal, Anatoli Borissowitsch?«, sagte Bykow unentschlossen.

»Ja«, kam es wie ein Hauch aus Jermakows Mund.

Es vergingen noch achtundvierzig Stunden voller äußerster Anstrengungen, voller Hoffnung und bitterer Enttäuschung. Die Suche blieb erfolglos.

Nichts, nicht eine einzige Spur! Im Umkreis von einem Kilometer hatten die Raumfahrer jeden Spalt, jeden Riss untersucht. Viermal waren sie in den Felsspalt hinabgestiegen, an dessen Rand Dauge die Maschinenpistole gefunden hatte. Mehr konnten sie nicht tun, und Jurkowski stöhnte dumpf und ballte in hilfloser Wut die großen Fäuste. Wäre Bogdan vor ihren Augen umgekommen, im Kampf, oder wäre er verschüttet worden und sie hätten seinen Leichnam gefunden – ihnen wäre leichter zumute gewesen. Doch diese umheimliche Ungewissheit, das Bewusstsein ihrer Hilflosigkeit, die langsam und qualvoll ersterbende Hoffnung! ... Dauge ging umher wie mondsüchtig. Zweimal versuchte er, ohne Spezialanzug aus dem Wagen zu stürmen – er wäre fast erstickt, als er den schwarzen Staub einatmete.

Jermakow schwieg. Jedes Mal, wenn sich die anderen auf die Suche begaben, kletterte er, den verstauchten Fuß nachschleifend, hinaus und saß, die Maschinenpistole auf den Knien, stundenlang neben dem *Knaben*. Er wartete auf ein Signal. Während sich die anderen, von den Strapazen geschwächt, ausruhten, hielt er oben Wache oder versuchte mit der *Chius* Verbindung zu bekommen. So sehr er auch das Gespräch mit dem fernen Navigator herbeiwünschte – er fürchtete es zugleich. Doch als endlich die frohe Stimme Michail Antonowitschs, vom Rauschen und Knattern unterbrochen, aus dem Lautsprecher ertönte, schlug Jermakow einen ruhigen, ja sogar etwas scherzhaften Ton an. Er sagte, sie näherten sich dem Ziel, alles verlaufe ordnungsgemäß, und die Stimmung sei vortrefflich. Ein unwegsames Felsengebirge habe sie ein wenig aufgehalten, doch das sei nicht weiter schlimm. Alle Mitglieder der Besatzung ließen herzlich grüßen. Wortlos folgten die Geologen diesem Gespräch und nickten beifällig – es war nicht nötig, dass Michail Antonowitsch alles erfuhr. Er hatte es sowieso nicht leicht in der Einsamkeit.

An diesem Tage machte Jurkowski einen letzten verzweifelten Versuch, das Geheimnis um das Verschwinden Bogdans zu lüften. Als erfahrener Bergsteiger brachte er es fertig, eine der höchsten

Felssäulen etwa hundert Meter vom *Knaben* entfernt zu erklimmen. Der dreißig Meter hohe schwarze Fels war in seiner ganzen Länge gespalten, und der Geologe kletterte, sich mit Füßen und Körper gegen die Spaltränder stemmend, mit fast übermenschlicher Geschicklichkeit hinauf und hielt Umschau.

Bykow und der niedergeschlagene Dauge standen unten und warteten geduldig. Später, als Jurkowski nach dem Abstieg erschöpft an der Felswand lehnte, warteten sie ebenso geduldig, was er zu berichten hätte.

Doch er sagte nur: »Die Golkonda ist nahe ... Man sieht sie mit bloßem Auge ...«

Jermakow erwartete sie vor dem *Knaben*. Er ließ sie einsteigen, kletterte hinterher, und als alle die Helme abgenommen hatten, sagte er mit leiser Stimme: »In einer Stunde fahren wir.«

Bykow war nicht erstaunt – er hatte diese Worte erwartet. Selbst wenn Spizyns Sauerstoffbehälter in Ordnung gewesen wäre, musste der Sauerstoffvorrat schon längst aufgebraucht sein, und das, was der Filter aus der venusianischen Atmosphäre herauszuziehen vermochte, konnte die Erstickungsqualen nur um dreißig bis vierzig Stunden verlängern. Bogdan Spizyn war tot.

Doch Jurkowski ballte bei den Worten Jermakows die Fäuste, und Dauge hob den Kopf und starrte den Kommandanten aus müden, eingesunkenen Augen an.

»Wir haben keine Zeit. Länger hierzubleiben, halte ich nicht für angebracht ... und zweckmäßig ...«

Jurkowski erhob sich wankend. »Anatoli Borissowitsch ...!«

Jermakow schwieg. Die zitternden Hände an die Brust gepresst, stand Jurkowski vor dem Kommandanten und bewegte lautlos die Lippen. Dauge ließ den Kopf auf die Brust sinken. Das Schweigen dauerte an.

Bykow hielt es nicht aus. Er stand auf und setzte sich an das Steuerpult. Da sagte Jurkowski mit heiserer, gebrochener Stimme: »Ich geh nicht von hier fort!« Seine Blicke irrten umher, rote Flecken traten auf seine fahlen Wangen. »Er ist hier irgendwo in der Nähe ... Vielleicht ist er noch ... Ich bleibe ...«, seine Stimme versagte. »Anatoli Borissowitsch ...!«

Sanft redete Jermakow auf ihn ein: »Wladimir Sergejewitsch, wir müssen weiter. Bogdan ist tot. Er hat keinen Sauerstoff mehr.

Wir müssen unsere Pflicht erfüllen. Wir haben kein Recht ... Glauben Sie, die ersten Antarktisexpeditionen hatten es leichter? Und Barents, Sedow, Scott, Amundsen? Und unsere Vorfahren bei Stalingrad? Der Tod keines einzigen von uns darf den Vormarsch aufhalten ...«

Noch nie hatte Jermakow so lange gesprochen.

Sich an der Wand entlangtastend, schob sich Jurkowski zu dem Expeditionsleiter vor. »Ich pfeife auf alles ...! Ich pfeife auf die Golkonda! Das ist niederträchtig, Genosse Jermakow! Ich geh nicht. Der Teufel soll alles holen! Ich bleibe hier ...!«

Bykow sah, wie Jermakows Gesicht grau wurde, und als er diesmal antwortete, war der freundschaftliche Ton in seiner Stimme verschwunden. »Genosse Jurkowski, reißen Sie sich zusammen. Ich befehle Ihnen, den Helm aufzusetzen und sich auf die Weiterfahrt vorzubereiten!«

Er wandte sich abrupt ab und setzte sich vor das Funkgerät. Jurkowski, ganz angespannt, wie zum Sprung bereit, schaute ihn mit wilden Augen an. Er war bedauernswert und schrecklich, und ohne den Blick von ihm zu wenden, ging Bykow auf ihn zu. Doch zu spät: Mit einer katzenhaft schnellen Bewegung streckte sich der Geologe wie eine Sprungfeder und stürzte zur Luke. In den Händen hielt er eine MPi.

»So? Ja? So?«, schrie er. »Meinetwegen! Zum Teufel! Ich bleibe hier!«

Bykow packte ihn an der Schulter. »Wohin? Ohne Helm, verdammt!«

Jurkowski schlug ihm den Kolben ins Gesicht, dass dunkle Tropfen auf das Siliketgewebe des Anzugs sprühten. Bykow warf sich auf ihn, versuchte, ihm die Finger auseinander und die Waffe aus der Hand zu reißen. Beide stürzten zu Boden. Jurkowski wehrte sich wie rasend. Vor Bykows Augen blitzten befletschte Zähne auf, in seine Ohren drang heiser ein atemloses Flüstern: »Dreckskerl ...! Lass mich, du Vieh ...! Ziegelfresse ... Büttel, Dreckskerl!«

Schließlich bemächtigte sich Bykow der MPi, warf sie beiseite. Der Boden schwankte, es ertönte ein Quietschen und Knirschen – der *Knabe* wendete, entfernte sich von dem verfluchten Ort, von dem Grab, das sie nicht gefunden hatten. Stahl klirrte über das graue Gestein.

»Johannytsch! Was machst du denn? Johannytsch ... Bogdan ...« Jurkowski stöhnte, warf den Kopf in den Nacken. Bykow drehte ihm die Arme auf den Rücken.

»Wir müssen, Wolodja, wir müssen!« Dauge stand vor ihm und hielt sich an der vibrierenden Wand fest. Verzerrtes aschfahles Gesicht. Erloschene Augen. Eine fremde Totenstimme. »Wir müssen, Wolodja ... verflucht soll es sein, das alles!«

An den Ufern des Rauchmeeres

Wir steigen hier aus.«

»Zu Befehl, Anatoli Borissowitsch. Kommen Sie, ich helfe Ihnen ... Johannytsch, fass zu ...«

Bykow steckte den Kopf aus der Luke und kniff unwillkürlich die Augen zusammen. Dann kletterte er auf die Panzerung und reichte Jermakow die Hand. Dem Kommandanten folgte der finster dreinschauende Dauge. Nur Jurkowski blieb im Wagen; er lag, das Gesicht zur Wand gekehrt, auf den Ballen.

Da war sie, die Golkonda ... Einen Kilometer vom *Knaben* entfernt begann ein graues, wogendes Meer von Rauch und Staub. Es dehnte sich nach beiden Seiten bis zum Horizont. Der Schleier regte sich, blähte sich, schlug riesige Wellen. In der Ferne aber erhob sich, von vielfarbigen Blitzen erhellt, ein gigantischer kohlschwarzer Felsenberg. Er verdeckte den halben Himmel, und sein Gipfel verlor sich in den ungestüm dahinziehenden purpurroten Wolken. Ein anhaltendes dumpfes Tosen drang von diesem ungeheuerlichen, ewig brodelnden Krater herüber. Der Boden bebte und glitt wie ein lebendes Wesen unter den Füßen weg. Bykow schaltete sich eilig von der Außenwelt ab.

»Stell das Außenmikrofon ab! Hörst du, Alexej?«, schrie Dauge dicht an Bykows Ohr, dass dieser zusammenfuhr. »Aljoschka-a-a!«

»Was brüllst du denn so! Hab schon längst abgeschaltet!«

»So ist es besser.« Dauge senkte die Stimme. »Und ich dachte, du hörst mich nicht!«

Aus dem wallenden Vorhang löste sich ein Feuerball, stieg in die Höhe und zerbarst mit ohrenbetäubendem Krachen.

»Sieht schön aus!«, rief Dauge begeistert. »Ich geh und rufe Wladimir ...«

»Lassen Sie ihn lieber in Ruhe«, brummte Jermakow mürrisch.

Bykow vermochte es nicht, den Blick von dem unvorstellbar großen schwarzen Berg am Horizont zu wenden. Endlich merkte er, dass er eine Rauchsäule vor sich hatte. Unfassbar, doch dieses düstere Gebilde bestand tatsächlich aus Dampf, glühenden Gasen und Staubteilchen! Nur bei längerem Hinschauen konnte man aus dieser Entfernung erkennen, dass die glatten Wände unentwegt aufwärtsstrebten, dem niedrigen Himmel entgegen. Für einen Augenblick packte Bykow ein leises Schwindelgefühl. Ein unermessliches Rohr schien sich da in den Leib des Planeten gebohrt zu haben und sog nun Hunderttausende von Tonnen Sand, Staub und Gestein aus ihm heraus und schleuderte alles in die Atmosphäre. Wolken zerkrümelten Gesteins, zu unglaublich hohen Temperaturen erhitzt, rasten dort an den Hängen des schwarzen »Berges« in den Himmel ...

Bykow fasste sich wieder. »Wie soll's denn weitergehen, Anatoli Borissowitsch? Welche Richtung schlagen wir ein?«

Jermakow saß auf dem Turm und betrachtete die Golkonda durchs Fernglas. »Das bestimmen die Geologen. Wir werden wohl am Ufer der Golkonda entlangfahren und Material sammeln. Unterwegs stellen wir eine Karte zusammen. Danach suchen wir einen Platz, der sich zum Landen eignet.«

Aus der Luke kletterten die Geologen. Dauge fuchtelte erregt mit den Armen. »Aber sieh dir doch das an, Wladimir! Das ist doch eine geologische Naturkatastrophe! Ein Kataklysmus! Kneif mich mal in den Arm! Das ist ja großartig, hol's der Teufel ...!«

Jurkowski setzte sich apathisch neben den Kommandanten. Man sah ihm an, dass ihn nichts interessierte.

Dauge sprang hinunter und neigte sich tief über den Boden. Minutenlang betrachtete er die dicke Schicht des schwarzen Staubes, dann stieß er die behandschuhten Hände hinein, schöpfte beide voll und streckte sie Jurkowski entgegen. »Schau! Pechblendensand ... Anatoli Borissowitsch, wir fangen gleich hier an ... Oder?« Er kletterte wieder auf die Panzerung. »Nein, wir fahren weiter. Dorthin!« Er wies auf den Rauchvorhang. »Das ist eine Schatzkammer, das ist Gold, versteht ihr? Lager ohnegleichen ... Vorwärts, schnell, schnell !«

»Das ist gefährlich, Johannytsch«, bemerkte Bykow. »Der Teufel weiß, was sich dort tut...«

»Gefährlich?«, schrie Dauge. »Weshalb sind wir denn hier, du Narr? Und wie werden die arbeiten, die uns folgen? Gefährlich! Ein Stoßtruppunternehmen ist immer gefährlich!«

»Riskieren ...«, begann Bykow und brach unvermittelt ab.

Vor dem schwarzen »Berg«, etwa anderthalb Kilometer vom *Knaben* entfernt, wuchs eine graue, flammendurchzuckte Rauchsäule empor. Ihr oberes Ende blähte sich zu einem zottigen blauen Knäuel auf, und durch das ständige Grollen drang ein berstendes Krachen. Der *Knabe* wankte. Bykow verlor das Gleichgewicht, und im Fallen sah er, wie sich der schwere blaue Knäuel von der Rauchsäule losriss, aufwärts schwebte und in den brodelnden Wolken untertauchte.

»Hast du das gesehen?«, rief Bykow, sich erhebend. »Das ist nicht nur gefährlich, das ist ...«

»Unbedingt!« Dauge schwang die Fäuste. »Unbedingt müssen wir dorthin! Koste es, was es wolle!«

So begann die »Alltagsarbeit« der Expedition.

Jermakow lehnte es strikt ab, Dauges Bitte zu erfüllen. Der *Knabe* rollte, etwa dreihundert Meter Abstand haltend, an der Rauchwand entlang.

»Ehe wir den Landeplatz mit Funkfeuern nicht eingerichtet haben, werde ich, Grigori Johannowitsch, nicht gestatten, den Wagen und die Besatzung einer Gefahr auszusetzen«, gab der Kommandant auf das wiederholte Drängen der Geologen zur Antwort. »Wir haben noch keine unserer Aufgaben erfüllt. Beschränken Sie sich auf Schürfungen am Rande der Golkonda, und suchen Sie eine geeignete Stelle für den Landeplatz. Wenn die Funkfeuer aufgestellt sind und die *Chius* hierher überführt ist, dann werden wir weitersehen. Fertig.«

Alle zwei bis drei Kilometer machte der *Knabe* Halt. Jermakow blieb im Wagen, die anderen stiegen aus und gingen »auf Arbeit«. Dauge und Jurkowski sammelten Bodenproben, hielten Umschau und stellten geophysikalische Geräte auf, die auf dem Rückweg wieder mitgenommen werden sollten. Bykow trottete in der Regel hinter ihnen und schleppte sich mit ihrem Werkzeug ab. Er verging beinahe vor Langeweile und wünschte die Geologen und all ihren »Kram« zur Hölle. Der »Kram« war unsagbar schwer. Die Spezialpakete und Behälter mit den Gesteinsproben musste er ebenfalls tragen. Obendrein sprachen die Geologen nur unter sich und wandten sich an Bykow ausschließlich im Imperativ.

Jeder trug eine Maschinenpistole. Den Geologen war sie hinderlich, und Dauge versuchte einmal, seine Waffe Bykow aufzuladen. Doch dieser protestierte. Jeder müsse bewaffnet sein – wenn er, Bykow, zwei Maschinenpistolen schleppen solle, könne er sich im Notfall nicht verteidigen, und dann wären gleich zwei Mann wehrlos. Er glaube schon, dass die Waffe die Geologen behindere, doch da könne er ihnen wirklich nicht helfen. Schwer? Aber weshalb seien sie dann hier?

»Alexej, mein Bester, wer wird uns denn hier überfallen?«, versuchte Dauge ihn umzustimmen. »Was faselst du bloß zusammen! Übervorsichtig! Mach doch die Augen auf – alles ringsum ist wüst und tot! Bei einem solchen Grad von Radiation kann ja kein Geschöpf existieren, außer dir höchstens, du Dickschädel ... Dein blödes Eisentrumm stört mich, verstehst du das etwa nicht?«

»Meins brauchst du nicht zu schleppen, das mache ich schon selbst. Nur deins.«

Bykow war unerbittlich. Zu guter Letzt geriet Dauge aus dem Häuschen und fragte ihn so bissig wie nur möglich, was er unternehmen würde, wenn er, Dauge, sich trotzdem weigern würde, »dieses Eisentrumm« mitzuschleppen.

Bykow blickte ihn nur von oben bis unten mit dem silbrigen Helm an. Wutschnaubend wandte sich der Geologe ab.

Der Wald von spitzen Felsnadeln – die »Venuszähne« – grenzte hart an das »Rauchmeer«, wie Dauge den grauen Vorhang getauft hatte, der den Schlund der Urangolkonda umgab. Die Felsen standen einzeln oder in Gruppen, der Boden dazwischen war von Trichtern durchsetzt, von Spalten und Rissen zerfurcht, mit Geröll und Steinblöcken bedeckt. Dieses Gelände für einen Raketenlandeplatz zu ebnen war unmöglich. Der Expedition standen nur zehn Atomminen und etwa zwanzig Granaten zur Verfügung. Das reichte bei Weitem nicht aus. Eine ganze Armee von Bauarbeitern, mit den modernsten Sprengmitteln und Maschinen ausgerüstet, wäre nötig gewesen, um die Zugänge zur Golkonda freizulegen. Irgendwann würden hier gigantische, mit mächtigen Leitsendern versehene Raketenflugplätze entstehen, unterirdische Kerntreibstoffkombinate, Autostraßen durch Gebirge und Wüsten. Aber vorläufig – vorläufig musste man in der Nähe des Golkondakraters, etwa zwanzig Kilometer von ihm entfernt, einen genügend ebenen Platz ausfindig machen und ihn für den Empfang der ersten Erdenschiffe herrichten. Das konnte man auch mit Hilfe von zehn Atomminen mittleren Kalibers tun. Doch einen solchen Platz zu finden, wollte den Männern nicht gelingen.

Nach einer kurzen Beratung sagte Jermakow: »Die Geologen brennen darauf, ins Rauchmeer zu tauchen. Sie haben recht – vielleicht verbirgt sich das Rätsel der Golkonda gerade dort. Aber ... wir sind die Ersten hier, und unsere Aufgabe ist die Erkundung: Eine kleine mineralogische und botanische Kollektion mitzubringen, die Golkonda einzuschätzen und die Rentabilität der Ausbeute wissenschaftlich zu begründen, durch Stichproben annähernd die Beschaffenheit der Venuskruste festzustellen. Ich bitte sehr darum, das zu verstehen. Auf der Erde haben Sie es übrigens verstanden ... Klar: ›Goldfieber‹ ... Aber wir haben noch eine Aufgabe – einen Raketenlandeplatz anzulegen, wenn auch nur einen primitiven. Das ist sehr wichtig. Ohne das getan zu haben, gehen wir nicht fort von hier, was auch geschehen mag. Der Platz muss geschaffen werden. Der Wassermangel setzt uns Termine. Wenn wir nach zehn Erdentagen auf unserem Wege kein geeignetes Gelände für die Landebasis finden, fahren wir zurück und legen den Platz jenseits des Felsenkammes an.«

Ja, das Wasser war der springende Punkt. Unvorhergesehen viel wurde für die Desaktivierung verbraucht. Jedes Mal, wenn die Männer von ihrem Erkundungsgang zurückkehrten, mussten sie sich in der Schleusenkammer gründlich säubern. Feinster radioaktiver Staub, klebrig und allgegenwärtig, setzte sich in den Falten der Siliketanzüge fest, und um ihn loszuwerden, musste man sich über eine Viertelstunde unter den Strahlen der Desaktivierungsdusche drehen. Mit einem Handdosimeter kontrollierte Jermakow persönlich die Sauberkeit der Anzüge, und es geschah nicht selten, dass er einen Nachlässigen in die Schleusenkammer zurückschickte. Indessen nahm der Vorrat an Desaktivierungsflüssigkeit rapid ab. Die ausgezeichneten Filter und die Ionenabsorber halfen wenig. Bykow probierte über ein Dutzend Kombinationen von Absorptionspräparaten aus, doch keines lieferte den gewünschten Effekt. Das desaktivierte Wasser blieb weiterhin aktiv und musste hinausgeschüttet werden. Offenbar enthielt der Pechblendenstaub der Golkonda irgendwelche Radiokolloide, die gegen alle bekannten Ionenumwandlungsprozesse immun blieben. Der Behälter mit der Desaktivierungsflüssigkeit, für vierzig Arbeitstage berechnet, leerte sich rasch. Jetzt war das Trinkwasser in den Nylonschläuchen an der Reihe ...

Der *Knabe* rollte weiter nach Westen, die quirlenden Wogen des Rauchmeeres zur Rechten. Der Boden bebte und schwankte von den fernen Erschütterungen. Die Windstöße brachten graue Wolken aus Dampf und radioaktivem Staub heran. Am Horizont brüllte unheildrohend die gewaltige Rauchsäule, die über dem Schlund des brodelnden Urankessels stand. Alle Augenblicke bildeten sich dort winzige Nester von Transuranen. In jedem dieser Nester lief eine ungestüme Kettenreaktion ab – und eine kleine Atombombe mit einem Trotyläquivalent von mehreren Dutzend Tonnen kam zur Explosion. Durchs Fernglas sah man, dass zahllose Blitze die riesige schwarze Säule durchzuckten. Der natürliche Uranmeiler, Hunderte Kilometer im Durchmesser, wurde von unaufhörlichen Explosionen erschüttert.

»Eine interessante Stelle«, sagte Dauge. »Schwer, sich auszumalen, was geschähe, wenn es dort die verschiedenen Beimischungen nicht gäbe, die die Neutronen absorbieren. Eine ununterbrochen tätige Atombombe mit einem Gewicht von hundert Millionen Tonnen!«

Das war in der Tat ein grausiger Ort. Im Boden rissen plötzlich gähnende Spalten auf, die heißen, bläulichen Dampf auswarfen. In der Rauchwand flammten bisweilen geheimnisvolle violette Streifen von blendend hellem, pulsierenden Licht auf, sprangen leuchtende Staubfontänen hoch zum niedrigen Himmel. Selbst der akustische Schutz in den Spezialanzügen konnte das gewaltige Krachen kaum dämpfen.

Einmal löste sich eine schwere bläulich schwarze Wolke aus der Wand und kroch über die Ebene geradewegs auf den *Knaben* zu. Als Bykow in die Luke sprang, bemerkte er noch, wie die

Golkonda in einem blendend blauen Feuerschein aufleuchtete. Jermakow versuchte der Wolke auszuweichen, doch im Nu war sie da. Ein heftiges Trommeln auf die Panzerung setzte ein: Die Wolke trug Steinbrocken und gewaltige Sand- und Staubmassen mit sich. Die Außentemperatur stieg bis auf vierhundert Grad. Wie bei dem Sturm in der Wüste hüpften zottige Kugelblitze über den Bildschirm. Dann verzerrte sich das Bild, und der Schirm wurde blind. Jermakow hielt den Wagen an, und alle saßen reglos auf ihren Plätzen und lauschten den Außengeräuschen, dem lauten Ticken der Strahlungsmesser und dem Pochen des eigenen Herzens. Die Wolke wälzte sich hinweg. Die Männer kletterten hinaus und sahen sie über dem Felsenwald davonkriechen.

»So entsteht der Schwarze Sturm«, sagte Jermakow nachdenklich und blickte der Wolke nach.

Die Golkonda atmete. Bisweilen brachen unsichtbare Strahlungswirbel über den *Knaben* herein. Die Signallämpchen glühten hell auf, scheppernd tickten die Zähler. Zum Glück kamen derartige Wirbel verhältnismäßig selten vor und waren meist von kurzer Dauer. Die Raumfahrer trafen alle nur möglichen Vorsichtsmaßregeln und verstärkten den Schutz an den Spezialanzügen. Jermakow gab jedem täglich eine Spritze mit Aradiatin – einem Präparat, das die Entwicklung der Strahlenkrankheit eindämmte, aber Herz- und Kreuzschmerzen verursachte. Die Geologen arbeiteten im Schutz schwerer, für die Strahlung undurchlässiger Schilde. Und dennoch machten sich bei allen Besatzungsmitgliedern die ersten Anzeichen der Strahlenkrankheit bemerkbar – Blutarmut und Appetitlosigkeit. Die Männer waren träge und gereizt. Jermakow schwieg und steuerte den *Knaben* weiter am Rauchmeer entlang.

Bald fiel Bykow etwas auf, was ihm recht seltsam vorkam. Alle vierundzwanzig Stunden Punkt zwanzig Uhr – in der ewig purpurroten Dämmerung der Venus bedienten sich die Raumfahrer der irdischen Zeitrechnung – stieg Jermakow, den verletzten Fuß nachschleppend, in den Kommandoturm, stellte den weitwinkligen Entfernungsmesser auf Süd ein und blickte lange in Richtung der Wüste, als warte er auf irgendein Signal. Bykow konnte nicht begreifen, warum der Kommandant das tat, wagte aber nicht, danach zu fragen.

Indessen lieferte die geologische Erkundung glänzende Resultate. Die Golkonda machte ihrem Namen alle Ehre – sie erwies sich als eine Lagerstätte unermesslicher Reichtümer. Uran, Thorium, Radium, die Transurane Plutonium, Kalifornium, Amerizium und Curium – Stoffe, für deren Erzeugung auf der Erde gewaltige Mittel und Energien erforderlich waren und die mithilfe unerhört komplizierter Anlagen nur in geringen Mengen produziert wurden –, diese Stoffe lagen hier direkt vor den Füßen und konnten ohne besonderen Aufwand tonnenweise gewonnen werden. Dauge johlte vor Begeisterung, und sogar Jurkowski, der im Allgemeinen finster und verschlossen war, summte bei der Arbeit bisweilen ein Liedchen vor sich hin. Denn diese Arbeit brachte Entdeckung auf Entdeckung, und diese Entdeckungen konnten nicht hoch genug eingeschätzt werden. Sie bedeuteten einen umwälzenden Fortschritt in der Energiegewinnung, in Technik, Industrie und Medizin. Eine Erde, von Pol zu Pol mit ewiggrünen Wäldern bedeckt und in einem Lichtermeer erstrahlend; gesunde, starke Menschen, die keine Krankheiten mehr kennen; Überfluss, herrliche Städte, mächtige Kraftwerke, ein reiches, glückliches Leben – all das schwebte den Männern von der *Chius* vor. Und dieses Leben würde einen mächtigen Rückhalt hier finden, in den pechschwarzen Sanden der Golkonda. Unter dem purpurroten Himmel der Venus, verloren inmitten endloser schwarzer Wüsten, schritt das kleine Häuflein Menschen durch Mühsal und Gefahren, durch Schmerz und Tod einem großen Sieg entgegen. Ein großes Ziel verlangte ein großes Risiko.

Bei Dauge machte sich ein starker Haarausfall bemerkbar. Nach dem Schlaf, wenn er sich kämmte, blieben ganze Haarsträhnen im Kamm hängen. Er magerte zusehends ab und fühlte sich matt und elend, nur seine Augen glommen unnachgiebig. Oft hatte er eine Temperatur von neununddreißig Grad.

»Eine Grippe? Das muss man erst mal können – Zug abkriegen, ohne aus dem Spezialanzug zu steigen!«, staunte Johannytsch, das Fieberthermometer betrachtend. »Das ist doch Grippetemperatur! Nicht wahr, Anatoli Borissowitsch?«

Jermakow schüttelte nur den Kopf. Er war selbst nicht auf dem Posten – der verstauchte Fuß machte ihm zu schaffen. Jurkowski litt an Hautgeschwüren, was seine Stimmung keineswegs verbesserte. Er wurde immer schweigsamer, böse und grob.

Bykow fühlte sich besser als die anderen, merkte jedoch auf einmal, dass seine Sehkraft nachzulassen begann. Er wurde immer kurzsichtiger. Jermakow untersuchte ihn gründlich, träufelte ihm je einen Tropfen öliger Flüssigkeit in die Augen und ordnete eine besondere Diät an. Bykow fiel auf, dass der Kommandant ihm von dem Tage an die doppelte Dosis Aradiatin injizierte.

Trotz der starken Radioaktivität des Bodens, trotz der Temperatur, die fast hundert Grad erreichte, gab es hier offenbar Lebewesen. Während eines Erkundungsganges war Bykow ein wenig hinter den Geologen zurückgeblieben: Er betrachtete die Körnchen eines schönen, silbrig schimmernden Metalls an den Bruchflächen einiger geborstener Steinblöcke. Plötzlich vernahm er entfernte Schreie.

Blitzschnell entsicherte er das Gewehr und stürzte, im Laufen nach der Granate tastend, in Richtung der Rufe. Die Geologen kamen ihm bereits entgegengerannt. Dauge schwang aufgeregt die Maschinenpistole und zog Jurkowski, der sich immerfort umblickte, am Gürtel hinter sich her. Wenige Sekunden später standen sie vor Bykow, und Dauge erzählte mit stockender Stimme: »Na, so eine Satansbrut! Verfluchtes Reptil! Hast du gesehen, Wolodja? Stell dir vor, Alexej, direkt aus dem Fels kam ein fünf Meter langer Hals mit einem Schnabel hervorgeschossen ... Ich hab nach der Maschinenpistole gegriffen ... Hast du gesehen, Wolodja?«

»Hab überhaupt nichts gesehen«, knurrte Jurkowski und rückte finster den Gesteinsbeutel auf der Schulter zurecht. »Du hast aufgeschrien, einen Strahlstoß abgegeben und das Weite gesucht. Und hast auch mich mitgeschleift ... Nichts habe ich gesehen ...«

Eine Weile standen sie da und ließen die Blicke über die schwarzen Felsen schweifen, dann erzählte Dauge ausführlich, wie sie Gesteinsproben gesammelt hatten, wie er, Dauge, sich nach einem »interessanten Steinchen« gebückt und plötzlich auf dem Sand einen langen gewundenen Schatten gewahrt hatte. Er habe aufgeschaut und gerade noch rechtzeitig bemerkt, wie über dem Kopf Jurkowskis, der ihm die Seite zuwandte, direkt aus dem Felsen der lange Hals eines schlangenähnlichen Tieres mit riesigem Rachen und ohne Augen hervorgewachsen sei. Rein mechanisch habe er die Maschinenpistole hochgerissen und geschossen, und als das Ungeheuer, vom Strahl getroffen, beinahe bis über die Felsen emporgeschnellt sei, habe er Jurkowski am Schlafittchen genommen und sei mit ihm losgerannt.

»Am meisten hat mich frappiert, dass dieses grässliche Wesen direkt aus dem Stein herauskroch«, fügte er hinzu, nachdem er sich etwas beruhigt hatte.

»Das kam dir bloß so vor.« Jurkowski machte eine wegwerfende Handbewegung. »Das Tierchen wird schön brav vor dem Felsen gelegen haben, und als es sah, dass ihm der gute Dauge in seiner Zerstreutheit gleich auf den Kopf treten würde, na, da wollte es eben lieber ...«

»Blöde Scherze!« Dauge wurde ärgerlich. »Lass uns lieber hingehen und nachschauen, was es eigentlich war ... Hast du eine Granate mit, Alexej?«

»Eine Granate habe ich, aber ich glaube, hinzugehen hat keinen Zweck ...«

»Warum nicht? Sollten wir zu dritt mit dem Scheusal nicht fertig werden? Ich hab es ja getroffen, Ehrenwort! Nicht wahr, Wolodja?«

Jurkowski stand unschlüssig da und knipste abwesend an der Sicherung seiner Maschinenpistole.

Bykow sagte in bittendem Tonfall: »Es lohnt nicht, Kameraden. Irgendwie gefallen mir diese Felsen nicht. Besser, wir fahren mit dem *Knaben* her ...«

»Komm, Dauge«, sagte Jurkowski plötzlich. »Wenn du es getötet hast, ist es mächtig interessant. Unsere Biologen werden vor Freude Kobolz schießen ... Bykow kann ja zu seinem Panzer zurückgehen.«

Der Ingenieur wollte einwenden, dass nur er hier das Kommando habe, beschloss aber nachzugeben: Vielleicht war es wirklich ein Fund von großem wissenschaftlichen Wert. Außerdem wollte er sich nicht wieder mit Jurkowski streiten, der ihn nach dem Tode Bogdans sichtlich und unverhohlen hasste.

Sie gingen vorsichtig, blieben nahe beieinander und spähten lauernd nach allen Seiten. Bykow hielt die Granate wurfbereit.

»Hier«, sagte Dauge.

Er trat an den Fels, klopfte mit dem Hammer dagegen, bückte sich, hob ein Steinchen auf und steckte es in seinen Beutel.

»Nach allem zu urteilen, hast du dein Ziel verfehlt, mein Lieber!«, sagte Jurkowski boshaft. »Gehen wir zurück, es ist Zeit zum Mittagessen.«

Bykow hielt Umschau. Ringsum Felsen, Steinblöcke, Sand, Geröll. An dem Felsen vor ihnen waren in einer Höhe von drei bis vier Metern eingebrannte Streifen zu sehen – Spuren der Schüsse. Ein mächtiges Tier musste es gewesen sein; verständlich, dass Dauge vor ihm ausgerissen war.

»Ja, die Schüsse sind fehlgegangen.« Johannytsch seufzte. »Schade! Es wäre ein wundervolles Exponat für unser Museum gewesen.«

Auf dem Rückweg machte sich Jurkowski über Dauge lustig und nannte ihn einen »Drachenbändiger«. Am Mittagstisch wurde ungewöhnlich viel geredet, zum ersten Mal seit mehreren Tagen. Beim Anblick des fröhlich lachenden Johannytsch musste Bykow unwillkürlich denken, dass alles Schlechte auch eine gute Seite hat: In der letzten Zeit war die Stimmung im Wagen ganz unerträglich geworden. Die Geologen hatten sich pausenlos gestritten. Jermakow hatte verbissen geschwiegen. Jurkowski hatte mit dem Kommandanten betont offiziell gesprochen, und Bykow war für ihn Luft gewesen. Das Abenteuer der Geologen löste diesen Krampf und söhnte alle wieder miteinander aus. Aber obgleich sich Jurkowski während der Mahlzeit zweimal durchaus freundschaftlich über Bykows Äußeres ausließ und diesen sogar bat, ihm den Büchsenöffner zu reichen – was den Ingenieur maßlos verblüffte –, bemerkte Jermakow nach dem Mittagessen, dass der kleine Trupp während des letzten Zwischenfalls sehr wenig umsichtig gehandelt habe. Jurkowski scharf in die Augen blickend, unterstrich der Kommandant wie nebenbei, dass die ganze Verantwortung für die Sicherheit des Erkundungstrupps ausschließlich auf Bykow ruhe. Daraufhin sagte Dauge breit lächelnd: »Jawohl!«, während Jurkowski ein finsteres Gesicht machte.

Eine Stunde später, als Bykow den Wagen steuerte und Jermakow über seinen Notizen saß, sagte Dauge plötzlich in lautem Flüsterton: »Schau mal, Wolodja! Das nenn ich mir einen Fund!«

»Mensch, Johannytsch!«, erwiderte Jurkowski nach kurzem Schweigen. »Das ist ja eine Sensation! Wo hast du denn das gefunden?«

»An dem Felsen, wo sich der Drache etabliert hatte. Der Stein sieht ziemlich unscheinbar aus, doch seine Form hat mich überrascht!«

»Ein Trilobit ... Ein Trilobit, wie er im Buche steht. Unsere Leute auf der Erde werden verrückt, wenn sie ihn sehen!«

»Ein Trilobit auf der Venus?«, ertönte die erstaunte Stimme Jermakows. »Sind Sie sich dessen sicher, Wladimir Sergejewitsch?«

»Nun, genau gesagt, ein richtiger Trilobit ist es nicht«, erklärte Dauge. »Die Unterschiede sind sogar mit bloßem Auge zu erkennen, doch die Ähnlichkeit ist frappant, und schon die Tatsache an sich – Versteinerungen auf der Venus! Soviel ich weiß, sind noch nie auf anderen Planeten Versteinerungen festgestellt worden.«

»Auf dem Mond hat man welche gefunden«, sagte Jurkowski lachend.

»Na, das zählt nicht ...«

»Versteinerungen auf dem Mond?«, wunderte sich Jermakow abermals.

»Er macht doch nur Spaß, Anatoli Borissowitsch«, sagte Dauge. »Das war so eine komische Geschichte, wie sie auf dem Mond einmal ein Bruchstück von einer Feuerstein-Axt gefunden haben ...«

»Nicht einmal, sondern nach der ersten Landung«, mischte sich Jurkowski ein. »Das ist ja gerade der Clou. Nach der allerersten Mondlandung!«

»Ja, ja! Ganz richtig! Natürlich ist das Staunen grenzenlos. Jurkowski setzt sich hin und notiert in einem Büchlein seine genialen Ideen – damit er sie nicht vergisst ...«

»Ach du, du Hundesohn«, sagte Jurkowski zärtlich.

»Ja ... Und nachher stellt sich heraus, dass auf der Steinaxt mit Tintenstift geschrieben steht: ›Für Nikolai Ger‹ ...«

»Nikolai Tichonowitsch?«

»Hm. Und da die Aufschrift nicht verwaschen war, erklärte Jurkowski sogleich, dass sich der Mensch auf dem Mond an das Fehlen von Feuchtigkeit angepasst habe ... Aber, aber! Nimm die Hände weg, Wolodja! ... Kurzum, diese Axt hatte Ger von jemandem geschenkt bekommen, zur Erinnerung. Und er ist derart zerstreut, dass er sich statt einer Brille ein Fahrrad auf die Nase setzen könnte, und hat es auf unerklärliche Weise geschafft, das wertvolle Geschenk, das er übrigens immer mit sich herumtrug, in die Rakete zu schleppen. Wie er das gemacht hat, wird nicht einmal der Genosse Jurkowski ergründen. Ein ordentliches Stück Stein, an die zwei Kilo ... Und Jurkowski ...«

»Grischa!«

»Schön, ich bin ja schon still. Aber damals hast du ja wirklich zugegeben, wie deprimierend es war, nicht alles erklären zu können. Einerseits war es unmöglich, den Stein aus der Rakete zu schlussfolgern, andererseits – wie die Aufschrift erklären, selbst wenn man von der Hypothese ausgeht, dass es auf dem Mond niemals Wasser, wohl aber Menschen gegeben hat?«

»Ich könnte dich an die Wand klatschen«, sagte Jurkowski nachdenklich, »aber ich weiß nicht, ob du davon klüger wirst ... Nein, wenden wir uns lieber wieder dem Trilobiten zu. Vielleicht steht da auch etwas geschrieben? ›Wanja + Galja = ? 2‹ zum Beispiel?«

Der seltsame Fund ging von Hand zu Hand. Auch Bykow durfte ihn bewundern. Es war ein kleiner grauer Stein, der die Form eines großköpfigen, länglichen Insekts mit zahlreichen gekrümmten Beinchen hatte. Dauge erklärte, dass dieser Vielfüßer Millionen Jahre im Boden gelegen habe und versteinert sei und dass man auf der Erde ebenfalls häufig versteinerte Lebewesen finde, die diesem ähnelten. Man nenne sie Trilobiten. Vor vielen Hundert Millionen Jahren hätten diese kleinen Tierchen die Erdozeane bevölkert und seien dann aus unbekannten Gründen ausgestorben.

»Immer neue Rätsel!«, fuhr er mit leuchtenden Augen fort. »Die Golkonda ist ein großes Rätsel, die ›Venuszähne‹ sind ein Rätsel; die roten Wolken, das Moor, in dem die Chius steckt, die Schwarzen Stürme, das blaue Wetterleuchten – alles Rätsel! Und jetzt dieser Trilobit ... Soll denn hier wirklich einst ein Meer gewesen sein?«

»Dein Drache, ›Ophis Dauge‹«, setzte Jurkowski die Aufzählung fort.

»Das Rätsel Tachmasibs«, erinnerte Jermakow.

»Rätsel, Rätsel ...«

Bykow sagte nichts, dachte jedoch an Bogdan. Und wahrscheinlich mussten in diesem Augenblick alle an ihn denken; denn die frohe Stimmung verschwand plötzlich, und das Gespräch brach jäh ab.

Es vergingen noch vierundzwanzig Stunden. Der *Knabe* rollte auf der Suche nach einem Landeplatz gemächlich westwärts. Und von Neuem machten sich die geheimnisvollen Wesen bemerkbar, die diese Gegend bewohnten. Dauge, der während eines Aufenthalts als Erster aus der Luke kletterte, wich mit einem Schrei des Entsetzens zurück: Er hatte eine riesige Schlange unter den Gleisketten des *Knaben* hervorkriechen sehen. Bykow drehte den Wagen auf der Stelle und wühlte eine gewaltige Kuhle in den Sand, doch das Ungeheuer hatte sich offenbar noch rechtzeitig in Sicherheit gebracht.

Jermakow befahl dem Erkundungstrupp, die Vorsicht zu verdoppeln, und Bykow wich keinen Schritt von den Geologen. Er nahm vier Granaten mit und trug die Maschinenpistole unter der Achselhöhle, stets bereit, sie einzusetzen. Doch die Tage vergingen, und die »Drachen« blieben aus. Die Spannung ebbte allmählich ab.

Bykow bemerkte, dass die Geologen ruhiger geworden waren und ihre Stimmung sich gebessert hatte. Bisweilen geschah es, dass sie sich balgten und aus vollem Halse lachten; sie witzelten freundschaftlich über Bykow und gebärdeten sich so, als wollten sie heimlich zum Rauchmeer gehen. Bykow wurde böse und schrie sie an, doch in der Tiefe seines Herzens spürte er eine freudige Erleichterung. Endlich war nach dem Verschwinden Bogdans alles wieder ins Lot gekommen.

Beim »Abendbrottisch«, nach einem zehnstündigen Arbeitstag, sprachen Dauge und Jurkowski begeistert von künftigen Expeditionen zum Schlund der Golkonda und stritten über die Entstehung dieses gigantischen Kraters im Leib des Planeten. Unvermittelt sprangen sie auf die neuesten Probleme der interplanetaren Forschung über. Jurkowski drückte die Fäuste an die Brust und schwor, dass er nach Erkundung der Golkonda eine Expedition zum schrecklichen Jupiter erzwingen werde, wo Paul Dangée ums Leben gekommen war. Dauge hielt ihm zornig entgegen, dass der Jupiter nichts weiter sei als eine riesige Wasserstoffblase, dass ein Geologe dort nichts zu suchen habe, dass der Jupiter überhaupt noch nicht zu knacken sei, nicht einmal mit der Photonenrakete, und dass die alten Chinesen in solchen Fällen gesagt hätten: Wenn das Nashorn zum Mond emporschaut, verschwendet es nur unnütz die Säfte seiner Milz. Jurkowski schnaufte verächtlich und begann an den Fingern seine Argumente aufzuzählen: »Erstens ... Zweitens ...«

Bykow hörte ihnen im Halbschlaf zu. Ein wohliges, beruhigendes Gefühl hielt ihn umfangen. Alle waren wieder gute Kameraden, jeder steckte voller Träume und Energien, der Erfolg der Expedition schien nahe und sicher.

Ein unerwarteter Vorfall warf alles wieder über den Haufen.

Bykow und Dauge befanden sich auf Erkundungsgang. Jurkowski blieb zurück, um das Material zu sichten und das Konzept für den Bericht über die bisher geleistete Forschungsarbeit zu schreiben.

Nur ungern hatte sich Bykow zu diesem Marsch zu zweit bereit gefunden. Eine Begegnung mit dem »Drachen« lockte ihn keineswegs.

Die Freunde streiften ungefähr zwei Stunden lang umher, und unterwegs ereignete sich nichts Ungewöhnliches. Bykow, der die ganze Zeit über klaglos den herrischen Ton Johannytschs und das erhebliche Gewicht der Container ertragen hatte, dazu die schmerzhaft gegen die Hüften schlagenden schweren Granaten, begann, als sie sich auf dem Rückweg machten, sich schlecht zu fühlen.

Von heftigen Kopfschmerzen geplagt, stapfte er hinter dem rüstig ausschreitenden Dauge her und versuchte krampfhaft, die schwere Last auf beide Schultern gleichmäßig zu verteilen. Ob die Geologen noch lange ihre Klamotten in die Maschine schleppen werden?, dachte er ärgerlich. Wir haben auch so schon keinen Platz zum Schlafen ... Ihm brannten die Augen. Ringsum schwankten die Felsen, die Steinhaufen, im Norden der Rauchvorhang. All das hatte er bis zum Überdruss satt. Ich werde wohl krank, dachte er gleichgültig. Am liebsten hätte er sich auf der Stelle niedergelegt und die Augen geschlossen. In der Ferne rumorte die Golkonda.

»Da ist es ja schon wieder!« Dauges Stimme riss ihn aus seiner Erschlaffung. »Diese Bodenbildungen gefallen mir ganz und gar nicht!«

Sie standen am Rand eines breiten Trichters. In seiner Tiefe gähnte ein bodenloses Loch, von dem nach allen Seiten lange Risse liefen.

»Sieh mal, wie glasig der Trichterrand ist«, sagte Dauge. »Eine furchtbare Temperatur, Tausende von Grad!«

»Unterirdische Explosion?«, fragte Bykow matt und fühlte, dass ihm die Zunge nicht gehorchen wollte. Schlimm, dachte er. So schnell wie möglich zurück zum Wagen und nichts als schlafen!

»Eine unterirdische Atomexplosion ...« Dauge setzte im Flüsterton etwas auf Lettisch hinzu. »Mir gefallen diese Bildungen absolut nicht. Auch die Farbe hier gefällt mir nicht.«

Das ganze Gelände ringsum hatte einen roten Anflug.

»Hier ist alles rot. Rot und schwarz ...« Bykow erinnerte sich an Bogdan. »Komm, Dauge, ich bin sehr müde.«

Sie machten einige Schritte, und da schrie Dauge auf, wild und unvermittelt. Bykow blieb erschrocken stehen, drehte sich ein paarmal um sich selbst und murmelte: »Was? Wo?«

»Eine Granate! Eine Granate, Alexej«, rief Dauge, ihn heftig an der Schulter rüttelnd. »Schnell, schnell!«

Bykow packte die Granate, wusste aber nicht, wohin er sie werfen sollte. Dauge stemmte die Maschinenpistole gegen den Bauch und begann zu feuern. Ringsum waren dieselben Felsen wie zuvor, und Bykow sah, wie der zischende Strahl lange schwarze Streifen an dem rissigen Gestein hinterließ.

»Ein Drache!«, schrie Dauge. »Eine Granate!« Er drückte immer wieder auf den Abzug, den Lauf der MPi auf ein unsichtbares Ziel gerichtet, das etwa zehn Meter entfernt liegen musste. Aber Bykow sah dort nichts als Steine.

»Dauge«, flüsterte er. »Johannytsch, Lieber ... Was ist mit dir?«

Dauge ließ endlich die Waffe sinken. »Er ist fort«, sagte er mit tonloser Stimme. »Fort ... Warum hast du ihn nicht mit der Granate erledigt?«

Bykow schaute sich zum letzten Mal um. Gern hätte er etwas Verdächtiges bemerkt, doch es war beim besten Willen nichts zu sehen, und er steckte die Granate wieder hinter den Gürtel.

»Johannytsch, komm ... Komm, Bruderherz ...«

Sie trotteten langsam zurück. Dauge schwankte merklich und redete ununterbrochen, wobei er russische und lettische Worte durcheinandermischte.

Vor dem *Knaben* standen die Kameraden und warteten bereits auf sie.

»Was ist geschehen?«, fragte Jermakow.

»Überaus seltsame Tiere«, erzählte Dauge verworren. »Riesige Tiere ... Schwarz, fast zehn Meter lang ... Glänzende Haut, sieht aus, als sei sie feucht ... Warum hast du die Granate nicht geworfen, Alexej?«

Die Freunde halfen Dauge durch die Luke und nahmen ihm den Helm ab. Sein Gesicht war schweißnass, die Augen irrten ziellos umher.

»Aber warum nur sind sie durchsichtig?«, fragte er bekümmert und fiel mit dem Gesicht auf die Kissen.

Man bettete ihn bequemer, und er schlief sofort ein. Jermakow hörte sich Bykows Bericht an und schwieg lange. Dann fragte er: »Sind Sie vollkommen davon überzeugt, dass es da keinen Drachen gab, Alexej Petrowitsch?«

»Es gab keinen Drachen«, antwortete Bykow bestimmt.

»Schlecht ...«, murmelte Jurkowski, an seinen Lippen nagend.

Jermakow hinkte durch die Kabine, nahm die Kiste mit den medizinischen Geräten und setzte sich neben den Schlafenden. Jurkowski ließ sich ebenfalls vor dem Lager nieder. Bykow hörte ein leises Knistern, Ozongeruch erfüllte die Kabine; dann vernahm er ein klägliches, langgezogenes Stöhnen.

»Schon gut, schon gut, Johannytsch«, sagte Jurkowski sanft.

Jermakow erhob sich. »Sehr schlecht«, sagte er. »Dauge ist krank, und ...«

Jurkowski hob erwartungsvoll den Kopf.

»... ich muss dabei an Tachmasib denken«, schloss Jermakow mit rauer Stimme. »Die gleichen Symptome. Halluzinationen ...«

Als sich der *Knabe* in Bewegung setzte, erwachte Dauge, richtete sich auf, strich seinen Haarwirbel glatt und sagte ruhig: »Bogdan, du solltest dich endlich hinlegen. Fünf Stunden am Funkgerät – das hat doch gar keinen Sinn.«

Bykow, der neben ihm schlummerte, schreckte auf, starrte ihn erschrocken an.

Dauge warf ihm einen kurzen, beiläufigen Blick zu und sagte fürsorglich: »Nimm doch den Helm ab, Bogdan, und leg dich hin. Ich habe dir hier ein Plätzchen angewärmt.« Er gähnte, stupste Bykow in die Seite und kicherte: »Was starrst du mich an, Alexej? Du solltest auch schlafen.«

Jurkowski schaute von seinem Tischchen zu ihnen herüber. Staunen und Erschrecken zeichneten sich auf seinem Gesicht ab. Jermakow brachte den *Knaben* zum Stehen, rieb sich kräftig die Wangen und sagte angespannt: »Tjaa ...«

Geburtstag

Bykow wollte sich den Schweiß von der Stirn wischen, ließ aber die Hand ärgerlich sinken. Immer wieder vergaß er diesen Helm! Manchmal, in schwierigen Situationen, streckte sich seine Hand wie von selbst nach dem Hinterkopf, um daran zu kratzen. Oder er wollte zerstreut ein Stückchen Schokolade in den Mund schieben und stieß gegen ein glattes, durchsichtiges Hindernis. Früher hatte er immer beim Nachdenken an seiner Unterlippe gezupft – der Helm gewöhnte es ihm ab. Dauge bemerkte das und hielt unverzüglich eine kurze Lektion über das Thema: »Die Rolle der astronautischen Spezialanzüge bei der Befreiung des Menschen von schlechten Angewohnheiten.«

Schon den zweiten Tag fielen Flocken schwarzen Staubes von dem niedrigen Himmel. Der »schwarze Schnee« wirbelte in den schwachen Windböen umher und legte sich auf die weite, wellige Ebene, in deren Mitte der *Knabe* stand. Bykow hielt Umschau. Welch ein Glück, welch ein unbeschreibliches Glück! Vor seinen Augen dehnte sich ein tadelloser natürlicher Raketenlandeplatz, etwa zweitausend Quadratkilometer groß und durchaus eben, wenn man die paar Felsen, die aus dem Sand ragten, nicht in Betracht zog. Im Süden, von der Wüstenseite her, wurde die Ebene halbkreisförmig von den »Venuszähnen« umsäumt, im Norden, hinter dem Rauchmeer, grollte die ferne Golkonda. Bis zu ihr waren es rund vierzig Kilometer – eine Entfernung, die man als günstig betrachten durfte. Der Boden erwies sich als genügend radioaktiv, um die Selen-Cer-Batterien – die Energiequellen der Funkfeuer – zu speisen. Die Funkfeuer sollten so um den Platz angeordnet werden, dass sie zueinander wie die Eckpunkte eines gigantischen, nach Möglichkeit gleichseitigen Dreiecks standen. Doch zuvor hieß es die hindernden Felsen sprengen. Die Gefahr, dass ein Raumschiff darauf niederging und zerschellte, war nicht von der Hand zu weisen: Sie ragten in zwei Gruppen fast in der Mitte des künftigen Landeplatzes empor. Mithilfe der Geologen legte Bykow in der nördlichen Felsengruppe zwei Minen: Die Explosion sollte die Steinsäulen aus dem Boden reißen und zu Staub zerpulvern. Die andere, südliche Gruppe ließ sich weit besser »von oben« sprengen. Die Mine, auf dem Gipfel einer der Säulen angebracht, sollte die ganze Gruppe vernichten, sie »in Grund und Boden stampfen« – wie sich Dauge ausdrückte.

»Auf welche Welle einstellen?«, rief Jurkowski. Er saß auf dem Gipfel des Felsens, auf den soeben mit einiger Mühe die Mine hochgezogen worden war.

»Index acht«, gab Bykow zurück, den Kopf in den Nacken werfend.

»Aha, gut.« Durch die Schleier des schwarzen Gestöbers hob sich Jurkowskis Silhouette deutlich gegen die roten Wolken ab. »Fertig ...«

»Steigen Sie herunter!«, rief Bykow.

»Interessant, was für ein Gesicht du ziehen wirst, wenn die Felsen standhalten«, bemerkte Johannytsch, der neben Bykow auf dem Kommandoturm des *Knaben* saß.

»Keine Sorge, sie werden nicht standhalten«, antwortete der Ingenieur zerstreut; mit Bangen folgte er den halsbrecherischen Bewegungen Jurkowskis, der die steile, fast senkrechte Wand herunterrutschte. »Zum Kuckuck, warum benutzt er die Trosse nicht? Es ist doch eine da. Aber nein! Immer will er mit seinen Bravourstückchen glänzen ... Na, was hat er? Nicht vorwärts und nicht rückwärts ...?«

Jurkowski befand sich in einer Höhe von etwa sechs bis sieben Metern. Es sah aus, als klebe er an dem schwarzen Gestein, er schien unbeweglich, und nur seine unnatürliche Körperhaltung und der keuchende Atem verrieten die furchtbare Muskelanspannung.

Dauge sprang auf. »Wladimir, was ist mit dir?«

Jurkowski antwortete nicht. Plötzlich glitt er wie ein Stein herab. Bykow schloss unwillkürlich die Augen, und als er sie wieder öffnete, hing der Geologe drei Meter tiefer reglos an den Händen – er hatte sich an eine von unten unsichtbare Zacke gekrallt.

»Wolodja …!« Johannytsch sprang vom Wagen und lief zu dem Felsen.

»Ruhig, Dauge!« Jurkowskis Stimme stockte vor Anstrengung. »Wie weit ist's bis zum Boden?«

»Ziemlich vier Meter …!«, presste Dauge hervor. »Wirst dir die Knochen brechen, du Lümmel …!«

»Geh beiseite!«, stieß Jurkowski hervor und ließ sich fallen.

Er fiel klassisch, nach allen Regeln der Springkunst, federte mit den Beinen ab und kippte auf die Seite. Bykow eilte hinzu, doch der Geologe saß bereits aufrecht im Sand. Zorn übermannte Bykow.

»Was sind das für Bubenstreiche, Genosse Jurkowski?«, brüllte er los. »Wie konnten Sie es wagen, so Ihr Leben aufs Spiel zu setzen? Gehen Sie sofort zum Kommandanten und erstatten Sie Meldung!«

»Aber was haben Sie denn, Alexej Petrowitsch?« Jurkowski sprang flink auf die Beine und schüttelte sich, als wollte er prüfen, ob seine Glieder noch intakt wären. Seine Stimme hatte einen demütigen Klang. »Vier Meter, das ist doch nicht der Rede wert! Überlegen Sie selbst …«

Doch Bykow tobte. »Sie hätten sehr gut auch die Trosse benutzen können! Sie haben sich wie ein dummer Junge benommen! Die richtige Zeit für Sport ausgesucht …«

»Hör doch auf, Alexej!« Dauge legte liebevoll den Arm um Jurkowskis Schultern. »Natürlich, ein dummer Junge! Aber was willst du mit ihm machen – er ist und bleibt ein Tollkopf.«

»Tollkopf …! Wenn er sich den Hals gebrochen hätte, was dann?«

»Ich sehe meine Schuld ein, Alexej Petrowitsch«, sagte Jurkowski plötzlich, und Bykows Zorn verrauchte sofort.

»Melden Sie es dem Kommandanten«, knurrte er und trat zum Felsen, um die Trosse einzuholen.

Die Geologen sprangen hinzu, um ihm dabei behilflich zu sein.

»Eigentlich barbarisch, den Felsen zu sprengen«, sagte Dauge, als sie nach der Arbeit vom *Knaben* aus auf die staubumwehte Felsengruppe zurückblickten. »Wo er doch ein Denkmal ist für die große Heldentat W. S. Jurkowskis …«

Und er gab seinem durch die Luke kletternden Freund einen so heftigen Klaps auf den Rücken, dass dieser augenblicklich im Dunkel der Schleusenkammer verschwand.

Jermakow steuerte den Wagen nach Süden und brachte ihn erst dicht vor der »Zahnbarriere« zum Stehen. Die der Vernichtung preisgegebenen Felsen waren im schwarzen Gestöber verschwunden.

»Wollen wir anfangen, Anatoli Borissowitsch?«, fragte Bykow.

»Meinetwegen ...«

Bykow legte die Hand auf den Hebel der Fernzündung und drückte ihn nieder.

Der Bildschirm erstrahlte in grellweißem Licht und wurde sogleich wieder dunkel. In der Ferne stiegen langsam drei feurig rote Rauchsäulen hoch und zogen sich zu pilzartigen Gebilden auseinander. Ein ohrenbetäubender Donnerschlag fegte über den *Knaben* hinweg.

Am selben Tage hörte das schwarze Gestöber auf, und plötzlich brach eine unerklärliche Finsternis über die Wüste herein. Die purpurroten Wolken erloschen. Nur der Sand phosphoreszierte leicht, und aus den Spalten stieg blau schimmernder Rauch und zog in langen Fahnen dahin.

Die Männer begannen mit der Aufstellung der Funkfeuer. Sie arbeiteten im Licht der an den Helmen befestigten Lampen oder in den Scheinwerferkegeln des *Knaben*. Die Montage und die Aufstellung der Sender bereitete keine großen Schwierigkeiten – das lange Training auf dem Siebenten Testgelände machte sich bezahlt. Dafür nahm aber das Verlegen der gewaltigen Selen-Cer-Bahnen viel Zeit in Anspruch. Der feste dünne Stoff, zu schweren Rollen gewickelt, musste ausgepackt, aus dem Wagen gehoben und auf Hunderten von Quadratmetern ausgebreitet, festgepflockt und mit Sand beschwert werden. Es war eine anstrengende und langwierige Arbeit. »Abends« waren die Männer zum Umfallen müde und sanken in tiefen Schlaf, nachdem sie jeder eine Tasse Bouillon mit etwas Brot hinuntergeschluckt hatten.

Es arbeiteten Bykow und die Geologen. Jermakow konnte fast gar nicht gehen; er saß viele Stunden im Wagen, hielt die Verbindung mit der *Chius* aufrecht, versuchte das Sichtgerät zu reparieren, führte das Tagebuch, las die Ergebnisse des Express-Labors ab und arbeitete an der Karte von der Umgebung der Golkonda, indem er sorgfältig mit schwarzer und bunter Tusche Striche und Zeichen auf die Kunststofffolie malte. Des Öfteren betastete er, die grauen Lippen zusammengekniffen, die schlaff gewordenen Wasserschläuche und rechnete im Stillen vor sich hin. Alle vierundzwanzig Stunden, genau neunzehn Uhr fünfundfünfzig irdischer Zeit, löschte er das Licht im Wagen, schleppte sich in den Kommandoturm, presste die Augen an die Okulare und blickte lange nach Süden. Wenn das Verlegen der »Decke« um den jeweiligen Sender abgeschlossen war, stieg er mit Bykows Hilfe hinaus, überprüfte die Anlage und setzte sie eigenhändig in Betrieb. Über Jurkowskis Verhalten führte er mit dem Geologen ein kurzes, aber gehaltvolles Gespräch unter vier Augen, dessen Inhalt der gekränkte »Fant« sehr lakonisch wiedergab: »Eine kräftige Standpauke.« Danach arbeitete Jurkowski wie besessen, witzelte krampfhaft und beklagte sich in nebelhaften Begriffen über die Obrigkeit.

Die Verbindung mit der *Chius* funktionierte zeitweilig außerordentlich gut – eine weitere Laune der Venus. In solchen Perioden unterhielt sich Jermakow alle drei, vier Stunden mit Michail Antonowitsch. Krutikow fragte den Kommandanten aus, sandte Grüße, sagte, er fühle sich ausgezeichnet und alles sei in bester Ordnung, doch oft klang aus seiner Stimme eine solche Sehnsucht nach der Erde, nach den Kameraden, dass sich Bykows Herz zusammenkrampfte. Der Navigator wusste noch immer nichts von Bogdans Tod.

Und dennoch waren es die wunderbarsten Augenblicke. Es tat unsagbar wohl, die strapazierten Glieder entspannt, auf den Ballen zu liegen und der fernen, etwas heiseren Stimme des Navigators zu lauschen. Und daran zu denken, dass sich die Arbeit nun ihrem Ende näherte, dass der gute Michail Antonowitsch wohlauf sei und die *Chius* bald zu dem Landeplatz hinüberwechseln werde, um sie aufzunehmen und heimwärts zu tragen.

Der Gesundheitszustand der Besatzung verschlechterte sich zusehends. Jeder war bemüht, sein Leiden zu verbergen, doch es gelang nicht immer. Wenn Bykow nachts, von Augenschmerzen geplagt, erwachte, sah er häufig, wie Jermakow seinen entblößten geschwollenen Knöchel befühlte und leise vor sich hin stöhnte. Jurkowski verband heimlich seine Geschwüre an Armen und Beinen. Mit Dauge stand es besonders schlecht. Er wirkte fast gesund, doch eine unbekannte heimtückische Krankheit zehrte an ihm. Der Geologe war abgemagert und hatte ständig hohe Temperatur. Jermakow tat, was er konnte, er gab Dauge Beruhigungsmittel, wandte die Elektrotherapie an, doch alles half wenig. Die Krankheit dauerte an und rief bisweilen seltsame Wahnzustände hervor, wobei der Geologe schreiend vor eingebildeten Schlangen flüchtete oder eine Viertelstunde lang in einer Ecke des Wagens saß, mit leerem Blick vor sich hin starrte und mit Bogdan sprach. Seine Anfälle versetzten alle in Schrecken, und niemand wusste einen Rat. In der gespannten Stille fielen schreckliche Worte. Der Geologe sprach von Vera, ermahnte den toten Freund, sie immer zu lieben, dann fiel ihm Mascha Jurkowskaja ein, und Tränen rannen ihm über das unrasierte Gesicht. In solchen Augenblicken erkannte der Kranke keinen seiner Kameraden, und wenn er zu sich kam, konnte er sich an nichts mehr erinnern.

Die Aufstellung des zweiten Funkfeuers näherte sich ihrem Ende. Es blieben nur noch wenige Stunden Arbeit, als Bykow für ein paar Minuten in den Wagen kletterte, um sich den Schweiß von der Stirn zu wischen und ein wenig zu verschnaufen. Die Geologen waren draußen geblieben, um die letzten hundert Kilo des Selen-Cer-Stoffs zu verlegen. Mit missmutigem Gesicht hantierte Jermakow am Funkgerät. Bykow sah ihm eine Weile zu und fragte dann vorsichtig: »Ernste Störungen?«

Jermakow zuckte zusammen und wandte sich um. »Ah, Sie sind es, Alexej Petrowitsch ... Ja, eine Funkunterbrechung. Ganz plötzlich und ... ziemlich merkwürdig.«

Er wischte die schmutzigen Hände mit einem Schwamm ab und stand auf. Bykow blickte ihn abwartend an.

»Eben unterhielt ich mich noch mit Michail, und ...« – der Kommandant zögerte – »und plötzlich riss die Verbindung ab.«

»Ist etwas mit der Apparatur?«

»Nein, die Anlage ist intakt. Offenbar nur eine atmosphärische Störung. Bis dahin war die Verbindung ausgezeichnet.«

Etwas im Ton des Kommandanten ließ Bykow aufmerken. Eine Zeit lang blickten sie sich schweigend an, dann fragte Jermakow: »Haben Sie noch viel zu tun?«

»Nein, zwei Stunden Arbeit, nicht mehr.«

»Gut.« Der Kommandant sah auf die Armbanduhr. »Haben Sie in diesen Tagen ein Aufleuchten am südlichen Himmel gesehen, Alexej Petrowitsch?«, fragte er leichthin.

»Am südlichen Himmel? In Richtung der *Chius*? Nein, Anatoli Borissowitsch. Im Süden, über dem Sumpfgebiet, gibt es nie Wetterleuchten. Wenigstens bis jetzt nicht.«

»Jaja, Sie haben recht.« Jermakow sprach wieder in seinem gewöhnlichen Ton. »Schließen Sie die Arbeit ab, und dann – schlafen! Es ist nicht mehr viel, was uns zu tun übrig bleibt.«

Bykow setzte den Helm auf und erhob sich. Er fühlte sich plötzlich ausgeruht und kräftig. Am Ausgang blieb er stehen. »Ich komme bald zurück, Anatoli Borissowitsch, und helfe Ihnen hinaus.«

Jermakow warf erneut einen Blick auf die Uhr und sagte: »Sie müssen den Horizont beobachten, Alexej Petrowitsch.«

»Den Horizont?«

»Ja, im Süden, in Richtung des Sumpfes.«

»Hm ... Gut.«

Als Bykow in der Nacht erwachte, sah er Jermakow am Funkapparat sitzen. Die *Chius* schwieg. Sie schwieg die ganze Nacht und den darauffolgenden Tag.

Die Aufstellung des dritten, letzten Senders ging rasch vonstatten; dazu wurden nicht ganz zehn Stunden benötigt. Mit Bykows Hilfe kletterte Jermakow aus dem *Knaben*, schritt hinkend über die feste, mit Sand und Splitt angeschüttete Selen-Cer-Bahn, überprüfte den Montageplan und setzte die Anlage in Tätigkeit.

Die Raumfahrer standen schweigend vor dem matt glänzenden Sendetürmchen. Nichts hatte sich verändert. Dort, wo der Urankrater der Golkonda rumorte, stand wieder wie zuvor eine Wand von purpurrotem Licht. Der Boden unter den Füßen zitterte. Ein böiger Wind wirbelte Staubwolken in die Strahlen der Scheinwerfer. Im Süden, in der undurchdringlichen Finsternis, jagten Windhosen über die schwarze Wüste, niedrige Wolken ballten sich um die aufragenden Felsgipfel. Kaum hörbar summte der Sender; der schmale, unsichtbare Funkstrahl hatte seinen ungestümen Rundlauf über den Himmel begonnen – vom Horizont zum Zenit, vom Zenit zum Horizont –, als winde er immer von Neuem eine riesige Spirale ...

Das Werk ist getan. Der *Knabe* wird abfahren, die *Chius* von dem großen Moor aufsteigen und zur Erde zurückkehren. Und dann wird der Himmel viele Male in blendendem Licht erstrahlen, Dutzende von Raumschiffen werden landen und wieder starten, aber die drei festen, unscheinbaren Türmchen werden beharrlich ihre Rufzeichen in den Äther senden: Hier ist der Landeplatz, hier ist die Golkonda, hier ist euer Ziel, ihr ruhelosen Wanderer in den Weiten des Kosmos! Das Werk war getan, vollbracht, ganz und gar zu Ende gebracht. Die *Chius*, Michail Antonowitsch, die Erde – alles war in erstaunliche Nähe gerückt, gleich hier in das weiße Scheinwerferlicht des *Knaben*. Alle spürten das: Jermakow, der angestrengt in den schwarzen Vorhang im Süden spähte, und der in Gedanken versunkene Jurkowski, der die Arme vor der Brust verschränkt hatte. Auch Bykow, auch der arme Dauge, der verwirrt die Schulter Bogdans suchte und nicht verstehen konnte, warum er sich partout nicht an seinen Freund lehnen konnte.

»Also … Der Flughafen ›Urangolkonda Nummer eins‹ ist fertig zum Empfang der ersten Raumschiffe«, sagte Jermakow mit seiner hohen, schneidenden Stimme. »Siebzehn Uhr fünfunddreißig, sechzehnter September, neunzehnhundertund…«

Alle schwiegen. Jermakow hob die Hand und verkündete feierlich und deutlich: »Wir, die Besatzung des sowjetischen Raumschiffs *Chius*, erklären hiermit im Namen der Union der Kommunistischen Sowjetrepubliken die Urangolkonda mit allen ihren Bodenschätzen zum Eigentum der gesamten Menschheit!«

Bykow trat zu dem Sender und befestigte an der Sechskantstange ein breites Stück Tuch. Der Wind erfasste und entfaltete das rote, in der purpurnen Finsternis fast schwarz erscheinende Banner mit dem goldenen Stern und dem großen alten Emblem Hammer und Sichel – das Banner der Heimat.

»Hurra!«, rief Jurkowski, und Dauge klatschte begeistert Beifall. Damit war die feierliche Zeremonie beendet.

In die Kabine zurückgekehrt, setzte sich Jermakow sogleich wieder ans Funkgerät. Jurkowski nahm den Helm ab, gähnte herzhaft und ließ sich auf sein Lager fallen.

»Nun, Johannytsch, womit wirst du uns bewirten?«, fragte er.

Und da entsann sich Bykow, dass ja gerade Dauges Geburtstag war. Schon während der Aufstellung des ersten Funkfeuers hatte Johannytsch die Kameraden feierlich eingeladen, »dieses bedeutsame Ereignis bei Speise und Trank sowie entsprechenden Tischreden gebührend zu begehen«. Er hatte die Einladung in Verse gekleidet:

»Zum Abend mir zu Ehren
lad ich euch alle ein.
Aus diesem Anlass zieht euch
schön an und wascht euch fein.«

Bykow lachte. »Na, wo sind denn die versprochenen leiblichen Genüsse, Johannytsch?«, fragte er, Jurkowski beispringend.

Dauge wühlte hastig in seinem Rucksack. Er holte eine sorgfältig in Papier gewickelte Flasche, zwei Dosen Rollmops und ein großes Stück geräucherten lettischen Speck hervor. All diese Kostbarkeiten gehörten nicht zu der üblichen Verpflegung der Raumfahrer. Dauge hatte es fertiggebracht, sie hierher durchzuschmuggeln. Bykow breitete eine Serviette über das Tischchen und holte aus dem Büfett Gläser, Bestecke und Brot in Polyäthylenverpackung. Jurkowski räusperte sich, äußerdet bedeutungschwer »Oho« und rutschte näher an die improvisierte Festtafel. Die Kabine des Panzerwagens erlangte sofort ein festliches Gepräge. Es wurde gemütlich und außergewöhnlich. Dauge wickelte die Flasche aus und stellte sie mitten auf den Tisch. Jurkowski kämmte sich sorgfältig, und Bykow band sich einen Schlips über den Spezialanzug, womit er das Geburtstagskind in freudiges Staunen versetzte.

Während dieser vielversprechenden Vorbereitungen saß Jermakow, ohne den Helm abzunehmen, am Funkgerät. Nachdem er Berechnungen angestellt hatte, begann er die *Chius* zu rufen. Doch der Äther schwieg. Im Lautsprecher pfiff, heulte, kreischte es. Michail Antonowitsch antwortete nicht. Jermakow schaltete die Anlage aus, zog müde den Helm ab und hängte ihn an die Wand. Bykow bemerkte erstaunt, dass seine Miene ungewöhnlich finster und ernst war. Irgendetwas versetzte Jermakow in starke Unruhe. Jetzt, da das Schwerste hinter ihnen lag, da sie an Krutikow nur den Befehl zu geben und die Ankunft der *Chius* auf dem neuen Landeplatz abzuwarten brauchten! Merkwürdig ... Alexej Petrowitsch fasste sich an die Unterlippe.

»Genossen, ich bitte Sie, gehen Sie jetzt schlafen, und dann ...« Jermakow stutzte und zog erstaunt die Augenbrauen hoch. »Nanu, was soll denn das heißen?«

»Zum Abend mir zu Ehren ...«, begann Dauge mit freudloser Stimme. Der Gesichtsausdruck des Kommandanten hatte ihn völlig entmutigt. »Anatoli Borissowitsch, heute ist ja ein Feiertag, im gewissen Sinne – die Vollendung ...«

»Er hat heute Geburtstag, Anatoli Borissowitsch!«, rief Jurkowski fröhlich; er hatte gerade die Flasche zwischen die Knie geklemmt, um sie zu entkorken. »Trinken wir doch alle einen Schluck auf sein Wohl, und plaudern wir ein wenig.«

Jermakow sah den Geologen an, dann wanderte sein Blick zu dem verwirrt dreinschauenden Johannytsch, dem wackeren Bykow – eilig verdeckte dieser mit der Hand den dummen Schlips –, und ein warmes Leuchten trat in seine Augen.

»Meinetwegen«, sagte er und faltete die neben dem Funkgerät ausgebreitete Karte zusammen.

In würdevoller Haltung setzten sich alle an den gedeckten Tisch.

»Wird ein Trinkspruch ausgebracht?«, erkundigte sich Jermakow, aus Jurkowskis Hand ein gelbes Glas entgegennehmend.

»Unbedingt!«, erwiderte dieser und hob mit pathetischer Stimme an: »Heute feiern wir zwei bedeutsame Ereignisse! Den Geburtstag des großen G. J. Dauge und des kleinen Raketenflugplatzes ›Urangolkonda‹. Beide haben eine große Zukunft, beide sind unseren Herzen teuer. Seid fruchtbar und mehret euch! Hurra! Hurra!«

Hinter der Panzerwand pfiff der glühende Wind. Schwarze Sandwehen türmten sich um den *Knaben*. Eine fremde Nacht umgab das kleine gemütliche Eckchen des Lebens und des Lichts.

»Prima Rollmops«, sagte Jurkowski, während er geschäftig den appetitlichen Fisch auf die Gabel wickelte. »Ich esse Rollmops für mein Leben gern ...«

Dauge wiegte den Kopf und sagte, zu Jermakow gewandt: »Übrigens, mit Rollmops ist mir eine interessante Geschichte passiert. Richtiger gesagt, nicht mit Rollmops, sondern ... Stellen Sie sich vor: Wüste, einige Zelte, kurz – eine geologische Expedition. Dreihundert Kilometer im Umkreis keine einzige Siedlung – eine prächtige Wildnis! Wir jungen Praktikanten hatten ein Fläschchen Kognak und eine seit Langem wohlbehütete Büchse Rollmops in Reserve. Wir warteten auf ein hochfeierliches Ereignis, um sozusagen ...« Dauge schnippte bedeutsam mit den Fingern. »Nun, auf einmal war es da. Wie heute, der Geburtstag einer ... eines Kollegen. Wir versammelten uns vor unserem Zelt, sechs Mann hoch. Korkten die Flasche auf, schnitten Brot in Scheiben, wuschen uns die Hände, legten alles auf das Theodolitfutteral, und wie ich mich genau erinnern kann, machte ich mich daran, unter den begehrlichen Blicken der Kameraden die verheißene Rollmopsbüchse zu öffnen ... Versteht recht: immer Hammelfleisch, Schinken – man hat doch mal Appetit auf etwas Pikantes! Und da, ich hatte sie kaum auf ...«

Dauge machte eine Pause. Bykow räusperte sich ungeduldig und fragte: »Hattest sie auf – und ...?«

»Wisst ihr, ich kann heute gar nicht mehr sagen, wie es geschah. Zufällig guck ich über die Köpfe der Kameraden hinweg – sie alle blickten natürlich auf die Büchse – und sehe: Über den Hang des nahen Sandhügels schlängelt sich ein gewaltiger grauer Wurm – eine richtige Riesenschlange, eine Boa constrictor, vom Kopf bis zum Schwanz braun geringelt ...«

»Du schwindelst ja!«, rief Jurkowski überzeugt.

»Nicht doch, Wladimir Sergejewitsch!«, sagte Bykow ungehalten. »Lassen Sie ihn weitererzählen.«

»Ich schwindle nicht, Wolodja. Es war ein Olgoi-Chorchoi.«

»Olgoi ... was?«, fragte Bykow.

»Olgoi-Chorchoi. Wahrscheinlich das einzige Festlandtier, das mit Elektrizität ausgestattet ist.«

Jurkowski runzelte nachdenklich die Stirn. »Olgoi-Chorchoi ... Wenn ich mich recht erinnere, hat vor einem halben Jahrhundert Iwan Jefremow dieses Tier in einer seiner Gobigeschichten beschrieben. Ja?«

»Stimmt«, sagte Dauge. »Nachher stellte sich heraus, dass während dieses halben Jahrhunderts unsere Expedition die dritte oder vierte war, die es gesehen hatte.«

»Und was passierte dann?«, fragte Bykow.

Dauge seufzte. »Was sollte schon passieren. Ich schrie und sprang auf. Die Rollmöpse fielen in den Sand. Wir rannten ins Zelt, um die Gewehre zu holen, und als wir wieder herauskamen« – er machte eine resignierende Handbewegung –, »war der elektrische Wurm verschwunden.«

»Sicher waren die Kameraden sehr böse auf dich«, sagte Jurkowski und nahm die Rollmopsbüchse.

»Nicht im Geringsten! Danach wurde bis zum Ende der Expedition von nichts anderem geredet als von dem Olgoi-Chorchoi.«

»Ich habe in der Wüste nichts Derartiges gesehen«, bemerkte Bykow.

Dauge erklärte, die Olgoi-Chorchois lebten wahrscheinlich nur in den heißesten und ödesten Gebieten der mongolischen Gobi.

Bykow, der sich irgendwie unbehaglich fühlte, begann, Jermakow nach den Plänen für die weitere Eroberung der Venus auszufragen. Er wollte den Kommandanten ins Gespräch ziehen. Dieser aber antwortete zurückhaltend und langweilig. Die *Chius 3* wurde zum Flug vorbereitet; sie würde eine große Gruppe von Fachleuten auf die Venus bringen. Man würde mit dem Bau einer Fabrik zur Verarbeitung des Kernbrennstoffs beginnen. Gleichzeitig würde man natürlich die Oberfläche des Planeten eingehender erforschen.

»Was gibt's da groß zu reden« – Jurkowski winkte leichthin ab –, »die Venus ist abgehakt. Die Straße ist gebaut, die Ampel aufgestellt, wie unsere Vorfahren sagten, als es noch Verkehrsampeln gab. Und die neuen Wege werden nicht hier entlangführen.«

»Interstellare Raumfahrt natürlich?«, sagte Jermakow und deutete ein Lächeln an.

»Genau! Ein Flug Erde – 61 Cygni! Das ist der neue Weg!«

»Und wie lange muss man da fliegen?«, fragte Bykow zweifelnd.

»Zehn Jahre hin und zehn zurück. Zwanzig Jahre Flug bei unseren Geschwindigkeiten.«

»Zwanzig Jahre!«, stöhnte Bykow. »Da muss man ja Jünglinge in die Mannschaft nahmen, damit die Besatzung nicht unterwegs eines natürlichen Todes stirbt.«

»He, Bruder!« Das Geburtstagskind lachte. »Und was sagst du zu einem Flug Moskau – Große Magellansche Wolke? Entfernung – vierzigtausend Lichtjahre, das heißt vierhundert Millionen

Milliarden Kilometer. Mit Lichtgeschwindigkeit fliegt man vierzigtausend Jahre, und das, wohlgemerkt, ist die Galaxis, die der Milchstraße am Nächsten liegt. Na, wie wär's?«

»Entsetzlich! Absolut irreal ...«

»Wer weiß!« Dauge schaute den verblüfften Fahrer listig an. »Die Wissenschaft hat bekanntlich eine Menge Überraschungen auf Lager. Aber verglichen mit -zigtausend Jahren erscheinen zwanzig doch wie ein Augenblick!«

»Trotzdem, zwanzig sind auch viel«, murmelte Bykow.

»Überhaupt nicht, sage ich dir«, entgegnete Johannytsch. »Am Morgen schläfst du auf der Erde ein, und mittags wachst du irgendwo in der Nähe von 61 Cygni auf. Wie in einem Interkontinental-Flugzeug oder ein bisschen langsamer. Du schaust dich um, schnupperst, suchst dir ein paar ausgefallene Souvenirs – und zurück.«

»Klar doch. Man muss nur zehn Jahre hintereinander schlafen können. Das wäre ein Flug ganz nach deinem Geschmack, Johannytsch«, konnte sich der Fahrer nicht verkneifen.

Jurkowski lachte.

»Von Anabiose hast du wohl noch nie was gehört?«, fragte Dauge genüsslich und gar nicht gekränkt. »Anabiose ist ein Zustand des Organismus, ein Zwischending zwischen Leben und Tod, eine Art Ohnmacht ...«

»Na-na, Populärwissenschaftler; übertreib's nicht«, bemerkte Jurkowski.

»Nein, das meine ich nur ganz ungefähr ... In dem Sinne, dass die Empfindungen des Menschen im Anabioseschlaf denen bei einer Ohnmacht ähneln ...«

»Das heißt, man hat überhaupt keine Empfindungen.«

»Hm ... Also: In der Anabiose laufen alle Lebensprozesse verlangsamt ab. Der Mensch ist sozusagen am Leben, lebt aber nicht: er wird nicht älter, nicht krank, wächst nicht ...«

»Ja, weiter«, spornte ihn Bykow interessiert an.

»Das ist alles. Man startet ein Raumschiff von der Erde, schaltet die automatische Steuerung ein, legt sich in den Anabioseschlaf und unterbricht auf diese Weise den Ablauf der Zeit. Zehn Jahre später wird man von einer speziellen Apparatur geweckt. Man reibt sich die Augen, wäscht sich, erledigt seine Angelegenheiten – forscht, sammelt Material –, und auf dieselbe Weise zurück!«

»Toll!«, staunte der Fahrer. »Aber das ist ja doch Phantastik!«

»Das ist schon keine Phantastik mehr«, warf Jermakow ein. »Aber dieser Weg ist momentan kaum akzeptabel: Wir haben keinerlei Erfahrungen mit interstellaren Flügen, das Risiko ist zu hoch. Der Internationale Kongress wird solch ein Abenteuer niemals genehmigen. Übrigens gibt es noch einen Weg ...«

»Die Relativitätstheorie ...«, setzte Jurkowski triumphierend an.

Dauge stöhnte. »Hilfe! SOS! Gleich geht es los – die Lorentzkontraktion der Zeitintervalle ... der Riemann-Christoffel'sche Krümmungstensor! SOS!«

»Was hat denn der Krümmungstensor damit zu tun?«, ereiferte sich Jurkowski. »Und was die Lorentzkontraktion angeht ...«

»Da! Es geht los ... Lass sein, Wolodja, mein Lieber!«

»Zum Teufel mit dir! Bleib doch dumm und unschuldig ...« Jurkowski war sichtlich gekränkt.

»Ach, nimm's nicht krumm ...«

»Es ist Sünde, einem von Gott Geschlagenen etwas krumm zu nehmen.«

»Ich meinte nicht die Relativitätstheorie«, schaltete sich Jermakow ein. »Ich spreche von der Idee des verunglückten Lloyd ...«

»Ah, ja, ja!«, rief Jurkowski lebhaft. »Mechanische Astronauten!«

»Wie das?«, wollte Bykow wissen.

»Anstelle von lebenden Piloten – kybernetische Vorrichtungen. Roboter«, erklärte Jermakow. »Davon haben Sie sicherlich gehört, Alexej Petrowitsch?«

»J-ja ... Aber ja doch! Auf dem Karakum-Bauplatz hat eine ganze mechanische Brigade gearbeitet!«

»Völlig richtig. Ebensolche Roboter werden die Sternenschiffe steuern. Das sind natürlich keine Menschen, aber sie vermögen eine ganze Reihe von durchaus vernünftigen – aus unserer Sicht vernünftigen – Operationen durchzuführen. Sie können Piloten sein, ebenso Geologen, Biologen, Physiker, Rechenmaschinen und Funksender – und alles gleichzeitig. In gewissen Grenzen, versteht sich. Das werden großartige Kundschafter sein, die viele neue Trassen erschließen. Die Zukunft der Astronautik gehört in erheblichem Maße solchen Kyberpiloten.«

»Wunderbar!« Bykow schüttelte begeistert den Kopf. »Einfach klasse.«

»Eben!« Dauge stupste ihn in die Seite. »Und du sagst: irreal, phantastisch ...«

»Nein, stellt euch vor« – Jurkowski ließ seine prächtigen Zähne blitzen –, »auf irgendeinem unbekannten kleinen Planeten im System von Proxima Centauri landet ein Raumschiff. Die begeisterten Bewohner des Planeten kommen freudig erregt von allen Ecken und Enden herbeigelaufen – Freunde aus einer fernen Welt sind gekommen! Und plötzlich kriechen aus den Luken solche metallglänzenden Ungetüme mit sechs Beinen und blinken mit bunten Lämpchen! Lebewesen erstaunlich ähnlich und dabei doch tot, kalt, unverständlich! Und auf dem Planeten schreiben sie das Jahr 1901 nach Christi Geburt – das wird eine Hatz!«

»Die Ungetüme fliegen ab«, hakte Dauge ein, »sie nehmen ein paar zerlegte Häuser und eine örtliche Kuh in einem Spiritusbehälter mit. Die Einheimischen bleiben verwirrt und entsetzt zurück ..«

»Die Schriftsteller verfassen zwanzig großartige phantastische Romane«, fiel ihm Jurkowski begeistert ins Wort. »Zwanzig Gelehrte verfassen Dissertationen zum Thema ›Metallische Lebensformen im Weltall‹, und alsbald entstehen zwanzig religiöse Sekten, die sich dem Kult der eisernen Götter weihen. Und dann ...«

»Und dann kommen zwanzig Jahre später Jurkowski und ich an und erklären, wie es sich wirklich verhält. Und unter unserer Leitung beginnt die Erschließung der dortigen Venus. Wie bauen *Chiusse* ...«

»Und alles beginnt von vo-horn!«, skandierte Jurkowski näselnd.

»Ja, und alles beginnt von vorn. Die gottverlassene Venus wird erschlossen und ... überhaupt alles von vorn. Ewige Bewegung«, sagte Dauge nachdenklich.

Alle lachten.

»Ich mache euch einen Vorschlag ...«, begann Jurkowski.

»Entschuldigen Sie mich bitte«, unterbrach ihn Jermakow. Er erhob sich und schaltete das Funkgerät ein. Augenblicklich füllte sich der Raum mit Pfeifen und Kreischen.

Die Geologen schauten einander an.

»Die Verbindung ist wohl immer noch gestört?«, fragte Dauge beunruhigt.

»Den zweiten Tag schon«, gab Bykow mit einem Blick auf den Kommandanten leise zur Antwort.

Jermakow legte den Hebel um, und das Kreischen hörte auf.

»Wir fahren zurück zur *Chius*.« Er sah auf die Uhr. »In einer guten Stunde brechen wir auf. Natürlich, wenn sich nichts ändert.«

Überrascht blickten die Raumfahrer einander an.

»Erlauben Sie ...« Jurkowski zog finster die Augenbrauen zusammen. »Und das Rauchmeer?«

»Fahren wir denn nicht zum Rauchmeer?«, fragte Dauge erstaunt.

Der Kommandant schwieg.

»Und dann – Michail Antonowitsch soll ja, wie verabredet, die *Chius* hierher überführen. Der Flugplatz ist fertig zum Empfang, Michail wartet nur auf Ihren Befehl.«

»Wir haben keine Verbindung«, sagte Jermakow mit dumpfer Stimme.

»Und wenn schon!« Jurkowski zuckte mit den Schultern. »Das ist auch früher schon vorgekommen. Warten wir eben ...«

»... und erforschen inzwischen das Rauchmeer«, griff Dauge auf. »Das nennt man, das Nützliche mit dem ...«

Jermakow schüttelte den Kopf. »Nein, wir fahren zurück zur *Chius*.« Er sagte es ausgesprochen sanft, in seiner Stimme lag ein unbekannter bittender Ton. »Die Verbindung kann zustande kommen, es kann aber auch sein, dass sie ganz ausbleibt. Wir dürfen nicht warten. Wir müssen unverzüglich zur *Chius* zurückkehren. Das Wasser reicht höchstens noch für vier Tage. Ab morgen kürze ich die Rationen.«

Jurkowski sprang auf. »Wegfahren, jetzt, da das Werk erst halb getan ist? Sollen wir uns mit kläglichen Krumen zufriedengeben, wo uns nur noch ein Katzensprung von der Schatzkammer der Geheimnisse und Rätsel trennt? Man hat uns eine verantwortungsvolle Aufgabe übertragen ...«

Bykow begriff: Jetzt war die entscheidende Aussprache da. Ansätze dazu hatte es bereits mehrere Male gegeben. Die Geologen bestanden schon lange auf einer gründlichen Erforschung des

Rauchmeeres. Solche Chancen auszulassen! Nicht tun, was getan werden musste! Auf halbem Wege umkehren! Jurkowski fuchtelte aufgebracht mit den Armen, Dauge hob die Stimme. Aber Jermakow schwieg sich entweder aus, oder er gab derart unbestimmte Antworten, dass den Geologen, die nicht die Disziplin verletzen wollten, vor Wut der Atem ausging.

Gewiss, Bykow hatte nicht erwartet, dass die entscheidende Aussprache gerade jetzt stattfinden würde, da sie zwei, drei Stunden in gemütlichem Beisammensein zu verbringen gedachten. Der Abend war endgültig verdorben. Es blieb nur eins: sich damit abzufinden, zuzuhören – und notfalls seine Meinung zu sagen. Er war überzeugt, dass dies erforderlich sein würde. Er brauchte nur in die bleichen eingefallenen Gesichter der Streitenden zu blicken. Jeder war von der Richtigkeit seiner eigenen Ansicht überzeugt und fest entschlossen, sie zu verteidigen.

Jermakow unterbrach Jurkowski.

»Halten Sie die geologischen Daten, die Sie in der Umgebung der Golkonda gesammelt haben, für ausreichend?«

»Sie meinen, in der weiteren Umgebung ...?« Jurkowski kniff die Augen zusammen.

»Ja, in der weiteren ...«

»Die Daten sind im Großen und Ganzen vollständig«, führte Dauge an. »Aber ...«

»Sie haben in erster Näherung die Erforschung der Qualität und Quantität der nützlichen Bodenschätze in der Umgebung der Urangolkonda so gut wie abgeschlossen.« Jermakows Stimme klang jetzt laut und scharf. »Sie haben bewiesen, dass die Umgebung der Golkonda einer Ausbeutung wert ist. Sie haben erschöpfendes Material über die Natur des Gebietes gesammelt und die Radioaktivität bestimmt. Sie haben eine geologische und eine topographische Karte angefertigt. Sie haben die geophysische Tiefenerkundung der Venus in dieser Gegend durchgeführt ...«

»Die Daten sind aber verschwommen und bei Weitem nicht erschöpfend!«, fiel Jurkowski dem Kommandanten ungestüm ins Wort. »Wir haben die Möglichkeit, viel genauere Daten zu bekommen, und ...«

»Wir haben keine solche Möglichkeit!«, schnitt Jermakow ab.

»Wieso nicht?«

»Ich sagte es schon. Wenn Sie wollen, kann ich es wiederholen. Wir haben Wasser nur noch für vier Tage. Die Verbindung ist unterbrochen. Der Standort der *Chius* ist gefährlich. In unserer Lage kommt der Marsch ins Rauchmeer einem Abenteuer gleich. Ein x-beliebiger ernster Defekt des *Knaben* kann zum Scheitern des ganzen Unternehmens führen. Außerdem …«

»Was heißt denn Abenteuer, wenn es darum geht, einen Regierungsauftrag zu erfüllen?« Jurkowski fuchtelte erregt mit den Armen. »Man hat uns eine verantwortungsvolle Aufgabe gestellt, und wir erfüllen sie nur halb. Eine Schande ist das! Wann werden denn wieder Menschen hierherkommen …!«

»Wenn wir zurückkehren – bald. Wenn wir aber hier bleiben – nie! Oder vielleicht in zwanzig Jahren. Ich bin nicht bereit, die ganze Expedition aufs Spiel zu setzen. Es ist ein zu großes Risiko …!«

»Ein Risiko! Wieder Risiko«, tobte Jurkowski. »Ich fürchte kein Risiko. Sagen Sie, was Sie wollen, Anatoli Borissowitsch, aber Sie können aus uns keine Feiglinge machen!« (Jermakow zuckte unwillkürlich zusammen: Diese Worte hatte er selbst einmal gesprochen.) »Die Hauptaufgabe der Expedition wird unerfüllt bleiben!«

»Dem ist nicht so«, mischte sich Bykow in den Streit.

Plötzlich war ihm das Gespräch eingefallen, das Jermakow zu Beginn des Fluges mit ihm geführt hatte. Er begriff, welche Gründe den Kommandanten zwangen, vorsichtig zu sein. Die Geologen, daran gewöhnt, dass sich Bykow selten in derartige Dispute einmischte, blickten ihn erstaunt an, nur Jermakows Miene blieb unverändert.

Bykow fuhr fort: »Die Hauptaufgabe unserer Expedition besteht nicht in der Erkundung. Sie haben den Befehl des Komitees schlecht in Erinnerung. Die Prüfung der *Chius* – das ist die Hauptaufgabe!«

»Alexej Petrowitsch hat recht. Unsere Hauptaufgabe ist es, zu beweisen, dass nur Raketen vom Typ *Chius* imstande sind, die Venus zu erobern. Außerdem müssen wir die gesammelten Daten auf die Erde bringen. Wir haben eine erste Erkundung durchgeführt. Der Landeplatz ist angelegt. Unsere Hauptaufgabe ist es jetzt zurückzukehren.«

Das glücklose Geburtstagskind biss mit Widerwillen in einen Rollmops – man sah, dass er geneigt war, sich zu ergeben.

Jurkowski rief mit Bitterkeit: »So ein Werk auf halbem Wege abzubrechen!«

»Das Bessere ist ein Feind des Guten, Wladimir Sergejewitsch. Und dann, wir haben unser Werk getan ...«

»Sie sind kein Fachmann«, sagte Jurkowski grob.

»Ich bin der Kommandant!« In Jermakows Gesicht zuckte es. »Ich bin für den Ausgang des ganzen Unternehmens verantwortlich. Ich hätte einfach befehlen können, doch ich habe mir Ihre Argumente angehört und halte sie keineswegs für überzeugend. Wollen wir nicht mehr darüber reden ... Wenn es gelingt, im Laufe der nächsten Stunde die Verbindung mit Michail Antonowitsch wiederherzustellen, und wenn die *Chius* hier auf dem Landeplatz steht, gebe ich Ihnen noch zwei bis drei Tage ...«

»Auch ein Trost«, sagte Jurkowski bissig.

»Auf die Verbindung vertrauen, heißt auf Gott vertrauen.« Das Geburtstagskind lächelte schief.

»Leider haben Sie recht, Grigori Johannowitsch«, stimmte Jermakow reserviert zu und schaute auf die Uhr.

Der Abend war endgültig verdorben. Die Geologen setzten sich Seite an Seite und ließen die Köpfe hängen. Jermakow machte sich wieder am Funkgerät zu schaffen. Der Lautsprecher heulte und kreischte unerträglich laut. Die Minuten strichen dahin. Michail Antonowitsch meldete sich nicht. Die Kognakflasche stand vergessen und einsam mitten auf der weißen Serviette.

Krr, krr, ti-iu-u, füi-i ..., drang es aus dem Lautsprecher. Die Indikatoren an der Wand füllten sich langsam mit rotem Licht. Immer lauter tickten die Strahlungsmesser.

»Die Venus gratuliert dir, Johannytsch«, sagte Jurkowski mit hölzerner Stimme.

»Mein Gott, mein Gott ...!«, flüsterte das Geburtstagskind niedergeschlagen und fügte halblaut einen lettischen Fluch hinzu.

Füi-i-i-u-u, pfiff der Lautsprecher.

»Sag, hörst du das Gangspill dort jämmerlich knarren?
Du hörst nichts? Dann scher dich nicht drum.
Die Kinder des Nebels verlassen den Hafen,
Sie fahren. Wohin? Und warum?«,

begann Jurkowski plötzlich leise nach der Melodie eines bekannten lyrischen Liedes zu singen.

»Ah, das ist mal etwas Neues!«, sagte Dauge lebhaft. »Und weiter?«

»Singst du mit?«, fragte Jurkowski etwas verlegen.

»Klar doch! Leg los!«

Jurkowski wiederholte den Anfang, und Dauge fiel mit schrecklicher Stimme ein:

»Die Kinder des Nebels verlassen den Hafen,
Sie fahren. Wohin? Und warum?

Die Möwe pflügt pfeilschnell die bleiernen Wogen,
Du hörst ihren klagenden Schrei,
Schwarz ragen die Masten, schon sind sie gezogen
Im diesigen Regen vorbei.

Sie steuern die Schiffe im Wind in der Frühe
Vorbei an der Brandung am Strand,
Im Zwielicht durch schäumende, ruhlose Wellen,
Sie steuern mit ruhiger Hand.

Es warten auf sie schon die schlaflosen Stunden
Am Steuerrad nachts im Orkan
Und tosende Strudel vor fernen Gestaden
Und Riffe mit hungrigem Zahn

Und triefende Netze und trockene Segel
Und Glut, die schon morgens beginnt,
Und fern von dem Wald an der Küste herüber
Der linde, der zärtliche Wind.

Es warten die Ufer der vier Ozeane,
Woher fremde Rede erschallt.
Die Kinder des Nebels verlassen den Hafen ...
Wann kommen sie wieder? Nicht bald.«

»Wann kommen sie wieder? Nicht bald«, wiederholte Dauge nachdenklich. »Gut gemacht, Wolodja, sehr schön ...«

Sie schenkten ein und tranken jeder ein Glas. Jurkowski wurde etwas trübsinnig und stützte den schönen, leicht angegrauten Kopf in die Hände. Jermakow dachte über irgendetwas angestrengt nach und schaute jede Minute mechanisch auf die Uhr. Bykow, vollends traurig, lehnte sich im Sessel zurück und schloss die Augen. In seiner Erinnerung tauchten Bilder auf, die ihm lieb und jetzt so schrecklich fern waren – das tiefe Blau des Himmels, ein warmer, zärtlicher Windhauch, blaue Wolkenfetzen in einer dunklen, zitternden Pfütze ... die Erde ...

»Genug, Johannytsch«, erklang Jurkowskis Stimme.

Bykow hob die Lider. Dauge füllte gerade ein Glas. Seine Hände zitterten, bernsteinfarbene Tropfen, die im elektrischen Licht lustig funkelten, fielen auf die Serviette, liefen darauf als kleine helle Kügelchen auseinander.

»Das ist nicht für mich«, sagte Johannytsch streng, »und nicht für dich ...« Er streckte die Hand über die Happen hinweg aus: »Trink, Bogdan ... Ja, ich weiß, du kannst das nicht leiden, aber du musst – mir zuliebe!«

Jurkowski fuhr zurück. Dauge hielt das Glas in der ausgestreckten Hand und sagte eindringlich: »Ins Rauchmeer dürfen wir ja doch nicht. Ergo ist die Expedition beendet. Darauf muss man unbedingt einen trinken ...«

Jermakow erhob sich plötzlich. Ruhig, ohne den Blick von der Uhr zu wenden, sagte er: »Entschuldigen Sie, ich schalte das Licht aus. Ich muss Ausschau halten.«

»B-bitte«, brachte Bykow mit Mühe hervor, ohne den Blick von Dauges bleichen Wangen zu wenden.

»Helfen Sie mir, Alexej Petrowitsch.« Jermakow schien nichts zu merken.

»B-bitte«, wiederholte Bykow.

Sie stiegen in den Kommandoturm. Jermakow knipste das Licht aus. In der Dunkelheit ertönte Dauges scharfes, ungesundes Lachen.

»Hast recht, Bogdan ... Recht hast du ...«

Jermakow richtete den Entfernungsmesser nach Süden und blickte durch die Okulare. Bykow beugte sich über den zweiten

Entfernungsmesser. Er verstand nicht, was er eigentlich tat. Er hörte nur das scharfe Lachen hinter seinem Rücken, unverständliche Worte – Dauge hatte begonnen, laut auf Lettisch zu sprechen – und das Flüstern Jurkowskis: »Grigori ... Grischa ... Beruhige dich ... Grischa ...«

Und dann blitzten vor seinen Augen in dem bleischwarzen, von phosphoreszierenden Teilstrichen durchzogenen Kreis plötzlich nacheinander zwei grelle blutrote Sternchen auf – knapp über der schwarzen, bodenlosen Linie des Horizonts.

»Anvisieren!«, rief Jermakow mit überraschend heiserer Stimme. »Anvisieren, Bykow! Passen Sie doch auf, zum Teufel!«

Eilig, ohne zu überlegen, fixierte Bykow die Richtung der seltsamen roten Sternchen, die allmählich verblassten und erloschen.

»... Anatoli Borissowitsch! So sagen Sie ihm doch, dass er trinken soll!«, schrie Dauge erbost.

»Trinken Sie, trinken Sie, Bogdan Bogdanowitsch«, sagte Jermakow achtlos. Er machte Licht im Turm und schrieb in fieberhafter Eile die Daten von den Skalen seines Entfernungsmessers ab.

»Sieh da«, sagte Dauge zufrieden. »Kluger Junge – auf den Kommandanten hörst du. Und jetzt noch einen ...«

»Wie viel haben Sie?«, fragte Jermakow hastig.

»Höhe zehn Grad acht Minuten, Azimut dreißig Grad sechsundzwanzig Minuten ... Aber was soll ...«

»Schweigen Sie, Alexej Petrowitsch ...« Jermakow notierte sich die Zahlen. »Schweigen Sie ... Davon später.«

Bykow fasste sich an die Unterlippe.

»Licht!«, rief Jurkowski plötzlich aus dem Wageninnern. »Machen Sie Licht! Dauge geht es wieder sehr schlecht ...!«

Das letzte Wort der Golkonda

Der *Knabe* kam nur langsam voran. Über den Bildschirm glitten die Umrisse zahlreicher scharfgezackter Felsen. Jermakow saß zurückgelehnt da, die Hände auf dem Steuerpult. Im Wagen brannte kein Licht. Die Geologen schliefen. Jurkowski lag zusammengerollt da und schnarchte leise; silbriger Widerschein vom Bildschirm her huschte über sein ruhiges Gesicht. Dauge, den Kopf zurückgeworfen, stöhnte dumpf im Schlaf, manchmal murmelte er schnell etwas Unverständliches. Dann schlug er plötzlich die Augen auf und sagte laut und deutlich: »Ich weiß, ich weiß ja ... Aber was soll ich machen? Warum? Sag mir: Warum?«

Jermakow wandte sich nicht um. Bykow betrachtete lange das eingefallene, zerquälte Gesicht des Freundes, dann fragte er: »Anatoli Borissowitsch, was ist mit Dauge? Bleibt das etwa immer so?«

Jermakow zuckte leicht mit den Schultern. »Ich bin kein Psychiater, Alexej Petrowitsch. Ich kann mir von dieser Krankheit schwer ein Bild machen. Ich verstehe sie nicht. Die ›Schlangenpsychose‹, die Halluzinationen, Bogdan ... Eine seltsame, unerklärliche Auszehrung des Organismus ... Grippetemperatur. Und alles ohne sichtbaren Grund. Bogdans Tod hat er viel ruhiger ertragen als Jurkowski, er hat sich nicht mehr als die anderen überanstrengt ... Vielleicht ist es dasselbe Fieber, von dem die Tschechen gesprochen haben ... Wenn wir nur zurückkehren, Alexej Petrowitsch: Ich weiß aus Erfahrung, dass die Erde, der blaue Himmel alle himmlischen Krankheiten besser heilen als der beste Arzt.«

»Wenn das irgendeine besondere hiesige Krankheit ist, warum sind wir dann gesund? Es müssten alle ... Obwohl ... Erinnern Sie sich, Anatoli Borissowitsch, dass Dauge ein paarmal ohne Skaphander aus dem Knaben gegangen ist?«

»Wenn wir nur recht bald zurückkehren, Alexej Petrówitsch. Auf der Erde werden wir uns über alles Klarheit verschaffen.«

Sie schwiegen beide. Dauge begann wieder zu reden. Er erhob sich, setzte sich auf, mit den Händen abgestützt, und fragte erstaunt: »Weißer als Alabaster? Unsinn!« Dann fiel er wieder auf den Rücken und warf den Kopf zurück. Bykow rieb sich die Augen – tausend Nadeln schienen ihm in die Lider zu stechen.

Jermakow schaute ihn von der Seite an. »Tut's weh?«

»Ja ... Ein bisschen. Ach ja, Anatoli Borissowitsch ... Warum haben wir die *Chius* nicht direkt hierher gerufen, zum Raketenlandeplatz? Warum quälen wir uns ein paar Tage lang durch schlechtes Gelände, wenn Michail Antonowitsch das Raumschiff herbringen kann?«

Jermakow warf Bykow einen raschen Blick zu, seine Miene verfinsterte sich. Er antwortete nicht gleich, schaute vorher noch zu den Schlafenden hin, als wolle er sich vergewissern, dass sie ihn nicht hörten.

»Ja. Vor Beginn der Expedition habe ich ebendas mit Krutikow abgesprochen. Das wäre für uns nicht nur bequem gewesen, sondern hätte auch gleich zur Erprobung des Landesplatzes gedient. Das wäre sehr gut gewesen, Alexej Petrowitsch. Aber ...«

»Aber?«

»Ich hätte die *Chius* nach der Errichtung des dritten Funkfeuers herbeordern sollen. Aber schon am Tag zuvor ... sie wissen, da ist die Verbindung mit Michail abgerissen. Unerwartet abgerissen.«

»Ja, das weiß ich.«

Jermakow schwieg eine Weile.

»Es war eine sehr seltsame Unterbrechung: Der Lautsprecher begann plötzlich zu heulen, und ich hörte Krutikow fast nicht mehr. Aber ich hatte den Eindruck, dass er irgendwie erregt zu mir sprach ... irgendwie beunruhigt ... Und seither bekomme ich keine Verbindung mit der *Chius*.«

»Ist etwas mit Michail passiert?«

»Ja.«

Bykow fuhr hoch. »Was?«

Ohne den Blick vom Bildschirm zu wenden, sagte Jermakow: »Sie haben die beiden Lichtblitze am Horizont bemerkt?«

»H-habe ich natürlich. Aber ...«

»Keine Angst, Alexej Petrowitsch. Grund zur Unruhe besteht vorerst nicht. Vorerst. Jedenfalls ist Michail Antonowitsch am Leben und ... gesund, versteht sich. Das heißt, das Raumschiff ist in Ordnung.« Jermakow schaute abermals zu den Geologen hin, senkte die Stimme. »Ich habe die Richtung der beiden Lichter ermittelt ... Kurzum, es ist so ...« Er hielt den *Knaben* vorsichtig an, nahm die Hände vom Pult und holte einen doppelt gefalteten Bogen festes Papier aus dem Tisch. Vorsichtig entfaltete er ihn. »Schauen Sie.«

Es war die Karte des erforschten Gebietes. Bykow sah einen fast regelmäßigen Ring – den gewaltigen Sumpf – und darin ein Kreuz, die Landungsstelle der *Chius*. Eine saubere Punktlinie zeigte den Weg des *Knaben* durch Wüste und Felsen bis zu dem Landeplatz »Golkonda I«. Ins Auge sprang der tintenschwarze Fleck der Golkonda, von dem blassgrauen Gürtel des Rauchmeeres umsäumt. Jermakow wies mit der Bleistiftspitze auf einen kleinen roten Kreis südöstlich des Sumpfes.

»Hier, dieser Punkt. Sie sehen, er liegt abseits des Sumpfes. – Von dort sind die Raketen abgeschossen worden – falls es Raketen waren. Mögliche Abweichung: fünf bis sieben Kilometer.«

»Aber wie soll die *Chius* dort hingekommen sein?«

»Ich habe nicht gesagt, dass es die *Chius* war, aber ...« Jermakow beugte sich hinab und betastete den kranken Fuß. »Hören Sie zu, Bykow. Jetzt fahren wir zum Landeplatz der *Chius*. Zum Sumpf. Möglich, dass es nur eine ferngesteuerte Lastrakete mit Proviant war, oder überhaupt nichts. Vielleicht haben wir einfach atmosphärisches Wetterleuchten gesehen. Allerdings merkwürdig – gerade unser verabredetes Signal. Jedenfalls kann alles Mögliche passieren.«

»Punkt zwanzig Uhr?«, fragte Bykow.

»Es war zwanzig Uhr zwölf«, präzisierte Jermakow kalt.

»Ja, aber Michail sollte doch im Falle ... er sollte Punkt zwanzig Uhr signalisieren?«

»Ganz recht.«

Eine schlimme Vorahnung überkam Bykow.

Jermakow beugte sich zu Bykows Ohr. Für einen Moment leuchteten seine Augen im Dämmerlicht der Kabine auf wie bei einer Katze.

»Wie dem auch sei, Alexej Petrowitsch – eine Karte gebe ich Ihnen. Stecken Sie sie ein und tragen Sie sie immer bei sich. Die zweite bleibt bei mir, ich lege sie hierher in den Tischkasten. Den Geologen brauchen Sie nichts zu sagen. Sehr gut möglich, dass das alles blinder Alarm ist.«

»Jaa ... Verstehe. Aber sollten wir nicht direkt dorthin fahren?«, schlug Bykow vor und schaute Jermakow in die Augen. »Wenn das Menschen sind, werden sie wohl nicht zum Spaß Signale geben.«

»Ja. Stimmt. Aber erst fahren wir zur *Chius*. Dann sehen wir weiter.«

Bykow faltete die Karte zusammen, steckte sie in eine Innentasche. »Klar. Von Michail ist also nichts zu hören?«

»Nichts, Alexej Petrowitsch. Ich werde jetzt ein wenig schlafen und es dann noch einmal versuchen. Halten Sie Kurs auf den

Durchgang in den Felsen, kehren sie auf dem früheren Weg zurück. Fahren Sie direkt nach Karte.«

»Zu Befehl. Ruhen Sie sich aus, Anatoli Borissowitsch. Und ... Und wenn es doch Michail ist?«

Jermakow zuckte gelassen mit den Schultern, schüttelte den Kopf. »Wir wollen keine voreiligen Schlüsse ziehen.«

Eine lange Stille trat ein. Jermakow ist eingeschlafen, sein Kopf auf die Brust gesunken. Die Motoren tuckern, die Dosimeter ticken gemächlich, gleichmäßig atmen die Kameraden. Sogar Dauge hat sich beruhigt und ist in tiefen Schlaf gesunken. Bykow beginnt zu rechnen. Bis zur *Chius* sind es noch ein, zwei Tage. Noch ein Tag, und sie sind auf dem *Ziolkowski*. Dann ein bisschen hin und her, kurzum, in einem halben Monat sind wir auf der guten alten Erde. Zuallererst zum Friseur, sich anständig die Haare schneiden lassen, denn Grischas Haarschnitte sind verheerend, als Friseur ist er so gut wie Bykow als Geologe. Dann Aschchabad. Also. Ich schaue vorbei. Sie korrigiert natürlich gerade Hefte, meine Lehrerin ... Meine Liebe ... Ach, verdammt, wie die Augen wehtun! Bykow verlangsamt die Fahrt des *Knaben*, reibt sich vorsichtig die Augen – es schmerzt. Na, geht schon ... Es stimmt – die Erde wird alle himmlischen Krankheiten rasch heilen.

Von hinten Dauges scherzhaft-ärgerliche Stimme: »Was lässt du den Wagen derart holpern? Wer soll dich denn Mores lehren?«

Bykow lächelt. »Schön, schön. Schlaf du, weck nicht die Leute.«

Man hört, wie Dauge sich auf seinem harten Lager herumwälzt.

»Das war's, jetzt kann ich nicht mehr einschlafen. Und wieso bist du wach, du Nachtschwärmer?«

»Was heißt ›wieso‹? Ich muss doch fah...«

»Ich rede nicht mir dir ... Bogdan, hörst du?«

Bykow überläuft es kalt. Da ist es wieder. Hinter seinem Rücken erklingt leise ein abstruser Monolog: »Kannst du auch nicht schlafen? Na klar, ein feuriger Liebhaber, die Augen funkeln wie irgendwas am Sternenhimmel ... Hm? Nein, wieso denn, ich habe das hinter mir ... Sag mir lieber, kommst du an eine Karte ins Bolschoi-Theater, in den ›Faust‹? Ha-ha-ha! ... Nein, im Ernst ... ›Mein schönes Fräulein, darf ich wagen ...‹ Was? Glaube ich nicht ... Aber das ist doch kolossal! Du bist ein Genie! Ehrenwort, ein Prachtkerl, Bogdan! Aha ... Ich habe einen anderen Traum: Mich auf der Erde erholen, mich ein bisschen kurieren ... Nein, mir fallen die Haare aus, siehst du – in ganzen Büscheln ... Na, bei dir ist es was anderes – deiner Tolle kann keine Strahlung etwas anhaben ... Warte, lass mich ausreden ...«

Bykow hält es nicht aus, blickt nach hinten. Im blassen, unsteten Licht des Bildschirms wirkt Dauges Gesicht schwarz. Er sitzt da, die Beine gekreuzt, dem Funkgerät zugewandt, die Augen verträumt geschlossen. In seiner Stimme liegt so viel Ruhe, so viel Gewissheit, dass Bykow zusammenzuckt: Ihm scheint, dass am Funkgerät, wie gewohnt leicht auf dem Stuhl kippelnd, Bogdan sitzt – eine dunkle Silhouette vor den glänzenden Metallgeräten.

»Ich kuriere mich ein bisschen und lasse mich wieder hierherschicken. Kosmische Paläontologie! Eine prächtige neue Wissenschaft! Schade, dass ich kein Fachmann bin, aber das lässt sich ändern, zumal ich einige Kenntnisse schon habe ... Hm? Natürlich, so geht es auch, aber das kostet viel Zeit. Ich lerne das lieber im Urlaub ... Natürlich! Und außerdem, Spezialisten für Venus-Paläontologie ... Ja-ja-ja!« Dauge lacht halblaut.

Bykow beißt sich auf die Unterlippe. »Hört mal ... Still! Die Leute schlafen. Bogdan ... ich meine ... äh ... Grischa! Wenn du nicht schlafen kannst, beschäftige dich irgendwie.«

»Zu Befehl, Fahrer!« Mit bedrohlichem Flüstern teilt Dauge seinem unsichtbaren Gesprächspartner mit: »Siehst du? Streng ist der!«

Es raschelt – Dauge hat sich wieder hingelegt, ist verstummt. Und wieder das Surren der Motoren, der Sand knirscht unter den Ketten, auf dem Bildschirm tauchen lautlos die Umrisse von Steinbrocken auf und verschwinden wieder ...

Der *Knabe* befand sich nicht mehr weit von der Felsbarriere, als Bykow plötzlich gewahrte, dass sich in Fahrtrichtung rote Flecke und Streifen bewegten, über denen schwerer violetter Nebel wallte. Ein seltsamer feuriger Strom versperrte dem *Knaben* den Weg. Bykow hielt den Wagen an und machte Jermakow auf die eigentümliche Erscheinung aufmerksam. Eine Weile spähten beide schweigend hinüber, zur Sichtluke hingebeugt.

»Wollen wir versuchen durchzukommen?«, fragte Bykow schließlich.

Jermakow schüttelte zögernd den Kopf. »Nein, lieber nicht. Vielleicht können wir dem Strom ausweichen.«

»Was mag das sein?«

»Ich weiß nicht. Fahren Sie etwas näher heran.«

Der *Knabe* rollte langsam etwa zweihundert Meter vor und hielt. Auf dem schwarzen Boden leuchteten gewundene grellrote Streifen. In der Ferne, hinter dem violetten Dunstschleier, vereinigten sie sich zu einem geschlossenen roten Teppich. Es schien, als fließe glühende Lava über die Wüste.

Bykow sah, wie sich die rote Masse langsam, kaum wahrnehmbar, einem mächtigen schwarzen Steinblock näherte und an ihm hinaufkroch.

»Es bewegt sich«, murmelte Jermakow.

Der Stein verschwand unter dem wandernden roten Teig.

»Verflucht!«

»Kommen Sie, wir wollen nachsehen, was das ist«, sagte Jermakow entschlossen. Er erhob sich rasch, fiel jedoch aufstöhnend auf seinen Sitz zurück. »Nein, mit mir ist nichts mehr los ...!«, presste er mühsam hervor. »Wecken Sie die Geologen, Alexej Petrowitsch!«

Sie verließen den Wagen nicht sofort. Etwas Unheildrohendes ging von dieser leuchtenden roten Masse aus: Sogar Jurkowski machte keine Einwände, als Bykow vorschlug: »Wir können noch näher heranfahren und dieses Teufelszeug mit den Manipulatoren untersuchen ...«

»Gewiss«, stimmte Dauge unentschlossen zu. »Ich glaube, das ist keine Lava.«

Jermakow bückte sich und betastete mit gequälter Miene den Fuß. »Seien Sie vorsichtig. Kommen Sie bei dem geringsten Anzeichen einer Gefahr zurück. Zeit zum Rückzug bleibt Ihnen immer: Die Masse bewegt sich nur langsam.«

Vor der Tür zur Schleusenkammer schaute sich Bykow um. Jermakow saß gebeugt am Steuerpult und blickte unverwandt durch die Sichtluke. Er trug keinen Spezialanzug, und in dem rötlichen Schein des Bildschirms sah Bykow seine schmalen, fest zu Fäusten geballten Hände ...

Die bewegliche Masse kroch zu beiden Seiten an dem *Knaben* vorbei, umfasste den Wagen in riesigem Halbkreis. Lange vorgestreckte Arme schienen den Boden abzutasten. Leuchtender violetter Dunst stieg über dem ganzen beweglichen roten Teppich auf. In den Kopfhörern rumorte die ferne Golkonda, außerdem rasselte und knirschte es ununterbrochen: Der rote Strom wälzte Steine und Felsbrocken mit sich.

»Gleicht auffallend einem lebenden Wesen«, murmelte Dauge.

»Red keinen Unsinn, Grigori«, stieß Jurkowski hervor.

»Es lebt – sieh mal die Fühler: Sie suchen den Weg zwischen den Felsen ...«

»Nichts suchen sie ...«

Dauge bückte sich, hob einen großen schwarzen Stein auf und schleuderte ihn mit den Worten: »Egal, was kommt!« in die rote Masse. Bykow, der den Freund nicht hatte zurückhalten können, machte sich auf das Schlimmste gefasst. Doch nichts geschah. Der Stein fiel auf die rote Fläche, machte ein paar Hüpfer, rollte noch ein Stück und blieb liegen. Rosarote Rauchfäden stiegen über ihm auf. Danach verschwand er, als habe er sich aufgelöst – die rote Masse hatte ihn eingesogen.

Jurkowski schaute auf das Handthermometer. »Die Temperatur ist normal. Vierundfünfzig drei. Durchaus normal für diese Gegend: Es ist keine Lava.«

Sie traten ganz dicht heran. Die violette Nebelwand erhob sich unmittelbar vor ihren Augen; nur noch ein paar Schritte trennten sie von dem seltsamen roten Teppich.

»Halt, nicht weiter!«, rief Bykow. »Mein Strahlungsmesser benimmt sich wie toll.«

»Tja-a«, stieß Dauge gedehnt hervor. »Die Strahlung wird immer stärker. Dieses Zeug ist radioaktiv, Wolodja.«

»Ich merk's auch«, knurrte Jurkowski, während er sich niederhockte und aufmerksam den Rand des roten Stromes betrachtete.

Die leuchtende rote Schicht sah sehr zäh aus und war porös wie Schwamm. Sie kroch langsam über den Boden, wallte stellenweise auf und hob Steine aus dem Sand.

»Etwa fünfzehn Zentimeter dick«, stellte Jurkowski fest, als sich die Schicht auf einen spitzen Stein schob. »Das ist kein Lebewesen, Grischa! Es reagiert nicht auf äußere Reize.«

»Quatsch!« Dauge zuckte die Achseln. »Schwamm reagiert doch auch nicht auf äußere Reize! Das ist bestimmt eine Kolonie von Mikrowesen.«

»Mikrowesen? Bei der Radioaktivität ringsum?«, murmelte Jurkowski. »Obwohl sich natürlich das Leben beliebigen Umweltbedingungen anpassen kann. Und dieses Zeug strahlt ja auch selber aus. Mag sein, dass du recht hast, Johannytsch. Aber wie willst du es beweisen ...? Am besten, wir nehmen eine Probe mit – daheim werden wir schon rauskriegen, was es ist.«

»Ihr meint also, dass wir mit dem *Knaben* über dieses rote Feld fahren können?«, fragte Bykow.

Die Geologen schwiegen nachdenklich; dann sagte Dauge: »Eher ja als nein. Jedenfalls ist es keine Lava.«

»Also los, zum Wagen. Jermakow wartet.«

»Sofort, Alexej. Wir müssen nur eine Probe von diesem Zeug mitnehmen.«

Der *Knabe* stand etwa hundert Meter entfernt; seine Panzerung schimmerte matt in dem roten Dämmerlicht. Schwarz zeichnete sich die offene Luke ab. Die rote Masse im violetten Dunst hatte den Wagen schon fast umzingelt, sie war bereits hinter ihm zu sehen. Nur eine einzige Lücke klaffte noch. Bykow wurde es unheimlich zumute.

»Ein bisschen schneller, Kameraden!«, sagte er. »Das Benehmen dieser interessanten Naturerscheinung gefällt mir ganz und gar nicht.«

»Warum kriecht sie nicht näher heran?«, sagte Jurkowski nachdenklich.

»Warum kriecht sie überhaupt?«, entgegnete Johannytsch. »Das finde ich sowohl wichtiger als auch interessanter ... Kurzum, ich hol schnell einen Behälter, wartet mal einen Moment ...«, rief Dauge und lief wankend zum *Knaben*.

Bykow sah ihm nach, und als er sich wieder Jurkowski zuwandte, sah er, dass dieser versuchte, mit seinem finnischen Messer ein Stück von der Masse abzusäbeln.

»Lassen Sie es sein, Wladimir Sergejewitsch! Wozu? Wir nehmen das Zeug mit dem Manipulator.«

Keuchend hantierte Jurkowski mit dem Messer. Die Klinge glitt leicht in die zähe Masse. Doch der Schnitt schloss sich augenblicklich wieder. Ergrimmt zerrte der Geologe an dem festen, bibbernden Gallert und stach auf ihn ein. Endlich gelang es ihm, ein dickes Stück loszutrennen. Aus der Schnittstelle strömte leuchtendes Gas. Jurkowski richtete sich auf und rollte das Stück mit dem Fuß zur Seite.

Vom Wagen her ertönte Scheppern. Die beiden Männer schauten sich um und sahen Dauge in einer unnatürlichen Haltung neben dem *Knaben* liegen. Offenbar war er aus der Luke gefallen.

»Das fehlte noch«, brummte Jurkowski ärgerlich.

Dauge stand rasch auf und tastete gebückt am Boden – er suchte etwas. Bykow bemerkte, dass sich die feurigen Fühler hinter dem *Knaben* vereinigt hatten. Der Wagen war jetzt von einem fast makellosen Ring umschlossen.

Ein Ring!, fiel es Bykow plötzlich ein. Ein feuriger Ring! Wo habe ich denn das schon gehört?

Dauge kam bereits angeeilt. Den Metallbehälter für radioaktive Proben schleifte er am Riemen hinter sich her, unter dem Arm hielt er einen schweren Schutzschild.

»Na so ein Teufelszeug!«, rief Jurkowski verblüfft.

Bykow richtete seinen Blick auf das abgehauene Stück Masse und sah, dass es sternförmig auseinandergequollen war und lange dünne Fortsätze nach dem roten Teppich ausstreckte. Und plötzlich entsann er sich: Roter Ring! Hütet euch vor dem Roten Ring! Das Rätsel Tachmasibs!

In diesem Augenblick erfolgte ein furchtbarer Bodenstoß. Bykow verlor das Gleichgewicht und wäre beinahe hingefallen. Er sah, wie Dauge alles losließ und stürzte, wie Jurkowski, auf Hände und Knie gestützt, sich zu erheben versuchte.

Ein greller blauweißer Blitz zuckte am Himmel. Der zweite Stoß schleuderte Bykow zu Boden. Ein ohrenbetäubendes Krachen erschütterte die Luft.

»A-a-ah!«, drang Jurkowskis Schrei kaum hörbar durch das grausige Getöse.

Krampfhaft an den Steinen Halt suchend, sah Bykow, wie sich neben dem *Knaben* der Boden auftat und eine mächtige Flammensäule hervorschoss. In dem Feuerschein war zu erkennen, wie die Gleisketten des aufgebäumten Wagens wie toll rotierten, wie

Dauge aufstand und wieder hinfiel. Ein Gluthauch schlug Bykow entgegen, drang durch den Siliketanzug. Mit der Ohnmacht ringend, erhob er sich, machte ein paar unsichere Schritte auf den umgestürzten *Knaben* zu und strauchelte von Neuem – der Boden wich unter seinen Füßen. Plötzlich verstummte das Getöse. Durch den Schweiß, der ihm über die Augen rann, sah Bykow, wie sich ein aschfahler rötlicher Schein über dem geborstenen Boden ausbreitete, wie der bis zur Rotglut erhitzte *Knabe* in den geschmolzenen Sand einsackte.

»A-a-ah !«, schrie hinter ihm Jurkowski.

Mit zusammengebissenen Zähnen, bemüht, die furchtbare Schwäche niederzukämpfen, kroch Bykow auf ihn zu. Vor seinen Augen wogte purpurner Lichtschein, schwammen bunte, blendend helle Kreise, doch er sah Jurkowskis Hände, schwarz, wie verkohlt, die sich ihm entgegenstreckten. Und er fand noch die Kraft, sie zu ergreifen, die Füße in den Boden zu stemmen und den Geologen von dem roten Morast wegzuziehen.

Dann schwanden ihm die Sinne, doch anscheinend nur für kurze Zeit. Als er wieder zu sich kam, sah er Jurkowski, die Arme unnatürlich unter den Leib gebogen, neben sich liegen. Der Boden um den *Knaben* glühte noch. Der Wagen hatte sich stark auf die Seite gelegt und war tief in den glasartig geronnenen Grund eingesunken; die Panzerung qualmte, war grau geworden und wurde rasch dunkler.

Die blendend hellen blau-weißen Streifen am Himmel waren erloschen. Ein ununterbrochenes Klingen stand in Bykows Ohren; er begriff nicht sofort, dass es der Strahlungsmesser war. Dutzende, Hunderte von Röntgen!, schoss es ihm durch den Sinn. Er richtete sich auf, fasste den reglos daliegenden Jurkowski unter die Achseln – kraftlos baumelte dessen Kopf – und schleppte ihn auf den *Knaben* zu, weg von der blasenschlagenden, rosa Dampf verströmenden Masse. Nach etwa vierzig Schritten erreichte er Dauge, der auf dem Rücken lag, die Finger in die Brust gekrallt. Bykow ließ Jurkowski vorsichtig los und beugte sich über den Freund. Dauge war bewusstlos; er röchelte stoßweise. Der untere Teil des Spezialanzuges war zerfetzt. Mit zitternden Händen drehte Bykow Dauges Sauerstoffhahn weit auf, löste den Riemen von der Maschinenpistole und zog ihn dem Verunglückten fest um die Taille, um den Zustrom der glühenden, sauerstoffarmen und mit radioaktivem Staub gesättigten Venusluft abzuriegeln. Dauge stöhnte und sog mit einem Aufschluchzen das belebende Gas ein. Jurkowski kam von selbst zu sich. Er hob den Kopf und setzte sich mit einer hastigen Bewegung auf. Dauge atmete noch immer geräuschvoll ein und aus.

»Der *Knabe* … Anatoli Borissowitsch …«, murmelte Jurkowski. »Schnell …«

Bykow half ihm auf die Beine, und beide wankten auf den Wagen zu, der in hundert Schritt Entfernung erkaltete. Nachdem sie einen breiten schwarzen Spalt überwunden hatten, begannen sie zu laufen. Jurkowski versuchte als Erster in die Luke zu klettern, rutschte jedoch ab und blieb schwer atmend am Wagen stehen.

Bykow schob ihn beiseite und stieg selbst hinauf.

Die Luke war stark angeschmolzen, hatte eine ovale Form angenommen. Die Panzerung war noch heiß, die Hitze drang durch den Spezialanzug. In der dunklen Schleusenkammer tastete Bykow nach dem Schalter, doch da er ihn nicht fand, knipste er seine Helmlampe an. Die Tür zu den Innenräumen gab nicht nach.

»Anatoli Borissowitsch! Genosse Jermakow!«, rief Bykow verzweifelt und begriff plötzlich: Es war sinnlos. Der Kommandant war tot.

Die hohe Explosionstemperatur hatte die Wagenpanzerung im Nu bis zur Rotglut erhitzt. Jermakow hatte, als sie gingen, weder Spezialanzug noch Helm getragen. Im Innern des Wagens musste alles der Glut zum Opfer gefallen sein. Alles, auch der Kommandant. Das Ende …

»Die Luke, die Luke! Schnell! Zum Teufel!« Jurkowski kam in die Schleusenkammer gekrochen, stürzte zur Innenluke und stemmte sich mit voller Kraft dagegen. Bykow tat das Gleiche. Umsonst! In ohnmächtiger Wut trommelte Jurkowski gegen den Lukendeckel.

»Aufschneiden müsste man ihn …«, keuchte Bykow.

»Womit denn, Petrowitsch? Komm schnell zur Notluke. Los …«

Bykow sprang hinaus. Die Notluke, die sonst fast nie benutzt wurde, befand sich am Heck. Doch als die Männer um den Wagen bogen, begriffen sie sofort die Hoffnungslosigkeit ihrer Lage. Der *Knabe* war in den geschmolzenen Boden eingesackt und saß unverrückbar fest. Die Luke lag unterhalb der glasigen Kruste, und es war unmöglich, an sie heranzukommen. Der *Knabe* hatte sich in eine tote Festung verwandelt, uneinnehmbar für die Überlebenden. Jermakow war von der Welt abgeschnitten und tot. Tot! Der Kommandant tot!

Verzweifelt ließ sich Bykow auf den zerwühlten, immer noch hitzespeienden Boden nieder und schlug die Hände vors Gesicht. Seine Finger klatschten gegen den glatten Helm …

Sie trugen Dauge zum *Knaben* und legten ihn behutsam nieder. Ehe sie ihn holten, hatte Bykow einige Minuten dazu verwenden müssen, Jurkowski zur Besinnung zu bringen. Wie geistesabwesend war der Geologe um den toten Wagen gewankt. Bykow hatte ihn bei den Schultern gefasst und kräftig durchgeschüttelt, und da war Jurkowski zu sich gekommen und ihm gehorsam gefolgt, schluchzend und murmelnd.

Dauge war noch immer ohnmächtig. Verbandstoff und Medikamente fehlten. Die Männer wussten zuerst nicht, womit sie die verbrannten Beine ihres Kameraden zudecken sollten. Sie konnten ihm nicht einmal den Helm abnehmen, um ihm etwas Wasser einzuflößen – die Luft war nach der Explosion immer noch zu heiß, über achtzig Grad. Bykow und Jurkowski veränderten immerfort seine Lage, suchten aus den Kleidersäcken Lappen, umwickelten ihm damit die verletzten Beine und schützten seinen Unterleib so gut sie konnten mit den Fetzen des Spezialanzuges. Sie versuchten es sogar mit künstlicher Atmung, ohne sich Rechenschaft darüber abzulegen, was das für einen Sinn hatte. Immer wieder sah Bykow aufs Handthermometer, doch die Temperatur fiel nur langsam.

»Er wird sterben«, stammelte Jurkowski. »Eine Verbrennung zweiten Grades. Schlimm …«

»Hör auf!«, brüllte ihn Bykow zornig an.

»Alexej! Sie kriecht!«, murmelte Jurkowski wie im Fieber. »Sieh doch, sie kriecht heran …«

»Wer?« Bykow schaute sich um und begriff augenblicklich.

Der rote Ring um den *Knaben* verengte sich langsam. Die dampfende Masse quoll auf das Zentrum des furchtbaren unterirdischen Ausbruchs zu, der den *Knaben* vernichtet hatte. Dort türmten sich jetzt herausgeschleuderte Gesteinsbrocken, und aus dem tiefen, schwarzen Trichter wallte grauer Rauch empor.

»Sie wird uns verschlingen, zermalmen«, raunte Jurkowski. »Wir müssen fort ...«

»Wohin?« Bykow ließ seinen Blick umherwandern; die rote Masse kam von allen Seiten.

Mühsam stand Jurkowski auf, beugte sich über Dauge, griff ihm unter die Achseln.

»Fass an, Alexej ... Wir schließen uns im *Knaben* ein. Vielleicht haben wir Glück ...«

Johannytsch wimmerte kläglich, als er durch die enge Lukenöffnung gezwängt wurde. In der Schleusenkammer war die Hitze noch größer als draußen.

»Mein Gott!«, rief Bykow verzweifelt, als er auf das Thermometer schaute. »Neunzig!«

Er legte sich auf den glühendheißen Boden und zog Dauge auf sich herauf, während Jurkowski hastig versuchte, die Luke zu schließen. Es gelang ihm nicht. Die Öffnung und der Deckel hatten sich völlig verzogen. Er konnte das schwere heiße Plaststück lediglich heranziehen und notdürftig festmachen. Dann spähte er durch den Spalt.

»Gleich wird sie auf den Panzer kriechen. Sie umgeht die Hindernisse nicht, sie wälzt sich über alles hinweg ... Warten wir ab, was weiter geschieht.«

Er trat beiseite und hockte sich in der Dunkelheit nieder. Bykow schwieg und lauschte Dauges keuchenden Atemzügen und den Geräuschen, die von außen kamen. Die Glut erhitzte seinen Rücken. Sie waren dem Tode geweiht. Der *Knabe* war ein Wrack, sie hatten keine Lebensmittel, keinen Sauerstoff, kein Wasser ... Johannytsch ging es schlecht, sehr schlecht. Was konnten sie für ihn tun? Wenigstens irgendetwas, selbst etwas Nutzloses, wenn nichts anderes übrig blieb ...

Der *Knabe* erzitterte; der rote Schein, der durch den Lukenspalt drang, wurde greller. Ein Kratzen und Knirschen setzte ein – die rote Masse kroch auf den verstümmelten Wagen ...

Eine halbe Stunde später war die Temperatur auf sechzig Grad gesunken. Alexej Petrowitsch zog vorsichtig den glatten Helm von Dauges Kopf und träufelte ihm ein wenig Orangensaft zwischen die gesprungenen Lippen. Johannytsch verschluckte sich und schlug die Augen auf. Sein Blick war voller Qual. Bykow strich ihm liebevoll über die unrasierte Wange und setzte ihm wieder den Helm auf.

»Wo sind wir?«, flüsterte Dauge kaum hörbar.

»Im *Knaben*, Johannytsch ... Du bist verletzt.«

»Wahnsinnige Schmerzen ... Die Beine ... Was ist geschehen, warum so dunkel? Warum fahren wir nicht ...?«

»Eine Explosion, Johannytsch«, gab Jurkowski zur Antwort und verstummte: Er fand nicht die Kraft, alles zu sagen.

»Ja, eine Explosion ... Ich entsinne mich. Ich wurde zu Boden geschleudert und versengt ... Weißt du, Wladimir, was es war ...? Ein unterirdischer Atomkessel ist explodiert ... Erinnerst du dich ... Wir haben darüber gesprochen. Pech ... Ausgerechnet unter uns ...«

Dauges Atem ging rasch und stoßweiße. Bykow drehte den Sauerstoffhahn bis zum Anschlag auf.

»Ist gut, ist gut ...« Dauge atmete mit tiefen gierigen Zügen. »Wo ist Jermakow ...? Warum schweigt ihr? Alexej, was ist geschehen?«

»Der *Knabe* ist verloren, Grischa ... Jermakow ist tot ...«

Dauge schluchzte und verlor von Neuem das Bewusstsein. Der *Knabe* bebte, auf der Panzerung kratzte und knirschte es, rot leuchtete die Lukenspalte. Jurkowski flüsterte: »Grischa, Grischa, komm zu dir ... Wir gehen fort und nehmen dich mit, wir werden dich tragen, Grischa ...!«

Dauge zuckte, rief im Fieber nach Mascha, weinte.

»Mascha, Mascha ... Geh nicht fort. Ich gebe alles für dich ... Leben, Ehre ... Mascha ... Niemand wird dich mehr lieben als ich ... Alles vergeht, alles ist Lüge, nur nicht meine Liebe zu dir ... Bogdan ... Schade um den *Knaben* ... Ich allein ... Angst ... Tod ... Es tut weeeh!«

Und plötzlich, nach kurzem Schweigen, zärtlich, freudig: »So ... Jaa ... Wie sanft deine Hand ist, wie kühl ... Es tut mir sehr weh, Maschenka ... Du meine Freude, meine Wunderbare ... Nein, sag nichts, ich verstehe ja, das ist alles Unsinn ... Mehr, mehr ... Du meine Liebe ... Und ich bin unrasiert ... Es tut sehr weh, Maschenka ... Ma-scha!«

Jurkowski sprang auf, bebte im schwachen Lampenschein. »Ich bring sie um! Das Miststück! Das niederträchtige Weib!«

Er fluchte lange und widerwärtig. Bykow zog Dauge den Helm vom Kopf, drückte ihm den Sauerstoffschlauch an den Mund, wandte den Blick nicht vom Gesicht des Freundes. Das Leben schwand aus seinen Zügen, die Wangen fielen ein, die Augen erloschen. Die Lippen bewegten sich kaum merklich. »Ma-scha ...«, verstand Bykow. Und dann noch: »Kalt ... Weh ... Ma-scha.«

Ein Zittern lief durch den kleinen, sehnigen Körper, ein starkes Zittern wie von durchdringender Kälte.

Bykow nahm den kraftlos baumelnden behelmten Kopf in die Hände und drückte ihn an seine Brust. Dauge verstummte.

»Ist er tot?«, fragte Jurkowski mit fremder Stimme.

»Ich weiß nicht.«

»Er ist tot, tot. Grigori Johannowitsch Dauge, der bekannte sowjetische Geologe und Kosmonaut, starb beim Sturm auf die Venus. Johannytsch ist tot.«

»Er ist nicht tot«, sagte Bykow, der dem schwachen Atem lauschte.

Jurkowski trat zur Luke und sagte leise: »Sechs Jahre waren wir zusammen ... Der Mond, die Marswüsten ... Sechs Jahre ...«

Mit einer jähen, unerwartet heftigen Bewegung riss er die Luke auf. Ringsum war es finster. In weiter Ferne grollte die Golkonda, unter der eigenen Kraft bebend, über ihr stand ein rauchiger, von grellen Blitzen durchzuckter Schein ...

Hundertfünfzigtausend Schritte

Jetzt waren sie nur noch drei.

Mit Mühe zogen Bykow und Jurkowski den bewusstlosen Dauge aus der Schleusenkammer. Dann standen sie eine Weile reglos vor dem Wrack des *Knaben*, unfähig, den grausigen Ort zu verlassen. Der Boden bebte in der gewohnten Weise. Der rote Belag war verschwunden. Sie sahen noch die Reste des roten Teppichs am Rande des Trichters über der unterirdischen Explosion, vielleicht zwanzig Meter vom *Knaben* entfernt: Die rote Masse zog sich gierig und eilig in den bodenlosen Explosionskrater hinein; langsam erlosch der violette Schein. Es wurde dunkler. Bykow hob die

Maschinenpistole für eine Ehrensalve, ließ sie aber nach einiger Überlegung wieder sinken. Sie hatten nur noch ein Signalmagazin – sechzig Patronen –, und vor ihnen lag ein hundert Kilometer langer Weg durch die Wüste, durch die Schlucht, über den Sumpf ... Hundert Kilometer, hunderttausend Meter, hundertfünfzigtausend Schritte – und jeder von ihnen barg Ungewisses.

»Salut!«, forderte Jurkowski mit heiserer Stimme, und Bykow riss die MPi hoch, gab einen spärlichen Feuerstoß ab.

Aus Resten des Selen-Cer-Stoffes, die sie in der Schleusenkammer fanden, verfertigten sie eine Art Tragbahre. Der geschmeidige feste Stoff reichte auch noch, um Dauge damit bis zum Hals einzuwickeln.

Gebeugt unter dem steifen, heftigen Wind schritten sie jetzt durch die pechschwarze Finsternis. Ab und zu erhellte kaltes blaues Leuchten den Himmel, und dann sah Bykow Dauges Helm vor sich auf der Trage und Jurkowskis wankenden Rücken, den toten Sand ringsum und die niedrigen lichtgeäderten Wolken. Nach und nach erlosch der blaue Schein, und wieder Finsternis, zäher Sand unter den Füßen, das Heulen des Windes ...

Sie redeten nicht. Das Atmen fiel ihnen schwer, weil sie mit dem flüssigen Sauerstoff sparten und nur die vom Filter durchgelassene Außenluft atmeten. Sie war heiß und sauerstoffarm, sie würgte und rief ein krampfhaftes Gähnen hervor ... Nein, Reden war unmöglich. Nur bei den seltenen und kurzen Rastpausen, wenn der eine halb schlafend, halb ohnmächtig dalag, mochte der andere, der neben ihm mit der MPi auf den Knien Wache hielt, vielleicht die veränderte, sinnlos murmelnde Stimme des Kameraden hören. Sie konnten nicht reden, doch es wäre besser gewesen, sie hätten nicht denken können.

Durst! Der Mund ist ausgetrocknet. Lippen und Zunge sind fühllos geworden, die Kehle scheint mit Sand und Staub vollgestopft, die Zunge ist wie ein schwerer, trockener Stein. Der versengte Körper brennt wie Feuer, Feuer auf der Haut, im Mund, in der Lunge ... Durst! Und hier, ganz dicht vor den Lippen – man braucht nur ein wenig den Kopf zu neigen – gibt es kühlen Zitronensaft, säuerlich, duftend ... Man braucht nur den Kopf ein wenig zu neigen, das kühle Ebonitröhrchen zwischen die ausgetrockneten Lippen zu nehmen, daran zu saugen ... Süße, Feuchtigkeit ... Bykow spürt das glatte Ebonit sogar schon an den Zähnen ... Nur einen Schluck, einen einzigen Schluck ... Nur die Zunge anfeuchten ...

»Jurkowski, du Mistkerl! Trinkst du schon wieder! Aufhören!«

Jurkowski krächzt wütend. Nein, man darf nicht, Wowa ... Hundertfünfzigtausend Schritte. Mindestens hunderttausend liegen noch vor ihnen. Und Grischa ... Bykow fährt sich mit der Zunge über die trockenen Lippen. Oder bildet er sich das nur ein? Fünf Zentimeter vom Gesicht entfernt das kühle schwarze Mundstück ...

Wozu eigentlich das alles? Gehen, sich quälen? Das Werk ist getan. Weit hinter ihnen tanzen die Lichtreflexe der Golkonda auf dem blanken Stahl der Sendetürmchen. Bald, vielleicht sehr bald, werden Raumschiffe hier landen, und muntere, frohe Menschen werden zum Sturm auf die Venus ansetzen. Starke, gesunde Menschen, die viel frischen, kühlen Zitronensaft trinken. Und die Golkonda wird sich ergeben ... Was haben die beiden schattenhaften Gestalten in Siliketanzügen damit zu tun? Was hindert sie, in den Sand zu sinken, sich nach Herzenslust an dem kühlen Nass zu laben und einzuschlafen ...?

So ist es ... Schön wär's, die matten Glieder auszustrecken, sich satt zu trinken, einzuschlafen. Soll doch der schwarze Wind einen Sandhügel über ihnen zusammenwehen ... Ganz einfach und verteufelt verlockend. Zuallererst aber die zentnerschwere Maschinenpistole vom Hals weg! Zum Teufel damit! Was nützt sie hier in dem toten Sand? Hier ist längst alles ausgestorben. Es ist doch ganz klar: Am besten legt man sich in dieser Wüste hin, trinkt sich satt – es ist noch über ein halber Liter Saft im Thermosbehälter! – und wartet, dass einen der Sand zuweht.

Freilich, sie haben noch den Sumpf vor sich. Dort ist eine Waffe unentbehrlich. Und dort, in der *Chius*, sitzt Michail Antonowitsch. Er hat Wasser – viel Wasser! – und Limonade – viel kalte, sprudelnde Limonade! –, aber er muss allein dort sitzen und warten. Sie werden sich hier hinlegen und einschlafen, er jedoch wird warten, wird nicht schlafen können und am Funkgerät sitzen. Er wird nicht ohne sie die Venus verlassen, er wird nicht starten, solange er keine Nachricht von ihnen hat. Vielleicht wird er sich sogar entgegen allen Instruktionen aufmachen, um sie zu suchen ... Er weiß ja nicht, dass man hier ohne einen großen, sehr großen Vorrat an frischem, kühlen Nass nicht leben kann ...

Man darf sich nicht hinlegen! Grischa muss zur *Chius* gebracht werden. Michail Antonowitsch wartet, wartet treu und fest und glaubt an sie. Auch Krajuchin wartet und Machow und dieser kaltblütige Ingenieur vom *Ziolkowski* und das Mädchen in Aschchabad. Und alle Menschen und das ganze riesige ferne Land. Wie viele Menschen auf sie warten! Also brauchen viele sie, sehr viele. Das Schlimmste im Leben ist es, zu warten und nachzulaufen. Sie werden erwartet, sie laufen nach. Sie laufen dem entschwindenden Leben nach, und sie dürfen sich nicht hinlegen. Sie müssen gehen, weil sie erwartet werden, weil sie gebraucht werden, weil sie noch hierher zurückkehren werden – unbedingt! –, weil es sehr gut ist zu leben, weil zu leben das Beste auf der Welt ist. Sie müssen gehen, weil sie es schaffen werden, es unbedingt, ohne jeden Zweifel schaffen werden, und es wäre sehr schändlich, wenn sie sich hier hinlegten und einschliefen, obwohl sie es doch schaffen können. Das wäre ungeheuer schändlich. Und darum müssen sie. Wer nicht will, muss!, hatte Johannytsch immer gesagt.

Bykow stolpert und fällt natürlich hin. Wenn man stolpert, fällt man unbedingt. Weil sie schon über vierundzwanzig Stunden durch tiefen Sand waten und der Wind so heftig bläst, dass sie sich nur mit Mühe auf den Beinen halten können. Gegessen haben sie während der letzten zwei Tage einmal. Und getrunken auch nur einmal. Jurkowski stolpert, lässt Dauge fallen. Bykow will ihm auf die Beine helfen. »Zum Teufel!«, röchelt der Geologe. Wieso »zum Teufel«, wenn sie doch unbedingt ans Ziel kommen werden? Wenn nur noch hunderttausend Schritte zurückzulegen sind ... oder vielleicht etwas mehr? Bykow lässt sich neben Jurkowski in den Sand nieder und wartet. He, du schwindelst, Bruder, du wartest nicht, du ruhst dich aus! Und du ruhst dich zur falschen Zeit aus, also vergeudest du Zeit, und Zeit ist Wasser, Wasser aber ist Leben. Bykow stößt Jurkowski an. Dieser stöhnt.

»Aufstehen, Wladimir Sergejewitsch. Was noch übrig bleibt, ist nicht der Rede wert!«

Jurkowski ströhnt und regt sich nicht. Bykow beugt sich über ihn, findet tastend den Sauerstoffhahn, dreht ihn für ein paar Sekunden auf. Jurkowski atmet gierig, dann erhebt er sich wankend. Bykow stützt ihn ...

Ein Schritt, zwei, drei, sieben, zehn ... Nein, Zählen hat keinen Sinn. Zehn – und fünfzigtausend! Lächerlich! Aber immerhin keine hundertfünfzigtausend mehr. Sind drei Tage vergangen – oder vier? Verdammt! Bykow merkt, dass er das Zeitgefühl verloren hat, aber das ist wichtig, sehr wichtig! Vielleicht sind dann nicht fünfzigtausend übrig, sondern sechzigtausend? Achtzigtausend? Moment, Moment ... Bykow beginnt, sich die Tage in Erinnerung zu rufen. Am ersten Tag, in der Wüste, ist Jurkowski zum ersten Mal hingefallen und wollte nicht aufstehen. Bykow hat ihm Sauerstoff zu atmen gegeben. Am zweiten Tage – was war da eigentlich? Ach ja, da ist er, Bykow, beinahe in einem Trichter mit Schwemmsand versunken, und Jurkowski hat ihn mit Mühe und Not herausgezogen. An jener Stelle rasteten sie lange, fast eine Stunde, und tranken Saft. Und es schien ihnen, als ob Grischa leichter atme, wenn er auch nicht zu Bewusstsein kam. Ein guter Tag ... Aber die dritten vierundzwanzig Stunden! Da sind ihnen die Hände taub geworden, und sie haben die Trage nicht mehr halten können. Grischa kam ihnen drei-, fünfmal so schwer vor, und sie machten Schlingen und hängten sich die Trage um den Nacken. Und dann, als sie schliefen, türmte der Wind einen Sandwall um sie auf. Auch heute wären sie beinahe zugeweht worden. Bykow hat Jurkowski und Dauge ausgraben müssen ... Richtig: dreimal vierundzwanzig Stunden! Und jede vierundzwanzig Stunden etwa dreißigtausend Schritte. Bykow hat einen Schrittmesser. Hunderttausend Schritte sind zurückgelegt, und im Ganzen sind es hundertfünfzigtausend. Also bleiben nur fünfzigtausend.

Heute haben sie sich Dauges Brandwunden angesehen – die Haut ist ab, die Beine sind ein einziges blutiges Geschwür. Bykow verbindet sie, so gut es geht, dann nimmt er Jurkowski den Rucksack ab, in dem sich Dauges Thermosbehälter befindet. Es scheint ihm, als habe Jurkowski zweimal heimlich daraus getrunken.

Bykow schleppt alles auf seinen Schultern. Jurkowski bricht wieder zusammen. Das blaue Leuchten wirft einen unsteten, zitternden Schein auf den ausgestreckten schwarzen Körper.

»Steh auf!«

»Nein ...«

»Steh auf, sage ich!«

»Ich kann nicht.«

»Aufstehen! Ich schlag dich tot!«, schreit Bykow aus Leibeskräften.

»Lass mich und Grischa hier!«, röchelt Jurkowski böse. »Geh allein!«

Aber er erhebt sich dennoch.

Im Norden flammt blauer Lichtschein auf, erfasst den halben Himmel. Durch die müden, halb geschlossenen Lider sieht Bykow seinen eigenen langen Schatten – er wankt und zuckt. Der Wind schlägt um und bläst in den Rücken. Ein sehr starker Wind. Stärker als die Menschen, er bringt einen zu Fall, aber er hilft auch beim Gehen, und wenn er nachlässt, scheint der Körper unerträglich schwer. Ein Glück noch, dass kein Schwarzer Sturm über sie hereingebrochen ist ... Jurkowski sackt wieder zusammen, liegt reglos da, die Finger in den grobkörnigen Sand gekrallt. Langsam verblasst das Leuchten im Norden ...

»Aufstehen!«

Bykow ließ sich zu Boden sinken und zog mit Mühe den Rucksack von den Schultern. Dann die Maschinenpistole, die er akkurat hinlegte. Langsam, mit unsicheren Bewegungen begann er, nach dem Helmverschluss zu tasten. Solange der Helm nicht abgenommen ist, darf er den Anzug nicht öffnen und die Sauerstoffflasche nicht abtrennen. Jurkowski aber liegt bewusstlos da, und der Vorrat an belebendem Gas in seiner Flasche ist aufgebraucht. Bykow hat seinen Sauerstoff fast nicht angegriffen. Er muss den Helm abnehmen, den Spezialanzug öffnen und die Sauerstoffflasche herausnehmen. Bykow leckt sich die Lippen. Er tut es nicht, aber er glaubt es zu tun. Aber das ist nicht wichtig. Er muss den Helm abnehmen und in die heiße, von Sand und Staub erfüllte Luft eintauchen, in der es keine Feuchtigkeit gibt und sehr wenig Sauerstoff. Das ist übrigens auch unwichtig ... Jurkowski liegt ohnmächtig da, und wenn der Sauerstoff ihn nicht zu Bewusstsein bringt, weiß Bykow nicht, was er machen soll. Der Verschluss klickt.

Die Luft ist unerträglich heiß. Bykow her dergleichen nie geatmet und nicht einmal geglaubt, dass es möglich sei. Aber anscheinend ist es möglich, darum holt er die Flasche hervor, schließt sie an Jurkowskis Flasche an und wartet, beobachtet, wie der Zeiger des Manometers im Schein seiner Helmleuchte krampfhaft zuckt. Der

Helm liegt neben ihm, unweit des Rucksacks ... Bykows Blick trübt sich, Übelkeit ergreift ihn ... Luft! Luft! Mit weit offenem Mund schnappt er nach dem glühenden Gemisch von Sand, Staub und noch etwas, wovon sehr wenig da ist, das man aber atmen kann ... Das man anscheinend trotz alledem atmen kann, denn er findet noch die Kraft, seine Flasche richtig zu befestigen und tastend den Helm zu ergreifen. Erst danach sieht er das Licht der Lampe nicht mehr in dem Sandwirbel vorbeiziehen und stürzt vorüber in den Sand neben Jurkowski, der langsam zu sich kommt.

Während der Rast schlief Bykow völlig entkräftet ein, nachdem er Jurkowski die Wache überlassen hatte. Am vierten Tag hatten sie nicht mehr als zwölftausend Schritte zurückgelegt. Jurkowski löste, während Bykow schlief, von seinem Gurt die Thermosbehälter mit dem Rest des Kakaos und des Zitronensaftes, schnallte seine Sauerstoffflasche ab, legte alles sorgfältig auf Bykows halbleeren Rucksack neben der Trage, stülpte sich irgendwie den Helm über und kroch in die Nacht hinaus, um zu sterben. Bykow erwachte noch rechtzeitig. Als er den Geologen fand, mühte sich dieser gerade damit ab, seinen verklemmten Helm zurückzuklappen. Bykow nahm Jurkowski auf den Rücken – beide sprachen kein Wort – und trug ihn zurück zur Raststelle. Dann half er ihm, den Helm wieder festzumachen und die Behälter anzuschnallen, und sagte: »Ich will schlafen, ich bin sehr müde. Versprich mir, dass du nicht wieder abhaust.«

Jurkowski schwieg.

»Ich will schlafen, und du hinderst mich daran, Wolodja ...«

Jurkowski schwieg hartnäckig und schnaufte nur hasserfüllt ins Mikrofon.

»Lass mich doch nur eine Stunde schlafen, Wolodja ...! Wir sprechen über alles, wenn ich aufwache. Bitte, Wladimir Sergejewitsch ...«

»Gut«, sagte Jurkowski plötzlich. »Schlaf, Alexej, alles in Ordnung ...«

Bykow wollte noch etwas Aufmunterndes sagen, war aber bereits eingeschlafen. Er träumte nichts, verspürte nur immerzu den Drang zu trinken, und scheinbar trank er sogar im Schlaf, konnte sich später aber nicht daran erinnern. Nach vier Stunden gingen sie weiter, und Jurkowski ging allein. Die Gegend wurde steinig, und unter den quälenden Wasserphantasien ging es Bykow durch den Kopf, dass sie vielleicht ein gutes Stück vorankommen würden, aber Jurkowski stolperte, fiel und verletzte sich am Knie. Als Bykow sein Bein abtastete, hörte er ihn bitter und zornig weinen, und er sagte: »Weißt du noch, Wolodja? Kämpfen und suchen, finden und nicht aufgeben! Weißt du noch?«

»Zum Teufel, alles zum Teufel!«, schluchzte Jurkowski.

»Nein, sag mir, Wladimir, sag mir – haben wir gekämpft?«

Jurkowski wurde still, dann sagte er: »Haben wir.«

»Gesucht?«

»Haben wir.«

»Gefunden? Wowa! Wir haben doch gefunden! Du bist doch Geologe!«

Jurkowski schwieg.

»Nein, nein, sag's!« Bykow spürte, dass er phantasierte. »Na? Wir haben doch gefunden, was?«

»Haben wir«, sagte Jurkowski.

»Mein Lieber ... Wir haben doch gefunden ... Du, Johannytsch ... Alles ist verloren, na schön. Die Aufzeichnungen, die Proben, der *Knabe* ... Aber du bist doch Geologe, du erinnerst dich an vieles auch so, ohne Aufzeichnungen ... Du wirst doch gebraucht, Wladimir ... Sie warten auf dich ... Krajuchin wartet ... Wir haben doch gesucht ... gefunden ... Und jetzt aufgeben? Was, Wolodja?«

»Lass mich hier zurück«, bat Jurkowski leise. »Wir werden alle umkommen. Lass ...«

»Also aufgeben? Ja?«

»Gehen wir«, knirschte der Geologe.

Ein Schritt, zwei, drei, fünf, zehn ... Und immer durch Wasser, durch tiefes, durchsichtiges Wasser – darum ist es so kalt, darum die Frostschauder, darum geht es sich so schwer: Im Wasser ist ja immer schwer zu gehen, und hier steht es bis zur Brust – durchsichtig, kalt, süß. Ach, wie süß!

»Jurkowski, Wasser!«, murmelt Bykow. Der Geologe antwortet nicht. »Wolodja! Wasser, sag ich!«

Er schweigt. Na, dann will er nicht. Aber ich werde trinken, denkt Bykow. Oho! Wie ich mich satttrinken werde! Nur nicht die MPi nass machen. Aber wass soll's eigentlich, ich brauche ja nur den Kopf zu neigen ... Bykow stößt heftig gegen das Ebonitmundstück des Thermosbehälters. Von den Zähnen splittert Schmelz ab, die Zähne sind das Einzige, was im verklebten Mund noch etwas fühlt ... Sofort verschwindet das Wasser. Es bleibt bohrender Schmerz und noch etwas – trocken, staubig, rau: Durst ... Der Thermosbehälter ist fast leer, es ist noch viel Kakao da, doch der löscht nicht den Durst – er ist süß, klebrig, warm ... Blut ist auch klebrig und warm, es fließt aus der aufgeschlagenen Lippe. Bykow leckt es mit der Zunge ab, stolpert, macht ein paar unsichere Schritte zur Seite und bleibt schwer atmend stehen. Jurkowski liegt auf dem Rücken, die Arme um seinen Hals geschlungen. Er schweigt stundenlang – was soll er jetzt machen, der arme Kerl ...

Der Himmel ist wieder mit pupurroten Wolken bedeckt. Der heftige Nordwind schiebt die wankenden Gestalten vorwärts. Die Wolken sind von dem Atomvulkan herangezogen, während Bykow schlief. Am Horizont pendeln die schlangenartigen Schatten der Windhosen. Alles ist genauso wie vor drei Wochen, als der *Knabe* munter gegen den Wind auf die Golkonda zustrebte. Jetzt ist er in dem verglasten Sande eingeschmolzen, erstarrt und tot – ein gewaltiges Denkmal des großen Marsches. Den ewigen Schlaf schläft sein Kommandant; irgendwo zwischen den Felsen hat Bogdan Spizyn seinen rätselhaften Tod gefunden ... Doch der Marsch ist noch nicht beendet. Noch nicht!

Jedes Mal, wenn Bykow aus seinem schweren Schlaf erwacht, hasst er Jurkowski erbittert. Der Geologe kann die Trage nicht mehr halten. Immerzu strauchelt er und lässt Dauge fallen. Noch einmal hat er die Flucht in den Sand versucht. Doch Jurkowski darf nicht sterben. Schon deshalb nicht, weil mit ihm sein kostbares Wissen verloren gehen würde – das Wissen eines Menschen, der die Zugänge zur Golkonda studiert hat. Er muss das Ziel erreichen, dieser Wagehals, Dichter und »Fant«, er wird den Menschen die Golkonda geben und diese märchenhaften Wüsten, wo der Sand wertvoller ist als Gold und Platin ... Und dennoch – jedes Mal, wenn Bykow vor dem Beginn eines neuen Fünfzehn-Kilometer-Marsches erwacht, hasst Bykow ihn wie einen Feind.

»Wie war die Nacht?«

»Alles ruhig.«

»Hast du geschlafen?«

»Ein bisschen, an die zwei Stunden ...«

»Macht nichts. Kannst weiterschlafen, wenn du an mir hängst.« Das ist ungerecht, verdammt ungerecht. Bykow hätte so etwas nie gesagt, wenn sie wenigstens noch einen Thermosbehälter mit Saft gehabt hätten, aber jetzt tut ihm das Gesagte nicht leid – dazu fehlt ihm die Kraft. »Hast du getrunken?«

»Nein.« In Jurkowskis Stimme liegt eine geduldige Ruhe. Das ist nicht ihr erstes Gespräch in diesem Ton.

»Trink zwei Schlucke, nicht mehr. Hörst du – nicht mehr!«

»Keine Lust ...«

Eine ungeheurliche, unverhohlene Lüge! Bykow kann kaum an sich halten. »Soo! Schön. Gehen wir.«

Bykow steht auf, unterdrückt mit Mühe einen Schmerzensschrei. Es ist, als würde sein Körper mit glühenden Zangen zerrissen. Er öffnet den Sauerstoffhahn, zählt, gierig atmend, eilig bis zehn. Es ist das unerlässliche Quantum, andernfalls würden die Beine nicht gehorchen. Langsam erhebt er sich auf die Knie und wälzt sich Dauges schlaffen Körper auf den Rücken. Jurkowski bleibt in seiner Sanddüne sitzen.

»Wissen Sie, Bykow, das gehört sich nicht.« Die Stimme des Geologen ist heiser, aber ruhig. »Ich bin damit nicht einverstanden.«

Am liebsten würde Bykow ihn in Stücke reißen, doch er sagt nur mit krächzender Stimme, in der ein drohender Unterton mitschwingt: »Dummes Geschwätz ...! Aufstehen!«

»Ich habe hier, während Sie schliefen, Ihre Karte herausgenommen.« (Bykow fasst krampfhaft nach der Tasche.) »Keine Angst, ich habe sie schon zurückgelegt. Ich habe die grundlegenden Angaben zur Geologie der Golkonda eingetragen.«

Bykow betrachtet die zerknitterte Karte mit den ausgefransten Rändern, die zittrigen, schiefen Buchstaben, die unverständlichen Wörter ... Mit schwarzem Ruß geschrieben, es wird sich alles verwischen, verloren gehen. Unleserlich, schlecht, schmutzig ...

»Lassen Sie uns hier. Wozu quälen Sie sich? Sie werden mit uns zusammen zugrunde gehen, und ...«

»Wozu brauche ich dich denn? Eine ›Zunge‹ brauche ich! Steh auf ...«

»Aber ich habe es doch aufgeschrieben!«

»Wass soll ich mit deinem Gekrakel? Eine ›Zunge‹ brauche ich! Genug geredet, hoch mit dir ...«

Jurkowski zögert noch.

»Was ist los mit dir? Willst dir wohl einen Heldenkranz einheimsen ...? Den Märtyrer spielen? Daraus wird nichts! Ich werde dich vorwärtstreiben, bis ich zusammenbreche! Und wenn ich zusammenbreche, wirst du selber weiterkriechen! Verstanden? Steh auf!«

Und Jurkowski steht auf. Ein guter Mensch, ein Prachtkerl. Einer von uns, ein Sowjetmensch – wenn auch mit Fehlern ... Nach dem fünften Kilometer schwindet der Hass in Bykow, und nach dem zehnten beginnt er ihn zu lieben wie einen Bruder. Er schweigt, der Hundesohn; kein Wort, keine Klage, dabei fallen ihm die Haare aus, die Haut ist rissig und mit eiternden Geschwüren bedeckt, das Gesicht schwärzer als der Wüstensand. Beim Gehen wankt er ... Lieber Freund, wir werden es schaffen, ganz bestimmt werden wir es schaffen. Sieh mal, zehn Kilometer haben wir schon wieder hinter uns gebracht! Vorwärts, vorwärts! Ein Schritt, zwei, drei, fünf ... Das Wasser steht schon bis zum Knie – durchsichtig, kalt, süß ...

Jurkowski murmelt: »Hör zu, Alexej ... Für den Fall, dass ich es doch nicht schaffe ... Das Rätsel Tachmasibs, der rote Ring ... Ich glaube ... bin überzeugt, es sind Bakterien. Eine andere Lebensform, nicht auf Eiweißbasis. Sie leben auf Kosten radioaktiver Strahlen. Schlucken die Strahlen und leben von ihrer Energie ... Hörst du, Bykow?«

Ja, ja, er hört: Bakterien und Strahlung ... Aber das nützt nichts, Wasser brauchen sie, keine Bakterien.

»Sie sammeln sich dort, wo eine Atomexplosion heranreift«, fährt Jurkowski fort. »Sie bilden einen Ring um die Stelle ... einen roten Ring ... und warten. Der *Knabe* ist an eine solche Stelle geraten. Und da kam die Explosion. Eine Atomexplosion ... Sie aber spüren, wo die Explosion erfolgen wird, sie versammeln sich und warten. Die Zerfallsprodukte sind sehr aktiv ... Ein Leckerbissen für sie ... Hörst du? Ich bin mir fast sicher ...«

Ja, Bykow hört es. Er geht an einer Felswand entlang und hört alles. Aber erst brauchen sie Wasser. Und wo ist denn endlich die Schlucht? Sie müsste doch hier in der Nähe sein ... Wasser.

»Sag allen, sie sollen sich vor dem roten Ring in Acht nehmen ... Wo der rote Ring ist, dort wird eine unterirdische Explosion stattfinden. Sagst du es ihnen? Hörst du mich?«

»Ja, ja, ich sag's. Du wirst es selber sagen ...!«

Ein Schritt, zwei ... zehn ... fünfzehn ...

Am sechsten Tag erreichten sie die Schlucht. Den Eingang fanden sie nicht gleich. Bykow ließ Jurkowski und Dauge an der Feldwand zurück und suchte lange nach dem Durchgang. Mehrmals verlor er das Bewusstsein, stellte plötzlich fest, dass er im Sand lag und mit der rauen, fühllosen Zunge die Innenwand des Helms ableckte. Der schwarze Durchgang war mit stachligen Pflanzen zugewachsen, im roten Schein des flammenden Himmels sah er bedrohlich aus. Bykow kehrte zu Jurkowski zurück, wuchtete sich Dauge auf den Rücken und wankte die Felswand entlang. Dicht vor dem Eingang der Schlucht brach er zusammen. Sein Bewusstsein schwand, kam und schwand wieder, und wie aus weiter Ferne hörte er Jurkowski undeutlich schreien: »Gemeiner Planet! Wir werden zurückkommen, wir kehren wieder ...! Für unseren Tod, für die Qualen wirst du büßen ... Arbeiten wirst du für uns, für die Menschen der Erde ... Licht und Leben wirst du spenden ... Wir legen dir Stahl- und Betonfesseln an! Arbeiten wirst du!«

»Genug!«, sagte Bykow und richtete sich mühselig auf, gegen den zerfurchten Stein gestützt ...

Nein, gehen kann er nicht mehr. Dafür kann er aber kriechen. Auf allen Vieren kriechen und Dauge hinter sich herziehen. Das ist bedeutend leichter, als ihn auf dem Rücken zu tragen. Jurkowski kriecht auch ... Bykow hat partout keine Lust zu kriechen. Wozu irgendwohin kriechen, wenn sich ringsum, so weit das Auge reicht, im hellen Sonnenschein Wasser erstreckt – so durchsichtig, dass man den Sand am Grund sieht, feinen grauen Sand, und so kalt, dass die Hände absterben? Doch Bykow weiß noch: Wenn man zu trinken versucht, stößt man auf etwas Spitzes, und es tut sehr weh ... Außerdem könnte die Waffe nass werden ... Und überhaupt, wenn man sich hier hinlegt, statt zu kriechen, dann ist das ungeheuer ärgerlich: Es ist ganz wenig übrig, nur ein paar tausend

Schritte. Es ist doch wirklich ärgerlich liegen zu bleiben, wenn man hundertfünfzigtausend Schritte hinter sich und nur noch zwei-, dreitausend vor sich hat. Wenn man gehen würde, versteht sich. Wenn man kriecht, sieht es irgendwie anders aus, aber auch ganz wenig, nicht der Rede wert ...

Bykow hält inne, schaltet die Helmlampe ein und schaut sich um. Jurkowski ist hinter ihm. Er liegt, auf die gespreizten Ellbogen gestützt, im Staub und blickt ihn mit dem blinden Rund des Helms an. Ein Riemen, den sie vom Rucksack abgenommen haben, verbindet sie. Auf diesen Riemen muss Bykow aufpassen: Einmal hat er sich schon gelöst, und Bykow ist weit vorausgekrochen. Er musste zurückkehren und Jurkowski suchen, der dasaß, den Rücken an die Wand der Schlucht gelehnt, und verbissen schwieg, obwohl er sah, wie Bykow herankroch ... Komischer Kauz! Was soll das – sich trennen, wo nur noch ein paar tausend Schritte übrig sind. Wenn man geht, versteht sich. Ja, er muss sehr, sehr aufmerksam auf den Riemen achten. Aber jetzt – weiter. Einen Schritt, zwei Schritte ... Nein, wieso Schritte? Sie kriechen ja am Grunde eines kühlen, rasch fließenden Baches entlang. Sie *kriechen*! Und gehen überhaupt nicht, mit Schritten hat es also nichts zu tun ...

Bykow stößt mit dem Helm an etwas Hartes und Unnachgiebiges. Vielleicht ein Felssturz? Man muss seitlich vorbeikriechen ... Ein Felssturz kann sie sogar verschütten, aber das ist natürlich Unsinn ... In der Schlucht herrscht rötliche Dämmerung, keine Finsternis, aber Bykow sieht nur noch sehr schlecht. Er schaltet die Lampe ein. Es ist das Ende der Schlucht, das Dickicht der riesigen stachligen Pflanzen. Da sind die Spuren des *Knaben* – geschwärzte, verschrumpelte Schlinggewächse, mitsamt Steinbrocken aus dem Fels gerissen. Die Schlucht ist wieder zugewachsen, doch man kann sich hindurchwinden. Nur noch ein paar tausend Schritte ...

»Wenn man geht, versteht sich«, krächzt hinter ihm Jurkowski.

Bykow setzt sich auf, zieht die gefühllosen Füße an. Die Kniehaut hat sich völlig abgeschabt, doch merkwürdigerweise ist kein Schmerz zu spüren. Das ist gut.

»Wieso, rede ich laut?«, fragt Bykow verwundert. Gehen kann man nicht mehr, unmöglich, aber man kann noch kriechen, und sich wundern kann man also auch noch.

»Du quasselst die ganze Zeit wie ein kaputtes Grammophon.« Jurkowski spricht undeutlich und langsam. »Du redest die ganze Zeit Unsinn und schreist mich immerzu an, ich soll nicht zurückbleiben ... Und wenn man dich ruft, antwortest du nicht ... Geradezu kränkend ist das ...«

Aha, gekränkt sein kann man auch noch. Bykow scheint sich zu erinnern, dass Jurkowski tatsächlich etwas gerufen, irgendwas von Wasser gesagt hat. Ja. Und von einem Bach. Verdammt, das alles hat er doch selbst gesagt! Bykow wird etwas unheimlich zumute: Da kriechen zwei die Schlucht entlang, mit einem Riemen verbunden, den sie vom Rucksack abgenommen haben, und unterhalten sich laut, ohne es selber zu merken. Freilich, hier sieht das ja niemand.

»Pfeif drauf«, sagt er laut.

»Richtig«, antwortet Jurkowski.

»Dort vorn liegt unser Sumpf, Wolodja. Nur noch ein Pappenstiel. Los!«

»Los!«, sagt Jurkowski.

»Vorwärts, also?«

»Vorwärts!«

Über dem Sumpf, in den trüben Nebeln, wogte ein Dschungel riesiger weißlicher Gewächse. Sie standen so dicht, dass man sich bisweilen zwischen ihren dicken glitschigen Stämmen nur mit Mühe hindurchzwängen konnte. Das Moor gluckste, schmatzte, versuchte die Menschen mit seinem nassen, schlammigen Maul einzusaugen. Vor der letzten entscheidenden Etappe hatten sie eine längere Rast eingelegt, und Bykow hatte Dauges kostbaren Thermosbehälter hervorgeholt – ihre letzte Hoffnung, ihren letzten Halt. Der Behälter enthielt fast zwei Liter Orangensaft, und Jurkowski lachte sogar lautlos, als die kleine schwarze Flasche im Lampenstrahl aufblinkte. Bykow gestattete sich und Jurkowski je fünf Schluck und flößte Dauge einen ganzen Becher durch die verkrusteten Lippen ein. Dann hatten sie abwechselnd drei Stunden geschlafen und anschließend jeder noch fünf Schluck getrunken ...

Dann war Bykow mit Dauge auf dem Rücken im Sumpf eingesunken, und Jurkowski zog sie an die Oberfläche ... Und das

Merkwürdigste – sie fanden sofort die Stelle, wo vor einem Monat die *Chius* niedergegangen war.

Doch die *Chius* war nicht mehr da.

An der Landestelle sahen sie nur noch eine große, mit festem »Asphalt« bedeckte Lichtung, etwa sechzig Meter im Durchmesser. Sie war von der Mitte aus strahlenförmig geplatzt, und aus den Rissen wuchsen dicht bei dicht fleischige milchigweiße Triebe ...

Chius versus Venus

Mehr als alles auf der Welt liebte es Michail Antonowitsch, im Gärtchen seiner Datscha im Altai zu sitzen, wo unter einer großen Erle mit dichtem, grünen Laub eigens für ihn ein kleiner Tisch stand. Dort, umgeben von Büchern, arbeitete er – geruhsam, genüsslich, methodisch. Ihn interessierten gewisse Fragen der theoretischen Astronautik, und seit Langem hatte er den Traum, ein kleines, aber gehaltvolles Buch zu schreiben, das alle Errungenschaften der letzten zwanzig Jahre auf diesem Gebiet in ein System brachte.

Sein Fachgebiet war die Mathematik; er hatte die Mathematisch-mechanische Fakultät der Universität in Leningrad absolviert und zunächst am Institut für kosmische Navigation gearbeitet. Seine Arbeit liebte er sehr, es bereitete ihm höchsten Genuss zu verfolgen, wie unter seiner Feder Zeile für Zeile Formeln auftauchten, fast immer sehr kompliziert, doch meist elegant und schön, voll tiefen Sinnes. Er arbeitete vorzüglich und irrte sich selten.

Unmerklich für ihn selbst schlugen ihn die mathematischen Probleme bei der Steuerung der damals neuartigen Impulsraketen mit Kernbrennstoff in ihren Bann. Und das bestimmte sein weiteres Schicksal. Beharrlich zog ihn Krajuchin in die Sphäre seiner ausgedehnten Aktivitäten, veranlasste ihn, die Schule für interplanetare Navigatoren zu absolvieren und als einer der Ersten Testflüge über den Asteroidengürtel hinaus zu unternehmen. Das war vor etwa fünfzehn Jahren gewesen.

Michail Antonowitsch hatte auf dem Mond zu tun gehabt, auf dem Mars und sogar im Asteroidengürtel, war ein erstklassiger

Navigator geworden, hatte zahlreiche Abenteuer erlebt, Dinge gesehen, von denen ein wissenschaftlicher Mitarbeiter am Institut für kosmische Navigation, der auf dem Gebiet der Angewandten Mathematik arbeitete, nicht einmal träumen konnte. Und dennoch liebte er nichts mehr auf der Welt, als im Schatten der breiten Baumkrone zu sitzen, dicke Bücher mit rauen Einbänden zu wälzen, weiße Blätter mit eleganten Zeilen in der mathematischen Geheimschrift zu füllen und unbewusst dem Rauschen der Blätter über seinem Kopf zu lauschen, während die blendend helle Sonne unbeweglich im makellosen Blau hängt. Ein sanfter, warmer Wind weht, unter dem Tisch kühlt in einem Eimer mit Kunsteis eine Flasche Narsan ab, in den Sträuchern sammeln seine Frau und die Tochter Johannisbeeren für hausgemachte Konfitüre, und das Söhnchen – ein erstaunlicher, verwegener Bursche – hat sich natürlich neben den Ameisenhaufen gesetzt und äußert mit lautem Brabbeln seine große Verwunderung ... Der Himmel ist klar, wolkenlos, tiefblau, und eine Libelle mit Regenbogenflügeln kriecht am Rand der hellblauen Tasse entlang ... Gut!

Nachdem sich Michail Antonowitsch von seinen Kameraden verabschiedet hatte, stand er, auf den Rand der geöffneten Luke gestützt, noch lange in der Schleusenkammer und schaute den im Nebel entschwindenden Lichtern des *Knaben* nach. Dann wurde es ringsum dunkel, und der Navigator der *Chius* war allein.

Die Venusnacht verstrich, und über dem Sumpf dämmerte ein trüber Tag herauf; das Dunkel ging in ein rosiges Zwielicht über. Doch nach wie vor wallte dichter Nebel über dem Sumpf. Klebrig, von geradezu fühlbarer Dichte stieg er in schweren Wolken von der brodelnden Oberfläche des Schlammkraters auf, hüllte das Raumschiff ein, wand sich um die gigantischen weißlichen Gewächse, um gewaltige schmutziggraue Pilze, um zitternde fleischfressende Pflanzen und andere farblose, wunderlich verzerrte Gebilde, deren Umrisse in der rötlichen Dämmerung immer wieder erschienen und schwanden, als wollten sie davonschwimmen und könnten es nicht. Manchmal fiel warmer Regen, das Halbdunkel verdichtete sich, und das nörgelnde Blubbern der heißen Quellen wurde übertönt vom eintönigen Rauschen der Tropfen.

Michail Antonowitsch unterzog das ganze Raumschiff einer gründlichen Revision, wechselte einige Geräte aus, die bei der

Landung Schaden erlitten hatten, und räumte sorgfältig die Kabinen der Kameraden auf. Unter Dauges Kopfkissen fand er einen Packen maschinengeschriebener Briefe, hellblau mit roter Schnittkante. Es waren die Briefe von Maria Sergejewna. Michail Antonowitsch legte sie ordentlich zusammen und steckte sie in den Tischkasten. In Jurkowskis Kabine lag ein dickes Heft mit schwarzem Lederdeckel. Michail Antonowitsch erkannte es sofort – es war das Heft, worin Wolodja seit Jahren seine Gedichte niederschrieb. Die kreuz und quer bekritzelten Seiten wimmelten von Skizzen stolzer Fregatten und stolzer Profile mit gleichförmig höckrigen Nasen. Das letzte Gedicht begann mit den Worten:

»Liebling! Des grauen Herbstes Weggenossin!
Gedenkst du noch der Stunde? Harrst du mein?«

Der Autor hatte alle vier Strophen, die alle im selben Sinn abgefasst waren, dick durchgestrichen und mit entschiedenen Kommentaren versehen; »Schund, sentimentales Geschwätz« waren noch die sanftesten Ausdrücke. Trotzdem seufzte Michail Antonowitsch ergriffen, ließ sich auf dem Kojenrand nieder, überflog einige Verse und schob das Heft in die Tasche seiner Kombination mit der Absicht, vor dem Schlafengehen noch ein wenig darin zu lesen. Jurkowski hatte aus seinem Hang zum Dichten kein Hehl gemacht, erst recht nicht seinen Freunden gegenüber.

In den ersten Tagen kam keine Verbindung mit dem »Knaben« zustande. Vergeblich saß Michail Antonowitsch stundenlang vor dem Mikrophon, drehte an den Knöpfen und rief hoffnungsvoll: »*Knabe, Knabe*! Hier *Chius*! Antworten Sie! Warum antworten Sie nicht? *Knabe, Knabe*! Hier *Chius*! Ich bin auf Empfang ...«

Der *Knabe* meldete sich nicht, doch der Äther trug einmal geheimnisvolle Signale in die *Chius*: drei Punkte Strich Punkt, drei Punkte Strich Punkt ... Der Navigator war erschüttert und versuchte vergeblich, Kontakt zu dem Unbekannten in einer Notlage aufzunehmen, und erst viele Tage später erklärte ihm Jermakow, dass das die Rufzeichen des verunglückten Bondepadhai waren.

Als endlich durch das Kreischen, Heulen und Knattern die ruhige, ausgeglichene Stimme Jermakows im Lautsprecher erklang, freute sich Michail Antonowitsch wie ein Kind. Von diesem Augenblick an kam die Verbindung in Gang. Der Kommandant teilte mit, dass der *Knabe* das Ziel erreicht habe und dass an Bord alles in Ordnung sei; die Golkonda setze sich mit allen ihren höllischen Mitteln zur Wehr, trotzdem verliefen die Forschungsarbeiten erfolgreich. Die Geologen seien Tag und Nacht unterwegs, sie hätten bereits viel wissenschaftliches Material gesammelt; Spizyn und Bykow hülfen ihnen nach Kräften.

»So …«, sagte Michail Antonowitsch mit freudigem Kopfnicken. »Grüßen Sie sie, Anatoli Borissowitsch, grüßen Sie sie von mir!«

Weiter meldete Jermakow, dass am häufigsten er selbst am Funkgerät sein werde. Er habe sich leicht den Fuß verletzt und könne deshalb an den Außenarbeiten nicht teilnehmen.

»O weh!«, rief Michail Antonowitsch aufgeregt. »Wie ist das bloß passiert? Bitte, seien Sie vorsichtig …!«

Manchmal unterhielt sich der Navigator mit Bykow. Von ihm erfuhr er, dass es Bogdan bisher noch nie geglückt sei, sich während seines Wachdienstes mit der *Chius* zu verbinden. Was für ein Pech! Michail Antonowitsch bedauerte das sehr und bat, Spizyn besonders herzliche Grüße auszurichten. Er mochte Bogdan sehr, mehr als alle. Alte Freunde! Fünfzehn Jahre sind kein Pappenstiel.

Doch oft schwieg der *Knabe*, und aus dem Äther drang nur das Knattern der elektrischen Entladungen. Die Einsamkeit bedrückte Michail Antonowitsch. Er litt darunter, dass er nicht sprechen, lachen, streiten konnte. Sogar das Essen schmeckte ihm nicht allein – die Happen blieben ihm im Halse stecken. Er versuchte zu arbeiten, vermochte aber keine Zeile zu schreiben. Er versuchte zu lesen. Anfangs fesselte ihn das. In der Bibliothek der *Chius* befanden sich viele gute neue Bücher, und in den letzten Jahren hatte Michail Antonowitsch selten Zeit für Belletristik gefunden – die Arbeit hatte viel Zeit in Anspruch genommen, auch Freizeit. Dieses Interesse hielt jedoch nicht lange vor; die Gedanken an die Freunde und die Familie raubten ihm die Ruhe.

Die Unrast trieb ihn hinaus. Einmal nahm er, entgegen dem ausdrücklichen Verbot des Kommandanten, das Schiff ohne besonderen Grund zu verlassen, die Maschinenpistole und stieg aus der Luke in den brauenden Nebel. Über eine Stunde watete er, bei jedem Atemhauch des Sumpfes ängstlich um sich spähend, durch den Schachtelhalmdschungel. Er sammelte einige interessante Muster der örtlichen Flora – Bruchstücke der milchweißen Wasserpflanzen, phosphoreszierende Hütchen junger Pilze – und schöpfte ein Spezialgefäß mit dem widerlich aussehendenen Schlamm voll. Dann verlor er alles, als er im Moor einsank und verzweifelt strampelnd nach den glitschigen, lose sitzenden Stielen der riesigen Gewächse griff, um sich aus seiner bedrohlichen Lage zu befreien. Nachdem es ihm endlich geglückt war und er dabei die Maschinenpistole versenkt hatte, irrte er lange im Nebel umher, bis er das Raumschiff wiederfand. Danach gelobte er sich, seine Unterkunft nicht mehr zu verlassen und sich mit dem zufriedenzugeben, was er von der Schwelle der *Chius* aus hören und sehen konnte. Und fürwahr, an neuen Eindrücken mangelte es nicht ...

Einmal tauchte etwas Großes, Ungefüges mit mattglänzender Haut fauchend und prustend aus dem Moor auf und glotzte den vor Schreck erstarrten Navigator aus abscheulichen weißen Augäpfeln an. Als Michail Antonowitsch sich wieder gefasst hatte und nach der Waffe griff, war der unheimliche Gast bereits verschwunden. Gewaltige violette Egelschnecken krochen über die Panzerung des Raumschiffs, fielen herab und wühlten sich in den Schlamm. Bisweilen schwebten in dem rötlichen Halbdunkel seltsame breite Schatten über dem Schiff. Eine fleischfressende Pflanze riss eine riesige, sich verzweifelt wehrende Raupe in Stücke; aus dem Nebel drang ein heiserer, abgehackter Schrei. Dann flog eine Kette aneinandergefügter haariger Knäuel vorbei – das lange Gezottel wand sich und zitterte, es schien endlos. Michail Antonowitsch schloss die Luke und ging schlafen, ohne den Schwanz des Ungeheuers abgewartet zu haben. Einmal, als er vor den Geräten eingeschlummert war, verspürte er einen leichten Stoß. Er erwachte und eilte zur Luke, um nach der Ursache zu forschen. Dicht an der *Chius* gähnten breite, ovale Löcher, die sich rasch mit Schlamm füllten. Irgendein Riesentier war vorbeigestapft und hatte das Raumschiff gestreift.

Nachdem er vom Funkgerät zur Schleusenkammer eine Signalleitung gelegt hatte, um den Anruf der Freunde nicht zu verpassen, saß Michail Antonowitsch stundenlang an der offenen Luke, hielt den Finger am Abzug der Maschinenpistole, horchte und beobachtete. Der »Asphalt« rund um die *Chius* war bald mit den weißlichen Wasserpflanzen überwuchert. Staunend sah er, wie sich der

Ring des Dickichts um ihn und das Schiff immer mehr verengte. Schließlich musste er, um ungehindert seine Beobachtungen durchführen zu können, jedes Mal ein Fenster in die Wand der Schlingpflanzen hauen, die den Rumpf der *Chius* umrankt hatten. Das tief in den Sumpf eingesunkene Raumschiff war von der seltsamen und schrecklichen Welt dieses Planeten umgeben, der nur infolge eines Missverständnisses nach der Göttin der Liebe und Schönheit benannt war. Eine Atmosphäre, die aus Kohlensäure, Stickstoff und heißem Nebel bestand; giftiges, zu großen Teilen schweres und überschweres Wasser; feuchte Hitze, die hundert Grad Celsius erreichte; eine Flora und Fauna, deren bloßer Anblick jeden Gedanken ausschloss, sie zur Nahrung zu verwenden …

»Gut, dass eure Golkonda nicht diesem Sumpfland ähnelt«, sagte Michail Antonowitsch zu Jermakow.

Die Antwort war ein Räuspern.

In dem heißen Dämmern des venusianischen Tages geisterten bisweilen grelle Irrlichter umher. Schwer atmete der Sumpf, krachend barsten die Ständer der riesigen Pilze und schleuderten einen Hagel phosphoreszierender Sporen von sich. Vielleicht waren es auch keine Sporen. Jedenfalls sah Michail Antonowitsch, wie diesen elastischen, faustgroßen lila Kugeln, sobald sie den Schlamm berührten, weiße Fäden entwuchsen. Der Wind trug einen hell leuchtenden Nebel heran – seine stumpfblauen Schwaden legten sich schwer über das Dickicht. Einmal brach ein Gewitter los. Der Dschungel erstrahlte in zitterndem grünlichen Schein, ununterbrochen krachten Donnerschläge. Zwischen den geknickten Stielen hüpften feuersprühende blaue Kugelblitze umher. Es wurde unerträglich heiß, und plötzlich fegte ein glühender Windstoß heran. Die *Chius* schwankte. Sich an die Lukenränder klammernd, sah Michail Antonowitsch mit Staunen, dass der Zeiger des Thermometers auf die zweihundert zulief. Eine Schlammwoge brandete gegen das Raumschiff und warf den Navigator zu Boden. Es dauerte lange, ehe er sich aus dem dicken Schlamm herausgewühlt und wieder aufgerichtet hatte, und dann fehlte ihm die Kraft, die Luke zu schließen. Nach dem dritten oder vierten Versuch schleuderte ihn der schwere Deckel unter dem Druck des Windes wieder in den Schlamm, und er verlor das Bewusstsein. Eine halbe Stunde später – vielleicht war es auch eine Stunde – kam er wieder zu sich. Das Unwetter hatte ausgetobt. Die Schleusenkammer war voller Schlamm. Um die *Chius* herum türmten sich Berge faulender Sumpfpflanzen.

Bald nach dem Sturm erlebte das Raumschiff einen homerischen Ansturm widerwärtiger wurmähnlicher Wesen. Die Funkstation war in Betrieb, und wie Motten zum Licht fliegen, krochen sie anscheinend auf die Funkimpulse zu – in dichten Massen, sich im Morast windend, und bald hatten sie eine ganze Pyramide aus lebendigem Brei gebildet. Michail Antonowitsch hörte nur ihr unablässiges Schurren über die Schiffshülle. Als er hinausschaute, schreckte der Navigator zurück – zur Luke floss ein widerliches Gewimmel herein. Die Würmer waren nicht besonders groß, etwa zehn Zentimeter lang, farblos mit schwarzen, harten Köpfen. Der Ansturm dauerte ungefähr eine Stunde, dann setzte Regen ein, und die lebende Pyramide zerfiel, die Tiere krochen auseinander. Die Funkanlage erwies sich als unbeschädigt, alles war gutgegangen, doch Michail Antonowitsch wagte noch lange keinen Blick in die Schleuse, aus der er geflohen war, als er merkte, dass er die Außenluke nicht schließen konnte. Aber die Schleusenkammer war leer.

Am darauffolgenden Tage erfuhr Michail Antonowitsch von Dauges Erkrankung. Er war tief erschüttert. Es schien ihm, als kündige sich damit eine Serie von Misserfolgen an. Die Venus holte zum Schlag gegen die dreisten Erdenmenschen aus. Stunde um Stunde lag Michail Antonowitsch auf seiner Koje, den Blick starr gegen die schaumgummigepolsterte Decke gerichtet. Die merkwürdigen Worte Tachmasibs, gesprochen im Fieberwahn, fielen ihm ein. Der Navigator hatte Fieber. Das Thermometer zeigte neununddreißig – die Temperatur Dauges. Der Navigator spürte, wie sich sein schütteres Kopfhaar sträubte. Er schüttelte das Thermometer, setzte sich im Bett auf und begann völlig verwirrt seine Pfeife zu stopfen, stutzte dann aber und puhlte den Tabak mit einem Bleistift wieder heraus. Auf Expedition rauchte Michail Antonowitsch sehr selten. Seine Frau konnte Tabakrauch nicht leiden, und lange schon hatte er beschlossen, nur außer Haus zu rauchen, und fast immer ergab es sich aus irgendeinem Grund genau umgekehrt. Im Urlaub rauchte der Navigator oft, wobei er sich mit größter Vorsicht vor seiner Frau in acht nahm; auf Fahrt aber saugte er an der leeren Pfeife und wunderte sich über sich selbst. Und so hatte er auch jetzt wie gewohnt mit den Zähnen das vertraute Mundstück ergriffen, vorsichtig den verlockenden Capstan herausgeklopft ... Was war das nur? Vielleicht hatte sich diese Krankheit auch schon in ihm eingenistet und wartete auf die Gelegenheit ... Die Kameraden würden bei ihrer Rückkehr ein leeres, ausgestorbenes Raumschiff vorfinden und es nicht einmal betreten können ... Er müsste die Außenluke offen halten. Ja, aber wenn nun irgendein ekles Getier in die Schleusenkammer eindrang? Er könnte es nicht einmal hinausbefördern ...

Michail Antonowitsch seufzte, sog an der leeren Pfeife. Dann stieg er – das erste Mal während dieser ganzen Zeit – ins Waffenlager und überprüfte die Signalraketen: die beiden halbmeterlangen, mit einer dicken Fettschicht überzogenen Stahlzigarren sowie die dazugehörigen Abschussvorrichtungen – schwere Dreifüße mit einer aufrecht stehenden Stange. Man brauchte die Rakete nur auf die Stange zu stecken, ein kleines Gerät am Stabilisator einzuschalten – und der Abschuss konnte erfolgen. Hier war auch die Fernsteuerung dafür. Es würde ganz einfach sein. Der Navigator versuchte eine der Raketen anzuheben, und mit ein wenig Anstrengung gelang es ihm auch. Sie waren nicht allzu schwer. Bliebe er nach dem ersten heftigen Anfall der Krankheit noch am Leben, würde er unbedingt die Raketen abschießen. Genau um zwanzig Uhr nach der Chiuszeit, wie er es mit Jermakow vereinbart hatte. Danach hieß es die Außenluke öffnen und warten – mochte kommen, was wollte. Michail Antonowitsch richtete die Dreibeine auf und setzte schwitzend die Raketen auf die Stangen. Dann betrachtete er sein Werk wohlgefällig, und ihm wurde etwas leichter zumute.

Der lange venusianische Tag ging zu Ende, die Nacht brach herein. Wieder senkte sich neblige Finsternis über den Sumpf. Die Besatzung des *Knaben* stellte bereits an dem neuen Landeplatz die Funkfeuer auf. Die Geologen sammelten die letzten Gesteinsproben. Bald würde Michail Antonowitsch die *Chius* aufsteigen lassen und die Peilzeichen ansteuern. Bald gäbe es ein freudiges Wiedersehen! Dann käme der Rückflug zum *Ziolkowski* und ein neues Wiedersehen! Die Rückkehr zur Erde und abermals ein Wiedersehen – das freudigste von allen! Es war freilich schwer zu sagen, worüber er sich mehr freuen würde: die Freunde – Jermakow, Bogdan und die anderen – heil und gesund zu erblicken oder aber seine Frau und die Kinder. Denn bis dahin würde die Sehnsucht ja etwas nachlassen. So war es immer. Oder nein, nicht immer ...

Michail Antonowitsch erinnerte sich an seine erste Rückkehr aus dem Raum. Blumen, Orchesterklänge, eine riesige Menschenmenge, und darunter – Soja, ganz jung noch, erste Laborantin in Krajuchins Institut. »Erste Laborantin, du Küken«, hatte Michail Antonowitsch damals zu ihr gesagt. »Wie jung sind denn da die anderen?« Eine große, ruhmreiche Zeit war es gewesen – die Ära der atomaren Impulsraketen. Eine Zeit, die Männer wie Krajuchin, Priwalow und Sokolowski in den Vordergrund rückte. Eine Zeit, da der alte Schraiber in Nowosibirsk die Idee des »absoluten Reflektors« entwickelte. Eine großartige Idee. Doch wie wurde sie aufgenommen! »Ein verrückter Alter! Ein Scharlatan, Alchimist, Idealist, Phantast!« In allen Winkeln wurde gekichert: »Hi-hi-hi ...! Ein absoluter Reflektor! Schmeißt doch Erbsen gegen die Wand, dann habt ihr ihn! Ein absoluter Reflektor, hoho! Und der Schraiber, haben Sie das gehört? Er soll den albernen Einfall bei einem Franzosen ... Sie wissen schon! Ein absoluter Plagiator, haha, hihi ...« »Schafsköpfe, wenn nicht gar Schlimmeres!«, schimpfte damals Krajuchin. Ein furchtbarer Kampf entbrannte. Krajuchin wäre beinahe seines Postens enthoben worden. Und das Endergebnis? Hier war es – der »absolute Reflektor«, *Chius* versus Venus! ... Michail Antonowitschs Lateinkenntnisse waren damit zu zwei Dritteln erschöpft, und er rieb sich zufrieden die Hände ... *Chius* versus Venus! Bis jetzt war alles glattgegangen! Toi, toi, toi!

Am neunzehnten Tage nach der Abfahrt des *Knaben* fühlte sich Michail Antonowitsch sehr schlecht. Eine menschliche Stimme weckte ihn. Schweißgebadet sprang er von der Koje und spähte lange in das Halbdunkel der Kabine, bis er endlich begriff, dass er im Schlaf gesprochen hatte und davon aufgewacht war. Sein Kopf schmerzte, in den Fingerspitzen stach es wie mit tausend Nadeln. Unwiderstehlich zog es ihn ins Bett zurück. Er schlummerte wieder ein, und als er dann erwachte, nahm er das Thermometer und maß die Temperatur. Sie war normal.

»Steh auf, erhebe dich, Arbeitervolk ...«, sang er mit misstönender Stimme, und es fiel ihm ein, dass er dieses Lied immer gesungen hatte, wenn er sich nicht wohlfühlte und es vor seiner Frau verbergen wollte. Während einer Expedition war es ihm allerdings noch nie über die Lippen gekommen. Was konnte schlimmer sein, als jetzt, in völliger Einsamkeit, zu erkranken?

Er zwang sich zum Aufstehen, wankte durch den Gang in den Steuerraum und setzte sich ans Funkgerät. Der *Knabe* antwortete nicht.

»Ich muss an die Luft«, sagte Michail Antonowitsch laut zu sich selber. »Wer krank ist, muss an die Luft.«

Mit unsicherem Schritt verließ er den Steuerraum. Vor der Kabine, in der die Spezialanzüge aufbewahrt wurden, blieb er stehen. Er schaute sich um: Die Kugellampen füllten den Gang mit warmem Licht, an den Metallwänden zeichneten sich noch hier und da braune Flecken ab – die Spuren des rostbraunen Schimmels, der vor drei Wochen ins Raumschiff eingedrungen war. Seine Hände zitterten, und der Anzug fiel mit einem scharfen Rascheln zu Boden. Fast physisch empfand Michail Antonowitsch die Stille, die in den leeren Gängen und Kabinen lauerte – eine erwartungsvolle Stille, die Stille der Einsamkeit.

»Nichts als hinaus an die Luft«, murmelte er, während er in den Spezialanzug stieg.

Mit Mühe erreichte er die obere Schleusenkammer. Der Helm, der sonst kaum zu spüren war, drückte ihm die Schultern nieder, die Hände öffneten mit Mühe die Luke. Im letzten Augenblick dachte er irgendwie gleichgültig daran, dass er eine unglaubliche Dummheit beging, sich in solch einem Zustand in die Schleuse zu begeben, doch der Gedanke floss träge vorüber und verschwand. Der Lukendeckel klappte zur Seite, und Michail Antonowitsch fiel eher auf den Rand der breiten Öffnung, als dass er sich darauf stützte.

Der Nebel hatte sich aufgelöst. Der Himmel über dem Raumschiff war dunkel, ringsum aber breitete sich, so weit das Auge reichte, eine schwach phosphoreszierende Ebene aus.

Er schob die klebrigen Pflanzenstängel beiseite, die das Schiff eingehüllt hatten, riss sie wütend ab – sie versperrten ihm die Sicht. Finsternis, Leere ...

»Leere ...«, flüsterte der Navigator. Noch nie hatte ihn die Sehnsucht nach Menschen mit solcher Macht ergriffen. Einsamkeit!

Dutzende von Kilometern, Finsternis, und kein einziges menschliches Wesen weit und breit – nur abscheuliches Sumpfgezücht. Leere ...

Plötzlich erglühte der Horizont in purpurrotem Schein. Der Schein kam näher, wuchs, verschlang die Finsternis. Die Umgebung füllte sich mit unheilvollem roten Licht, und Michail Antonowitsch schrie auf. Er glaubte eine Sandwüste vor sich zu sehen. Der Wind trieb Wolken feurigen Staubes darüber hinweg, weiß und kahl ragten runde Felsbrocken aus der Sandschicht hervor, und über dieser winderfüllten Ebene stand eine gewaltige Windhose – absolut reglos, furchterregend, kompakt. Die Erscheinung verharrte vor ihm, dann erbebte sie, bäumte sich auf (Michail Antonowitsch klammerte sich an den Lukenrand – es schien ihm, als wanke nicht die Erscheinung, sondern er selbst mitsamt der *Chius*) und verschwand augenblicklich. In der Ferne über den Bergrücken, die immer noch purpurrot leuchteten, flammte ein Lichtfleck auf und verlosch ...

Und wieder erhellte sich der Himmel über dem Sumpf. Michail Antonowitsch wich zurück. Aus dem Leuchten traten jetzt die Umrisse eines gigantischen Felsenberges hervor. Sein Gipfel erstrahlte in blendendem Silberweiß. Schnee? Bei hundert Grad? Am Fuße des Berges standen reglos rotbraune Bäume mit ungewöhnlich flachen Kronen. Viele, viele Bäume – ganze Wälder. Die Flanken des Berges waren davon bedeckt. Es sah schön aus ...

Der Navigator schloss die Augen, und als er sie langsam öffnete, war es wieder finster und leer ringsum. Eine Fata Morgana ...?, dachte er. Ein Trugbild oder eine Halluzination?

Ganz benommen torkelte er die Stiege zu den Wohnräumen hinunter. Dann wurde es in seinem Kopf ein wenig klarer. Ein Trugbild oder eine Halluzination? Er nahm die Handkamera und kehrte in die Schleusenkammer zurück. Wieder schwebte die seltsame Erscheinung über dem Sumpf, und er filmte sie, verbrauchte etliche Dutzend Meter Film.

Sofort entwickelte er den Film. Er war leer. Kein Strichlein, kein Fleckchen. Ein hochempfindliches Material, dem die Hälfte des Lichtes genügt hätte, das die purpurrote Erscheinung verströmt hatte. Michail Antonowitsch ließ sich in den Sessel fallen und starrte lange vor sich hin. Die Venus war an allen Fronten zum

Angriff übergegangen ... Wahnsinn, sie schlägt uns mit Wahnsinn ... Erst Dauge, jetzt den Navigator Krutikow. Ich, der Navigator Michail Antonowitsch Krutikow, bin wahnsinnig. Neugierig betrachtete er sich im Wandspiegel, sah aber nichts als den großen, undurchsichtigen Helm. Er musste sich ausziehen. Schwerfällig erhob er sich, begann den Helm zu lösen, dann fiel sein Blick auf den schwarzen Kasten der Kamera. Er nahm sie in die Hand. Auf dem Objektiv saß die lichtundurchlässige Schutzkappe. Michail Antonowitsch ließ die Kamera fallen und lachte los. Er war nicht wahnsinnig, er war ein Dummkopf. Er hatte das Trugbild gefilmt und vergessen, das Objektiv zu öffnen. Dummkopf ...

Ein durchdringendes Klingeln ließ ihn zusammenschrecken: die Kameraden! Er lief zum Funkgerät, streifte mit den schweren Sohlen die knirschenden Reste der Kamera. Die ruhige Stimme Jermakows munterte ihn wie immer auf. Nein, besser kein Wort von all den Aufregungen! Trugbild hin, Trugbild her, heute hatte er sich nach dem Erwachen schlecht gefühlt. Wer weiß, was das für eine Krankheit war ... Vielleicht sollte er Jermakow doch lieber über seine Erkrankung informieren und um Rat fragen? Aber Michail Antonowitsch tat es nicht. Er fragte nach Bogdan. Was, er könne wieder nicht ans Funkgerät kommen? Das sei aber ein Pech! Na, nicht so schlimm, bald würde es ja vorbei sein ... Der Plan für die weiteren Aktionen? Am besten ...

In diesem Augenblick erbebte der Boden unter seinen Füßen und begann sich zu senken. Ein dünnes Pfeifen ertonte. Michail Antonowitsch musste wohl einen Schreckensschrei ausgestoßen haben, denn Jermakow fragte ihn, was geschehen sei. Danach verschwand die Stimme des Kommandanten in einem ohrenbetäubenden Heulen ... Michail Antonowitsch wollte sich von seinem Sitz erheben, doch der zweite Stoß warf ihn um. Im Fallen klammerte er sich haltsuchend an die Kante des Funkgerätes und riss es mit sich herab. Etwas klirrte, polterte, splitterte ... Ein Beben! Der Navigator erhob sich, rief durchs Mikrofon Jermakow. Als Antwort kam ein Krächzen, Kollern, Heulen ... Die Wände erzitterten, neigten sich ... Mit den Händen in die Luft greifend, stürzte der Navigator abermals und schlitterte auf dem Boden entlang, bis er mit dem Rücken gegen das kalte Metall des Steuerpults stieß. Das schrille Pfeifen ging in ein dröhnendes Brummen über und riss mit einem dumpfen Schlag ab, und wieder spürte Michail Antonowitsch, wie er den Boden unter den Füßen verlor.

Und da begriff er, und vor Entsetzen brach ihm der kalte Schweiß aus ...

Seit der Landung, bei der sich das Raumschiff mit seinen Reaktorringen tief in den zähen Schlamm gewühlt hatte, wurden die Moorschichten unter seiner vieltausendtonnigen stählernen Masse unaufhörlich zusammengepresst und auseinandergedrängt. Mikrometer um Mikrometer, Zentimeter um Zentimeter gaben sie nach und hielten schließlich dem Gewicht der *Chius* nicht mehr stand. Und nun sank das Schiff in den bodenlosen Schlund des Schlammkraters. Die Kameraden würden es bei ihrer Rückkehr nicht mehr vorfinden. Sie müssten sterben, denn sie wären aller lebenswichtigen Dinge – des Wassers, des Sauerstoffs, der Nahrungsvorräte – beraubt und hätten auch keine Signalmittel, um Hilfe vom *Ziolkowski* herbeizurufen. Michail Antonowitsch krallte die Finger um die vorspringende Kante des Steuerpults, bemüht, auf die Beine zu kommen. Das Raumschiff neigte sich stark, noch einige Sekunden, und es würde sich auf die Seite legen, sich vielleicht sogar mit den Düsen und dem Spiegel nach oben drehen. Das war der Tod! Endlich gelang es Michail Antonowitsch aufzustehen. Er erreichte das Hauptpult und legte die Hände auf die Hebel. Die bunte Lampenkette an den Geräten leuchtete auf ...

Der Sumpf erzitterte, der milchweiße Dschungel schwankte. Bläuliche Dampfwolken schossen aus dem schwarzen Loch im Morast, den heißer Brei erfüllte ... Von einem grellen Schein umhüllt, donnernd und heulend, einem riesigen Gliederfüßer gleich, tauchte die fünfbeinige *Chius* aus dem schmatzenden Moor, verharrte für den Bruchteil einer Sekunde über seiner Oberfläche und stieß dann in den schwarzen Himmel empor, einen breiten Fladen qualmenden »Asphalts« hinterlassend, von dessen Mitte nach allen Seiten gewundene Risse liefen.

»*Knabe, Knabe*! Hier *Chius*! Bitte melden. Hier *Chius*! *Knabe, Knabe*! Hier *Chius*! Bitte melden. Gehe auf Empfang.«

Michail Antonowitsch hörte sich eine Weile das Heulen im Äther an und schaltete dann das Funkgerät ab. Sie antworteten nicht. Sie schwiegen schon den fünften Tag. Was war geschehen? Warum kam kein Signal zum Standortwechsel auf den neuen Landeplatz? Sollte etwa ...

Die *Chius* steht in undurchdringlicher Finsternis, aber mit ihren fünf Beinen fest auf steinigem Grund, über dem eine dünne Schicht schwarzen Sandes liegt. Ein wunderbares Schiff! Nur die *Chius* mit ihrer erstaunlich einfach zu bedienenden Steuerung, mit der großartigen Flugstabilität und den mächtigen Triebwerken konnte eine solche Leistung vollbringen: einen Sprung über die Felsen machen und trotz der ungestümen Winde mit außerordentlicher Genauigkeit landen. Sie hat nicht den geringsten Schaden davongetragen, obwohl der an sich erfahrene Pilot ziemlich konfus und verschreckt war. Nicht vergebens hatten Krajuchin, Priwalow, Dutzende und Hunderte anderer Menschen all ihr Können, ihre reiche Erfahrung, ihre Phantasie und Schöpferkraft aufgewandt, um die Photonenrakete zu schaffen. Die *Chius* ist dort Siegerin geblieben, wo jede andere Rakete unweigerlich versagt hätte und jetzt zertrümmert und verbogen als ein Haufen Stahlschrott auf den Felsen läge.

Die Chius aber steht in undurchdringlicher Finsternis heil und unversehrt, abgesehen von einigen ersetzbaren Geräten und dem Funkapparat, den Michail Antonowitsch selbst heruntergerissen hat.

Die *Chius* steht – aber wo? Der Navigator weiß es nicht. Übrigens ist das nicht wichtig. Er sitzt stundenlang am Funkgerät und ruft den *Knaben*, wartet auf das Signal, zum neuen Landeplatz überzuwechseln. Doch der *Knabe* meldet sich nicht ... Und wenn er sich überhaupt nicht mehr meldete – was dann? Michail Antonowitsch steht auf und wandert ruhelos umher, rückt geistesabwesend die ständig verrutschenden Verbände an den zerschnittenen Händen zurecht.

Wenn die Funkverbindung nicht wiederhergestellt wird, fährt der *Knabe* zum Sumpf. Sie werden die *Chius* suchen. Doch sie werden die Kameraden nicht vorfinden ... Sie haben wenig Wasser. Also weshalb melden sie sich nicht? Oder hat er ihre Signale überhört?

Michail Antonowitsch sammelte seine Gedanken, versuchte die verdammte Schwäche zu überwinden. Ruhig! Ruhig, zum

Teufel! Aus jeder Notlage gab es mindestens zwei Auswege, wie Grischa Dauge immer sagte. Das Schiff war unbeschädigt, also drohte Michail Antonowitsch keine Gefahr ... Doch darum ging es auch gar nicht ... Zum Sumpf aufbrechen? Dort ein Zeichen setzen? Unsinn! Ein weiter, beschwerlicher Weg, die *Chius* ohne Aufsicht ... Und wo war er überhaupt, der Sumpf? Wohin hätte er gehen sollen?

Michail Antonowitsch klatschte sich mit der Hand gegen die Stirn: die beiden Raketen – wie hatte er das vergessen können! Punkt zwanzig Uhr nach der Chiuszeit! – so hatte es Jermakow gesagt. Der Navigator stieg in die untere Schleusenkammer, öffnete die Luke und trat hinaus in die schwarze Finsternis, den heulenden Wind. Besonders schwierig war es, die Raketen hinabzulassen. Es mussten zwei, unbedingt zwei sein! Eine könne man leicht übersehen, hatte Jermakow erklärt.

Keuchend und wankend unter dem steifen Wind, schleppte Michail Antonowitsch die Raketen etwa hundert Meter von der *Chius* weg und stellte sie auf. Um zwanzig Uhr schaltete er die Abschussanlage ein. Aus Sicherheitsgründen hätte er in die Schleusenkammer zurückkehren müssen, doch er fand die Hängeleiter nicht – sie war vom Wind zur Seite geweht worden. Halb bewusstlos kauerte er sich hinter einer der dicken Reaktorsäulen nieder. Er sah und hörte nicht, wie die Signalraketen, weißen Blitzen gleich, eine nach der anderen in den Himmel stießen und hoch über den Wolken zu blendend hellen Feuerbällen explodierten ...

Als er endlich wieder an Bord war, streifte der Navigator mühsam den Spezialanzug ab, torkelte in seine Kabine und fiel erschöpft auf die Koje. Mehrere Stunden lag er im Dämmerzustand, dann erhob er sich, trank ohne Genuss einen Becher kalte Brühe und stieg in den Steuerraum. Erst dort bemerkte er mit einem Blick auf den großen, fehlerlosen Chronometer, dass seine Armbanduhr um zwölf Minuten nachging. Er hatte die Signalraketen zwölf Minuten zu spät hochgeschickt. Jermakow konnte sie bemerkt oder auch nicht bemerkt haben ... Doch der Navigator hatte keine Kraft mehr, über die möglichen Folgen seines Irrtums nachzugrübeln. Jetzt blieb ihm nur noch eines – warten ...

Plötzlich sprang Michail Antonowitsch auf. Nein, wie war er doch kopflos! An die andere Möglichkeit – die einfachere – hatte er nicht gedacht! Er brauchte doch nur die Funkortungsgeräte einzuschalten, und früher oder später würde Jermakow die Strahlen anpeilen und das Raumschiff finden ...

Eilig beugte er sich über die Meteoritenschutzanlage, und als die Bildschirme aufleuchteten, summte er sogar ein Liedchen vor sich hin ...

Seitdem waren vier Tage vergangen.

»*Knabe, Knabe*! Hier *Chius*! Nehmen Sie meine Peilzeichen auf ... Die Frequenz ...«

Nein, hier ist nicht die *Chius*, kein mächtiges stählernes Schiff, nur ein sehr, sehr erschöpfter Mensch, der nicht einschlafen kann, weil er wartet. Seit sieben Tagen wartet und mit den Kopfhörern schläft. Genauer gesagt, nicht schläft, sondern döst. Sieben Tage, acht Tage ...

»Hier *Chius,* hier *Chius*! *Knabe,* antworten Sie! Ich bin auf Empfang ... Nehmen Sie meine Peilzeichen auf ...«

Die Venusatmosphäre ist launisch. Nicht immer lässt sie die Impulse des Radars durch. Geduld, Geduld ...

»Hier *Chius,* hier *Chius*! Empfangen Sie meine Peilzeichen auf Frequenz ...«

Was mochten die Männer auf dem *Ziolkowski* gedacht haben, als sie die beiden Signale sahen? Sicher trauern sie jetzt, und Machow bereitet die rettenden ferngelenkten Lastraketen zum Start vor. Krajuchin, alt und finster, sitzt in seinem Arbeitszimmer. Der Traum seines Lebens ist zerstört – die *Chius* existiert nicht mehr. Aber nein, die *Chius* ist heil und unversehrt, ein herrliches Schiff ...!

»Hier *Chius,* hier *Chius*! *Knabe,* antworten Sie! Ich bin auf Empfang ... Nehmen Sie meine Peilzeichen auf ...«

»*Knabe*! *Knabe*! *Knabe*! Bitte melden! Bitte melden ...!«

Ein Tag nach dem anderen verging. Der *Knabe* kam nicht und meldete sich auch nicht. Also musste ein Unglück geschehen sein, also wartete und quälte er sich umsonst ... Nein! Er war verpflichtet zu warten! Unmöglich, dass die Kameraden nicht zurückkehrten ...«

»*Knabe,* hier *Chius*! Ich bin auf Empfang ... Hier *Chius* ... Nehmen Sie meine Peilzeichen auf ...«

Am neunten Tag überprüfte er den Radar, überprüfte den Nahrungsvorrat im Spezialanzug, nahm die Maschinenpistole und stieg aus. Purpurrote Wolken jagten über den Himmel, der Boden war mit feinkörnigem rotbraunen Sand bedeckt. Etwas weiter weg wiegte sich ein trockener Wald im Winde. Es waren die gleichen Bäume mit den flachen Kronen ... Viele von ihnen schienen versengt, obwohl die *Chius* mehr als einen halben Kilometer von dem Wald entfernt niedergegangen war.

Michail Antonowitsch schaute sich nach allen Seiten um, rückte den Tragriemen der Maschinenpistole zurecht, strich versonnen über die schlammverkrustete Oberfläche eines der Reaktorringe und schritt auf den Wald zu. Er konnte nicht länger warten. Die Freunde waren umgekommen, das war klar, doch er würde nicht eher die *Chius* starten, bis er ihre Leichen gefunden hatte.

Gleich, als er den Wald betrat, stieß er auf drei Männer. Einer, groß und lang, schlängelte sich auf dem Bauch wie eine Natter und schleppte einen anderen, der ganz mit schmutzigen Lumpen umwunden war, auf seinem Rücken. Der dritte kroch hinterher. Um seinen Leib war ein Riemen geschlungen, das Riemenende verband ihn mit dem Vordermann. Sie krochen genau auf den erstarrten Navigator zu. Und Michail Antonowitsch, sprachlos, atemlos vor Grauen und Freude, sah, wie der Mann, der wie eine Natter vorauskroch, mit dem silbrigen Helm gegen einen Baumstamm stieß, jedoch nicht liegen blieb – nein, er stöhnte nur und kroch um das Hindernis herum – hartnäckig, verbissen, immer weiter und weiter ...

Michail Antonowitsch schrie auf und stürzte ihnen entgegen. Da erhob sich der vordere unerwartet schnell auf die Knie, und in seinen Händen blitzte der Lauf einer Maschinenpistole. »Wer da?«, keuchte er und strich ziellos mit der Mündung hin und her.

»Alexej!«, rief Michail Antonowitsch. Er fiel auf die Knie, umarmte die Gestalt im Siliketanzug und brach in Tränen aus ...

Unter seinem Schuh knisterte etwas. Er sah hin und zog unter seinem Fuß einen Fetzen Papier mit ausgefransten Rändern hervor, einst weiß, nun von gelbem Schmutz bedeckt. Doch man konnte noch als schwarzen Fleck die Golkonda ausmachen, den Ring des Sumpfes und einen kleinen roten Kreis südöstlich des Schlammkraters. Hätte Michail Antonowitsch seine eigenen Koordinaten gewusst, hätte er sofort erkannt, dass die *Chius* innerhalb dieses Kreises stand. Anatoli Borissowitsch Jermakow, der Kommandant des besten Raumschiffs der Welt, irrte sich selten. Er hatte sich auch hier nur um einige Kilometer geirrt.

Als Bykow seinen Bericht beendet hatte, kamen Michail Antonowitsch wieder die Tränen. »Kameraden! Meine Freunde! Bogdan, Jermakow ...« Dicke Tränen rollten über sein rundes, gutmütiges Gesicht, blieben in den Bartstoppeln hängen.

»Du darfst nicht ... weinen ...«, sagte Jurkowski mit stockender Stimme.

Er saß im Sessel neben dem geschlossenen, mit einer Heillösung gefüllten Glaszylinder, in dem der nackte, von Wunden und Injektionen zerquälte Johannytsch lag und schlummerte.

Mit Tränen in den Augen schaute Michail Antonowitsch bald auf den Zylinder, bald in Jurkowskis kohlschwarzes Gesicht, bald auf Bykow, dessen obere Gesichtshälfte fast ganz von einer dunklen Schutzbrille verdeckt war.

»Weine nicht, Michail«, sagte Jurkowski abermals. »Am besten, du peilst noch einmal die Golkonda an ...«

Bykow nahm die Brille ab, als das feine beharrliche »Tu-ut, tu-ut, tu-ut« den Steuerraum füllte.

»Die Funkfeuer«, flüsterte er und kniff die Augen zusammen. »Unsere Funkfeuer ...!«

»Tu-ut, tu-ut, tu-ut ...«

»Hättest du nach diesen Peilzeichen fliegen können, Michail?«, fragte Jurkowski leise; triumphierender Stolz leuchtete aus seinen eingefallenen Augen.

»Aber natürlich! Gewiss doch!« Der dicke Navigator rieb sich die Wangen, und die Tränen tropften unaufhaltsam vor ihm auf das Steuerpult. »Jeder Neuling würde das fertigbringen. Aber setz dir doch die Brille auf, Alexej!«, rief er plötzlich mit gequälter Stimme. »Willst du denn ganz und gar erblinden ...?«

»Tu-ut, tu-ut, tu-ut«, tönte es im kosmischen Raum – über den in den Abgrund zurücksinkenden Wüsten und Sümpfen, über den purpurroten Wolken, über den zerschmetterten Schiffen, über dem verstümmelten *Knaben*, über Bogdans unbekanntem Grab, über dem ewig grollenden Rachen der Golkonda ...

»Bis zum *Ziolkowski* sind es noch anderthalbtausend Kilometer«, sagte Michail Antonowitsch und griff endlich nach dem Taschentuch.

»Du darfst nicht weinen, Michail«, flüsterte Jurkowski. »Das Werk ist getan ... Wir konnten nicht mehr tun ... Doch der Weg ist jetzt offen. Und wir sind zurückgekehrt ... Bykow ... ich ... und Grischa.«

Bykow setzte die Brille wieder auf.

»Tu-ut, tu-ut, tu-ut«, sangen die fernen Sender – sie weinten, jubelten, riefen ...

EPILOG

Epilog

An Alexej Petrowitsch Bykow, den Bezwinger irdischer, venusianischer und sonstiger Wüsten, die Zierde des dritten Studienjahres an der Hochschule für Raumfahrt, von dem unwürdigen Planetologen Wolodja Jurkowski

Sei gegrüßt!

Meinst du nicht, mein rotgesichtiger Bruder, dass unsere Korrespondenz einen etwas konvulsorischen Charakter trägt? In den letzten zweieinhalb Jahren (berichtige mich, falls ich mich irre) habe ich vier Briefe an Deine Adresse abgesandt und als Antwort auf selbige nur ungefähr einen erhalten. Und Letzterer war mit ziemlich flüchtiger Schrift auf eine halbe Seite aus einem Schulheft geschrieben. Die Geschichte kennt nur einen Fall einer derart intensiven Korrespondenz – die Iwans des Schrecklichen mit dem flüchtigen Fürsten Kurbski. Die Historie vermeldet, dass die Hohen Seiten es fertigbrachten, innerhalb von siebzehn Jahren zusammen nur sechs Briefe zu schreiben: Iwan zwei und Kurbski vier, worauf er verschied, wahrscheinlich vor Überanstrengung. Heutzutage sind die Menschen kräftiger, und ich schreibe Dir den fünften. Allerdings bedurfte es dazu einer großen Willensanspannung und eines bestimmten Zusammentreffens von Umständen.

Gestern hat bei der medizinischen Untersuchung der Chefarzt Leontjew sein erstes Doppelkinn auf das zweite gelegt, dieses auf die übrigen und die auf die Brust, und dann hat er mir eröffnet, dass er mir die Teilnahme an der dritten Expedition um die Golkonda verbietet und mir Heilgymnastik und saftige (man denke!) Beefsteaks verordnet. Schlaf, Turnhalle, Schwimmbecken, Ionendusche, Bibliothek, dann werde man weitersehen. Ich habe nicht widersprochen. Jeder Widerspruch führt bei Leontjew zur Betrachtung seiner emporgereckten Doppelkinne und der nachdenklichen Antwort: »Hm ... Mir fällt partout nicht ein – wann geht bei uns das nächste Schiff zur Erde?«

Also habe ich mich vor einer Stunde von den Jungs verabschiedet, die zur Expedition aufbrechen, und vor übergroßer Betrübnis beschlossen, mich in einem Brief abzureagieren. Seinerzeit hast Du mich gebeten zu erzählen, wie es war. Ich weiß noch, dass ich Dich aus Zeitmangel auf die Zeitungen und Fernsehsendungen verwiesen habe. Jetzt habe ich Zeit. Stell Dich auf den erhebenden Augenblick ein und lies.

Vor achtzehn Monaten, ungefähr als Du Dich zu den Prüfungen davonmachtest, stürzten von der interplanetaren Station »Ziolkowski« auf Befehl Krajuchins, ohne pompöse Reden und Orchester, drei Photonenraketen vom Typ »Chius« im Abstand von anderthalb Stunden eine nach der anderen ins rosa Glühen der Venusatmosphäre. Das erste Schiff fuhr unter der Flagge des Admirals der Wasserlosen Ozeane Michail Antonowitsch Krutikow. Der Admiral, beleibt und tadellos rasiert, stellte sich in höchsteigener Person ans Steuerpult. Seine Augen strahlten. Violettes Feuer speiend stürmte das mächtig Schiff den Peilzeichen der Funkfeuer auf dem Raketenlandeplatz zweiter Klasse »Urangolkonda« entgegen. Dreimal erhellten violette Lichtblitze den purpurroten Himmel. Dreimal rissen die schweren Wolken auf. Dreimal erzitterten die teerschwarzen Sande. Die fünfpfotigen Stahlgiganten setzten schwer auf und standen nebeneinander, die Reaktorsäulen ins Geröll gebohrt.

Heraus strömten Menschen in Spektrolithhelmen, automatische Raupenfahrzeuge, Bagger, Geländewagen mit hermetischen Kabinen. Die Leute teilten sich auf. Acht Mann in zwei Fahrzeugen, beladen mit Minen, nahmen Kurs nach Osten, um Felsen zu sprengen, den Landeplatz zu erweitern, zusätzliche Funkfeuer aufzustellen. Sie verschwanden im schwarzen Nebel, und bald schon ertönte hinterm Horizont dumpfes Krachen, erhoben sich die struppigen Pilze der Explosionen.

Zwanzig Bauleute unter dem Befehl von Viktor Gaidadymow (dem, der den Hafen »Große Syrte« auf dem Mars gebaut hat) setzten sich auf ihre seltsamen Maschinen und begaben sich ohne Eile nach Süden, zum Gebirgsrücken, um den Bauplatz für die künftige Hafenstadt vorzubereiten. Im allgemeinen Durcheinander von niemandem bemerkt, verschwanden in dieselbe Richtung zwei Raketomobile mit den Astrobiologen: die silbrigen kleinen »Flöhe« überwanden geschwind und lautlos den Raum in Vier-Kilometer-Sprüngen, um den Heißen Sumpf zu suchen. In jedem dieser »Flöhe« saßen auf Kanistern voll Spiritus und Formalin, auf den Plastcontainern für die Proben mit hungrigen Augen drei Liebhaber der außerirdischen Flora und Fauna und zitterten vor Aufregung.

Als Letzte brachen gewichtig und würdevoll wir auf, die Geologen. Wir kannten unseren Wert. Der Leiter der Gruppe, Pawel Nikolajewitsch Lin, gab das Kommando, und nachdem wir in unsere Geländewagen gestiegen waren, rollten wir nach Norden, zu den Ufern des Rauchmeeres, und trieben Herden vielarmiger Roboter vor uns her – zweibeiniger, sechsbeiniger und mit Raupenketten. Die Roboter, auf aktive Substanzen angesetzt, gingen in gestaffelter Kette vor, beschnüffelten unterwegs den Boden, nahmen Proben, zeichneten auf, kalkulierten, speicherten und meldeten von Zeit zu Zeit die Ergebnisse ihrer Untersuchungen. Sie gingen methodisch und zielsicher vor, und wir glaubten schon, wir würden nur die fertigen Entdeckungen in die Koffer packen. Doch am Rauchmeer kam der Vormarsch ins Stocken.

Die Roboter stießen auf Felder der verdammten himbeerroten Haut, die dort buchstäblich Tausende von Hektar überzieht. Die Strahlung erwies sich als zu stark für die Programme der Roboter, und sie sprangen wie besengt aus dem Rauchmeer hervor und blieben, panisch mit den Fühlern fuchtelnd, an Ort und Stelle stehen. Wir mussten aus dem Stegreif umprogrammieren, worauf die Roboter wieder heldenhaft zum Angriff übergingen und so viel rote Haut anschleppten, dass wir gar nicht wussten, wohin damit. Den Astrobiologen wurden ohne Gegenleistung zehn Tonnen von diesem rot-violetten Dreckszeug übergeben. Übrigens stellte sich unsere Vermutung als richtig heraus: Das sind tatsächlich Kolonien von Mikroorganismen, die für ihre Lebensvorgänge die Energie des radioaktiven Zerfalls nutzen. Auch der Drang der roten Haut zu den Herden unterirdischer Explosionen wurde zweifelsfrei festgestellt. Manche hoffen hier, sie als Indikator nutzbar machen zu können, der die Gefahr meldet. Wenn wir das damals gewusst hätten!

Der Sturm auf die Golkonda hatte begonnen. Die Motoren dröhnten, die Leute liefen hin und her, die Geländewagen fuhren und wirbelten Wolken schwarzen Staubes auf. Irgendwo war schon Streit aufgekommen, irgendwer brüllte schon durch den Äther, er sei nicht zum Spaß hierhergekommen, und der Chefarzt Leontjew las schon jemandem die Leviten und erkundigte sich zornig, wann das nächste Raumschiff zur Erde gehe ... Ein paar Stunden später starteten die »Chiusse« und kehrten mit Verstärkung zurück, nach ihnen regneten die unbemannten Lastraketen aus den Purpurwolken herab, vollgestopft mit Material, Geräten, Proviant, Büchern, Kleidung ... Die Luken öffneten sich, über die glänzenden Gangways rollten automatische Raupenfahrzeuge herab, liefen »Kyber« aller Arten – Bauleute, Geologen, Sprengmeister, Erdarbeiter, Köche ... Unablässig zitterte der Boden, grollte die Golkonda, ballte sich leuchtender Staub zusammen – und inmitten von alledem, mannhaft und streng in seinem golddurchwirkten Hausanzug, saß in der Schiffsmesse der »Chius« Admiral Krutikow, schweigsam und konzentriert. Er trank starken Tee und aß dazu Zitronenwaffeln. So begab sich, was später der Beginn des Großen Sturms auf die Golkonda genannt wurde. Von Minute zu Minute schloss sich die Hand des Menschen immer enger um die schwarze Kehle der Golkonda.

Und die Golkonda fiel. Die Golkonda hob die Pfötchen. Sie brüllt, brodelt, schreckt mit Purpurwolken und aller möglichen Pyrotechnik, doch heute beeindruckt das außer den Neulingen niemanden mehr. Selbst die Schwarzen Stürme fürchten wir nicht länger – unsere Meteorologen vernichten sie schon im Keim durch Wasserstoffbombardements. Dort, wo wir einst die Selenlaken ausgelegt haben, erstreckt sich jetzt ein Raketenflugplatz der höchsten Klasse, ganz mit »Chiussen« vollgestellt. Hier landen und starten im Monat bis zu hundert Schiffe. Venuszähne findet du im ganzen Umkreis von dreihundert Kilometern keine mehr – wir haben sie alle zum Teufel gesprengt. Fünfzig Kilometer südlich, an den Ausläufern des Gebirgsrückens, liegt die Stadt. Dorthin führen acht hervorragende Glasverbundstraßen. Im Zentrum der Stadt steht unser »Knabe«. Man hat ihn gefunden, aus dem Grund geschnitten und so, zusammen mit dem geschmolzenen Gestein, auf ein Plastmetallfundament gestellt. In die Panzerung wurde eine kurze Aufschrift graviert: »Den Ersten«. Das ist das Denkmal für Anatoli Jermakow, Bogdan Spizyn, Tachmasib Mechti und seine Kameraden.

Ja, Aljoscha, die Golkonda ist gefallen! Was sage ich – die Golkonda? Bald wird die ganze Venus dem Sieger zu Füßen liegen. Der Ring von Schwerwassersümpfen und -seen um die Golkonda wird erforscht. (Es ist immer noch nicht klar, wo das Wasser in ihnen herkommt; erst dachte man, diese Sümpfe und Seen seien irgendwie mit der Golkonda verbunden, aber vor zwei Monaten ist ein großer Schwerwassersee auf der anderen Hemisphäre der Venus entdeckt worden, etliche tausend Kilometer von uns entfernt.) Irgensen ist auf dem Südpol gelandet. Dort ist ein neues Land entdeckt worden – unermessliche Wälder von roten Bäumen, grünen Seen, sonderbaren Tieren, ein richtiger Zoo seltsamer Lebensformen, unter der Kuppel einer rasenden Stratosphäre verborgen. Eine Expedition zum Nordpol wird vorbereitet. Und wenn die nördliche Polkappe der Venus auch nur annähernd der südlichen ähnelt, will ich diesem Planeten vieles verzeihen. Hier aber dringen unsere Expeditionen immer weiter in die schwarzen Sande jenseits des Rings der Heißen Sümpfe vor. Und ich muss baden und Beefsteaks futtern.

Apropos Beefsteaks.

Vor Kurzem habe ich Michail Antonowitsch getroffen. Er erzählte, dass der Leiter der HfR ziemlich gut von Dir spricht. Dieselbe Meinung hat auch Michail von Dir. Du weißt, wie er so zu reden pflegt: »Aljoschenka? Aus dem wird ein erstklassiger Navigator, ein ee-erstklassiger, du wirst sehen!« Freut mich sehr für Dich, Rotgesicht.

Ich musste den Brief für eine halbe Stunde liegen lassen und mir die Klagen meines Nachbarn anhören, des Kybernetikers Stscherbakow. Du weißt sicherlich, dass nördlich vom Raketenflugplatz ein grandioses unterirdisches Kombinat zur Verarbeitung von Uran und Transuranen im Bau ist. Die Menschen arbeiten in sechs Schichten, die Roboter rund um die Uhr – wunderbare Maschinen, der letzte Schrei der praktischen Kybernetik. Aber wie die Japaner sagen: auch ein Affe fällt vom Baum. Eben ist Stscherbakow zu mir gekommen, fuchsteufelswild, und hat erzählt, dass die Bande dieser mechanischen Idioten (seine eigenen Worte) heute Nacht eins der großen Erzdepots leergeräumt hat, weil sie sie offensichtlich für eine besonders ergiebige Lagerstätte hielt. Die Roboter waren unterschiedlich programmiert, deshalb fand sich gegen Morgen ein Teil des Bestands in den Verladehallen des Raketenflugplatzes, ein Teil am Eingang zur geologischen Verwaltung, und ein Teil ist ganz verschwunden. Die Suche dauert an. Ich habe Stscherbakow getröstet, so gut ich konnte (ich bin fast vor Anstrengung gestorben, um mir das Lachen zu verbeißen), und mir nun wieder den Brief vorgenommen.

Eigentlich sollte ich zum Schluss kommen. Die Feder ruft nach Ruhe, und mich rufen die Behandlungen. Ich möchte Dir nur mitteilen, dass Michail jetzt auf die Amalthea abkommandiert ist. Die Amalthea ist der fünfte Jupitermond. Wie Du gewisslich in der Schule gelernt, aber natürlich vergessen hast. Dort bahnen sich jetzt interessante Dinge an. Und überhaupt wirst Du Navigator, Du wirst auch Schiffskapitän, ich kenne Dich. Aber »Aspice hoc sublime candens, quem invocant omnes Iovem«, das heißt: »Betrachte dieses hehre Funkeln, das alle Jupiter nennen.« Ich bitte Dich inständig: Betrachte es! Der nächste große Vorstoß wird dort stattfinden – das garantiere ich Dir als alter Raumwolf.

Ja, Mischa sagte mir, dass sich Dauge vollends erholt hat und Krajuchin auf den Nähten liegt, er solle ihn hierher schicken. Das ist natürlich lobenswert, aber wenn Du ihn triffst, versuch es ihm auszureden. Er soll warten, bis wir hier Gärten gepflanzt haben. Aber im Ernst – ich fürchte einfach einen Rückfall des Fiebers. Trotzdem würde ich euch gar zu gern hier sehen, ihr Teufelskerle!

Mach's gut, Rotgesicht! Ich hoffe, es werden keine zwei Jahre vergehen, und schon schreibst Du mir.

Herzliche Grüße an die Gemahlin und das Söhnchen. Die Hand sollst Du ihr küssen, ungeschliffener Klotz!

Dein W. Jurkowski

Venus, Port Golkonda
7. 02. 19..

ANHANG

Die Kantine der Raumfahrer*

Als er wieder in dem breiten, niedrigen Korridor war, griff sich Alexej Petrowitsch ans Kinn und überlegte. Eigentlich schien weiter nichts Schlimmes passiert zu sein. Jeder hätte an seiner Stelle das Angebot, an so einer Expedition teilzunehmen, als Ehre empfunden. Die Venus ... Was stellte sie dar? Was er einmal in der Schule darüber gelernt hatte, war längst vergessen. Man müsste sich eine Enzyklopädie besorgen und nachschlagen. Zunächst stand nur fest, dass es dort Wüsten gab. Aber wie unerwartet das alles gekommen war! Erst vor ein paar Stunden hatte man ihm den Marschbefehl überreicht und die Hoffnung geäußert, er werde auch diesmal das Vertrauen rechtfertigen ... Ob die Vorgesetzten wohl gewusst hatten, was ihn erwartete? Alexej Petrowitsch dachte zurück, und er glaubte sich zu erinnern, dass der General ihn tatsächlich irgendwie eigenartig, bedeutsam angeschaut und ihm besonders gefühlvoll die Hand gedrückt hatte. Doch wenn sie dort alles gewusst hatten, warum hatten sie ihn nicht gewarnt? Dann hätte ich mich bei Krajuchin nicht so idiotisch verhalten, dachte Alexej Petrowitsch. Die Venus, die Venus ... Es heißt, diese interplanetaren Flüge sind verdammt schwierig. Man muss besonders fähig, gesund, kaltblütig sein. Und die Arbeit auf diesen Planeten ist erst recht schwer. Doch wenn Krajuchin ihn ausgewählt hatte, dann traute er es ihm also auch zu. Krajuchin mit seinem Überblick wusste es sicherlich besser. Zumal von ihm, Alexej Petrowitsch, nur seine gewohnte Arbeit verlangt

---

* Dies ist ein von den Strugatzkis selbst aus dem Roman gestrichenes Kapitel. Es sollte ursprünglich an zweiter Stelle stehen (zwischen »Ein ernstes Gespräch« und »Die Besatzung der *Chius*«) und gehört zu einer früheren Fassung, in der die meisten Helden noch anders hießen. Mehr dazu in den folgenden Texten des Anhangs.

wurde. Was Krajuchin wohl gemeint hatte, als er von gewohnter Arbeit sprach? Fahrzeuge lenken und reparieren? Eher wohl seine Gewohnheit, in der Wüste zu arbeiten. Und letzten Endes waren alle diese Raumreisenden genau solche Leute wie er selbst. Was sie konnten, würde er auch können.

Alexej Petrowitsch ließ sein Kinn los und fasste sich an die Nase. Ein hübsches Mädchen im weißen Kleid ging vorüber, warf ihm einen flüchtigen Blick zu und konnte sich eines Lächelns nicht erwehren. Ja, er musste nach Alma-Ata telegrafieren, dass er sehr lange abkommandiert sein werde. Schade, dass man sich vor der Expedition nicht mehr sehen konnte. Aber was hätte es auch für einen Sinn gehabt? Was man zwei Jahre lang versäumt hatte, konnte man in ein paar Stunden nicht nachholen. Na schön. Am besten, man vertraute alles dem Schicksal an. Wenn er zurückkehrte ... (Ein Bild aus einer Illustrierten tauchte in seinem Gedächtnis auf: Die Helden der unendlichen Weiten sind von einem Raumflug zurückgekehrt – Blumen, strahlende Gesichter, winkende Hände ...) Also, wenn er zurückkehrte, würde er sich Urlaub nehmen und nach Alma-Ata fahren. Er würde zu einem bestimmten Haus gehen, auf den Klingelknopf drücken – einmal lang, einmal kurz –, und dann ... Alexej Petrowitsch schüttelte ärgerlich den Kopf und schritt entschlossen den Korridor entlang. Am Fahrstuhl hielt er einen großgewachsenen, schönen Mann in leichtem eleganten Anzug an und fragte ihn, wo sich der Speisesaal befinde.

»Der Speisesaal?«, sagte der Mann langsam und musterte Alexej Petrowitsch aufmerksam. »Der Speisesaal ist in der sechsten Etage. Aber er ist jetzt geschlossen. Suchen Sie jemanden?«

»Wieso suchen?«, wunderte sich der Hauptmann. »Ich ... Ich möchte zu Mittag essen, weiter nichts.«

»Hm ... Dann sollten Sie lieber ins Restaurant gehen. Das ist gegenüber, über die Straße. Eine Etage tiefer ist die Kantine der Raumfahrer, aber bei uns essen normalerweise keine Außenstehenden. Gehaben Sie sich wohl.«

Ehe Alexej Petrowitsch, dem diese Worte und der Ton die Sprache verschlagen hatten, etwas sagen konnte, wandte sich der Mann im eleganten Anzug ab und ging gemächlich seiner Wege.

»So ein Flegel«, dachte Alexej Petrowitsch laut. »Und noch dazu ein Fant. Ein Angeber.«

Ihm fiel zwar sogleich ein, dass dieser Schönling wahrscheinlich Raumfahrer war, also einer jener Helden, die man fotografierte und mit Blumen begrüßte oder die man in den eisigen Abgründen des endlosen Raumes bestattete, und dass er daher einigen Anlass hatte, auf gewöhnliche Sterbliche etwas herabzublicken; dennoch verspürte er keinerlei Wunsch, eine Rechtfertigung für das Verhalten des »Fants« zu finden.

Die Kantine der Raumfahrer erwies sich als riesiger heller Saal, blendend sauber, kühl und laut. An Tischchen saßen zu zweit oder zu dritt, hier und da auch zu fünft oder sechst Männer und Frauen, ältere, jüngere und sogar ganz junge. Alexej Petrowitsch stellte sofort interessiert fest, dass viele von ihnen dunkle Brillen trugen. Manche waren wesentlich blasser, als man in dieser Jahreszeit erwarten konnte. Andere wirkten sehr erschöpft; sie aßen schweigend, hastig und gingen gleich wieder.

Alexej Petrowitsch schaute sich ein Tischchen an einem offenen Fenster aus, und als die Kellnerin seine Bestellung angenommen hatte (entgegen seinen stillen Befürchtungen ohne jeden Einspruch) und gegangen war, schaute er sich um. Anscheinend ging die Pause zu Ende. Die meisten tranken ihre Fruchtsäfte oder ihr Kompottwasser aus, ließen Geld auf dem Tisch liegen und gingen. Der Saal leerte sich rasch, es wurde stiller, und Alexej Petrowitsch fing an zu hören, was am Nachbartisch gesprochen wurde. Dort saßen vier. Zwischen ihnen und Alexej Petrowitsch stand ein Kübel mit einem großen Gummibaum, sodass er sie unauffällig betrachten und ihnen zuhören konnte, denn sowohl ihr Gespräch als auch ihr Äußeres und ihr Verhalten zogen seine Aufmerksamkeit an, und er erinnerte sich an Krajuchins Rat, sich »umzuschauen und umzuhören«. Diese Leute hatten anscheinend eben gegessen, saßen nun beim Weißwein und rauchten. Sie sprachen ziemlich laut, ohne sich zu genieren, wie jemand, der sich zu Hause fühlt. Bald schon kannte er sie alle beim Namen. Den Stuhl links hatte ein hagerer, krummrückiger Mann um die vierzig mit ungesunder, erdiger Gesichtsfarbe; sie nannten ihn Petja oder Pjotr Wassiljewitsch. Ihm gegenüber saß Michail Iwanowitsch, ein Dicker mit rosigem Gesicht; sein hellblaues, kurzärmeliges Seidenhemd ließ seine weißen Arme sehen, rundlich wie bei einer Frau. Neben Michail Iwanowitsch, eine Hand auf seiner Schulter, kippelte auf dem Stuhl ein braungebrannter Bursche mit kahlrasiertem Kopf, der eine Zigarette nach der anderen rauchte. Er wurde Grischa genannt, und wenn man ihn ansprach, begann er langsam nachdenklich zu lächeln, hörte mit dem Kippeln auf und beugte sich zum Tisch vor. Mit dem Rücken zu Alexej Petrowitsch saß Fedja. Der Gummibaum verdeckte ihn fast vollständig, doch seine tiefe, heisere Stimme war gut zu hören.

Es sprach Pjotr Wassiljewitsch, wobei er müde blinzelte und bald in sein Glas, bald auf die Gesprächspartner schaute; die aber hörten aufmerksam zu und warfen nur gelegentlich kurze Bemerkungen ein.

»Die Sache war aber die, dass wir kaum noch Treibstoff hatten. Woronin überlegt, dann sagt er: ›Sieh zu, dass wir uns dreihundert Kilometer über der Oberfläche halten und in einer Kreisbahn fliegen.‹ Er gibt mir die Koordinaten, schaut mich an. ›Wirst du dich halten können?‹ Ich sage, ich hoffe, mich halten zu können, und denke bei mir: Was haben wir denn dann für eine Geschwindigkeit? Ja ... Also, wir fliegen los. Woronin dachte, sie seien irgendwo in den Felsen westlich des Eisplateaus umgekommen. Du, Grischa, warst mit den Kartographen dort und müsstest dich an die Gegend erinnern.«

Grischa hörte auf zu kippeln, lächelte und sagte: »Abgründe bis zu drei Kilometern Tiefe, senkrechte Felswände.«

»Genau.« Pjotr Wassiljewitsch nickte und fuhr fort: »Doch es bestand eine Chance, dass ihnen die Landung geglückt war. Und Woronin wollte diese Chance nicht vergeuden. Ich hole aus der Rakete alles heraus, was nur geht. Aber die Schubkraft reicht nicht. Wir schmieren ab, gleich werden wir mit dem Bug draufkrachen. Na, denke ich, das war's dann, lieber Genosse. Aber Woronin zischt in einem fort: ›Los, los, mach Tempo!‹ Nach dem dritten oder vierten Versuch habe ich sie endlich in die Kreisbahn gekriegt. Ich schalte das Triebwerk aus, warte. ›Und jetzt Augen auf, Jungs‹, sagte Woronin. Ja, wer denn? Juschkow war gleich zu Beginn umgekippt. Petrenko hat mit seinen Kameras zu tun, ich kann nicht von den Geräten weg. Woronin setzt sich selber an den Radarschirm. Wir machten also an die zwanzig Umkreisungen, und nach jeder ließ Woronin die Bahnebene um einen halben Grad ändern, um mit dem Radar ein möglichst großes Gebiet zu erfassen. So ...« Pjotr Wassiljewitsch beschrieb mit der Hand ein paar verwickelte Kurven, die Zuhörer nickten. »Ja ... Wir kreisen also zwei Stunden, drei, vier. Ich frage Woronin, was zu sehen ist. Er winkt nur ab. Nichts. Keine Spur. Wie im Erdboden versunken. Die Sonne störte sehr. Weißt du noch, Grischa, wie das dort mit der Sonne ist? Jedes Mal, wenn sie unter dem Horizont hervorsprang, dachte ich, wir schmieren ab, und griff nach dem Starter, und die Rakete ruckte. Und jedes Mal stieß mir Juschkow mit dem Kopf gegen den Rücken. Schließlich sagte Woronin, es habe keinen Sinn, und befahl den Rückflug. Petrenko wollte zu ningeln anfangen, er müsse noch ein paar Aufnahmen machen, und bat um noch ein paar Umkreisungen ...«

Grischa lächelte. »So kennen wir unseren Petrenko.«

»Woronin warf ihm so einen Blick zu, dass er nur noch rückwärts in seiner Kajüte verschwand. Ja ... Und wir flogen zurück.«

»Also keinerlei Hoffnung?«, fragte der dicke Michail Iwanowitsch.

Pjotr Wassiljewitsch antwortete nicht, führte sein Glas an den Mund und nippte daran.

»Sogar wenn sie nicht abgestürzt sind«, meldete sich Grischa zu Wort, »blieb ihnen nicht die geringste Hoffnung, höchstens auf eure Hilfe. Aber sie auf diese Weise zu finden ...« Er lachte kurz, schüttelte den Kopf. »Das konnte nur Woronin in den Sinn kommen.«

»Sie hatten keinen Treibstoff mehr, und Sauerstoff auch nicht«, murmelte Fjodor. »Und wenn sie auch noch auf der Tagseite gelandet sind ... Der Merkur ist ein schrecklicher Ort. Der widerwärtigste Planet von allen. Das ist schon die dritte Expedition, die dort umgekommen ist.«

»Die darf man nicht mitzählen«, widersprach Pjotr Wassiljewitsch. »Es war eine aktinographische Expedition, und auf dem Merkur sind sie nur wegen der Havarie gelandet.«

»Trotzdem.«

»›Trotzdem‹ in dem Sinne, dass wir nicht so bald erfahren werden, was mit ihnen passiert ist – willst du das sagen? Einverstanden. Wie bei Jeskin, Kukskiko, Ljadow und vielen anderen. Mögen sie nie vergessen werden!«

Alle vier hoben die Gläser und tranken schweigend.

»Es liegt alles daran«, sagte nach einer kurzen Pause Pjotr Wassiljewitsch, »dass uns die geringen Fahrtreserven die Hände binden. Unseren besten Raketen geht im gefährlichsten Augenblick der Treibstoff aus. Da liegt das Problem. Was denken denn unsere ...«

»Warte«, unterbrach ihn der Dicke. »Du weißt es ja nicht, warst zwei Jahre nicht hier. Hast du von der *Chius* gehört?«

»Von der ›Chius‹? Das ist ein Apparat zur Ausnutzung thermonuklearer Prozesse, glaube ich. Davon habe ich gehört. Na und?«

»Na, Bruder, du hast den Anschluss verpasst«, bemerkte Grischa lächelnd und tätschelte ihm die Hand. »Das ist doch eine neue Ära, kann man sagen!«

In diesem Moment brachte die Kellnerin Alexej Petrowitsch den Salat und ein Glas mit eiskaltem Wodka. Er nahm das Glas, wiederholte flüsternd: »Mögen sie nie vergessen werden!« und kippte es hinter. Das lenkte ihn etwas von dem Gespräch ab. Als er wieder hinhörte, verstand er zunächst nichts. Es sprach der Dicke, wobei er bekräftigend mit der flachen Hand auf den Tisch schlug.

»Das ist es ja gerade, Pjotr Wassiljewitsch, dass diese Erwägungen bei der *Chius* gar keinen Sinn mehr haben. Hier haben wir etwas ganz anderes. Was soll ich's lange erklären, schau lieber bei mir vorbei, und ich gebe dir die letzte Nummer der ›Kosmonautik‹, da steht ein schöner Artikel darüber.«

»Hier, Petro, haben wir nicht einfach nur die mechanische Rückstoßkraft«, schaltete sich Fjodor ein. »Sondern den Photonendruck, verstehst du? Die Plasmaschnur wird augenblicklich von dem Magnetfeld befreit und zerfällt zur Wolke ...«

»Das weiß doch jedes Kind.« Pjotr Wassiljewitsch winkte gereizt ab. »Das hatte ich schon am Institut. Ich verstehe nur nicht, wie man die Nutzwirkung von so einem Ding derart steigern kann, dass es sich praktisch anwenden lässt. Zumal in unserem Metier ...«

»Herrgott«, rief Grischa aus. »Er weiß doch noch gar nichts vom ›absoluten Reflektor‹! Nein, auf die Weise wirst du nichts verstehen. Lass dir von Michail Iwanowitsch die Zeitschrift geben, dann siehst du ...«

Der Dicke stand auf und goss Wein in die Gläser. »Hauptsache«, sagte er, »du bist heil und gesund zurückgekehrt. Du kannst sagen, was du willst, aber dieser Flug war oi-joi-joi!« Er runzelte die Stirn und schüttelte den Kopf.

»Noch dazu mit so einem Kommandanten wie Woronin«, fügte Grischa hinzu.

Pjotr Wassiljewitsch hob mit Nachdruck die Hand. »Woronin lass in Ruhe. Das ist ein sehr guter Kommandant, kühn, beschlagen. Du hättest sehen sollen, wie er den Rückflug berechnet hat! Wir sind ja buchstäblich mit den letzten Tropfen ans Ziel gekommen, die Tanks waren leer und trocken wie ein Schornstein. Und er hat sogar den guten alten Mond für sich arbeiten lassen. Keine einzige Ungenauigkeit.«

»Ich weiß nicht, ich weiß nicht«, sagte Grischa und nahm einen Schluck aus seinem Glas. »Das mag ja sein. Aber er riskiert gar zu gern etwas, dein Woronin. Erinnerst du dich an die Geschichte mit den Engländern? Wie er damals davongekommen ist, begreife ich nicht.«

»Na schön«, sagte der Dicke. »Alles in allem meine ich, wir freuen uns, dass du wieder daheim bist. Grischa und ich dagegen müssen bald wieder los.«

»Wohin denn?« Pjotr Wassiljewitsch wandte sich rasch zu ihm um.

In diesem Augenblick aber brachen an einem Tisch unweit von ihnen ein paar junge Leute in Gelächter aus, und Alexej Petrowitsch hörte die Antwort des Dicken nicht. Dieses Gespräch interessierte ihn sehr. Ihm war klar, dass er einer Unterhaltung von Göttern beiwohnen konnte – echter Raumfahrer, die alle Fährnisse ihres Berufes durchgemacht hatten, noch dazu zu einem Zeitpunkt, da ihn das mehr als alles andere auf der Welt beschäftigte. Die jungen Leute wurden leiser, und er hörte wieder hin, während er sich gemächlich seinem Borschtsch widmete.

»Es sind riesige, praktisch unerschöpfliche Lagerstätten«, sagte Michail Iwanowitsch lebhaft. »›Diamanten ohne Zahl‹ sozusagen. Uran, Thorium, sogar, wie man annimmt, Transurane. Und alles buchstäblich unter den Füßen.«

»Aber hinzukommen wird schwer sein, zu diesen Lagerstätten«, bemerkte Grischa. »Überhaupt, alle Planeten mit Atmosphären sind Dreck.«

»Außer der Erde natürlich«, sagte Fjodor. »Ja, es wird schwer, an die Golkonda heranzukommen. Und noch schwerer …«

»Noch schwerer wird es, diese Schätze nach Hause zu schaffen. Ich verstehe nicht« – der Dicke kratzte sich mit dem kleinen Finger die fragend hochgezogene Braue –, »was erhofft sich der Alte? Aber irgendetwas hat er in petto, oder ich habe in den zwanzig Jahren, seit ich ihn kennen, nicht das Mindeste verstanden.«

»Das ist Arbeit für die Zukunft. Unsere Sache ist es – vorwärts, zu den Sternen.« Und Grischa zitierte mit klingender Stimme:

»Wie einst die Argonauten fuhr'n,
so zieh'n wir heute aus
und holen, tam-tam tam tam-tam,
das Goldne Vlies nach Haus.

Die Golkonda ... In der guten alten Zeit haben wir uns solche Schätze nicht träumen lassen. Man musste fliegen und forschen. Wie viele Entdeckungen! Wie viel Neues!«

»Erinnert ihr euch an die Kallisto?«

»Ha, ob wir uns an die Kallisto erinnern!«, antwortete Grischa. »Ammoniaknebel und alles mögliche herumkriechende Viehzeug. Wir haben damals einen halb verendeten Wurm von drei Meter Länge mitgebracht, und wie haben sich unsere Biologen gefreut! Aber dorthin werde ich hoffentlich nicht zurückkehren. Die Kallisto ... Eine grüne Welt, pfui!«

Der Dicke wandte sich lächelnd an Fjodor: »Es heißt, sie schicken bald wieder eine Expedition hin. Fliegst du mit?«

»Also nein, ohne mich. Höchstens wieder zusammen mit Gladkow.«

»Oder mit Krajuchin?«

Alexej Petrowitsch legte den Löffel weg und erstarrte.

»Oder mit Krajuchin. Der alte Diktator kennt sein Fach wie kein zweiter. Aber er darf ja an gefährlichen Flügen nicht mehr teilnehmen. Aber sonst – gern doch!«

Aus irgendeinem Grunde lachten alle.

»Weißt du noch, vor zehn ... nein, vor elf Jahren?« Fjodor hob die Hand zu seiner struppigen Mähne, und alle lachten noch lauter.

»Na ja, das kann doch jedem passieren«, sagte Michail Iwanowitsch und wischte sich mit dem Handballen die Augen. »Aber du hast, wie ich sehe, die allergnädigste Ohrfeige nicht vergessen!«

»Wie denn!«, knurrte der Angesprochene. »Er hat eine schwere Hand. Wie er mir die verpasst hat, habe ich Sterne gesehen, ich war sofort wieder bei mir.«

»Apropos Krajuchin«, setzte Pjotr Wassiljewitsch an. »Das mit der *Chius* war natürlich seine Initiative?«

»Selbstverständlich.« Grischa hob den Zeigefinger, riss die Augen auf und ahmte mit dumpfer Stimme jemanden nach (Alexej Petrowitsch erfasste sofort, wen): »›Alle Schätze der Urangolkonda werden bleiben, wo sie sind, solange wir nicht lernen, Photonentriebwerke zu nutzen.‹ Und dann noch: ›Ein starkes, leicht zu steuerndes Gerät mit praktisch unbegrenzter Reichweite – das ist es, was wir brauchen. So. Und vorerst ist der einzige Weg, solch ein Gerät zu bekommen – die *Chius* in Angriff zu nehmen. So.‹«

»So!«, sagten alle im Chor und lachten wieder.

»Und wann wird sie in Betrieb genommen, diese *Chius*?«, fragte Pjotr Wassiljewitsch.

»Ist sie schon«, sagte der Dicke. »Eigentlich ist es bereits die zweite. Die erste ist bei der Erprobung verbrannt.«

»Tote?«

»Du kennst ihn wahrscheinlich nicht. Petrosjan, von den jungen. Ein guter Pilot, kluger Kerl.«

»Also ich denke aus irgendeinem Grund, dass unsere alten Raketen noch Dienste tun werden«, sagte Pjotr Wassiljewitsch nach kurzem Schweigen. »Ich kenne mich natürlich schlecht mit Photonentriebwerken aus, aber ...«

»Nein, Pjotr Wassiljewitsch«, erklang plötzlich eine volltönenden, fröhliche Stimme. »Die Zeit der alten Raketen geht zu Ende!«

Alexej Petrowitsch blickte auf, verschluckte sich und begann zu husten: Am Tisch der alten Raumfahrer stand derselbe »Fant«, mit dem er am Fahrstuhl gesprochen hatte. Nur dass jetzt auf seinem großen, schönen Gesicht nicht die Spur des herablassenden und abschätzigen Ausdrucks lag, der vor einer Stunde Alexej Petrowitsch so gekränkt hatte. Vielmehr strahlte es vor Freude, ein breites Lächeln ließ glänzende, gleichmäßige Zähne sehen, die Augen funkelten fröhlich.

»Saschka, verdammt!«, rief Pjotr Wassiljewitsch aus und sprang auf. »Grüß dich, unglückseliger Geologe!«

Er und der »Fant« küssten sich auf die Wangen. Die Kellnerin, die ebenfalls freudig lächelte, stellte noch einen Stuhl an den Tisch, und nachdem er den anderen die Hände geschüttelt hatte, setzte sich der »Fant«.

»Wie war der Flug, Petja?«, erkundigte er sich.

»Alles gut ... bei uns, versteht sich. Gerschenson und seine Leute sind umgekommen.«

»Hab ich gehört. Hab ich. Schade um Mischa. Und um die anderen auch.«

Er schwieg und sah zu, wie der Dicke Wein in das Wasserglas goss, das ihm jemand hingestellt hatte.

»Ich hatte die ganze Zeit Angst, Woronin könnte auf den Gedanken verfallen, ebenfalls zu landen. Dann wärt auch ihr in der Bredouille gewesen. Mit den Kästen, die wir jetzt haben, kann man noch nicht landen, wo es beliebt. Und wer weiß, ob es jemals möglich sein wird. Wann kommt denn euer Vortrag?«

»Übermorgen«, sagte Pjotr Wassiljewitsch. »Wir werden Bericht erstatten, ein bisschen feiern – und ab in den Urlaub. Nach Hause, Bruder!« Er lächelte freudig und klopfte dem »Fant« auf die Schulter. »Kommst du zum Vortrag?«

»Nein, Petjenka, ich würde gern, kann aber nicht.«

»Warum?«

»Er fliegt doch auch mit uns zur Golkonda«, sagte der Dicke. »Die alte Truppe.«

Der »Fant« breitete komisch die Arme aus und zwinkerte.

»Ach so ist das!«, sagte Pjotr Wassiljewitsch. »Jetzt verstehe ich. Ihr habt es also auf die *Chius* geschafft?«

»Haben wir, Petja. Sodass wir für das kommende Jahr zum letzten Mal mit dir an einem Tisch sitzen.«

»Wenn es denn hoffentlich bei einem Jahr bleibt«, ließ sich Fedja nachdenklich vernehmen. »Die Golkonda ist kein Kinderspiel, wie ich gehört habe. Und die *Chius* ist auch etwas Neues.«

»Unke nicht, Fedja«, entgegnete der Dicke verärgert. »Da fliegen keine dummen Jungen, wir werden's schon nicht vermasseln.«

Der »Fant« betrachtete sie lächelnd, dann seufzte er und sagte: »Ganz wie in alten Zeiten. Wir sitzen alle an einem Tisch. Das kommt nicht oft vor.«

»Obwohl es längst nicht alle sind.«

»Aus unserem Jahrgang fast alle«, widersprach der Dicke. »Es fehlt nur Machow, der ist seit Januar Chef auf dem *Ziolkowski*. Aber die anderen sind alle da – soweit sie noch leben, versteht sich.«

»Du willst also nach dem Rapport nach Hause?«, wandte sich der »Fant« an Pjotr Wassiljewitsch.

»Nach Hause. Jahresurlaub, ein Monat im Sanatorium ...«

»Im Norden natürlich?«

»Selbstverständlich. Alle, die zu den inneren Planeten fliegen, verbringen den Sanatoriumsaufenthalt in Karelien. Und danach zu mir nach Nowosibirsk, ein Gärtchen anlegen.«

Grischa schnaufte abschätzig. »Das werden wir dir gerade glauben. ›Ein Gärtchen‹! Mit Büchern wird er sich einmauern und erfinden, dass Krajuchin neidisch wird; ihr werdet's sehen!«

Das Beefsteak wurde kalt. Alexej Petrowitsch betrachtete mit Staunen und Bewunderung diese Leute, die so einfach und ungezwungen wie von einem Ausflug ins Grüne über ungewöhnliche Dinge sprachen, von denen man höchstens in Büchern lesen konnte. Doch nicht das war am erstaunlichsten. Die Art, wie sie miteinander umgingen, jeder Satz, jeder Blick, den sie wechselten, offenbarte eine seltsame und innige Verbundenheit, die Männern dieses Alters und in dieser Position nicht recht anstand, wie Alexej Petrowitsch meinte. Er hatte sogar die Grobheit des »Fants« Sascha vergessen, war unwillkürlich dem Charme der Zuneigung und Wärme erlegen, mit denen jener Pjotr Wassiljewitsch anschaute. Sie alle – Grischa, der dem »Fant« einen Arm um die Schultern gelegt hatte, der Dicke, der geschäftig die Gläser füllte, der schweigsame Fjodor und auch Pjotr Wassiljewitsch mit dem guten, müden Gesicht – sie alle, die freundliche Scherze und freundschaftliche Blicke tauschten, als ob nicht die einen die Hölle hinter sich und die anderen sie vor sich hätten – sie alle gefielen Alexej Petrowitsch außerordentlich, und er dachte unwillkürlich, ob es ihm wohl gelingen werde, auch so wie sie zu werden. Unterdessen ging das Gespräch weiter.

»Du bist Pilot, Petja«, sagte der »Fant«, »und verstehst von Maschinen natürlich mehr als ich. Aber ich denke, mit den derzeitigen Mitteln dürften wir uns nicht begnügen. Sie engen uns fürchterlich ein ...«

»Genau meine Rede«, warf der Dicke ein.

»... sie nehmen uns die Freiheit im Raum, zwingen uns, unsere Absichten nach den Naturgesetzen zu richten, die fest wie Kerkermauern sind. Aber das ist dem Menschen nicht gemäß. Mag die *Chius* in ihrer gegenwärtigen Form ruhig tausend Schwächen haben. Selbst wenn wir die schreckliche Rückstoßkraft des Plasmas noch nicht vollends unter Kontrolle haben – ich glaube, in ein, zwei Jahren werden wir voller Verachtung auf die heutigen Kisten mit Impulsantrieb herabblicken und ganz zur Photonentechnik übergehen.«

Pjotr Wassiljewitsch wiegte zweifelnd den Kopf. »Jungs, ihr habt selber gesagt, dass die erste *Chius* verbrannt ist.«

»Na und? Und wie viele Raketen sind in den letzten zwanzig Jahren verbrannt?«

»Aber warum ausgerechnet bei so einem ernsten Unternehmen, wie ihr es vorhabt, ein Risiko eingehen?« Pjotr Wassiljewitsch drückte wütend einen Zigarettenstummel im Aschenbecher aus. »Soll doch eure *Chius* die normalen Tests durchlaufen, Probeflüge innerhalb der Mondbahn absolvieren, und dann kann man ...«

»Bei solcher Denkweise würden wir immer noch auf der Erde hocken und uns vor dem Sprung fürchten«, sagte der Dicke vorwurfsvoll. »Ohne Risiko erreicht man überhaupt nichts.«

»Das denkst du doch nicht wirklich, Petja, ich kenne dich doch«, sagte der »Fant« sanft. »Du bist einfach schrecklich müde, und Gerschensons Tod hat dir zugesetzt. Und du würdest so etwas niemals sagen, wenn du selbst an unserer Expedition teilnehmen würdest, nicht wahr?«

Pjotr Wassiljewitsch zuckte mit den Schultern und wandte sich ab. Der »Fant« schaute über den Tisch hinweg. Für einen Moment traf sein Blick auf den von Alexej Petrowitsch. Und sofort verschwand der sanfte Ausdruck aus seinem Gesicht. Er wurde wieder so abschätzig und herablassend wie am Fahrstuhl. Er beugte sich zu Grischa hinab, sagte halblaut etwas, und beide schauten zu Alexej Petrowitsch hin. Zweifellos wäre der Hauptmann rot geworden, wenn er es gekonnt hätte. Und er wurde es auch – innerlich. Aber die Farbe seines sonnenverbrannten Gesichts änderte sich natürlich nicht.

»Was denn, lassen sie jetzt jeden x-Beliebigen in unsere Kantine?«, sagte der »Fant« laut, an den Dicken gewandt. Der blickte verwirrt um sich.

Grischa legte dem »Fant« die Hand auf die Schulter und sagte versöhnlich: »Lass gut sein, Sascha.«

Alexej Petrowitsch stand auf, legte Geld auf den Tisch und bewegte sich zum Ausgang, bemüht, möglichst langsam zu gehen und sich nichts anmerken zu lassen. Schimpfen oder einfach grob antworten wollte er nicht, dergleichen konnte er auch nicht besonders gut. An der Theke der Kantine blieb er stehen, um Zigaretten zu kaufen, und hörte den »Fant« laut zu jemandem sagen: »Nein, es ist nicht egal. Die haben hier nichts verloren, haben nicht herumzulaufen, zu lauschen und vor Rührung zu sabbern, um es hernach ihren Bekannten zu erzählen. Alle diese Journalisten, Delegationen, müßigen Militärs sollen sich fernhalten von unseren Kümmernissen und Freuden. Man darf ihnen nicht erlauben, ihre schmutzigen Finger in unsere Seelen zu stecken. Wir sind wir, und fertig. Im Grunde können wir ja nur hier offen über alles reden. Und Fremde haben ihre Nasen nicht in unsere Seelen und unsere Gräber zu stecken!«

Als er die Kantine verließ, schaute Alexej Petrowitsch auf die Uhr. Bis drei blieb noch eine halbe Stunde. Er hielt den ersten Vorübergehenden an und fragte nach dem Lesesaal. Er musste etwas über die Venus erfahren. Ein Flug zur Venus war sicherlich nicht weniger ehrenvoll als zu irgendeiner Golkonda. Und später – später würde er diesem »Fant« von gleich zu gleich gegenübertreten und ihm die Meinung sagen.

BORIS STRUGATZKI

Kommentar

Ohne Arkadis phantastische Energie, ohne seinen verzweifelten Drang, etwas zu erreichen, sich durchzusetzen, etwas zu *werden*, hätte es die Brüder Strugatzki niemals gegeben. Denn ich war damals träge, dem Philosophieren zugeneigt und gleichgültig gegenüber jeglicher Art von Erfolg, ausgenommen vielleicht in der Astronomie, für die ich aber auch nicht besonders entflammt war. Von jemandem (vielleicht sogar von Arkadi) hatte ich in ganz jungen Jahren die alte Redensart gehört: »Lieber gehen als laufen, lieber stehen als gehen, lieber sitzen als stehen, lieber liegen als sitzen, lieber schlafen als liegen ...«, und sie hatte bei mir eine unbeschreibliche Begeisterung ausgelöst. (Das letzte Glied der Kette, »... lieber sterben als schlafen«, hatte ich allerdings im jugendlichen Überschwang komplett ignoriert.) Arkadi hingegen war damals hartnäckig, unglaublich leistungsfähig und fleißig und fürchtete keine Arbeit auf der Welt. Sicherlich kam ihm nach der Armee das Zivilleben wie die Verkörperung grenzenloser Freiheiten und ungeahnter Möglichkeiten vor.

(Später ging das alles vorüber und kehrte sich um. Arkadi wurde gleichgültig und träge, Boris hingegen unruhig und geschäftig, doch erstens geschah das erst rund zwanzig Jahre später, und zweitens brachte ich es in meiner besten Zeit niemals zu solch einem Energiebündel, wie es Arkadi in den Jahren 1955 bis 1965 war.)

1955 hatten wir:

– *Die Asche von Bikini* – einen publizistischen Roman, den Arkadi gemeinsam mit seinem Armeekameraden L. Petrow verfasst hatte* (publiziert in der Zeitschrift *Junost*);

---

* Es geht darin – in Anlehnung an einen realen Vorfall – um japanische Fischer, die vom Fallout eines US-amerikanischen Atombombentests verstrahlt wurden. De facto war L. Petrow (übrigens ein Schwiegersohn Chruschtschows) nur an der Konzeption des Romans beteiligt, geschrieben hat ihn Arkadi Strugatzki im Wesentlichen allein. Der Roman erschien zuerst 1956 in der Zeitschrift *Fernost*, 1957 dann in der *Junost* (›Jugend‹) in einer zweiten, später mehrfach nachgedruckten Fassung. – E. S.

– die phantastische Novelle ›Das vierte Reich‹, die Arkadi allein geschrieben und nirgends veröffentlicht, anscheinend auch nie einem Verlag angeboten hatte;

– die phantastische Erzählung ›Wisko‹, von Boris allein verfasst und von einer Literaturlehrerin gelobt (später dann vom Autor in einem Anfall berechtigter Selbstkritik vernichtet);

– die phantastische Erzählung ›In der Menge verloren‹, von Boris allein verfasst – den bemühten und verfehlten Versuch, eine ihn damals umtreibende Idee vom »erworbenen Gedächtnis« umzusetzen, von einer Reise des Bewusstseins durch die Welten des Universums;

– ›Die Ersten‹, den außerordentlich effektvollen und energischen Entwurf einer nicht realisierten phantastischen Novelle, den Arkadi einst erdacht hatte (und der später im *Atomvulkan Golkonda* Verwendung fand);

– ›Wie Kang starb‹, eine phantastische Erzählung, die Arkadi schon 1946 geschrieben hatte (von Hand, mit schwarzer Tusche und hervorragenden Illustrationen des Autors);

– ›Sandfieber‹, den ersten Versuch einer Gemeinschaftsarbeit, eine phantastische Erzählung, angefertigt in der Art eines Wechselgesangs in Prosa: Einer schreibt eine Seite auf der Maschine, dann der andere eine Seite, und so bis zum Ende ohne vorgefassten Plan, ohne die geringste Vorstellung, wo die Handlung spielt, wer die Helden sind und wie das alles enden soll …

(Etwa 1954, ’55 war im Haushalt unserer Mutter eine Schreibmaschine aufgetaucht – von sonderbarer vertikaler Konstruktion, mit abgeplatztem Lack, staubig, grotesk, aber mit erstaunlich genau austarierten weichen Tasten, die zu drücken einen geradezu körperlichen Genuss bereitete. Alles, was wir – einzeln oder gemeinsam – bis 1958 verfassten, wurde auf dieser Maschine geschrieben. Mitunter denke ich ganz im Ernst: Ob es wohl die Brüder Strugatzki überhaupt gegeben hätte, wenn diese Maschine nicht zu ihnen geraten wäre, sondern rechtzeitig ihre verdiente Ruhe auf irgendeinem Müllplatz gefunden hätte? Wahrlich, mitunter ergeben sich ernste Folgen aus den kleinsten, ganz läppischen Ursachen.)

Gemäß der schon etablierten Legende machten sich die Strugatzkis wegen einer Wette an den *Atomvulkan Golkonda* – sie sollen Anfang 1955 (oder Ende 1954) mit Lenka, der Frau Arkadis, um eine Flasche Schampus gewettet und, dies getan, sich sogleich hingesetzt, sich alles ausgedacht und mit dem Schreiben begonnen haben.

In Wahrheit ist die Idee des *Atomvulkans* älter. Den Gedanken an einen Roman über eine tragische Expedition auf den gnadenlosen Planeten Venus hatte Arkadi wohl in der zweiten Hälfte des Jahres 1951. Ich erinnere mich vage an unsere Gespräche zu diesem Thema und kann partout kein halbwegs genaues Datum feststellen. Die weitaus meisten Briefe von Boris aus jener Zeit sind verloren gegangen, doch die meisten Briefe Arkadis sind Gott sei Dank erhalten geblieben, sodass man doch ein paar chronologische Fixpunkte setzen kann. Hier ein paar Zitate:

Zwischen dem 1. 11. 51 und dem 12. 4. 52 (anscheinend der erste Brief Arkadis von Kamtschatka):

> Ich denke über einen Roman über Tarzan nach – einen neuen, anderen Tarzan, ein richtiges Tier, grausam, listig, rachsüchtig: Ich will ihn Rumata nennen – wie findest Du das? Mit dem »Ufer der heißen Nebel«* bin ich nicht zufrieden, es ist eine Menge umzuarbeiten, einschließlich einer Änderung der Fabel.

Dies ist die erste dokumentierte Erwähnung des Romans über die Venus. (Übrigens auch die erste Erwähnung des Namens Rumata.)

10. 12. 52, Brief von Arkadi:

> ... fand ich Deine Einwände bezüglich des ›Ufers‹ interessant. Dazu erlaube ich mir ein paar Fragen. Erstens: Du schreibst, das Wasser sei auf der Venus verschwunden, als die Sonne hundertmal stärker schien als [heute]. Ich wüsste gern, wann das gewesen sein soll und ob es damals die Venus überhaupt gab. Zweitens: Wenn es auf der Venus kein Wasser gibt, was stellt dann die Wolkendecke dar, die sie (die Venus) umgibt? Drittens: Wenn es (wiederum) auf der Venus kein Wasser

* Für den Erstling der Strugatzkis hat sich der deutsche Titel *Atomvulkan Golkonda* eingebürgert; eigentlich heißt der Roman aber *Das Land der Purpurwolken*. Dahin führt denn auch die Reihe der wechselnden Arbeitstitel.

> gibt, wie kann man sich dann vorstellen, dass es dort auch nur Kletten und Ameisen gibt, da doch das Leben bekanntlich auf Wasser und Proteinen beruht? Viertens: Warum sollte man meinen, dass der Himmel auf der Venus schwarz und die Dämmerung rot aussieht? (Obwohl der arme Hades auch mit schwarzer Dämmerung bei weißem Himmel genug hätte.) Erkläre mir das alles bitte ausführlich, denn der Titel ›Das Land der Purpurwolken‹ gefällt mir zwar sehr, doch die Änderung meiner Konzeption von der Venus zieht recht gravierende Folgen nach sich, insonderheit die Änderung oder gar Streichung von Stellen in meinem Roman, die mir Mühe gemacht haben und mich gar beeindruckend deuchen.

Das ist anscheinend das erste Mal, dass wörtlich »Das Land der Purpurwolken« erwähnt wird. Arkadi denkt aktiv über dieses Thema nach, und Boris hilft ihm, so gut er kann – er liefert die »wissenschaftlich-technische Grundlage«.

23. 2. 53, Brief von Arkadi:

> Der Plan meiner literarischen Tätigkeit (für 1953): 1. »Das-Land der heißen Wolken« – Roman. 2. »Rumata und Yume« – Roman. ... Mit dem »Land« hätte ich längst begonnen, aber Du glänzt nicht durch Aufmerksamkeit: Wo bleiben die Angaben [über schweres und überschweres Wasser]? Außerdem muss ich wissen, ob die Temperatur zu dem für [Wasserstoff] kritischen Zeitpunkt im Gebiet der Proto-Venus wesentlich höher war als im Gebiet der Proto-Erde. ... Aber die Idee wächst und gedeiht. »Chius versus Linda« soll doch ins Dasein treten. Was den »Rumata« angeht – vorerst nur Skizzen. Es wird etwas in der Art von »Tarzans Sohn«*, aber ich werde es trotzdem schreiben.

In Klammern will ich anmerken, dass der Roman »Rumata und Yume« denn doch nie geschrieben wurde. Ich habe auch keine Skizzen gesehen. Vermutlich kam Arkadi nicht damit zurande.

* *The Son of Tarzan* (1917) war der vierte von Edgar Rice Burroughs' insgesamt 24 Tarzan-Romanen.

Was indes den *Atomvulkan* angeht, war doch ein gewisser – und wesentlicher! – Fortschritt zu beobachten.

Hier ist ein Auszug aus einem Brief Arkadis vom 5. 3. 53:

> Wenn Du ein Gespräch unter Männern willst – dann lass uns reden. Vor allem über meine literarischen Talente. Die übertreibst Du gar zu sehr. Natürlich, theoretisch kann man sich eine Art Science-Fiction-Version von »Fern von Moskau«* vorstellen, wo wir anstelle des Bauleiters einen militärisch-administrativen Diktator der Sowjetischen Venus-Territorien haben, anstelle des Adun das Ufer der Purpurwolken, anstelle der Erdölinsel Taissin die Urangolkonda, anstelle der Erdölleitung irgendetwas, das Uran fördert und zur Erde schafft ... Viermal habe ich versucht, so ein Buch zu beginnen, ich habe sogar schon ganze anderthalb Kapitel geschrieben ... Und jedes Mal bin ich stecken geblieben und habe die Feder verzweifelt hingeworfen. Es liegt nicht daran, dass ich mir die Menschen unter solchen Bedingungen nicht vorstellen könnte, ihren Alltag, ihre Sitten, wie sie trinken, ihre kleinen Streitereien und großen Freuden – wenigstens was das betrifft, hast Du Dich zum Glück nicht geirrt, ich brauchte nur die Menschen zu schildern, die jetzt um mich herum sind. Das Problem ist viel gravierender und einfacher – mir fehlt jede technische Vorbereitung, ich habe nicht die mindeste Ahnung von den möglichen Formen der Produktion oder eben Förderung von Uran, von den möglichen Organisationsformen nicht nur solch eines phantastischen, sondern sogar eines gewöhnlichen Betriebs, wie sich die Rolle eines Ingenieurs von der eines Meisters oder Technikers unterscheidet usw., usf. Meine vollständige Unbildung in diesem Lebensbereich hat es mir unmöglich gemacht, allen meinen großen und kleinen Konflikten einen Hintergrund zu geben, und so sind die Ärmsten hilflos in der Leere hängen geblieben. Deshalb muss ich meine komplette

* Wassili Ashajews *Fern von Moskau* erhielt 1948 (verdientermaßen) den Stalinpreis und gehört in die Kategorie der sozialistisch-realistischen Produktionsromane. Die »in SF zu übersetzenden« Details, die Arkadi Strugatzki erwähnt, geben eine Vorstellung von der Thematik.

> Niederlage an der Front des »Ufers der Purpurwolken« eingestehen. Du musst zugeben, wo soll da irgendein Realismus herkommen, wenn ich dem Roman nichts auch nur annähernd Reales zugrunde legen kann? Darum habe ich die Aufgabe eingeengt und einfach eine Erzählung vom Untergang einer der ersten Expeditionen auf einen unbekannten Planeten geschrieben – die Venus vermeide ich, weil es dort wegen Deiner Sande und des Wassermangels keinen Spielraum gibt. Eine Erzählung in der Art von Londons ›Der Rote‹* – das letzte Stückchen vom Schicksal eines Mannes, der einsam stirbt.

Hier ist von der bereits erwähnten Geschichte ›Die Ersten‹ die Rede. Ich weiß noch, dass sie auf mich gewaltigen Eindruck machte, und viele Episoden daraus gelangten später in den *Atomvulkan.*

Aus dem Jahr 1954 ist kein einziger Brief erhalten geblieben. Es gibt einen undatierten Brief von Boris, der anscheinend ins Frühjahr 1955 gehört. Nach diesem Brief zu urteilen, war die Arbeit am *Atomvulkan* – und zwar die *gemeinsame* Arbeit – schon in vollem Gange; zumindest wurden detaillierte Pläne aufgestellt und verschiedene Wendungen der Handlung erörtert. Im April 1955 befindet sich Arkadi noch in Chabarowsk, wartet sehnsüchtig auf seine Entlassung aus der Armee und beendet die Novelle ›Das vierte Reich‹. Doch schon in seinem Brief vom Juli 1955 rezensiert Boris den ersten Teil des *Atomvulkans*, den Arkadi in der Rohschrift fertiggestellt hat, und äußert diesbezüglich allerlei Überlegungen. Im Postskriptum verspricht er: »Ich werde jetzt wie rasend zu schreiben beginnen – Du hast mich inspiriert.«

Die historische Wette ist also höchstwahrscheinlich im Sommer oder Herbst 1954 abgeschlossen worden, als Arkadi wieder einmal Urlaub hatte und mit seiner Frau nach Leningrad kam. Ich glaube mich sogar zu erinnern, wo das war: auf dem Newski-Prospekt unweit der Anitschkow-Brücke. Wir gingen dort zu dritt spazieren, Arkadi und Boris mokierten sich wie üblich über die zeitgenössische Science Fiction, dass sie langweilig sei, ohne Biss

* Jack London: ›The Red One‹ (1918).

und mit verknöcherter Handlung,* und Lenka hörte zu, hörte zu, dann riss ihr der Geduldsfaden, und sie sagte: »Wenn ihr so gut wisst, wie man schreiben muss, warum tut ihr es dann nicht selbst, statt immer nur zu nörgeln und zu prahlen? Reicht's nicht?« Und sogleich kam es zu jener Wette.

Der *Atomvulkan* schrieb sich langsam und schwer. Wir hatten beide keine Ahnung, wie man zu zweit arbeiten soll. Arkadi hatte immerhin schon gewisse Erfahrungen, wie man allein arbeitet, Boris hatte nicht einmal das. Die Pläne wurden gemeinsam geschmiedet, doch die Kapitel und Teile schrieben wir einzeln, jeder für sich. Das Ergebnis: Arkadi ist mit der Rohfassung des ersten Teils fertig, Boris laboriert noch am ersten Kapitel; Arkadi schreibt mit Schwung am zweiten Teil, Boris hat mit Ach und Krach das erste Kapitel des ersten Teils fertig, und das passt natürlich überhaupt nicht zu Arkadis Text – andere Helden, andere Ereignisse und ein ganz anderer Stil.

Im Juli 1956 schreibt Arkadi einen verzweifelten Brief:

> ... Ich sehe nur zwei gangbare Wege, die freilich praktisch nicht gleichwertig sind:
>
> 1. der lange und umständliche Weg, der eine Menge Komplikationen mit sich bringt: Du schreibst Deins, ohne dich darum zu kümmern, was ich gemacht habe. Unsere Arbeiten zu synthetisieren wird dann wesentlich schwieriger sein.
>
> 2. Der meiner tiefsten Überzeugung nach beste Weg besteht darin, dass Du auf Grundlage des Dir nun vorliegenden Schemas neue Episoden verfasst, streichst, was Dir nicht gefällt, nach Belieben hinzufügst, kürzt oder änderst, aber im Rahmen der grundlegenden Ideen und der vorgegebenen Personen und Situationen (die kann man freilich auch ändern). Alle diese Änderungen schickst Du mir in dem Maße, wie sie sich ansammeln, zur Durchsicht und Bewertung, und ich antworte mit Einverständnis oder Widerspruch ... Das wird unsere Arbeit sehr beschleunigen, und dann besteht Hoffnung, dass wir bis zu meinem

* Hier ist natürlich von der sowjetischen SF der Stalinzeit die Rede, der sogenannten »Phantastik der nahen Zielstellung«.

> Urlaub – ich komme Ende Dezember nach Leningrad – die Rohfassung komplett haben ...

Doch leider war bis Dezember nichts fertig. Arkadi brachte die Rohfassung des zweiten Teils mit, machte sich mit den kläglichen Früchten der Tätigkeit von Boris vertraut und sagte: »So ... Da ist die Maschine, da das Papier, setz dich hin und schreib den dritten Teil. Und ich werde dort auf dem Sofa liegen und *Port Arthur** lesen. Ich habe Urlaub.«

Und so geschah es.

Im April 1957 lag das Manuskript vom *Atomvulkan Golkonda*, nach allen Regeln der Kunst korrigiert und abgetippt, schon im Moskauer Kinderbuchverlag und wartete auf das interne Gutachten. (Was Korrekturen und Abtippen angeht, kann ich nicht umhin, hier einen überaus charakteristischen Auszug aus einem Brief Arkadis vom 29. 4. 1957 anzuführen: »Übrigens, was den 3. Teil angeht. Offensichtlich hat mich der Herrgott für meine Sünden mit nassauernden Koautoren gestraft: Der eine hat das Manuskript überhaupt nicht angerührt**, der andere überlässt mir freundlich den ganzen technischen Teil der Arbeit, da er es für unter seiner Würde hält, eine anständige Form zu wahren. Ich will dir offen sagen, als Lektor hätte ich einen Autor mit so einem Manuskript nicht über die Schwelle gelassen – der Text ist undeutlich, unregelmäßig, voller grammatischer Fehler. Kurzum, Du bist ein Schweinehund, Bruderherz ...«)

Unser Lektor, der überaus freundliche Isaak Markowitsch Kassel, war offensichtlich hin- und hergerissen. Einerseits gefiel ihm das Manuskript zweifellos – da gab es Abenteuer, Heldentaten, dort wurde der Sieg der Menschheit über die träge Natur besungen – und das alles auf der soliden Grundlage unserer Sowjetwissenschaft und des dialektischen Materialismus. Andererseits war das nach den damaligen Maßstäben ganz und gar falsch. Die Helden waren grob. Sie erlaubten es sich zu fluchen.

---

* *Port Arthur* (1941–42) ist ein Roman von Alexander Stepanow über die Belagerung Port Arthurs im russisch-japanischen Krieg, die der Autor als Kind selbst miterlebt hatte.

** Gemeint ist Arkadis Koautor bei der *Asche von Bikini*. – Anm. von B. Strugatzki.

Sie stritten sich, fast hätten sie sich geprügelt. Die träge Natur war gnadenlos. Menschen wurden verrückt und starben. Die Helden – unsere Leute, nicht irgendwelche Spione, keine Volksfeinde, sondern Kosmonauten! – starben, endgültig und unwiderruflich, und das in einem sowjetischen Buch für Kinder. Und kein Happy End. Keinerlei versöhnlich stimmende Siegesbanner im Epilog ... Das war damals nicht üblich. Das war ideologisch zweifelhaft – in solchem Maße zweifelhaft, dass es fast schon nicht zu drucken war.

Übrigens war es damals nicht üblich, mit dem Autor über derlei Dinge zu sprechen, geschweige denn, es ihm zu schreiben. Das alles *verstand sich von selbst.* Manchmal wurde es angedeutet. Sehr selten (und nur unter guten Bekannten) wurde es geradezu gesagt. Der Autor musste selbst (anscheinend durch Versuch und Irrtum) zu den Grundlagen der richtigen Ideologie vorstoßen und begreifen, dass das Gute (das Unsere, Sowjetische, Sozialistische) immer gut und das Schlechte (Fremde, dem Untergang geweihte, Kapitalistische) immer schlecht ist. In den Gutachten stand davon kein Wort.

27. 5. 57, Arkadi:

> Ich habe (endlich!) das Gutachten erhalten und mit dem Lektor gesprochen. Meine Verwunderung bei der Lektüre des Gutachtens war unbeschreiblich. Man kann ein gutes Gutachten erwarten, ein schlechtes, ein ätzendes ... Wir aber haben ein besoffenes Gutachten bekommen. Der Gutachter hat nicht die Bohne verstanden. [...] Er hatte das Manuskript fast fünf Monate lang, den dritten Teil hat er der Ordnung halber überflogen und »nach dem ersten Eindruck« etwas zusammengesponnen, dabei alles verwechselt und vieles nicht bemerkt, und überhaupt he was jumping at the conclusions.* Er hat uns von Kopf bis Fuß angeschissen, hat aber, strange though it may seem**, geschrieben, dass an dem Roman gearbeitet werden soll, dass er Ansatzpunkte bietet u. dgl.

---

* Er griff die Schlussfolgerungen aus der Luft.

** ... so seltsam es erscheinen mag ...

(Wie wenig wir damals von Gutachten wussten, wie sie sein können und wie sie verfasst werden! Der Name des Gutachters war M. Loshetschko – ich habe ihn mir für immer gemerkt, denn nachdem ich einige Zeit später sein Opus gelesen hatte, schäumte ich vor hilfloser Wut und ging die Wände hoch wie die erboste Riesenspinne aus der Erzählung von Conan Doyle jr.* Das Gutachten selbst ist leider nicht erhalten geblieben.)
Erhalten geblieben ist zum Glück ein Brief Arkadis vom 29. 9. 57, der programmatische, für die damalige Zeit ganz ungewöhnliche Überlegungen darüber enthält, wie man schreiben soll. Zunächst zählt er SF-Werke der jüngsten Vergangenheit auf und kommt zu der Schlussfolgerung:

> ... alle diese Sachen (ausgenommen natürlich den »Andromedanebel«**) haben mindestens zwei Schwächen gemeinsam: a) Sie werden nicht von Schriftstellern geschrieben – sie haben keinen Stil, keine Charaktere, keine Helden, ihre Sprache ist hölzern und wird einem rasch über, die Handlung ist primitiv und die Idee immer dieselbe – billiger, abgeschmackter Patriotismus. b) Sie sind von Fachidioten verfasst, die sich in unglaublicher Weise auf enge, platte technische Details des Themas beschränken. [...] Und noch etwas – das scheinst nicht einmal Du zu beachten: Sie haben eine panische Angst (falls sie überhaupt eine Ahnung davon haben), die Genres zu vermischen. Aber das ist ja in geschickten Händen ein riesiger Vorteil und ein bemerkenswertes Mittel. Im Grunde wissen es alle: Science Fiction ohne Abenteuer ist langweilig. Einen reinen Pinkerton können nur Schuljungen lesen. Aber niemand versteht es, dieses Gesetz zu nutzen. Den ersten ernsthaften Versuch [...] haben wir im »Atomvulkan« unternommen, obwohl wir es selbst noch nicht ahnten ...

---

* Gemeint ist die Sherlock-Holmes-Geschichte ›The Adventure of the Deptford Horror‹ von Adrian Doyle, einem Sohn Arthur Conan Doyles.

** Iwan Jefremows für die sowjetische SF bahnbrechender Roman *Der Andromedanebel* (1957, vollständig 1958) ist deutsch besser unter dem Titel *Das Mädchen aus dem All* bekannt.

Es folgt ein Zitat aus A. Aniksts Vorwort zum *Stillen Amerikaner**: »[Das ist] ein vielseitiges Werk, das Elemente des Detektivromans wie auch Züge des Thrillers enthält, sowohl ein psychologisches Drama, eine Kriegsreportage, ein Werk mit unverhohlen erotischen Motiven als auch ein scharfes politisches Pamphlet. [...] und der Leser kann sich nur wundern, wie überzeugend diese unerwartete Kombination derart verschiedenartiger Elemente klingt.«

Und wieder Arkadi:

> Kapiert, Bruderherz? Du verstehst jetzt, welchen gewaltigen Trumpf unsere unglückseligen SF-Autoren aus der Hand geben! Unsere Werke müssen nicht nur wegen ihrer Idee spannend sein – mag die Idee ruhig schon zehn Mal von Dummköpfen abgelatscht worden sein –, sondern dank Folgendem: a) dank der Breite und Leichtigkeit, mit der das wissenschaftliche Material präsentiert wird: »nieder mit der Jules-Verne-Masche«**, man muss sehr genaue, knappe, kluge Formulierungen finden, abgestimmt auf einen intelligenten Schüler der zehnten Klasse, b) dank einer guten Autoren- und einer vielfältigen Personensprache; c) dank einer vernünftigen Kühnheit bei der Einführung von Annahmen »an der Grenze des Möglichen« im Gebiet von Natur und Technik und dank striktem Realismus bei Motiven und Verhaltensweisen der Helden; d) dank einer kühnen, kühnen und nochmals kühnen Hinwendung zu jedem Genre, das im Laufe der Erzählung geeignet scheint, die eine oder andere Situation möglichst gut darzustellen. Sich an einer Stelle nicht vor einem Anflug von Sentimentalität fürchten, an einer anderen vor grober Abenteuerhandlung, an der dritten vor ein wenig Philosophieren, an der vierten vor schamloser Erotik usw. Solche eine Genremischung muss dem Werk ein noch größeres Kolorit des Ungewöhnlichen geben. Und das Ungewöhnliche ist doch wohl unser eigentliches Thema?

---

* Genauer, aus dem Nachwort zu Graham Greenes *Der stille Amerikaner* in der sowjetischen Ausgabe von 1956.

** Er meint wohl Vernes Neigung, mitunter seitenlang aus den Enzyklopädien abzuschreiben; in Übersetzungen werden solche Passagen oft stillschweigend gekürzt.

Die Autoren schreiben vorerst noch *wissenschaftliche* Phantastik. Sie sind noch weit von der Formel entfernt: »Echte Phantastik – das ist *Wunder-Geheimnis-Glaubwürdigkeit.*« Doch intuitiv spüren sie diese Formel schon. In der sowjetischen Phantastik der Nachkriegszeit aber waren die Wunder fast durchweg von verwaltungsmäßig-wirtschaftlicher und ingenieurtechnischer Art, die Geheimnisse waren es nicht wert, enthüllt zu werden, und die Glaubwürdigkeit – das heißt die Verzahnung mit dem wirklichen Leben – fehlte ganz. Die Phantastik war kitschig, sabberig, rosig und fade wie jede verordnete Predigt – die Predigt von der triumphalen Überlegenheit der sowjetischen Wissenschaft und vor allem Technik.

Wir versuchten instinktiv, uns von so einer Phantastik abzusetzen, wir wollten sie nicht, wir wollten es *anders* machen. Wir ahnten sogar schon, was dieses »anders« bedeutete. Und manches gelang uns.

Im Laufe der Arbeit mit dem Lektor wurde der *Atomvulkan Golkonda* mindestens zweimal von Grund auf umgeschrieben. Man zwang uns, fast alle Familiennamen zu ändern. (Mir ist heute noch nicht klar, wem und wozu das nütze sein sollte.) Man trieb uns zur Verzweiflung mit der Forderung, »die Feierstimmung unsres ganzen Volkes (anlässlich wieder eines Raketenstarts) nicht durch die Prophezeiung von Begräbnissen zu vermiesen«. »Nehmen Sie wenigstens einen Teil der Leichen heraus!«, verlangten die Chefs des Kinderbuchverlages nun schon ganz unverhohlen. Das Buch hing am seidenen Faden.

Aus den Briefen Arkadis von Anfang 1959:

> ... Aussichtslos. Verstehst Du, es ist völlig aussichtslos. Es liegt nicht an den Leichen, nicht an den Details, sondern am Ton und Kolorit.
>
> Ich wiederhole: Was sie wollen, weiß ich nicht, du weißt es nicht, und sie wissen es eigentlich auch nicht. Sie wollen es »abmildern«, »nicht so hervorstreichen«, »lichter gestalten«, »nicht so tragisch«. Konkret? Entschuldigen Sie, Genossen, wir sind nicht die Autoren. Die konkreten Wege müssen Sie selbst suchen ...
>
> Dem Genossen X gefällt nicht, dass Leute zu Tode kommen, dem Genossen Y gefällt das Kolorit nicht, dem Genossen Z

der Wahnsinn, sie sind alle unterschiedlicher Meinung, stimmen aber in einem überein: Es muss abgemildert werden, lichter, nicht so düster u. dgl.

Und als die Autoren stöhnend und zähneknirschend das halbe Buch neu geschrieben hatten, verlangte man von ihnen auf allerhöchste Anweisung, jedwede Erwähnung von Militärs im Weltraum zu entfernen: »... es darf keine Uniformmütze, kein einziges Paar Schulterstücke vorkommen, sogar erwähnt werden sollten sie möglichst nicht« – und der Panzerfahrer Bykow wurde »mit zwei, drei kühnen Strichen« in einen *ehemaligen* Hauptmann verwandelt, der jetzt Technikverantwortlicher bei den Geologen war.

In den beiden Jahren, während diese Bataille im Gange war, schrieben die Strugatzkis ein gutes halbes Dutzend Erzählungen und begriffen vieles über sich selbst, über die Phantastik, über die Literatur insgesamt. Sodass dieser unglückselige, von Redakteuren verhunzte, von seinen Eltern ungeliebte Roman im Grunde zu einem Testgelände wurde, auf dem wir uns neue Vorstellungen erarbeiteten. Deshalb war das sicherlich ein ungewöhnlicher, frischer Roman, für die damalige Zeit wohl sogar ein guter – aber auch hoffnungslos vertan, didaktisch-belehrend, voll abgeschmacktem Enthusiasmus, wenn man ihn aus der Sicht späterer Zeiten betrachtet, erst recht aus heutiger Sicht. Nach einhelliger Ansicht der Autoren war er gestorben, kaum dass er das Licht der Welt erblickt hatte – schon ›Der Weg zur Amalthea‹ hat alle seine geringen Vorzüge obsolet gemacht.

Ich erlaube mir, hier zu wiederholen, was ich vor ein paar Jahren im Vorwort zu Band 12 der Werkausgabe im Verlag »Text«* geschrieben habe. Der *Atomvulkan* ist der typische Roman einer Übergangszeit – einerseits belastet von der hölzernen Lehrhaftigkeit und den gutgemeinten ideologischen Dummheiten der »Phantastik der nahen Zielstellung«, gleichzeitig aber nicht ohne Spannung, Einfälle, echte Aufrichtigkeit und den naiven Wunsch, sofort, auf der Stelle etwas hervorzubringen, das eines Wells oder wenigstens Beljajew würdig wäre.

---

* Das war die erste Gesamtausgabe von Werken der Strugatzkis, die in den frühen neunziger Jahren erschien. Derzeit sind zwei andere, unterschiedlich konzipierte und vollständigere russische Werkausgaben im Handel.

Man muss zugeben, dass die Leser seinerzeit von dem Roman beeindruckt waren. Zum Beispiel gefiel er Iwan Antonowitsch Jefremow, dem Maître der sowjetischen SF jener Zeit, und gerüchteweise auch Marietta Sergejewna Schaginjan, die damals eine herausragende Persönlichkeit der Literatur überhaupt war. Sergej Pawlowitsch Koroljow* pflegte darin zu lesen und schrieb sich das Lied über ›Die Kinder des Nebels‹ heraus ... Anscheinend gefiel der Roman sogar den Funktionären im Volksbildungsministerium der RSFSR. Jedenfalls war just der *Atomvulkan Golkonda* das einzige Werk der Strugatzkis, das jemals einen staatlichen Preis erhalten hat, und zwar den dritten Preis im »Wettbewerb um das beste Buch über Wissenschaft und Technik für Kinder im Schulalter«. (Dotiert mit 5000 Rubel. Das war damals eine Menge Geld – vier Monatsgehälter unserer Mutter.)

Außerdem gefiel er sogar dem ausländischen Leser. Innerhalb der ersten fünf, sechs Jahre wurde er in Polen (zweimal) verlegt, in der Tschechoslowakei (zweimal), in der DDR (zweimal), in Rumänien, Westberlin, Jugoslawien und Spanien.** Es gab eine Zeit, da wir sogar stolz auf ihn waren, doch das ging rasch vorüber. Es genügt zu sagen, dass wir ihn in russischer Sprache seit 1969 nicht mehr herausgebracht haben. Und in die Werkausgabe bei »Text« haben wir ihn nur, wie es heißt, unter dem Druck der Öffentlichkeit aufgenommen.

Übrigens hatte unsere Abneigung vielleicht durchaus einen praktischen Hintergrund. Erstens muss man, um einen Roman für eine Nachauflage vorzubereiten, ihn ja wohl mindestens noch einmal durchlesen, und dazu hatten wir entschieden keine Lust. Zweitens erhob sich mit Macht die Frage nach der Notwendigkeit, den Text irgendwie zu modernisieren. Immerhin waren mehr als dreißig Jahre vergangen, vieles im Roman wirkt heute nicht nur wie ein komischer Anachronismus, sondern erscheint als Dummheit der Autoren, als Unwissenheit oder überhaupt Schwachsinn. Man braucht nur an den Umstand zu erinnern, dass die Handlung bei uns just in den neunziger Jahren des zwanzigsten Jahrhunderts spielt – und praktisch nichts, aber auch rein gar nichts im Roman ähnelt dem, was den Leser heute umgibt!

---

* Koroljow war der Generalkonstrukteur der sowjetischen Raumfahrttechnik.

** Boris Strugatzki nennt hier nicht alle Länder und Ausgaben; vgl. dazu das Nachwort.

Dennoch beschlossen wir, uns nicht mit der Modernisierung des Textes zu befassen. Überhaupt nicht. Keine Zeile, kein Wörtchen zu ändern. Soll dieser Roman in der Science Fiction als hässliches Denkmal für eine ganze Epoche bestehen bleiben, eine Epoche mit all ihren Attributen – mit ihrem fiebrigen Enthusiasmus und ihrer begeisterten Dummheit, mit ihrem aufrichtigen Verlangen nach dem Guten bei totalem Unverständnis, was denn das Gute ist, mit ihrer blindwütigen Bereitschaft zur Selbstaufopferung, mit ihrer Grausamkeit, ideologischen Blindheit und dem klassischen Orwell'schen Zwiedenken. Denn das war eine Zeit des bösartigen Guten, der lebensbejahenden Morde, der »trompetenden Stummheit und wortreichen Sinnlosigkeit«*. Und diese Zeit soll nicht aus dem Gedächtnis der Gesellschaft gestrichen werden. Das Dümmste, was wir tun können, ist, sie möglichst schnell zu vergessen, das Mindeste – sich ihrer zu erinnern, solange ihre Saat noch keimt.

Für die vorliegende Aufgabe ist der Roman ehrenamtlich von den Menten** vorbereitet worden. Sie haben eine Vielzahl unterschiedlicher Textvarianten in den Rohfassungen ermittelt, ganze seinerzeit bei der Redaktion verloren gegangene Seiten gefunden, zahlreiche gestrichene Stellen wiederhergestellt. Ich glaube nicht, dass der Roman davon wesentlich besser geworden ist, aber aus der Sicht des Kenners und Liebhabers hat er eine zusätzliche Dimension gewonnen. Vielen, vielen Dank Ihnen, liebe Menten, und insbesondere Ihnen, Swetlana Bondarenko***, denn Sie haben den Großteil dieser titanischen Arbeit vollbracht!

---

* Die Formulierung stammt aus einem Lied des sowjetischen Dissidenten Alexander Halitsch (Galitsch).

** »Menten« (russisch »ljudeny«) heißen im Strugazki-Roman *Die Wellen ersticken den Wind* die im Schoße der Menschheit heranwachsenden Übermenschen, die »Gruppe Menten« aber sind dort gewöhnliche Menschen, die dieses Phänomen zu erforschen versuchen. In letzterem Sinne nennt sich eine informelle internationale Gruppe von Strugatzki-Fans so, die sich der Erforschung und Erschließung ihres Werkes widmet.

*** Swetlana Bondarenko ist auch die federführende Herausgeberin der jüngsten, zwölfbändigen Strugatzki-Werkausgabe mit den kanonischen Textfassungen sowie einer vierbändigen Ausgabe mit Entwürfen, Textvarianten, Fragmenten und zuvor unveröffentlichten Kurzgeschichten, woraus wir ›Die Kantine der Raumfahrer‹ entnommen haben.

ERIK SIMON

Aufbruch in die Welt des Mittags

Der vergessene Erstling der Strugatzkis

Sowohl Titel als auch Untertitel dieses Nachworts bedürfen einer Erläuterung. Was »Aufbruch in die Welt des Mittags« meint, sage ich weiter unten; den Untertitel mögen ein paar zusätzliche Zahlen und Fakten ins rechte Licht rücken. Der erste Science-Fiction-Roman der Strugatzkis hat eine deutlich zweigeteilte Editionsgeschichte; Boris Strugatzki hat in seinem Kommentar dazu Grundlegendes gesagt, aber die von ihm angeführten Daten zu in- und ausländischen Publikationen stammen vom Beginn der neunziger Jahre und sind in mehr als einer Hinsicht unvollständig. Zum Zeitpunkt seiner Erstveröffentlichung war *Atomvulkan Golkonda* durchaus ein Meilenstein, und dass er auf Dauer weniger hervorstach als etwa Jefremows *Das Mädchen aus dem All*, liegt vor allem an den Strugatzkis selbst, die ihren Erstling sehr schnell und sehr weit hinter sich ließen – am Ort zurückzubleiben, liegt in der Natur aller Meilensteine.

Der Erfolg des Romans kurz nach dem Erscheinen lässt sich auch an seiner Verbreitung ablesen. Seine Wirkung blieb zwar größtenteils auf die sozialistischen Länder beschränkt (hinzu kamen nur die BRD und Spanien), dort aber war sie bemerkenswert. 1961 erschien der Roman deutsch, polnisch, rumänisch, slowakisch und ungarisch, wenig später tschechisch, serbokroatisch und spanisch; bis 1969 gab es in diesen Sprachen mindestens 14 Ausgaben/Auflagen, nicht gerechnet Zeitungsabdrucke. In der UdSSR wurde von 1959 bis 1969 knapp eine halbe Million russische Exemplare gedruckt, dazu über hunderttausend in anderen Sprachen der Sowjetunion.

In den sozialistischen Ländern waren derart hohe Auflagen damals zwar durchaus nicht selbstverständlich, aber auch keine besondere Sensation, zumindest nicht für SF. Sie resultierten nicht zuletzt aus der geringen Zahl der jährlich erscheinenden SF-Titel, wodurch jedem einzelnen Buch besonders großes Gewicht zukam: Jeder, der sich für SF interessierte, versuchte jedes einschlägige Buch zu ergattern und las es natürlich auch.

In den siebziger und achtziger Jahren wurde es sehr still um den *Atomvulkan*, was nicht nur an der Abneigung der Strugatzkis gegenüber ihrem Erstling gelegen haben kann – weltweit erschienen nur noch vier Ausgaben (darunter in der Bundesrepublik ein weiterer Nachdruck der DDR-Ausgabe und in der Sowjetunion eine armenische Übersetzung). Danach aber begann zumindest in Russland für diesen Roman ein zweites Leben: Seitdem ihn nach langer Zeit 1993 der Verlag »Text« wieder herausbrachte, wurde von ihm bis 2004 über eine Viertelmillion Exemplare verkauft. Das ist rund halb so viel wie im ebenfalls elf Jahre umfassenden Zeitraum 1959–69, hat aber einen ganz anderen Stellenwert als zu Zeiten der sozialistischen Planwirtschaft: Jetzt sind Jahr für Jahr buchstäblich Hunderte von anderen Titeln in- und ausländischer SF und Fantasy auf dem russischen Markt, gegen die sich der *Atomvulkan* behauptet (nicht zuletzt andere Bücher der Strugatzkis). Der Untertitel dieses Nachworts müsste also umständlicher, aber genauer lauten: Der *vorübergehend* vergessene Erstling der Strugatzkis, und zwar vergessen von den Buchverlagen der Sowjetzeit. Für die russischen Leser, zumal für die zahlreichen Strugatzki-Fans, wird das Buch hinter den neueren Werken der Autoren zurückgetreten sein; vergessen hatten sie es nie. (Inzwischen hat auch schon ein polnischer Verlag den Roman wiederentdeckt: Er ist dort 2001 in einer Buchreihe »Meister der SF und Fantasy« erschienen.)

Seine Wiedergeburt verdankt *Atomvulkan Golkonda* denn auch nicht allein seinen eigenen Vorzügen – die neben unbestreitbaren und unbestrittenen Schwächen stehen –, sondern seiner Stellung im Gesamtwerk der Autoren. Er ist nicht nur der Debütroman der Strugatzkis, der neben Jefremows *Mädchen aus dem All* und drei, vier anderen Werken die Morgenröte des Goldenen Zeitalters in der sowjetischen SF markiert, nicht nur ein – besonders im dritten Teil – spannendes, hochdramatisches und eindringlich erzähltes Planetenabenteuer, sondern auch der Beginn eines Zyklus, der in einem einheitlichen phantastischen Weltentwurf spielt, reichlich zwei Jahrhunderte Zukunft umfasst und mit einem Dutzend

Romanen sowie etlichen Erzählungen die bei Weitem umfangreichste und bedeutendste »Future History« der sowjetischen SF ist.* Daher steht in den seit 1993 erschienenen Ausgaben der *Atomvulkan* meistens in einem Band zusammen mit den direkt an ihn anschließenden Werken des Zyklus.

Als die Strugatzkis den *Atomvulkan* schrieben, ahnten sie allerdings selbst noch nichts von dem Weltentwurf, der sukzessive daraus hervorgehen sollte (womit wir beim Titel des Nachworts wären). Zunächst folgten mit der längeren Erzählung ›Der Weg zur Amalthea‹ und dem Episodenroman *Praktikanten* einfach zwei unmittelbare Fortsetzungen mit annähernd demselben Personenensemble, außerdem ein paar kürzere Geschichten. Sie alle spielen um die Jahrtausendwende, also *jetzt*; nur dass das damals die noch ein halbes Jahrhundert entfernte lichte Zukunft war. Ein Weltentwurf stand schon seinerzeit dahinter: auf der Erde friedliche Koexistenz zwischen unterschiedlichen Gesellschaftssystemen, wobei der Kapitalismus aber schon deutlich als Auslaufmodell erschien; im Weltraum die Erforschung und Erschließung des Sonnensystems, zunächst noch durch Stationen und Missionen einzelner Staaten, bald aber schon unter der Ägide internationaler Organisationen.

Die historische Dimension des Entwurfs begann sich 1962 abzuzeichnen, als einerseits mit *Praktikanten* der dritte Teil der Bykow-Trilogie erschien, andererseits mit *Fluchtversuch* und *Rückkehr* zwei Romane, die im 22. Jahrhundert angesiedelt sind. In einer späteren, erweiterten Ausgabe wurde der Untertitel von *Rückkehr* zum Haupttitel, und als *Mittag, 22. Jahrhundert* bildet dieser Episodenroman den Dreh- und Angelpunkt des gesamten Zukunftszyklus der Strugatzkis, wie *Atomvulkan Golkonda* seinen Startpunkt markiert; in seinem ersten Teil verknüpft *Mittag* zudem die beiden Zeitebenen. Während die Strugatzkis nur noch einmal (1965 mit *Die gierigen Dinge des Jahrhunderts*) in die Zeit

---

* Möglicherweise ist es die wichtigste Future History der kontinentaleuropäischen SF überhaupt. Es gibt natürlich Serien und Zyklen, die weitaus mehr Titel umfassen und auch weiter in die Zukunft reichen, aber ob beispielsweise »Perry Rhodan« eine Future History im selben Sinne wie Stapledons *Last and First Men* oder die Zyklen Heinleins und der Strugatzkis ist, scheint mir denn doch fraglich.

der Jahrtausendwende zurückkehrten, spielen alle anderen, 1963 bis 1990 veröffentlichten Romane des Zukunftszyklus im 22./23. Jahrhundert, weshalb sich für ihn (vor allem in Russland) auch der Sammelbegriff »Die Welt des Mittags« eingebürgert hat. »Mittag« meint dabei einen zivilisatorischen Höhepunkt für eine geeinte und prosperierende Menschheit. *Mittag, 22. Jahrhundert* entfaltet ein breites Panorama dieser Welt; die anderen dieser Zeitebene zuzuordnenden Romane behandeln größtenteils das Verhältnis der Menschheit zu fremden Zivilisationen, von denen sich die meisten noch auf früheren Entwicklungsetappen befinden, andere aber den Menschen gleichrangig oder haushoch überlegen sind. Weitere Themen sind der Umgang mit einer selbstverschuldeten Katastrophe auf einem Forschungsplaneten und die Entstehung einer kleinen Rasse von Übermenschen, die alsbald aus dem Verband der Menschheit ausschert.

Von alledem war *Atomvulkan Golkonda* noch himmelweit entfernt. Im Kern ist es die Geschichte einer Expedition auf den lebensfeindlichen Planeten Venus und des opferreichen Kampfes um die Erfüllung eines Auftrages, die einen entscheidenden Fortschritt in der Erschließung dieses und anderer Planeten verspricht. Die Handlung auf der Venus liest sich auch heute noch spannend, was vor allem der vielfältigen und eindringlichen Charakterzeichnung zu danken ist, die die Strugatzkis schon damals dem Gros der anderen sowjetischen SF-Autoren voraus hatten (übrigens auch dem Maître Jefremow). Das dort entworfene Bild der Venus ist heute natürlich hoffnungslos veraltet; immerhin kommt es der (extrem lebensfeindlichen) Realität ein kleines Stück näher als die damals in der SF noch gängige Standard-Vorstellung, die auf der Venus urweltliche Dschungel und Dauerregen vermutete.

Von fast allen sowjetischen SF-Werken jener Zeit (und einem Großteil der späteren) unterscheidet sich der Roman auch durch die realistische Schilderung von Leiden und Entbehrungen und die ungewöhnlich hohe Zahl der Todesopfer. Ich erinnere mich deutlich, dass mir der *Atomvulkan* ebendarum nicht so recht gefiel, als ich ihn 1961 zum ersten Mal las – dergleichen war ich nicht gewöhnt, denn verdientermaßen umzukommen hatten die westlichen Spione, Agenten etc., und wenn sich einer von unseren eigenen Raumfahrern heldenhaft opferte, um die Genossen (oder auch die von ihren Auftraggebern in die Bredouille manövrierten westlichen Kollegen) zu retten, dann wurde das erstens nicht so en détail dargestellt, und der Held bekam am Ende ein imposantes Denkmal. Das war das Mindeste, was ich als Leser erwarten durfte.

Der Roman ist einfach nicht für den Zehnjährigen geschrieben, der ich damals war. (Da sterben ja nicht nur zwei von den Haupthelden, sondern nebenbei wird auch noch der Tod ziemlich vieler anderer Raumfahrer mitgeteilt; in den ersten Fassungen waren es noch mehr – beispielsweise starb auch Dauge, ehe Bykow und Jurkowski den Rückmarsch antraten –, und in Arkadi Strugatzkis Vorarbeit ›Die Ersten‹ scheinen überhaupt einer nach dem anderen alle umgekommen zu sein.) Auch die permanenten Forderungen der sowjetischen Lektoren und Gutachter, die Zahl der Opfer zu verringern und generell optimistischer zu schreiben, erklären sich zum Teil aus der Tatsache, dass das Buch im Moskauer Kinderbuchverlag erschienen ist. Freilich, an sich hatte das nicht viel zu besagen: Dort sind eine Menge SF-Bücher herausgekommen, die definitiv nicht für Kinder gedacht waren.

Boris Strugatzki erwähnt in seinem Kommentar einen weiteren Kritikpunkt der Verlagsobrigkeiten, genauer gesagt, einen Komplex von Empfindlichkeiten, die nur zum Teil an die Oberfläche drangen. Die sowjetische SF hat in der Zeit des Chrutschtschow'schen Tauwetters merklich von den sowjetischen Raumfahrterfolgen profitiert; die schon vorher zaghaft sprießende, aber mit den Vorgaben der alten »Nahphantastik« schlecht vereinbare Raumfahrtthematik bekam mächtigen Auftrieb, und die Literaturideologen betrachteten das ganze Genre freundlicher. Dass sie sich da die Euphorie des internationalen Prestigegewinns nicht von imaginierten Raumschiffhavarien vermiesen lassen wollten, ist verständlich; die Abneigung gegen Militärs in der sowjetischen Raumfahrt-SF hingegen muss eine kurze Episode gewesen sein, denn spätestens seit dem Flug Gagarins wusste alle Welt, dass Kosmonauten normalerweise einen Offiziersdienstgrad hatten.

Dabei boten sich die Militärs als Helden nicht nur an, weil sich Arkadi Strugatzki in diesem Umfeld auskannte – die bewaffneten Organe (inklusive der »Miliz« genannten Polizei und der Grenztruppen) stellen in der Stalinzeit häufig die Protagonisten sowjetischer SF, von der in den dreißiger Jahren oft als militärischer Spaziergang verharmlosten Befreiung der westlichen Klassenbrüder bis zum Kampf gegen die allgegenwärtigen Spione und Agenten. Vor allem aber der Zweite Weltkrieg und die Literatur darüber haben beide eine unauslöschliche Spur im Kollektivbewusstsein nicht nur der Sowjetbürger, sondern sogar noch der heutigen Russen hinterlassen. Sowohl die Künste als auch die alltägliche Propaganda schufen eine Vielzahl von Paradigmen heldenhafter Aufopferung und Behauptung, die jeder kannte und niemand hinterfragte – der Soldat, der sich vor die gegnerische Schießscharte wirft, der Pilot, der beide Beine verloren hat und immer noch ein Flugzeug steuert* ... In der russischen Literatur überlebt haben die besseren, weil realistischeren Kriegsromane (etwa von K. Simonow), wo Heldentaten, wenn überhaupt, eher wider Willen vollbracht werden; zahlreicher waren seinerzeit aber natürlich jene, in denen es nichts Schöneres gab, als »für Stalin, für die Heimat« zu sterben. Im *Atomvulkan* findet man merkwürdigerweise beides – einerseits den Realismus, andererseits eine Missachtung des Menschenlebens (nicht zuletzt des eigenen), die im Krieg erklärlich war**, in der prospektierten Zukunftswelt aber eigentlich ganz unangemessen sein müsste, weil es ja nur noch um wirtschaftliche und wissenschaftliche Ziele geht. Die Strugatzkis haben sich von dieser Art Heldentum sehr bald schon distanziert, so 1962 in *Praktikanten*.

---

* Der Gardeschütze Alexander Matrossow warf sich vor eine feindliche Schießscharte, um das Feuer mit seinem Körper abzufangen, wurde dafür postum zum Helden der Sowjetunion ernannt und nicht weniger legendär als seinerzeit Arnold Winkelried in der Schweiz. Dem Fliegerleutnant Alexej Maresjew wurden beide Beine amputiert, er schoss danach mit Prothesen noch mehrere deutsche Flugzeuge ab und wurde der Held einer Erzählung Boris Polewois und einer Oper von Prokofjew. Für beider Taten gab es in der Roten Armee weitere Beispiele, zu Propaganda-Ikonen gemacht wurden aber nur diese beiden. (Unter anderem, weil etwa ein Soldat, der es Matrossow gleichtat, Abram Lewin hieß.)

** Im Krieg ging es immerhin darum, zunächst den Fortbestand der Sowjetunion und dann einen möglichst großen Teil Europas für Stalins Machtbereich zu sichern. Es sind aber auch Fälle bekannt, wo Sowjetoffiziere ihre in der DDR stationierten Soldaten bei gewöhnlichen Übungen vorsätzlich verheizten, sie beispielsweise nachts quer über eine befahrene Autobahn robben ließen (wobei außer ein paar Muschiks auch etliche deutsche Autofahrer verunglückten, sonst wüsste man nichts davon).

Ein anderes Paradigma der sowjetischen Literatur war der Produktionsroman, der davon handelte, wie ein wichtiges Projekt der sozialistischen Wirtschaft gegen alle möglichen Widerstände – der Natur, des kapitalistischen Klassenfeindes, moralisch-bewusstseinsmäßig zurückgebliebener Sowjetbürger und sonstiger vorläufiger Unvollkommenheiten – durchgesetzt wird. Insbesondere die zur Stalinzeit verordnete »Phantastik der nahen Zielstellung« (deutsch auch kurz – wie weiter oben erwähnt – »Nahphantastik« genannt), die die wissenschaftlichen, technischen und ökonomischen Errungenschaften des Sowjetvolkes – möglichst im zeitlichen Rahmen des laufenden Fünfjahrplans – antizipieren und preisen sollte, ist davon geprägt worden, wobei die literarisch eigentlich ambitionierteren, »realistischeren« SF-Werke in der Regel zugleich die langweiligsten sind.* Wie wir aus Boris Strugatzkis Kommentaren schließen können, scheint vor allem Boris zunächst in Richtung solch eines SF-Produktionsromans gedrängt zu haben, und insbesondere der erste Teil des Atomvulkans lässt noch Spuren davon erkennen.

Auch der zweite Teil trägt das Siegel der älteren SF (nicht nur der sowjetischen), die noch umständlich schilderte, wie das Raumschiff gebaut (und ggf. der Saboteur entlarvt) wird und wie man den Zielplaneten anfliegt, ehe dort beginnt, was man heute als die eigentliche Handlung empfindet. Bemerkenswert daran ist allerdings, dass die Strugatzkis das quasi im Schnelldurchlauf absolvieren: Das Raumschiff ist schon fertig, wird aber immerhin noch erklärt; der Flug geht dank permanenter Beschleunigung sehr schnell, präsentiert aber trotzdem praktisch den ganzen Gefahrenkatalog der frühen Raumfahrt-SF (Meteoriten, Strahlung, Hitze, Sauerstoff- und Treibstoffmangel, Bruchlandungen – was die Helden nicht selbst erleben, erfahren sie von anderen Schiffen); auch die damals noch als sensationell empfundene Schwerelosigkeit wird nicht ausgespart.** Außerdem widmen die Autoren der Einführung ihrer Helden, deren Eigenheiten, Freundschaften und

---

* Wer heute über sechzig und ostdeutscher SF-Fan ist, wird sich beispielsweise mit Schaudern an Nemzows *Goldener Grund* erinnern; schon der nächsten DDR-Generation ist das erspart geblieben.

** Zur Erinnerung: *Atomvulkan Golkonda* wurde vor dem Sputnik-Start geschrieben und vor dem Flug Gagarins veröffentlicht.

Konflikten viel Raum, sodass bis zur Landung auf der Venus dann doch wieder zwei Drittel des Romans vergehen.

Am Ende haben weder der Kriegs- noch der Produktionsroman den *Atomvulkan Golkonda* nachhaltig geprägt, Spuren hinterlassen haben aber beide Modelle. Dem Produktionsroman verwandt sind beispielsweise auch die Passagen, wo davon die Rede ist, wie sich Krajuchin gegen verständnislose und missgünstige Funktionäre durchsetzen muss, die jeden Misserfolg beim Flug der *Chius* nutzen werden, um das Projekt zu torpedieren; in der kommunistischen Zukunft freilich durfte derlei nicht mehr vorkommen, und die betreffenden Stellen wurden gestrichen bzw. eingekürzt und erst in der Fassung der Werkausgabe wiederhergestellt. Merkwürdig ist übrigens, dass anscheinend Arkadi den Großteil der Handlung geschrieben hat, die von den Vorbereitungen der Expedition handelt, also eher in Richtung des Boris vorschwebenden SF-Produktionsromans ging, während Boris dann den von Arkadi konzipierten heroischen Teil 3 verfasste. Diese »Arbeitsteilung über Kreuz« scheint sich spontan ergeben zu haben, hat dem Roman aber jedenfalls gutgetan und weist voraus auf die spätere Arbeitsweise der Strugatzkis, die eine Zuordnung einzelner Passagen zu einem der beiden kaum noch erlaubt.

Nicht nur zu viele Militärs, zu viele Tote und zu viele intrigante Funktionäre, auch andere Besonderheiten des *Atomvulkans* werden beim Vergleich der alten sowjetischen Fassung mit der hier vorliegenden rekonstruierten deutlich (wobei allerdings darauf hinzuweisen ist, dass die zensierte russische Version bei der Übersetzung in der DDR nochmals gekürzt wurde). Gestrichen wurden merkwürdigerweise nicht nur kritische Bemerkungen über die Funktionäre, sondern sogar eine linientreue Erwähnung der KPdSU, nämlich in Bykows pathetischer Erklärung: »... ich führe jeden Ihrer Befehle aus, sofern er nicht den Interessen unseres Staates widerspricht ... und der Partei, versteht sich.« Was die Strugatzkis da geschrieben hatten, war damals durchaus üblich; vermutlich hatte da aber jemand sehr genau mitgedacht: Sind denn die »Interessen unseres Staates« und die der Partei zwei verschiedene Dinge? Also musste der Nachsatz weg, ob er sich nun von selbst verstand oder nicht.

Relativ frühzeitig gestrichen wurde das ursprünglich zweite Kapitel, ›Die Kantine der Raumfahrer‹; es erschien erst 2005 in einem Band mit Entwürfen, Vorarbeiten, Varianten und unveröffentlichten Texten, die bei der Sichtung der Strugatzki-Manuskripte entdeckt wurden. Es gehört zu einer frühen Fassung des Romans, die Personen heißen größtenteils noch anders, und der Hauptheld (Bykow) ist noch Hauptmann. Boris Strugatzki schreibt, er wisse nach wie vor nicht, wozu die Umbenennung aller Personen verlangt wurde; die Gründe lassen sich aber durchaus vermuten. Die beiden Geologen Jurkowski und Dauge hatten anfangs nicht nur andere Familiennamen, sondern hießen mit Vor- und Vatersnamen Alexander Sergejewitsch (wie Puschkin) und Lew Nikolajewitsch (wie Tolstoi), was ja doch etwas gesucht wirkt. Brisanter waren Überschneidungen mit den Namen führender sowjetischer Politiker: Beispielsweise hieß Michail Antonowitsch Krutikow ursprünglich Michail Iwanowitsch wie Kalinin, der unter Stalin das nominelle sowjetische Staatsoberhaupt gewesen war (während seine Frau als Geisel in einem von Stalins KZs saß); Bykow hieß anfangs Gromyko wie der sowjetische Außenminister. Erregte auch nur einer dieser Namen Anstoß, musste das zwangsläufig weiträumige Umbenennungen nach sich ziehen, denn der Zensor durfte ja nicht sagen, dass just dieser eine Name problematisch war.*

Die Strugatzkis haben dieses Kapitel seinerzeit selbst aus dem Roman genommen (weshalb es auch nicht in der jetzt kanonischen Fassung auftaucht) und einzelne Passagen davon an anderen Stellen eingefügt. Ein Grund dafür dürfte sein, dass Bykow hier in eher abstrakter Form, im Nachhinein, mit einer fremden Raumschiffhavarie konfrontiert wird, etwas Ähnliches aber in Teil 2 dramatisch wesentlich besser eingebunden ist. En passant fielen mit der Streichung des Kapitels auch wieder ein paar Todesopfer weg. Weg fiel allerdings auch die Szene, die das merkwürdig gespannte Verhältnis zwischen Bykow und Jurkowski plausibel macht, und weg fielen Jukowskis Beweggründe, die denn doch etwas sehr deutlich Hochmütig-Elitäres an sich haben – wie es sowjetische Kosmonauten natürlich nicht an den Tag legen durften ... Jurkowski ist im gesamten Frühwerk der Strugatzkis der

* Ich folge hier Gedankengängen Swetlana Bondarenkos und Wladimir Djakonows in *Die unbekannten Strugatzkis*, Band 1.

am besten getroffene, einprägsamste Charakter. Er ist eine der Zentralfiguren der Bykow-Trilogie, und man hat sich angewöhnt, ihn zu deren positiven Helden zu zählen (auch im russischen Original steht »Fant« immer in Anführungen, als sei es nicht ganz ernst gemeint). Er ist aber auch der widersprüchlichste. An seinem Beispiel werden die Strugatzkis 1962 gegen Ende der *Praktikanten* die Sinnlosigkeit der Aufopferung im Namen der Wissenschaft demonstrieren (zumal Jurkowski dort nicht nur sich selbst, sondern auch einen Freund opfert).

Es stand den Helden der Strugatzkis noch bevor, sich in den folgenden Werken von dem einen oder anderen Klischee zu befreien, das sie als Erbteil der älteren SF mit sich herumtrugen, etwa von den kommunistischen Deklamationen oder dem mitunter sehr militärisch wirkenden Tonfall, der ihnen auch nach der »Zwangsversetzung« in den Zivilistenstand geblieben war. Die sowjetischen Lektoren und Zensoren haben diesen Eindruck – ganz gegen ihre erklärte Absicht, das Militärische zurückzudrängen – noch verstärkt, indem sie besonders im dritten Teil längere Gesprächspassagen (sowie die delirierenden Gedankengänge Bykows beim Rückmarsch) kürzten oder strichen, die nicht unmittelbar der Erforschung der Venus und der heldenhaften Pflichterfüllung gewidmet waren, Passagen, in denen sich die Helden als ganz gewöhnliche Menschen mit unterschiedlichen Eigenheiten und Interessen erweisen.* Trotz den Kürzungen und Nivellierungen fielen die Helden der Strugatzkis schon in der sowjetischen Ausgabe dadurch auf, dass sie fluchten, auch als Atheisten in Redewendungen Gott erwähnten, private Antipathien hegten, sich stritten und sogar prügelten, selbst in dramatischen Situationen nicht permanent heroisch waren, unglücklich verliebt waren in eine Frau, die das sichtlich nicht verdiente (auch daran wurde gekürzt), sich auch mal (wie Bykow im ersten Teil) ausgesprochen dämlich verhielten ... Kurzum, sie benahmen sich nicht wie die vorbildlichen Pappfiguren der Kinderliteratur »für das obere Lese-

* In der DDR-Ausgabe geht das noch weiter, weil dort auch die Passagen fehlen, in denen die Raumfahrer Boris Strugatzkis Lied ›Die Kinder des Nebels‹ und Strophen aus Bagrizkis ›Schmugglern‹ zitieren – vermutlich nur, weil niemand Lust hatte, sie nachzudichten. Warum da außerdem der ganze Epilog wegfiel, bleibt unerfindlich.

alter« und nicht wie die (auch bei Jefremow vorkommenden) edelernsthaften Menschen der Zukunft, sondern wie Sowjetbürger der fünfziger, sechziger Jahre. Die sowjetischen Kritiker reagierten darauf zwiespältig (es gab ja auch allerhand kluge darunter), die sowjetischen Leser umso erfreuter. Mit ihrem (später auch expressis verbis erklärten) Prinzip, die kommunistische Zukunft mit realistischen Menschen der Gegenwart zu bevölkern, haben die Strugatzkis im *Atomvulkan Golkonda* einen der Grundsteine für ihren dauerhaften Erfolg gelegt. Weitere sollten alsbald hinzukommen.

Anmerkungen

Hier sind Anmerkungen und Querverweise gesammelt, die für das Verständnis des Romans nicht unbedingt notwendig, aber doch interessant sind. Zum größten Teil handelt es sich um Hinweise auf Werke anderer Autoren, aus denen die Strugatzkis zitieren oder auf die sie anspielen. Hinzu kommen einige Hintergrundinformationen für deutsche Leser, die mit den Verhältnissen in der Sowjetunion weniger vertraut sind.

Die meisten Hinweise auf Zitate verdanke ich den Recherchen, die Viktor Kurilski unter Mitarbeit mehrerer Strugatzki-Kenner durchgeführt und (auf Russisch) im Internet veröffentlicht hat (www.rusf.ru/abs/ludeni/kur00). Hilfreich – auch bei der Durchsicht der Texte – waren darüber hinaus die zweibändige Strugatzki-Enzyklopädie unter der Gesamtredaktion von Wladimir Borissow (Moskau und Sankt Petersburg 1999) und die Tipps, die ich von Dimitrij Makarow erhalten habe.

Für manche deutsche Leser wird eine Anmerkung zu russischen Namen nützlich sein. Diese bestehen (auch in offiziellen Dokumenten) immer aus drei Teilen: Vor-, Vaters- und Familienname; beispielsweise hieß Alexej Petrowitsch Bykows Vater Pjotr. Die Anreden per »du« nur mit dem Vornamen oder per »Sie« mit dem Familiennamen entsprechen weitgehend dem deutschen Gebrauch, nur dass in der Sowjetunion statt »Herr/Frau« grundsätzlich »Genosse/Genossin« gesagt wurde (Genosse Bykow). Von den Vornamen gibt es im zwanglosen Gespräch zahlreiche verschiedene Ableitungen, so kann aus Michail Mischa oder Mischenka und aus Wladimir Wolodja oder Wowa werden; diese Zusammenhänge erkennt man relativ schnell, und sie sind nicht komplizierter, als wenn ein englischer Robert als Rob, Bob oder Bobby erscheint. Typisch russisch ist indes eine dritte Anredeform, nämlich mit Vor- und Vatersname, die gleichzeitig eine gewisse Vertrautheit und besonderen Respekt signalisiert und meistens mit »Sie« verwendet wird; auf diese Weise kann man jemanden auch im Gespräch mit einem Dritten nennen, bei dem man ein ähnliches Verhältnis gegenüber der betreffenden Person voraussetzt. Eine ältere und volkstümlichere Form des Vatersnamens ist eher unter Freunden üblich, dann wird z.B. aus dem offiziellen Johannowitsch ein Johannytsch. Zur leichteren Orientierung stelle ich den eigentlichen Anmerkungen eine Liste der Hauptpersonen des Romans voran, in der die verschiedenen Namensformen und auch die Abweichungen im älteren Kapitel ›Die Kantine der Raumfahrer‹ zusammengefasst sind.

E. Simon

Hauptpersonen des Romans:
Alexej Petrowitsch Bykow (Aljoscha, Aljoschka, Aljoschenka)
Nikolai Sacharowitsch Krajuchin
Anatoli Borissowitsch Jermakow (Tolja)
Bogdan Bogdanowitsch Spizyn (Bogdanytsch);
derselbe in der ›Kantine‹: Grischa [=Grigori]
Wladimir Sergejewitsch Jurkowski (Wolodja, Wowa);
derselbe in der ›Kantine‹: Sascha, Saschka [=Alexander]
Michail Antonowitsch Krutikow (Mischa, Mischenka);
derselbe in der ›Kantine‹: Michail Iwanowitsch (Mischa)
Grigori Johannowitsch Dauge (Grischa, Johannytsch)
Nur in ›Die Kantine der Raumfahrer‹:
Fjodor (Fedja)
Pjotr Wassiljewitsch (Petja, Petjenka, Petro)

Seite 19: *aus ... den trockenen Kurzberichten der TASS*
TASS war die staatliche Nachrichtenagentur der Sowjetunion.

Seite 37: *»Urangolkonda« – anscheinend nach der alten Stadt, wo König Salomon einst seine Diamanten aufbewahrte ...*
Golkonda ist eigentlich eine indische Stadt, die um 1700 Hauptstadt des gleichnamigen Sultanats war.

Seite 39: *Das beste Mittel, über eine Versuchung hinwegzukommen ...*
In Oscar Wildes Roman ›Das Bildnis des Dorian Gray‹ heißt es (in der Übersetzung von Siegfried Schmitz): »Der einzige Weg, eine Versuchung loszuwerden, ist, ihr nachzugeben.«

Seite 67/68: *Der Wind, wie er zischt ... / So schieß durch die Adern ... / ... Und atemlos singen ...*
Das sind Ausschnitte aus Eduard G. Bagrizkis Gedicht ›Die Schmuggler‹ (1927).

Seite 73: *›Noch schlummerst du ... der Sturm uns zürnte ...‹* Die drei Zeilen stammen aus Puschkins Gedicht ›Wintermorgen‹ (1829), deutsch von Eric Boerner.

Seite 78: *»Wie ein Frosch in einem Fußball«*
Die Formulierung stammt aus der Erzählung ›In der Tiefe‹ von H. G. Wells.

Seite 93: *›Die gütige Natur wird wissen, warum ...‹*
Wörtlich heißt es in Eugen Sängers Schrift *Zur Mechanik der Photonen-Strahlantriebe* (1956): »Die gütige und harte Natur wird wissen, warum sie nicht will, daß wir unsere Welt zum genügsamen Paradies gestalten, sondern warum sie uns neue Welten erobern heißt. Jene letzten und äußersten Welten, zu denen die Photonen-Strahlantriebe Schlüssel sein sollen.«

Seite 104: *›Argonauten des Weltalls‹*
Wolodymyr Wladkos Roman *Die Argonauten des Weltalls* (ukrainisch 1938) war eins der ersten sowjetischen SF-Werke über eine Landung auf der Venus.

Seite 106: *Wie einst die Argonauten fuhr'n ...*
Diese eine (und einzige) Strophe singt ein alter Goldgräber immer wieder in Jack Londons Erzählung ›Like Argus of the Ancient Times‹.

Seite 147: *Endlos tut sich auf rings das Sternenrund; Sterne ohne Zahl, Tiefe ohne Grund*
Die Verse stammen aus Michail Lomonossows Gedicht ›Betrachtungen über die Majestät Gottes anlässlich eines großen Nordlichts‹.

Seite 147: *»Schwarze Unendlichkeit … brennender Blick«*
ist eine Anspielung auf die russische Romanze »Schwarze Augen, Augen voll Leidenschaft, brennender Blick aus Augen so schön«.

Seite 151: *… dass der gekrümmte Raum objektive Realität ist, die uns in unseren Empfindungen gegeben ist.*
In *Materialismus und Empiriokritizismus* definiert Lenin die Materie als »eine philosophische Kategorie zur Bezeichnung der objektiven Realität, die dem Menschen in seinen Empfindungen gegeben ist«.

Seite 153: *»Eine verhexte Stelle«*
Hier wird auf die Erzählung ›Die verhexte Stelle‹ in Nikolai Gogols Band *Abende auf dem Weiler bei Dikanka* (1831/1832) angespielt.

Seite 180: *Hören Sie auf, den Lord Roxton zu spielen!*
Lord Roxton ist eine Figur in A. Conan Doyles SF-Romanen *Die Verlorene Welt* und *Im Giftstrom*.

Seite 187: *»Horch! Ich hör Kanonendonner …«*
spielt auf einen alten Witz an, wo ein Schauspieler nur diese vier Worte Text hat, sie wieder und wieder aufsagt, in der Vorstellung dann aber mit etwas ganz anderem herausplatzt.

Seite 203: *»Ein rezessives Allel beeinflusst den Phänotyp …«*
Der Satz stammt aus dem Buch von Erwin Schrödinger: *Was ist das Leben? – Die lebende Zelle mit den Augen des Physikers betrachtet.* Statt »homozygot« stand bei ihm noch der ältere deutsche Begriff »reinerbig«.

Seite 209: *»Und dann genießen wir die Weite!«*
Das ist ein Vers aus dem (jedem Russen vertrauten) Poem ›Der eherne Reiter‹ von Puschkin, wo es in der Einleitung darum geht, wie Peter der Große einen Zugang zur Ostsee erobert und einen Hafen gebaut hat, sodass man sich nun an der neu gewonnenen Weite gütlich tun kann. (In der landläufigen Nachdichtung von R.-D. Keil fehlt die Weite allerdings, dort lautet die Stelle: »Da wird manch Fest sich feiern lassen.«)

Seite 218: *Die windumtoste Hebe lacht …*
Die Verse stammen aus dem Gedicht ›Frühlingsgewitter‹ von Fjodor Tjutschew, einem Dichter des neunzehnten Jahrhunderts.

Seite 261: *Olgoi-Chorchoi*
Das Allergorhaihorhai, russisch zu ›Olgoi-Chorchoi‹ verballhornt, ist ein mongolisches ›wurstförmiges‹ Fabeltier und vor allem durch die gleichnamige Science-Fiction-Erzählung von Iwan Jefremow (deutsch ›Der Tod in der Wüste‹) bekannt geworden.

Seite 269: *»Sag, hörst du das Gangspill dort jämmerlich knarren? …«*
›Die Kinder des Nebels‹ ist ein von Boris Strugatzki verfasstes Lied, das mit einer Melodie von W. Turianski auch separat veröffentlicht wurde.

Seite 294: *Kämpfen und suchen, finden und nicht aufgeben!*
Das ist – in fast wörtlicher Übersetzung – der letzte Vers von Alfred Lord Tennysons Gedicht ›Ulysses‹: »To strive, to seek, to find, and not to yield.« Er steht auf dem Kreuz, das in der Antarktis an Robert F. Scott und seine vier Begleiter erinnert, die 1912 auf dem Rückmarsch vom Südpol umkamen.

Seite 296: *Eine ›Zunge‹ brauche ich!*
Eine »Zunge« nannten in Zweiten Weltkrieg Aufklärer der Roten Armee einen feindlichen (in der Regel deutschen) Soldaten, der bei einem Kommandounternehmen eigens gefangen genommen wurde, um von ihm Informationen zu erhalten.

Seite 309: *»Steh auf, erhebe dich, Arbeitervolk …«*
So beginnt der Refrain des ›Neuen Liedes‹ (»Lasst uns die alte Welt verdammen«). Der 1875 veröffentlichte Text von P. Lawrow wurde nach der Melodie der Marseillaise gesungen und war 1917 zwischen der Februar- und der Oktoberrevolution die russische Nationalhymne.

Seite 327: *»Aspice hoc sublime candens, quem invocant omnes Iovem«*
Die Stelle stammt aus dem szenischen Fragment ›Thyestes‹ des Ennius (in der Form, wie sie in Ciceros ›De natura deorum‹ zitiert wurde).

Seite 337: *Wie einst die Argonauten fuhr'n ...*
Vergleiche die Anmerkung zu Seite 106.

Quellen- und Rechtsvermerke

Atomvulkan Golkonda (Das Land der Purpurwolken)
Страна Багровых Туч
Erstveröffentlichung 1959 im Moskauer Kinderbuchverlag. Auf dieser redaktionell stark bearbeiteten und gekürzten Fassung beruht die 1961 im Berliner Verlag Kultur und Fortschritt erschienene, nochmals gekürzte deutsche Übersetzung von Willi Berger (die auch in einem Westberliner Verlag und bei Heyne in München nachgedruckt wurde).

Der Text der vorliegenden Ausgabe folgt der rekonstruierten, der ursprünglichen Version der Autoren nahekommenden Fassung des Romans in Band 1 der neuen Werkausgabe im Verlag »Stalker«: А. Стругацкий, Б. Стругацкий: Собр. соч. в 11 томах. Т. 1: 1955 – 1959. Donezk: Stalker, St. Petersburg: Terra Fantastica im Verlagshaus Corvus 2000 (2., berichtigte Auflage 2009).
© 2000 by Arkadi & Boris Strugatzki
Die deutsche Übersetzung wurde anhand dieser Ausgabe von Erik Simon angepasst und ergänzt.
Für die neu übersetzten Textpassagen © der Übersetzung 2012 by Erik Simon

Die Kantine der Raumfahrer
Буфет межпланетников
Erstdruck in А. Стругацкий, Б. Стругацкий, Светлана Бондаренко: Неизвестные Стругацкие. Черновики, рукописи, варианты. Т. 1: От «Страны багровых туч» до «Трудно быть богом» [Arkadi und Boris Strugazki / Swetlana Bondarenko: Die unbekannten Strugazkis. Entwürfe, Manuskripte, Varianten. Band 1: Vom »Atomvulkan Golkonda« bis »Es ist schwer, ein Gott zu sein«]. Donezk: Stalker 2005
© 2005 by Boris Strugatzki
© der Übersetzung 2012 by Erik Simon

Bitte beachten Sie auch die folgenden Seiten ...

Paolo Bacigalupi

Der Spieler

Ein religiöser Führer existiert nur noch als digitale Kopie, ein Flüchtling kämpft ums Überleben, und ein Journalist wird mit einem völlig neuen Paradigma der Berichterstattung konfrontiert ...

In einer global vernetzten Welt sind die Folgen politischer Entscheidungen, ob sie nun in New York oder Bangkok gefällt werden, in allen Gesellschaftsschichten spürbar. Überkommene Traditionen werden infrage gestellt, Lebens- und Arbeitsverhältnisse neu definiert. Auch wenn wir uns darüber nicht immer im Klaren sind – die Zukunft hat uns längst eingeholt. Und Paolo Bacigalupi erzählt aus dieser Welt von Morgen.

»Die Tasche voller Dharma« (»Pocketful of Dharma«, 1999)
»Das Flötenmädchen« (»The Fluted Girl«, 2003)
»Der Pascho« (»The Pasho«, 2004)
»Der Kalorienmann« (»The Calorie Man«, 2005)
»Yellow Cards« (»Yellow Card Man«, 2006)
»Der Spieler« (»The Gambler«, 2008)

Die Novelle »Yellow Cards« wurde für den ›Nebula Award‹ nominiert, die Novelle »Der Kalorienmann« mit dem ›Sturgeon Award‹ ausgezeichnet – beide spielen vor demselben Hintergrund wie Bacigalupis Roman *Biokrieg*. Die Erzählung »Der Spieler« wurde für den ›Hugo Award‹ und den ›Nebula Award‹ nominiert, und der Sammelband *Pump Six and Other Stories*, dem die meisten der vorliegenden Texte entnommen sind, wurde mit dem ›Locus Award‹ ausgezeichnet.

Deutsche Erstausgabe
Deutsch von Birgit Herden, Dorothea Kallfass & Hannes Riffel
Klappenbroschur | 216 Seiten | 14,90 Euro
ISBN 978-3-942396-15-8
Auch als E-Book erhältlich.

GOLKONDA VERLAG | Charlottenstr. 36 | 12683 Berlin-Biesdorf
www.golkonda-verlag.de